"神话学文库"编委会

主 编
叶舒宪

编 委
（以姓氏笔画为序）

马昌仪	王孝廉	王明珂	王宪昭
户晓辉	邓 微	田兆元	冯晓立
吕 微	刘东风	齐 红	纪 盛
苏永前	李永平	李继凯	杨庆存
杨利慧	陈岗龙	陈建宪	顾 锋
徐新建	高有鹏	高莉芬	唐启翠
萧 兵	彭兆荣	朝戈金	谭 佳

"神话学文库"学术支持

上海交通大学文学人类学研究中心

上海交通大学神话学研究院

中国社会科学院比较文学研究中心

陕西师范大学人文社会科学高等研究院

上海市社会科学创新研究基地——中华创世神话研究

"十二五""十三五"国家重点图书出版规划项目
第五届、第八届中华优秀出版物奖获奖作品

神话学文库
叶舒宪 主编

[印] 毗耶娑天人 ◎ 著
徐达斯 ◎ 编译

薄伽梵往世书（上册）

BHAGAVATA PURANA

陕西师范大学出版总社

图书代号　SK23N1165

图书在版编目（CIP）数据

薄伽梵往世书：全2册／（印）毗耶娑天人著；徐达斯编译. —西安：陕西师范大学出版总社有限公司，2023.10
（神话学文库／叶舒宪主编）
ISBN 978-7-5695-3676-8

Ⅰ.①薄… Ⅱ.①毗… ②徐… Ⅲ.①史诗—印度—古代 Ⅳ.①I351.22

中国国家版本馆CIP数据核字（2023）第106452号

薄伽梵往世书（全2册）
BOJIAFAN WANGSHISHU
［印］毗耶娑天人　著
徐达斯　编译

出 版 人	刘东风
责任编辑	邓　微
责任校对	杜莎莎
出版发行	陕西师范大学出版总社
	（西安市长安南路199号　邮编710062）
网　　址	http://www.snupg.com
印　　刷	中煤地西安地图制印有限公司
开　　本	720 mm×1020 mm　1/16
印　　张	39.25
插　　页	28
字　　数	592千
版　　次	2023年10月第1版
印　　次	2023年10月第1次印刷
书　　号	ISBN 978-7-5695-3676-8
定　　价	198.00元

读者购书、书店添货或发现印刷装订问题，请与本公司营销部联系、调换。
电话：(029)85307864　85303635　传真：(029)85303879

"神话学文库"总序

叶舒宪

神话是文学和文化的源头,也是人类群体的梦。

神话学是研究神话的新兴边缘学科,近一个世纪以来,获得了长足发展,并与哲学、文学、美学、民俗学、文化人类学、宗教学、心理学、精神分析、文化创意产业等领域形成了密切的互动关系。当代思想家中精研神话学知识的学者,如詹姆斯·乔治·弗雷泽、爱德华·泰勒、西格蒙德·弗洛伊德、卡尔·古斯塔夫·荣格、恩斯特·卡西尔、克劳德·列维-斯特劳斯、罗兰·巴特、约瑟夫·坎贝尔等,都对20世纪以来的世界人文学术产生了巨大影响,其研究著述给现代读者带来了深刻的启迪。

进入21世纪,自然资源逐渐枯竭,环境危机日益加剧,人类生活和思想正面临前所未有的大转型。在全球知识精英寻求转变发展方式的探索中,对文化资本的认识和开发正在形成一种国际新潮流。作为文化资本的神话思维和神话题材,成为当今的学术研究和文化产业共同关注的热点。经过《指环王》《哈利·波特》《达·芬奇密码》《纳尼亚传奇》《阿凡达》等一系列新神话作品的"洗礼",越来越多的当代作家、编剧和导演意识到神话原型的巨大文化号召力和影响力。我们从学术上给这一方兴未艾的创作潮流起名叫"新神话主义",将其思想背景概括为全球"文化寻根运动"。目前,"新神话主义"和"文化寻根运动"已经成为当代生活中不可缺少的内容,影响到文学艺术、影视、动漫、网络游戏、主题公园、品牌策划、物语营销等各个方面。现代人终于重新发现:在前现代乃至原始时代所产生的神话,原来就是人类生存不可或缺的文化之根和精神本源,是人之所以为人的独特遗产。

可以预期的是，神话在未来社会中还将发挥日益明显的积极作用。大体上讲，在学术价值之外，神话有两大方面的社会作用：

一是让精神紧张、心灵困顿的现代人重新体验灵性的召唤和幻想飞扬的奇妙乐趣；二是为符号经济时代的到来提供深层的文化资本矿藏。

前一方面的作用，可由约瑟夫·坎贝尔一部书的名字精辟概括——"我们赖以生存的神话"（Myths to live by）；后一方面的作用，可以套用布迪厄的一个书名，称为"文化炼金术"。

在21世纪迎接神话复兴大潮，首先需要了解世界范围神话学的发展及优秀成果，参悟神话资源在新的知识经济浪潮中所起到的重要符号催化剂作用。在这方面，现行的教育体制和教学内容并没有提供及时的系统知识。本着建设和发展中国神话学的初衷，以及引进神话学著述，拓展中国神话研究视野和领域，传承学术精品，积累丰富的文化成果之目标，上海交通大学文学人类学研究中心、中国社会科学院比较文学研究中心、中国民间文艺家协会神话学专业委员会（简称"中国神话学会"）、中国比较文学学会，与陕西师范大学出版总社达成合作意向，共同编辑出版"神话学文库"。

本文库内容包括：译介国际著名神话学研究成果（包括修订再版者）；推出中国神话学研究的新成果。尤其注重具有跨学科视角的前沿性神话学探索，希望给过去一个世纪中大体局限在民间文学范畴的中国神话研究带来变革和拓展，鼓励将神话作为思想资源和文化的原型编码，促进研究格局的转变，即从寻找和界定"中国神话"，到重新认识和解读"神话中国"的学术范式转变。同时让文献记载之外的材料，如考古文物的图像叙事和民间活态神话传承等，发挥重要作用。

本文库的编辑出版得到编委会同人的鼎力协助，也得到上述机构的大力支持，谨在此鸣谢。

是为序。

献　　词

谨以此书献给 Srimad-Bhagavata Vidyapitham 梵语学院创始人 Gopipranadhana Prabhu，他对《薄伽梵往世书》的热爱激励我完成了这部作品。

《薄伽梵往世书》师承源流（P5 第一卷第二章天书奇谭）

婆罗门仙圣丛林传法（P40 第二卷第二章至尊天鹅）

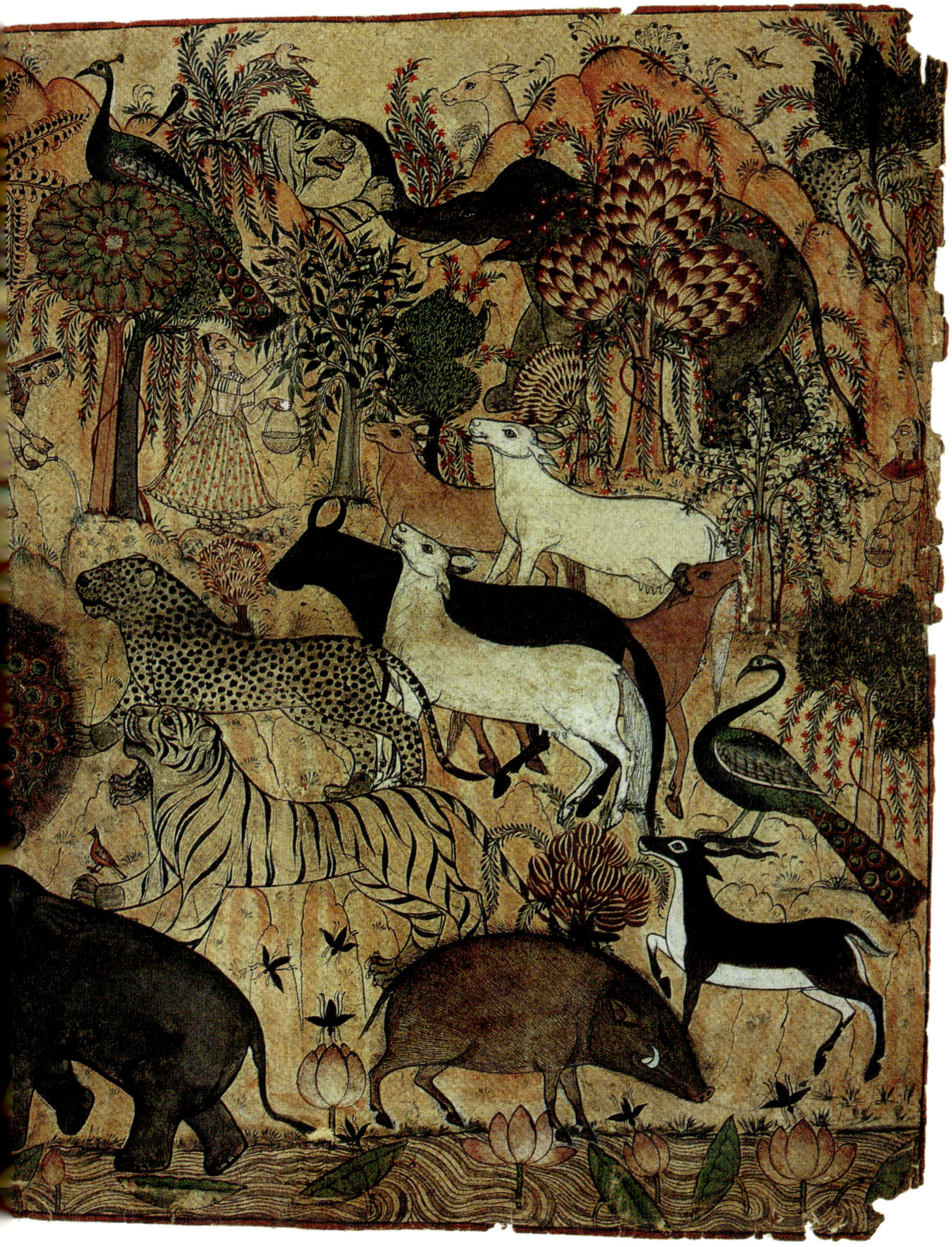

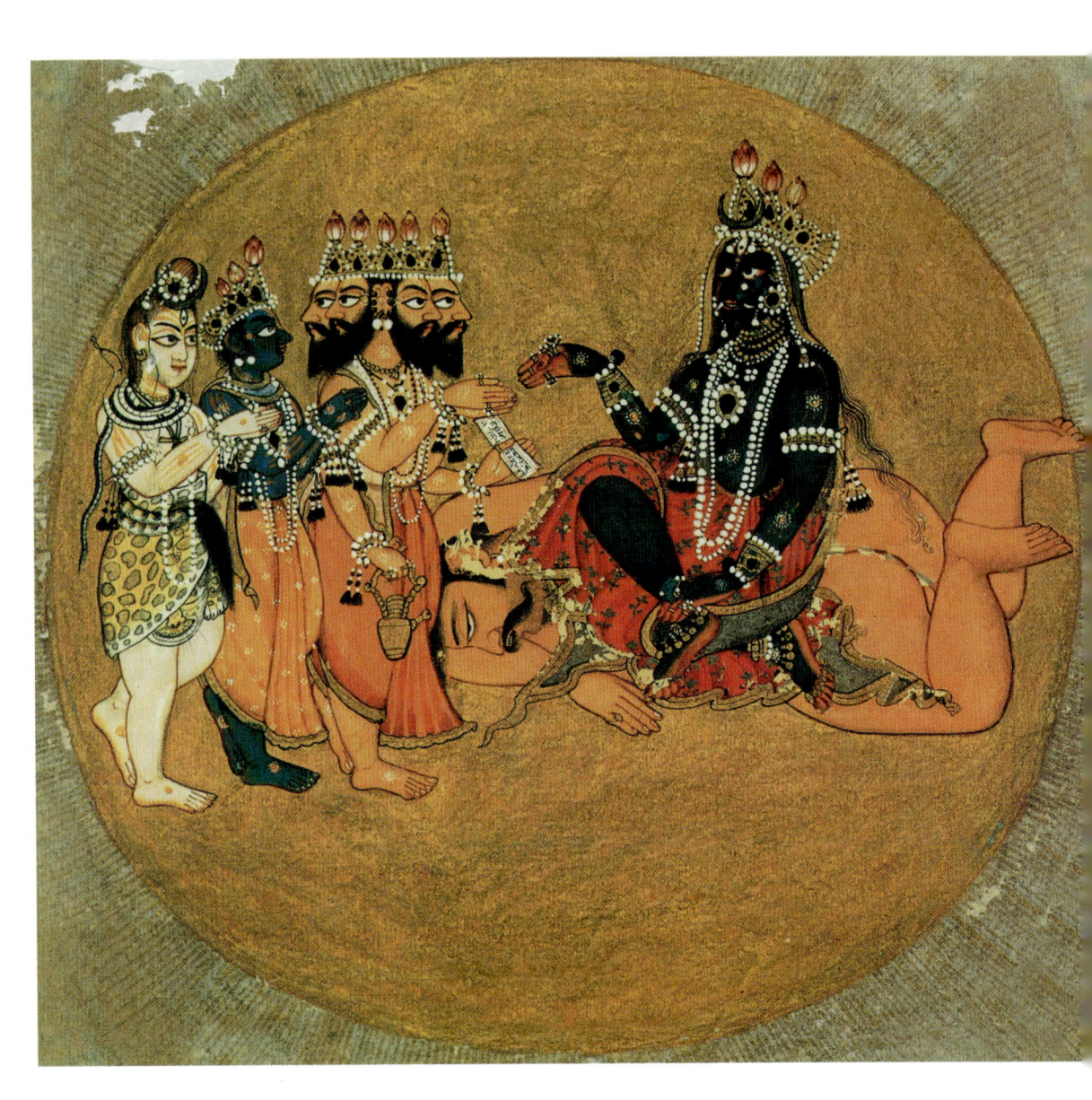

创世三大神和宇宙大母（P69 第三卷第四章创世大业）

湿婆和萨缇（P84 第四卷第一章兽主复仇）

荷塘边的女修士（P141 第五卷第二章人天奇情）

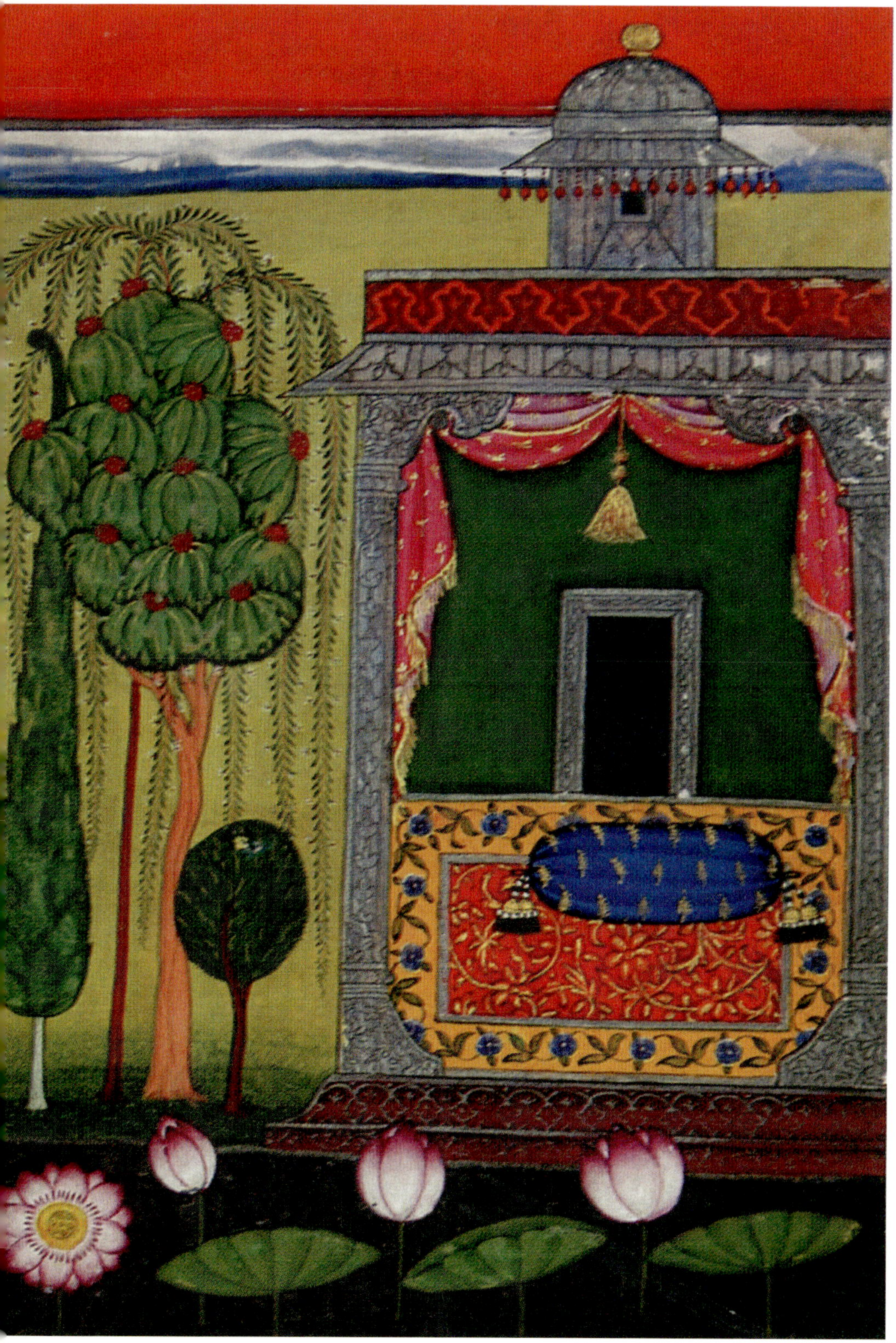

仙山和仙人（P162 第五卷第六章山海演绎）

诸神参礼狮神尼黎僧诃（P218 第七卷第一章魔剑狮心）

毁灭之神湿婆（P240 第七卷第二章三城射手）

至尊者拯救象王（P242 第八卷第一章象王皈命）

侏儒筏摩那（P262 第八卷第四章童子步天）

神鱼玛特霞（P277 第八卷第五章洪水神鱼）

公主与宫廷伎乐（P285 第九卷第二章二王嫁女）

丛林行猎的王子（P293 第九卷第四章阴差阳错）

接受人牲献祭的杜尔伽女神（P296 第九卷第五章人牲献祭）

持斧罗摩（P314 第九卷第十一章持斧煞星）

净修林中的少女（P323 第九卷第十三章沙恭达罗）

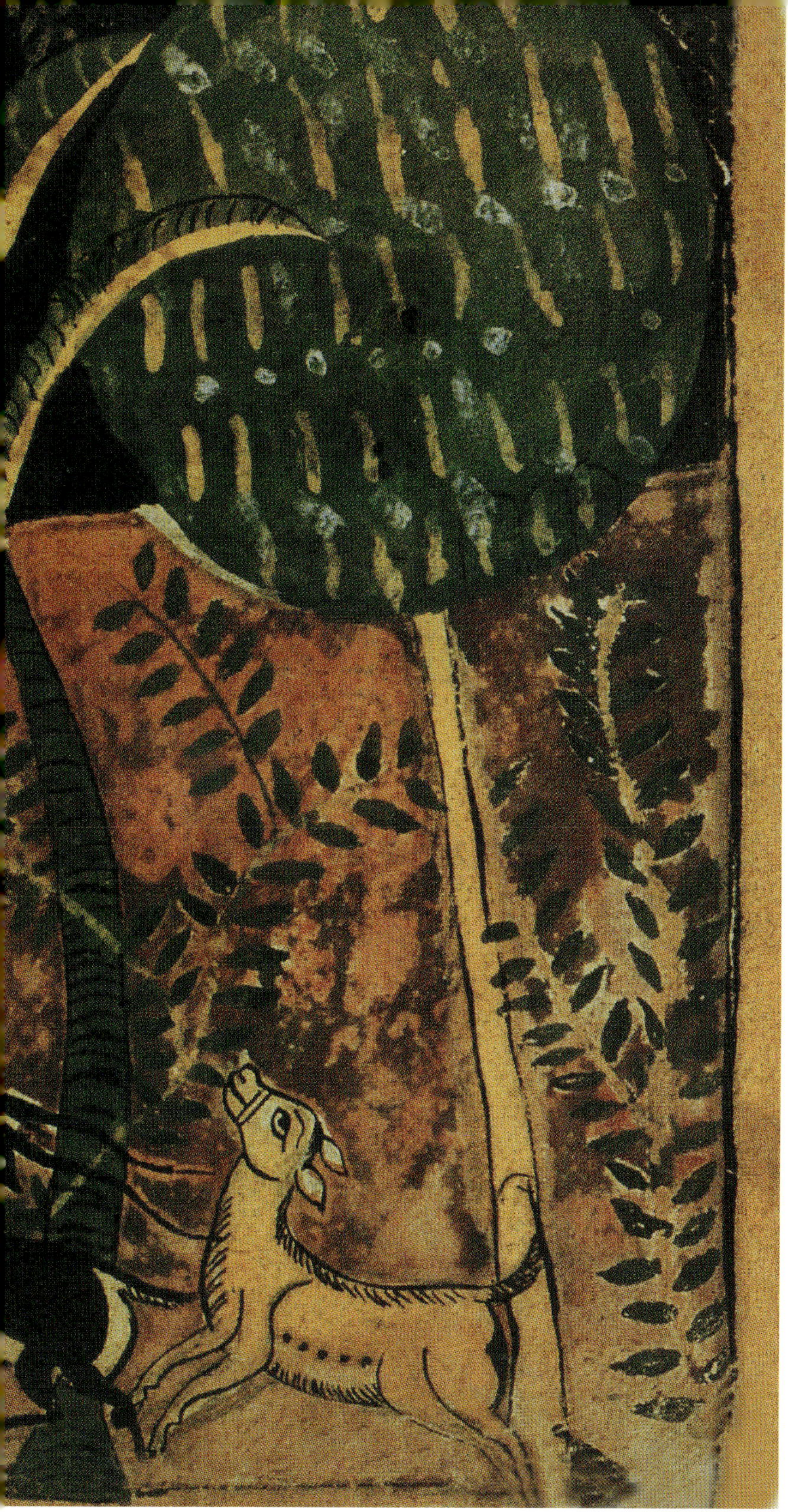

诸神在乳海边祈求至尊主下凡救世（P332 第十卷第一章圣母蒙难）

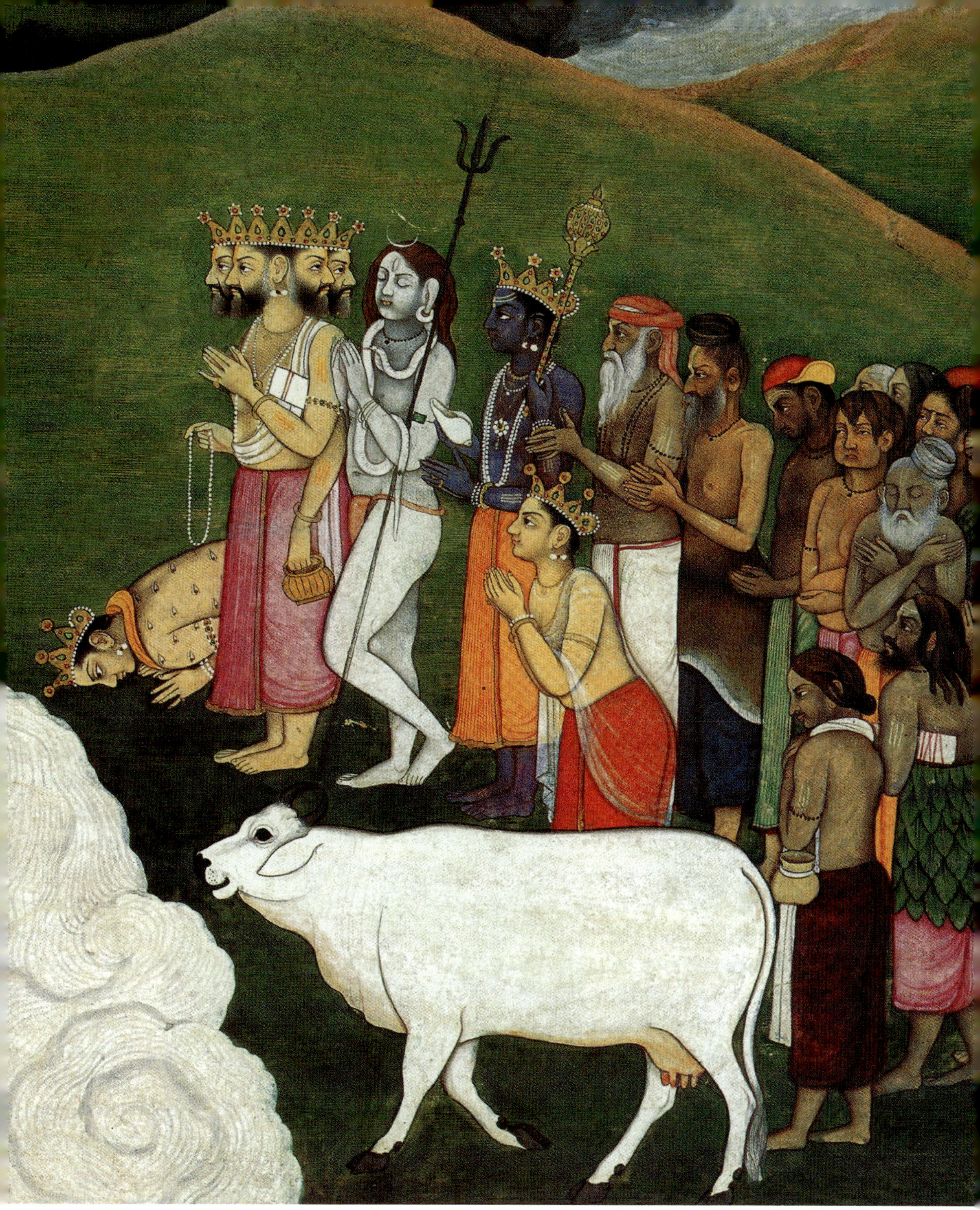

克利须那和母亲耶输陀（P358 第十卷第九章上主就缚）

克利须那吹笛（P390 第十卷第十八章神笛礼赞）

克利须那偷走了众牧女的衣裳（P392 第十卷第十九章顽童盗衣）

克利须那跟女伴们共享逍遥（P404 第十卷第二十三章月夜幽情）

克利须那杀死巨象（P431 第十卷第三十一章毙象屠龙）

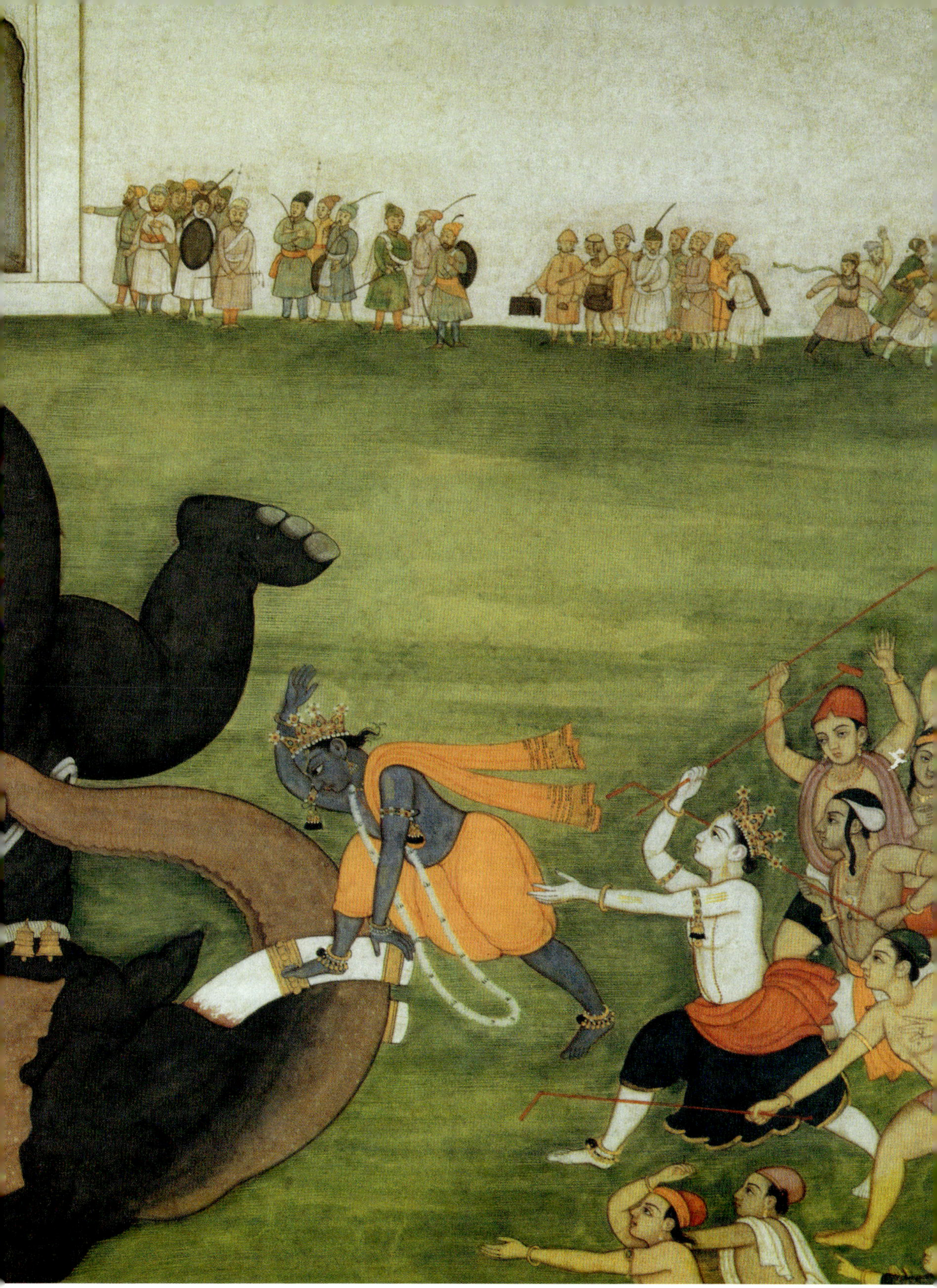

巴纳修罗是大神湿婆的伟大奉献者（P475 第十卷第四十三章古堡梦郎）

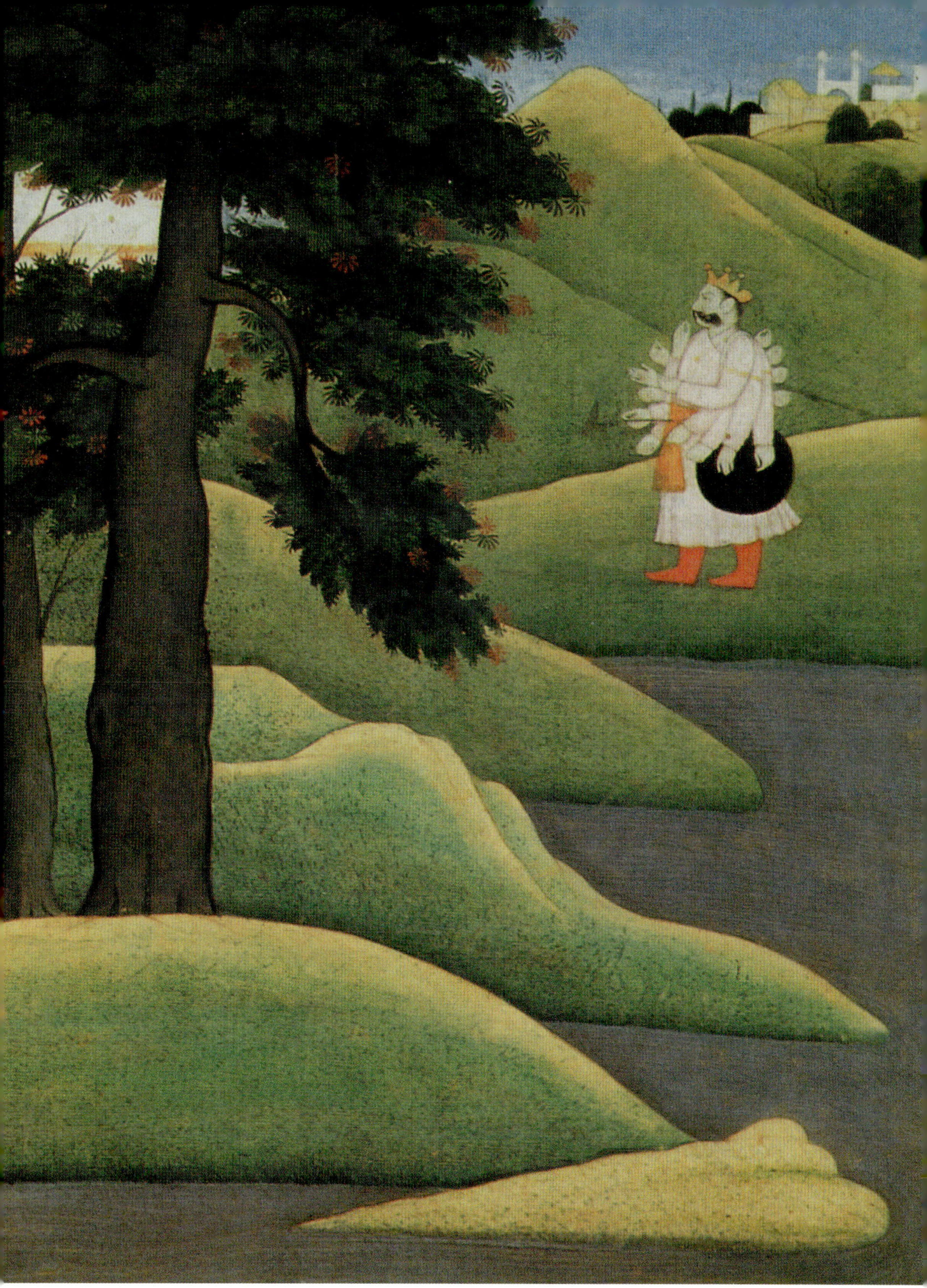

克利须那的兄长——巴腊罗摩（P506 第十卷第五十三章龙行天下）

至尊主的宇宙大身（P519 第十卷第五十六章亡儿复生）

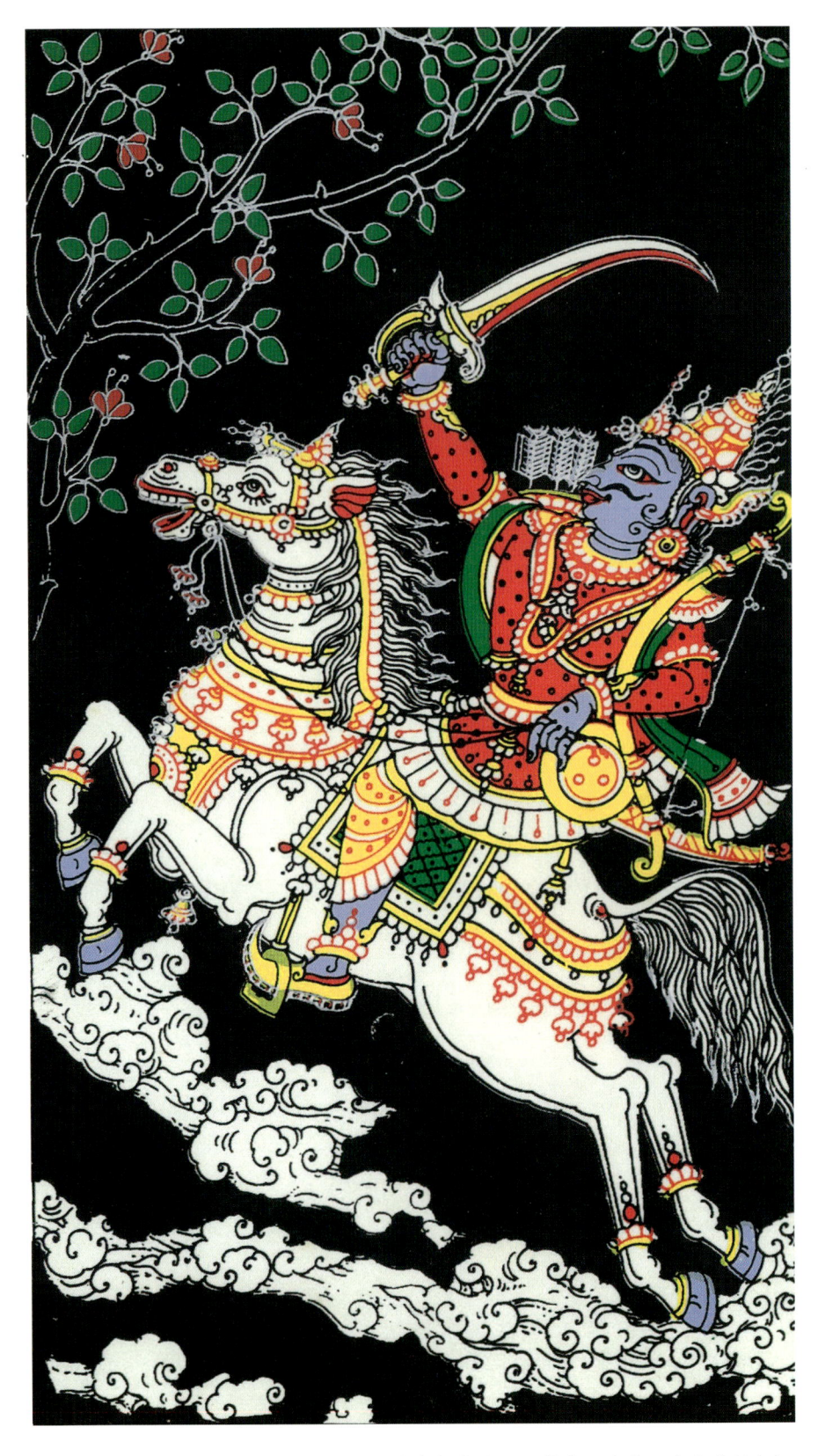

毗湿奴的化身之一，降显于喀利纪之末的喀尔基（P584 第十二卷第一章末世预言）

《薄伽梵往世书》导读

伊萨玛·泰奥多（Ithamar Theodor）
英国剑桥大学克莱尔学院研究员

智慧与爱的二重奏

《薄伽梵往世书》是一部梵文史书[①]，被某些主要的毗湿努宗（Vaishnava）教派和巴克提瑜伽派（Bhakti Yoga）认为是最神圣的经文之一。此书内含三百三十五章，有一万四千一百至一万四千四百首偈颂，[②]以一种相当个性化的方式，张扬了克利须那（Krishna）之神圣性。《薄伽梵往世书》综摄了韦檀多哲学、戏剧与美学元素，以及个性化的表达，由于其方式之独特奇伟，被推举为最首要的印度经典之一。在印度教里，"往世书"一般被认为是具有权威性的，因此，外士那瓦们（Vaishnavas，毗湿努宗教徒）会在援引"奥义书"的同时引用具有同样权威性的《毗湿努往世书》和《薄伽梵往世书》。[③]《薄伽梵往世书》在诸往世书中享有特殊的地位，被很多人认为是最重要的一部往世书。如是，作为一部宗教作品，其巨大的影响力唯有《罗摩衍那》和《摩诃婆罗多》差堪比肩。[④]

《薄伽梵往世书》多有对宇宙起源的阐说，比起其他往世书，其独特之处在于，这些论述更富有哲学色彩。故此，《薄伽梵往世书》的宇宙起源说与《毗湿努往世书》所说的大致相同，微细的差别在于，前者沾濡了韦檀多的特征，

[①] 西方学者一般认为文本出现于公元五至九世纪。但按照有些印度学者的考证，其口头流传时间应该上溯到更久远的年代，即四千至五千年前的印度河——莎拉斯筏底河文明。

[②] 确切的数字要参照不同的版本。

[③] Klostermaier, *A Survey of Hinduism*, p. 70.

[④] Rukmani, *A Critical Study of the Bhāgavata Purāṇa*, p. XIII.

而其他诸往世书一般深受数论的影响。① 也许，可以换一种说法来说：薄伽梵一系的数论和Ishvarakrishna一系的古典数论在宇宙演化序列上存在微妙的差别，《薄伽梵往世书》提出了一个第三维的本体性存在，作为神我（purusha，补鲁莎、灵魂）、自性（prakrti，物质）及其结合的终极根源。此即Ishvara，自在主，经文指认这至高无上的存在就是克利须那。②

关于《薄伽梵往世书》突出的韦檀多特征，虽然不无怀疑，但其韦檀多哲学却是以一种相当独特的风格被表述的，这种风格更接近梵诗（kavya）③，而非一般往世书的叙事类型。此外，它的美学属性也被它惊人的一体性所凸显，这种一体性表现为审慎的、学究式的撰写方式，那也是为梵诗所共有的。实际上，从很多方面来看，《薄伽梵往世书》更接近梵诗而非史书，文本惊人的一体性以及非同寻常的风格，都表明隐身其后的是单独一位作者，或者，至多是一小拨一起写作的诗人，于某个单一的历史时间和地点而作。④ 显然，《薄伽梵往世书》的最终撰作者不仅是一位哲人或神学家，而且是一位擅长史诗创作的诗人，文本中有整段整段的内容都显示出梵诗典雅精致的特征。《薄伽梵往世书》第十卷被列为梵语文学的杰作，值得受到高度的学术关注。⑤

《薄伽梵往世书》的特殊风格不仅体现在韦檀多与梵诗的结合，还在于它具有明显的戏剧特征。这与整个故事框架所生成的戏剧性背景有关。据此，《薄伽梵往世书》不但是巴力克斯大帝死亡之前所听闻的最后讯息，而且谛听此讯息也是他获得解脱的最后希望。如是，文本的大部分是由圣者叔伽向巴力克斯大帝讲说的，后者其时正跌坐于恒河岸边等待命中注定的来自毒蛇的致命一击。这种戏剧性的结构或许表明，相较于其他诸往世书，《薄伽梵往世书》具有与众不同的着重点和目标。听众被置于生死之间，讲说者所讲说的讯息的终极严肃性由此被强有力地抬高起来。⑥

巴力克斯之听闻《薄伽梵往世书》，不仅是他自身的虔敬或巴克提的表达，也是他对作为解脱法门的巴克提的信念的一种表达。事实上，巴克提乃是《薄伽梵往世书》的一个主要特色，以至于它有时被认为是爱的福音。巴克提所蕴

---

① Rukmani, *A Critical Study of the Bhāgavata Purāṇa*, p. 4.
② Bryant, *Krishna: The Beautiful Legend of God*, pp. xli-xlii.
③ Sanskrit poetry.
④ Shulman, "Remarking a *Purāṇa*", p. 126.
⑤ Brynt, "Kṛṣna in the Tenth Book of the *Bhāgavta Purāṇa*", p. 118.
⑥ Ibid., p. 125.

含的情感成分错综复杂，其中包括崇拜感、爱和奉献者对他所崇拜的神祇的依赖。从这个角度来说，《薄伽梵往世书》传扬了巴克提的最高形式，其间并不寻求个人欲望的实现，因而是无条件的。① 相对于旨在果报的，因而是有欲的（sakama）的巴克提，《薄伽梵往世书》的巴克提不仅不寻求欲望的实现（无欲，niskama），甚至还贬低奥义书式的解脱（moksha）理想。如是，《薄伽梵往世书》宣称巴克提乃是"至上大法"②，从而贬低对解脱的诉求。③ 贬解脱以扬奉爱，显露出韦檀多的神学形式，这点被某些学者加以进一步强调。他们不但突出巴克提在《薄伽梵往世书》中的重要地位，甚至认为奉爱是《薄伽梵往世书》独一无二的最大特色。例如，霍普金斯（Hopkins）认为，《薄伽梵往世书》独一无二的最大特色是它对巴克提或对毗湿努及其各类化身之爱敬的强调，这使《薄伽梵往世书》获得了意义和连贯性。④ 这种奉献心被认为是专一、整全的；在《薄伽梵往世书》中，或者对于阿尔筏们（Alvars，六至七世纪的巴克提诗人），这是人的全体自我在彻底皈命中对至尊主的激情奉献，是生命全体呈现的方式，不是很多方式中的一种，而是通向真正解脱的唯一方式。⑤ 不过，除了激情奉献，《薄伽梵往世书》也呈现了更具瑜伽式的、平静的奉献心态，犹如在《薄伽梵歌》中所呈现的，这些不同的情性足堪互相补充。

在外士那瓦宗里，爱和智慧向来就有区分。奉爱或巴克提已然在《薄伽梵歌》以及其他较早的作品中占有重要地位，跟业（karma）和智（jnana）一道被接受为解脱路径之一。⑥ 智慧之途强调穷理致知为解脱的手段，行动之途强调为了同样的目的而实际践行。据此，业和智可以以实践性和哲学性相区分。这种知、行二分的根源相当古老，早期的婆罗门教正统就有两方面的侧重：韦陀义理和正当的业行。这两方面的侧重，一者哲学性，一者实践性，在后来的印度教传统中保留下来，表现为基于诸奥义书的韦檀多哲学体系和传统（Smarta）对婆罗门正法（Dharma）⑦ 的关注。对知与行的思索早在《薄伽梵歌》中就出现了，其中还引出了这个问题：臻达至善之途究竟何者较胜？

---

① Rukmani, *A Critical Study of the Bhāgavata Purāṇa*, p. 5.
② *paro dharmaḥ*, BhP 1.2.6.
③ Nelson, "The Ontology of Bhakti", p. 347.
④ Hopkins, "The Social Teaching of the *Bhāgavata Purāṇa*", p. 6.
⑤ Ibid., p. 7.
⑥ Ibid., p. 6.
⑦ Hopkins, *The Hindu Religious Traditions*, p. 119.

1.阿周那说：瞻纳陀那啊！你既认为智慧比业行好，又为什么力劝我参加这场可怕的战争呢？ 2.你模棱两可的开示迷惑了我的心智。因此，请明确地告诉我，什么对我最有益？ 3.至上人格主神说道：无罪孽的阿周那呀！我已解释了，世间觉悟之途有二：好智者倾向智瑜伽；善行者偏修业瑜伽。①

以上讲到的业瑜伽之途指一种奉献性的行动，其中巴克陀（bhakta）或奉献者视其所作所为是对至上者的服务，因而是属于仆人心态或dasya之中的工作。作为韦檀多的根本经之一②，《薄伽梵歌》自然接受解脱或臻达大梵为最高目标，或以业之途，或以智之途。不过，通常是天启经（sruti）中的智分（jnana-kanda）指向并会归于梵智。如是，智分对人间或天堂之事并无兴趣，它想悟入或接通非经验、无变化的真际：梵（Brahman）。③

"梵"一词可以有两种主要的理解方式：非人格性的与人格性的。事实上，这两派思想间的纠缠乃是印度宗教史一个从未间断的特征，虽然原本只是同一概念的两个方面，但后来发展成了两种互相竞争的理念。如是，印度宗教史被这两大思潮的冲突和交汇打上了印记：视绝对为某种神秘的存在状态，或视其为至高无上者。差异并不在源头上，因为这两派思想皆以韦陀诸经为其根本。换言之，后期涌现的这两种不同的思想动向在韦陀诸经中其实只是一个概念的两个方面。④故此，很可能，爱与智的二分在韦陀诸经中已有其来源，透过绝对的两个方面。由于《薄伽梵往世书》内含义理或jnana的清晰流动，问题产生了，在《薄伽梵往世书》里，智慧的地位是什么？它究竟如何支持奉爱？

《薄伽梵往世书》中爱与智之间的关系，也可以透过新兴的巴克提宗教以及广为流传的克利须那传说之梵语化过程看出来。新涌现的巴克提运动（史称虔诚派运动）需要合法化和来自正统的认可，因此将自身与奥义书文学或说韦陀之智分关合起来。一般来说，梵语化指印度文明中的一种演化过程，其间某人或某团体有意识地将自身凭附于某种被接受的真理观和古老的理念、行为。⑤然而，《薄伽梵往世书》之梵语化的特殊之处在于，它使用了一种在公元前五

---

① 《薄伽梵歌》第三章第一至三颂。
② *Prasthāna trayī*.
③ Klostermaier, *A Survey of Hinduism*, p. 156.
④ Hardy, *Virāha Bhakti*, p. 13.
⑤ Van Buitenen, "On the Archaism of the *Bhāgavata Purāṇa*", p. 35.

世纪就已经不太流行的古体语言。① 因此这是一个特殊的现象：在文学史的晚期，当梵语事实上处于衰落状态的时候，一个旨在系属于往世书传统的文本竟然有意识地试图使其语言古雅化。② 这种欲使《薄伽梵往世书》梵语化和古雅化的公开努力引起了一个问题："为什么要让《薄伽梵往世书》梵语化？"问题可以简化为："为什么撰作者或负责最后编定的写手希望这本书韦陀化？"这个问题更具挑战性，因为《往世书》对韦陀正统抱持一种有点儿矛盾的态度。很多情况下，韦陀师（Vaidikas）空洞而诱人的形式主义跟巴克陀（奉献者）③单纯而真挚的虔敬截然对立。很可能，新兴的巴克提运动需要获得一个合法、正统的地位。尽管巴克提历史悠久，但南部的巴克提运动却是新生事物——并非前所未有，而是第一次有持续性的努力，欲置其于婆罗门传统之中。在Nathamuni, Yamuna 和 Ramanuja 的事功中，可以看到推动巴克提宗教梵语化的持续性努力。巴克陀所崇拜的神祇被等同于诸奥义书的至高理则，崇拜者对神祇的虔敬冥思被等同于解脱，崇拜尊礼之举被等同于经典和传统所推介的仪轨。同样，在《薄伽梵往世书》古雅的反复叙述中，我们发现了让广为流播的克利须那传奇梵语化的企图。克利须那不再仅仅是一个身兼情人的小男童，被置于牧场、母牛、放牛郎及其妇人所构成的乡村场景之中；以往世书式的，而非史诗式的，更不是原始韦陀的样式，他开始讲说，或至少试图讲说，韦陀觉者的庄严话语。④ 如是，新兴的、大众化的巴克提运动将自身凭附于古老而可敬的奥义书传统；两大传统的结合产生出给人印象深刻的果实：《薄伽梵往世书》。⑤

我们现在或许会问：充斥《薄伽梵往世书》的奥义书式义理是否不过是为了使其纯一的奉爱变得合法化？是否有可能，这样一部复杂、精妙且深具神学意义的作品，一方面，透过用古雅的韦陀式风格撰写全文，以无比深湛的学识对接正统根源，另一方面又以简单、幼稚、传奇式的风格表现其彻底奉献的主题呢？奥义书传承是否对《薄伽梵往世书》的哲学论点和奉爱主题有所贡献，或者其含蓄地被引用，仅仅是为了让新起的奉爱传统合法化？《薄伽梵往世书》的诗歌风格是否表明了一种正统美学理论的演化，是不是有可能，这种正统美

---

① Van Buitenen, "On the Archaism of the *Bhāgavata Purāṇa*", p. 24.
② Loc. Cit.
③ Van Buitenen, "On the Archaism of the *Bhāgavata Purāṇa*", pp. 24-25.
④ Ibid., pp. 33-34.
⑤ Bryant, E. F., "The Date and Provenance of the *Bhāgavata Purāṇa* and the Vaikuṇṭha Perumāl Temple", *Journal of Vaiṣṇava Studies*, Vol. 11.1, Fall 2002, pp. 51-80.

学传统与正统哲学传统相融贯,由此形成了一种蕴含于《薄伽梵往世书》的巴克提新概念?是不是有可能,在其韦陀化追求中,《薄伽梵往世书》不仅吸收了古老的语言风格,而且吸收了古老的理念?如果《薄伽梵往世书》确实吸收了古老的理念,它是否有可能接受了无上者的两重面相,人格性和非人格性,作为一个概念的两个方面,使其和谐共存,而反对将两者视为互相冲突的理念——那是明显发生于更晚的一种概念?我确信,在吸收韦陀元素之际,《薄伽梵往世书》不仅吸收了古雅的梵语风格和奥义书式对话,而且吸收了第二种正统的婆罗门传统,即发源于婆罗多的味论(rasa)美学流派。正如奥义书传统潜伏于《薄伽梵往世书》的义理部分,美学传统潜伏于《薄伽梵往世书》的奉爱部分。此外,我要说,这两大传统在《薄伽梵往世书》中的交汇是连贯、和谐的,两者相互支持,由此创生了这部神学杰作。就这点来看,《薄伽梵往世书》之回归韦陀根源不仅在语言上,而且在理念上或神学上。当我们将其视为两大传统的交汇来阅读,《薄伽梵往世书》作为一体通贯的神学作品的结构便浮现出来,它呈现为一部神学巨著,倡言告别奥义书式的解脱,并逐渐引领其阅读者深入纯全皈命和激情奉献之域。一旦以这种方式阅读,《薄伽梵往世书》就有了统一的神学结构,使其远离故事、传说、神话的领域,作为美学韦檀多之新流派的表达,保有印度最伟大的神学作品之一的特殊地位。

发现了《薄伽梵往世书》所潜伏的"美学自我"预设,就可以看出,义理引导人一直升入对非人格性梵的觉悟,并且,非人格性梵是最高的哲学成就以及智识或理性化思辨过程所可能照察的终极抽象。然而,若从美学角度来看,同样的非人格性梵觉却具有了一种唤起"平静味"(santa rasa)之境的神性。从这一点出发,《薄伽梵往世书》发展出不断深入的美学主题以及种种神性论,从那些唤起"平静味"的一直到那些唤起"艳情味"(srngara rasa,中间有侍奉味、友情味、慈爱味)的。如是,《薄伽梵往世书》依赖义理建立梵觉的伟大性,又依赖美学引领人深入神圣的人格性领域。因此,绝对的两个概念,人格性和非人格性,和谐并立于《薄伽梵往世书》中,各有其所扮演的角色,皆为《薄伽梵往世书》主题之结转所必不可少。两者以其自有的方式呈现出绝对的伟大:从哲学上来看,非人格性梵觉是最高的觉位;而从美学上来看,对神圣之人格性的强烈而浪漫的体验乃是最高的情感状态。如是,《薄伽梵往世书》调和了后期[①]所出现的两种不同的理念定位[②],返回到古老的韦陀式生命境界,其间诸

---

① 晚于韦陀时代。

② Hardy, *Viraha Bhakti*, p.13.

韦陀中貌似不同的两种理念定位呈现为同一概念的两个方面①。

《薄伽梵往世书》的人格性讨论不仅有宗教的，也有哲学尤其是本体论的方面。换言之，非人格主义者相信，在整个实在之下，存在着一个非人格性的理则。反之，人格主义者相信，实在下面最终是一个人（Purusha/Bhagavan/Ishvara）。Erazim Kohak 曾经提出一个与之有关的问题："思想和行为的最终根据是人还是物？回答了这个，其他一切随之而生。"②这个问题似乎有深刻的存在论意味，据此，每个人对思想和行为的根据都有某些看法，无论其为人格性还是非人格性，人的全部世界观即由此推衍生成。《薄伽梵往世书》的人格性由两种因素构建而成：哲学和美学。然而，如果我们取之以人格性进向，假设人是"思想和行为的根据"，我们就会认为哲学和美学并不建构人格性，而是人格性的派生物。换言之，真正的人格性进向会认为非人格性的观念，即隐伏在《薄伽梵往世书》里的两大正统婆罗门教义，皆源出或发露于一个人，即薄伽梵克利须那。

综上所述，《薄伽梵往世书》可以被解构为两个潜在的范式：哲学的和美学的。从书中我们可以看到，作为这两种认知和表达模式之种种结合的神圣人格观是如何被建构的。

搅拌 Lila 之洋

下面，我们从《薄伽梵往世书》的文本中摘取一段故事，并择要加以解说评论，以便对这部作品不太熟悉的中国读者能从中了解其主题和内在含义。这个故事便是出现于第八卷的著名的"搅拌乳海"传说：自鸿蒙开辟以来，神与魔就一直在争斗。但是，有一次双方休战言和，决定携手合作，从乳海中炼取永生的甘露。现在，就让我们进入《薄伽梵往世书》的世界：

> 宇宙面临重大的劫难，诸神被魔军打败，毫无还手之力，如今魔族统治了天堂，世界落入腐化骄慢的君主手中，维持宇宙秩序的正法已经被败坏。诸神求助于创世大神梵天，而梵天带着他们去找至上神毗湿奴。出人意料的是，毗湿奴竟然建议诸神与魔族合作，为了一个共同的目的。

---

① Hardy, *Viraha Bhakti*, p.13.
② Kohak, *The Embers and the Stars*, p. 125.

从一开头，护持正法就是《薄伽梵往世书》之关切所在。在开篇的叙事里，聚集在飘忽林中的圣者们意图为这个问题找到答案：薄伽梵克利须那（或毗湿努）离开了世间，正法亦随之消退。可怕的喀利纪（Kali yuga）——宇宙性黑暗和退堕发生的时期正在迫近，世间众生的希望何在？据圣者苏陀说，答案可以在"给那些失去视力的人"带来光明的《薄伽梵往世书》里找到（第一卷第三章第四十三颂）。苏陀向众仙圣保证，克利须那反复降临地球，以各种身相，重建秩序，护持正法（第一卷第三章第二十八颂）。正法的一个重要部分是社会职分，其维系首先要求有恰当的领导力。实际上，对失去贤明君主的担忧乃是《薄伽梵往世书》重复最多的主题之一。无论是失去天堂权柄的诸神，还是暴虐其臣民的人类君主，抑或威胁人世治理的天灾，王道的沦丧都是毗湿努必须加以解决的不断出现的问题。在不同的时候，他显现于世间，或者消灭腐败的君主，或者保护正义的王者，或者自己成为明王，昭示理想的王道。

毗湿努劝阻诸神与魔族开战。"时间，"他说道，"不在你们这一边，在天时之运转有利于汝等之前，汝等应与魔族议和。"他解释了他的战略："魔族将协助你们搅拌乳海，但只有你们能得到甘露，一如蛇占据老鼠挖成的洞穴。"

尽管强调世界的秩序，但《薄伽梵往世书》写得很明白，世界总是趋向于失序和退化。政治变得肮脏，权力可能腐化，世道日趋不公。义人活在一个人力远远无法控制的世界，尤其是时间。时间是人类境况的显著标记，因此《往世书》显示出对系统性描述时间的关注——世代的更替，列王的谱系，星辰的运行，以及造化的循环。《薄伽梵往世书》对这些论题的关注并不仅仅是学究式的，它将宇宙论和宇宙地理视为瑜伽冥思的至关重要的助力。毕竟，《薄伽梵往世书》讲说于危机四伏的历史时代：一个世代告终，另一个黑暗的世代将要开启，其时迫切需要对人类实践的规划，以谋求人类的福祉及其对时间的超越。《薄伽梵往世书》就是为一位被时间束缚的国君讲说的：因为待圣者礼节有亏，正义的巴力克斯大帝受到诅咒，将在七天之内死去，于是他决心在恒河岸边等死，听闻《薄伽梵往世书》。他希望，这能让他解脱于由时间主宰的世界（第二卷第二章第三十七颂）。

但是，为什么要把诸神送进一场疯狂的冒险，使他们转徙于高山与大海、巨蟒与天魔之间？假如毗湿努是无所不能的，为什么他不自己出手消灭魔军，于魔幻般的刹那之间？《薄伽梵往世书》告诉我们：

至上神毗湿奴有游戏的欲望，为了享受，他安排下庞大的计划——搅拌乳海。这意味着他有更多的参与、更多的机会，精心策划一场盛大的演出。

在告诉我们搅拌乳海的深层理由的时候，《薄伽梵往世书》揭示了它最伟大的秘密：上帝的游戏，也即 Lila，乃是理解其行为方式的关键原则。如果克利须那拥有他所需要的一切，并且他所欲求的皆成了现实，为什么他还要造作于世间？《往世书》告诉我们，答案就在上帝快乐的、无目的的游戏之中。无论是创造世界，还是消灭妖魔，或者跟伙伴在博罗遮家中玩耍，克利须那都是为了享受，或是为了增进那些爱他之人的快乐。世间的事功可以在一刹那完成，但故事却在 Lila 之中。并且 Lila 还有附加的利益，对于我们这些被束缚于无常世界之苦乐的人，Lila 是通往克利须那之乡的门径和一个邀请。透过听闻、讲述他的 Lila，阅读者可以参与到他的游戏里面，如是释然于时间之潮。所有 Lila 中的顶上宝珠是 Rasa-lila：克利须那跟宾陀林的牧女们一道围成圆圈，翩然起舞（第十卷第二十九至三十三章）。《薄伽梵往世书》的哲学、美学乃至戏剧成分，便在薄伽梵的 Lila 中辉煌展开。在这里，人不再自贬为身负原罪诚惶诚恐的奴隶，而是从梵觉中站起来，成了神的伙伴和知己，参与到神的 Lila 之中，品味神爱的 rasa，成就参赞化育之功；神也不再是严厉暴虐而又到处伸手的家长，而是虽然无所不知、无所不能，却行于无为之道，与个体之我息息相通并乐于跟爱他的人分享其富有的宇宙大我，一切存有、智慧、爱与美的源头。

众神喜欢毗湿奴的计划，而众魔为能饮服甘露而兴奋不已。于是双方宣告停战，并开始着手做出安排。为了得到一根搅拌棍，他们拔起巨大的曼多罗山，但是山太沉，半路上倒了下来，压死了很多神和魔。毗湿奴让死者复活过来，接着以单臂举起大山，骑上大鹏鸟伽鲁达，向乳海疾飞而去。

但神魔两方又遭惨败。当他们以天蛇洼苏吉为索，开始搅拌乳海，作为搅拌棍的曼多罗山很快沉入海中。于是毗湿奴变身为神龟，潜入海底，以背部撑起大山。随后大山失去平衡，毗湿奴又坐镇山顶，使曼多罗山稳定不移。待到众神魔疲惫不堪，毗湿奴亲自动手搅拌。

人类是弱小的，《薄伽梵往世书》承认这一点。事实上，《往世书》研究人类的种种失误，由此支持其观点：神恩能助人应付并克服失误。例如，在第六卷，我们遇到了虔诚的婆罗门祭司阿阇弥罗，他失足于妓女，后来又以邪命自活，却仅因临终时重复毗湿奴的名号而得拯救。也是在第六卷，我们看到，因为对上师蒲历贺斯钵底不敬,天帝因陀罗成了一个乞丐。经历一千年的观修,他才重归帝位。在第七卷里,我们看见,迦耶和毗迦耶从毗湿努的居所堕入凡尘,只因无意中冒犯了来访的圣者,他们被判三世为魔,然后才能重新归位。为什么甚至正义的灵魂也得受苦沉沦,尽管明显不是因为他们自身的错误?

实际上,《薄伽梵往世书》开篇就讲了一个与人类的软弱有关的故事。巴力克斯大帝狩猎林中,于时口渴万分。他向一位圣者讨水喝,却不受理睬,因为圣者正凝定于三昧之境。一时气恼之下,巴力克斯将一条死蛇绕到圣者的脖子上,随后扬长而去。圣者的儿子回家后看到这番景象,当即诅咒国君将于七日内暴死。其实国君并不邪恶,只是软弱而已,但软弱也有代价。巴力克斯决定用剩下的日子从吟游圣者叔伽天人处听闻神圣的《薄伽梵往世书》。肯定,巴力克斯从中获益匪浅,因为《薄伽梵往世书》中也有这样的故事:跌倒沉沦的修行者重新站起来,继续前行,凭靠神的恩典。

> 正在搅海的至尊主毗湿努看起来妙美超凡。他肤色玄黑,犹如雨季的乌云。他闪闪发亮的耳环就像一道道闪电。他身穿黄袍,颈佩花鬘,拉动蛇索之际,他的头发飘散开来,愈发迷人。

> 从这番努力中出现的竟然是与甘露截然相反的东西——弥漫四方的致命毒气。惊恐之下,众神求庇于大神湿婆(Siva),向他奉上祷告,祈求他的保护。征得夫人帕筏蒂的同意,湿婆决定喝下毒汁,拯救世界。他将毒汁存于喉间,由此得名尼拉康塔(Nilakantha)——"蓝脖子"。

在这里我们看到,《薄伽梵往世书》利用每一个机会发出赞叹,停下叙事去描述至尊主的美,或者向他奉上赞祷。事实上,充斥文本的赞祷最能体现出《薄伽梵往世书》对梵诗的热爱。虽然在情节上反而比较简单扼要(特别是那些家喻户晓的故事,比如《罗摩衍那》),《薄伽梵往世书》费篇幅倾情演绎奉献者对至尊主的赞美之词。文本运用这些赞祷来传达情感,讨论哲学,刻画性格。经常地,赞祷者会描述至尊主的身相之美,用言辞来描画形象。

尽管主要是作为古史被撰写出来,很多地方读起来就像一部厚重的哲学作品,充斥着艰深而古老的词语,然而,《薄伽梵往世书》最令人惊叹的特质却是其精妙的梵诗——贯穿于文本之中,到描述克利须那 Lila 的第十卷达至巅峰。精妙绝伦的韵律,别具一格的修辞,层出不穷的譬喻,皆屡见不鲜。《薄伽梵往世书》,按照它自己的说法,是为"美学家和精于品味者"而写的。

> 随着海底之毒被吸走,许多宝物如今也被搅拌而出:神牛苏拉比、

飞马、白象、宝石、如意宝树、吉祥天女拉珂施弥，甚至还有女酒神。每件珍宝都落入了最合适的接受者手中：众仙圣牵走了牛，天帝因陀罗要白象，拉珂施弥选毗湿努为夫，天魔占有了酒。

终于，甘露出现了！毗湿努的一个化身，俊美绝伦的答梵陀利手捧金罐破水而出。众魔先下手为强，从答梵陀利手中夺走金罐，一哄逃散。诸神再次求助于毗湿努，这次毗湿努化身为一妩媚女郎，名叫牟嘿妮。天魔们一见到她便被迷倒了，欢欢喜喜地献上甘露，对她说："我等无法决定究竟谁先饮用。你能帮我们平均分配吗？"

于是牟嘿妮让神与魔分坐两行，却将甘露单单分给了诸神。天魔们被牟嘿妮迷得晕晕乎乎的，竟然全无一语抗争。等到诸神喝光甘露，牟嘿妮现出毗湿努四臂原形，打破了众魔的幻想。

也许有人会问：毗湿努怎么不公正呢？天魔们不是也应该得到一半甘露吗？上帝也可以欺骗吗？《薄伽梵往世书》直接回答了这个问题：确实，魔与神做了交易，并为完成目标付出了同样的努力。但诸神是毗湿努的奉献者，而魔反对他。经文中说，把甘露分给魔，就像以奶喂蛇，只会让蛇更毒。

《薄伽梵往世书》并不赞成将道德或正义教条化。正法依于时地境遇；适于某人某地者不一定适于他人他地。例如，《往世书》严禁不敬师长（犹如因陀罗之于蒲历贺斯钵底，见第六卷），却赞成巴利大帝拒绝上师的不良建议（第八卷）。《薄伽梵往世书》衡量"公正"与否的黄金标准是巴克提。当行为受巴克提的驱动，当克利须那受到取悦，那么结果就只能是好的。

众魔自然心有不甘，便向天神发起了攻击。天神们得到甘露的滋养，也返身杀了回来。尽管必输无疑，众魔依然奋力苦战。最凶猛的战斗发生在天帝因陀罗和魔王巴利之间——言辞之争不输于动刀动枪。就在大战爆发之前，巴利告诉因陀罗："这场大战中的每个人皆为时间之力所驱迫，走向胜利、失败、荣誉或死亡。是故，生在这为时间所限制的世界里，智者无所欢喜，亦无所悲伤。"

从魔王口里吐出了聪明话？巴利的独白不只是行将失败者的酸葡萄。圣贤般的魔在《薄伽梵往世书》里占有重要的地位，天神们经常发现自己被这些出人意料的英雄夺了风头，巴利是其中的佼佼者。《薄伽梵往世书》将他表现为理想的奉献者、美德的典范，其魔族秉承只能让他的智慧和爱更加光辉灿烂。数章后我们又与他相遇，其间他自愿向毗湿努奉献一切——财富、江山和自己的肉身。

《薄伽梵往世书》有几处令人惊讶的角色反串，极有助于文本的"大叙事"，即巴克提，对克利须那的爱，胜过世间的任何权势。于是我们遇见比天神更好的魔，比丈夫更聪明的妻子，比婆罗门更纯洁的贱民。《薄伽梵往世书》承认，一般来说，魔是坏的，诸神是好的，但是有些魔，诸如巴利和巴腊陀，凭着他们的奉献心，好过任何一个天神。《薄伽梵往世书》赞成一种老套的女性观（作为诱惑者，例如我们在前面所看到的），但是有些妇女，诸如提婆瑚蒂、贡蒂和博罗遮的牧女们，却是爱的理想、哲学讨论的对话者以及男人的导师。《薄伽梵往世书》无疑是一部婆罗门性质的作品，不断赞美祭祀阶级的特权地位，但是有些婆罗门如图尔华刹却发现自己被圣王或谦卑的奉献者所超越（第九卷第四章）。古印度的故事被颠覆：在天帝因陀罗和魔王伏黎多之间的战斗中（《梨俱韦陀》第一卷第八十曲有述），《薄伽梵往世书》里的伏黎多成了英雄和天帝的老师。《薄伽梵往世书》借此强调，巴克提凌越尊卑。

　　《薄伽梵往世书》对整个述事总结如下："那些不断听闻和诵读这个搅海故事的人，其精进不会在任何时地受到阻碍，因为讲述至尊主毗湿努的品德能消除一切尘世苦恼。我向主顶拜，他让皈依者的心愿得以实现。"

　　通常，往世书述事都以论说听闻者所获得的利益（phala-sruti）结尾。这里，《薄伽梵往世书》用这段话来强调巴克提的两种主要修法——听闻、讲说圣言。这两种修法是第七卷所讨论的巴克提九支中的首二支——听闻毗湿努、复述他的名号和功业、忆念他、服侍他的莲花足、崇拜他、赞美他、成为他的仆从、成为他的朋友、为他奉献自我（第七卷第五章）。透过在搅海故事的末尾提及这些行为，《薄伽梵往世书》提醒我们，阅读这段叙事自有其非常实际的目的——培养奉爱进而破除烦恼。

　　逐渐深入《薄伽梵往世书》的世界，我们发现值得对贯穿搅海故事的一个行为加以反思，也就是说，搅拌。确实，搅拌这个行为是练习阅读一部圣典的恰切隐喻，尤其是阅读《薄伽梵往世书》。就像大海，《薄伽梵往世书》因为无穷无尽的意蕴和百科全书式的内容而出名。正如神与魔合力反复搅拌海水以萃取甘露，读者也受到鼓励，反复"搅拌"《薄伽梵往世书》，从而饮用那"消除尘世一切苦恼"的 Lila 之甘露。事实上，《薄伽梵往世书》开篇就向读者呼唤："此《薄伽梵往世书》乃韦陀宝树之熟果，又混合了叔伽天人口中流出的甘露，好味者啊，请一次又一次饮用这玉露琼浆！"（第一卷第一章第三颂）

目　　录

第一卷 / 001

　　第一章　千年火祀 / 002

　　第二章　天书奇谭 / 005

　　第三章　成圣之路 / 008

　　第四章　混元神光 / 012

　　第五章　箭床开示 / 016

　　第六章　神都之主 / 019

　　第七章　明王降世 / 022

　　第八章　独龙涅槃 / 024

　　第九章　主神隐迹 / 027

　　第十章　魔君喀利 / 030

第二卷 / 035

　　第一章　天子弃世 / 036

　　第二章　至尊天鹅 / 040

　　第三章　薄伽梵法 / 042

　　第四章　四面梵天 / 045

　　第五章　四种子偈 / 048

第三卷 / 051

　　第一章　皇叔出走 / 052

  第二章 仙圣传心 / 056

  第三章 魔王乱世 / 062

  第四章 创世大业 / 069

  第五章 天人数论 / 071

第四卷 / 083

  第一章 兽主复仇 / 084

  第二章 北极星君 / 093

  第三章 射地神王 / 104

  第四章 水底修士 / 118

第五卷 / 137

  第一章 明王追日 / 138

  第二章 人天奇情 / 141

  第三章 裸形化身 / 144

  第四章 帝子化鹿 / 148

  第五章 大痴说法 / 151

  第六章 山海演绎 / 162

第六卷 / 175

  第一章 浪子归魂 / 176

  第二章 鹅王密咒 / 183

  第三章 金刚伏魔 / 189

  第四章 凡圣因缘 / 202

  第五章 魔母守誓 / 212

第七卷 / 217

  第一章 魔剑狮心 / 218

第二章　三城射手 / 240

第八卷 / 241

　　第一章　象王皈命 / 242
　　第二章　搅拌乳海 / 246
　　第三章　大神迷情 / 259
　　第四章　童子步天 / 262
　　第五章　洪水神鱼 / 277

第九卷 / 281

　　第一章　雌雄人君 / 282
　　第二章　二王嫁女 / 285
　　第三章　狂龙有悔 / 288
　　第四章　阴差阳错 / 293
　　第五章　人牲献祭 / 296
　　第六章　河落九天 / 298
　　第七章　圣情魔性 / 301
　　第八章　罗摩衍那 / 303
　　第九章　日族兴衰 / 308
　　第十章　天女临凡 / 310
　　第十一章　持斧煞星 / 314
　　第十二章　二雌争风 / 318
　　第十三章　沙恭达罗 / 323
　　第十四章　舍身救苦 / 325
　　第十五章　列王谱系 / 326

第十卷 / 331

　　第一章　圣母蒙难 / 332

第二章　诸天赞祷 / 336

第三章　主神下凡 / 339

第四章　暴君屠婴 / 342

第五章　难陀庆生 / 345

第六章　罗刹女妖 / 348

第七章　圣婴除魔 / 351

第八章　吞吐天地 / 354

第九章　上主就缚 / 358

第十章　财神之子 / 360

第十一章　游戏人间 / 363

第十二章　千旬蟒怪 / 367

第十三章　梵天盗牛 / 370

第十四章　林中驴妖 / 376

第十五章　降伏毒龙 / 379

第十六章　夏日逍遥 / 384

第十七章　灵境秋色 / 387

第十八章　神笛礼赞 / 390

第十九章　顽童盗衣 / 392

第二十章　牧尊乞食 / 395

第二十一章　力举山王 / 398

第二十二章　龙宫救父 / 403

第二十三章　月夜幽情 / 404

第二十四章　牧女雅歌 / 407

第二十五章　罗娑之舞 / 412

第二十六章　蟒口余生 / 414

第二十七章　相思歌咏 / 416

第二十八章　牛魔马妖 / 418

第二十九章　命运使者 / 422

第三十章　美男倾城 / 427

第三十一章　毙象屠龙 / 431

第三十二章　冥都救恩 / 435

第三十三章　信使传情 / 438

第三十四章　蜂使之歌 / 440

第三十五章　出使象城 / 446

第三十六章　大海神都 / 448

第三十七章　飞龙夺凤 / 453

第三十八章　爱神转世 / 459

第三十九章　宝石谜案 / 461

第四十章　黑天抢亲 / 465

第四十一章　诛魔盗宝 / 468

第四十二章　游龙戏凤 / 471

第四十三章　古堡梦郎 / 475

第四十四章　枯井巨蜥 / 479

第四十五章　罗摩还乡 / 482

第四十六章　真假天人 / 484

第四十七章　醉打狂猿 / 486

第四十八章　神犁降国 / 488

第四十九章　凡夫显相 / 491

第五十章　计劈修罗 / 495

第五十一章　天子大祭 / 499

第五十二章　大战飞舟 / 502

第五十三章　龙行天下 / 506

第五十四章　贫贱之交 / 509

第五十五章　俱卢重逢 / 513

第五十六章　亡儿复生 / 519

第五十七章　韦陀说法 / 524

第五十八章　手指爆头 / 526

第五十九章　混沌大水 / 529

第六十章　游戏三昧 / 533

第十一卷 / 537

  第一章　九子论道 / 538
  第二章　最后宝训 / 545
  第三章　神族湮灭 / 578

第十二卷 / 583

  第一章　末世预言 / 584
  第二章　地母之歌 / 587
  第三章　在劫难逃 / 590
  第四章　圣典缘起 / 593
  第五章　老祖历幻 / 595

后记 / 602

第一卷

第一章　千年火祀

吉祥赞

唵！顶礼薄伽梵、华胥天人！彼乃天地万物成住坏灭之根源；彼或直接或间接觉知一切存有；彼独立而不改，先天地而存在；彼首传韦陀于梵天①内心；彼甚至置诸神仙圣于幻觉，其状一如见火而作水想、见水而作陆想；由于彼，为三极气性（tri-guna）之互动所化现的无常世界乃看似真实，虽然其本性无非虚幻；彼永恒居于超绝无妄之乡；彼乃绝对真理，我所冥思！

拒斥一切受功利心驱使的宗教礼法，《薄伽梵往世书》阐扬最高义谛，唯有心地彻底纯净的奉献者始能觉解之。最高义谛真实无妄，饶益一切有情，连根拔除所有三重苦。此《胜妙薄伽梵经》为摩诃牟尼毗耶婆所撰，本身足以开启神圣觉性。其他经典还有何用？只要专注、顺服地听闻《薄伽梵往世书》，透过培养这门学问，至尊主便会充盈于内心，无有迟延。

《薄伽梵往世书》乃韦陀宝树之熟果，其甘露般的液汁早已为众人乃至解脱者所嗜爱，而如今又流出于叔伽天人之口，自然愈发甘美可口。精湛且深思的好味者啊，请品尝它！

南瞻部洲婆罗多之地。大约五千年前，喀利纪之初，就在薄伽梵克利须那离开地球不久，以邵那伽真人为首的诸多圣哲聚集于飘忽林（Naimysharanya）中，举行了一场旷日持久的秘密火祭。这个极其神圣的地方据说是天地的中心。创世者四面梵天曾以冥思之力创化出一个无与伦比的巨大时轮，环绕整个宇宙，这时轮的枢轴便是飘忽林。祭祀整整持续了一千年，圣哲们的头面躯干都被祭祀之火熏黑了。预见到喀利纪的可怕影响，为了救助将在未来投生的芸芸众生，

---

① 梵天，梵文 Brahma，或译"婆罗贺摩"。

圣哲们选择了这片神秘的丛林进行祭祀，因为在这里举行的祭祀能够克制黑暗魔力的侵蚀。

一日，做完晨课和火祀之后，诸圣哲恭请苏陀大士①升座，然后提出了关系到未来众生命运的六个问题。

诸圣哲说道："苏陀，作为一名恭顺好学的弟子，你凭着上师的慈悲已彻悟真如。请告诉我们，对于众生而言，何为绝对、究竟的利益？当此喀利纪，众生短寿、好斗、怠惰、不幸，受到蒙蔽，被种种烦恼所困扰。诸多启示经典已流传世间，为人类厘定了无数的礼法职分。为了未来众生的利益，请择取这些圣书教典中的精华加以阐释，让他们焦渴的心灵得到完全的满足。

"大士，你知道为何至尊者要显现于提婆吉的子宫，就像人类一样现身于世。我等非常渴望了解他，以及他的诸多化身。请向我们述说他绝顶奇妙的逍遥游戏。仅仅持诵他的圣名，甚至在无意识的状态下，都能立即使人摆脱生死的缠缚。因此，像那罗陀之类的伟大奉献者总是在唱诵圣名、礼赞他的荣耀。人若与这样的纯粹奉献者接触，能够立即得到净化，相反，在恒河中沐浴只能使苦修者逐渐净化。听闻有关至尊者的圣言，我等从不餍足，因为对于那些深入天人之际的灵修者来说，这样的听闻令人喜不自禁。如今薄伽梵克利须那已永返故乡，我们从何处寻求真正的大法？我们渴望聆听到历代先师的训诲，如此能使我等得到提升。真正想要从这个纷争世代得到解脱的人，谁会不愿意听闻至尊者的荣耀？"

苏陀大士向上师叔伽天人恭敬顶礼，然后回答道："诸圣，你们的提问应受赞美，因为它们牵涉到薄伽梵克利须那，故而事关天下苍生。一切众生之至高大法就是以超越之爱侍奉至尊者。这样的超越之爱必须是毫无动机、永不中断的，如此，自我才能得到彻底的满足。巴克提瑜伽②是最圆满、最殊胜的灵性法门，对献身此道者，觉悟和超脱将不期而至。

"一切劳苦若未能唤醒我们内心对听闻圣言的渴望，皆为无用之功，因为人生的目的就在觉悟自我。这宝贵的人形生命绝不能只用来积聚资财。无论取得多大的财富，都应该用来侍奉至尊者，而不只是为了个人的享用。

"在经典的论述中，虽然道是一，根据修道者的修炼法门和境界，却分而

---

① 哥史华米，梵文 Goswami，意为"感官之主"，是出家僧人的一种称号，旧译"调御丈夫"，拙译袭用佛家"大士"之号。

② 巴克提瑜伽，梵文 Bhakti Yoga，即"奉爱瑜伽"，以侍奉至尊者薄伽梵克利须那为其宗旨。

为三，此即梵、超灵、薄伽梵。人生最究竟的归趣就是取悦至尊者，为此智者应以至诚之心，习于听闻、荣耀、冥思、崇拜至尊者。不断念想至尊者所生成的力量就像利剑，能助巴克提行者切断业力的死结。哪一个心智健全的人会拒绝听闻圣言？

"通过侍奉纯粹的巴克提行者，一个人就会开始喜欢听闻圣言。之后，若此人对这样的听闻诚敬有加，薄伽梵克利须那，作为他心中的胜我，就会清除他内心一切享乐的欲望。是故，听闻圣言，其本身就被认为是最高形式的虔敬。

"当心中的一切不祥都被摧毁时，对至尊者的超越之爱，就会像不可逆转的事实一样成为现实。此时，阴阳之气的变化，诸如淫欲和贪婪，就会从心中消退，人便处于纯粹的中和气性。在这超越之境中，行者彻悟天理，蝉蜕于一切尘染。

"此时，人便能洞见其永恒真性，以及天命之所在。为此之故，自太古以来，一切贤圣皆以爱敬之心侍奉至尊者——薄伽梵克利须那。虽然他们也礼敬天神，诸如梵天、湿婆、杜尔伽①之类，却拒绝崇拜这些由气化而生成的形体。那些诚心渴求解脱的人只崇拜太一毗湿努，了知毗湿努才是一切学问、祭祀、瑜伽和苦修的究竟归趣。犹如烈火传薪，至尊者有无数的化身，例如毗湿努、罗摩②、尼黎僧诃、筏罗诃等。这些化身皆为至尊者之分身或分身之分身，唯有薄伽梵克利须那才是首出的至上主神。"

---

① 杜尔伽，梵文 Durga，难近母，或突伽。
② 罗摩，梵文 Rama，至尊者的化身，生于太阳王朝，即《罗摩衍那》的主角。

第二章　天书奇谭

苏陀大士道："这部我将要讲说的《薄伽梵往世书》，乃至尊者之圣言化身。是毗耶娑天人①——至尊者的化身之一，撰作了这部无上秘典。从韦陀诸经传以及史乘中汲取精华，毗耶娑撰成此书，然后传给他的儿子——叔伽天人。接着，叔伽天人向伟大的君王巴力克斯讲述了这部《薄伽梵往世书》，其时巴力克斯正趺坐于恒河岸边，等待死亡降临。

"这部《薄伽梵往世书》如同太阳一样光辉灿烂，升起于薄伽梵克利须那离去之后的黑暗中。生活在喀利纪，被无明之夜夺走视力的人们，将从这部无上秘典中获得启明。叔伽天人讲述之时，我也在场谛听。凭着上师的慈悲，我彻底参透了这部超然秘典的奥义。现在，我要让你听到我所听到和证悟到的一切。"

邵那伽真人问道："苏陀大士啊，我等极为渴望听闻这部《薄伽梵往世书》。请问，毗耶娑如何，在何时，为何想要撰写这部圣典？

"虽然像疯子一样浪迹天涯，叔伽天人却是真正的觉者。象城②之民如何对待他？巴力克斯又如何能够遇到他，使这部《薄伽梵往世书》显现世间？巴力克斯大帝是天下之共主，也是第一等的巴克提行者，为什么他要舍离一切，到恒河岸边，绝食待尽？这位君王正当壮年，甚至敌人都会跪倒在他的足下，进贡财宝，以求苟免。为什么他要舍离一切，包括自己的性命？君子不为私欲而生，即便巴力克斯大帝没有对尘世的贪恋，他怎么能抛弃形骸，使臣民失去庇护？"

苏陀大士答道："现今是人祖毗华史梵陀治下的第二十八劫。在四面梵天的一天里，当这个劫③出现之时，第二纪与第三纪换位。这个调整是由于薄伽梵克利须那的降世。就在第二纪的第三阶段，作为萨提耶筏蒂和大哲钵罗萨腊之子，

---

①毗耶娑天人，梵文 Vyāsa deva。deva 本意是"天神"，旧译"提婆""天人"，这里是对修道者的敬称。"天人"典出《庄子·天下》："不离于宗，谓之天人"，尤合梵文古义。

②象城，梵文 Hastinapura，意为"大象之城"，即今德里旧城所在。其城墙至今犹存。

③一个劫（kalpa）由四纪构成，即 Satya yuga, Dvapara yuga, Treta yuga, Kali yuga。纪，梵文 yuga。

毗耶娑出世。"

毗耶娑的隐修所位于桑耶柏罗莎，靠近巴答黎喀净修林，在喜马拉雅群山之中。一日，于莎拉斯筏底河洗沐之后，毗耶娑趺坐于河畔，其时正当日出。以觉者之法眼，毗耶娑预见喀利纪之劫难即将来临。深知此纪众生性情愚钝、浮躁，难以醒觉，毗耶娑乃陷入沉思。

在此之前，毗耶娑已将自古传承的韦陀圣典拣分为四，是为梨俱韦陀、三曼韦陀、夜柔韦陀、阿闼婆韦陀。毗耶娑传梨俱韦陀于钵罗真人，传三曼韦陀于羯弥尼，传夜柔韦陀于钵尚跋耶拿，传阿闼婆韦陀于安吉罗牟尼。他又撰诸往世书，传罗摩哈沙拿，亦即苏陀之父。此后，毗耶娑诸弟子传经于各自门弟子，如是韦陀法脉流传于世，并以师承世系相授受。接着，为了饶益钝根之人——妇孺、贱民以及失去名位者，毗耶娑撰作了人类第一部史诗《摩呵婆罗多》。

令毗耶娑感到不安的是，虽然自己殚精竭虑，力图利益众生，但内心并没有得到完全的满足。深思之际，他自忖："我历经种种峻厉苦修，诚心崇拜韦陀、上师以及祭坛。此外，我持戒精进，撰《摩呵婆罗多》，广传正法。可是，即便有如许成就，我犹觉未获圆满。这究竟是什么原因？"

正当毗耶娑感觉郁闷之时，他的上师那罗陀突然现身。毗耶娑立即起身顶礼，之后请那罗陀坐下，促膝论道。那罗陀神通超迈，早知弟子症结所在，乃微笑道："钵罗萨腊之子啊，你一直在劝勉他人与自己的形骸认同，现在满意了吗？毫无疑问，你已然臻达圆满悟境。你所撰作的史诗《摩呵婆罗多》无与伦比，其中体现了精详的韦陀正法。你所撰作的《韦檀多经》，对非人格之梵的论述深邃细密。想想这些，你怎么还不心满意足？"

毗耶娑答道："那罗陀，你所言不差。尽管成就斐然，我却并不满意。你的学识无量无边，我向你乞求，请你告诉我，我烦恼的原因。就像太阳，你可以在三界之内的任何地方遨游；就像空气，你可以穿透一切有情的内心。实际上，你与大我合而为一。因此，请点破我的缺失，给我指引。"

那罗陀单刀直入："你没有正面传扬至尊者的超上荣光。任何不曾满足至尊者的学说，皆为无价值之学说。你高张法、利、欲乐、解脱，却没有正面讲说至尊者的荣耀，以及巴克提瑜伽——精诚洁净的奉爱之道。不论及至尊者荣耀的话语就像乌鸦的朝圣所。可是，讲述至尊者之名相、功业的文献，即便撰写不当，也受到伟大灵魂的欣赏。

"甚至不曾论述天道之人格性一面的所谓玄理，都无法寄托性情，何况追名逐利之举，其本性无常空苦。你用隔绝天人的手法论说大道，已然迷惑了世人。你与世浮沉，允许世人享受天上人间的欲乐，如此你鼓励他们用正法的名义，加剧心灵的疾患。你的所作所为给世人的精神救赎之路制造了巨大的障碍，所以你的事业必受谴责。

"你当引领世人走上纯粹奉爱之路，因为如是作为者，永无败坏，而不仁者却终将一无所获。即便一个初阶的巴克提行者，有时跌倒，却不会失落。他所养成的超然情味将在未来使他重返灵性之途，从跌倒处继续前行。

"毗耶娑啊，你当冥思至尊者的逍遥游戏。之后撰写一部别样的经典，对此做出详尽的叙述，让世人仅仅通过听闻这部经典，就能解脱于尘世的缠缚。得道之士早已确认，一切精进之举，诸如读经、举祭、布施，其究竟归趣即在唱赞、听闻至尊者的超上荣光。为了向你阐明精诚奉爱之妙境，我要告诉你我的人生历程。"

第三章　成圣之路

那罗陀牟尼说道:"时当梵天珞珈之前一日,我降生为女佣之子。我母亲在一所婆罗门隐修院里帮佣。一次,正值四月雨季,一些韦檀多①派瑜伽修士滞留在那里,闭关苦修。因为母亲被指派服侍这些圣人,故此我也得到机会,为他们做点事情。虽然待人平等,这些韦檀多的追随者,出于无缘大慈,却给了我祝福。因为我虽然还是个孩子,却能自制,也不多嘴。我不爱玩耍,更不淘气。

"有一次,在他们的许可下,我取用了他们吃剩的食物。结果,我的一切罪业即刻烟消云散。因为这个缘故,再加上服侍这些了不起的圣人,对至尊者的超越之爱深深地吸引了我。在与他们的交往中,我听闻至尊者克利须那的逍遥游戏。经常这样聆听,我对这些话题的兴味与日俱增。当这趣味变得非常强烈时,我开始全神贯注于听闻有关至尊者的圣言。不久,阴阳二气②的作用在我心中彻底消解,这让我觉悟到,把粗身与细身③当作自我,不过缘出无明。我深深地爱上了这些心地纯净的巴克提行者。我变得温雅谦恭,并严格奉行他们的教导。

"就在临走之前,这些韦檀多派瑜伽修士传给我由至尊者亲自讲说的秘密灵知。如此,我学会了格物践行,这是一门妙用万物以侍奉至上的道术,目的在于最终回到至尊者的身边。毕竟,致人患病的东西,若经医家运用,不是也能治病吗?由于至尊者的慈悲,就在我全心投入奉献服务之际,先是超世觉悟逐渐生起,接着出现神通妙术,最后,对至尊者亲密的超越之爱喷涌而出。

"毗耶娑啊,我要你详尽地阐演至尊者的逍遥游戏,因为这能救助业已堕落的、在尘世诸苦中挣扎求存的有情众生。"

---

① 韦檀多,梵文 Vedanta,即"韦陀经之究竟秘义"。韦檀多派以遵奉奥义书以及《韦檀多经》(Vedanta Sutra)而得名。
② 阴阳二气:梵文 raja guna,即"阳气";梵文 tama guna,即"阴气"。
③ 粗身即由粗糙的物质元素构成的躯体;细身是由心智意识构成的精微身体。

毗耶娑问道："我师，当这些圣贤离去之后，你如何行事？经过他们的灌顶，你如何度过一生？随着时间流逝，离开老旧的形骸之后，你如何获得了现在的身体？时间毁灭万物，你又怎么能记住梵天的前一日所发生的那些事情？"

那罗陀牟尼回答道："那时我只有五岁，是我母亲的独生子，所以她想用母爱之索绑住我。她尽心竭力看顾我，然而，因为世人并无自主性，所以根本无能为力。

"一天，我母亲晚上出去给母牛挤奶，脚被毒蛇咬伤，结果中毒身亡。我将此视为至尊者的特殊恩慈，因为我深知，他总是想着他的奉献者的福祉。尽管没有对外面世界的经验，我仍立即抛下一切，启程往北进发。经过无数的市镇、村庄、丛林、高山、峡谷，我来到一片令人畏惧的黑暗丛林，那里是毒蛇、鸱鸮、豺狗的乐土。因为又饥又渴又劳累，身心疲顿，我寻到湖边，喝水，洗沐，恢复精力。

"然后，我在附近的一株菩提树下结跏而坐，依照圣人们的开示，开始冥思心中的超灵。此时，专注于至尊者的莲花足，心念在超越之爱中倏然转变。就在泪水夺眶而出之际，至尊者在我的心莲之上现身了。欢喜的觉受让我极度激动，身体的每一个部分都徜徉在法喜的海洋之中。我沉浸其中，看不到主，也看不到自己。

"见到至尊者形体所带来的喜乐妙不可言。因此，当这个形体从眼前消失时，我在震惊之下，一跃而起，就像丢失了最心爱的东西。我强烈渴望再见到我的主，可是不管我多么下功夫，想要用冥思之力将他带回来，我的主却再也没有出现。我极度失望，陷入哀愁之中。

"看到我在孤独中的努力，至尊者，还是在幽隐之中，用异常庄严之声，向我传语，以此抚慰我的悲伤。至尊者说道：'那罗陀啊，我很遗憾地告诉你，这一世你再也不能够见到我了，因为人若未曾彻底清除尘染，是无法接近我的。这次我向你现身，是我格外的恩典，是为了加强你来到我身边的愿望。请你放心，由于我的慈悲，无论你的灵修进度，还是你对我的冥思，都永不会中断，即便在宇宙毁灭或创造之时。如是，在舍离这无常空苦的尘世之后，你将回归不死之乡，来到我的身边。'"

那罗陀牟尼继续说道："至尊者消声隐去之后，我心灵深处生起巨大的感激之情，情不自禁地俯下身来，叩首顶礼。自那以后，我行脚天下，自得其乐，守虚谦下，无羡无妒。我不管俗情世故，只知唱赞至尊者的圣名和荣耀。就这样，我完全沉浸于对薄伽梵克利须那的冥思，年深日久，便摆脱了一切执着，最后出离尘世。就在死后的刹那，我立时得到了一具超凡的身体，就像闪电划过，照亮苍穹。

"时当梵天一日之终，至尊者拿罗衍那横卧于混沌大水之时，我随着他的呼吸，与梵天以及所有创世元素一起进入他的身体之内。梵天在胎藏海毗湿努①的身体之内待了一千个劫，度过了他的一夜。

"其后，我与生为梵天诸子的众仙真一道降世，但与他们不同，我的形体全然灵性。自此，在至尊者的恩典之下，我四处云游，自由自在，随意出没于灵界和世间。我就这样一路唱赞着至尊者的荣耀，伴随我的是一把克利须那送的七弦琴。只要我开始歌颂他的荣耀，至尊者便会立即现身于我心中的莲花座上，就好像听到召唤一样。

"毗耶娑啊，如是我亲身体验到，对于身陷诸苦的有情众生，渡过无明苦海的舟楫，就是不断唱赞至尊者的圣名和游戏。修炼瑜伽，调伏诸根②，可以暂时减轻有身诸苦，但只有对至尊者精勤不懈的服务奉献，才能让灵魂得到真实的满足。"

说完之后，那罗陀拨响琴弦，飘然而逝。尔时，毗耶娑趺坐于莎拉斯筏底河之西岸，触水净身，以无染之心进入禅定。于三昧之境，毗耶娑天人看见了至尊者毗湿努，背后是气母③，完全在他的掌控之下。由气化流行所造成的幻觉能够被巴克提瑜伽所驱散，但是，因为世人对此一无所知，所以毗耶娑撰写了这部天地间第一奇书。仅仅通过听闻这部绝世圣典，对薄伽梵克利须那的超越之爱就会立刻在心中萌发，从而熄灭一切哀恨、幻惑与畏怖之火。

在梵天的前一世，那罗陀曾经转生为歌仙，名为乌波巴哈拿。他天生俊美，受到众歌仙的追捧。尤其当他披挂鲜花、涂抹香檀之后，更是惹得仙女们春心荡漾。就这样，乌波巴哈拿被淫欲冲昏了头脑，成了一个只知拈花戏蝶的浪荡子。

有一次，众神举行唱赞庆典，荣耀至尊者。天上所有的歌仙、天女都受到

---

① 胎藏海毗湿努，梵文 Garbhodakashayi Visnu，为大毗湿努的第二重扩展。其时大毗湿努产卵，谓之金胎，内蕴一切创造之元素。其后，大毗湿努又扩展为胎藏海毗湿努，卧于金胎之中，胎藏海之上，创生天地人神。故毗湿努亦名"拿罗衍那"，梵文 Narayana，意为"卧于水上之人"。

② 诸根，即"诸感官"，如眼、耳、鼻、舌等。

③ 气母，即"物质自性"，梵文 prakrti，这里也指物质自性的御神——Rama devi。气化，就是物质能量的变化。

邀请。在众仙女的簇拥之下，乌波巴哈拿翩然出场，高唱诸神赞歌，愚蠢地置至尊者于不顾。由此他造下了两个冒犯——在好色女人的陪伴下参加唱赞庆典，以及把诸神等同于至尊者。这立即招来了众生主[①]的不满，乌波巴哈拿被诅咒投生到贱民[②]之家，夺去一切美质。结果，乌波巴哈拿堕下天庭，降生为女佣之子。以上便是仙圣那罗陀的前世今生。

[①] 生主，梵文 Prajapati，掌管生育繁殖的天神，是众生灵的祖先。
[②] 贱民，即首陀罗，梵文 Sudra，意为"仆役"，是古印度社会的最低种姓。

第四章　混元神光[①]

　　俱卢大战，般度族与俱卢族之军尽皆覆没，杜瑜檀那腰腿已被毗摩手中之铁锤震碎，扑倒在地。就在前一夜，陀拏之子阿史华闼摩乘诸将熟睡之际，潜入般度军营，砍下了图鲁波提五子的头颅。此时，为了让杜瑜檀那高兴，阿史华闼摩将五子首级献到他的面前。然而，狄多罗史德罗之子杜瑜檀那却为社稷失嗣而懊丧万分。

　　图鲁波提听说诸子被害，不由悲从中来，恸哭不止。阿周那安慰妻子："我要用我的甘狄筏弓放出的利箭射落阿史华闼摩的头颅，用这头颅换去你的泪水。然后，焚烧掉孩子们的遗体，让你踩在这头颅上净身，洗掉一切悲伤。"

　　说完这番话，阿周那豪气冲天，立时顶盔挂甲，登上全副武装的战车。薄伽梵克利须那为他的挚友牵起缰绳，驾车如风，前去追赶陀拏之子。远远看到阿周那追上来，阿史华闼摩加鞭疾驰。赶了一段路，阿史华闼摩的战马已经疲惫不堪。命悬一线之际，阿史华闼摩自思只有发射混元神光，才能保住性命。于是他跳下马车，触水净化，摄心念咒，施放混元神光。一刹那间，白炽之光遍布十方。

　　漫天光华逼来，阿周那心生畏怖，对克利须那说道："我主，你是至尊真宰，只有你能施无畏于敬信者之心。这可怕的光灿怎么会笼罩八方？"

　　克利须那答道："这是阿史华闼摩放出了混元神光，欲做最后一搏。只有用混元神光才能克制混元神光，你必须立刻应对。"

　　阿周那触水净化，绕至尊者环礼三匝，然后摄心念咒，祭起混元神光。瞬间，两道白光相射，汇聚成巨大的火球，笼罩苍穹，三界为之焦枯。眼见诸界将毁，阿周那即刻念咒收回两道神光。

　　震惊之下，阿史华闼摩束手就擒。阿周那睚眦欲裂，拿住阿史华闼摩后，就像对待牲口一样，将他五花大绑，押回大营。路上，克利须那对他说："你绝对不能放过这个滥杀无辜的恶徒。如此杀人破坏了正法。这个残忍的恶徒该

[①] 混元神光，梵文 brahmam-astram，或译"梵射光"，其威力似乎近于核子武器。

受刑戮，杀了他是为了他好，要是不受惩罚，他要带着这个罪孽堕到地狱，受无量之苦。"

虽然受到克利须那的试探，但阿周那内心并不欲置阿史华囤摩于死地。回到营地后，阿周那将阿史华囤摩先押到哀伤不已的图鲁波提跟前。看到眼前五花大绑的阿史华囤摩，善良贤淑的图鲁波提还是像接待婆罗门一样，起身行礼。她根本不忍心看到丈夫的师尊之子受到这般屈辱。

图鲁波提于是祈求阿周那："放开他吧，他是婆罗门，如同我们的师长，应该受到礼敬。我不想让凯瑞比①也跟我一样遭丧子之恸，终日哭泣。假如刹帝利触犯、惹怒了婆罗门，那会使他的整个家族陷入灾难。"

尤帝士提尔②率先赞同图鲁波提，接着那拘罗、萨贺提婆、萨提耶基、克利须那、阿周那，以及在场的所有妇人，皆一致附和。只有毗摩强烈反对，扬言要当即处死阿史华囤摩。就在毗摩举锤欲击，图鲁波提上前劝阻之际，薄伽梵克利须那突然在双臂之外又现出另外两臂，隔开二人。

看到阿周那满脸迷惑，克利须那笑道："婆罗门之苗裔不应受到伤残，但假若他侵犯他人，便须处死。我心爱的阿周那啊，你必得兑现对图鲁波提的许诺，同时还须遵行经教正法。另外，你的所作所为还要让我和毗摩都能满意。"

虽然克利须那之言看似模棱两可，阿周那却明白了他的意图。于是阿周那拔剑在手，削去了阿史华囤摩的头发，连同顶上佩饰的珠宝。因为所行不义，陀拏之子已然体无光华，如此削发夺饰之后，愈显枯萎。接着，阿史华囤摩被松了绑，赶出辕门。对于一个像他这样的盖世英雄，这番羞辱简直比死还难堪。

之后，般度族人和俱卢族人一起赶到恒河岸边，为逝去的亲友奉上恒河之水。行完祭奠之礼，众人散坐于水边树下，悲悼不已。看到这情景，克利须那以及诸仙圣便想着该当开示大法，抚慰未亡。

这样又过了一段时间，克利须那让尤帝士提尔行了三次马祭，其间克利须那受到了以毗耶娑为首的众婆罗门的崇拜。然后，克利须那决定带雅度族人返回国都杜瓦拉卡。就在克利须那登上战车之际，乌妲罗③匆匆赶来，一路哭叫："诸神之神啊！求你救救我！一支带火的利箭正向我飞来！如果这是你的意志，就让它烧死我好了，可是求你不要让我腹中的孩子死去！"乌妲罗所怀的，正

---

① 凯瑞比，阿史华囤摩之母。
② 按长幼之序，般度五子分别为：尤帝士提尔、阿周那、毗摩、那拘罗、萨贺提婆。
③ 乌妲罗，阿毗曼羽之妻。阿毗曼羽是阿周那之子，战死于俱卢之野。

是阿毗曼羽的遗腹子、阿周那之孙——巴力克斯。

克利须那知道这是阿史华闼摩又一次放出了混元神光，想要诛灭般度族的最后一支血脉。危急之下，克利须那祭起法轮，以玄通内力护住乌妲罗的子宫。混元神光遇上法轮雄强之力，立时被化解于无形。

救了乌妲罗之后，克利须那再次准备启程。此时，太后贡蒂，领着般度五子，跪倒车前，顶礼祷告："我主，向你顶礼！你是真宰，不受染污。你遍在万有，无分内外，而万有却无从知晓你。你玄之又玄，藏于摩耶①之后，恰似台上化过妆的优伶，无人能识。

"如今，你化身降世，付法传心，重光大道。你已成为筏殊提婆②之子，给提婆吉、难陀③以及宾陀林的牧人带去了喜乐。你就是使乳牛欢喜的哥宾陀。主啊，我向你顶礼！你的肚脐深陷，好似一朵莲花；莲花串一直是装饰你的花鬘；你的顾盼，清凉犹如莲瓣；莲花纹路，印在你的脚掌。

"克利须那啊！诸根之主，众神之神！你把你的母亲提婆吉、我和我的孩子们，从接二连三的危难中解救出来。你让我们从毒饼、大火、夜叉、诡计、放逐、恶战之下一次又一次死里逃生。这次，你又救我们于阿史华闼摩之毒手。但愿那一切灾难会不断地发生，好让我们能够一次又一次地见到你，因为一旦见到了你，我们便不会再落入生死轮回。我主，对于那些一无所有、山穷水尽的人，你近在咫尺；但对于追逐名利、自矜美富之徒，你却远过天边。

"我主，当你像人类一样游戏时，你的作为格外让人难以理解。虽然连死神都畏惧你，你却害怕母亲耶输陀。当耶输陀拿起绳子要绑你的时候，你惊慌的眼睛里居然涌出了泪水。

"我主，你已做完了你的工。你的降临，拂去了一切针对你身份的穿凿戏论，为听闻、唱赞你的荣耀，选好了话语。我们全然仰赖你的慈悲，难道你现在就要离开我们吗？没有你吉祥的临在，一切都将成为虚无。因为有了你的顾盼，才有天地之大美；有了你的莲花足印，才有我们江山的富丽。你若离去，这一切都将不复存在。

---

①摩耶，梵文 Maya，本意为"不是这个"，引申为"幻"，因为世界本幻，所以也指世界或物质自然。

②筏殊提婆，梵文 Vasudeva，克利须那之父。克利须那也常被称为"华胥提婆"。提婆是梵文 deva 的音译，意思是"神"或"天人"，故华胥提婆也可译为"华胥天人"。

③提婆吉是克利须那的生母。难陀、耶输陀是克利须那在宾陀林时候的养父、养母，那时他是一个牧牛郎，被称为"哥宾陀"（Govinda）。

"我请求你斩断我对孩子和族人的亲情,好让我只受你吸引,就像恒河入海,一往东流。"

听完贡蒂的祈祷,克利须那只是淡然一笑。那绝世笑颜,就像他的玄通一样,深不可测,令人颠倒。然后,薄伽梵克利须那步入象城帝宫,打算向宫中其他女眷辞行。就在这时,尤帝士提尔王又拦住克利须那,请求他留下再住一段时间。虽然受到众多圣贤,包括毗耶娑,甚至克利须那本人的开导,这位天子还是无法从俱卢大战的阴影中解脱出来。在人伦惨变的打击之下,尤帝士提尔就像一个凡夫俗子,苦恼不已。

尤帝士提尔悲叹:"啊,这可怕的命运征服了我!我是罪孽最重的罪人,千百万人因为我而死去。就算我忏悔几百万年,都无法逃过等待我的地狱。我杀了那么多丈夫、儿子、父亲、兄弟。我在女人心中种下的怨仇,永远无法弥缝。就像脏水无法用泥土过滤,酒罐无法用酒水清洗,我不相信这场大屠杀可以用牺牲动物得到和解。"

第五章　箭床开示

　　作为一切有情心中的超灵，克利须那本来轻而易举就可以安抚尤帝士提尔。其实，在俱卢大战之后，尤帝士提尔一直闷闷不乐的原因在于，克利须那希望他问法于垂死的老祖父毗史摩。为了传扬他的纯粹奉献者毗史摩的荣耀，克利须那安排了这一幕。通过这件事，克利须那要向世人显示，毗史摩的学问境界超过所有的圣贤，甚至他本人。

　　克利须那清楚毗史摩对般度五子的感情，为了使他高兴，克利须那让尤帝士提尔率大队人马，全副仪仗，以天子之礼临幸俱卢战场。于是，在众婆罗门的簇拥之下，薄伽梵克利须那和般度五子来到了毗史摩临终的地方。其时，毗史摩浑身上下插满了箭，仰卧于地，犹如躺在一张利箭攒成的刑床之上。他的身边围绕着众多名闻天下的明王、仙圣和婆罗门修士，其中有那罗陀、叔伽天人、波罗殊罗摩等人。克利须那和般度五子下车之后，一起跪倒于老祖父之前。火神转世的毗史摩，以慈颜回礼，然后礼敬克利须那，极尽虔诚，知道他就是传说中的至尊者、薄伽梵。

　　看到般度五子跪坐在身边，悲戚无语，毗史摩沉浸于亲情之中，潸然泪下，颤声说道："你们这些好孩子，还有你们的母亲，受了多大的苦！可是，在至尊者、婆罗门和正法的护持之下，每次你们都转危为安。

　　"据我看来，一切业已发生的事情，都在无可阻挡的时间的推动下成形，而时间是至尊者手中的利器，因此，一切都不过是至尊者心性的流露。甚至最杰出的哲人都无法理解至尊者的计划。我心爱的尤帝士提尔，不要沉溺于绝望沮丧，你当领受至尊者的意旨，替天行道，安抚子民。

　　"薄伽梵克利须那就是先天地而生的拿罗衍那，由于他在世间扮作人类的模样，我们都被他的所作所为迷惑了。至尊者平等对待一切有情，可因为我是他忠贞不贰的仆人，如今他却仁慈地现身于我面前，就在我临终之时。我的主笑颜无双，明眸宛如朝日升起，希望他能在我离开形骸之前，留在我的身边，显现四臂妙相。"

毗史摩说完这番话后，尤帝士提尔向他询问各种礼法。毗史摩一一分说，其间谈及种姓之制、布施之法、女子之分以及解脱之途。就在他说话之际，太阳转到了北半球之上，此时正当春分。这是离开尘世的最佳时刻。①毗史摩沉默不语，收摄诸根，双目凝注在克利须那身上。以三昧之力，毗史摩止住了所有感官的活动，不复感觉到箭创带来的痛苦。

　　在离开躯体之前，毗史摩祈祷："让我把一切所思、所感、所愿，全都凝注于薄伽梵克利须那。他自足常乐，可有时候，作为巴克提行者的首领，他降临于世，受用妙喜。他绝美的身姿，颠倒三界一切众生。祈望这形体是我全部注意力的对象，如此我就能舍弃一切享受果报的欲望。

　　"在俱卢战场，为阿周那驾车之时，克利须那的头发被马蹄扬起的尘土染成了灰色，奋力之下，汗水打湿了他的面庞。他却喜欢这些，甚至还喜欢射到他身上的、我的利箭留下的创伤。真的，这些创伤对于他就像情人的啮痕。在阿周那的指令之下，克利须那叱咤沙场，慈目顾盼之处，敌方将士命在旦夕。就让我的心念全都专注在那个至尊者克利须那身上。

　　"为了满足我的愿望，至尊者打破了他自己立下的诺言。②他跃下战车，操起地上的一张破车轮，向我冲过来，如同狮子扑象。奔跑之际，他的衣衫从肩上滑落。那是因为杜瑜檀那说我不愿意杀死般度五子，我不能忍受这份侮辱，便立誓要在第二天用我特制的五支神箭杀死他们。一贯猜忌的杜瑜檀那那天晚上藏起了这五支箭，以防万一。可是，在克利须那的指使之下，阿周那找到杜瑜檀那，要他兑现以前许过的一个诺言，如此拿走了这五支神箭。我听说之后大怒，发誓要克利须那打破不执兵器的诺言，否则，就得目睹般度五子之死。

　　"第二天，当我几乎已致阿周那于死地之际，为了救阿周那，克利须那被迫操起一张破折的车轮，向我冲来。当然，只要克利须那在他的战车上，阿周那根本不可能被杀死。可是因为我发誓要他打破诺言，克利须那就制造了这个场面。不过，虽然被我的利箭射中，身上流淌着鲜血，克利须那却非常喜欢我的武士气概。在他看来，这些利箭就如同情人抛向他的玫瑰花。

　　"死亡之时，让我专注于克利须那，那个帕尔特之御者③的形象，右手执鞭，

---

　　①毗史摩因为发下了贞守的誓言，受到父亲的祝福，可以自行选择死亡的时间。他的生平以及俱卢大战前后的史事，都记载于《摩诃婆罗多》。

　　②因为俱卢大战的两方都是克利须那的亲族，为了保持中立，克利须那曾发誓绝不在战场上拿起武器。

　　③帕尔特之御者，梵文 Partha-sarathi，帕尔特是阿周那的另外一个名号。

左手持缰，凝神驾车。尤帝士提尔举行马祭的时候，我也在场，亲眼见到克利须那受到最高级别的崇拜。我总是记着这个场面，好让我的心念凝注于他。我非常幸运，能够全神贯注于至尊者，因为他是那么慈悲，就在我命终之时，来到我的身边。"

如是，毗史摩逐渐把心念、言语、视觉都融入克利须那之中。最后，他默然而逝。一时间，全场鸦雀无声。蓦地，仙乐传来，诸神从空中撒下鲜花，庆贺这位盖世英雄尸解升天，魂归不死。

尤帝士提尔安排了葬礼。礼毕，众圣贤向薄伽梵克利须那行礼道别。尤帝士提尔也带着众兄弟，以及克利须那，返回象城，去安慰正在承受丧子之痛的伯父和伯母——狄多罗史德罗和乾姐丽。

第六章　神都之主

　　受到毗史摩的开导，尤帝士提尔不复悲愁。在众兄弟的辅佐下，他开始料理国政。尤帝士提尔以正法化育天下，施行王政，百姓们皆得和乐安适，无有热恼病苦。阴阳和畅，风调雨顺，国泰民安。河海川泽，不爱其宝；山林草木，尽出其珍。由于乳袋过重，欢快的母牛们把乳汁洒遍大地。

　　克利须那在象城又住了数月后，决定返国，遂入宫觐见，叩首辞行。尤帝士提尔急忙扶他起来，与他拥抱。下殿后，克利须那又与其他人等一一辞行。之后，在阿周那的陪同下，坐上战车，准备出发。此时，须跋陀罗、图鲁波提、贡蒂、乌妲罗、乾妲丽、狄多罗史德罗及般度诸子无法承受惜别之情，几近晕厥。他们目不转睛地注视着克利须那，在焦躁中徘徊不定。感受到至尊者身上散发出来的无可抵御的非凡魅力，他们的心都快被融化了。

　　其他宫中女眷也都来看克利须那。她们竭力忍住泪水，担心哭泣会给别离带来不祥。正当俱卢女眷们面带娇羞，从宫殿高处撒下鲜花之际，鼓乐齐鸣，丝竹盈耳，开始唱赞至尊之人。

　　阿周那持一把镶珠嵌玉的宝伞，撑在克利须那头顶。乌达华、萨提耶基持尘尾扇风。众婆罗门高唱祝词。经过之处，象城的女子们都在自家屋顶上，谈论克利须那，忽而羡慕杜瓦拉卡克利须那妃子们的幸运，忽而赞美宾陀林牧女对克利须那的超凡之爱。这样的议论，着实比婆罗门的颂歌，更能取悦至尊者。克利须那接受了她们的爱意，只见他美目顾盼，笑意盈盈，渐次迤逦出城。尤帝士提尔派出小队人马护送克利须那，然后自己又带众兄弟送了克利须那一程。上路不久，克利须那恳劝般度诸子返程，待他们走后，这才快马加鞭，赶回杜瓦拉卡。

　　一路之上，克利须那一干人马经过俱卢建伽勒、般叉罗、殊罗塞拿、婆罗门筏多、俱卢之野、摩特峡、莎拉斯筏陀诸地，直抵大漠。他们每晚歇营，日落时行韦陀礼仪。所到之处，地方士民夹道恭迎，焚香礼拜，敬献珍宝。

　　过了娑毗罗国、阿比罗国，克利须那终于回到了自己的国土——阿纳闼国。

一入杜瓦拉卡边界，克利须那就吹响了天螺"巨人骨"。纯白的海螺被朱唇映红，如同白天鹅在红莲丛中嬉戏。

自从与克利须那分离之后，杜瓦拉卡之民一直深陷哀伤。一听到这超然的海螺之音，他们立刻冲到城外，看望久别归来的主人。他们迎到克利须那面前，一边献上种种礼物，一边在狂喜之下，表露真情。

有人说："我主，现今我们又能得你的庇护，我们的好运来了。我们又能看见你的笑颜，顾盼生情。莲花眼目啊！你离开我们，去摩图罗、象城，与亲友相会，这让我们度日如年。那时，我们的眼睛都失去了作用，就像太阳已不复存在。我主，你若一直不回来，我们还怎么活下去？"

入城之际，克利须那以目示意，领受杜瓦拉卡之民的爱敬。城中装点一新，美轮美奂。街市庭园皆洒扫清洁，喷以香水。城门、廊坊之上都装饰着杧果叶、蕉叶、花鬘和彩旗。每户人家的门庭前，都摆设着吉祥之物，诸如酸酪、瓜果、香灯、水罐等等。更有花果种子，随处遍撒。

听说克利须那归来，筏殊提婆、阿俱罗、乌戈罗塞拿、巴腊罗摩以及克利须那诸子尽皆喜出望外，急忙列队迎接。众人各驾车马，让大象和婆罗门走在前面，在鼓乐祝祷声中，浩荡出迎。成百的艺伎，打扮得花枝招展，坐在各样车舆上，一同行进，连她们都非常渴望见到克利须那。还有戏子歌手、舞女说客，各逞才艺，尽欲在克利须那面前一展风采。一时间，全城欢动。克利须那一一答礼致敬，对各类人等，或俯首，或辞谢，或拥抱，或握手，或顾视，或微笑，报以酬答赐福。

克利须那在长辈、婆罗门的簇拥下，穿街过巷。女子们都登上屋顶，围观俯视，就像过佳节一般。虽然杜瓦拉卡之民每天都能见克利须那，却从无餍足，因为，克利须那是天地间一切美富的源头。克利须那行进之际，一把大白伞护顶，两边孔雀羽扇扇凉，伴随着鲜花弥空，洒落如雨。肤色玄黑的克利须那，着一袭黄衫，就像一朵雨云，同时被日月、闪电、彩虹围绕。

克利须那首先进入父亲的宫殿。母亲们，以提婆吉当先，纷纷上前拥抱他。克利须那头面礼足，作为回应。母亲们把克利须那抱在膝上，慈爱深情之下，乳汁流溢，泪水湿衣。

终于，克利须那回到自己的府上。长期的分离之后，王妃们看到克利须那，都喜上心头。她们从思念中清醒过来，立即起身迎接，羞怯之下，犹以纱巾遮面。她们娇羞地凝视着克利须那，先在内心深处拥抱他，接着用目光拥抱他，最后让自己的孩子拥抱他。虽然竭力克制，克利须那的王妃们还是情不自禁地流下了欢喜的眼泪。

这些纯朴的女子把克利须那当作她们心爱的夫君，看到克利须那总是不离她们左右，她们竟然认为克利须那已受管制。可事实上，她们根本不知道薄伽梵克利须那的无边法力。虽然她们的一颦一笑足以征服爱神（Kama deva），甚至大神湿婆，却丝毫不能撼动克利须那的感官。因为他毫无贪著。这就是无上者的超凡之处——即便与尘世接触，也不为浊气所染。同样，皈命于薄伽梵莲花足下的巴克提行者，也不受习气熏染。

第七章　明王降世

当巴力克斯于娘胎中受混元神光灼烧时，他看到至尊者前来相救。至尊者现身为四臂，有拇指大小，形容端好，肤色玄黑，着一袭黄衫，光彩夺人。他戴金冠、金耳环，手挥金锤，不断化解混元神光之力，犹如太阳驱散晨雾。其实，混元神光已经烧死了乌妲罗腹中的胎儿，但超级魔法师——至尊者即刻给了巴力克斯第二个新的躯体。正当受惊的胎儿睁眼欲视之时，无上者突然隐遁。

般度的玄孙——巴力克斯出生时，天上的星辰呈现出最吉祥的星象。尤帝士提尔心满意足，当下为孩子举行出生典礼，请了众婆罗门唱赞韦陀颂歌。礼仪完成后，尤帝士提尔广施金银、土地、谷米、牲畜，酬谢婆罗门祭司。

众婆罗门欢喜之下，告谢天子："君上，此儿得天护佑，全因他是一位纯粹奉献者，虔诚的补鲁王的最后一点儿骨血。他将来会以毗湿努罗陀或巴力克斯之名著称世间。"

尤帝士提尔问道："此儿会像本朝列祖列宗，成为贤明伟大的君主吗？"

众婆罗门断言："此儿会像伊刹华古①一样护持生灵；像至尊者罗摩一样信守诺言；他好施仁爱，就像尸毗王②；他会成为阿周那一般的射手，像狮子一样有力；他会像大地一样能忍，像喜马拉雅一样值得托庇。至于公正守义，他会像您，君主；他会像大神湿婆一样慷慨；他会成为众生救主，如同至尊者拿罗衍那；他会像朗提天人③一样大度，像巴利大帝④一样坚毅；他会成为至尊主的伟大奉献者，如同巴腊陀⑤。在他生命的最后阶段，知道死期将临，他将问法于叔伽天人，如此臻至无畏之境。"

好似明月渐盈，巴力克斯在祖父们的看顾下，日见长大，英姿挺秀。这孩子四处察看人的面相，想要找到在娘胎里时救过他的人。为此他不断冥思至尊者，

---

① 伊刹华古，梵文 Iksvaku，为人祖摩奴（Manu）之子。生百子，禁肉食。
② 尸毗王，梵文 Shibi，乐善好施，有割肉饲鹰之举。
③ 朗提天人，梵文 Rantideva，远古君王，以虔诚好施著称。
④ 巴利大帝，梵文 Bali Maharaja，魔王，但喜欢布施，后为至尊者化身筏摩那所度化。
⑤ 巴腊陀，梵文 Praladha，圣童，其父为魔王，为了救助这个孩子，至尊者化身为尼黎僧诃。

故而被人叫作"巴力克斯",意思是"相面者"。从孩提时起,巴力克斯就是一位摩诃薄伽梵陀①,游戏中间,经常模仿家庙里崇拜克利须那的仪式。

不久,尤帝士提尔意欲举行马祭,消除俱卢大战带来的罪业。但大战之后,国库空虚,克利须那便建议般度诸子去大雪山,取回先前摩卢陀王②祭祀后弃置的黄金。如是,尤帝士提尔在克利须那的指导下,为了取悦克利须那,举行了三次马祭。祭祀完成后,克利须那又在象城盘桓数月,这才返回杜瓦拉卡,一如前文所述。

---

① 摩诃薄伽梵陀,梵文 Maha-Bhagavata,意思是"最伟大的奉献者"。
② 摩卢陀王,梵文 Marutta Maharaja,天竺古帝,据说被天神赐予金山,故极富有,好行祭祀布施,所用礼器皆为黄金铸造。

第八章　独龙涅槃

毗多罗在朝圣途中，从麦萃耶真人处得闻大法，遂再度返回象城。听说毗多罗回宫，般度诸子、狄多罗史德罗、乾妲丽、贡蒂等人急忙赶去迎接。众人无不喜形于色，就像死而复生一般。大家顶礼、拥抱，都为劫后重逢流下泪来。

待毗多罗用膳、歇息之后，尤帝士提尔请他坐下，问道："伯父，你还记得你曾救我们兄弟和我们的母亲于种种危难吗？你疼爱我们，如同鸟翼护卵。朝圣途中，你如何维生？像你这样的奉献者是圣地的化身，因为你的心里总是装着至尊主，你在哪里，哪里就成了圣地。你肯定去了杜瓦拉卡，请告诉我们雅度族人境况如何。"

答话之中，毗多罗讲到他的种种经历，却没有提及雅度族之绝灭，因为他不忍见般度诸子再次陷入哀恸。毗多罗实际是阎罗王转世。因为受到曼多毗耶牟尼的诅咒，投生为仆隶之子。在此期间，司日之神阿黎耶摩①代掌阎罗之位。故毗多罗虽是狄多罗史德罗之弟、般度之兄，却为宫女所生，不能承继大统。加之狄多罗史德罗目盲，所以后来反而是幼弟般度登立为帝。因般度早逝，诸子年幼，遂由狄多罗史德罗摄政，治理天下。但般度诸子成人后，狄多罗史德罗与其子杜瑜檀那却拒不让位，且妄图加害般度诸子，如此终于引发了俱卢大战。其间毗多罗多方设法，救护般度诸子，竟遭杜瑜檀那辱骂。羞愤之下，遂弃家朝圣，直至俱卢大战结束才回宫探亲。但这次毗多罗回乡的真正目的却是要救度他的兄长狄多罗史德罗。

宫中众人视毗多罗为出家圣者，所以当他教导狄多罗史德罗之时，大家都围聚拢来，倾耳聆听，知道这样的开示能够利益众生。

不可征服的永恒时间已经在不知不觉中征服了狄多罗史德罗，他变得极度贪恋富贵荣华。毗多罗讥称已经失去王位的狄多罗史德罗为"我王"，然后警示道：

"马上从这里离开，恐惧已然笼罩了你。世间无人可以助你解脱此厄，因为这是至尊主，显现为时间，与我们相遇。在永恒时间宰制下的一切有情，都

---

① 阿黎耶摩，梵文 Aryama，是十二位 Aditya 天神中的一位。Aditya 为数十二，司十二个月。

必得献出他最心爱的生命,更何况名利、家室等等。

"兄长,你的孩子、友朋都已离世,你自己也命在旦夕。你的身体行将就木,可你还赖在别人家里。你生而目盲,现今又听力减弱,记性衰退,牙齿松动,肝功失常,咳喘痰壅。

"可是,就像所有贪生怕死之徒,你还一意求生,如恋宅之犬,舔着毗摩扔给你的残羹剩饭。靠着你先前想要害死的人的施舍过活,这样苟且偷生有什么意义?就算你不想死,为了苟延残喘不惜牺牲名誉,你的身体肯定还是会枯萎衰朽,如同旧衣一件。

"不为人知,弃家出走,在遥远无人之地放弃形骸,不受外境的困扰,这样的人可谓清醒;比这更好的是'第一等人',他们了悟尘世的无常苦空,舍离一切,完全归依心中的至上主神。

"兄长,喀利纪正在迫近,它将消损人类的一切美质。因此,不要让亲人知道,你当立刻弃家北上。"

虽然生来眼瞎,无法承继大统,狄多罗史德罗却一直想做天子。般度死后,他的野心愈发强烈。为此,他批准了一系列阴谋的施行,图谋传帝位于亲子。但是,由于至尊者的意旨,这些阴谋均告失败。俱卢大战之后,狄多罗史德罗的一百个儿子全数丧生,可是因为尤帝士提尔仍然对他礼敬有加,他就还想留在宫里,锦衣玉食,度过余生。在毗多罗的当头棒喝之下,狄多罗史德罗醒觉过来,决心挣脱俗世亲情的枷锁。当天晚上,他悄悄离宫,踏上了解脱之途。他的妻子——乾妲丽跟在他后面,一起往北进发。

第二天早起,尤帝士提尔做完晨祷、火祀、布施,入宫向长辈们问安时,发现年迈的伯父和伯母已经失踪了。

尤帝士提尔忧心如焚,急忙找到狄多罗史德罗的记室——桑遮耶问话:"我那位年迈、目盲的伯父去哪里了?我的另一位伯父毗多罗,还有我的伯母——乾妲丽去哪里了?他们为孩子们的死去而万分懊丧,我真正是忘恩负义。他们是不是对我发怒,一起投了恒河?"

因为不见了主人,心中满是辛酸、担忧,桑遮耶一开始不知如何作答。待静下心来,桑遮耶抹去泪水,叹道:"我对此一无所知,我被这些了不起的灵魂蒙骗了。"

就在桑遮耶说话之际,那罗陀突然现身,般度诸子赶紧起身顶礼。尤帝士提尔说道:"觉者,我不知道我的两位伯父,还有我的伯母去哪里了。啊,仙圣,你就像无所不知的舵手,引领我们前行,我求你指引我们,让我们终得正命。"

那罗陀答道:"君上,无须烦恼,人皆有命在天。就像玩家随心所欲摆好玩物,接着又拆散一样,众生或聚或散,都在天意安排之下。

"如同乳牛被绳索牵住鼻子,人类受韦陀经训的教化,必须顺从天命。分离之痛不过是一种幻念,生于对真我的无知,所以你不应忧愁。你想着:这些可怜、无助的人离开我怎么能活下去?可实际上,你自己的躯壳都在时间、业力和气性①的宰制之下,就像已经被毒蛇咬住,你又怎么能够救助他人呢?

"浮世生涯的本质就是为生存而苦苦挣扎、弱肉强食。因此,你当注心于至尊者克利须那,他已经在诸神的请求下,清除了大地的负担。只要至尊者还在世间,你们就还得尽职守分,等他离去之后,你们也须准备弃世远游。

"狄多罗史德罗、乾妲丽和毗多罗已然去到七分之地②。那是在大雪山③的南面,为了取悦七大圣贤,恒河在此分作七脉。在恒河岸边,狄多罗史德罗开始修炼八支瑜伽,每日三次洗沐,遵行火祀,饮水为生。

"如此,狄多罗史德罗将修至天人合一之境,不复受尘世拘缚。估计五天之后,狄多罗史德罗将红化涅槃。乾妲丽投火自尽,以身相殉。目击眼前发生的一切,毗多罗既欣且悲。他被兄长的瑜伽玄通所震惊,但又为未曾使他成为纯粹的巴克提行者而遗憾。"

说完之后,那罗陀腾空而逝。听了这番话,尤帝士提尔才从悲情中恢复过来。

---

① 气性,梵文 guna,或译为"物质属性",旧译"功德",其实与华夏义理中的"气性"概念相当。
② 七分之地,梵文 Saptasrota。七大圣哲与北斗七星有关。
③ 大雪山,指喜马拉雅山。

第九章　主神隐迹

　　阿周那被遣往杜瓦拉卡去探访克利须那以及雅度族人,以察知至尊者的动向。阿周那一去数月,犹自未归。与此同时,尤帝士提尔却观察到许多不祥的异兆,显示出天时将变。这让他心惊胆战。国中季节失序,阴阳不调;国人骄淫贪嗔,欺蒙诈伪;小民蝇营狗苟,交易无信;夫妻失和,父子无亲,兄弟不睦,朋友不忠。

　　目睹种种凶兆,尤帝士提尔对毗摩说道:"我派阿周那去杜瓦拉卡,已经过去七个月了,可他迄今未归。是否克利须那将要从世上隐迹,一如那罗陀所预言?我等胜敌得国,保有妻子人民,都是仰赖这位至尊者的无缘大慈。

　　"你看如今天垂凶象,必有大祸临头。我左胁颤抖,心跳畏怖。你看母豺嚎日,口喷妖焰。群犬冲我狂吠,母牛从我左边走过。而驴豕畜生,却绕我周行。我的马见我落泪,鸱叫枭鸣,令我心颤。天地震动,晴天里电闪雷鸣,狂风四起,遮天蔽日。众星失序,河海激荡。

　　"到底是什么厄运将要降临?母牛不再产乳,只是呆立流泪。甚至庙里的神像都像在饮泣出汗,似乎要弃庙而去。市井乡村,美景不再,欢乐尽失。我觉得这些异兆显示好运已去。因为印上了至尊者的莲花足印,大地曾经风光无限。可从这些凶兆来看,已是今不如昔。"

　　就在这时,阿周那回来了。当他进前跪拜之际,尤帝士提尔发现他面色苍白,神情颓丧。看到阿周那垂头无语,哽咽流涕,尤帝士提尔立时想起了那罗陀的预言,遂问道:"告诉我,我们的亲族,摩图、波遮、答沙哈、阿尔哈、萨特华多、安达喀,还有雅度族都安好吗?我的祖父殊罗塞拿,我的舅父筏殊提婆,雷狄喀及其子克黎闼筏曼,刚萨之父乌戈罗塞拿,巴腊罗摩,还有克利须那的儿子们都安好吗?克利须那,至上主神,还在杜瓦拉卡快活度日,身边亲友如云吗?

　　"我心爱的阿周那,我觉得你身体不佳,看起来光彩全无。你是不是受到了冷遇或者侮辱?还是有人出言不逊要挟你?你是否不曾信守诺言,或者未能向应受者布施？你是否未能向求庇于你的婆罗门、妇孺、母牛或病人给予帮助？你是不是接触了品性低劣或者地位卑贱的女人？你是不是独自进食，未曾与老者、幼者分享？还是做了其他糟糕的事情？或者，你是不是因为失去了密友——克利须那而心酸空虚？我心爱的阿周那啊，我想不出来还有什么事会令你如此颓丧。"

经尤帝士提尔一问，阿周那顿感别离之苦，痛彻肺腑，一时间口干心焦，哽咽语塞。他强忍住泪水，呼吸粗重。想起克利须那为他驾车，以及种种亲密往事，阿周那心头情潮汹涌。

过了许久，阿周那才平静下来，回答道："君上，至上主神，像密友一样对待我的克利须那，已经离开我们。我的勇力，昔日让天神惊怖，如今已不复存在。我失去了他。他一刻不在，三界顿成虚空，如同失去生命的躯体。

"仅仅是因为他赋予我力量，我才能在图鲁波提的招亲大会上力挫群雄①，才能击败因陀罗以及诸多天神，让火神能够吞噬冈达婆森林。是他，助毗摩戮杀了迦罗商陀；是他，救我等于图尔华刹牟尼之怒火。也是仗着他的名声，我才能靠武力让大神湿婆惊奇震悚，后来又升登天界。在俱卢大战之中，不可一世的勇士们，像陀挐、喀尔纳，挥舞神兵利器，一齐向我冲来，但是在克利须那的恩顾之下，我却毫发无伤。

"君上，克利须那曾与我同食同卧，一道共度闲暇。有时，我们会自夸勇力，如果克利须那吹嘘太过，我会讥嘲他：'我的朋友，你所言不虚。'因为我们关系密切，至尊者并不计较这类贬低他的狂言，就像朋友容恕朋友。

"语默之间，他总是挂着玄秘的微笑，令人心醉。如今我回想起来，却暗自神伤。与他分离，让我落入空虚绝望。因为克利须那的离去，我勇力顿失。我领着克利须那的妃子们返回象城，途中竟然被一伙牛贩击垮。我还是那个阿周那，驾着同样的战车，同样的马在拉车，我挥舞着同样的甘狄筱长弓，可是，没有克利须那，所有这一切已然尽归虚无。

"君上，我要告诉你杜瓦拉卡之民的情况。他们受到婆罗门的诅咒，结果醉酒发狂，互相残杀。现在，大概只有四五个雅度人尚存人间。不过，我知道这都是出乎至尊者的意愿。就像大鲸吞食小鱼，为了减轻大地的承负，至上主

---

① 在比武招亲大会上，乔装打扮成婆罗门的阿周那以无比高强的箭法胜出，迎娶了图鲁波提公主。回家后，贡蒂太后见公主美艳无比，为了避免兄弟不和，便命图鲁波提同时嫁给五兄弟。其事均载于史诗《摩诃婆罗多》。

神让雅度族中的强者消灭了弱者。

"兄长，如今我只想托庇于克利须那往日给我的教诲，这是宽慰我那焦灼之心的唯一法门。"

《毗湿努往世书》和《大梵天往世书》里记载，曾经有一次，美丽的天女们服侍阿史陀华珂罗，取悦了他。这位牟尼于是祝福，她们将嫁给至上主神。阿史陀华珂罗天生佝偻，身折八段，走姿极其古怪。见他这个样子，这些天女们在背后禁不住哄笑起来。阿史陀华珂罗大怒，诅咒天女们虽能嫁作至尊者之妻，可未后却要受匪徒绑架。天女们懊悔不及，急忙致歉抚慰。阿史陀华珂罗转怒为喜，祝福她们被掳之后，又会再回到夫君身边。如此，为了兑现阿史陀华珂罗的话语，克利须那亲自化身为牛贩，掳走了自己的妃子。须知，凡夫俗子根本不可能碰到克利须那妃子们的一根毫毛，雅度族人也根本不可能错乱癫狂。克利须那只是用各种方法，在离世之后，陆续接走他的同游。

此后，阿周那从不断思索克利须那留在《薄伽梵歌》中的教导，以及冥想克利须那的莲花足之中，得到了深深的慰藉，一切俗念尘染，如是荡然无存。

听说了克利须那的隐迹与雅度族的绝灭之后，尤帝士提尔决定返归不死故乡，回到克利须那的身边。贡蒂太后也决意弃世，从此一心奉献，不理俗务。随着克利须那的隐迹，喀利的黑暗势力渐渐笼罩人心，无数凶兆现于世间。尤帝士提尔聪明睿哲，足以洞悉时变，遂先立孙子巴力克斯为帝，然后，封克利须那之孙、阿尼鲁陀之子——筏吉罗为摩图罗之君，统领殊罗塞拿之国。

接着，尤帝士提尔举行祖祭，出家为僧。他脱去王袍冠带，穿粪扫衣，只用流食，散发披头，如聋似哑，迹近疯癫。如此彻底抛开身执我见，尤帝士提尔弃家北上，一心只念着至上主神。

眼见喀利纪逼人而来，其他般度诸子追随兄长，一起踏上朝圣之路。一路上，他们专念于至尊主克利须那的莲花足，视其为身心性命之究竟归依。如此，般度诸子最后都回到了克利须那至高无上的居所。

朝圣途中，毗多罗尸解于波罗跋刹，重回祖灵珞珈，司掌原职。图鲁波提见丈夫们决然出家，便也随夫远游，后来死于大雪山，在对至尊者克利须那的思念中，回到了永恒的故乡。

第一卷 | 029

第十章　魔君喀利

般度诸子隐退之后，在众婆罗门的指导下，巴力克斯大帝开始治理天下。这位天子娶了乌阔拉王之女伊拉华蒂为后。伊拉华蒂生四子，即瞻那枚遮耶、殊罗陀塞拿、乌戈罗塞拿和毗摩塞拿。依照上师吉利波阿阇黎的教示，巴力克斯王于恒河岸边举行了三次马祭。在那次祀典中，连百姓们都目睹了下凡飨祭的天神。

当巴力克斯大帝坐镇象城，整理朝政之时，喀利纪的朕兆开始发露于王畿。看到一些臣民食肉、乱性、赌博、酗酒，巴力克斯大帝心生忧患。与此同时，这也挑起了巴力克斯王的刹帝利血性，他准备给黑暗势力以迎头痛击。

于是，巴力克斯大帝登上天子之车，那车由七匹黑马拉着，顶上飘着狮子旗。在大军的拱卫之下，巴力克斯大帝离开象城，御驾亲征。虽然尤帝士提尔在退位前已经诏告天下，立巴力克斯为帝，但是，巴力克斯有必要巡行天下，扬威纳贡，巩固帝业。

一路之上，巴力克斯征服了瞻部洲九州之内的所有君王。所过之处，祝词盈耳，荣耀他的父祖和至尊者克利须那。每当听到克利须那如何施恩于祖父辈，屈身为他们的御者、信使、仆从、朋友和上师，巴力克斯心头便洋溢起对至尊主莲花足的奉爱之情。欢喜之下，他会给祝师、乐者们丰厚的赏赐。

达磨①，正法之神，化为一头公牛，四处游荡，遇上了现身为母牛的菩弥——大地女神。这母牛眼中噙泪，体无光泽，就像失去了犊子。

见她形容憔悴，达磨问道："夫人，你缘何哀伤？是身患疾病，还是思念远亲？难道是为折了三条腿的我而哀伤？还是担心那些食肉者的抢掠？是痛心天神们不再领受祭献，如此下民将受水旱饥馑之苦？是悲悯被负心男子扔下的寡妇孤儿？或者，看见学问女神受到不徇正法的婆罗门凌虐，你感觉心中苦闷？

"看到纯洁的婆罗门不得不寄身于那些藐视正法的君王门下，你是在为他

---

① 达磨，梵文 Dharma，这个词包含的意味非常广泛，其原意为"本性"，如水之性流下，火之性炎上。引申为礼法、宗教、职分等等。

们痛惜？这些君主们已经受制于喀利，因此礼崩乐坏，朝纲紊乱。你是为此伤心吗？或者，是因为大众不再克己守礼，视听言动，但随人欲？

"啊，大地母亲，至上主神克利须那化身降世，只是为了减轻你的负荷。如今，没有他的临在，你是否在追忆他的逍遥游戏，并由此感受到分离之苦？时间的强力已然夺走了你的所有好运，你是为此而忧伤吗？"

大地女神，以母牛之相，答道："达磨啊，过去，仰仗至尊主克利须那的慈悲，你能以四足挺立，把欢乐撒遍人寰。可现在，克利须那终结了他在这片土地上的超然游戏。他离去之后，喀利的势力便无孔不入，笼罩了一切。我是为此而忧愁。

"过去，因为克利须那莲花脚掌上的纹路，那上面有霹雳、驯象杖和莲花，装点在我身上，我成了宇宙里最幸运的一颗星辰。可就在我感觉自己太幸运的时候，至尊者突然舍我而去。他擅长用甜美的笑语和顾盼征服王妃们的高傲。当他踏过地面时，我便在他莲花足下的尘土里沉醉，欢喜悦乐，身毛为竖。谁能忍受与这至尊之人的分离呢？"

正当大地女神与达磨对话之时，巴力克斯到了莎拉斯筏底河岸边。在那里，他看到一个贱民，穿着王者之衣，正在用棍棒痛打一对母牛和公牛，就好像它们没有主子保护一般。公牛像莲花一样洁白，靠一条腿站着，在恐惧之中，浑身发抖，尿个不停。母牛失去了犊子，棒击之下，看起来哀惨孤弱。眼里流着泪，她踯躅在野地里，想找些草吃。

见此情景，巴力克斯驱车上前，暴喝道："你是何人？打扮看起来像个君王，竟敢无视正法，在寡人治下谋害无辜的生命？你这个恶棍，难道克利须那和阿周那走了，你就可以在这荒郊野外棒打母牛？就为这个，你该死在寡人的剑下！"

接着，巴力克斯转头问公牛："你是谁？洁白似莲花，三足已折，现在只靠一条腿挪动身体，你不过是一头公牛吗？或者，你是一位天神，沦落到这般可怜的境地，让我们为你伤心？这是第一次，在俱卢王朝的国土上，看到你悲痛落泪。

"啊，如意神牛之子，只要寡人还在此治理天下，就绝不会容许这个贱民糟蹋你。如果有恶徒在国中肆意欺辱无辜的生灵，那么君王的名誉、寿数和来生的福报就会毁掉。君王的职分就是驱除百姓之苦。因此，寡人现在就要砍死这个胆敢棒打你的恶棍！"

巴力克斯想听到公牛的控诉，又问道："谁打断了你的三条腿？告诉寡人是谁在行恶，玷污俱卢王朝的美名？谁敢让无辜的生灵受难，谁就得先试试寡人手中的利剑，就算他是天堂之民！"

达磨答道："你的话无愧于般度之后。人中之杰啊，我很难指出究竟是谁造成了我的苦难。我已经被各种各样的哲人弄昏了头。"

达磨深知，没有至上主神的许可，没有人能够伤害他人。虽然达磨清楚，喀利就是给他带来苦难的直接原因，但他却认为喀利不过是假借，因为苦难本来就是过去恶业招致的果报。

故此，达磨不愿直接指控喀利："有些哲人说患缘有身，还有的说此乃命定。还有人说自作自受，更有气本论者，持苦为气化之说。君上，你必得以上智之力，勘定凶手。"

达磨既没有指称喀利是他受难的原因，也没有抱怨至上主神，因为他知道至尊者并不直接为众生的苦乐负责。苦难由至尊者的幻力（maya-shakti）施于众生，根据众生的业力而定。

然而，一个彻底皈命的巴克提行者其实不受幻力的宰制。至尊主克利须那会亲自接管他的纯粹奉献者，然后仁慈地赐给他些微一闪而过的苦难。因为受幻力之惑，加之遭喀利污染，达磨思虑疏忽，不曾指出他的苦难也是至尊者的无缘大慈。实际上，公牛和母牛受难，是出于至尊主的意志，为的是彰显巴力克斯的勇力。

巴力克斯对公牛之言极为赞赏，说道："你啊，现身为公牛，却通达正法。谁若以为作恶者即是苦因，谁就与恶徒一样无知。你必定是正法之神，才洞悉此中玄奥。作为一个奉献者，你准备忍受一切苦难，视其为上天所定。为此，你不愿把罪名加在棒打你的贱民身上。

"当萨提耶纪，你的四足被苦行、洁净、慈悲和真实托起。可如今，因为礼崩乐坏、骄慢、邪淫、迷醉折断了你的三条腿。你靠最后的真实之足支撑，勉力挣扎。然而喀利是争斗之魔，以诈取胜，他定会想法打断那最后一足。"

像巴力克斯这样的圣君绝不会对邪恶坐视不管。与达磨交谈之后，巴力克斯拔剑而起，意欲诛灭暴徒。喀利见势不妙，赶忙甩掉王袍，稽首归降。

见到这情形，巴力克斯杀机顿消，笑道："既然你已顶礼臣服，就不必害怕会丢了性命。不过，寡人却也不容你留在国中，因为你乃邪僻之徒，不配住在有祭天之火升起的地方。"

喀利闻言，惊惧颤抖，求告道："君上，你是全天下之君王，无论我去哪里，都会遇到你，看到你利剑在手，猛若阎罗。故此，虽然我是你的敌人，可你当看在我归依臣服的份上，封给我一块土地，好让我能在你的护荫下安心度日。"

在喀利恳求之下，巴力克斯允许喀利住到赌博、迷醉、邪淫、杀生盛行的地方。可是，因为在巴力克斯治理下，天下几乎不存在这样的地方，喀利便觉得上了当。于是他又向巴力克斯求告。最后，巴力克斯准许他移居敛藏黄金之地。在这类地方，必有诈伪、贪淫、嫉妒、仇恨和醉生梦死。

此后，巴力克斯重新立起被折断的达磨三足，制礼作乐，化育万邦。为了遏制喀利的渗透，他又没收国中非法聚敛的黄金，用于祭祀礼天。

第二卷

第一章　天子弃世

飘忽林的圣哲们赞道:"苏陀大士啊,愿你长生不老,名垂千古。你关于至尊者克利须那的述说美妙绝伦,对于我等生死中人,其味犹如蜜露。我们在此献祭,因举措多有不善,故结果尚未可知。如今我们虽受烟熏火燎,体肤皆黑,却被至上主神哥宾陀莲花足下流出的甘露所陶醉,此皆你所施予。与巴克提行者片刻间的交往,胜过升天成仙、解脱涅槃,更不必提俗世荣华,那是生死中人情之所钟。"

苏陀大士说道:"虽然我种姓不纯,却通过随侍那些觉悟超卓的大哲贤圣,弥补了出生的不足。甚至只是跟他们交谈片刻,便足以立即清除由出生低贱而带来的不良品性。真人,如飞鸟行空,力竭而下,我将尽个人证悟之所及,讲述至上主神的逍遥游戏。"

且说有一次,于林中逐鹿之时,巴力克斯大帝感到疲倦劳顿、饥渴难当,于是他停止行猎,前去找水。途中,他寻到了刹弥伽真人的茅庐。这位真人极为有名,乃安吉罗牟尼一系的传人。进屋之后,巴力克斯见他腰围鹿皮,蓬头散发,正闭目冥思。此时,刹弥伽真人已然收摄诸根、心智,入三昧之境。巴力克斯干渴之下,口唇焦枯,不得不出言求水。

神定中的刹弥伽真人一言不发,根本没有起身迎接巴力克斯。受到如此冷遇,巴力克斯不禁勃然大怒。转身出门之际,看到有一条死蛇卧在门口,巴力克斯便用弓梢挑起死蛇,盘在刹弥伽真人颈项之上,而后疾驰回宫。然而就在归途中,巴力克斯开始为自己的鲁莽之举懊悔不已,他心中不断自问:"那位真人莫非是在冥思之中?还是故作姿态,不愿见低种姓的刹帝利[①]?"

刹弥伽真人有一幼子,名叫室利吉,身具梵力,有大神通。与其他童子玩

[①] 种姓制度传为神创,将社会成员按职分及品行,设为四种(varna):婆罗门,为祭司阶级;刹帝利,为武士阶级;毗舍,为商贾阶级;首陀罗,为劳工阶级。其中以婆罗门最贵。又按意识演进及修身阶段,设为四姓:梵志,贞守的学生;居士,结婚持家者;林居,退休行脚者;出世,行乞苦修者。其中以出世为最高阶段。

要之时，听说父亲受到国君的羞辱，室利吉大怒，扬言道："请看当今天子，他不过是专吃残羹剩饭的乌鸦、看家护院的狗腿子，如今却忤逆起主子来了。看家狗凭什么能入室上桌，与主子共餐？自从至尊者克利须那隐迹之后，暴发户们就开始猖獗了！所以，我今天要出手管一管，惩治这些不肖之徒。现在，大家且来看看我的威力！"

说罢，室利吉怒不可遏，两眼血红，以手触考释喀河水，诅咒巴力克斯道："从今日起第七天，毒龙答刹伽将咬死这个俱卢王朝的不肖之徒，此人羞辱我父，坏乱正法！"

魔君喀利一直在伺机渗透，搅乱人间，现在终于找到了这个幼稚、骄横的婆罗门幼子。如此，在喀利的影响之下，从室利吉开始，婆罗门对低等种姓的怨恨日益弥漫，而这种不公的第一个牺牲品就是巴力克斯。

诅咒之后，室利吉回到家中，见父亲趺坐于地，颈上耷拉着一条死蛇，不由悲从中来，又想到自己诅咒天子，闯下大祸，禁不住放声大哭。听到幼子的哭声，三昧中的刹弥伽真人逐渐出定，睁开眼来，先看到自己肩上盘着一条死蛇。

刹弥伽真人甩掉死蛇，问儿子道："我儿，你为何哭泣？莫非有人伤害了你？"室利吉闻言，便据实禀告。刹弥伽真人听说天子受到诅咒，立时悲痛万分，叹道：

"我儿，你怎会做下这等悖逆之事？把天大的惩罚加到微小的过失之上！我儿，你年幼无知，闯下大祸。你不晓得当今天子是人中龙凤、天之骄子，依仗他的护持，百姓们才能过上太平兴旺的日子。若世无贤君，乱臣贼子便会趁机祸乱百姓，就像狮子捕杀失群的羔羊，轻而易举。倘若废坏君主之制，我们婆罗门种就会造成世间的浩劫。四种姓法由此受到轻视，一般大众将放浪无归，如同犬猴。当今天子巴力克斯，乃第一流的巴克提行者。他是王中之圣，绝不应受到这般诅咒。我儿，我只有向至上主神祈祷，求他宽恕你，诅咒了这样一个无罪之人。"

刹弥伽真人知道，虽然巴克提行者能忍一切诅咒、欺诈、蔑视，但至上主神却绝不会宽恕亵渎者。他想："假若君上反咒我儿，那么我儿便能抵偿恶报。但是，这位圣君绝对不会这样做。那么，唯一的指望就是至尊者能看在我儿年幼无知的份上，饶恕了他。"

与此同时，巴力克斯回到宫中，忧思郁闷，愈发为自己羞辱婆罗门的鲁莽之举痛苦不已。国君自思："我犯下罪业，必定会有大难临头。说实话，我宁愿灾祸马上降临，如此我便能够悔过自新。我粗蛮无礼，坏了婆罗门礼教，就让我的江山社稷、君权豪富立刻统统在那位婆罗门的怒火中烧成灰烬好了。如此，我就会得到教训，抛掉这些嫉妒、不祥的念头。"

正当他思量之时，宫中传来消息，室利吉已经发出诅咒，天子死期在即。原来是刹弥伽真人派来信使，告知国君，诅咒无法收回，国君当安排妥当，准备魂归天乡。

巴力克斯本可以找刹弥伽真人，求得他的宽恕。可是，因为真人在信中深表悔恨，巴力克斯雅不欲出面，给真人更添难堪。如此，巴力克斯不但没有对抗诅咒，反而视其为舍弃尘世的良机。带着这个念头，他先把帝位传给儿子，然后离家出宫，趺坐于朱木拿河边，一心专注于至尊主克利须那之莲花足，绝食待尽。

消息传出，天地间所有仙真贤哲，带同众弟子，以朝圣为名，从四面八方汇拢来，欲睹一代天子巴力克斯之死。很快，巴力克斯身边聚集了数不清的圣人明王，其中有那罗陀牟尼、毗耶娑天人、麦萃耶真人、布黎古牟尼、筏希斯塔、钵罗萨腊、阿特利、毗史华弥陀、安吉罗、钵罗德筏遮诸人。巴力克斯一一叩首相迎。

待众人安坐后，巴力克斯起身合掌，朗声说道："至上主神，化现为婆罗门的诅咒，控我于股掌之中。须知，此皆至尊者之无缘大慈，欲救我于对俗世荣华的执着贪恋。众婆罗门啊，请接纳我为彻底皈依的灵魂，因我已置至尊者之莲花足于内心深处。假若天命已定，就让毒龙答刹伽马上咬死我好了，我唯一的愿望就是你们能够不断地唱赞至上主神——毗湿努的荣光。众婆罗门啊，我向你们顶礼！我祈祷，假如我还要再次转世，让我对至尊主克利须那的爱著能够始终不变，而且，让我能够继续拥有巴克提行者的陪伴。我打算在此趺坐，绝食待尽。乞求诸位上人能广行开示，赐我以最高利益。"

说罢，巴力克斯敷库莎草①为座，草根东向，于恒河南岸，面北趺坐。天界诸仙见国君决心坚定，皆欢喜赞叹，击鼓散花相庆。

在场众仙圣也赞扬巴力克斯："王啊，你舍弃帝位，一心回返至高不死之乡，此事于你何奇之有？我等将守候在此，直至你尸解升天，魂归极乐。"

---

① 库莎草，梵文 Kusa，一种圣草，常用于祭祀。

巴力克斯早知侍奉至尊主克利须那是一切有情的天命之性。他之所以询问众贤圣，不过是为了得到他们的印证，如此便能凝定思虑，消除困扰。可是，正如众医看病，诊断不一，在场诸圣议论纷纷，却各持己见，莫衷一是。就在此时，由于无上者的意愿，至尊天鹅叔伽天人出现了。

第二章　至尊天鹅

叔伽天人为毗耶娑之子。预知此子落地后就会离家出走，当孩子还在母亲胎里时，毗耶娑就为他讲述了《薄伽梵往世书》。由于叔伽天人心中物欲净尽，毗耶娑便绕过众弟子，选择了他，传承这颗韦陀宝树上结出的熟果。

叔伽天人没有经历任何再生仪式，降生后便弃家为僧。当此之时，毗耶娑在别离之恸中，追踪而去。悲哀焦急之下，毗耶娑高呼"我儿！我儿！"四周一片空寂，只有风吹林木，发出阵阵哀鸣。

叔伽天人走过一群正在池塘中沐浴的美丽少女，虽然这些少女和叔伽天人都赤身裸体，她们见了他，却无动于衷，也无意遮挡一下。可是，当毗耶娑经过时，少女们却赶紧披上衣衫，尽管这位圣者并不曾裸露身体。

毗耶娑见状大为惊诧，便询问其中缘由。少女们解释道："你儿子看我们，根本没有男女的区分，他已然超脱于世间的性别。而你呢，还有这样的分别心。"

据《梵天往世书》记载，毗耶娑娶贾巴利真人之女为妻，两人在一起经历了长时间苦修之后，毗耶娑之妻才怀孕。胎儿在母胎里足足待了十二年。最后，毗耶娑只得恳求胎儿尽快诞生。可胎儿说，除非能够完全不受幻惑，否则不愿落地降生。毗耶娑遂自为担保。然而，胎儿知道父亲犹爱恋妻儿，所以并不相信家尊的许诺。

毗耶娑只得前往杜瓦拉卡，求教于至尊主克利须那。于是，克利须那与毗耶娑一同来到大雪山的草庐之中，亲自向胎儿担保，他出生后绝不会受摩耶之熏染。这样，叔伽天人才分娩降世，但他随即便弃家为僧，云游四海。

彼时叔伽天人年方十六，体相妙好，肤发玄黑，其色一如至尊主克利须那。加上他笑容美好，尤其受到女子的青睐。叔伽天人赤身裸体，游无定踪，行头陀行，状若疯癫，置一切世间礼法于不顾。故此，他身后总是跟着一大群好奇的顽童、少女。

当叔伽天人出现时，巴力克斯以及在场仙圣，除那罗陀、毗耶娑少数几个人之外，皆起身迎礼，合掌致敬。见此情景，原先一直跟在叔伽天人身后嬉闹要笑的顽童、少女，皆惊怖震慑，不敢作声。一时间，场面肃穆庄严起来。毗耶娑之子遂径直登上为他预备的宝座，结跏而坐，看起来就像众星环拱下升起的一轮明月。

巴力克斯大帝叩首顶礼之后，起身合掌，出语致敬："婆罗门啊，你的临在净化了我等。只要想起你，世人马上就能受到净化，何况见到你、触摸你，为你洗足、敷座？你的现身无疑是至尊主克利须那的慈悲。

"你是仁者大哲们的明师，是以我请求你，向我们解说一切有情通向圆满的法门，特别是针对将死之人。这样的人该听闻什么？唱赞什么？忆念什么？崇拜什么？又该避免什么？"

叔伽天人答道："我王，你之所问光辉无比，能饶益一切众生。这个问题的答案就是闻法的重点。世间逐利之徒乱听一气，说明他们对大道一无所知。

"此辈白日里力作挣钱，晚上贪睡淫乱。虽然天理昭昭，却不知大限将近。人若想解脱于世间诸苦，就必得听闻、荣耀、忆念至上主神，须知人生最高的成就即是在临终之时能够记住至尊主拿罗衍那。

"当德筏钵罗纪之末，我师从家父，研习了无与伦比的圣典《薄伽梵往世书》。尽管那时我已解脱圆满，却还是被至尊者的逍遥游戏所深深吸引，由此百尺竿头，又进一步。你是至尊主克利须那忠诚的奉献者，我如今就传你《薄伽梵往世书》，因为唱赞至尊者的圣名和荣光才是获得灵性成就的阳光大道。

"若没有培养出圆满无漏的觉性，长寿又有何用？树岂不也在过活？铁匠的风箱岂不也在呼吸？禽兽岂不也进食、射精？若头顶从未领受过纯粹奉献者足下的尘土，此人不过是一具死尸；若鼻子从未嗅过至尊者莲花足下荼腊茜（Tulasi）叶子的芳香，此人虽有呼吸，却无异于行尸走肉。

"喀德梵伽大帝彻底皈命至尊者，顷刻间就从尘世的桎梏中解脱超生。我王，你更为幸运，还有七天的时间，可以从容赴死。命终之际，人须无所畏惧，切断对肉身以及肉欲的一切贪恋执着。"

第三章　薄伽梵法

于是，叔伽天人开始演说不朽的薄伽梵大法：

"若死期将至，人当舍离室家，修炼瑜伽。是人应去神圣之地，每日沐浴净身，趺坐于孤寂之处，冥思超然的梵音——唵（OM）。如此心念逐渐清净，脱离根尘牵引。接着菩提生起，摄伏诸根。心念受俗务熏染，但通过侍奉至上主神，便能凝定于超上明觉。"

根据修法次第，叔伽天人先解说了至尊者的天地身相，指出凡俗之人可以通过冥思他，以证入梵性与天地并生，与万物为一：

"对于心思污浊粗浅之初学者，可以从冥思至尊者的天地身相开始。此法须采取坐姿，以瑜伽调息控制呼吸，收摄诸根、心念，然后以智慧力，视天地万物为一体，体验三世①缘起变化。

"如此便可以觉悟至尊者之天地身相。他在尘世之内，有七层物质元素覆盖，又称宇宙大身，乃至尊者粗大能力之化现。据证入宇宙大身的人说，波塔拉珞珈为彼足底，罗刹塔拉珞珈为彼脚踵、脚趾。摩诃塔拉珞珈为彼脚踝，塔拉塔拉珞珈为彼小腿。苏塔拉珞珈为彼膝盖，毗塔拉和阿塔拉珞珈为彼双腿。摩醯塔拉为彼臀部，而太空便是他肚脐陷入的地方。

"宇宙大身的胸部是发光的众星系，他的颈项是玛哈尔珞珈，他的嘴是犍拿珞珈，至于称为萨提耶珞珈的最高星系，则是他的一千个头颅。

"他的双臂是以因陀罗为首的众天神，十方是他的耳朵，声音是他的听觉。他的鼻孔是阿湿毗尼双星，芳香是他的嗅觉，他的口是在炽烈燃烧中的火。

"太空的球体组成他的眼眶，眼珠是作为视力的太阳。眼皮是日和夜，梵天以及诸尊者在他眼眉的一举一动中居处。他的味觉是水神筏楼那，一切东西的液汁或精华是他的舌头。

"他们说韦陀赞歌是至尊者大脑的通道，他的牙床是惩罚罪人的死亡之神阎罗。情爱的艺术是他的牙齿，最诱惑人的幻力便是他的微笑。而海洋只不过

---

①三世，即过去、现在、未来。

是他向我们投来的顾盼。

"带水的雨云是他的头发,日和夜的终结是他的衣裳,世界创生的最高原因是他的智慧。他的心意是月亮——一切变易的源头。

"正如大师们所断言,大谛是至尊者无处不在的觉知,而楼陀罗则是他的自我。马、骡、骆驼和大象是他的指甲,野兽和所有的四足动物都处于他的腰部。

"各种类的鸟是他高度艺术感的流露。世主摩奴是他智慧的标记,人类是他的居所。天仙族类的生灵如歌仙、音律仙、优伶仙以及诸天女,全都代表他的乐韵,而邪恶的修罗兵士是他奇异力量的代表。

"宇宙大身的脸孔是婆罗门,他的双臂是刹帝利,他的双腿是毗舍,他足下保护的是首陀罗。所有值得崇敬的天神都受他宰制。每个人的责任是以实用便利的物品举行祭祀,好让主满意。

"至此,我已向你解释了至高主宰作为宇宙大身的粗大物质概念。一个认真想得到解脱的人,须将心意专注于此相,因为法界里除此之外再无他物。"

如是冥思宇宙大身,瑜伽行者扩充其觉性,齐万物、等生死,逐渐与天地万物磅礴为一。于是不再执着小我私欲与世间天堂之乐,生起厌离弃绝之心、遗世独立之志。叔伽天人乃直陈其超迈之情:

"有天地为床帐,何须卧榻?有臂可枕,何须枕头?有手可抓,何须餐具?有树皮可穿,何须衣饰?道旁莫非没有粪扫之衣?树木莫非不再布施济人?河湖莫非干涸,不再供水给饥渴之人?山洞莫非皆已封闭?全能的主莫非不再庇护彻底皈依他的灵魂?那么,博学的哲人何必一味奉承那些沾沾自喜、靠辛苦劳作而发财致富的得志小人?"

经过修炼出离,行者遂臻至无著之境,便可冥思心中真宰——超灵毗湿努:

"行者当冥思至尊主毗湿努的妙相,自下而上,逐一遍及肢体各部。如是心念得解脱于尘境。不应该冥思其他对象,毗湿努就是终极的真理,心念只有附着在他之上才能彻底变得和谐安宁。用这套冥思体系,修炼者很快能与天相应,在至尊者的莲花足下得到灵性之爱。

"已得成就的瑜伽行者证悟到,超灵弥纶万有,遍住一切众生内心乃至一切微尘,乃世界之创造者、护持者、毁灭者。作为指引者和监观者,超灵在心中给予众生知识、记忆和遗忘。

"冥思超灵的瑜伽行者抛弃形骸后,其细身携灵魂登上升天之路。他须选择适当的时地,摄根调息,以般若之力,融心念于自我,融自我于超我,达于至乐之境。接着，他便应该准备尸解升天。方法是以脚跟堵塞肛门，经六道脉轮，逐一提升生命之气。最后，上推生命之气至两眉中间，直达脑顶梵穴。如是灵魂在星际诸神的接引下，取道璀璨光明的殊素拿耶星环，到达火神的星宿，在那里烧尽一切尘垢；然后更上一层，飞升至神秘的希舒玛尔轮（Sishumala Cakra），得到北极星上的太一真宰——乳海毗湿努的接引。这个希舒玛尔轮状若豚鱼，是整个宇宙旋转的枢轴，称为太一之脐。从这里，便可进入天界。解脱的灵魂继续越过浩渺的银河，经玛哈尔珞珈、犍拿珞珈、塔铂珞珈，最后到达最高的星宿——梵天珞珈，也称萨提耶珞珈。那里没有尘世诸苦，其民寿数可达十五兆四千八百亿太阳年。当四面梵天寿终之时，来自宇宙底部的劫火从天龙阿难陀口中喷出，将所有星宿烧成灰烬，梵天珞珈之民随梵天一起上升至不朽灵界——灵魂的不死故乡，在妙喜极乐中与至上主神——薄伽梵共度逍遥。"

因此，比觉证超灵（paramatma，即超我、神我、大我）更高的境界是冥思薄伽梵（Bhagavan）——至尊者之人格性体相，并在纯粹的奉爱层面发起种种妙用，叔伽天人续道：

"大神梵天，以大念力，研习韦陀三遍，经深察密识，认定对薄伽梵克利须那的迷狂之爱乃是一切教乘的最高成就。

"王啊，所以每个人皆须于一切时地，听闻、唱赞、忆念至尊主薄伽梵。那些以耳根饮服圣言蜜露的人，能灭尽一切物欲，洁净其心，如此彻底皈命于至尊者的莲花足下。

"欲与大梵合一者当崇拜梵天；欲获取强大性能力者当崇拜因陀罗；欲得子嗣者当崇拜生主；欲得好运者当崇拜杜尔伽；欲强大有力者当崇拜火神；欲得钱财者当崇拜诸筏苏；欲成盖世英雄者当崇拜诸楼陀罗；欲谷物丰盈者当崇拜阿底提；欲升登天界者当崇拜阿底提诸子；欲称霸者当崇拜梵天；欲得善知识者当崇拜毗湿努；欲博学者当崇拜湿婆；欲嫁娶者当崇拜乌玛；欲发财者当崇拜筏楼那；欲治平天下者当崇拜世主摩奴；欲胜敌者当崇拜修罗；欲享受者当崇拜月神；而无欲者当崇拜至上主神。具大智慧者，无论有欲、无欲，或欲解脱，皆须竭心尽力，崇拜至道大全、至上主神。

"唯有凭着亲近至尊主的纯粹奉献者，各种各样的崇拜者才能获得至高圆满的利益，此即对至尊主永不退转的自发神爱。"

第四章　四面梵天

听了叔伽天人的一番开示，巴力克斯道："博学的婆罗门啊，你所言皆关涉至上主神，渐次摧毁了我心中的无明。现在，我请你解说，至尊者如何以自身能力创造了大千世界，然后，又像戏耍一般，将山河大地收拾净尽？"

叔伽天人答道："王啊，当初那罗陀就问了他的父亲——四面梵天同样的问题，梵天按照他直接从至尊者那里所听到的做出了解答。"

其时那罗陀问道："我父，你是众生中的头生子，你知晓过去、现在、未来一切事，世界在你掌中不过如一粒核桃。我等于世间所见，看来无非是你自身所具足之能力的流布。不过，见你如此持戒苦修，我等不得不怀疑是否有人更具力量，在你之上？"

四面梵天答道："我儿，至尊者以自身光辉化生万有，其后我才创造宇宙万象，犹如太阳光照，才使星月生辉。只缘受无明遮蔽，愚者认我为至高主宰。其实，我是凭借至尊主拿罗衍那的启示，才能发现他所创生的万事万物。说穿了，我自己也是受造之物。"

为了满足那罗陀的好奇心，梵天于是描述了创世的过程以及至尊者所呈现的宇宙大身：

"至尊者是纯粹的灵体，超越一切气性。然而，为了大千世界的创造、护持、毁灭，他透过其外在能力，接受了阴、阳、中和三种气性。

"那罗陀啊，至高无上的监观者、超然之主，超越个我诸根之洞察力。只因个我皆受制于三极气性，而至尊者却是一切有情的真宰，包括我在内。

"先是，无数宇宙如气泡般浮沉于混沌大水之中，过了不知多少岁月，至尊者的第一重创世化身——原因海毗湿努从瑜伽龟息中苏醒，分身为金胎即胎藏海毗湿努，进入每一个宇宙；然后，胎藏海毗湿努又分身为乳海毗湿努，进入一切有情心中乃至一切微尘之中。此乳海毗湿努即超灵、神我，居于每一宇宙的北极星之上、乳海之中，乃生成宇宙大身之原因。

"至尊者卧于胎藏海之上，于神秘龟息之际，忽然起念，欲从自身呈现形形色色的生命体，便分泌出了金色的类似精液的物质。那些精液分而为三，是为天（adidaivika）、地（adibautika）、人（adyatmika）三极。

"生命力受到至尊主宰的刺激，便产生了饥渴，当他想吃喝的时候便张开嘴巴。味觉从嘴巴生成以后，舌头也接着产生了。各种味道跟着出现，好让舌头能够一一品尝。

"至尊主宰想说话的时候，言语便从嘴巴振动出来。其司掌之神——火，也从嘴巴产生。但当他躺在水中的时候，所有这些官能都暂时停止了。

"当至尊主宰想闻味道时，鼻孔和呼吸便产生了，鼻子和气味开始出现，携带气味的空气的御神也随之现世。

"当时一切都在黑暗中存在，至尊主宰想看看他自己和他所创造的一切，于是眼睛——光芒万丈的太阳神，视物的能力以及视力的对象便全都显现了。

"借着伟大圣哲求知欲的发展，耳朵、听的能力、听力的御神以及听的对象便展示了。伟大的圣哲想听闻有关自我的论说。

"彼时，当察知物质特性的欲望产生时，软、硬、冷、暖、轻、重，感觉能力，皮肤、皮肤的毛孔，身体上的毛发以及毛发的御神（树）便产生了。皮肤内外有一层空气的覆盖，感官察知通过它便明显起来。

"其后，当至尊主宰想执行各种各样的工作时，双手和双手的司掌之神——天帝因陀罗便现世了，正如行动依赖于手和诸神两者。

"接着，由于他想控制行动，他的双腿便出现了，从腿部产生的是名叫毗湿努的御神。由于他亲自监视这个行动，所有各类人等都忙于各自职分所规定的祭祀。

"为了性的享乐、繁衍后代，以及品尝天堂般的蜜露，至尊主宰随即长出了生殖器，因此便有了生殖器官及其御神——生主。性乐的对象以及御神都在至尊主宰的生殖器的控制之下。

"当他想排泄食物渣滓时，排泄孔——肛门，以及属于肛门的感觉器官便随着其司掌之神——弥陀生长出来。排泄孔和排泄物两者都在弥陀的庇护之下。

"当他想从一个躯体移动到另外一个躯体时，肚脐、弃身之气和死亡之气，便被一起创造出来了。肚脐是死亡和分隔力两者的护荫。

"当饮食的欲望产生时，肚腹、肠以及动脉便出现了。海洋是它们维生和新陈代谢的源头。当他想要沉思自己的种种活动时，心、心意、月亮、决心以及一切欲望便随之显发。

"身体上的七种元素,即皮肤上的薄层、皮肤本身、血、肉、脂肪、骨髓和骨骼,全都是泥土、水和火造的,至于生命之气则是由空、水和气产生的。

"诸根或感官随顺于气性,而气性则由我慢而化行。心意受制于各种尘世的经验(如快乐、苦恼),智慧则来自心意的深思熟虑。

"如是,借着自我化生的过程,至尊主宰的外在特征便被宇宙万象诸如日月星辰大地山河所覆遮。"

最后,四面梵天赞叹道:"那罗陀啊,只因我握住了至尊主赫黎[①]的莲花足,满怀热忱,所以我所说的一切,皆真实不虚。我的心念以及诸根从未因贪恋无常而窒碍沉沦。"

听到此处,巴力克斯心生法喜,对叔伽天人说道:"博学的婆罗门啊,你的话语,深广如大海,我今听闻圣言,好似饮下玉露琼浆。所以,我虽禁食,却一直精神振奋,丝毫不觉困乏。"

叔伽天人亦为巴力克斯求法之诚所感动,于是欢欣鼓舞,继续演法,叙述创世之初,至尊者传道于四面梵天。

---

① 赫黎,梵文 Hari,至尊者毗湿努的另外一个名号。

第五章　四种子偈

其时梵天从莲花顶端降生,这奇妙的宇宙莲花升起于胎藏海毗湿努的肚脐之上。梵天不清楚自己的根源,只能看到身周的无边黑暗。虽然他内心察觉到创造的冲动,却又不知该如何下手。惶惑之下,梵天离开莲花座,沿着那朵莲花的花茎往下搜寻,直至摸到冰凉汹涌的海水。于是梵天重新往上攀爬,回到莲花顶上,陷入深思。

终于,在鸿蒙寂静之中,两个音节"ta"和"pa",似乎从近处传来。梵天大奇,想要找到说话之人,但四面张望,却只能看到自己。突然间,他脑中灵光闪过,明白了这两个音节的含义。自此,他开始禅定苦修,寻找内心的力量。这样大约过了一百天堂年,四面梵天的苦行取悦了至尊者。就在梵天的面前,至尊者华胥天人与他的不朽居所——无忧珞珈一起显现,那地方没有一切烦恼无明,受到所有觉者的顶礼。

无忧珞珈不受尘世浊气染污,亦不受时间宰制,更何况摩耶之力。四面梵天于三昧中,见无忧珞珈之民,皆玄色四臂,身放光明,莲花眼目,妙相端严。他们青春永驻,身着黄衫,披挂璎珞珠宝,在绝色妙侣陪伴之下,乘坐天舆,自在飞行。更有吉祥天女,随侍至尊者之侧,朱唇轻启,唱赞不绝。

四面梵天又见至上主神——拿罗衍那,升宝座之上,身边环立众臣,有难陀、须难陀、博罗波罗、阿诃拿等。无量能力以及美富,不离其左右。至尊者看起来心满意足,对他的仆从们亲热有加。他眼光沉醉迷离,笑靥生红,胸口点缀着"卐"字白毫。

此时,梵天妙喜充盈,在超然的迷狂之中,爱之泪水,滚滚而下。梵天当即跪倒在地,恭敬叩首。至尊者甚悦,起身下座,执手问候,待梵天如心腹忠仆。

至尊者微笑道:"梵天,我对你持久不懈的苦修甚为满意。我乃一切祝福之赐予者,你可以向我提出任何请求。不过,我要告诉你,最高的祝福就是透过纯粹的爱敬见到我。如今,由于你诚心苦修,已然在我超凡的居所见到了我。当初你陷入困惑,就是我指示你要返身内修,因为这苦修本身就是创造的力量。"

梵天答道："至尊者啊，你居停于一切众生心中，尽知个体之所欲以及如何餍其所欲。我希望你能向我解说，你如何创造出这天地万物，尽管你的形体全然灵性。我想知道这些，因为我将再造天地，化育万类，尽我之力，参赞天工。我要向你祈求，借着你的慈悲，我不会因此变得骄慢，以为自己就是至尊主，如此反落幻惑。"

至尊者说道："关于我的奥义极其深密，只对至诚奉爱之人开启。现在，在我慈悲之力的加持下，对我之超然身相、德行和游戏的领悟将在你心中觉醒。"

于是，至尊主拿罗衍那说偈曰：

　　我先天地，在我之先；元气未形，一切非有；万有现前，无物非
　　我；世界坏灭，唯我独存。若有一物，在我之外；无非幻化，如影投暗。
　　五大成象，存乎象外；我周万物，独立不改。一切时地，直道曲径；
　　求真之士，终证此义。

"此四句偈为一切教之种子。梵天，你若一心奉行，直至世界坏灭，不受骄慢所扰。"

言毕，至尊者倏忽间悄然隐没。梵天自此开始再造世界。其后天地滋藩，一如往昔。

后来，梵天将这四句种子偈所含的十大秘义传于其爱子那罗陀。那罗陀牟尼又扩充十大秘义为《薄伽梵往世书》，传弟子毗耶娑。

其时，毗耶娑天人正趺坐于恒河岸边，冥思至上主神。

第三卷

第一章　皇叔出走

听了这番对无上者创化天地的阐说，邵那伽真人要求苏陀大士讲述毗多罗如何离家出走，其后又如何自麦萃耶真人处得闻大法。如是，苏陀大士便向飘忽林中的诸多哲圣娓娓道来，一如昔时叔伽天人告之于巴力克斯。

当初般度五子流放归来之后，狄多罗史德罗请毗多罗入宫，问他该如何处置。毗多罗乘机劝谏兄长，说道："对于尤帝士提尔，你该当把他应得的一份国土还给他。因为你的缘故，他已然承受了极大的苦恼。无疑，你害怕那睚眦必报的毗摩，还有视般度五子为亲人的薄伽梵克利须那。你偏爱嫉妒成性的长子杜瑜檀那，而他嫉妒克利须那，已经让你远离一切吉祥福运。你该当立刻驱除这不祥之人，才能造福于宗族。"

杜瑜檀那及其诸弟，其时也在旁边。闻听此言，杜瑜檀那气得嘴唇发抖，骂道："谁让这个贱婢之子到这里来的？此人狡诈无比，居然在他家主的家里通敌卧底。快把他给我叉出宫门！除了一条性命，其他一概不许留下！"

这些犹如利箭般的恶语深深地刺伤了毗多罗。然而，在羞辱之外，毗多罗却看到了无上者的意图，他认为这是至尊主要他远离宫廷生活的阴险虚伪。其实，毗多罗向来视富贵若浮云，一直渴望出离尘世，全心事主。如今，他感觉时机已到。看到至尊者的大能，外显为杜瑜檀那之恶语，而向内却成全了自己，毗多罗既惊且佩。故此，毗多罗没有丝毫的怨恨，相反，当他挂弓门楣准备离家朝圣之际，内心还感激着杜瑜檀那。

自然，毗多罗本可以直接去找住在杜瓦拉卡的克利须那。可是，出于奉献者的谦卑，他认为自己在与狄多罗史德罗和杜瑜檀那的交往中已受染污，除非洗清这份罪业，否则便无法全心奉献。为此，他决定先去朝拜圣地，净化身心。心中时刻思念着克利须那，毗多罗行过了许多圣地，包括阿优地、杜瓦拉卡和摩图罗。一路之上，毗多罗皆身着僧衣，风餐露宿，以避众人耳目。

在波罗跋刹，毗多罗听说了俱卢王朝的覆灭。于是，他便沿着莎拉斯筏底河，改道西行。越过苏罗湿陀国、索毗罗国、摩特峡国、俱卢犍伽罗国之后，他最后到了朱木拿河畔。在那里，他遇到了天师蒲历贺斯钵底的弟子，也是克利须那的堂兄兼密友——乌达华。

两人深情拥抱之后，毗多罗马上问询克利须那、巴腊罗摩、般度五子、贡蒂王后的情况，却不曾问及狄多罗史德罗，因为他早知狄多罗史德罗辈必定败亡。其实，毗多罗当时知道雅度族已不复存留世间，但从乌达华口里亲耳听到这个消息，还是让他无比震惊。毗多罗请求乌达华为他细说此事，以及薄伽梵克利须那的无上荣光。

经毗多罗一问，乌达华立时将全副心神凝注于忆念薄伽梵克利须那，别离之恸涌上心头，使他顿然失语。冥思之中，乌达华进入深深的法喜，身毛为竖，四体颤抖，涕泪磅礴。看到这情形，毗多罗知道，乌达华已经达到了神爱的圆满境界。五岁的时候，乌达华就崇拜雕成克利须那形貌的小玩偶，沉醉于为它供奉、沐浴、打扮，连母亲唤他用饭都不愿离开。孩提时的天性，已经显露出他是一位常住解脱、乘愿而来的圣者。

过了片刻，乌达华终于从迷狂中返回常态，柔声答道：

"世间的红日——薄伽梵克利须那，已然沉落，我等福运，从何谈起？天地失色，但更不幸的是雅度族人，因为他们不晓得克利须那乃是薄伽梵，就像鱼儿不认识天上的明月。

"为尤帝士提尔大帝之王祭而来的所有天神，看到克利须那的妙相后，都把他当作梵天所造的终极神物。克利须那强大无比，但居然因为害怕暴君刚萨而隐匿于博罗遮，后来又撤出摩图罗，真是扑朔迷离到令我苦恼。

"克利须那向他的双亲道歉，为他被寄养于人而不能行孝。至尊主的这种做法让我好生伤心。你也亲眼看见，悉殊钵罗尽管仇视、诬蔑克利须那，被克利须那杀死后，灵魂融入大梵，竟然获得了瑜伽修炼的圆满境界。谁人能够忍受与至尊主的别离？那些纵横于俱卢之野，看着克利须那莲花一样的脸庞，在阿周那的利箭下倒地而亡的战士，神魂尽涤，皆得往生灵天。

"克利须那常常站在乌戈罗塞拿大王跟前，向他进谏，嘴上说着：'主上，谨以此闻。'我怎么还能再找到一个比他更仁善的主，受他庇护？女妖菩塔那想要喂毒乳给克利须那，却被他赐予了母亲一样的地位。我甚至觉得修罗们比诸神更幸运，他们虽然心怀仇恨，却能正面看到骑乘在大鹏鸟伽鲁达背上的至尊者。"

为了满足毗多罗聆听的愿望，乌达华述说了克利须那在宾陀林度过的十一年逍遥时光。然后，又讲了克利须那离开宾陀林之后，在神都杜瓦拉卡的超凡作为。克利须那治理家国许多年，到后来却完全舍弃了男女之情。在最后的时光里，克利须那要乌达华离开杜瓦拉卡，去喜马拉雅山的巴答黎喀净修林苦修。预见到未来将发生的一切，克利须那希望乌达华留在那里，与两位大哲拿罗、拿罗衍那共住，以免得到他离世的消息后过于悲伤。然而，因为无法忍受别离之苦，乌达华却暗中追踪着克利须那，一直跟到克利须那最后停留的地方。那是在一棵幼龄的菩提树下，克利须那当时背靠着树干。

至尊者玄色的身体俊美无比，微红的眼睛跟往常一样渊静安和，就像早晨初升的旭日。他现出四臂，妙相庄严，身着一袭黄衫。乌达华认得，这就是至尊者。克利须那右足搁在左腿上，神态从容愉悦，超逸绝伦，根本看不出他刚刚舍弃一切家室之乐。

乌达华上前顶礼跪拜，随后在克利须那身边安然坐下。麦萃耶真人其时恰好途经该地，于是也走上前来，顶礼而坐。克利须那让他们休息了一会儿，看着乌达华，微笑示意之后，开口说道："很多年以前，当你还是火神筏苏之一时，就渴望与我交往。虽然对他人来说，这个祝福很难企及，可我却赐给了你。放心，你已然得到了我最究竟的恩典，这一世是你在尘世间的最后一生。在这孤寂之地遇见我，是你的福分。很快，你便能回到我所在的不死之乡——无忧珞珈。"

乌达华答道："我主，在超越之爱中侍奉你莲花足的巴克提行者能轻而易举地获得一切，无论是法、利、欲乐还是解脱。可是，我却无欲无求，只知一心服务奉献。虽然你的智慧无穷无际，足能解决一切问题，可你还是向我咨询，仿佛陷入困惑一般。现在想来，你的这种举动，真是令我困惑。我主，如果你觉得我等有资格领受，求你大发慈悲，向我等开示，有关你自身的奥秘，就是创世之初，你向四面梵天阐述的。"

回忆至此，乌达华对毗多罗说："克利须那给了我相当长的教诲。他说完之后，我绕着他环礼一匝，辞别而去。后来我就游荡到了这朱木拿河的岸边。由于跟至尊者别离，我内心片刻不能安宁。实际上，我都快发疯了。为了缓解心头的哀伤，遵照他的训谕，我正要赶赴喜马拉雅山的巴答黎喀净修林。"

毗多罗也从乌达华处得知了俱卢族众亲友的毁灭。就在乌达华将要上路之际，毗多罗请求他讲说从克利须那处所领受的灵知密教。可是，因为乌达华比毗多罗年少很多，所以他不愿造下犯上之业，便建议毗多罗找年高德劭的麦萃耶真人受教。

薄伽梵克利须那及其同伴隐迹之后，只有乌达华还留住世间。因为克利须那认为他是最杰出的巴克提行者，也是唯一能受托付、传承有关至尊者身世之灵知秘学的人。并且，乌达华还领受了至尊者隐迹前的秘密训谕，要将它们传递给巴答黎喀净修林的拿罗、拿罗衍那仙人。就在当晚，乌达华向毗多罗揭示了其中的一部分。知道至尊者在离世之前居然还记挂着自己，毗多罗不由得喜极而悲，放声大哭。

第二日清晨，乌达华启程前往大雪山。毗多罗又在朱木拿河畔盘桓数日，之后才去了恒河边的名城哈德瓦，与麦萃耶真人相会。

第二章　仙圣传心

毗多罗非常渴望从麦萃耶真人处听闻克利须那的逍遥游戏。然而，出于谦卑，他先询问了一些对普通人特别有益的世间法。问完之后，毗多罗承认，这些不究竟的世间法永远无法让他彻底满足。于是，他便请求麦萃耶真人讲说薄伽梵克利须那。

不懂得圣言价值的人，必受最可怜者可怜。一味思辨的哲人怜悯那些追逐功利、执着身见的凡夫俗子，而奉献者却怜悯冥迹大梵的哲人。作为提示，毗多罗建议麦萃耶真人不妨从讲述至尊者的原人化身开始。

于是，麦萃耶真人说道："毗多罗啊，荣名全归于你！因为你的询问关乎一切有情的绝对利益。由于你诞于毗耶娑的精液，所以毫不奇怪，你信奉至尊者，从不偏离。我知道，你前世是阎罗，只因受到曼多毗耶牟尼的诅咒，故而投生婢女之胎。事实上，你是至尊者的永恒同伴，只是因为你的缘故，薄伽梵克利须那才在返回不死故乡之前，给我留下了训谕。"

事情是这样的。有一次，几个贼人躲在曼多毗耶牟尼的草庐里，结果被国王的兵士拿住。兵士们误认为曼多毗耶牟尼是同谋，便将他同盗贼一起捆绑起来。正当他们准备用尖铁桩将这位牟尼戳死之际，消息传到了国王的耳朵里。国王立即下令停止执刑，并亲自赶赴刑场，祈求曼多毗耶牟尼的宽恕。

被释放之后，曼多毗耶牟尼马上进入冥府，追问阎罗，为何自己会遭此无妄之灾。阎罗向他解释，这是因为他幼年时拿草尖刺死了一只蚂蚁。曼多毗耶牟尼听说后大怒，认为阎罗不该降罪于无知幼童的鲁莽之举。为了报复，这位婆罗门仙圣诅咒阎罗，下世投生为贱婢之子。这便是毗多罗出生的因缘。

麦萃耶真人先阐说了摩诃毗湿奴之首出创世，之后，又讲到宇宙大身之缘生显化。毗多罗听罢，请求仙人更详细地解说创世的过程。

麦萃耶真人于是说道："我要向你传述《薄伽梵往世书》，为了那些因追逐浮华而身罹大苦的有情众生，至尊者曾经向古圣们亲自讲说过它。

"很久以前，伟大的仙圣们，在萨拿特·鸠摩罗的带领下，沿着从天而降的恒河，从最高的星辰漫游到宇宙的底部。披着湿淋淋的头发，他们触了至尊者商伽萨那的莲花足，那时他正在冥思自己的根基——至上主神华胥天人。当仙圣们用满怀神爱的言语赞美他时，至尊者商伽萨那微微睁开双眼，与此同时，他身后成千上万的天蛇头冠上的宝石也闪烁出夺目的光灿。

"于是，至尊者商伽萨那便向萨拿特·鸠摩罗讲说了这部《薄伽梵往世书》。后来，萨拿特·鸠摩罗又将其所闻转述僧佉衍那牟尼。再后来，当僧佉衍那牟尼传述《薄伽梵往世书》时，先师钵罗萨腊牟尼与蒲历贺斯钵底一道，得闻大法。在菩拉斯提阿牟尼的建议下，先师钵罗萨腊牟尼将这部第一往世书传给了我。如今，毗多罗啊，我要将我之所闻，悉皆传授于你。"

昔时钵罗萨腊牟尼之父为一罗刹所噬，为了复仇，钵罗萨腊牟尼安排了一场祭祀，预备将一切食人罗刹投入祭火中焚毁。祭祀刚开始，这位牟尼的祖父筏希斯塔降临祭场，命令孙子停止火祭。为此，众罗刹之父，菩拉斯提阿牟尼大为高兴，便祝福钵罗萨腊，让他成了《薄伽梵往世书》的伟大传唱者，而钵罗萨腊牟尼正是这部《薄伽梵往世书》的撰作者——毗耶娑的父亲。

麦萃耶真人继续为毗多罗详细解说：

当梵天一日之终，至尊者商伽萨那于宇宙之底渊口吐烈焰，三界即将毁灭。受这炙烤三界之劫火的威逼，仙圣如布黎古等，以及玛哈尔珞珈之民，尽皆逃往犍拿珞珈。这场劫火持续了整整一百天堂年，相当于三万六千太阳年。然后，狂风暴雨接踵而至，又持续了一百天堂年，以至于大海泛滥，洪水滔天。当三界尽没之际，劫终洪水中的至尊者，双眼微闭，卧于天龙阿难陀身上，进入瑜伽龟息。彼时，日月无光，犍拿珞珈之民合掌祷告，众生为细身所覆，一起进入至尊者体内。

一千劫循环过后，众生妄念复萌，欲再造业。受此染污，其身皆转青黑。其时，至尊者正观想众生之共业。借此念力，众业钻出至尊者之腹，化为一朵莲花。这朵贯通天地的莲花照破十方，吸干了劫终洪水。胎藏海毗湿努遂分身为超灵进入莲花。接着，梵天降世，于冥漠混沌中，转目四望，现为四头。

梵天为身处之境所迷，想着莲花底下必定有名堂，便顺着莲花茎中的细管钻入水中。可是，虽然他已接近胎藏海毗湿努的肚脐，却还是无法找到出生的根源。于是，梵天只得重新返回宇宙莲花的顶端。在那里，他开始冥思至尊者。当一百天堂年之末，梵天终于见到了此前邈不可及的至上主神。

梵天看见胎藏海毗湿努卧于天龙阿难陀盘卷起来的白色身体之上，那天龙头冠上宝石的光芒照彻四方。至尊者巨大无伦的身躯纵横延展于三界，其光华远胜玉峰之色。虽说群玉峰在夜色的衬托下极其美艳，然而身着黄衫的至尊者却更令人叹为观止。至尊者头上戴一顶镶珠嵌玉的金冠，嵯峨灿烂，赛过群玉峰头的金顶。点缀在群玉峰间的水瀑、花木，又如何能与至尊者身上佩戴的珠玉、花鬘和荼腊茜叶相媲美？

至尊者抬脚，以莲花足相示梵天。立时，从他月牙般的趾甲上射出一道玄光，犹如莲花千瓣。至尊者破颜一笑，以表抚慰。梵天知道，所见之人必为至上真宰无疑。当梵天凝视毗湿努脐内之水、水中之莲、混沌大水以及风、空之时，梵天乃为阳气所充，欲成创世之功。于是，梵天合掌祈祷，以求至尊者慈悲指引，其辞曰：

"我主，你莲花足上的芬芳，为韦陀梵音之风所携，飘入耳孔，闻者乃知，你从未离开彼等心莲。你的信士以听闻圣言之法，便能凭耳根见到你。如此心得清净，你便上来息止。

"我所礼敬者，依靠你的慈悲，我托生于你的肚脐之上，为了再造世界。请赐我明觉，让我能正确地完成使命，因我是皈命于你的灵魂。我还求你，让我在做工之际，不至于因为骄慢而跌倒，自以为是创造者。当我创造时，肯定会遇到许多邪僻众生，所以我还求你，不要让我由于跟他们的接触而跌倒。我主，请你睁开眼，给我赐福。请给我教导，驱散我的忧愁。"

看到梵天虽急于再造世界，面对混沌大水，却一筹莫展，至尊者乃以深沉庄严之声，告之曰：

"梵天，不必忧急愁苦，你之所祷，已被赐予。皈命于我，爱敬自处，如此你便能于内心知晓一切。当你专心做工时，你能在内心以及宇宙一切处见到我。并且，你还将看见，你以及一切众生，尽皆在我之内。

"有了这般灵觉，你便能脱离幻见，不起畏怖。你欲代天之工，繁衍众生，凭着我的无缘大慈，你之所为，必无倾败。你但放心，只要一心在我，即便投身事功，也不会受强阳情欲所扰。

"梵天，你所诵之祝词祷文，所践履之苦行，以及对我之信仰，须知皆出乎我之无缘大慈。我已为你之祝祷所取悦，如此，在我的祝福之下，你的一切事业必定成功。"

说罢，至尊者拿罗衍那悄然隐身。此后，梵天苦修了一千天堂年。当修行结束之时，梵天发觉他座下的莲花受罡风吹拂，摇摆不定。于是，借着长期苦修之力，梵天吸尽了大水和狂风。他发现诸星辰皆隐匿在那朵遍漫宇宙的莲花之中，便开始思索该如何再造乾坤。思虑过后，梵天钻入莲花茎里，将其截为三段，而后，又再析之为十四分，如此为他将要创造的各类众生预设了所居之地。

起初，至尊者以其外在能力，发动了六重创造：第一为大，即物质元素之总集，其中生出推移往来、相互作用之三极气性；第二为我慢；第三为诸根之感知能力；第四为诸根的认识和活动能力；第五为主宰神祇；第六为根本无明，彼使众生动如愚狂。随后，梵天又发动了四重创造：第一为六种不动之众生；第二为八类畜生；第三为人类，阳气主宰其内；第四为非人，包括阿修罗、紧那罗、药叉、罗刹、夜叉、祖灵、悉檀、乾达婆、飞天女等等。

创生各类有情之前，梵天又造了覆蔽众生的五种无明：第一为幻，即身见，使众生忘却其本来真性；第二为暗，即死亡的感觉以及随之而来的畏怖；第三为大幻，即我所，虚假的拥有感；第四为愚，是为自我欺骗；第五为颠，即欲望不得满足引起的嗔恚。做这些事情，梵天其实并不愉快，因为他认为这些迷惑众生的创造是罪恶的。为了净化自己，他便坐下来，在继续创世之前，冥思至尊者。

此后，梵天创生了四大圣哲，其名为萨拿伽、萨难陀、萨拿塔那和萨拿特·鸠摩罗。梵天命令他们道："我儿，繁衍后代吧。"可是，鸠摩罗四子修为深湛，一心解脱，故而不愿成家，拒从父命。梵天恨四子不孝，心生嗔怒。不过，他也知道四子灵性造诣非凡，只得强自忍耐。

情急之下，一腔怒气终于压抑不住，蹿至两眉之间，立即生出一个肤色红蓝相间的孩儿。这孩子一出生，便大喊道："宇宙之师、造命者啊！求你给我名字和所居之地。"

梵天抚慰这孩子，说道："莫哭，我必足你所愿。因为你哭得厉害，所以给你取名叫楼陀罗。我已经给你挑好了所居之地：心、根、生命之气、空、风、火、水、土、日、月，以及苦修。除了楼陀罗以外，你还会有十一个名字：摩纽、摩奴、摩醯拿刹、摩罕、湿婆、黎陀德筏遮、乌戈罗雷多、巴伐、喀罗、筏摩提婆和狄陀伏罗多。你还将有十一个妻子：狄、狄丽提、罗萨拉、乌玛、尼幽特、萨尔毗、伊拉、安碧伽①、伊拉华蒂、斯华妲以及狄克莎。作为生主之一，你如今当大规模繁殖人丁。"

其后，楼陀罗的子孙们繁衍无穷，都有着跟楼陀罗一样的体态和狂暴脾气。

---

① 安碧伽，是杜尔伽的另外一个名号。

他们聚集拢来，便欲吞灭世界。梵天见状大怒，于是给楼陀罗下令："我儿，何必生出这等生灵？他们眼里喷火，意欲焚毁十方世界，甚至连我都不肯放过。你且前去苦修，求得至尊者加持，好再造世界，一如往昔。在此期间，你须耐心等待世界毁灭，到那时就用得着你了。"

楼陀罗绕父环礼一匝，拜辞而去，往森林苦修。梵天再次专念于创造，于是又生十子：摩利支、阿特利、安吉罗、菩拉斯提阿、菩罗诃、克拉图、布黎古、筏希斯塔、达克刹和那罗陀。这些孩子分别从梵天的心、眼、口、耳、脐、手、触、拇指、呼吸以及意念之中降生。其中，那罗陀生于梵天之觉性，乃诸子中最胜者。

接着，正法显现于梵天之胸。从梵天之背，死亡之所在，邪法现身。淫欲现于梵天之心，嗔怒现于梵天两眉之间。贪婪现于梵天两唇之间，言语之能力现于梵天之口。河海涌自梵天之阳具，劣行泛滥于梵天之肛门。喀达摩与另一女孩生于梵天之影。此女名为华客，虽然并不曾对梵天动情，却引发了梵天的色欲。

看见父亲竟然深陷迷幻，穷追自己的女儿，以摩利支为首的诸贤哲知道其中必有原因，于是劝谏道："我父，你现在所做之事，历劫以来前所未有，其他梵天也不曾做过，将来也必不会做。你是这宇宙中最尊贵者，怎么会失去自制，欲与亲生女儿行淫？这等行为与你大不相称，须知众生为提升灵性，一直仿效着你。请允许我等求祷于无上者，好让他救你于沉沦。"

梵天闻听诸子之言，大为羞惭，立时离弃了躯壳。后来，这层躯壳化为弥漫四方的凶险大雾。

不久，梵天继续思量创世，于是有韦陀四明现于梵天四口。随后，用于祭祀之礼器、正法之四纲[①]、四种姓之职分皆现于世间。从梵天四口，流淌出被称为第五韦陀的诸往世书以及诸史乘，韦陀支术亦相继出现，其中包括梵字、音韵、训诂、修辞、因明、天文、数学、医学、武学等等。随之而来的，是参习韦陀诸术的四种修士[②]。

其后，梵天受取新身。由于此身不碍房事，梵天乃得继续推动创世大业。然而不久，梵天发现宇宙人丁还是大为不足，便开始思虑如何改善局面。

正当梵天冥思之际，有二形体分离而出，交媾和合。雄体名为斯华央布筏摩奴，雌体名为沙陀楼钵。经过交合，二人生出五子，其中两个男孩，名为波

---

① 正法之四纲：法、利、欲乐、解脱。
② 四种修士：梵行者、家居者、林栖者、出世者。

黎耶伏罗多和乌塔拿钵多,三个女孩,名为阿俱蒂、提婆瑚蒂、菩罗素蒂。长女阿俱蒂嫁了儒奇仙人,提婆瑚蒂嫁了喀达摩仙人,菩罗素蒂则成了达克刹的妻子。就是因为他们,这世界才有遍地生灵。

斯华央布筏摩奴降世之后,便与其妻一起向梵天顶礼,合掌说道:"众生之父啊,请下命令,好教我等侍奉你。"

梵天回答:"我儿,你赤心孝顺,令我愉悦。我祝福你们。你之所为,堪为人子榜样,须知敬事尊长,乃天经地义。所有明智无妒之人都会欣然领受父命,尽力奉行。你是我的孝顺孩儿,所以我要你再生下跟你一样资质优良的子女。如此依照正法,治理天下;奉以祭祀,敬事太一。无上者见你能体恤下民,必受取悦。"

摩奴说道:"我主,我定遵从你命。现在,请你抬起众生栖居的地球,它已堕入胎藏海之中。"

梵天见地球沉没于水中,乃陷入深思,断定只有无上者才能当此重任。就在此时,一只野猪生于梵天鼻孔,起初不过拇指尖大小。梵天大惊,凝视之下,那野猪已在空中变身,忽而巨硕如象。

梵天及其诸子如鸠摩罗、摩奴、摩利支等于是交相辩说,议论不休。最后,梵天推测这异兽必为至尊者筏罗诃。其时,筏罗诃不断发出咆哮,鼓舞天神,威慑群魔。居于犍拿珞珈、塔铂珞珈和萨提耶珞珈的仙人们,听到这震彻宇宙的巨吼,都开始唱赞韦陀,荣耀至尊。

筏罗诃振蹄摆尾,飞翔天外。尖牙撩云,电目照空之际,筏罗诃长啸连连,应答诸仙赞祷。随后,筏罗诃耸身入水,直探海底。大海劈开,翻起的巨浪犹如两只手臂一般。海水呼啸,宛如求告:"我主,不要将我劈作两片!求你保护我!"

既化身为猪,至尊者便以味觉寻找地球所在。筏罗诃用鼻子拱到胎藏海的最底部,终于找到了沉埋于污秽中的地球。至尊者轻松顶起地球,用尖牙抵住,将它抬出水面。见此神迹,梵天及其诸子皆赞叹祷告不已。待众贤圣礼拜已毕,筏罗诃乃将地球拱入轨道。随后,他便返回了不死灵天。

第三章　魔王乱世

　　讲完斯华央布筏摩奴治下大洪水期间显现的白猪化身,麦萃耶真人又讲到叉克殊刹朝代化现的红猪化身。许多年以前,麦萃耶真人与众天神一起,从梵天处听说了这段逍遥游戏。

　　曾经有一次,正值日落时分,摩利支仙人之子迦叶波牟尼面朝祭火,向至尊者顶礼。此时,他的妻子底提,受淫欲之扰,来到他的身边。

　　美艳绝伦的底提似乎急不可耐,直接向丈夫恳求:"智者啊,爱神在用利箭刺穿我的心,就像大象玩弄一棵香蕉树。我现在就想跟你生孩子,求你对我慈悲。我父达克刹把十三个女儿都嫁给了你。我们姐妹一直对你忠贞不贰。眼如莲花之人啊,你是君子,不应让悲愁者的愿望落空。"

　　迦叶波本可力拒妻子不合时宜的请求,然而,由于自己也起了色心,他便试图安抚底提。其时,因为淫欲的染污,底提心生邪曲,絮叨不休。

　　迦叶波说道:"受苦的人儿啊,我会很快满足你的愿望。靠着你这样的贤妻,我等男儿才能超度红尘苦海。实际上,这样的妻子助力极大,她可以说是男人较好的另一半。就像藏身壁垒的将军能够轻而易举地克敌制胜,托庇于妻子的男人可以轻松地征服诸根。为此,男人永远无法偿还从妻子那里得到的利益,即便一生的时间,甚至死后,都不能做到。

　　"我心爱的底提,虽说我不能完全报答你,却可以如你所求,为你生下孩子。只请你少安毋躁,再等片刻,不然我会受人指摘。此刻非常不吉祥,湿婆正骑着青牛,跟他那些形象狰狞的鬼伴们,一起遨游太空。他会给恶鬼们机会,让他们投胎到此时行房的妇人的子宫里。湿婆是你的姐夫,他有三只眼睛,会看见你做此禁忌之事。"

　　尽管受到丈夫的告诫,底提还是难耐欲火。她抓住丈夫的衣襟,就像娼妓一样,强迫丈夫迎合她的冲动。无奈之下,迦叶波屈服于命运,到幽僻处与妻子行房。事毕,迦叶波沐浴净身,坐下来口念真言,冥思无相。

　　与此同时,底提淫欲得偿,也清醒过来,粉颈低垂,对丈夫说道:"我心爱的婆罗门，请一定不要让湿婆因为我适才对他的不敬而杀死我腹内的胎儿。"

然后底提求祷："我向大威德神湿婆顶礼。他力量非凡，可以立即杀死我腹内的胎儿，可他又如此慈悲、容恕。大神湿婆乃一切女子的主人，甚至蛮野的猎人都会原谅无知的女子，所以我恳请他收回对我的愤怒。"

见底提站在面前，吓得浑身发抖，迦叶波说道："只因你心念不纯，对夫不顺，行房非时，对神不恭，所以你会产下两个不肖之子。这两个不肖子将杀戮无辜，触怒贤圣，搅乱三界。到时至尊者将亲自化身，取走他们的性命，就像因陀罗用霹雳震碎群山。"

底提答道："夫君啊，听说我的儿子将逃过婆罗门的诅咒，被大慈大悲的至尊者杀死，我大感宽慰。那些亵渎圣贤者、令人畏怖者，甚至受恶鬼、畜生谴责。"

迦叶波告诉妻子："由于你的忏悔、对大神湿婆和我的敬重，以及对至尊者的坚定信仰，你的孙辈里将会出一位卓越的奉献者，其名声与至尊者争辉。他对至尊者的奉爱，将感召后人。这样就取悦了至尊者，也取悦了一切众生。作为第一流的奉献者，这个孙儿将在心内、身外见到至尊者；他是一切美德之源，看到尘世众生所受楚毒，痛苦不已。"

听了这番话，底提大为高兴。知道腹内的孩子会祸乱天神，底提怀胎百年，不肯生产，可是，那胎儿魔力强大，已令三界震悚，日月无光。看到这可怕的情景，众神上诉梵天："我主，你看黑暗弥漫，笼罩三界。世界之护持者啊，你知悉一切众生之意图。底提腹内所孕已坏乱天地之序，让我等陷入大烦恼。求你大发慈悲，救我等脱此大难。"

梵天乃将往昔一段因缘，告知众神：

有一次，鸠摩罗四子游遍凡间，闯入灵天。那是无忧珞珈之所在，只有除尽一切世间染污的人才得进入。在至尊者拿罗衍那之地，所居之民皆有四臂，一如至尊者之形。如意宝树遍布华林，四季香花鲜果不断。无忧珞珈之民乘天舆，携眷属，往来飞行，不断歌吟，荣耀至尊。坐满天舆的女眷们皆丰臀媚姿，却丝毫不能激起无忧珞珈之民的情欲。这表明，无忧珞珈里虽也不乏异性陪伴之乐，却并无男女之事，因为所有人都完全沉浸在神爱之中。

蜂王长吟，高声赞美至尊。一时间，布谷鸟、云雀、白鹤、天鹅、鹦鹉、孔雀们都安静下来，凝神静听。百花虽然妙香四溢，却都向荼腊茜臣服，知道至尊者最喜欢佩戴她的叶子。无忧珞珈上的女子都像吉祥天女一般美艳，但有时候她们也去清扫洁净无尘的白玉墙壁，只是为了得到至尊者的恩顾。

鸠摩罗四子才入无忧珞珈的界域,便感觉到从未有过的妙喜。他们穿过六座牌坊,在第七道门前,见到两个守门人,体貌相似,皆有四臂,黑色皮肤,手持巨锤。这两人双眉挑起,鼻孔偾张,电眼通红,显然大为震怒。

鸠摩罗四子早已无人我之相,所到之处,皆如入无人之境。到了这第七道门,照样往前直走。这四位圣者,身上一丝不挂,看起来不过四五岁大小,虽然他们是仅次于梵天的最老的造物。

两位守门人毫不客气地操起家伙拦住了兴致勃勃的鸠摩罗四子。四子对无忧珞珈之主心仪已久,如今无端受阻,不得相见,立时大怒,喝道:"汝等何人?侍奉至尊,却心怀邪曲?必定是骗子,才怀疑别人也跟他们一样不堪。无忧珞珈之民跟至尊者和谐无间,同为一体。这两人虽然外表好像无忧珞珈之民,却有不臣之心。因为心生二见,他们已受染污。该把他们打入凡尘,那里才有敌友之分。"

两个守门人晓得冒犯了婆罗门,不禁恐慌起来。他们当即跪倒在地,祈求道:"我等冒犯大德,理应受罚。可是,看在我等悔罪的份上,求你们慈悲,让我们即便堕落凡尘,也一定不会沉溺大幻,遗忘至尊之神。"

正当此时,至尊者已得禀报,在吉祥天女的陪伴下,赤足迎上前来。就这样,原先只在三昧里出现于内心的太一毗湿努,忽然现身于鸠摩罗四子的眼前。

至尊者玄黑妙美的身体上穿着一袭明黄色衣衫,项上所挂花鬘,引来阵阵狂蜂。他一只手扶在金翅鸟伽鲁达肩上,另一只手拈一朵莲花。他无比俊美,连身边的吉祥天女都自惭形秽。鸠摩罗四子一见之下,便定定地看着他,再也无法移开眼睛。

就在四子欢喜低头之际,一阵清风,裹着至尊主莲花足尖上茶腊茜叶子的芬芳,吹入四子鼻孔。突然之间,鸠摩罗四子感觉身心巨变。本来,这四位大仙都是执着无相大梵的哲人,可在这一刹那,他们转变成了奉献者,想要侍奉至尊主。

一时间,四子心中嗔恚尽消,齐声诵祷:"我主,我等从父亲梵天那里所听到的有关你的讯息,在你慈悲现身之下,如今都被证实。我们现在才懂得,那些不断听闻你的逍遥游戏,无视其他一切赐福,乃至涅槃解脱的人,才是最超卓的修道之士。我主,我们不在乎投生地狱,只要我们的心念总是专注于对你的奉献。"

由于至尊者的出现,鸠摩罗四子觉得诅咒守门人甚为不妥,虽然他们确实受到过对方冒犯。

至尊者拿罗衍那于是说道:"我这两位仆从,迦耶和毗迦耶,无视我的心愿,已然冒犯了你们四位大哲。我赞同你们所施加的责罚。实际上,因为这两人是我的仆从,所以,我觉得这无异于我亲自冒犯了你们。为此,我请求你们的宽恕。无论仆人犯下什么错,主人都该受怪罪,就像一个麻风癞玷污了整个身体。对我来说,婆罗门是最值得崇拜的人。若我之所为对你们不善,我情愿断臂赔罪。只因我是我的奉献者的仆人,我的莲花足才会如此圣洁,能够立即净化一切罪孽。比起祭火中的供品,我更享受献入婆罗门口中、用酥油烹煎的美食,这些婆罗门已经将一生都奉献给了我。恒河之水,洗过我足,洁净三界。假如我愿意把奉献者足下的尘土撒到自己的头顶,那么还有谁会拒绝这样做?我这两个仆从不懂我心,冒犯了你们。不过,若是你们恩准,让他们了却因果后,能尽快回到我身边,我将不胜感激。"

至尊者所言谦和之极,美妙之极,却又玄深莫测,鸠摩罗四子侧耳倾听,揣摩良久,还是摸不透至尊者的真实意图。不过,只是看着眼前的至尊者,鸠摩罗四子已然欢喜无限,全身震颤。

无端诅咒至尊者的守门人,令鸠摩罗四子深感愧疚,他们说道:"我主,我们无法了解你的意图。按照你说来,好像我们还为你做了件好事。你之崇礼婆罗门,不过是为了教导世人,因为你就是应当受到崇拜的至上主神。我主,无论你想给这两个无辜的守门人或是我们四人什么样的惩罚,我们都一心顺受。"

至尊者答道:"婆罗门啊,我已经允可了你们对迦耶和毗迦耶的处罚。如此,他们下一世就会在魔族投生。不过,因为在嗔恨中一心念着我,他们还是跟我连在一起,不久之后,将回返我的居所。"

实际上,是至尊者安排了对迦耶和毗迦耶的诅咒。通常来说,鸠摩罗四子不可能会如此大发嗔恼,至尊者也不会对他的守门人撒手不管,无忧珞珈之民更不会重堕凡尘。这个意外事件的起因在于:至尊者有时候想要与人打斗,可是无忧珞珈里根本没有敌人,为此他就化身降世。再者,至尊者只想跟他的同伴一起上演逍遥游戏,所以,他选择了某些奉献者做他的对手。打斗游戏结束以后,至尊者又将这些奉献者重新带回灵性世界。

鸠摩罗四子听罢,环礼一匝,向至尊者辞别之后,飘然离去。

这边至尊者命令迦耶和毗迦耶:"离开这里,不过不必害怕。我本来可以消除这些婆罗门的诅咒,却没有这样做。有一次,我入睡的时候,你们不肯放吉祥天女进来，那时她就预言你们要堕入凡尘。虽然你们该当受七世投生之罚，可我只想让你们转生三世，投胎魔族。以嗔恨心，苦修瑜伽，你们将很快洗清罪业，不久之后，必能回到我的身边。"说毕，至尊者转身离去。面色苍白的迦耶和毗迦耶悲悔莫及，就此堕下无忧珞珈。在诸天的嗟叹声中，二魂为迦叶波精子所摄，进入底提子宫。

梵天讲完这段因缘，对众神说道："如今，就是这对双生子的魔力在搅扰你们，削弱你们的心能。对此，我也无能为力。不过，既然这一切都是至尊者的意愿，那么至尊者必定会来挽救危局，你们就不必为这弥漫十方的黑暗操心了。"听了梵天所言，众神皆得解脱于畏怖，于是便各自返回洞天。

底提怀胎百年，终于产下两个双生魔头。当此之时，天降灾异：地震山崩，烈火绵延；凶星在天，吉兆无存；陨石彗星频繁，闪电霹雳穿空；狂风呼啸，拔树摧屋；黑云弥漫，遮天蔽日；河海震荡，莲花枯萎；日食月食，窟穴怪鸣；豺哭吐火，驴鸣动地；群鸟啼巢，乳牛流血；天雨腥秽，大树无风而倒，神像无故而涕。看到这等情景，三界无不震恐，以为大难将临，世界将殡。

迦叶波将这两个孩子取名为悉罗夜叉和悉罗耶喀西菩。出生不久，这对兄弟就显示出不同寻常的体格。他们钢铁般的巨大身躯高可及天，走动之时，大地亦随之震颤。

悉罗耶喀西菩经过一番苦修，得到了梵天的赐福，不再畏惧死亡，于是更加骄横跋扈，不可一世。彼时悉罗耶喀西菩威震三界，其势无人能当。其弟悉罗夜叉，也以苦修之力，得梵天赐福，变得跟悉罗耶喀西菩一样强大傲慢。

为了讨好兄长，悉罗夜叉手持巨杵，巡行世界，到处争强斗狠。众神自知非其敌手，无不见影遁形，犹如群蛇见到金翅大鹏鸟一般。如此悉罗夜叉直取因陀罗天庭，见里面空无一人，知道众神不战认输，不禁仰天长啸。悉罗夜叉从天界下来，得意游嬉，潜入深海，吓得水中巨兽无不逃遁。海底漫游多年之后，悉罗夜叉最后到了一个叫毗钵筏黎的地方，那里正是筏楼那的龙宫所在。悉罗夜叉径直闯入龙宫，在水神面前，双膝跪倒，做乞讨状，长笑发话："无上之主啊，求你跟我一战！"

见悉罗夜叉如此狂傲，筏楼那不由勃然大怒。可是，他却以智慧力压住怒火，缓缓答道："我儿，我年事已高，不能动手了。你武功精湛，依我看来，除了太古原人——太一毗湿努以外，没有人是你的对手。魔族之首啊，我建议你去找他，这样就能横尸沙场，消尽骄慢了。"

闻听此言，悉罗夜叉一言不发，转身离去。路上，他巧遇仙圣那罗陀，打听到了毗湿努的所在。于是悉罗夜叉再入深海，正好碰到牙顶地球，冲波而上的雄猪化身。

一看见至尊者，悉罗夜叉便讥笑道："你这头两栖野兽！扮作雄猪的天神之尊啊，这地球归我们下界魔族所有，所以我不许你当我面夺走她！混蛋！我今日便要取你性命，让我的族人高兴。当我用手中之杵粉碎你的头颅，让你丧命倒地之时，那些祭拜你的天神、仙圣也将灰飞烟灭，就像树根切断，大树岂有独活之理？"受到这等挑衅，至尊者自然心中不快。不过，为了托住已然大受惊吓的地球，他却不发一言，默然忍受。

就在筏罗诃钻出水面之际，悉罗夜叉赶上前来，大喝道："受到敌人挑衅，你却只顾逃命，难道不知羞耻吗？再没有比你更无耻的东西了！"

筏罗诃不顾羞辱，只管把地球放到水面上，又发动真气，让她升空飘浮。见此情景，梵天以及众天神便赞美起来，往至尊者身上撒下香花。

至此，筏罗诃才发出雷霆般的震怒："我等林间野兽，正要猎杀你这野狗。超越生死之人根本不在乎你那些废话，你不过是被生死束缚之物。现在，停止吠叫，上来杀我吧！一个人就算骄横无比，若是不能实现誓言，便不配在世上占有一席之地。"

悉罗夜叉闻言大怒，气得浑身发抖。他一边嘶吼着，一边挥舞巨杵，冲向至尊者。筏罗诃闪身避过，挥杵击向悉罗夜叉前额。那魔头功夫了得，也是挥杵相迎。于是，一场神魔大战开始了。两杵相击，血雨腥风，双方都使出绝技，欲置对方于死地而后快，就像两头公牛，为争母牛以命相搏。

梵天与众天神、仙圣皆在空中观战。见双方恶斗不止，情急之下，便向筏罗诃喊道："我主，悉罗夜叉一向欺辱众神、婆罗门、乳牛，你如今没必要再跟这个毒蛇般的魔头缠斗下去，此魔娴熟神通，骄慢邪僻。不败之主啊，黄昏一到，魔力就会增长。现在吉祥的午时将过，请你尽快杀了这个强敌，重建宇宙和平。"

至尊者闻言纵情大笑，向梵天投去慈悲一瞥。随后突然纵身跃起，持杵击向悉罗夜叉的下颔。悉罗夜叉挥杵相抗，竟然将至尊者手中之杵振落。就在那根耀眼夺目的金杵翻滚而下之际，天上观战的诸神齐声惊叹。虽然遇到这个绝好的机会，悉罗夜叉却遵守武士之礼，并没有趁机出手。此举反倒激起了筏罗诃更大的愤怒。随着一声低吼，筏罗诃祭起了毗湿努的终极法器——吉祥见法轮。

看到在至尊者手中急速转动、熠熠生辉的法轮，众神齐呼："快杀了他！"

此时悉罗夜叉咬牙切齿，低声嘶鸣，犹如毒蛇。突然间，他挥杵跃起，冲向筏罗诃，口中大喊："我杀了你！"筏罗诃左足飞起，一下将悉罗夜叉手中的金刚杵踢飞，却并不进击，反而对他说："拿起兵器，来打败我啊。"

悉罗夜叉接过从空中落下的金刚杵，奋力舞动，又大呼而上。这次，筏罗诃身形未动，已将悉罗夜叉的金刚杵夺到手里。悉罗夜叉这次大受挫折。他不肯接过筏罗诃递过来的金刚杵，却从背后抽出一柄三股铁叉，奋力掷出。那三股铁叉呼啸生风，破空而至。筏罗诃运转法轮，顷刻间将铁叉切得粉碎。悉罗夜叉不惧反怒，一声暴喝，铁拳打中筏罗诃胸膛，随后隐身而退。

至尊者根本不在乎这一拳，如同大象无视抛掷过来的花鬘。悉罗夜叉于是向瑜伽士之主大施魔法，众神惊怖，以为世界终劫将临。一时间，狂飙大作，飞沙走石，天昏地暗。电闪雷鸣中，陨石如雨，夹杂着屎尿、血污、骨发，滚滚而下。山中射出利刃，群魔裸体，持叉狂舞。无数罗刹、夜叉或赤足，或乘马、象、战车，叫嚣喝骂而来。

筏罗诃手中法轮激射而出，立刻将幻术破解于无形。就在此时，一道恐惧划过底提心头，她呼唤着丈夫的名字，鲜血从乳头汩汩流出。

悉罗夜叉见魔法被破，立即现出原形。狂怒之下，他想用双臂箍住筏罗诃，将其挤碎，做最后一搏。可是，无论他怎样出手，筏罗诃却始终在他的双臂之外。悉罗夜叉黔驴技穷，再次挥拳相击。筏罗诃也不退避，出掌轻飘，击中悉罗夜叉耳根。这魔头立时轰然倒地，眼珠弹出，披头散发，死了过去，犹如被人连根拔起的大树。

梵天与众天神急忙飞临现场，察看魔头尸体。只见悉罗夜叉口做切齿之状，虽魂魄离体，身上威光犹自未散，显然是因为至尊者的莲花足还踩在上面。梵天赞道："谁能得到这样有福的死亡？这魔头居然死在至尊者的莲花足下，瑜伽士们为了从肉身中获得解脱，无不在神定中冥思这对莲花足。"

随后，众天神也纷纷上前赞美至尊者，感谢他化身雄猪，解除了他们心中对魔王的畏惧。领受完众神的礼赞，筏罗诃缓缓飞升，重返灵天。

苏陀大士讲毕，祝祷道："婆罗门啊，谁若欢喜听闻筏罗诃杀死悉罗夜叉的神通游戏，便立即从各样罪业中解脱出来，即便是杀了婆罗门。"

第四章　创世大业

毗多罗想知道梵天产下生主之后，如何创造有情众生，以及生主又是如何遵照父命，继续创世大业的。于是，麦萃耶便从天地初生开始，讲述创化之序。

当混沌元气受众生业力、摩诃毗湿努之顾盼以及时间之力推动时，大也即物质元素之大全便被创生出来。如此，又产生了三种我慢。从我慢演化出五大（水、火、地、风、空），以及五唯（色、声、香、味、触）、五知根（眼、耳、鼻、舌、身）、五作根（手、足、口、肛、阴）。在至尊者的能力运作之下，以上种种和合凝聚，结为一金卵，卧于原因海之中，无声无息，历一千年。

然后，摩诃毗湿努分身为胎藏海毗湿努，进入各个宇宙，卧于自身汗液所成之胎藏海中。

接下来，从胎藏海毗湿努的肚脐长出一朵奇大无比的灿烂莲花，从那上面，梵天以及一切众生之胎藏降生。胎藏海毗湿努乃再次分身为乳海毗湿努，进入梵天之心。梵天受到启示，决意再造世界。

首先，从自身的影子，梵天创造了五种无明：第一为痴，为嗔恨、嫉妒，使众生忘其性分中天之所命；第二为暗痴，即以死为究竟；第三为愚，对本来真性一无所知；第四为幻，执于身见、我所；第五为大幻，背天理而纵人欲。出于厌恶，梵天抛弃了这层无明之身。这身体化作孕育饥渴的黑夜，被众罗刹、夜叉抢走。于是，受到饥渴的催迫，这些罗刹、夜叉们从四面八方扑向梵天，欲吞之而后快，口中还大叫着："别放走他！""吃了他！"梵天大为惊恐，求告道："汝等是我身体所造，都是我的孩子，卫护我，不要吃我。"那些想要吃掉梵天的造物，后来被称作夜叉；那些喊着不要放过梵天的造物，后来被叫作罗刹。

此后，梵天创造了禀赋中和之气的众天神。他赐予了他们光明的白昼。

阿修罗创生于梵天之后背。这些东西极为淫乱，立时便要扑过来交媾。梵天见这般蠢动，先是大笑，可是看到无耻的阿修罗们蜂拥而上，他便生气、害怕起来，急忙去寻求至尊者的庇护。

听了梵天的求告，至尊者命令他抛弃这个不洁的身体。梵天依言照做，抛开修罗式的意念，那层身体便化作了点燃情欲的黄昏。为强阳之气所制，修罗们幻想着那是一个美艳的女郎：脚铃叮当，眼光如醉；巨乳肥臀，身披薄纱；笑脸盈盈，顾盼妖娆。众修罗于是色心满怀，开始谄媚那女郎，夸道："美人儿，你是谁？你为何来到我们身边，展示你的天姿国色？你玩球时的可爱体态让我们迷恋不已，在丰乳的重压下，你的小蛮腰看起来力不可支。"众修罗心迷意乱，突然间夺走了黄昏，如同飞蛾扑火。

梵天见此，只是悠然一笑，接着便从自身之美好中创造了众乾达婆（优伶仙）和飞天女。当他抛开这层炫目妙丽的月光之身时，毗湿筏华苏和乾达婆们取走了它。

然后，梵天从慵懒中创造了鬼怪。看到这些造物站在面前，赤身散发，梵天闭上了眼睛。幽灵和巫鬼乘机占有了这个梵天在呵欠中显示的形体。所以，鬼魂们会侵袭那些不净昏蒙之人，通过附体，让人精神错乱。

凭着从丹田生起的无形之身，梵天创造出祖灵。祖灵们据有了这无形之身，祖祭的供品就是通过它传递给祖先的。

从隐身的能力中，梵天又创造出玄秘仙和持明仙，赐给他们被称为"秘宝"的无形身体。

一次，梵天于独卧时忽生念虑，思考创世之工为何停滞不前。忧愁之下，他抛开了身体，掉在地上的头发就变成了蛇。随后，凶猛的天蛇从这个身体里飞腾而出，张牙舞爪。

又有一天，梵天感觉大业已成，于是摩奴便从那心思里生出来。梵天赐予了他们人类的形体。

已经受造的众天神、仙人们赞美梵天道："创造者啊，你所造皆完美善巧。此后人类将行祭祀，我等皆得歆享。"

后来，梵天创造了为世人树立榜样的诸圣贤。他给这些孩子每个人一部分他的身体，这些部分各自禀赋不同灵力，诸如冥思、瑜伽、神通、苦行、觉悟和出离。

第五章　天人数论

　　毗多罗很想了解斯华央布筏摩奴的后裔，麦萃耶于是又说出一段流传千古的天人传奇。

　　当萨提耶纪之初，梵天命令喀达摩牟尼繁衍后代。喀达摩牟尼便去了莎拉斯筏底河边的泪湖，修炼瑜伽，历时一万年。如此，依靠神定，他取悦了至尊者。一天，四臂毗湿努显现在他面前，穿着一袭明黄色衣衫，颈挂白莲花鬘，鬓发贴面，俊美夺目。他足踏鹰背，浮在半空，对着喀达摩，面露微笑。喀达摩顿觉诸愿尽偿，不由拜倒在地。

　　良久，喀达摩合掌站起，开始荣耀至尊："我主，看到你不朽玄妙之躯显现在我面前，我的眼睛现在已经了却夙愿。你的莲花足是跨越无明之海的法船，只有迷妄之人才会为了转瞬即逝的尘世欲乐而去崇拜无明。我主，可是你对这些蠢人也一样慈悲。我托庇于你，心里又想着要娶一个般配的女孩，能像乳牛一般，给家里带来兴旺。"

　　至尊者深情地望着喀达摩，微笑回答，言语就像蜜露一样甘甜："我知道你的想法，已经做下安排，要赐你所欲。我心爱的仙圣，放下一切，皈命于我的人，绝不会伤心失望。后天，统治大地的斯华央布筏摩奴会带着皇后，从他的王城梵都过来看你。摩奴有一个正当婚嫁年龄的漂亮女儿，品德贤淑，跟你非常般配。摩奴会把这个女儿托付给你。圣人啊，这女孩正是这许多年来你心中渴求的如意人儿。你放心，她很快会成为你的人，一心服侍你。她会生下九个女孩，后来嫁给诸贤圣，让这大地人丁兴旺。专念于我，怜悯众生，你最后将彻底觉悟，看到我就在你里面，而万有又在我里面。通过你的妻子，我要化身现世，开示大道。"

　　说毕，至尊者转身离去。喀达摩看着他一路飞升，听到大鹏双翅拍击之声，悠扬曼妙，正是三曼韦陀赞歌。

　　就在喀达摩牟尼静待天命之时，斯华央布筏摩奴登上御辇，与妻女一道，巡行天下，想找一个合意的女婿。这样，就在喀达摩刚结束苦修的当天，他们到了这位牟尼的草庐之外。正如至尊者所预言，被莎拉斯筏底河环绕的泪湖极为圣洁，周围佳木花果，四季不断，珍禽异鸟，啼声回荡。

就在这仙境之中，斯华央布筏摩奴，世界第一位君王，遇到了刚做完火祭的喀达摩牟尼。虽然苦修经年，但因为得到了至尊者的眷顾，喀达摩并不瘦弱。他眼如莲花，高大英俊，身放光明，却乱头粗服，就像未经打磨的宝石。斯华央布筏摩奴在喀达摩面前跪倒施礼，喀达摩亦回礼祝福。

待摩奴坐下后，喀达摩赞扬道："主上，身为天子，你体现了至尊者的保护能力，我向你顶礼。假若你不登上战车，拉响弓弦，假若你不统帅三军，巡行大地，那么由至尊者颁布的法令就会被乱臣贼子破坏。假若你不关心天下，不义就会流行，那些贪利小人就会横行霸道。现在，勇武的君王啊，请告诉我你到此的目的，我一定遵旨奉行。"

摩奴答道："为了传布韦陀真知，梵天创造了你。你具足苦行、智慧和神通，无意享乐。我们刹帝利被创造出来，就是为了保护婆罗门。听了你的话，我对帝王之道再无疑惑。今天遇见你，我觉得幸运异常，更何况还有机会能让我的头颅触碰到你莲花足下的尘土。圣人啊，请接受我卑微的祈求：我的心被儿女之情困扰，我的女儿——提婆瑚蒂想要找一个在年龄、性格、品德各方面都般配的夫君。从仙圣那罗陀那里，她听说你品行高洁、学识渊博、相貌俊美，所以就对你情有独钟。婆罗门之英杰啊，请你接纳她吧，她完全有资格做你的妻子，照顾你的生活。据说人不应拒绝天赐之物，即便此人已经心无贪著。我知道你打算结婚生子，并不曾发下独身贞守的誓言，因此，就请你娶了我的女儿吧。"

喀达摩答道："我确实想要成家。既然你女儿以前未曾属意于人，我同意娶她为妻。谁会拒绝娶你的女儿呢？她美艳绝伦，光彩照人，胜过装饰她身体的珠宝。我听说，有一次优伶仙人毗湿筏婆娑驾云而过，见到你女儿在宫中玉台上玩球，竟然被她的美丽迷倒，一头栽下仙舆。我可以娶你女儿为妻，但是有个条件：待她产下孩子后，我便要出家为僧，继续侍奉至尊。"

言毕，喀达摩默然无语，不觉又进入冥思之境。看到他安详宁定的笑脸，提婆瑚蒂被彻底迷住了，心里只是想着他，眼睛再也不能离开。看到这情景，摩奴大喜，就此把女儿嫁给了喀达摩。

摩奴的妻子——沙陀楼钵留给女儿一笔丰厚贵重的嫁妆，其中有珠宝、衣饰以及种种居家什物。了结了这桩婚嫁大事，斯华央布筏摩奴抱别女儿，离情别意之下，禁不住涕泪交流。然后，他跟喀达摩辞别，登车返都。

摩奴抵达梵都，臣工百姓祝祷奏乐，纷纷前来迎接。这座王城也被称为波悉湿摩提，当初至尊者筏罗河抖擞身体，身上些许毛发落于此地，化作库莎和吉祥草，故有此名。摩奴一路挥手示意，进入王宫。此后，摩奴和他的王后在宫中每日闻听至尊者的逍遥游戏，欢喜度日，不复有人间苦恼。就这样，虽然表面上沉浸于世俗的宫廷之乐，摩奴却并没有腐化，因为他总是在无染觉性的状态中享受生命。正由于此，他那漫长的生命——历经七十一劫循环，从未虚度。依靠把时光用于听闻、冥思、唱赞至尊者，斯华央布筏摩奴最后尸解升天，魂返旧乡。

自从辞别父母，提婆瑚蒂就开始以巨大的爱意服侍丈夫。她懂得丈夫的所有愿望，凭着爱敬之心、悦耳之言和克己自制，让自己与丈夫亲密无间。她抛开色欲、嫉妒、骄慢和虚荣，处世为人勤勉谦恭，这样，就取悦了她那无比有力的丈夫。时光流逝，岁月艰辛，提婆瑚蒂变得瘦弱虚萎。可她把自己的丈夫当作神一样，心中盼着得到他的祝福。

看到妻子这般境况，喀达摩心生悲悯。有一天，他满怀深情，语带哽咽，对提婆瑚蒂说道："斯华央布筏摩奴之女啊，我已被你的巨大奉献和爱心深深打动。对每一个人来说，身体都如此重要，可是，因为我的缘故，你却毫不顾惜自己的身体，这真让我惊讶。由于苦修和奉献，我已经得到了至尊者的赐福，解脱于一切烦恼、畏怖。虽然你不曾体验过这种境界，我要让你目击道存，以报答你的无私奉献。跟这境界相比，一切俗世的成就皆无常易逝，不值一提。"

听了丈夫一番话，提婆瑚蒂大感宽慰，一时笑逐颜开。她羞涩地凝望着丈夫，满怀谦逊和爱意，用颤抖的声音对丈夫说道："心爱的夫君，我知道你功德圆满、神通自在。现在，请你记起自己的诺言，让我们的结合结出果实，要知道，生儿育女是一个有夫之妇的最大愿望。我主，我渴望与你结合，所以请你想个办法，让我这具变得精瘦的身体能承受得起。还有，请你安排下合适的房舍，让我们能依礼欢合。"

为了取悦爱妻，喀达摩立时以神通力，变现出一座会飞的宫殿，能随心意而行。这宫殿有好几层，配备各式家具、什物，能满足一切愿望。殿中玉柱环绕，到处装点着名贵的织物和艺术品，看起来精妙迷人。绿宝石的穹隆镶嵌着黄金，下面天鹅、白鸽飞旋，既有活的，也有仿真的雕塑。堂屋楼室，台阁景观，无不玲珑精致，美轮美奂，连喀达摩牟尼自己都看得目眩神迷。

喀达摩能看透人心，看到提婆瑚蒂面对琼楼玉殿却脸带忧愁，他马上就明白妻子在想什么了。于是喀达摩说道："我妻，你且先去泪湖洗沐，那湖水能满足一切愿望。"

那时提婆瑚蒂满身尘垢，衣衫褴褛，头发蓬乱，衰萎无光，昔日魅力全无。她遵照丈夫的指示，浸入湖中。在湖水深处，她发现一座水晶宫殿，里面住着一千个年轻貌美、芬芳如莲花的女孩。见到提婆瑚蒂进来，这些女孩都起身相迎，合掌顶礼，说道："我们都是您的女仆，随时恭候您的命令。"接着，这些仙女们用贵重的精油为提婆瑚蒂洗沐，为她换上精美的衣裙，佩戴绝美的首饰。然后，她们又端出丰盛的佳肴以及醉人的蜜露，服侍提婆瑚蒂饮食。

餐毕，提婆瑚蒂揽镜自照，看见自己光鲜姣好，打扮雅致，莲花眼目，顾盼生情。就在她想到丈夫的时候，她已经跟那一千女仆，一齐出现在喀达摩牟尼面前。

提婆瑚蒂对丈夫的神通玄力大感惊奇。喀达摩看到妻子恢复了昔日的美丽，不由爱意大增。他携妻登上神宫，横跨四海，最后安家于须弥山谷。就在那香风宜人、催发情欲的地方，喀达摩和妻子，在一千女仆的服侍下，度过了漫长的岁月。这位牟尼虽然表面上看来非常依恋美若天仙的妻子，却并不曾失去真我境界，依旧灵光炳耀。

后来，喀达摩一家又去其他天堂福地漫游，遍历神山琼海、仙苑悬圃。凭着至尊者的赐福，喀达摩几乎飞遍宇宙，虽天神亦力所不逮。

一番游历过后，喀达摩又回到了原先居住的隐修之地，将自己分身为七个形体，只是为了取悦情欲勃发的妻子。就在那座神宫里面，夫妻两个躺在牙床之上，情意绵绵，共享房中之乐，几乎忘记了时光的流逝。如此百年流过，犹如瞬间。提婆瑚蒂受精九次，于同一天，生下九个貌美如花、体香似莲的女儿。

自那以后，提婆瑚蒂发现丈夫渐生出家之心，不禁忧愁焦急起来，虽然在表面上，她还是装得笑意盈盈。

一次，在丈夫面前，她低着头，一边用脚趾刮擦地面，一边强忍泪水，对丈夫说道："我主，你已然兑现一切许诺。可是，我是皈命于你的灵魂，你应当赐给我从自我觉悟中生发的无畏之心。我心爱的婆罗门，我们的女儿出嫁以后，还有谁能在你离家时给我抚慰？我一直都不了解你超绝的地位，到现在都把时间浪费于感官欲乐。不过，毕竟我培养了对一位圣人的爱恋，希望这份让人束缚于世间的执着，也能给我带来以前从未欲求过的解脱。我心爱的主人啊，我无疑已被至尊者的迷幻能力所欺骗,所以即便与你亲近,却从未渴求灵性的启明。"

这让喀达摩记起了毗湿努对他说过的话,于是他便对妻子说道:"公主啊,不必失望。至尊者将很快化身进入你的子宫,成为你的儿子。现在,你要以巨大的信心和对感官的控制来崇拜至尊者。作为回应,他不但会传扬你的美名,还将传授你无上真理,切断你心中对尘世的执着。"

怀着对丈夫的强烈信心,提婆瑚蒂开始按照他的训令,崇拜至尊者。如此,经过许多许多年,至尊者先是进入喀达摩的精子,而后被送进提婆瑚蒂的子宫。至尊者降世之日,众天神在空中奏响鼓乐,乾达婆们高唱赞歌,更有天女舞蹈,撒下鲜花无数。十方众生,无不欢欣鼓舞。

梵天也带着一众天神、仙圣,来到喀达摩的隐修之地。欢喜礼拜至尊者之后,梵天对喀达摩牟尼说道:"我儿,你不折不扣地执行了我的训谕,给我带来极大荣光。实际上,所有为人子者都应该像你一样孝顺父亲。我心爱的喀达摩,你的女儿个个贞节,今天,根据各自的品性,你就把她们许配给这里最杰出的圣贤。至尊者如今化身降临你家,他就是伽皮罗牟尼,金色头发,莲花眼目,足底还有莲花掌纹。"

梵天又对提婆瑚蒂说:"我心爱的摩奴之女,现今至尊者就在你的子宫里。他会驱除你心中由无明生起的幻惑,然后弃家为天人师,周游世界。"

说完,梵天飞升而去,后面跟随着鸠摩罗四子。遵梵天之命,喀达摩把女儿喀罗嫁给了摩利支,阿娜苏雅嫁给了阿特利,施罗多嫁给了安吉罗,哈维尔布嫁给了菩拉斯提阿,伽蒂嫁给了菩罗诃,克丽亚嫁给了克拉图,佳提嫁给了布黎古,阿伦多提嫁给了筏希斯塔,香提嫁给了阿多华。随后,众仙圣携妻辞别喀达摩,各自返回居所。

不久,伽皮罗降生。喀达摩牟尼于幽僻处,向他顶礼,赞道:"我主,你现身我家,是为了传扬秘教。你就是至尊者,不二的真理,具足一切功德,我皈依你的莲花足。我主,我如今已偿清父债,心愿皆了。我欲出家为僧,四处游方,心中只想着你。"

令人惊奇的是,至尊者既然已经亲自降生于喀达摩家,喀达摩为何还要出家为僧,一心忆念至尊?其实,喀达摩此举是为了给世人树立榜样,因为根据韦陀经教,人应在五十岁以后出家苦修,行脚托钵。

至尊者伽皮罗答道:"牟尼啊,如我以前许诺,我如今显化为你的儿子,来传僧佉（Sankhya，数论）之学。时光流逝，这门绝学已经失传。我同意你出家苦修，一如你之所愿。如此将诸行回向于我，你终必战胜死亡。我会教导母亲，这样她也能成就圆满觉悟，证入无畏之境。"

喀达摩听罢，一时悲喜交加。于是绕伽皮罗环礼周匝，立即离家而去，前往丛林苦修。他立誓缄口不言，从此专心冥思至上主神，孤身一人，云水飘零，再不问烟火室家之事。就这样，他彻底放下一切凡心俗情，达到了对至尊者的纯粹奉爱。在无染觉性之中，他看到了居于一切众生心中的超灵，也看到一切都在超灵之中。最后，喀达摩尸解登遐，魂归太一。

喀达摩走后，伽皮罗留在泪湖，陪伴母亲。一天，提婆瑚蒂想起梵天之言，便去找儿子说话。那时，他正晏坐于幽静之处。

心中渴望着解脱，提婆瑚蒂对伽皮罗说道："我主，我已厌倦六根尘染、世间烦恼。只为贪恋欲乐，我如今深陷无明渊谷。我主，我知道你是唯一能使人走出这黑暗的通路，你就是我经过无数次投生后得到的法眼。你就是至尊者，化身降临，驱除无明。过去，我被你的外在能力驱使，在身见我执中生活，现今，我祈求你消除这弥天的幻妄。我托庇于你的莲花足，因为你就是那砍断物质存在之树的斧钺。"

感受到母亲对觉悟自我的真诚愿望，伽皮罗内心感激不已。他微笑道："最虔诚的母亲啊，我要向你讲解关乎天人之际的古老瑜伽。人心一旦被阴阳气性牵引，物化的生命就开始了。可是，此心若皈依至尊者，那么就能将人带向解脱之境。那时，灵魂可以看到自己超越于存有之上，虽然小至极微，却自在光明，永不败坏。如此以正见察识物我，就能对物质存在无动于衷，不太容易受到物质自然的影响。这瑜伽的圆满之境，只有通过修炼巴克提瑜伽才能达到，因此，这也是唯一的吉祥之路。每个人都知道执着造成束缚，可是，这执着若施于纯粹奉献者之身，却打开了通向解脱的大门。这些圣者容恕、善待一切众生。他们平和，没有敌人，遵守经训礼法，品行高贵。由于不断唱赞、听闻至尊者，一心专注于我，他们不受烦恼侵袭。与这样的纯粹奉献者交往，人的心、耳皆得圣言净化。随之而来的灵性趣味让人怀着诚敬之心，逐渐受我吸引。凭着这种吸引，人便失去了对感官欲乐的兴趣，通过坚定于奉献，他甚至在今生就能与我互相感应。"

提婆瑚蒂问道："我儿，说到底，我只是一个妇道人家，智慧浅薄，甚难觉悟天理。不过，你若能向我开示方便敬信之途，我必可得解悟。"

伽皮罗身为人子，自然爱惜母亲，听了提婆瑚蒂一番表白，心中慈悲逾盛。于是便向母亲讲解了融奉爱与玄思为一体的僧佉之学。其说大致如下：

　　通过瑜伽修炼，心念彻底净化后，瑜伽士应半闭两眼，凝视鼻尖，内观超灵之形。至尊者面若莲花，眼睛微红，愉悦从容。他穿一袭鲜艳夺目的黄色衣衫，胸口有"卐"字白毫，颈上挂着璀璨无比的考斯图巴宝石、蜜蜂围绕的林花花鬘，以及珍珠项链。他头戴金盔，四肢装饰着金链金镯。他站在奉献者的心莲之上，看起来魅力非凡。安详淡定的神色，让有幸见到他的人欢喜无限。他青春永驻，总是渴望赐福给他的奉献者。

　　冥思至尊者之永恒形体时，瑜伽士不应观想全身，而应逐步观想肢体的各个部分。奉献者先要专念于至尊者的莲花足，足底生有闪电、莲花、旗帜等种种掌纹。至尊者的莲花足，镶嵌着光灿夺目的红宝石般的指甲，能像霹雳一样摧破冥思它的奉献者心中的罪业之峰。故此，修炼瑜伽者当长时间观想至尊者的莲花足。

　　然后，瑜伽士当冥思吉祥天女的活动，她总是小心翼翼地按摩着至尊者的腿足。下一步，瑜伽士要观想至尊者的大腿，那是一切能量的汇聚地。接着，是观想至尊者的腰部，那上面围着一条精美的腰带。

　　再下来，瑜伽士应观想至尊者圆月般的肚脐，无量数宇宙从那里喷薄而出。此后，是观想至尊者的乳头，它们就像一对精妙绝伦的猫眼石。再往上，观想至尊者宽阔的胸腔，那里是吉祥天女的依止之地，给心灵和眼睛带来妙喜。

　　瑜伽士继续观想至尊者的颈项，它使挂在至尊者胸口的考斯图巴宝石大为增色。接下来，瑜伽士应观想至尊者的四臂，那里是一切力量的源头，众天神从中获得支配自然的能力。然后，瑜伽士观想至尊者的首饰，搅拌乳海时，旋转不停的曼多罗山把它们打磨得光彩照人。

　　接着，瑜伽士应观想至尊者的吉祥见法轮，它有一千根辐条，灿烂辉煌。下面是观想至尊者的法螺和金刚杵，那杵名为拘摩答基，上面还沾着阿修罗的鲜血。瑜伽士还要观想至尊者颈项上所挂的花鬘和珍珠项链，花鬘上面围着嗡嗡叫的蜜蜂，珍珠代表了一心爱神的纯净灵魂。

　　瑜伽士接下来观想至尊者莲花般的面容。他鼻梁高挺，水晶般透明的脸颊两侧闪耀着一对鲨鱼形的耳环。黑色卷发、莲花眼目、如舞青眉，装点着他俊美的脸庞。

　　跟着，瑜伽士要以巨大的爱心，观想至尊者满怀慈悲的顾盼，这深情的眼神能驱散尘世间最可怕的苦痛。瑜伽士也要观想至尊者仁慈的微笑，它能让泪海全都干涸。再下来观想至尊者弯弯的双眉，它们能让爱神颠倒，也能驱除哲人心中的色欲。

最后，满怀着爱和奉献，瑜伽士应观想超灵毗湿努令人陶醉的笑声。他笑的时候，露出了茉莉花苞一样的、被唇色染红的牙齿。一旦专注心念于此，瑜伽士再无他求。

经过这般观想，瑜伽士逐渐培养出对至尊者的爱著。迷狂之中，他身毛竖立，涕泪横流。在这三昧之境，至尊者亲自接管了瑜伽士的躯体。瑜伽士甚至不知道身体如何活动，或者即便身体活动，他也认为身处梦中。

提婆瑚蒂说道："我主，请你详细描述生死轮回，听了这些，我们就会不再执着于世间俗事。"

于是，伽皮罗讲述了个体命我的业行，以及因果业报。正如大团浮云感觉不到吹动它行进的天风的大力，在物质知觉下的人也不明白强大的时间如何推动着他。凡夫俗子们无论用多大的努力和苦痛创造出什么，以求获得所谓的快乐，都必将被至尊者以时间的形式毁灭掉。这令他们苦恼万分。

他愚蠢地将躯壳以及与躯壳相关的事物视为永恒不坏。无论投生在哪一个物种里，他都乐不思蜀，即便身在地狱，也不愿放弃他的躯壳。这种乐此不疲的态度产生于对躯壳、妻儿以及其他尘世俗物的深深依附。尽管心焦如焚，这傻瓜照样行为顽劣，出力养家糊口，内心怀着永远都无法实现的愿望。

他把自己的身心都交付给一个用假象娱乐他的女人，在私密之处，享受她的拥抱和情话。此外，他还陶醉于幼子的童言稚语。就这样，他沉沦于充满了争斗欺诈的家庭之中，不能自拔。为了抵消生活中的各种烦恼，他用谎言、欺骗、暴力来攫取钱财。他把收入都用来养家，自己只能吃一点点，而且将来还要因为这些罪业，被投入地狱。

经历生意场上无数次失败，这个人最后只好靠乞讨、借贷、偷盗来维持家庭和社会地位。假如不成功，他会总是想着自己的失败，灰心苦恼，直至失魂落魄。见他已无力维持家庭，家里人也不像从前一样善待他了，如同农夫贱视老弱的公牛。然而，尽管受到这般冷遇，这蠢人还是对家居生活恋恋不舍。最后，老病侵袭，他只得卧床等死。

如此赖在家中，他吃着残羹剩饭，活像一条癞皮狗。他身患各样疾病，没有胃口，吃得极少，行动不便。内气鼓胀，眼珠暴突于外；痰壅气喘，呼吸之声怪异。最后，他躺在床上，奄奄一息，身边围着为他悲戚的亲友。虽然还想为亲人留下几句遗言，但已无力开口。剧痛深悲之下，他失去知觉，气绝而亡。

临终时，他看到无常鬼在面前现身，怒气冲冲。于是他又惊又惧，屎尿齐流。就像官差捉拿罪犯，无常鬼负责拘拿纵欲者的魂灵。他们给死灵的脖子拴上粗绳，又遮盖住细身，好让他承受酷刑。一路之上，他被无常鬼牵着，浑身颤抖，想起自己以前造下的恶业，更是恐惧无比。烈日下，他要穿过滚烫的沙路，两旁是燃烧的树林。疯狗撕咬他，他疲惫痛楚，走不动路，无常鬼又挥鞭抽打他。

有时他昏死过去，却又被无常弄醒，继续赶路。如此，他在阴间走过了九万九千由旬（一由旬大致相当于八公里），被带到阎罗面前。根据他的罪业，他立即被送去接受酷烈的刑罚。

他或者被扔进烈火，四肢烧烂；或者自食其肉，亦遭人食；豺狗鹰鹫会掏出他的胃肠，蛇蝎蚊虫会叮咬他，巨象会踩断他的四肢；有时，他被扔下悬崖，关在黑洞，或抛入水底。可他却不会死去，眼睁睁看着自己受苦。那些一生淫荡的鬼魂被判入最悲惨的地狱——答弥湿罗、暗多答弥湿罗和楼罗筏。

如此，离开身体后，罪恶之人在最黑暗的地狱深处受苦，他一生靠着妒忌、贪婪聚敛的钱财成了通向地狱的买路钱。受完炼狱之苦，那魂灵再次入胎投生，先要按序经历种种畜生身，业报清偿后，才能到人间托生为人。

在至尊者的监视下，按照前世的业报，那魂灵被投入男人的精子，接着随精子射入母亲的子宫。第一日晚上，精子和卵子结合；第五日，受精卵发胀而为泡；第十日，变为一肉团；一月之后，头颅成形；两月之后，手指、脚趾、头发、骨骼、皮肤以及九窍出现；四个月后，血液、皮肤、肌肉、脂肪、骨骼、骨髓生成；五个月后，胎儿感觉到饥渴；六个月后，男性胎儿开始在腹部右侧运动，如果是女性胎儿，则在腹部左侧运动。

通过脐带，胎儿从经母亲消化过的饮食中接受营养，逐渐长大。在成长过程中，胎儿一直置身于污秽之处，那里屎尿汇聚，滋生各样菌虫。不断受到这些菌虫的咬啮，胎儿难受无比，时常昏死过去。母亲若吃下太辣、太苦、太咸的食物，胎儿又会痛苦难忍。在臭气和肠子的包围下，胎儿始终头冲脚蜷曲着，腰背弯折如弓。就这样，胎儿关在子宫里面，没有丝毫自由。直至产前一周，为气所推，进入产位。

若是幸运，胎儿能够回忆起前一百世所经受的种种苦难，这令他极度悲伤。第七个月生出意识以后，这胎儿开始合掌祷告："上主啊，我现在托庇于你，你是至尊之神。你既能将我置于这水深火热之苦，若是愿意，也能减轻我的痛苦。上主啊，因为忘记了跟你的关系，我被阴阳之气所制，挣扎求存，不断轮转于生死之途。摩耶幻力如许强大，若没有你的慈悲之力，我根本无法侍奉你。所以，我要向你臣服。我现今落入这血污母胎，灼热无比，如火焚身。

"我急着出去，苦挨时日，心里想：'上主啊，我，可怜的灵魂，何时能分娩而出？'我主啊，靠着你的慈悲，我如今虽然只有十个月大，却已悔悟。我真不知道该如何表达我的感恩之心。靠着你的慈悲，我又回复人形，获得机会，觉悟跟你的关系。所以尽管我现在身处如此惨境，却头脑清醒。我宁可留在这里，观想你的莲花足，也不愿出生。因为一旦落草，我就会被你的迷幻之力缠住，忘记一切。"

就在胎儿祷告之际，母腹内气息流转，往下推动胎儿。如此推动之下，胎儿头朝下，艰难脱出子宫。因为剧痛，他呼吸困难，失去了所有记忆。就这样浑身血污，哭喊中的婴儿被送到照顾他的人手中，而这些人根本不知道他想要什么。他无法拒绝强加给他的一切，落入窘境。他躺在病菌满布的床上，奇痒难当，却无法抓挠。在这无助之时，蚊虫细菌又上来叮咬他娇嫩的皮肤，弄得他哇哇大哭。

受到摩耶幻力的遮蔽，婴儿早已无法记起在母腹发下的解脱誓愿，只徒自受苦而已。长大以后，他被送到学校念书，因为被迫读书，不准玩耍，又添许多烦恼。青年之时，他有许多根本无法实现的宏愿，岁月蹉跎，一事无成，便心生嗔怨懊恼。为了遗忘灵魂的呼唤，这人变得愈发骄慢易怒，如此又与同类结下仇怨。在无明之中，他将躯壳当作自我，将周围无常之物视为我之所有。

为了躯壳，他犯下种种罪业。他亲近那些酒色之辈，堕入不义之途。这种不洁的交往，使人失去诚实、洁净、慈心、自尊、智慧、羞耻、自制、名声、忠恕和好运。因此，绝不应与不学无道的蠢人结交，这些人并不比妇人手中牵着的哈巴狗好多少。对美色或对好色之徒的喜爱，极其危险。甚至连梵天看到自己的女儿，都会被幻力覆蔽，恬不知耻地化作雄鹿，去追逐变形为雌鹿的女儿。在梵天创造的生灵中，唯有拿罗、拿罗衍那仙人不受女色的诱惑，须知女色乃是摩耶幻力之全权代表。女人身中的摩耶幻力强大无匹，甚至能于眉目轻扬之际，玩弄天下英豪于股掌中。为此，韦陀经论宣称女色是地狱之门，对于那些追求灵性觉悟者而言，尤其如此。

听了伽皮罗一番开示，提婆瑚蒂心中无明尽净。她起身向儿子顶礼，祈祷如下：

"我主，虽然你是至上主神，却生于我腹。因为一切创造于毁灭时都归于你的腹部，人们会惊奇，你怎么能够以这种方式显现？然而，这是可能的。劫终之时，你便曾现身为婴孩，卧于一张菩提树叶上，漂流于洪波浩渺之中。就像一个幼婴，你舔着自己莲花足的脚趾。也就是说，你全然自在，能够任意施为。我主，不必说那些见过你的玄觉之士，就是那些出生于食狗者家庭的人，只要他曾经念诵过你的圣名，唱赞过你的荣光，顶拜过你，或者仅仅想起过你，都变得够格主持韦陀祭仪。那些舌头上念诵你圣名的人何等荣耀！就算出生于食狗者之家，这样的人都值得崇拜。这些持名者定然已经修过各样苦行，举过各样火祭，在所有圣地澡沐过，学过一切韦陀经论，获得了雅利安人的一切美德。"

伽皮罗对母亲所言极为满意，于是端颜说道："母亲，我所讲的自觉之路至为简易，你若遵循，必能速得解脱，即便尚在躯壳之中。如此，你最终会遇见我，于不朽之乡。"

言毕，伽皮罗自觉大事已了，便辞别母亲，离家而去。提婆瑚蒂依旧住在家里，观想至尊，修炼瑜伽。她每日洗沐三次，专心苦修，年深月久，以至于头发灰白，身体枯瘠。

伽皮罗之居所美轮美奂，被视为莎拉斯筏底河的花冠。他神通广大，甚至受到天神的妒忌。在那座宫殿里面，到处金榻玉椅，软罗香绮。白玉为墙，镶以宝石；明珠夜照，无须灯火。四周园林围绕，名花异卉，四季不断。提婆瑚蒂经常去花园莲池洗沐，乾达婆们会为她唱起歌谣，赞美她的儿子——伽皮罗。

然而，尽管身处富贵，提婆瑚蒂却抛开了一切安逸，心中只是不断冥思无上者。通过遵行伽皮罗的教导，她很快轻松地放弃了对世间的执着。她内心纯净，完全不受世俗烦恼的侵扰。在神定妙喜之中，她甚至遗忘了自己的身体，就像人在梦中，不知有身。日常的梳洗饮食，她都不放在心上，任凭侍女们安排，似乎与她无关。最后，就在这座神宫里，提婆瑚蒂功行圆满，魂归太上。她的身体溶入水中，化作圣泉。

伽皮罗离家以后，向东北方而去。一路之上，众飞天女、乾达婆、紧那罗歌吟唱赞不断。之后，伽皮罗折而向南，直抵亘伽萨格尔，那里是恒河汇入孟加拉湾之处。就在那里，大海献给他一片隐修之地。至今，伽皮罗还在那里入定，接受僧伽体系中诸阿阇黎（Acarya，上师）的崇拜。

第四卷

第一章　兽主复仇

斯华央布筏摩奴跟沙陀楼钵生有三女：阿俱蒂、提婆瑚蒂和菩罗素蒂。虽然摩奴也有二子：波黎耶伏罗多和乌塔拿钵多，他却把女儿阿俱蒂嫁给儒奇仙人，条件是他们俩生下的孩子必须归他抚养，成为他的儿子。摩奴之所以提出这个不寻常的要求，乃是因为他已预知，至尊者将降生为儒奇之子。

后来，至尊者雅基耶果然降显为阿俱蒂之子。跟他一起出生的还有一个女孩，名为达克施拿，乃是吉祥天女的化身。儒奇仙人按照约定，把儿子给了摩奴。雅基耶长大后娶了达克施拿为妻，生下十二个孩子，此即被称为图湿陀氏的神族，而雅基耶本人则登上了帝释天的宝座。

与喀达摩之女阿娜苏雅成亲后，阿特利仙人受梵天之命，繁衍后代。为此，这位圣人带着妻子去了一处叫作雷珂莎的山谷苦修，那里是涅宾底阿河流经之地。阿特利仙人以调息之功，摶心入定，单足而立，时逾百年，但凭吸风饮露为生。阿特利乃于此际祝祷："宇宙之主啊，我之所依，请赐给我一个像你一样的孩儿。"

如此修炼功深，有拙火自阿特利头顶喷薄而出。见此情景，梵天、湿婆和毗湿努一齐来到阿特利的草庐，身后跟着众多天龙、飞天、悉檀、乾达婆。看到宇宙三大主神乘着各自的座驾——天鹅、青牛和金翅鸟，一起现身，阿特利踉跄迎上前去，还是保持着单足站立的姿势。在三位大神面前，阿特利直挺挺扑倒在地，顶礼致敬。他站起身来，看到三位大神对他面露微笑，不由心中大喜。

三位大神身放金光，璀璨夺目。骤然相遇，阿特利不得不闭上眼睛，稍作调整。待到身心渐渐安定下来，他才出声祷告："三位大神啊，一直以来，我向天地未生以前的至尊者求祷。可是现今你们三位一齐驾临，着实令我困惑。我知道至上主神独一无二，因为化导阴阳之气的缘故，他又分而为三。现在，请你们大发慈悲，告诉我谁才是那独一无二的天地宗主。"

听到这番话，三位大神相视而笑，答道："婆罗门啊，我们都是你所冥思的人，如是你将会得到三个儿子，分别代表了我们各自的部分能力。"

阿特利正欲抬头再问，梵天、湿婆和毗湿努突然在他面前隐身而逝。实际上，阿特利的祷告中对至尊者并没有清晰的概念。因此，分别掌管宇宙创化、护持、坏灭事宜的三位大神竟然一齐出现在他面前，满足他的愿望。

不久，梵天的部分能力——月神娑摩，毗湿努的部分能力——仙圣答塔垂亚，湿婆的部分能力——图尔华刹牟尼相继出世。

喀达摩之女施罗多，安吉罗仙人之妻，生下了四个女儿、两个儿子——蒲历贺斯钵底和乌陀提阿。

喀达摩之女哈维尔布，菩拉斯提阿之妻，生了阿伽斯提阿和毗湿罗筏。毗湿罗筏的第一个妻子——伊多毗妲，生下了财神俱维罗。毗湿罗筏的第二个妻子——凯湿尼，生下了魔头罗波那、昆巴喀纳和毗比萨那。

喀达摩之女克丽亚，克拉图之妻，生下了六万贤圣，名为筏黎基耶。

喀达摩之女佳提，其夫布黎古。生二子，其孙为麻冈提耶仙人、乌刹拿。乌刹拿又名喀毗，即苏喀罗阿阇黎。

斯华央布筏摩奴幼女菩罗素蒂，嫁生主达克刹，育十六女。其中十三女嫁仙圣达摩，一嫁火神，一嫁祖灵，最幼者嫁湿婆。达摩众妃中有名穆尔提者，生下至尊者化身拿罗、拿罗衍那仙人。此二人出生后，即受众天神礼拜，其后往冈达摩大拿雪山，出家苦修。

达克刹之女斯华诃，嫁火神阿耆尼。生三子，代表众天神接受牺牲奉献。其后，三子又生子四十五，如此总共有火神四十又九。

达克刹幼女萨缇，嫁湿婆。但她鬈年早逝，未留子嗣。

湿婆虽然正直端方，却常遭岳丈指责。当初萨缇自己选择了湿婆，可是达克刹一直心怀不满。原因是湿婆行为古怪，貌相穷酸，甚至不办家舍，居无常所。一次，生主达克刹举祭，诸天神、仙圣、火神及其臣属，尽皆到场。当生主之首达克刹步入祭场之际，身上豪光四射，辉耀全场。看到达克刹这等威势，除了梵天和湿婆，在场众神皆起身相迎。梵天为与会诸神领袖，亦致辞欢迎，备极礼敬。唯独湿婆静默不语，闭目端坐。这让达克刹大感屈辱。于是达克刹怒目而视，高声喝道："请各位听好，我今所说，非出无明妒忌。湿婆所为，已玷污君子风范。他这般做法，辱没了诸神的名声。他娶我女儿，已经成了我的晚辈。可他居然恬不知耻，甚至都不情愿站起来迎接我，哪怕说几句欢迎之词！他住在火葬场一类的污秽之处，整日与鬼魂、妖魔为伍。他也不常洗沐，身上涂灰，串骨髅头做花鬘。赤身裸体，哭笑无常，状若疯癫。所以他虽名湿婆，意为'吉祥'，其实名不副实。只不过看在梵天的面子上，我才把女儿嫁给他，尽管此人污秽不洁，品行低劣。"盛怒之下，达克刹甚至不愿认梵天为父，叫他是"parameshthi"，意为"宗师"。用这种方式，他其实在间接责怪梵天，不该把他的漂亮女儿许给这样一个鄙夫。

说毕，达克刹洗手净口，面向湿婆，如对仇敌，诅咒道："湿婆，神中最贱者啊！你再不能分享供养！"

诅咒之后，达克刹不顾众神劝慰，愤然退场。实际上，这个诅咒对于像湿婆一样的有道之士是一个祝福，让他能有机会避免与物欲熏心的天神交往。

虽然受到诅咒，湿婆依旧宁静安忍。但他的随从们按捺不住，其中有一个叫难敌施筏罗的天魔，怒不可遏，立时反咒达克刹以及在场仙圣："无论是谁，若以为达克刹比湿婆更尊贵，便会失去一切正见。达克刹一味执着身见欲乐，智慧尽丧，不久就会长出一颗羊头！那些耽于俗学、痴顽如木石的人，胆敢侮辱神圣湿婆，将来必受轮回之苦！在场婆罗门帮助达克刹举祭，不过是为了养家糊口，你们将失去分别力，不知所食宜。汝辈注定沿门乞讨，以此疗渴充饥！"

布黎古牟尼闻言大怒，当下代表在场的世袭婆罗门，诅咒湿婆的一干随从："跟随湿婆者必会变成不信神的阿修罗，偏离韦陀正法。湿婆的信士皆痴顽无比，蓬头乱发，吃肉饮酒，居然想效仿湿婆。因为亵渎婆罗门——韦陀经教的真正传人，这些人已经落入阿修罗道，不可救药。"

于此诅咒横飞之际，湿婆心生悲戚，突然拂袖离去，更不言语，手下众人亦尾随而去。达克刹也不理会，继续火祭，崇拜至上主神毗湿努。这场祭祀持续了一千年，结束之后，众神、仙圣于朱木拿河与恒河交汇处澡沐净身，方才各自归家。

这次事件后，达克刹与湿婆的关系更为紧张。一次，达克刹举行筏迦毗耶祭，之后又准备举行更大的天师祭。由于被梵天指定为生主之首，达克刹极为傲慢，居然不邀请湿婆与祭。按理说，祭祀者确实可以只取悦至尊主毗湿努，而不必崇拜各路天神。但是，至尊主想让他的伟大奉献者先得满足。因此，达克刹故意忽略湿婆——这位最伟大的奉献者，是不合礼义的。

接到消息，各路天神、仙圣纷纷赶去赴会。萨缇也从过路神仙口中得闻此事。看到赴会仙眷华服靓妆，招摇飞过，她便对丈夫说道："我主湿婆，你的岳父正在准备一场天师大祭。所有天神及其女眷，皆受邀请。如果你愿意的话，我们也可同去。我的姐妹们和她们的夫君必定也去走亲探友了。我也想去，打扮一下，再戴上我父亲送的首饰。因为你们翁婿不和，我已经好久没回娘家了，真想回去看看亲人。我知道你特立独行，不屑这类交际，可我是个小女子，我想去。听说父亲家里有大事，做女儿的怎么会不动心？虽然我们并不曾受邀，可是，去朋友、丈夫、师长、父亲的家里，即便不请自到，又有什么关系呢？我主，求你对我慈悲，满足我的心愿。"

湿婆微笑道："贤妻，去朋友家，可以不请自到，这是没错，可是也得要这个朋友不会挑剔批评、动辄发火。没错，教养、修为、财富、美貌、青春、家世都是人人追求的品质，可是若一味贪著，变得贡高我慢，便会失去良知，无法赏识灵性卓异之人的荣光。人不该去别人家里，倘若主人对客横眉冷目。敌人的利箭远不如亲人的恶语酷毒，因为它们能让人日夜悲痛，心如火焚。亲爱的萨缇，虽说你是达克刹的爱女，可就算你单身回去，他也不会珍视你，因为你是我的妻子，这会让你为我们的结合大感伤心。骄横自恣的人常受身心困扰，无法容忍自觉者的功德。我总是向至尊者华胥天人顶礼致敬，知道他遍住一切众生心中，自然尊重一切有情。我妻，你的父亲嫉妒我，所以你若去的话，他必羞辱你。如果你还坚执要去，那我警告你，对于像你这样值得敬重的人来说，亲人的羞辱无异于死亡。"

湿婆说完，便静默下来。萨缇却依然彷徨。她极想见到娘家亲人，可是受到湿婆的警告，又不敢回家。湿婆的劝阻，令她心如刀割，不由得泪流满面，身子颤抖。她狠劲盯着丈夫，眼中似欲喷火。最后，气急之下，萨缇不顾一切地冲向父亲家里，完全失去了自制。

见萨缇离家出走，湿婆诸弟子，以曼尼芒为首，带着数千夜叉，急忙赶上。众人心知湿婆不愿萨缇独往，便让她坐上青牛难敌，还带来了她的青鸟，这才鸣螺吹角，张伞举旗，浩浩荡荡启程上路。

萨缇等人到了坛场，但闻咒诵之声四起，却不见有人迎接。原来诸神仙圣，皆因畏惧达克刹，无人敢上前招呼萨缇。只有母亲姊妹赶来，亲热拥抱，让萨缇热泪盈眶，喜上两颊。可是，虽然母亲姊妹们以好礼上座相待，萨缇却不愿接受，因为她的父亲——达克刹既不上前礼迎，也不曾好言存问。看到祭祀根本没为湿婆留下一份祭品，萨缇更是羞怒至极。她怒目直视达克刹，眼中喷火，好像要把他烧死一样。

看到这等情景，随行众人便要上前动武。萨缇举手阻拦，然后高声斥责父亲："湿婆乃人中之龙，他平等待人，不分敌友，故为众人所爱戴。是你嫉妒他，你专挑人短，湿婆则放大别人的优点。不过，这也不奇怪，一个把躯壳当作真我的人总是嘲笑伟大的圣贤。你认为我的丈夫污秽不祥，可是难道梵天是傻瓜吗？他甚至把献给湿婆之足的花瓣拿来放在头顶，顶礼膜拜。假若有人听到对至尊主或其使者的诽谤，如果没有力量惩罚亵渎者，就应立即扪耳远离。如果有能力，就应马上割掉亵渎者的耳朵，杀了他，然后自杀。因为你是我父亲，我也不想让别人说是我丈夫利用我害死你，我不会杀你。不过，我要扔掉你给我的这身臭皮囊。若有人吃下毒物，最好的疗法就是把吃进去的吐出来。我父啊，湿婆之玄通，绝非你以及你那些只知奉迎的同伙所能窥测，你们这些为私利而献祭的人，根本无法了解自觉者的崇高地位。我为与你血肉相连而羞耻，因为你亵渎了湿婆的莲花足。事实上，每次我丈夫把我唤作达克刹之女，我都感到悲哀。现在，我就要在你面前，把这条性命还给你！"

说完，身着黄袍的萨缇面朝北方，跌坐于地。触水净身后，她闭上双眼，开始观想湿婆的莲花足。如此，萨缇逐渐提气于两眉之间，冥思身中火大。突然间，萨缇全身被火笼罩，很快烧成灰烬。她这样做，是为了再次转世投生，好以清净之身与湿婆重聚。

众神惊惶，呼声震天："啊呀，为什么萨缇，最可敬的天神之妻，要在愤怒中自焚？达克刹怎么能对自己的女儿如此冷酷？这女孩又贞节又出色。达克刹丧心病狂，配不上婆罗门的称号。他会因此臭名远扬。"

与此同时，湿婆的手下纷纷操起家伙，蜂拥而上，朝达克刹冲去。看到主母惨死，这一干人都悲愤悔愧交加，当下不顾性命，意欲立时击毙达克刹。

看到这些鬼怪、夜叉要与达克刹拼命，布黎古牟尼急忙在祭火南侧抛入祭品，同时口诵夜柔密咒。立时，从祭火中便有数千黎补氏天神踊跃而出，因为饮过了娑摩酒，个个威力惊人。这些天神手持从祭火中抽出来的燃烧着的木柴，四处追打，令湿婆的手下纷纷负痛逃窜。

从那罗陀口中，湿婆得知萨缇自焚，手下被黎补天神击败，不由怒发冲冠。湿婆本来还指望萨缇之行或能解决这段家族恩怨，不料如今却酿成人伦惨变。于是他下了狠心，要杀达克刹，为妻复仇。只见他咬牙切齿，从头上拔下一根头发。狂笑之中，他把这根闪着火光的头发掷到地上。立时，一个无比恐怖的黑皮肤天魔现身了。这天魔叫毗罗钵多罗，高入浮云，灿若朝日，千手千臂，赤发獠牙。他颈上挂着骷髅串，在湿婆面前合掌顶礼，问道："我的主人，我该做什么？"

湿婆知道此魔威力无比，乃至尊者之愤怒化身，便下令道："去杀了达克刹！毁了他的祭祀！"

那魔王绕礼湿婆一匝之后，便率领众精怪呼啸而去。只见他高举铁叉，一路狂奔，臂上的镯子发出雷鸣，看起来似乎连死神都会死在他手里。

此时，达克刹所在的祭场上空忽然间黑暗弥漫，遮天蔽日。众天神观察多时，才知是尘暴引起，不禁惊奇议论："时下既没有风，也没有畜群，圣王巴赫悉治下，也不可能有大伙强盗，怎么会起偌大尘暴？莫非世界劫难将到？"

众女仙说道："这凶兆必是达克刹的劣行引起。就在我们眼前，无辜的萨缇自焚而亡。劫波将临，湿婆大笑跳跃，要用手中的铁叉戳碎诸界君王。"

就在众人交头接耳之际，达克刹看到可怕的凶兆已经遍布天地。不久，湿婆的手下包围了祭场，开始制造恐怖。他们身材矮小，肤色玄黄，手中挥舞着各样兵器，呼喝示威。有些推倒了支撑祭蓬的柱子，有些钻进女眷的帐篷，有些动手毁坏祭坛，还有些砸破礼器，扑灭祭火，更有人在祭坛周围肆意撒尿。

另有一帮人堵住各个出口，不让众仙逃走。魔王曼尼芒抓住了布黎古，毗罗钵多罗抓住了达克刹，禅提利抓住了普刹，难敌施筏罗抓住了巴伽。

为了报仇雪耻，毗罗钵多罗强行拔光了布黎古的胡须。接着，他又抓起巴伽，怒掷于地，把他按住，挖出了他的眼睛，只因此人曾在湿婆受诅咒之时，扬眉瞬目，得意扬扬。然后，毗罗钵多罗踢掉了达克刹和普刹的门牙，因为这两人曾经对湿婆露齿相讥。最后，毗罗钵多罗坐在达克刹的胸口上，准备砍下他的头。他试着用各种兵器，却都不成功，甚至连各种杀人咒语，都不能伤到达克刹的皮毛。

毗罗钵多罗于是操起杀牲献祭用的木斧，砍下了达克刹的脑袋。湿婆手下见状，一齐大声欢呼，而众婆罗门则嗟叹不已。毗罗钵多罗又弯身捡起达克刹的头颅，把它当祭品一样抛入南边祭火。就这样，湿婆的手下摧毁了达克刹的祭场，最后放一把火，便回凯拉什雪山而去。

众婆罗门及其天神受伤败退，便去寻求梵天的庇护。众人向梵天顶礼过后，纷纷上前诉苦。其实，梵天和毗湿努早有预见，所以二人都不曾临幸达克刹的祭祀。

梵天听罢，向众神说道："一边祭祀，一边又亵渎伟人，你们这样做不可能得到快乐。你们不让湿婆分享一份祭品，已经冒犯了他的莲花足。所以，汝等必须毫无保留地拜倒在他的莲花足下，寻求他的宽恕。如此，他也许会高兴。湿婆神通广大，他可以立刻毁灭所有星宿，连同星宿上的御神。他丧失爱妻，

第四卷 | 089

又听到达克刹的刻薄话语，一定心中抑郁，所以你们应该去看望他，乞求他的宽恕。"

于是，梵天便率诸神、仙圣，前往湿婆所居之凯拉什雪山。就在路上，他们经过一处韶冈狄伽树林，那里是财神俱维罗所居之地，称为阿兰伽苑，就在凯拉什山脚下。那地方美丽无比，林中花果繁茂，湖水澄澈，莲花耀眼，天鹅处处。众天神纷纷于湖岸礼敬，那岸上的阶梯都是宝石打成。

凯拉什山脚下，有瀑布飞悬，水流声中又夹杂着孔雀鸣叫，蜜蜂嗡嗡。那里住着众多紧那罗、乾达婆，以及美丽的飞天女。山洞里还有玄秘仙人栖居。奇花异木，满山遍野，风送芳香，心魂俱醉。又有如意宝树，随处可见，就像置身克利须那所在的灵性世界。花下林间，更有无数珍禽异兽，徜徉游息。

凯拉什山上有两条河，一名难陀，一名阿兰伽难陀，皆为至尊者哥宾陀足下之尘土所圣化。天女们与丈夫交媾之后，欲火尽熄，便去河中洗沐。洗完身子后，那河水里融入了她们胸脯上的香粉，变成了黄色，芬芳无比。前来洗澡的野象，跟母象一起狂饮那河水，虽然它们并不口渴。

众天神到了阿兰伽难陀河边一处萨缇经常洗沐的地方。在那里，他们看到一棵巨大无匹的菩提树，有一百由旬高。树荫之下，风送清凉。树上也无鸟雀鸣叫，周遭异常空寂宁静。就在那棵树下，众天神看到湿婆据树而坐，神色肃穆，看不出是喜是怒。

只见湿婆坐在一张鹿皮垫子上，身边围着一圈仙圣，其中有俱维罗、那罗陀、鸠摩罗四子。因为身上涂灰，头发上插着一件月牙形饰物，他看起来就像一朵夜空的黑云。正在谈玄论道的湿婆，右手手指拈一串金刚宝珠，做手印如辩说状。他左足盘在右腿上，左手据于左腿，呈瑜伽金刚坐姿。

众天神、仙圣走上前去，向湿婆合掌顶礼。湿婆见梵天来到，也起身相迎，头面礼足。梵天担心湿婆余怒未消，便莞尔一笑，说道："湿婆，我知你是天地真宰，就像蜘蛛编织、维护又收卷它自己吐出来的网，你创造、长养、坏灭整个宇宙。那些完全献身于你莲花足的奉献者在一切众生中看到超灵，所以并不区分人我。他们绝不会像禽兽一样执着人我，被嗔恨心所宰制。那些分别人我的人，那些贪著业果的人，那些看到别人兴旺发达就痛苦难当、恶语中伤的人，实际已经被天命判处了死刑，因此，杀死这些人根本不必劳动你的大驾。俗人为摩耶所蔽，圣人慈悲，不会把他们对自己的冒犯放在心上，或者试图报复。湿婆，你从不曾被至尊者的幻力所蒙蔽，所以你应当对那些深受蒙蔽的人慈悲为怀。你本该是祭献的歆享者之一，可这些愚蠢的祭司却忽略了你，结果，你摧毁了一切。如今，祭祀尚未成功，请你设法重整秩序，取走你应得的祭品。在你的恩慈下，就让达克刹恢复生命，布黎古胡须再生，巴伽眼睛复明，普刹齿牙还位，再让那些受伤的婆罗门众，皆得治愈。"

湿婆回答道："我父啊，我并不在意这些弱智天神的幼稚行为。我惩罚他们，不过是让他们头脑清醒。达克刹的头颅已被焚毁，他只能换上一颗羊头。巴伽可以用弥陀的眼睛，看到自己的祭品。普刹只能用弟子的牙齿咬嚼，如果他自己想吃东西，只能吃豆面团。布黎古会从达克刹的山羊头上找回胡须。那些以前赞成我分享祭品的天神和婆罗门，伤病都会很快治愈。可那些断了胳膊的，以后只能通过阿湿毗尼双子的胳膊做事。那些被砍掉手的，以后只能通过普刹的手做事。"

对这个安排，在场众神、仙圣皆表满意。布黎古于是邀请湿婆重回祭场。这样，湿婆、梵天以及诸神、婆罗门又回到被洗劫过的祭祀现场。在湿婆的指导下，达克刹的身子被接上了一颗献祭用的羊头。才安上羊头，达克刹便恢复了知觉，睁开眼来，他看到湿婆站在自己面前。

因为对湿婆产生了敬意，达克刹一看之下，原先被嫉妒所污染的心灵立时得到净化。他想要向湿婆祷告，可一想起爱女之死，不禁热泪盈眶，哽咽泣涕，不能出声。过了好久，他才努力平静下来，祷告道："我主啊，我犯下大恶，可你却如此慈悲，不曾撤走你的恩典，反而惩罚我，显示你的救恩。我以前不知道你的荣光，在众神、仙圣面前诋毁你。我本应为此堕落地狱，可你却用惩罚的方式救我出恶业，让我重新恢复了良知。"

如是，达克刹得到了湿婆的宽恕。经梵天允可，他在众婆罗门的帮助下，重举祭祀。首先，要净化祭场。为此，众婆罗门投牺牲于祭火，举行了一个被称为菩楼达萨的仪式。不久，祭场完全修复，恢复旧观。达克刹口念夜柔咒语，向祭火中灌献酥油。立时，至尊主毗湿努现身，坐在大鸟伽鲁达的肩上。

至尊主散发的光辉令在场诸神黯然失色。他身有八臂，手握海螺、法轮、金锤、莲花、弓、箭、盾和长剑。因为身上饰物琳琅，他看起来就像一棵缀满鲜花的繁茂之树。至尊主迷人的微笑摄人心魄，特别吸引他的奉献者。在他身子两边扇动的白色尘尾，就像两只飞舞的天鹅，而盖在他头上的白伞，看上去如同一轮满月。

见到毗湿努现身，众天神、仙圣，包括梵天、湿婆都五体投地，拜倒在他面前。

虽然先前梵天称呼湿婆为天地真宰，可现在他和湿婆却一起拜倒在毗湿努的莲花足下。于是众天神、仙圣皆合掌祷告，备极虔敬。每个人都承认自己的过失，并竭尽所能，赞美至尊者的荣光。

湿婆祷告道："我主啊，我的心念、觉知一直都专注在你的莲花足上，它们受到所有解脱者的崇拜。正因如此，我不再受那些侮辱我的人干扰，虽然这些人声称我的行为污秽不洁。"

至尊主毗湿努对达克刹说道："再生者啊，我是一切因果之最初因，可我透过我的物质能力延展自身，让我不同层级的使者代表我行事。因此，梵天、湿婆与我没有分别。只有那些无知者才认为湿婆或任何其他人能独立于我而作为。就像没有人会认为头颅、四肢与全身无关，故此我的奉献者总是看到一切在我里面。"

于是达克刹继续举祭，崇拜至尊主毗湿努。祭祀完毕，他又分别崇拜梵天和湿婆，并献给他们一份祭品。最后，满足了所有在场的天神、仙圣、婆罗门，达克刹沐浴更衣，因为自己重回正道而感到心满意足。

萨缇红化之后，投生为梅那伽和雪山神王之女。不久，又与湿婆重新结合。

麦萃耶真人讲完，总结道："毗多罗啊，我从天师弟子——乌达华处听到这个故事。若有人以信心、诚敬听闻，必能清除一切俗世染污。"

第二章　北极星君

　　鸠摩罗四子、那罗陀、黎补、罕萨、阿鲁尼、雅提诸人，皆梵天子，而为终生守贞之梵志。阿达磨（意为"邪法"）也生自梵天，他娶了妹妹木芮莎（意为"虚妄"）。二人生下两魔，一名丹巴（意为"诽谤"），一名摩耶（意为"欺诈"）。此二魔后来被送给了没有子嗣的魔王尼里提。丹巴和摩耶生下了楼巴（意为"贪婪"）和尼克里提（意为"狡诈"）。此二魔结合，又生下拘罗答（意为"嗔怒"）和黑撒（意为"妒忌"）。这两个魔头接着生下喀利与其妹笃濡蒂（意为"恶口"）。喀利与笃濡蒂交合，产下牧力丢（意为"死亡"）和碧蒂（意为"畏怖"）。这二魔结合，又生下亚塔拿（意为"剧痛"）和尼罗耶（意为"地狱"）。这些梵天后裔统统都是毁灭之因。

　　斯华央布筏摩奴和沙陀楼钵生有二子，即波黎耶伏罗多和乌塔拿钵多。乌塔拿钵多娶二妃，一名苏尼提，一名殊卢姬，其中殊卢姬尤得宠幸。

　　一日，乌塔拿钵多抱起殊卢姬之子乌多摩，放在自己膝头爱抚。此时，苏尼提之子杜华也想爬到父亲的腿上亲热，然而这位父王却不太理睬他。其实国王本来对二子并无偏心，可因为当时殊卢姬在场，为了讨好爱妃，国王便故作姿态。殊卢姬一直忌恨杜华，仗着国君的宠爱，见此便发作起来。

　　殊卢姬大发雌威，在两父子面前高声喝道："杜华，你不配登上御座，也不配爬上你父王的膝头。当然，你也是父王的嫡子，可就因为你不是我肚子里生出来的，所以就不配！你大概不太清楚你父王这两个妃子到底有什么区别。可我告诉你，你的企图必定落空！如果你真的想登上御座，你得先去崇拜至尊主拿罗衍那。得到他的赐福后，你下辈子或许能有机会托生到我的肚子里面。"

　　杜华受庶母一番恶语相激，不由怒火中烧，呼吸低沉，就像一条被棍子挑起的毒蛇，气喘嘶嘶。再看父王一声不发，根本不为自己辩护，杜华只好大哭着冲出门外，回房找母亲哭诉。

　　苏尼提见儿子痛哭不已，气得嘴唇发抖，便把儿子搂到怀里，好言劝慰。此时，见到殊卢姬恶语伤人的宫女们也都过来，把刚才发生的事情告诉了苏尼提。

苏尼提听说后，心中非常难受。儿子受到这样的欺辱，让她心如火焚。想到殊卢姬那番话，苏尼提脸色苍白，眼中落下泪来。气急之下，她思量半天，想找出补救的办法。

可是，她根本一筹莫展。最后，她只得跟孩子说道："我儿啊，殊卢姬所说的话都是真的。因为你的父王甚至都觉得我不配做他的奴仆，何况王妃？他为娶我而深感羞耻，你从这样一个不幸的女人肚子里生出来，真的是运气不好。虽然话不中听，可你庶母所言确实不假。所以，要是你真的一心想坐上你父王的宝座，你必须抛开嫉妒，马上按照她的教训去做。你不要耽搁，现在就去崇拜至尊主的莲花足，靠着他的恩慈，你的始祖——梵天，获得了创造世界的力量。你的祖父，斯华央布筏摩奴也是靠着崇拜至尊主，事业大成。我儿，至尊主对他的奉献者极为慈悲，你要把他放在心里，忠诚不贰地去侍奉他。除了他以外，我看不出还有谁能抚慰你的哀痛。走吧，现在就去找他，他比百万个母亲更慈爱！当所有人都无能为力的时候，只有他能伸出援手。"

杜华听了母亲一番肺腑之言，思虑之后，觉得确实舍此别无他法。于是便辞别母亲，孤身往森林而去。

仙圣那罗陀得悉杜华出走，决心找到至尊主，不禁大为惊诧，当下就想见见这个非同寻常的童子。

当那罗陀进入森林，出现于杜华面前时，他先用那双吉祥的莲花手为这孩子摩顶，然后说道："奇哉！刹帝利风骨！若是自身的权利受到侵犯，他们连一丁点都无法承受。杜华，你不过是一个贪玩的童子。小孩子根本还没有荣辱的观念，你何必对你庶母的恶语，如此耿耿于怀？孩子啊，即使你觉得受辱，你也应当知道，二元对立不过是至尊者迷幻能力的表现而已。不管什么事情降临到我们头上，都不过是我们先前行为的业果，因此我们应逆来顺受，将其视为上苍的恩典。现在，你听了你母亲的话，决心修炼瑜伽，获得至尊者的福祚，可是，据我看来，凡人不太可能练成瑜伽，更何况你还是个孩子。甚至许多伟大的瑜伽士，经过许多生世的修炼，最后都前功尽弃。所以，我建议你还是回家去，等将来长大了，再来修炼瑜伽秘术。杜华啊，人应该随缘知足，安住苦乐二境，这会让人轻易逃脱无明牢笼。"

实际上，仙圣那罗陀是在至尊者的指示下，下来为杜华传法的。他之所以说这番话，不过是为了考验杜华的诚心。

听了那罗陀的告诫，杜华答道："圣人啊，对那些深受尘境困扰的人来说，你的开示已然足够让他们心平气和。可是对于我，由于无明障重，这些道理根本不起作用。我知道，这样不顾你的劝告，非常鲁莽，但我没法认为这是我的错，因为我身上流的是刹帝利的血。我的心就像陶罐，一旦打碎，就再也无法弥合。自从被庶母的舌箭刺穿后，我的心流血不止，只想着如何复仇。为此，我不能接受你的劝告，那些话只对禀赋婆罗门品性的人管用。我想要得到一个权位，三界里任何人都不曾得到过，甚至我的父王、祖父、列祖列宗都不曾拥有过。所以，我求你告诉我一个好办法，让我能达到这难以达到的目标。那罗陀啊，你就像太阳一样，周行世界，施惠众生。求你对我慈悲，让我实现这个强烈的愿望吧！"

那罗陀听杜华如此说，不由心生怜悯，便说道："你母亲苏尼提，已经告诉你去崇拜至尊者，这条路适合你。即便是追求法、利、欲乐、解脱之果的人，也应该投身于这样的奉献服务，因为崇拜至尊者的莲花足，可以实现他们的欲望。孩子啊，我祝你万事如意！你现在就去摩图森林，那地方就在朱木拿河旁边，单是住在那里，就已经接近至尊者了。每天在河里洗沐三次，奉持戒律，修炼瑜伽八支，如此逐渐调伏生命之气、心念以及诸根，你就能清除一切染污习气，专心冥思至上主神。

"在奉献者的眼里，至尊主的微笑美妙迷人，因为他总是准备着赐福给他的奉献者。至尊主的身体精纯无疵，青春永驻。他有朱红的眼睛、嘴唇，颜色如同早上升起的太阳。他随时愿意给他的奉献者以庇护。他一贯宁静安和，让人赏心悦目。

"真正的瑜伽士观想至尊者的玄秘真身，他就站在心轮的莲花瓣上，他莲花足上的脚趾就像一排宝石，闪闪发光。瑜伽士应该一直观想这个无比吉祥的形体，如此便会很快清除俗世的染污。杜华啊，你在观想的时候，念这十二个音的曼陀罗：om nama bhagavate vasudevaya。人若诚心念这曼陀罗，七天后就可以看见空中飞过的玄秘仙人。

"你还要制作一个至尊主克利须那的神像，根据经典的训谕，以及时地便利与否，进行祭供。你可以供奉净水、鲜花、果蔬，甚至嫩草、花蕾、树皮都可以，这些东西至尊主都很喜欢。

"在森林里，你可以用土和水制成神像，然后按照上面这些仪轨来崇拜他。要是连这个也不方便做到，那么就崇拜你心中的神像吧。除了崇拜神像、持诵咒语，你还要冥思至尊者透过各种化身展示的神圣游戏。任何人只要诚心、认真，用自己的身、口、意来进行这样的奉献服务，就会得到至尊主的恩赐，足其所愿。"

杜华受教，环礼那罗陀一匝后，便向摩图森林进发。那个地方，到处都印着至尊主克利须那的莲花足印。

待杜华走后，那罗陀觉得最好去拜访一下乌塔拿钵多，看看他反应如何。

在乌塔拿钵多宫中，那罗陀受到了这位国王的款待和崇拜。落座后，那罗陀问道："大王啊，你看起来脸色枯萎，心中定有难言之隐。这是为什么呢？莫非是为国事犯难？"

国王答道："婆罗门之俊杰啊，因为太过爱恋我的次妃，我变得堕落冷酷，居然抛弃了自己五岁的儿子和他的母亲。我儿杜华，他是一个英雄，他的脸庞就像莲花一般。想着他现在身处危难，我心中又急又痛。他如今孤苦伶仃，饥渴之下，可能在林中昏睡，必会被虎狼所食。啊呀，看看我是多么无情！这孩子因为爱我，想爬到我的怀里，可我却成了女人的奴才，竟然对他不理不睬。"

那罗陀安慰道："王啊，不必为你的儿子担心，他已经在至尊者的庇护之下。你不知道，这孩子的名声已经传遍三界。你的儿子杜华，会做出连明君贤圣都做不到的事情。他很快就能成功，回到家中。王啊，只因有了这个儿子，你也将青史留名。"

那罗陀走后，乌塔拿钵多已无心治理朝政，一心只念着自己的儿子杜华。

且说杜华到了摩图森林，当天就开始戒食。此后，他每日都遵照上师那罗陀的教导，侍奉至尊主。在第一个月里，杜华每隔三天食用一些野果。到第二个月，杜华每隔六天进食一次，只吃干草落叶。第三个月，他仅九天喝一次水。如此，他完全沉浸在冥思和崇拜之中。在第四个月，杜华掌握了行气之法，隔十二天吸气一次就能维持生命。第五个月的时候，他调息自如，已能单足站立不动，凝定于对至尊者的观想。

就这样，杜华赢得了宇宙宗主的恩慈。由于他已分有神性，三界开始在他脚下颤抖，他的脚趾下压之力，使大地为之沉陷，如同载于舟中的大象，稍一移动，就会让小舟摇荡不稳。他的身体变得跟至尊主毗湿努一样重，几乎等同于整个宇宙的重量。当他闭气冥思之时，三界随之窒息。众天神顿觉呼吸困难，只得向至尊者祷告，乞求他的庇护。不过，杜华的力量并非来自涅槃寂灭与神合一。靠着在纯粹奉献服务中的苦行，他把至上主神吸引到他心里面，因此部分地展示出至尊者的无边大力。

听到众天神的祷告，至尊者回应道："天界的臣民啊，不必担心。这遍及众生的窒息是杜华苦修造成的，他一心只想着我。我现在就去找他，让他终止苦修。如此汝等便可脱离此厄。"

经至尊者一番劝慰，诸神顶礼敬拜后，各自打道归位。毗湿努骑上神鸟伽鲁达，往摩图森林飞去。此时，杜华心中所观想的至尊主光辉灿烂的形体突然消隐，性急之下，杜华睁开眼睛，却看见那同一个形体竟然在他面前出现了。此情此景，令杜华在神爱中激动不已。像根棍子一样，他立即直挺挺倒在地上，向至尊主顶拜。

杜华完全陶醉于超然的迷狂之中，他仿佛在用眼睛吮吸至尊者的美，用嘴巴亲吻至尊者的莲花足，用双臂把至尊者揽在怀里。杜华想给至尊者献上最美好的祝语，可是因为年幼无学，却不知该如何措辞，心中不禁生出一点儿沮丧。

至尊者自然理解杜华的处境。为了显示他的恩慈，至尊者拿手中海螺碰了下面前合掌而立的杜华的前额。顷刻之间，杜华便觉悟了一切韦陀真理。

受到至尊者的激励，杜华开始祷告："我主，你进入我里面，唤醒了我沉睡的感官、生命力以及语言能力。请让我向你顶礼致敬。创世之初，你启明了梵天，这样他才能看清、了解整个宇宙，就像人从昏睡中醒过来，才明白自己当下的处境。

"像我这等愚人，为了满足这具臭皮囊的各种感官而崇拜你，无疑是在你的迷幻能力操控之下。吾辈不想要赐予解脱，如同如意宝树一样的你，只是跟你讨一些赐福，以求一时快意享乐，这些东西其实在地狱里都随处可得。

"我主，冥思你的莲花足，从纯粹奉献者口中听闻你的荣光，其中生发的妙喜远远超过梵我合一之乐。若果如此，那升登天堂，享受无常福报之乐，更何足一提？那些快乐终将被时光之剑斩断。

"无量之主啊，请加我慈悲，好让我能亲近那些伟大的奉献者，他们总是沉浸在对你的奉献服务当中。如此，我便能渡过无明生死之海。真的，这对我轻而易举，因为我已为听闻圣言而如痴如狂。我主啊，如今，你既已在我面前现身，一切智力探索已告终结。我明白了，你就是至上人格主神。故此，我向你虔敬顶礼。

"至上主神啊，你是一切赐福的人格化示现。那些毫无私心杂念、一心侍奉你的奉献者体会到，这种奉献服务比君临天下更超迈卓绝。可是，对于像我这样无知的仆人，你白白施以恩惠，看顾我们，就像母牛照管新生的犊子。"

待杜华献祷完毕，至尊者说道："杜华啊，我知道你心里的愿望。虽说这个愿望野心勃勃、难以企及，可是我要实现它。现在我把灿烂明亮的北极星送给你，梵天一日之终，有劫波来，坏灭世界，唯有此星不受破坏。此星为众星所拱，众星环绕此星旋转，如公牛绕磨碾谷。一直以来，此星还从未有人治理。

"你的父王将退隐山林，他会把社稷交你掌管，此后你将治理天下，为期三万六千年。虽然岁月漫长，可你却永不变老，体力也不会衰退。将来某个时候，你的兄弟乌多摩会在丛林狩猎时为人所杀。在丧子之痛的打击下，你的庶母殊卢姬将失去理智，在寻子途中被林中野火吞噬。登基为帝后，你当操办大祭，慷慨布施。如此，你将在生时享受荣华福乐，死时记住至上主神。待世间大事已了，你将上登我的星宿——北极辰星，传说中的乳海白岛就在那里。到了那个尘世间的无忧珞珈，你就再也不必流转于生死之中了。"

通常，至尊者不会赐予奉献者世间荣华，即便他有这个愿望。不过，杜华是个特殊的案例，因为至尊者知道，杜华是一个极其伟大的奉献者，就算身处荣华，也绝不会偏离真性。这表明，一位超卓的奉献者可以既拥有享受之便利，又不失纯粹之神爱。

接受了杜华的崇拜之后，至尊主毗湿努坐上金翅大鹏，返回灵天。杜华惊奇仰望，直至人鸟没入天际，才往家走去。尽管心愿得偿，可是杜华却颇感失落。在觉悟到纯粹奉献的无上地位之后，想到当初寻找至尊者，只是为了报复庶母兄弟，杜华深感悲哀。虽然至尊者帮他实现了这个愿望，杜华却为此羞愧不已，觉得这种愿望根本不应出自一位真纯的奉献者。

一路之上，杜华不断责备自己："哎呀！看看我都干了什么？我追求至尊者的莲花足，它能赐人以纯粹奉献，使人脱离生死轮回。可是出于愚蠢，我却只渴望注定坏灭之物。如此一来，尽管我苦修六月就得面见至上主神，而其他人就算修炼许多生世都未必能够做到，但因为我的心念与无上者并不相应，我实际已然堕落。

"众天神福报用尽，便要从天堂堕下人间，我想他们一定嫉妒那些意欲往生无忧珞珈的瑜伽修士。必定是他们败坏了我的智慧，使我未能认真执行我的上师——那罗陀牟尼的训谕。

"由于幻妄，我落入人我二见，故而把庶母、兄弟视为仇敌。就是因为这个缘故，虽然我得遇纯粹奉献者，又在他的指导下崇拜至上主神，虽然我甚至面对面见到了至尊者，我却只是乞求一些俗世的富贵荣华，而不去讨要对至尊者的奉献服务。我就像一个取悦了国君的穷人，虽然获得了实现心愿的机会，可因为愚蠢，却只是开口要一点儿碎谷子。"

杜华知道，至尊者本可以立刻把他带回无忧珞珈。因此，他认为至尊者让他治理天下三万六千年，实际是对他的一种惩罚。

与此同时，有探报禀告国君乌塔拿钵多，说杜华王子正在归家途中。国君一直自怨自艾，认为是自己导致王子出走。如今听说来报，几乎不敢相信自己的耳朵。再想起那罗陀牟尼的保证，不禁又惊又喜。

乌塔拿钵多立即摘下颈上金链，赐予信使。然后召集族中长老、婆罗门，以及无数臣僚、亲友，驾上马车，敲锣打鼓，浩浩荡荡，出郭门迎接王子杜华。苏尼提王妃也不计前嫌，连同殊卢姬和乌多摩，一同坐轿出迎。

看到儿子从远处林中缓步走出，乌塔拿钵多急忙跳下御车，热情迎上前去。他呼吸急促，张开双臂，紧紧抱住杜华。就在拥抱之际，他感觉到儿子已经脱胎换骨。乌塔拿钵多不断亲吻儿子的头顶，欢喜的泪水夺眶涌流。

杜华向父王顶拜。接着，又向两位王妃娘娘顶拜。看到杜华拜倒在自己脚下，殊卢姬急忙扶他起来，拥抱他。她不停流泪，口里念叨着："我的儿啊，愿你长命百岁！"

然后，杜华又去拥抱乌多摩。兄弟两人喜乐无比，身上的汗毛都竖了起来。当苏尼提上前抱起自己儿子的时候，一切悲苦顿时烟消云散。她眼中泪水流淌，胸口乳汁满溢，一起洒落在杜华身上，好似在为杜华举行沐浴之礼。看到这感人肺腑的情景，在场诸人尽皆赞美苏尼提之福德。在杜华离家的日子里，苏尼提一直祷告，祈求至尊者保护儿子。结果，她也获得了跟儿子一样的灵性成就。

乌塔拿钵多让杜华和乌多摩坐上一头雌象，然后带领众人返回都城。城里到处张灯结彩，遍插鲜花绿叶。大街小巷都用香水洒扫，各样五谷、花果四处撒落。杜华穿城而过时，街两边的妇人们出于母爱，齐声祝福，向他身上抛撒五谷、嫩草、花果。

杜华住进了父王的王宫。宫中玉壁上都嵌着宝石，拼出各种美女图案。宫内家具皆由黄金打成。御苑里奇花异卉遍布，有些甚至是从天堂带下来的。绿宝石打造的石阶一直通到池塘，里面养着各色莲花，以及水鸟、天鹅。

仅仅照看如此杰出的儿子，就已经使乌塔拿钵多心满意足。杜华长大成人以后，乌塔拿钵多征询了众臣工的意见，让杜华正式登基加冕。

乌塔拿钵多自念年事已高，死生事大，便彻底抛下尘世，前往森林苦修。不久，杜华娶生主悉殊摩罗之女钵罗弥为妻，生下二子——喀尔巴和华特萨罗。

杜华另外一个妃子,天神筏尤之女伊拉,也生下一子一女,那男孩名叫乌特喀罗。

一次,杜华之弟乌多摩去喜马拉雅山行猎,竟遭当地夜叉杀害。乌多摩之母殊卢姬前去寻找,结果也葬身丛林。杜华惊闻噩耗,悲愤交集。他驾上战车,便往阿兰伽城——夜叉之都赶去。

在喜马拉雅的山谷中,杜华找到了阿兰伽城。那里住满了各类精怪,都是湿婆的属下。杜华到了城下,便吹响了战螺。螺声激越高亢,响彻云霄,吓得夜叉们的女人心惊胆战。众夜叉抵受不住,一齐高举兵刃,杀出城来。

杜华精擅射御,当下张弓搭箭,射倒了一批夜叉。众夜叉自知不敌,但见杜华如此英武,竟也高声喝彩起来。

其后,十三万怒气冲天的夜叉兵一齐放箭,每人同时射出六支利箭,更兼无数锤、叉、戟、矛,如暴雨般倾泻而下。杜华立时被漫天蔽日的枪林箭雨笼罩起来,就像山峰为云雨所埋。天上诸仙见此情景,齐声惊呼:"杜华,斯华央布筏摩奴的孙子,没命了!"

正当众夜叉自觉胜券在握之际,杜华弯弓搭箭,于战车之上,突然现身,犹如日轮,照破乌云。一时间,弦惊霹雳,乱箭飞空,众夜叉心胆俱裂。但见箭如飞蝗,截矛穿甲,碎骨断肢。顷刻间,众夜叉仓皇逃遁。沙场之上,只剩下无数断头残骸,一片狼藉。

杜华见敌人逃得无影无踪,正欲驰入阿兰伽城,转念思忖:"这些夜叉身具神通,不知又会耍些什么鬼把戏?"

就在此时,有大音声似山崩海裂,呼啸而来。刹那间,空中飞沙走石,霹雳滚滚,乌云翻腾。不久,闪电破空,暴雨夹杂着脓血、屎尿、断肢,倾盆而下。于腥风血雨之中,一座魔山浮现空中,射出无数刀枪矢矛、剑棒石块。杜华还看见毒龙张牙舞爪,穿云而来,怒目扬鬣,口吐烈焰。无数狂象狮虎,咆哮而来。海水汹涌,巨浪滔天,仿佛世界毁灭在即。

见杜华为夜叉魔力所震慑,至尊者立时遣一干仙圣前往慰抚。众仙圣现身于杜华之前,说道:"杜华啊,愿至上主神助你杀死敌人,他总能减轻奉献者的悲苦。至尊主的圣名一如至尊主本人一样威力无比。只要听闻、唱赞至尊主的圣名,奉献者就受到他的庇护。"

听了这些劝勉之言,杜华精神大振,当下触水净身,取出一支由仙圣拿罗衍那亲自打造的仙箭。杜华才把这支箭搭上弓弦,众夜叉所施的魔法便立时烟消云散,如人开悟,苦乐尽遣。

成千上万支金杆羽箭，自仙箭之中激射而出，洞穿敌兵身体，战场上立时尸横遍野。余下的夜叉不顾死活，一齐高举手中兵刃，向杜华呐喊猛冲而来。杜华箭发连珠，锋镝所至，众夜叉身首分离。

斯华央布筏摩奴见杜华杀气暴涨，无数夜叉死于非命，便上前劝阻道："我儿，请停止杀戮。杀气过盛，乃通向地狱之路。你已然向世人表露了手足之情，现在该考虑一下，只不过因为一个夜叉的过失，你就杀了那么多无罪之人。滥杀无辜绝非吾家门风。作为至尊主的纯粹奉献者，你该以身作则，为人表率。看见奉献者以宽仁、友谅、平等之心对待他人，至尊主也会受到取悦。"

斯华央布筏摩奴说了这番话，见杜华虽已觉悟，却仍为兄弟之死愤愤不平，续道："我儿，这世上一切存有，无非五大所造，五大出于无上者。在无上者的指引下，三极气性创造、护持、毁灭一切存有。如是，无上者才是最终极的原因。所以，无上者杀灭一切有情，可他却又并非杀戮者，因为他只是无所偏袒地将业行的结果赐予一切有情。无论人在世间遇到何种苦乐，皆无非其业力所造。

"杜华啊，这些夜叉其实并不是杀你兄弟的人，因为生死皆由天定。是故，你当住心无上，同时观照世俗分别之念，以及我与我所，知其皆为幻妄，不过如镜中之花、水中之月。

"杜华，你杀了这许多夜叉，已经激怒了俱维罗——大神湿婆之孙。你须立即用美言和祷告安抚他，这样他才不会迁怒于我们家族。"

如此训示杜华之后，待杜华顶礼完毕，斯华央布筏摩奴便与众仙圣各自归去。这边俱维罗听说杜华怒气已消，不再屠戮夜叉，便亲自降临战场。

俱维罗一边领受众夜叉、紧那罗等的崇拜，一边对站在面前稽首顶礼的杜华说道："无罪之人啊，我很高兴，你能在祖父的训谕之下，放弃敌意，这绝非轻而易举。其实，你并没有杀死这些夜叉，这些夜叉也没有杀死你的兄弟，因为生灭的根本原因乃是无上者所显露的时光。现在，我要你跟我讨一个赐福。你不断侍奉至上主神，理当受到一切赐福。"

杜华回答："财富之神啊，就让我对至上主神有不可动摇的信心，让我能始终忆念着他。如此，我便可以毫不费力地渡过无明苦海，那是他人所难以企及的成功。"

见杜华并不求世间利益，俱维罗大为满意，当下便给了赐福。之后，俱维罗返回仙界，杜华也驱车还朝。

执政期间，杜华为了取悦至尊者，举行了许多次献祭。透过没有丝毫偏离的奉献服务，杜华亲证一切皆在至尊者之中，至尊者也在一切之中。杜华治理地球三万六千年，在这段时光里，他用享乐抵消善业之果，用苦行减少罪业反应。到最后，视躯体、妻儿、友朋、钱财、权势、宫观等无非幻力造化。杜华把帝位传给儿子，自己隐退至喜马拉雅雪山的巴答黎喀净修林。

通过每日在雪山净水中洗浴，以及修炼瑜伽，杜华净化了诸根，进而退诸根于尘境，专心观想至尊者的神像。在三昧之中，他的心被无量法喜所融化，泪水不断涌流而下，身体颤抖，身毛尽竖。就在这彻底忘我之境，杜华摆脱了尘世的羁缚。此时，他看见一辆绝顶奇妙的飞舆从天而降，落到他的面前。

在那辆光辉夺目的飞舆中，杜华看到了至尊者的两位同伴，一个叫难陀，一个叫须难陀。两人皆具四臂，青春俊美，肤色玄黑，眼如莲花。杜华晓得这两个非凡的贵客必是至尊者的仆从，立即起身迎接。可是，惶急之下，他却忘记了该如何接待这两位毗湿努的使者，只是合掌顶礼，口中不断念诵至尊者的圣号。

两位毗湿努的使者也不见怪，微笑着走到杜华面前，说道："王啊，愿一切好运降临到你。你在五岁时，就靠苦修取悦了至上主神。我们是至尊主的使者，被派来接引你回到灵性世界——毗湿努珞珈。无论是你的祖先，还是其他任何人，在你之前都不曾到达过这个超凡的星宿，一切众星皆围绕它运转。这辆飞舆是至尊主遣来接你的，你完全够资格坐上它，前往无忧珞珈，在那里获得永生。"

听罢毗湿努使者这番话，杜华先去沐浴，然后，穿戴整齐，做完日常的灵修功课，再向在场的诸圣贤顶礼，并接受了他们的祝福。礼毕，杜华环拜飞舆，又绕礼毗湿努使者。行走之际，杜华已经脱胎换骨，身上放出熔金似的光芒。

正当杜华欲登车升天之际，死神出现在他面前。杜华毫不在意，脚踩着死神的头，登上了飞舆，它就像一座会飞升的宫殿。此时，空中鼓乐响起，乾达婆们唱着赞歌，撒下鲜花如雨。

杜华坐下后，突然记起了母亲苏尼提，心想："我怎么可以抛下可怜的老母亲，独自前往无忧珞珈呢？"两位毗湿努使者立刻明白了杜华的心思，便用手指给杜华看，他的母亲已经登上了另外一辆飞舆。杜华升天之际，遍历无数星辰，众仙人坐在天舆上，向他撒下鲜花。越过七圣所在的北斗七星，杜华最后到达了至尊者的不朽居所，那里就是众星拱卫的北极星。

麦萃耶真人讲完故事，又祝福道："若有人得闻王子杜华事迹，便可如其所愿，获富足、名声、长寿。这故事吉祥无比，仅仅听到它，就能抵消一切过往罪业，转生杜华珞珈。若有人得闻此事，并以诚敬之心，尝试了解杜华的高洁品性，便能获得纯粹的奉献服务。实际上，任何听了这故事的人，都能获得像王子杜华一样的品德。因此，世人应在奉献者的陪伴下，满怀恭敬之心，每日昼夜两次颂扬杜华的德行。"

第三章　射地神王

杜华生子名乌特喀罗。此子不凡脱俗，渊静自处，已臻解脱之境，常见一切止息于太一，彼为一切有情心中之真宰。他不愿与世俗来往，外表看来如痴如癫、似聋似瞽，犹如无焰之火，为灰所覆。家中长辈以及诸大臣皆以为乌特喀罗既疯又傻，便立其弟华特萨罗为帝。

杜华之五代孙为叉克殊刹，此人后来成为第六世摩奴。叉克殊刹有十二子，最幼者乌尔穆伽生六子，长子名叫安伽。

一次，安伽大帝举行祭祀。虽然主祭的婆罗门资深德备，知晓通神之术，却没有一位天神降临祭场。祭司于是禀报安伽："王啊，我等献酥油于祭火，无有差忒，却不为天神所歆享。我等也知，我王采集祭具，备极诚敬；我等所唱梵咒，亦分毫不错。是以我等实在不明其故，何以诸神会不受祭献？"

安伽听说，心生悲哀，问众婆罗门道："婆罗门啊，告诉我，我究竟做下何等冒犯，至于神灵震怒，不愿领受牺牲。"

祭司长上前说道："我王，你此生并不曾造作罪孽或冒犯，甚至在意念里都没有过。但是，你前世却犯有罪业，使你今生受到命中无子的报应。如今，你若向至上主神祷告，求得一子，再为此举行一次祭祀，必定会如愿以偿。一旦至上主神赫黎——所有祭祀之歆享者，前来降福，那么他的所有仆从——众天神自然也会来领受牺牲。"

安伽大帝依言而行。当祭司向至尊主毗湿努献祭时，从祭火中现出一人，身穿白衣，手提金罐，其中满盛乳糜。在得到众婆罗门祭司的允可后，安伽双手捧过金罐。嗅闻之后，他便把部分乳糜献给王后苏尼陀。王后吃了那能助人产子的食物后，不久怀孕，生下一子，名叫韦拿。因为王后是死神之女，男孩肖母，故此这孩子大半属于修罗一族。

韦拿孩提之时，就常去山林中，持弓箭射杀麋鹿。他貌相凶悍，残忍暴戾，只要一看到他，国人就争相呼告："暴徒韦拿来了！"少年韦拿嗜杀酷毒，跟同龄孩子玩耍的时候，会无情地杀死他们，就像砍死用来牺牲的动物一样。安伽大帝常用各种方法管教责罚这孩子，想让他改邪归正，可都无济于事。

安伽伤心教子无方，自思："无子之人着实幸运。他们必定前世崇拜过至上主神，所以今生不必受那生子不肖之苦。不过，从另外一方面来看，有个坏儿子比有个好儿子好，这样人就会觉得家居生活不堪忍受，不复贪恋亲人、家业。事实上，一个坏儿子把家庭变成了地狱，任何有智慧的人都会毫不费力地弃绝这等生活。"

安伽大帝心中如此思虑，几夜无眠，最后彻底失去了对家居生涯的兴趣。如此，在一个月黑之夜，他乘妻子熟睡，悄悄起床，独自离开了王宫，孤身往森林而去。

第二日早上，知道君王出走后，众大臣、祭司、皇亲感觉事情严重，便立即派人四处搜寻，如同功夫未圆的瑜伽士想要找到内心的超我。可是，派出去的人走遍世界，却始终没有发现国王的踪影，陆续失望而归。听说君王弃国出走，以布黎古为首的众贤圣于是共聚王城，商讨立君大事。

众贤圣向来以天下为己任。他们深知，若国无君主，百姓们就会失去护持教化，导致礼法崩坏，相互倾轧。众贤圣商量之后，便唤苏尼陀前来。征得她的同意后，众贤圣不顾大臣们的反对，拥立韦拿承继大统。韦拿酷毒成性，早已天下皆知。国中盗匪听说韦拿得立，无不抱头鼠窜。

韦拿登基后，权柄在握，愈发骄横起来，自以为天下无人能及。他登上战车，遍巡天下，禁止婆罗门举祭、布施。受到这般压制，众贤圣担心国家大难临头，又再次聚会。

众贤圣商讨之后，感慨道："犹如蚂蚁处身于两头起火的木棍，百姓们如今一面受盗匪之苦，一面受昏君之害。当初我们紧急之下，不得已立无德韦拿为帝，可现在看来，百姓们受灾更甚，因为这昏君阻碍了精神超升之途。生于苏尼陀之腹，韦拿天性邪僻。我等拥戴他，就像饲毒蛇以乳汁。我们指定他护佑百姓，可到头来他却成了国人公敌。不过，我等仍当再行规劝，若他改邪归正，我等亦得脱其罪业之纠缠。如若韦拿拒不听谏，我等将以婆罗门神通之力，将他烧为灰烬。"

众贤圣心意已决，便去参见韦拿。他们压住怒火，温言进谏："我王，我等此来，是要向你进言，恳请垂顾。若我王能够纳谏，必能增长你的名声、美富、力量。谨守正法之人，必能飞升天国，灭苦得乐。因此，你不该废除正法。倘若阻碍了百姓的超升之途，你必会很快失去皇权。君王之责，在于护佑教化臣民。他应引导臣民，使其各守名分职责，让他们凭借种姓之法，礼拜至上主神。看到至尊者在祭祀中受到崇拜，不但君王欢喜，甚至天神都会随之满意。假若君王停止祭献，那他就得罪了天神，自堕于升天之路。"

韦拿答道："真是令人遗憾！汝等幼稚无知，竟以正法之名传扬邪法。汝辈好比不贞淫妇，撇下夫君，自去侍奉野汉。须知君王才是真正的至尊者，若有人出于无明，不去崇拜君王，此人今生来世，皆永无安乐。汝等如此敬爱天神，可你们要知晓，毗湿努、梵天、湿婆、因陀罗、阎罗、日神、财神俱维罗、水神筏楼那、火神阿耆尼以及所有其他天神，都不过是君王的部分和微粒。为此之故，汝等应当抛开妒忌之心，用各样礼器礼拜我。若汝等当真具足智慧，就会明白，更无一人，在我之上，配受第一份献祭。"

如此，因为前世的罪业，韦拿失去理智，根本不听众贤圣的劝谏，反而出言不逊。众婆罗门闻听此言，伤心痛苦，遂大呼道："杀了这个最邪恶的罪人！此人若在，世界将隳！这个无礼无耻之徒，居然胆敢亵渎至上主神毗湿努！除了这个邪恶的韦拿，谁敢做这等大逆不道之事？"

于是，众婆罗门齐声诵唵，咒死了昏君韦拿。此人亵渎至上主神，已然形同走肉。众贤圣散去后，苏尼陀悲伤之下，用草药、咒语保存了儿子的尸体。

不久，众贤圣齐聚于莎拉斯筏底河岸边，洗沐、献祭之后，谈论起国家治乱、百姓安危。就在此时，烟尘四起，盗匪横行，肆意劫掠百姓。见到这番景象，众贤圣明白，国君韦拿死后，国家已陷入动乱。众贤圣神通非凡，足以平定天下，但是，他们认为，这并非婆罗门的职守。另外一方面，他们也深知，不能置天下苍生于不顾，否则，他们的灵能也会减弱，就像水储破罐，渐流渐干。

众贤圣知安伽大帝精血非比寻常，于是决定让安伽王族继续繁衍。他们找到韦拿的尸体，用力搅动他的大腿，从那里出来一个名为巴护伽的侏儒。此人肤色乌黑如鸦，短手短脚，巨颚赤目，发色如铜。

落地之后，巴护伽向诸贤圣恭敬顶礼，说道："各位大人，我该做什么？"众贤圣答道："尼施多（梵语 nishida，意谓'请坐'）。"自此巴护伽得名尼施多。其后，巴护伽成了尼施多种的祖先。尼施多出生后就承当了暴君韦拿的罪业，是以尼施多种易造恶业，诸如偷盗、狩猎等等。为此之故，尼施多种只准居于山林之间。

后来，众贤圣又搅动韦拿的双臂，结果，从韦拿净化过的身体里，又生出一男一女。诸贤圣又惊又喜，宣布道："这男子是至尊者的灵能化身，名叫菩瑞图。这女子是吉祥天女的分身，名叫阿芝。菩瑞图以后会成为最杰出的君王，而阿芝将认他为夫君。"

就在众婆罗门礼赞菩瑞图之际，天上乾达婆唱起赞歌，悉檀仙人撒下鲜花，飞天女喜极而舞。空中鼓角、螺号齐鸣，诸神、祖灵、仙圣纷纷从上界降临大地。

梵天察知菩瑞图右掌有专属毗湿努的掌纹，脚底有莲花纹，便认定此人乃至上人格主神的分身。众婆罗门于是为菩瑞图行加冕之礼。此时，山河湖海、鸟兽虫蛇、天神地祇以及一切有情皆各尽所能，向国君献礼。

财神俱维罗献上黄金御座，水神筏楼那赠送一把光灿夺目的宝伞，从伞盖上面不断洒落晶亮的水珠。风神奉上一对拂尘，达磨进献花鬘。因陀罗送了一顶贵重的头盔，阎罗王献上统治世界的权杖。梵天送给菩瑞图一件道术织成的甲衣。梵天之妻——学问女神莎拉斯筏底，也就是婆罗提，献上了一条玄秘的项链。

至尊主毗湿努送他一件法轮，具有毗湿努法轮的部分神力。毗湿努之妻——吉祥天女，送上了永不坏灭的财富。湿婆送他一柄天剑，剑鞘上刻着十个月亮。湿婆之妻——杜尔伽，送他一把神盾，上刻百轮圆月。月神献给他一匹来自甘露海的天马，毗施华喀摩赠他一架华丽的战车。火神送给他一把用牛羊角制成的长弓，太阳神则赠给他犹如日光般灿烂的羽箭。布珞珈的御神送给他一双具备玄通的木屐，其他天神则送他种种才艺，以及隐身的能力。大海进贡一只白螺，而山河大地献上了供他驰骋的空间。

彼时，有一苏陀（赞礼者）、一摩伽陀（说史者）、一般底（祝祷者）正在赞美国君。菩瑞图微笑打断，以雷霆之音发话道：

"唱诗者啊，你们所赞美的种种圣德还不曾出现在我身上，所以你们不该现在就对我大唱赞歌。若我将来果真培养出这些圣德，你们再唱也不迟。人不应把至上主神的圣德随便加到普通人身上。一个明智的人，若有能力拥有这些美德，怎么会在名不副实的情况下，让下属对他歌功颂德？若有人称赞他人'你要是受过教育，肯定能成一个大学者'，这话不过是欺人之言。愿意接受这类称赞的人并不晓得，这种称赞其实是侮辱。正如有荣誉感的人不愿意听到别人说自己的恶行，一个真正有大名声、大力量的人，也不会乐于受到阿谀奉承。我还不曾建立任何值得赞美的功业，所以你们不该一味歌功颂德。"

国君犹如甘露般的谦冲之词，令唱诗者们心生欢喜，但他们不愿停止唱赞。受到在场仙圣的鼓励、教诲，他们继续唱赞歌颂，因为他们坚信，国君菩瑞图确实是至上主神的化身。

唱诗者们歌唱道:"王啊,你是至尊者的灵能化身,我等岂能唱尽你的美德?为你歌唱,味美无比,所以我等在圣贤们的训谕下,试着歌颂你的德行。

"国君菩瑞图,会像日神一样有力。犹如日神普洒阳光,菩瑞图将遍施仁慈,无有差别。犹如日神一年中八个月吸收水分,在雨季普降甘霖,菩瑞图将征税于民,又在急难时,还施于民。菩瑞图宽宏大度。就像天帝因陀罗,他能为苦旱之地降下雨水。

"他月亮般的笑脸流露出充满爱意的目光,让一切有情和谐相处。可是,无人能懂得他的治国之策,识破他的藏宝之地。因为他的所作所为,皆渊深难测。

"菩瑞图能洞察属下臣民的所有内外言行,可是,出于虔诚,他却以中立平等之心,对待一切友敌。若敌人无罪,菩瑞图不会降罚于他;若亲子犯罪,菩瑞图将立施刑罚。百姓们为此满怀感激,心悦诚服。

"菩瑞图敬重所有妇女,视之如同生母。他待妻子,就像自己的一半。对待百姓,他就像慈父。对待婆罗门和奉献者,他就像最听话的奴仆。"

唱诗者们继续歌颂菩瑞图未来将要成就的丰功伟业。唱赞完毕,菩瑞图恭敬顶礼,向他们献上礼物。

菩瑞图降生之前,国中然饥荒连年,百姓们饿得骨瘦如柴。趁着国君刚刚登基加冕,百姓们纷纷上前诉苦:"我王,好似树洞着火,烤干大树,我等饥火燃腹,日渐枯萎。你是臣民们的怙主,所以我等现在托庇于你。求你授我等执事,再给我等分发粮食,救饥解困。不然,我等很快就将成为道边饿殍。"

听了百姓们的求告,再看到他们的惨状,菩瑞图思虑良久,想要找到其中的原因。最后,菩瑞图发现,缺粮并非由百姓怠惰造成,而是因为土地没有产出足够的五谷。思虑至此,菩瑞图弯弓搭箭,指向土地。大地女神布弥见状,惊怖震恐,急忙化作乳牛,奔跑逃命。菩瑞图当下大怒,莲目圆睁,犹如朝日。

菩瑞图持弓疾追,布弥东奔西窜,上下于天地之间。最后,布弥发现根本不可能逃出菩瑞图的追杀,无奈之下,只得臣服讨饶,向菩瑞图求告道:"王啊,你是归顺者的庇护所。求你大发慈悲,放过我。我并没有犯下罪业,不知道你为何如此苦苦相逼?你通晓正法,却为何心生嫉妒,要射杀一个无助的妇人?女人即便犯下些罪业,也不该受到他人惩罚,何况你大人大量,对穷困无告者极为慈悲。王啊,我就像一艘坚船,一切有情皆栖身于上。你若将我射成碎片,你又如何保护你的臣民,不让他们坠入胎藏大水?"

菩瑞图答道："地母啊，你违背了我的命令。你身为半神，已经领受了你的那份祭献，可你却不给回报，并没有产出足够的五谷。虽然你每日食草，可你的奶囊却并没有产出足够的牛乳，好让我们饮用摄取。

"你蓄意做下这等冒犯，是故我必要杀你。你心智昏乱，才不顾我的命令，藏起了至尊者创造的谷种草籽。所以，我只好将你剁成肉酱，以疗百姓之饥。

"所有只顾自己、不管他人的阴毒不仁之人，无论是男是女，还是阉人，都该受到国君的惩治。你如此骄慢，我这次要把你碎尸万段，然后凭我一己神通之力，长养众生。"

菩瑞图怒不可遏，看起来就像冥王阎罗。大地女神听说之后，恐惧发抖，颤声说道："我主，我不过是你宇宙大身的部分、微粒。是你创生了我，作为众生栖息之地。我不明白，如今你又为何要杀死我？以前，你示现为筏罗诃之身，将我从胎藏海的深处救起。可你现在却要用利箭射杀我。你的作为，让我困惑不解。"

听了布弥女神的求祷，菩瑞图并不满意，依旧气得咬牙切齿。布弥见此情形，继续恳求："我王，求你暂息雷霆之怒，听我道来。智者兼听遍学，就像蜜蜂，四处采蜜，不择花朵。

"我王，梵天创造的种子、根茎、药草、五谷已被不仁者所用，我也一样。由于没有明君出世，惩治奸恶，我只好把它们都隐藏起来。因为储存太久，种子都已败坏。你当立即想办法，救治种子，然后按照贤圣、经书的教导，利用厚生。

"大雄啊，若你想为臣民提供足够的粮食，你要准备合适的牛犊、罐子和挤奶人。因着我对牛犊的母爱，你便能从我身上尽取所需。此外，若你能够平整土地，就可以帮助蓄水，有利种植。"

菩瑞图闻言，颇为满意。于是，他将斯华央布筏摩奴当作牛犊，从母牛一般的大地上挤出了谷种草籽，亲自用手捧起。照着国君的样子，其他有智慧的人也从大地取得了各自所需之物。

伟大的仙圣们以天师蒲历贺斯钵底为牛犊，以诸根为罐，从大地身上挤出了各种韦陀智慧，净化众生之心、语、听觉。诸神将因陀罗当作牛犊，从大地挤出了娑摩甘露，储于金罐之中。饮过娑摩，诸神之根、身、心力，都变得强大无比。

天魔以圣童巴腊陀为牛犊，以铁为罐，从大地挤取酒醴。众乾达婆、飞天女以毗湿筏华苏为牛犊，以莲花瓣为罐，从大地挤取美和艺术。祖灵珞珈之民以阿利摩为牛犊，以陶土为罐，从大地挤取祭祖的贡品。悉檀、持明仙以伽皮罗为牛犊，以空为罐，从大地挤取玄通神力。另有金补鲁莎，以天魔摩耶为牛犊，从大地挤取隐显自在之能。

其后，食肉夜叉、罗刹、精怪以湿婆化身楼陀罗为牛犊，以骷髅为罐，从大地挤取血水，制为饮料。更有蛇蝎毒物，以答刹伽为牛犊，以蛇窟为罐，从大地挤取毒汁。

四足之兽以湿婆坐骑难敌为牛犊，以森林为罐，从大地获取青草。猛禽以狮王为牛犊，从大地获取肉食。禽鸟以伽鲁达为牛犊，从大地获取昆虫、草木。植物以菩提树为牛犊，从大地获取各种鲜美浆汁。群山以喜马拉雅为牛犊，以山峰为罐，从大地获取各种矿藏。

如是，在菩瑞图治下，大地为生灵提供了一切生活所需。为此，菩瑞图对大地女神极为满意，并且日益宠爱，视其如同亲生女儿。菩瑞图用强弓击碎群山，削平了地表。然后，将大地分割，形成各类居住之地，以发挥不同的作用。如此，城邑、乡村、耕地、矿区、牧场随之产生。在此之前，人类使用土地并无规划，只知逐水草而居。

那以后，菩瑞图于莎拉斯筏底河东折之处，一个叫婆罗摩筏陀的地方，举行了一百次马祭。祭祀之时，大地变得就像如意乳牛，使得各样物品，应有尽有，丰盛无比。海里尽藏珠玉，山中皆蕴矿产。河流丰沛，土地肥美。母牛富产牛乳，树木多出果蜜。与祭之众，无论天人，皆献珍宝。

因陀罗曾以百次马祭得天帝之位，如今听说菩瑞图所为，不禁心生嫉妒。就在菩瑞图将要举行第一百次马祭之时，因陀罗隐身赶到祭场，偷走了献祭用的马。仙圣阿特利以天眼见因陀罗牵马飞空，便立时告知菩瑞图之子。那英勇的王子即刻拿起长弓，前去追赶天帝。奔跑之际，还一路高呼挑战。

菩瑞图之子追近前去，却发现因陀罗身着藏红僧袍，全身抹灰，顶盘高髻，俨然是出家圣者的模样，便不敢放箭，转头折回祭场。阿特利见状，下令道："杀了天帝，他想要破坏你父亲举行的祭祀，已经成了天神的败类。"

于是菩瑞图之子再次追赶过去。因陀罗惊慌之下，丢了马，脱下伪装，隐身逃遁。待菩瑞图之子回转，众贤圣齐声赞美他的英勇，唤他作毗基陀湿筏，意为"无敌"。

不久，强大的因陀罗又召唤大雾，弥漫祭场。乘着混乱之际，因陀罗松开祭桩上绑马的金链，纵马逃逸。阿特利再次叫毗基陀湿筏前去追赶。当菩瑞图之子追近之时，发现因陀罗这次又穿上了出家人的僧装，手里还提一根法杖，上面挂着骷髅。开始毗基陀湿筏不愿放箭，但是在阿特利的催促下，他张开弓，搭上一支箭，决心射杀盗马的天帝。因陀罗见势不妙，立刻弃马卸装，又一次隐身逃遁。

就这样，因陀罗三番五次图谋偷走牺牲之马，为此，他不断伪装自己，成了各种假行僧的始作俑者。后世的裸行僧，以及自称为喀巴黎伽的托钵僧，都属于这一类人。因陀罗的伪装象征了各种形式的无神论学说，虽然受到不肖之辈的欣赏，但这些假圣人不过是伪善之徒。

最后，看到因陀罗不断制造这许多伪教门，菩瑞图不得不弯弓搭箭，准备亲手杀了他。众祭司急忙上前劝阻："王啊，不可杀死天帝。根据圣典，祭祀中只准宰杀兽类。由于图谋破坏你的献祭，因陀罗的力量已经衰减。我们只要念几个咒语，就能把他拘到祭火之上。"

于是众祭司便以仇恨之心，念咒拘拿因陀罗。正当他们欲向祭火中灌献酥油之时，梵天现身，出言阻止道："婆罗门啊，汝等当知，因陀罗乃至尊者最有力的臣属之一。你们献祭牺牲，取悦天神，可你们应当知道，诸神不过是因陀罗的部分和微粒。这样说来，你们怎么可以杀死天帝？为了破坏菩瑞图的献祭，因陀罗已然制造了这许多邪法，将来必会坏乱正教。你们若是追杀不止，他必继续滥用神力，变出更多的邪法。所以，婆罗门啊，我建议，菩瑞图只能举行九十九次马祭。"

然后，梵天转身对菩瑞图说道："王啊，你是一个奉献者，必定完全清楚解脱之道，再多举行几次祭祀，又有什么意义？就让你和因陀罗相安无事，安享福运吧！你们都是至尊主的臣属，在这方面，并无差别，所以你不必对他抱有怨恨。王啊，不必为你的献祭受阻而不安，这都是天命。要知道，如果事出天命，我们越是想要挽回，就越会陷于俗情，不可自拔。再请想想，你化身降世，所为何来？因陀罗造出的邪法，将会催生无数伪教。故此，我请你立即停止祭祀。"

菩瑞图听后，当下便打消了对祭祀的渴求。于是沐浴净身，宣告祭祀结束。此时，至尊主毗湿努，对菩瑞图举行的马祭极为满意，便带着天帝因陀罗、众天神、仙圣，以及以难陀、苏难陀为首的亲随，现身于祭场当中。

毗湿努对菩瑞图说道："王啊，想要破坏你百次马祭的因陀罗现在跟我一起下来，想要得到你的宽恕。因此，你该饶恕他。智者渴望饶益他人，被认为

第四卷 | 111

是人中英杰，彼等常思考灵肉之别，故而从不对人怀有敌意。

"菩瑞图啊，奉献者在友情中与我相连，乃得解脱于世间染污，变得自足常乐。由于智慧圆满，平等持心，这样的奉献者对俗世苦乐，根本无动于衷。所以，请你一直保持平和自制，在帝王之位，却能平等待人。你若继续按照师承世系中阿阇黎的教导行事，敬天爱民，必会取悦他们，得到他们的宠爱。王啊，你很快就有好运临头，鸠摩罗四子要来会你。如今，我对你高尚的德行极为满意，你可以向我讨要祝福，实现你的愿望。"

站在至尊者旁边的因陀罗听了这番话，想到自己做下的丑事，不由惭愧万分。怀着深深的忏悔之心，因陀罗在菩瑞图身前扑倒在地，并触摸他的莲花足。菩瑞图是一位宽宏大度的奉献者，本来心中早已不存芥蒂，是以当即扶起因陀罗，还跟他热情拥抱。

然后，菩瑞图极其恭敬地崇拜至尊主毗湿努的莲花足。随着仪式进行，他心中的欢喜，也不断增长。至尊主本已准备动身，只因受到这位忠心奉献者纯粹之爱的感染，却并不曾马上离开。菩瑞图此时眼中含泪，声音哽咽，既看不清眼前的至尊者，也无法正常开口言语。他只是双掌合十，站在至尊者面前，在心中拥抱这位至上主神。

至尊主毗湿努起初脚不沾地，一如诸天神所为。可是，由于对菩瑞图的德行极为满意，至尊者最后竟然置足于地。似乎还不太习惯站在地面上，至尊者把手搭在伽鲁达的肩上，保持身体平衡。菩瑞图感觉到至尊者这样做，是出于对自己的关爱。想到这里，他身上示现出种种迷狂的征兆。

菩瑞图拭去眼泪，如是祷告："敬爱之主啊，你有大能，能够赐予你的崇拜者一切利益。因此，一个真正有学问的人，怎么会向你索取那些迷妄众生都能享受得到的利益？他甚至不会要求梵我合一的解脱之境，在那种境界里，他便失去了领受你莲花足上甘露的机会。我希望能有这样一个祝福：至少让我拥有一百万个耳朵，好从纯粹奉献者的口中听闻你的荣光。

"我主啊，即便有人在纯粹奉献者的陪伴下，仅仅听闻过一次你的荣耀，他也永不愿离开这种交往，除非他与禽兽相差无几。我唯一的愿望便是侍奉你的莲花足，就像吉祥天女所做的一样。我只是害怕，我和她做一样的服务，有时可能会争吵起来。据我所知，灵性世界也有竞争，尽管并无恶意。

"敬爱之主啊，若果真吉祥天女认为我妨碍了她，跟我争吵起来，我希望你能站在我一边，因为你最可怜弱者。就算吉祥天女生气走开，我想也无所谓，因为你独立自足，没有她一样逍遥自在。

"主啊，我是你忠心的奴仆，可你却用荣华富贵引诱我，这令我好生困惑。须知，只有那些被你迷幻能力迷惑，忘记自己真正地位的人，才会渴望世间欲乐。这类祝福根本不合纯粹奉献者的口味。所以，至高无上的父啊，求你赐给我你认为对我最有益的东西。"

至尊者见菩瑞图并没有祈求世间利益，便开口祝福他道："君王啊，愿你一直有福，能够不断侍奉我。正如你所说，只有动机纯粹，人才能穿越不可征服的迷幻之林。你当小心谨慎，努力执行我的命令。任何忠诚地执行我的训谕的人，都能获得好运，在一切境况中与我相会。"

随后，菩瑞图以美言厚礼，崇拜了在场的众天神、贤圣以及一切有情。当菩瑞图再一次礼拜完至尊者后，至尊者升天离去，返回北极帝星。至尊者走后，菩瑞图遥遥顶礼作别，这才回返都城。

京中已然装饰一新，等待国君回都。街上香水遍洒，四处装点着花果、香灯、五谷、金石。各个路口，都立上了香蕉树和槟榔叶做成的柱子。国君进城之际，众百姓纷纷献上油灯、鲜花和乳酪。更有许多貌美如花的处女，盛装出迎。

菩瑞图进入皇宫后，众祭司吹螺击鼓，吟诵梵咒，唱诗者开始唱赞祝祷。各等臣民，无论贵贱，皆欢喜迎接，菩瑞图一一赐福，如其所愿。可是，尽管受到这等荣耀，菩瑞图却丝毫不受影响。如此，他以清静平等之心，继续治理天下。七大洲之内，无人可与他并肩。除了婆罗门和上帝之子，无人敢于违抗他的号令。

菩瑞图大帝居于恒河与朱木拿河流经之地，拥有无可比拟的荣华富贵。似乎他命中注定，要享受这一切，抵消他前世累积的虔诚业果。

不久之后，菩瑞图又举行了一次盛大的祭祀，邀请所有显赫的仙圣、天神、明王参加。菩瑞图大帝按序礼敬完众宾客后，立于祭场中心，就像众星群升起的明月。菩瑞图大帝身躯伟岸强壮，肤色金黄，眼睛就像旭日一样光明。他一头黑发，卷曲优雅，脖子上有吉祥的海螺纹。

行过灌顶之礼，开祭之前，菩瑞图大帝换下冠冕王袍，只着一片黑鹿皮围腰。为了鼓舞与会大众，菩瑞图大帝目光炯炯，庄严发话。他的演说诗意盎然，令人欣喜，虽然含意渊深，却晓畅易懂。言辞之间，他表达出自身对大道的体悟，以此饶益一切有情众生。

菩瑞图大帝说道："会中诸善士啊，愿一切吉祥降临到你们！仰仗至尊者

第四卷 | 113

之恩典，寡人受命为此土之王。寡人深知，凭着践礼守义，便能成就生命之究竟。若有人君，但知聚敛赋税，却不据种姓-行期之法教化臣民，必招罪业，身受其殃。是故，汝等臣民，务必各守职分，常于心中冥思无上，如此乃可惠及君王，不但今生，甚至来世。须知凡有所作，其业果将于其人死后，由作为者、引导者、护持者分享。

"种种奇特境遇，吾人以为偶然遭逢者，其后皆有至上伟力为之牵引安排，一切经教无不印可此说。苦恼众生，若受教化，习于侍奉此无上真宰之莲花足，便能于当下，洗尽无量数生世以来一切尘垢。

"我的臣民啊，尔等当以身、语、意，与行业之果，倾情侍奉至上主神。须知，至上主神乃婆罗门与外士那瓦之所爱，婆罗门与外士那瓦亦至上主神之所爱，对于那些毫无保留地侍奉供养婆罗门与外士那瓦的奉献者，至上主神格外喜爱。虽说至上主神定会享用投向祭火的供品，可他更喜欢透过婆罗门和纯粹奉献者之口，收纳供养。

"诸位贵人，我向汝等祈求祝福，好让我的冠冕上，常常顶着婆罗门和外士那瓦莲花足下的尘土。若有人这样做，便能获得那些精纯不贰的婆罗门所拥有的德行，彼等但以美德善行，为其资财。如是种种美富，无不唾手可得。"

听了菩瑞图大帝一番妙论，与会众人衷心赞叹："我王啊，孝子之所为，感动天地，此韦陀之说，如今由你证成。邪恶透顶的暴君韦拿，已经被你从地狱之最黑暗处解救出来，恰似悉罗耶喀西菩当年为其子巴腊陀所救度。我王啊，由于你传扬了至上人格主神的荣光，故而我等觉得无比幸运，就仿佛直接在他的护佑下安身立命。今日，你开启了我们的眼睛，向我们指明了到达彼岸的法门。我等正深陷无明苦海，无由得出。"

就在众人欢喜赞叹之际，鸠摩罗四子飘然而至，其身大放光明，灿烂如日。菩瑞图大帝急忙起立，与众臣僚一起，合掌相迎。接受礼拜之后，鸠摩罗四子安坐黄金御座之上，一时彼处流光溢彩，看上去宛若祭坛之火。

菩瑞图大帝上前顶礼，亲自为四子洗足，又将盥洗之水，遍洒头顶，以此昭示臣民，应当如何接待至尊天鹅。菩瑞图大帝表现出极大的谦冲，开口说道："伟大的圣者啊，甚至玄通具足的瑜伽士，都极难见得到你们，我不知道前世做了什么虔诚的业行，能有幸沐浴到你们的恩泽。若有人取悦了像你们这样伟大的婆罗门、外士那瓦，无论生前死后，其愿无不得偿，不费吹灰之力。因为此人已然自动得到了至尊者的宠爱。圣者啊，请告诉我，以欲乐为究竟，被尘世之吉凶悔吝所缠缚的人，如何能够交上好运？我相信，像你们这样的人，乃是苦恼众生的唯一朋友，是故，我向你们询问，彼等于大火聚中，如何能够速登彼岸？"

萨拿特·鸠摩罗听罢，笑道："我王啊，你之所问，正合我意，缘其关涉天下苍生故。你已然无所不知，却以此为问，因为这是圣者天生的情怀。

"菩瑞图大帝啊，经典早有定论，有情之究极福祉，在于舍弃躯体化之生命观，增长对至尊者的爱著，彼超然独立，不受气性熏染。对至尊者之爱著，可由修炼巴克提瑜伽而唤醒，其发端则在听闻、唱赞至上人格主神之荣光。世人当陶铸其生命，以求取此唱赞之甘露，至于如饥似渴，虽一刻不能暂停。唯凭此法，才能抛开对俗世欲乐的顽固嗜好。

"如此修行之人，当安于清简，小心持守戒律，同时不应毁谤他人。他不可亲近贪图钱财、欲乐之人，若身心为尘境所诱，心意便极易受到激扰。如是，真实的觉性便为之蔽覆，无从彰显，犹如湖中之水，渐渐为岸边丰草吸干。对自我利益最强大的破坏，莫过于认为追逐外物比觉悟自我更让人愉悦。

"若人彻底丧失了灵明觉性，便会渐次沉沦于木石冥顽之境。是故，我王啊，请努力去觉悟至上人格主神，彼居停于众生心中，伴随着个体之灵，就是他，才是人必须归依的对象。"

得到梵天之子——萨拿特·鸠摩罗的教诲之后，菩瑞图大帝答道："婆罗门啊，至尊主毗湿努从前告诉过我，说我将会受惠于你们的显现，为了实现他的祝福，你们如今在此现身。向你们布施供养，乃是我的责任。现在，我把我的性命、家人、宫室、资财，乃至整个江山社稷，交到你们手上，尽管我还犹豫不决，因为这些东西其实也是他人之所惠赠。我的所有财富，皆得自婆罗门的慈悲，故此，他们才是真正的所有者。我等其余三种姓，不过是从他们手中接受弃余而已。你们这样的伟大人物，给我们教诲，非我等所能报答。我只好请求你们，且满足于你们自己崇高的德行。"

鸠摩罗四子对菩瑞图大帝的款待极为满意，欢喜之下，纵身腾入空中，发语赞叹，其声闻于天地四方。

鸠摩罗四子离去后，菩瑞图大帝继续治理天下，他唯一的目的，就是满足至上人格主神。菩瑞图大帝之妻阿尔赤，生下五子，其名为毗基陀湿筏、度穆罗克利、哈里阿克利、多罗毗拿、婆黎伽。

菩瑞图强猛如因陀罗，安忍似大地。他广施恩泽，犹如雨露，滋润万物。

他行善济民，犹如为己，不遗余力。其心深广，犹如大海，不可测度；其志坚固，犹如须弥，不可动摇。他的富裕，堪与满藏珍宝的喜马拉雅山相比；他的权势，就像清风一样随处可以感受得到。他体态之俊美，不让爱神；气势之凝重，好似狮王；克己自制，不逊于至上主神。菩瑞图大帝的名声，遍满乾坤，妇人们、奉献者们闻风而悦，觉得他的德行，就像罗摩的德行，皎洁可爱。

岁月流逝，菩瑞图大帝见自己年事已高，便分散资财，广施众生。然后传位于子，携妻离宫，在众百姓的簇拥之下、哭喊声中，往山林而去。

隐栖山林之际，菩瑞图或食树根，或食野果、枯叶，有时几周只喝一点儿清水，到后来，但凭吸风饮露，维持生命。菩瑞图常于九夏时，坐烈日下，四周环以火聚；雨季时，栖息原野，自曝于雷霆风雨之中；隆冬时，浸身寒泉，水没至颈。这位昔日的天子如今席地而眠，守贞精进，行种种苦行，以调伏诸根与生命之气。

彼时犹在黄金年代，故菩瑞图能修阿斯汤伽瑜伽，以此为通天之道。修炼功深，他终于养成了坚贞无贰的神爱。透过不断冥思至尊者的莲花足，菩瑞图彻底放下了我执身见。当此之时，他能以天眼，见到心中超我。由于已经能够直接与至尊者相感应，菩瑞图便不复修炼机械性的瑜伽之术了。

在最后的时光里，菩瑞图决定抛下躯壳，不再等待寿命的终结。于是，他以瑜伽坐姿，结跏而坐，并以足踝，闭塞肛门。凭借以前修成的瑜伽之力，菩瑞图渐次提气于脐、心、喉，乃至两眉之间，最后达于顶骨梵穴。此际，他开始反向冥思天地之化生，如是渐次汇聚身中五大以至我慢，将其融入混沌觉体（Mahat-tattva，大谛）。菩瑞图就此尸解升天，登上了前来迎接他回返无忧珞珈的天舆。

尽管身体娇嫩单薄，皇后阿尔赤一直跟随夫君修炼苦行。她根本无法适应丛林生活的艰苦。席地而眠，野果林花果腹，已经使她瘦弱不堪。然而，侍奉夫君所带来的快乐，让她并不曾感到丝毫的困苦。当皇后阿尔赤觉察到夫君的身体已然不复有生命之兆，她只是悲哀了一小会儿，因为她是一代英杰的妻子。

她并不耽搁，马上动手在山顶上堆了一座火葬用的柴堆，然后把丈夫的尸体运到柴堆之上。接着，皇后阿尔赤行了所有必需的仪式，并到河中澡沐、礼敬。最后，皇后向众神顶礼毕，绕着丈夫的尸体，环礼三匝，纵身跳入熊熊燃烧的火堆，心里牢牢忆念着夫君的莲花足。

见到此情此景，成千的天神与其仙侣，于曼多罗山巅，向火葬堆上撒下鲜花。诸神眷属心生欢喜，互相交谈，荣耀菩瑞图之妻："一切荣名皆属菩瑞图之妻，她常时侍奉至尊主毗湿努。你们看，贞洁的皇后阿尔赤，跟着她的夫君升天而去。人类寿命虽短，却能透过侍奉至尊主，轻而易举地回到主神身边。是故，若有人得获此稀有人身，却只知辛苦劳作，追逐业果，须知此人，已受蒙蔽，心生嫉妒，及于自我。"

正当众神眷属如是赞美之时，载着皇后阿尔赤的天舆，抵达了她的丈夫已然抵达的无忧珞珈。

麦萃耶真人遂以如下之言，终结了这段叙述："若有人诵读、听闻、讲述菩瑞图大帝之超妙品格，以信心与愿力，必将往生无忧珞珈。若有人于此听闻，以大诚敬，无子者将为多子之父，贫穷者将成最富之人。无论何人，但只听闻三遍，便能显达于世间，即便此人一字不识，也能变成硕学大家。换言之，听闻菩瑞图大帝之所作所为，极其吉祥，能驱散一切厄运。即便是一位自处超然、安住无染觉性的纯粹奉献者，也有责任听闻，或者引导他人听闻菩瑞图大帝的品性和生平。无论是谁，若经常性地诵读这段伟大的历史，必能增强对至尊主莲花足的信靠和爱著，那一对莲花足乃是助人渡过无明苦海的舟航。"

第四章　水底修士

毗基陀湿筏成了天子，他指派四位兄弟分掌四方。因陀罗隐身窃取菩瑞图大帝的祭马时，被毗基陀湿筏当场发现，但出于对天神的尊敬，毗基陀湿筏并未动手火拼。因陀罗对此极为欣赏，故而赐予他随心变现的神通，职是之故，这位菩瑞图大帝的长子乃以安答檀拿之名著称于世。

安答檀拿大帝之妻斯康底尼，生有三子，名为巴筏伽、巴筏摩拿、苏契。三子前世曾为火神，因受筏希斯塔诅咒，投生为人。修炼瑜伽功行圆满之后，此三子皆重返天庭，复归本位。安答檀拿另一位妃子，名拿巴斯华提，生一子，其名为哈维尔檀那。

安答檀拿大帝不愿向百姓征税，也不愿惩罚子民，便以举行祭祀为借口，英年退位。他表面上耽于祭祀这类因果业行，但其实是一位觉者。当祭祀之时，他透过听闻、唱诵至尊主的荣耀，践履纯粹奉爱之道。如此，安答檀拿大帝轻而易举地实现了生命的究竟归趣——回归主神，重返故乡。

哈维尔檀那之妻哈维尔檀尼，生六子，其名为巴海尔刹特、伽耶、殊喀罗、克利须那、萨提耶、吉多伏罗多。巴海尔刹特亦名钵罗奇拿巴赫，英武过人，精于各种祭祀之法、瑜伽之术，故而被上天授予生主之位。奉梵天之命，钵罗奇拿巴赫娶海神之女莎多图罗蒂。

莎多图罗蒂正值髫龄，玲珑美艳。当浓妆艳饰的莎多图罗蒂步入婚祭场地，环拜祭祀之火时，火神阿耆尼为她的美艳所倾倒。事实上，仅仅听到莎多图罗蒂脚铃的丁零声，在场的神、魔、圣者已经颠倒不已。

钵罗奇拿巴赫跟这位王后生下了十个孩子，世称钵罗切多士。其时为萨提耶纪，诸钵罗切多士禀受父命，准备娶妻生子。如是，他们便离开了家，拟做千年苦修。行脚途中，诸钵罗切多士到了一处大泽之畔，其水宁静无波，犹如圣者之心，甚至水中鱼鳖，亦无不自在安逸。湖中盛开着各种颜色的莲花，许许多多天鹅、水鸟荡漾其间。岸边花树环绕，蜜蜂嗡嗡，如痴如癫。

就在诸钵罗切多士陶醉于美景之际，却听到有鼓乐之声，隐隐传来。突然之间，大神湿婆现身湖中，身后跟着他的随从，其中多有乐师，唱赞不停。大神身体放光，犹如熔金，只喉头现青蓝之色；大神有三只眼睛，顾盼之间，对他的奉献者投以慈悲的目光。见到眼前的大神湿婆，诸钵罗切多士大为惊讶，急忙五体投地，拜倒在他的莲花足下。

大神湿婆展颜微笑，对诸钵罗切多士说道："钵罗奇拿巴赫之子啊，祝你们幸运吉祥。我知道你们来此的目的，所以在此现身。你等须知，谁若皈依了至上人格主神——薄伽梵克利须那，便为我所珍爱。若有人按四种姓法践履职分，功德圆满后，便可据有梵天之位。若百尺竿头，更进一步，便可靠近我。然而，谁若是直下践行对至尊主毗湿努的精诚不贰的奉爱服务，当下即可超转灵性世界。汝等皆为至尊主的奉献者，因此，好好听着，我今为汝等诵咒，此咒乃一切欲达彼岸者之殊胜祷告。"

诸钵罗切多士叉手而立，听大神湿婆诵道："至上主神啊，一切荣光归于你！因你是至高无上的生命，宇宙之大我，受到众生的崇拜。你乃精微物质元素之源头，世界从你而得示现。你乃周流遍透的华胥天人，彼分身为商伽萨那、钵罗度牟、阿尼鲁多。你乃好、恶，以及随之而来的业行。一切施恩者当中，你最殊胜。

"我主啊，我渴欲一睹你的本来妙相，彼乃奉献者之所钟爱，只有见过这个形体，诸根之欲求才得彻底满足。至尊主的肤色仿佛雨季里的乌云，他的体表闪闪发光，又似雨水之晶莹。至尊主精妙可爱的脸庞上，装点着莲花瓣一般的眼睛、高耸秀美的鼻梁与颠倒众生的笑靥。至尊主黑发卷曲，明眸顾盼之际，脸庞愈发美不胜收。他的衣裳，临风飘摆，配上他身上灿烂夺目的头盔、手镯、脚铃、花鬘和腰间璎珞，无不增添他的天然美质。

"至尊者肩宽如狮，胸悬考斯图巴宝石。有一撮闪亮的金毛，蜷在他的胸口，唤作室利筏特莎，其妙美胜过黑色试金石上的金色线纹。至尊者的肚腹，有三道肉纹，圆浑如菩提树叶，极为优美。尤其当他呼吸之际，这三道肉纹起伏有致，看上去异常美妙。至尊者之脐无比渊深，仿佛整个宇宙出入其中。他腰覆璎珞，其上有金丝文绣。他的莲花足、脚踝、腿、膝，无不精美匀称，如是，他的整个身体显得妙美无比。

"我主啊，你的一双莲花足就像两片盛开的莲花瓣，你莲花足的指头上，有大光明照射而出。只要观想这光明，你的奉献者心中的黑暗，便能立即被驱散。为此，那些力图净化其生命的人，必须献身巴克提瑜伽之道，时时观想你的莲花足。只有透过纯粹奉爱服务之践履，你才能得到满足。就凭这一点，倘若真想达到生命的圆满，有谁会奉持其他的自觉法门？

"仅仅在至尊者扬眉瞬目之际，战无不胜的时间摧垮了整个宇宙。然而，令人生畏的时间却在托庇于你莲花足下的奉献者面前，退避三舍。哪怕只是跟一位纯粹奉献者相聚片刻，所得到的祝福，虽往生天堂、解脱涅槃，亦无可比拟。故此，我祈求你，赐我这样的聚会。

"我主啊，你绝对的威权，无法被人直接体认，但只要看看世间万物，如何随时光流逝，尽归坏灭，世人便可于此有所省悟。正如清风无碍，吹散浮云，时光悄然破碎万物，如是世人得以间接地感受到你巨手的临在。缘于无法控制的贪欲，世人日夜谋划，追逐如狂。可是，我主，你的眼睛却从未松懈，时光流逝，你将他们逐个击倒，犹如巨蟒吞鼠，不费吹灰之力。故此，一位领袖人物晓得，除非崇拜你，否则其生命已被浪掷。"

诵毕，大神湿婆接着开示道："诸位王子啊，你等当持诵此咒，一心凝注于至尊主之莲花足。至尊主就住于汝等心中，若汝等诚心修此法门，他很快就会喜欢你们。梵天最先将此咒传授我等生主，其时我等受命，蕃庶品物。借持诵此咒之力，我等得以彻底扫除一切无明。若有仁者，心住太上，诚敬专一，持诵此咒，必得究竟圆满。"

听了大神的一番开示，诸钵罗切多士遂怀着爱敬之心，崇拜大神湿婆。其后，待湿婆离去，众王子纷纷潜入水中，此后便在湖底修炼，持诵湿婆所授之咒，将近一万年之久。

与此同时，诸钵罗切多士之父——钵罗奇拿巴赫，依旧在举行各种各样的祭祀。大哲那罗陀见此心生悲悯，遂现身于彼面前。

受到钵罗奇拿巴赫礼敬之后，那罗陀问道："我王，你践行诸多求果之业，究竟想要得到什么？生命之首要目的在于摆脱诸苦，享受圆满大乐，但这无法凭借求取福报而达成。"

钵罗奇拿巴赫答道："大雄那罗陀啊，只因我的才智皆纠缠于福报功果，对于生命之究竟归趣，实在一无所知。是故，恳请你教我以无漏之义理，好让我挣脱家室缠缚，不复以功利女色为重。"

那罗陀说道："我王啊，我将以玄通之力，让你看到那些被你在祭坛上活活杀死的动物。你抬头看看天上，这些畜生正在等待你的死亡，他们打算用铜牙铁齿刺穿你的身体，为自己复仇。作为牺牲的动物，若献祭得法，便可当下投生为人；若祭法有误，行祭祀者便要受到这等惩罚。现在，为了教化你，我来给你说一段极为古老的历史，有关菩朗瞻那王（Puranjana，意谓'享乐于躯壳之内者'），你且谛听。"

下面那罗陀所讲的故事其实就是钵罗奇拿巴赫的生平，不过是以寓言的形式讲述。

古昔有王，名菩朗瞻那，英勇威猛，为世所尊。彼有一友，名阿毗吉多（Avigyata，意谓"不为人所知者"，暗喻超灵、胜我），其人所为，无人可知。菩朗瞻那浪迹天涯，欲觅一片安身立命之地，却无法找到。

终于，长途跋涉之后，菩朗瞻那来到了一处土地，名为婆罗多州，位于喜马拉雅山南面。在那里，他发现一座九关之城，其中多有吉祥善巧施设（暗喻在印度投生为人）。城墙（喻皮肤）、苑囿（喻毛发），环绕此城。城内有台阁（喻身上隆起之部分，如头、鼻之类）、运河（喻体表之皱褶、纹路），复有楼宇，其穹顶为金、银、铁所造（喻物质自然之三极气性）。楼宇之内，其地皆铺以水晶、钻石、珍珠、翡翠、玛瑙（喻心中诸多享乐之欲念）。如是此城，庄严美好，堪比天龙之都——波伽筏底（暗喻心为身之王都）。城中还有会所（喻心，灵与超灵所居之地）、饭堂、集市、馆阁、园林、街衢（喻体内之气）。

城郊有湖，风光秀丽，佳树异草，围绕四周。蜂鸣鸟语，赏心悦目。（暗喻体内激起性欲之器官）远处雪山瀑布，散为水珠，春风吹拂之下，遍挂树梢。（瀑布喻恋情，春风喻爱神，二者相逢，激起色心。）

环境如此美好，甚至连林中野兽也不怀仇恨嫉妒之心，一如哲人贤士。（此环境喻宁静的家居生活，野兽喻子女。）周遭时时传来杜鹃啼鸣，打破沉寂（喻妻子儿女之喧闹）。

菩朗瞻那四处游荡之际，忽见一绝色佳人，也在园中信步闲行。此女有十仆相随（喻五知根、五作根），而每个仆从身后，又跟着数以百计的妻妾（喻诸根之欲）。

这美人身前，有五头蛇，护卫十方。（喻生命之元气，彼摄五种气，护卫身体，须臾不可与人分离。）她正值妙龄，求偶之心，仿佛可见。（佳人喻智性，不可离其夫觉性而有为。）她的鼻、齿、额皆极精致可爱，耳亦然，上面还缀着闪闪发亮的耳环。她的腰臀，形态妖娆。这佳人披着一件嫩黄色莎丽，配金围腰。由于羞涩，她不时提起莎丽一头，竭力想遮住浑圆的乳房（象征嫉妒和贪执）。当她行走之际，脚镯上的银铃，不时丁零作响。（以上对佳人的描写，皆暗喻

第四卷 | 121

少年见女色之乐。）

菩朗瞻那，这位伟大的英雄，当下颠倒折服于那美人的娇羞妩媚、巧笑嫣然。那美人含情脉脉的眼神，犹如利箭，刺穿了他的心。

倾倒之下，菩朗瞻那情不自禁，向那美人说道："眼如莲花的人儿啊，请告诉我：你是谁？你从何处来？你的父是谁？你到这里，所为何来？这十个陪在你身边的护卫，又是谁？那些跟在他们后面的妇人，又是谁？你前面的那条蛇，又是谁？

"我心爱的美人啊，你看起来像吉祥天女，像学问女神，又像大神湿婆之妻乌玛。然而，你孤身游荡于这荒野丛林，看起来却像在寻觅夫君。

"你貌似吉祥天女，可我却没见到有莲花在你手中，我猜你或许已经把它丢掉了。并且，我猜你必定是凡间的佳丽，而非那些神女，因为你的双足触到了地面。可是，无论如何，就像吉祥天女为无忧珞珈增色添彩，你若与我相伴，也必会让我的王都光彩倍增。

"你要知道，我是一位杰出、英武的君王，拥有各样美富。你在顾盼之间，已经搅乱了我的心。你的笑颜，满是娇羞，可又情意绵绵，唤醒了我心中的爱神。

"我心爱的姑娘，你的脸蛋如此美艳，你的声音如此姣好，可你却又如此羞涩，甚至不曾直视过我的眼睛。求你大发慈悲，抬起你的笑脸，好看得见我。"

菩朗瞻那如此表白，急于想看到摩耶的全相。由于迫不及待地想抚摸、享受那女人，菩朗瞻那竭力讨好，紧追不放。结果，那女人也迷上了他。

于是，那美人儿破颜微笑，回答道："人中俊杰啊，我不晓得是谁生下了我，也不知道我那些同伴的姓名和根底（喻尘世众生之无明），我只晓得，我在这里，至于将来我会变成什么，我一无所知。我真的好傻，甚至根本不关心是谁为我建了这样一处美丽的居所。我单知道这些男男女女都是我的朋友，那条蛇一直醒觉着，保护着这座城池，甚至当我熟睡之际，也是如此（暗喻人熟睡时，仍呼吸不断）。

"大英雄啊，你来到这里，是我的福分。我晓得你有天大的欲望，想要满足你的感官，我和我的朋友们会尽心竭力，在各个方面满足你。（此女象征智识，乃超灵所授；而菩朗瞻那，受局限之灵魂，竭尽所能，运用智识之力，满足其感官。）我安排下这座九关之城，好让你在里面生活百年，尽情享受各种感官之乐。

"除了你，我怎么会跟其他人结合？特别是那些不以家庭为重的在家居士，那些出世之道的追随者，我绝不会放在心上。这类人无异于草木禽兽。（按，草木无交媾之设施，禽兽不知如何真正享受交媾之乐。）唯有看重妻儿的家居者，才能成就法、利、欲乐，最后解脱升天。事实上，贫穷的梵行者、林栖者、出世者，连同低等的生命族类，根本无法想象以房中之乐为中心的家居生活所带来的福乐。

"家居生活荣耀无比，因为它不但能让自己开心，也能取悦祖宗、天神、圣贤，与一般大众。（按，家居者确实能承担各种俗世义务，却常常忽视了真正的职责，即满足至尊主。）

"我心爱的英雄啊，谁会不情愿接受一个像你这样的丈夫？你如此有名，如此大度，如此俊美，又如此平易近人。谁会不被你犹如蛇身般的双臂迷倒？我觉得，你周游大地，就是为了用你迷人的笑容、紧逼不放的慈悲，来舒缓我等无夫之女的悲伤。"

自此，菩朗瞻那王和那女人情投意合，在城中共享鱼水之乐。数不清的乐师歌者，唱赞着这位君王的功业德行。夏季太热，菩朗瞻那便跟许多美女一起，在湖中戏水荡舟。

那城的东面有两座城门，一名喀狄奥多（Khadyota，意为"萤火虫"，喻视力较弱之左眼），一名阿毗牟奇（Avirmukhi，意为"火炬"，喻视力较强之右眼），菩朗瞻那常从此门出入，去巡视一城，名毗波罗吉多（Vibhrajit，清晰之像，或形象）。他随身还带着一位朋友，名裘曼（Dyuman，喻日）。

城东另外还有两座城门，一名拿力尼一名拿里尼（喻两鼻孔），菩朗瞻那常从此出入，去巡视一城，名娑罗巴（Saurabha，喻味）。有二友跟他同行，其名为罗娑吉阿（Rasagya，喻舌，或味觉）与毗钵拿（Vipana，喻说话的能力）。

从名为毗特里胡（Pitrihu，喻右耳，常用于求取果报）的南门，菩朗瞻那经常去巡视一城，唤作达克施拿（Dakshina-panchala，喻天堂诸星，或讲解入世道的经典）。随身也有一友相伴，名输鲁多（Shrutadhara，喻听闻）。

从名为提婆胡（Devahu，喻左耳，用来接受灵性启明）的北门，菩朗瞻那常去巡视乌陀罗城（Uttara-panchala，喻更高的星体，乃至无忧珞珈，或讲解出世道的经典）。随身之友，亦名输鲁多。

西城有两座城门，一名阿修黎（Asuri，喻性具，尤其为阿修罗而设），菩朗瞻那常由此出入，去巡视哥罗摩喀城（Gramaka，喻行淫之地）。随行之友名度尔摩陀（Durmada，喻罪孽、疯狂）。

第四卷 | 123

另一座城门唤作尼黎提（喻肛门，为痛苦之门，凡夫死后，灵魂于极端痛楚中，由此离开躯壳），菩朗瞻那常从此出入，去往一地，名博刹斯（Vaishas，喻地狱）。随行一友，名卢巴达克（Lubdhak，喻贪欲）。

菩朗瞻那还经常与两个盲人往来，一名尼诃筏克（Nirvak），一名裴莎斯克里特（Peshaskrit，喻手臂、腿脚，皆不能言说）。在这二人的陪同下，菩朗瞻那行走各处，造种种业。有时候，他会去一处私宅，随身带着一位要仆，名毗殊奇纳（Visuchina，喻心意）。在那里，他有妻儿的陪伴，有时觉得颠倒幻妄，有时觉得志得意满，有时又觉得幸福安宁。（喻浊阴、强阳、中和三极气性所招致的不同结果）

若是，菩朗瞻那受到蒙蔽，缠绕于因果业行，陷入情识意度而不能自拔，彻底为世俗智识所宰治。终其一生，只知汲汲于满足王后（喻世俗智识）的欲求。

王后饮食，他也饮食；王后歌，他也歌；王后哭，他也哭；王后笑，他也笑；王后走，他随其后；王后坐，他也坐下；王后卧，他躺其侧；王后视听，他也视听；王后悲喜，他也悲喜。（灵魂住于心，心为智牵引。如是，生命体紧随智识，就像国君紧随王后。）

一日，菩朗瞻那王携巨弓与无数羽箭（喻好恶），穿上金甲（喻骄慢），驾车（喻躯壳）出行。在十一位将士（喻十根一心）的陪同下，往一处名为般叉（Pancha-prastha，喻五唯或五感官对象）的森林进发（喻指世人无明，造下种种罪业）。

菩朗瞻那之车为五匹快马所拉（喻五知根），有两轮一轴（喻正法和非法生活，乃造就命运之具）。车上有三面旗帜（三极气性）、一条缰绳（喻心意）、一御者（喻超我，或智识）、一座位（喻心脏）、两根柱，上套挽具（悲与幻，乃缠缚之因）与七层罩（皮、肉、脂、精、血、骨、髓），以及两支霹雳箭（喻我慢之两种表现：我与我所）。这车以五种方式行驶（喻五作根之活动），遇到五种障碍（体内五气）。车上饰物，皆以黄金打就（喻强阳之气盛大）。

通常，菩朗瞻那片刻都不能离开王后的陪伴，可是一旦他打猎的兴致勃发，便一心扑向森林，连王后都不顾了（喻渔猎女色）。在魔性的作用下，由于极度骄慢、冲动，菩朗瞻那的心变得冷酷无情。这样，他以手中利箭，不加分辨地射杀了许多无辜的动物。

在猎杀了数不清的野兔、野猪、野牛、黑鹿、豪猪之后，菩朗瞻那觉得疲惫不堪，又饥又渴，这才决定起驾回宫（喻指良心发现，自觉有罪）。

回到宫中，菩朗瞻那沐浴更衣，美餐一顿后，便即歇去（喻放下罪业，从师听闻）。待到休息完毕，菩朗瞻那打扮一新，带上饰物和花鬘，又以檀香遍涂全身（喻以性命之理修身）。这般恢复精神之后，菩朗瞻那王便去找自己的王后（喻指本来觉性）。

可是，饮食睡眠之后，菩朗瞻那却并不曾升进至较高的觉性，相反，他又被爱神俘获。这样，他便去寻觅王后，以逞淫欲。（暗喻已经入门的修行者以圣餐为名，恣意吃喝，结果又起色心，再次退堕。）

情急之下，这君王问宫女道："美人啊，你和你的女主人还像以前一样快活吗？我不明白，家中陈设为何不像往昔一样让我兴致盎然。看起来，似乎主母已经离家出走。这家如今倒像是无轮的战车。哪里有这样的傻瓜，愿意坐上这般无用的战车？请你们告诉我，那随时给我智慧、把我救出苦海的佳人，如今在哪里？"（喻指贤妻能让人保持聪明智慧，避开尘世之凶险。）

那宫女答道："万民之主啊，去看看吧，你的王后现今躺在泥地之上，我等皆不明所以。"

菩朗瞻那赶过去，果真见到王后直挺挺躺在地板之上，状如乞丐。见到这番情景，菩朗瞻那心头一片茫然，不觉悔恨不已。伤心之下，他竭力用甜言蜜语取悦王后。令他惊奇的是，不像一般受到冷落的妇人，王后并没有任何嗔恨的表示。于是，这位擅长奉承阿谀的君王，继续大胆宽慰他的妻子，逐步逼近。

他先是触她的足，接着紧紧拥抱她，最后又抱她坐到自己的身上。菩朗瞻那说道："我的爱妻啊，若奴才有冒失，而主子却不去处罚他，那么这个奴才定是最不幸的人。若是受到主子的处罚，那么这个奴才须将处罚当作主子的大慈悲，而不应生起嗔恨之心。

"爱妻啊，莫要生气，求你开颜，慈悲对我。看到你娇美的笑脸，听到你甜蜜的话语，我就会颠倒不已，再也离不开你。若有人冲犯了你，只要他不是婆罗门，我马上就去惩罚他。

"爱妻啊，我从未见你脸上不施脂粉，也从未见你如此伤心憔悴。出于罪恶的欲念，我未经你的允准，便去森林行猎，我这样做，必定已经冒渎了你。如今，你就把我当作你的贴身奴才，求你欢喜我。我悲痛万分，又被爱神的箭刺穿，情欲勃发。世上岂有佳人会抛开他多情的丈夫，拒绝与他共度云雨？"

这般迷惑了丈夫，把他彻底降伏之后，王后才去沐浴更衣，梳妆打扮，用膳完毕，又回到丈夫身边。看到妻子浓妆艳抹的容貌，菩朗瞻那极为恭敬地迎上前去。王后见状，欢喜地拥抱他。

其后，在一处隐僻之地，王后与国王尽情享受鱼水之欢。由于对王后的迷恋，菩朗瞻那良知尽失，他甚至都忘了昼夜交替，生命已然白白流逝。（放弃罪恶行径的人，可以过合乎正法的家居生活，由此提升性。然而，若家居生活只是受爱欲的吸引，那么，家居者便会更深地陷入尘世生活。）

就这样，菩朗瞻那越来越深地被假象所陶醉，一味沉浸在妻子的怀抱之中。由于把女人视为性命和灵魂，他根本无法明白自我觉悟的意义。（女人被称为pramada，意谓"使人生气勃勃"，也有"使人疯狂"的意思。也就是说，女人既能让男人充满生气，也能让男人颠倒退堕。）

在爱欲驱使之下，菩朗瞻那跟他的妻子生下了一千一百个男孩和一百一十个女孩。如此，他的青春逝去，恍如弹指之间。为了繁荣社稷，菩朗瞻那给所有的孩子安排了婚事，让他们结婚生子。渐渐地，城中到处都住满了菩朗瞻那的子孙后代（此城喻身体，子孙喻善恶业行。其意为，当生命体贪著男女欢爱，便会卷入数不清的因果业报）。然而，这些子孙长成之后，却开始劫掠菩朗瞻那所贪爱的资产财富。

那罗陀继续说道："我王钵罗奇拿巴赫啊，就像你一样，菩朗瞻那也被无数欲念缠绕，于是便举行种种祭祀，以崇拜各路天神。由于必须杀生献祭，这些祭祀尽皆令人畏怖生厌。"

作为圣者，那罗陀意欲制止国君以祭祀之名而行杀戮。这类仪式性属浊阴，并无高明的意义，行这类祭祀，只会让人遗忘生命之究竟归趣。

如此，贪恋果报和家室的菩朗瞻那，终于到了生命的衰退期。其时，有一乾达婆王，名禅陀韦伽（Chandavega，意谓"急速流逝"，喻时间），常率手下三百六十名男兵（喻白昼）与三百六十名女兵（喻黑夜），侵夺人的寿数与享乐之具。当他开始袭击菩朗瞻那的城堡时，那条五头蛇拼死守护。作为城堡的监守者和护卫者，那条蛇与七百二十位乾达婆苦苦厮斗，渐渐虚弱下去。国君菩朗瞻那及其臣民们（喻身体之四肢躯干）见此情形，变得忧心忡忡。

与此同时，时间之女，其名伽罗，遍寻三界，欲觅一夫。虽然没有人会同意娶她，可她却急于出嫁，不管是嫁给谁。

那罗陀告诉菩朗瞻那："有一次，我从梵天珞珈下到人间，偶遇伽罗，她顿起色心，求我接纳她。可是，我拒绝了她，大怒之下，她便诅咒我，让我永世颠沛流离，不得久住一地。我后来建议她去找蛮王巴亚（Yavana），以求婚配。"

见到巴亚之后，伽罗说道："我心爱的英雄啊，你是蛮夷中的俊杰，我爱上了你，希望你能娶我为妻。不从经教，不愿收授布施之人，将来必定懊悔莫及。我今自荐于君，情愿以身相许。求你慈悲收纳，像你这样的君子，必定会同情受苦之人。"

那蛮王露齿而笑，深思一番之后，开口说道："顺天之命，我将用你来攻袭一切众生，于无形隐微之中。我有一兄，名钵罗吉筏罗（喻人临终时一百零七度的高烧），你可以嫁给他。"

其后，蛮王巴亚（喻死神阎罗）乃率伽罗、其兄钵罗吉筏罗以及众多将士，遍巡世界。当他们来到菩朗瞻那的城池时，便开始猛力强攻。由于菩朗瞻那一生纵欲行乐，那条守护都城的大蛇已经虚弱不堪。伽罗进袭，很快让城中之民气力尽失（喻人当衰老，四肢百骸皆疲软无力）。巴亚手下的将士乘机攻入九门，与其互为声援。（喻各种疾病，现于九窍。）

在时间之女伽罗的拥抱之下，菩朗瞻那渐渐丧失了一切美富才智。如是，众乾达婆、蛮人轻而易举就征服了他。就在都城瓦解破碎之际，菩朗瞻那还发现，妻儿、奴仆、臣子不但开始疏远他，对他冷漠起来，甚至会毫不犹豫地反对他。（喻年迈衰老，诸根器官皆不听使唤，亦喻老境之凄凉。）

这一切自然让菩朗瞻那万分忧急，但是在时间之女的钳制之下，他完全束手无策。由于她的影响，原先感官享乐的对象变得索然无味，尽管菩朗瞻那贪淫之心犹在，对妻儿依然爱恋不已。

最后，虽然心犹不甘，菩朗瞻那被迫弃城而去，因为那座大城已经被时间之女彻底粉碎摧毁。

其时，钵罗吉筏罗在城中放起一把大火，以此媚悦他的弟弟。菩朗瞻那王见家人、僚仆、臣民皆为大火所噬，不由悲从中来。那条守卫城池的大蛇（细身及生命之气），见此情形，也哀伤万分。因为城中酷热难当，它决定离开这座城池，就像森林起火，躲在树洞里的蛇就会伺机溜走。然而，就在那蛇意欲离开之际，却被一干敌军挡住去路，如是它感到痛苦难当，不由号哭起来。（临终之时，身体九窍皆窒塞不通。）

菩朗瞻那极度依恋家室，如今眼见骨肉分离，不禁悲痛无比。忧急之中，他想："我可怜的爱妻，拖着这许多孩子，我离去之后，谁会来照顾她？她又当如何养家糊口？"

菩朗瞻那开始惦念往日里妻子的好处——她如何尽心服侍他，如何爱恋他；

有时他责备她，她如何噘起小嘴；她如何向他进谏；他离宫外出时，她如何依依不舍。就在菩朗瞻那为妻儿命运哀伤之际，那位蛮王冲到他面前，将他擒了起来。

众蛮人于是一拥而上，犹如对待畜生一般，将菩朗瞻那五花大绑，解往判罪之地。菩朗瞻那的随从们悲痛万分，被迫伴主而行。（阎罗使者带走生命个体时，生命之气、感官、欲念与业报皆随之同行。）

这位国君和他的仆从才出城，那城池立即崩毁，化为灰烬。可是，即便被蛮王拖曳而去，菩朗瞻那仍然无法记起他的挚友故交——超灵。乘着菩朗瞻那无力还手的机会，他生前所宰杀的动物纷纷冲上前来，用角戳他，一时之间，菩朗瞻那感觉自己仿佛被无数锥子刺成了碎片。

只因离开躯壳时犹惦记着妻子，菩朗瞻那下一世投生为一个美女，成了国君波答尔巴的女儿，名为波答尔比。长大之后，这女孩儿嫁给了般度国之王摩罗耶德筏迦（Malayadvaja，意谓"此王为伟大的奉献者"，安忍不动，犹如摩罗耶山）。

摩罗耶德筏迦跟波答尔比产下一黑眼女孩（暗示她的眼睛总是凝注在克利须那身上），以及七个男孩（象征七种修炼奉爱服务的法门）。这些男孩后来成了多罗毗陀之地的国君。他们子嗣不绝，直到摩奴命终，犹统治着大地。

伟大的圣者阿伽斯提阿（喻心意，善能收摄感官）娶了这位黑眼女（象征奉爱服务之道），生一子，名德里答丘陀（意谓"信愿坚固，永无退堕"）。此子又生一子，名伊德玛筏诃（意思是"为上师担柴的人"。行者收摄感官，精勤修炼，便能生起坚固之信愿，去满足上师）。

摩罗耶德筏迦后来把王国分封给诸子，自己遁迹山林，专心冥思。王后波答尔比也抛下钟鸣鼎食的宫廷生活，跟随丈夫入山修行。

摩罗耶德筏迦至此日日澡沐于圣河，身心皆得洁净。由于践行严苛的苦修，每日但以花叶根果草籽果腹维生，这位君王最后变得骨瘦如柴。然而，他却以此苦行，征服了冷热、苦乐、饥渴，以及大自然的进逼。

就这样，摩罗耶德筏迦调伏了生命之气以及诸根，凝心一处，冥思至上主神。如此修炼了一百天堂年，这位君王功行圆满，达到了精纯奉爱的境界。他甚至能直接看到灵魂之侧的超灵。由于得到了内心之主的指导，他变得无所不知。在圆满的克利须那觉性里面，他彻底放下了一切与至尊主无关的活动，知道它们无非空虚幻妄。

王后波答尔比视丈夫为自己一切的一切，她舍弃了自身的舒适安逸，一心一意服侍丈夫，随他一起苦修。（摩罗耶德筏迦喻上师，王后喻弟子。）如是，她变得衣衫褴褛，头发蓬乱，身体枯瘦。尽管一直待在丈夫的身边，她却一心不乱，沉默自制，犹如火焰，燃于无风之处。甚至当丈夫跌坐入灭之时，她都未曾察觉，还在服务着他。

　　那时她正按摩丈夫的腿，却发现他的腿已经冰凉，她这才明白，丈夫已经离世。刹那间，波答尔比感觉孤苦伶仃，悲凉无比。

　　她不停地流着泪，哭喊道："王啊，求你站起来！你看看，如今世间盗贼横行，大地上的众生，无不恐惧畏怖，你该起来，保护他们啊！"（阿阇黎去世后，恶棍、匪徒便会伪装成所谓的大师、瑜伽士，乘机宣扬邪道伪教。故此，一位完美的弟子应当诚心持守上师的教导，以图补偏救弊。）

　　最后，她从丈夫的尸体边站起来，为他准备了火葬的柴堆，然后把那具失去生命的身体置于其上。她点上火，一边哀泣着，打算纵身跳入熊熊燃烧的火堆，随丈夫一起消殒。（弟子若不能执行上师的训令，不如随他一同死去。）

　　就在那时，一位婆罗门，菩朗瞻那曾经的旧友，恰好经过，便软语宽慰王后。（此婆罗门象征超灵，弟子若决心坚定，执行上师的训令，便能在上师的训令中与上师相遇。）

　　那婆罗门问道："你是谁的妻女？那卧着的男人是谁？看起来，你似乎在为这死去的身体而悲伤。（若弟子持循上师之教，则上师去世后，超灵必会在其心中给予指示。）你不认得我了吗？我是你永恒的朋友，过去生中，你向我讨教过许多次。即便你认不出我来，难道你就不能记起来，你曾经有一个亲密无比的朋友？不幸，你舍弃了我的陪伴，只为想让自己成为尘世间的享受者。

　　"我亲爱的朋友，我跟你二人，就像两只天鹅，同住于心湖之内。可是，尽管我们同住一处，已经千百万年，却依然远离故乡。自从你背弃了我，你变得越来越物质化。你不断更换着形体，穿行于三界之内。

　　"躯体之城内有五苑（五种感官对象）、九门、一卫士（生命之气，出入于九门之内）、三舍（土、水、火，和合而为骨、肉、血等）、六户（心意与五感知器官）、五库（五作根）、五大，与一妇人（智识），彼为主人。

　　"我的朋友，当你入此躯壳，与那妇人相伴，你便陷溺于感官之享乐，如是尽忘本来面目。其实，你并非波答尔巴的女儿，这个男子也并非你的丈夫，你也不是菩朗瞻那。

"由于为躯壳所惑,你有时以为自己是男人,有时以为自己是女人,有时又以为自己是不男不女的阉人。凡此种种,皆缘于对躯壳之认同,不知彼为我之幻力所造。实际上,我与你二人,皆具纯灵之身位,是故,你我之间,质地无别。如人窥镜,见镜中像,自知与己无异,而旁观之人,乃见殊相。同理,有情为形气局限,乃见自我与真宰有别。"

讲完这个寓言,那罗陀告诉钵罗奇拿巴赫:"我跟你讲这个菩朗瞻那的故事,是为了让你自我觉悟。"

钵罗奇拿巴赫答道:"我主啊,你所说的寓言,我未能尽解其中之含义。我等愚陋,但知贪恋果报,要觉解这类开示的意蕴,委实甚难。"

那罗陀解说道:"你该懂得,菩朗瞻那(生命个体)按其业力而流转投生,或为一足(鬼魂),或为两足,或为三足(老者,拄杖而行),或为四足,或为多足,或为无足(蛇虫)。那位不知名的朋友,便是至上主神。受局限之灵魂,意欲尽情享受气性之乐,乃起念头,愿得人或天神之身。

"妇人意指物质智识(无明),当人托庇于智识,便会与物质身体认同,由此与苦乐相伴一生。十根为菩朗瞻那之卫士,十根之所作为被比喻为他们的女伴。大蛇为生命之气,动于五路周循之道内。

"第十一位卫士(心意)乃诸根之长。般刹罗国乃五种感官对象被受用之地。般刹罗国之境即躯体之城,此城共有九关。神魂出入九关,以享受外界尘世。

"误用了自身微渺的独立性,生命个体遗忘了他的主人——至上主神,由是自放于物质气性之熏染。因为认同于躯壳,他便在物质气性之驱使下,追逐业果。结果,他被投入各种生命境况,不断流转。如是,他就像一条饥饿的丧家犬,挨门乞食。在命运的安排下,它有时被打,有时被赶,有时得到一点儿残羹冷饭。为欲念驱迫的生命个体,在各种族类里,有时处在高位,有时沦于卑贱。

"为了挣扎求存,众生不择手段,力图对抗人生的苦难,但这只会给他带来更深重的苦痛。犹如有人,负重于顶,为求减轻,转重于肩。

"若人梦魇,必待梦醒,乃得纾解。同样,若想破除世间无明之境,只有皈命至上主神,复苏克利须那觉性。事实上,真诚的奉献者凭着不断听闻至上主神的荣耀,存养克利须那觉性,很快就会获得资格,面对面见到至尊主。

"王啊,你不可认为,韦陀诸经所载的功利性仪礼,便是生命之究竟归趣。由于你所行的祭祀,如今大地已经铺满了吉祥草,你必定为自己杀了这许多充作祭品的动物而骄傲。你的愚昧，让你无法理解，奉献服务才是取悦至上主神的唯一法门。至尊主乃至高之主宰、众生之挚友。是故，人当求庇于他的莲花足，以图生命之吉祥福乐。

"伟大的君王啊，就你的询问，我已经做了解说。现在，你且再听我讲一个寓言故事，这个故事为诸贤圣所称道，并且极为机密。

"王啊，有一头鹿，正在一座漂亮的花园里吃草，身边有雌鹿为伴。这鹿一心只顾吃草，耳朵里听着四周甜美的蜂鸣，全不知前面有老虎（时间）在窥伺，而它的后面，一位手持弓箭的猎人（死亡）正在悄悄逼近。（虽然身边危机四伏，俗人却只知一味享受室家之乐，儿女的稚语对他来说就像蜂鸣般甜美。）

"钵罗奇拿巴赫啊，女子开初很诱人，可后来却变得乏味无趣，就像花朵，刚采下来的时候新鲜娇艳，待到凋谢之时，却枯萎难看。与女子相伴，人乃为爱欲所缠绕，由是耽执淫乐，一如迷醉于花香。受到迷惑的家居者尽情满足口舌与性器，在家庭的小圈子里面，感觉心满意足。听着妻儿的闲言碎语，他满心欢喜，心醉神迷，全忘了时光在他面前流逝，不知不觉之间，已经夺走了他的寿命。遗忘之下，对于从后面袭来的死神，他也浑然不察。

"王啊，你应该明白，你如今同样身处险境，危机四伏。你当舍弃依靠业行往生天堂的念头，舍弃耽溺食色、物欲熏心的家居生活，去寻求至尊主的庇护。"

钵罗奇拿巴赫答道："婆罗门啊，你所开示，我已谛听。用心思考过后，我断定那些让我投入因果业行的上师其实对秘密之教一无所知。否则，他们怎么会不跟我解说呢？我对于韦陀究竟义的种种疑惑，已经被你彻底清除。现在，我明白了，即使大贤大圣都未必知晓生命的真意。不过，我还有一个问题，要向你讨教。据说，人在此生所积累的业果，可以到来生享受。可是，死亡之时，现存的身体被抛弃，一具新的身体将被接受。那么，人怎么会为了在不同身体里造下的业报而受苦或享乐呢？"

那罗陀说道："粗身只不过是一层工具性外壳，用来实现内部细身的活动。由心、智、我慢结合而成的细身，才是粗身的根本。现存粗身坏灭之后，细身继续存在，透过它的活动，另一种生命情境被创造出来，让受局限的灵魂在下一个粗身里或受苦或享乐。

"吾人可实际经验到，睡梦之时，人遗粗身不用，而以另外的身体活动。故此，可以推断，人是透过细身之中转，而生起苦乐。根据此生之业力，人被授予下一个粗身，而超灵则以其前世未竟之业相提醒。吾人能够透过观察一个人外在的行为，判断其性情意识。同样，透过观察一个人的性情意识，便可以了解他前世的处境，与未来之所是。

"心意乃是储存自前世以来一切思维、体验之库房。故此，吾人有时能忽然想起，或者梦到，今生从来未经历过的事情。这证明，凡此皆为前世所曾经验。因为除非今生或者前世已经感知过，否则，不可能有此心识之构想。

"自然，心意能够将孤立的现象组合起来，构造出以前从未曾经验过的东西。譬如，人有见过山者，又见过金，于是到夜间，在幻力之作用下，其心意便会在梦中构造出一座金山。只要生命个体为感官欲乐而造作，便必定会一直陷溺于生死轮回。是故，觉者当献身于为至尊主做奉爱服务，以此挣脱自粗身、细身而来的羁缚。"

教导完毕，那罗陀驾起云头，径往悉檀珞珈飞去。钵罗奇拿巴赫于是召来众臣，命他们待其子钵罗切多士苦修返国后，便将王位传给他们。如是解除了所有的职责，钵罗奇拿巴赫弃家出走，乃于圣地伽皮罗净修林，勤修苦行。功行圆满之后，钵罗奇拿巴赫尸解升天，魂返故乡。

讲完这个故事后，麦萃耶真人告诉毗多罗："若有人听闻大哲那罗陀所说，或以此转陈他人，乃得解脱，于躯体化之生命观。此人不复受一切尘染之羁绊，无须流转于世间种种境遇。"

与此同时，在水中苦修的诸钵罗切多士，凭着持诵大神湿婆传授的咒语，取悦了至上主神——毗湿努。如是，在他们苦修一万年之后，至尊主毗湿努现身在他们面前，准备酬报他们。看到至尊主毗湿努那可亲可爱的形体，诸钵罗切多士满心欢喜，一切艰辛困苦刹那间烟消云散。

至尊主骑在大鹏鸟伽鲁达的肩上，看上去就像停在须弥峰顶的一朵乌云。他面相庄严，头戴金盔，各样兵器，八臂执持，身放光明，照彻宇宙。伽鲁达则恍若紧那罗仙人，双翅拍击之下，居然奏出韦陀赞歌之音。

在一众天神、仙圣的簇拥围绕之下，至尊主以慈目相视，发大雷音，告诸钵罗切多士曰："诸王子啊，我很高兴，看到你们都能践履唯一的职分——奉爱服务，并且相亲相爱，互助合作。我尤其欢喜你们相互间的情义，为此我祝你们吉祥如意。我还要你们每个人都向我求取赐福。若有人每夜忆念你们，便会不但对自家兄弟友善，并且还会善待一切众生。除此之外，若有人向我供奉这首湿婆所撰的祝祷歌，于清晨夜晚，便能领受我的赐福，由此实现一切愿望，并获得甚深智慧。

"汝等诚心诚意地接受了父亲的命令，忠贞不贰，贯彻始终，你们的美德，将流传世间。将来，你们会生下一个孩子，此子不同寻常，在各个方面，都绝不逊于梵天。他将来名声远扬，其苗裔遍满三界。

"钵罗奇拿巴赫之子啊，有一个名叫波郎楼叉的飞天女，把她跟圣者堪度生下的女儿，藏在树洞里，自己返回了天堂。那眼若莲花的女孩儿饥饿啼哭，森林之王娑摩心生怜悯，把自己的手指头放进了婴儿口中。如是，从月神指尖流出的甘露水，滋养喂饱了婴儿。因为这个缘故，这女孩子长得美艳无比，并且具足一切美德。汝等皆对我唯命是从，所以我愿你们能娶得此女，按照你们父亲的训令，跟她生下子嗣。汝等兄弟，品性相近，这女子也是，故此，她会一心一意跟随你们。

"我的王子啊，凭着我的恩慈，你们将能享受世间一切快乐，一百天堂年之内，无有阻碍匮乏。其后，你们将培养出纯粹的奉爱，由此清除一切物质染污。那时，你们就可以回返我永恒的故土。"

诸钵罗切多士听罢，欢喜哽咽，颤声祷告："我主啊，我等向你顶礼，由于你的临在，我等已得圆满清净。当人注心于你的莲花足，尘世虽为享乐之地，却已毫无意义，为其无常变幻故。

"我主啊，当你出于天生的悲悯之心，想起你的奉献者，仅仅透过这样一个念头，那人的一切愿望皆得实现。你安住于一切众生心中，无论他是多么卑微渺小，如是你知晓他的一切愿望。主啊，虽然我等渺小如沧海一粟，可你怎会不晓得我等的愿望？

"宇宙之主啊，知道你是我们生命的究竟归趣，已经让我们心满意足，我们祈祷，希望你也能对我们满意，这便是我们所欲求的唯一赐福。若有蜜蜂，遇天上波黎迦檀树，自然围绕不离，以无理由故。同样，我等既已得见你的莲花足，受到护荫，如何还会欲求其他的赐福？我等但求，只要还在不同的躯壳里相续轮转，无论是在什么地方，都能亲近那些恒常谈论你神圣游戏的奉献者。

"与纯粹奉献者仅仅片刻间的交往，便胜过升天、解脱。如此伟人，甚至能洁净朝圣之地。一旦谈论超然世界，听者便会忘记一切客尘烦恼与相互间天生的敌意。事实上，哪里有纯粹奉献者听闻、唱赞你的荣光，你就在哪里亲身临在。

"我主，我等晓得，仅仅凭着与大神湿婆片刻间的交往，我等便红运当头，有幸见到了你。然而，甚至这些无比杰出的人物，诸如湿婆、梵天，皆无法彻底明白你的荣光,他们也只能按照各自的能力,向你献上祈祷。故此,尽管我等微不足道,我等还是竭诚尽心,向你献上赞祷。"

至尊者答道:"无论你们祈求什么,都会实现。"说毕,便升天而去。顷刻间到来的分离让诸王子惆怅不堪,因为他们觉得还不曾尽兴。

不久,诸钵罗切多士离开湖底,浮出水面,看见草木繁茂,遮天蔽日,仿佛挡住了升天之路。因为没有人主治理世间,耕稼农作之事几乎已经废绝,荆榛乔木遍覆大地。看到这番景象,诸钵罗切多士大怒,如同浩劫到来之际的大神湿婆,他们口吐风火,意欲焚尽地上一切草木。

梵天见此情景,急忙下来找诸钵罗切多士谈话,以道义之词相劝。后来,在梵天的建议下,树神胆战心惊地把树的女儿——摩丽莎,交给了诸钵罗切多士。众王子收下了她,娶她为妻。

那以后,梵天之子达克刹投生摩丽莎之腹,他虽然前世是婆罗门,但因为冒犯了大神湿婆,这一世投生成了刹帝利。由于达克刹光彩绝伦,又兼精通业行,梵天再次指定他为第六人祖纪的生主,滋蓄生灵。如是,依靠大神湿婆的恩慈,达克刹经历严苛的苦修,终于重续前行,再造辉煌。

诸钵罗切多士此后返回故乡,治理天下,在位一千天堂年。最终,他们记起至尊主的祝福,决定弃家出世。他们把妻子交给达克刹照顾,兄弟十人一起前往遥远的海边,那里是圣者遮迦梨之所居。

当他们在海滨修炼瑜伽之时,那罗陀前去探视。看到这位了不起的仙圣,诸钵罗切多士立时起身,恭敬顶礼。待那罗陀坐定之后,诸钵罗切多士说道:"伟大的婆罗门啊,我等有幸,能再次见到你。犹如日轮,以其周行,给害怕黑夜的人带来慰抚,你云游天下,驱散了众生的恐惧。上师啊,由于过度贪著家居生活,我等几乎忘记了大神湿婆和毗湿努留下的开示。所以,请你再用慧炬,照亮我们,好让我等跨越尘世之迷暗。"

那罗陀答道:"一个有教养的人经历三次出生,一者由射精(sukra),一者由上师之授皈依(savitra),一者由婆罗门再生礼,得到崇拜至尊主毗湿努的机会(yagyika)。但即便获得了这些机会,若未曾实际践履,侍奉上天,则一切所为,皆归无用。如若不去践履奉爱服务,不去取悦至尊主,苦修、致知、精进又有什么意义?一切玄术妙法,若未能助人最终觉悟至上主神——自我觉悟之究竟真谛,便毫无用处。

"如浇水于树根,枝杈叶干皆得滋养;又如输食于肠胃,则四肢诸根皆生气力，如是，仅仅凭着崇拜至上主神，一切天神皆得满足。正如太阳造云生雨，到夏季又再次蒸水成云；又如众生形骸，皆由土聚，最终归于尘土。如是，天地万物皆流生于至上主神，随着岁月流逝，又返回到他里面。就像日光与日轮无别，此宇宙之表象亦无异于至上主神。

"醒时，诸根造作，为身所役；待到入睡之时，则皆若消隐。同样，一切幽明之物皆与无上者即一即异。天空之中，时而现光明，时而现浮云，时而现黑暗，就像这样，三极气性错杂变现，但至高绝对者却湛然不变。

"王子啊，为至尊主服务奉献吧。透过慈悲博爱，透过乐道知足、调伏诸根，你们便可以轻易满足至上主神——瞻难陀那。"

如此开示诸钵罗切多士之后，那罗陀径向梵天珞珈飞去。听了那罗陀这番教导，众王子对至上主神的爱著之心愈发牢固。最后，冥思着至尊主的莲花足，诸钵罗切多士终于回归不朽故乡，达到了生命之究竟归趣。

其时，叔伽天人对巴力克斯说道："王中之杰啊，关于斯华央布筏摩奴次子乌塔拿钵多的后代，我如今已讲完了。下面，我要讲波黎耶伏罗多及其苗裔的事迹。"

从大哲麦萃耶处听闻这许多圣言后，毗多罗喜极而泣。他当即起身顶礼，五体投地，高声赞道："伟大的通玄者啊，仰赖你的恩慈，我已经看清了挣脱世间无明的道途，正是这条路，领人回返不死灵天。"

毗多罗向圣者再三顶礼，这才挥手辞别，独自投象城而去。

第五卷

第一章　明王追日

叔伽天人讲到，波黎耶伏罗多受那罗陀教导，证悟真我，随后结婚成家。巴力克斯听说，大为惊讶，不懂为什么这样一位第一流的瑜伽行者要接受家居生活，这种生活乃是受缚于果报的根本原因，将败坏人生之使命。巴力克斯非常清楚，解脱的灵魂，已经托庇于至上主神的莲花足，不可能沉溺于家室妻儿之乐。

于是巴力克斯问道："了不起的婆罗门啊，我有一疑。像波黎耶伏罗多这样的世间君主，贪恋妻儿家室，如何能够成就至高之圆满？"

叔伽天人答道："汝所言不差。依附至尊者莲花足之蜜露的人，一心凝注于听闻至尊者的荣光，绝不可能舍弃自身的崇高地位，即便有时会遇到一些障碍。"

昔时，波黎耶伏罗多得仙圣那罗陀传授，离家修炼苦行。其弟乌塔拿钵多遂在父亲斯华央布筏摩奴的指导下，登立为帝，治理天下。故此，直至诸钵罗切多士，当朝之天子皆为乌塔拿钵多之后嗣。诸钵罗切多士弃位之后，因为找不到合适的太子，斯华央布筏摩奴便亲往冈陀摩大拿山，寻觅长子，令他继承大宝。

虽然摩奴欲以经教职分说服波黎耶伏罗多，但这位王子修为精深，无意天子大位。如是，尽管不愿拂逆父亲之命，波黎耶伏罗多还是提出质疑：承受这许多世间职分，是否会偏离薄伽梵大法？

尔时梵天已知波黎耶伏罗多有意辞让大宝，遂乘天鹅，降于冈陀摩大拿山。梵天晓得，只有自己亲自出面干涉，波黎耶伏罗多才肯让步，因为这位摩奴之子在那罗陀的教导下，出世之心变得非常坚固。彼时，一切天神、仙圣，与韦陀典之御神，皆现身空中，迎候朝礼。如是梵天，现身如满月，其侧更有无数星曜，周匝围绕。

那罗陀见到天鹅乘舆，立时合掌起身，波黎耶伏罗多与斯华央布筏摩奴见状，也急忙恭敬顶礼，迎接梵天。在此起彼伏的礼赞声中，梵天面向波黎耶伏罗多，微微一笑，开口说道：

"波黎耶伏罗多啊，你且谛听。不可嫉妒那超越我们想象力的至尊者。我们所有人，包括湿婆、那罗陀和我本人，皆必须执行他的命令。没有人可以凭借苦修、玄通、勇力、智慧或任何其他手段，抗拒至上主神所下的命令。

"我儿啊，不要以为我到这里来，是要做你的敌人。身为天地间一大宗师，我总是在至尊者的训谕下行事。我等皆受韦陀经教之羁勒，犹如公牛，鼻为绳穿，受人驱策。因为一切众生最终皆为至上主神所主宰，所以我们应当主动接受他的指令，犹如盲者，乐于随顺有目之人。即便是最超逸的解脱者，也会毫无怨言地承受前世的业报，因为他深知，躯体为气性所迫而有造作，作为灵魂的他却超然独立。

"王子啊，假若人还不能自我克制，就必定时时畏惧尘世之缠缚，即便此人行脚于丛林之间。因为他身边犹有六妻陪伴，那就是一心与五根。另一方面，甚至家居生活也不能伤害一个已经调伏了诸根的自足觉者。事实上，稳住于家居生活，按次第调伏了心与诸根的觉者，就像安守坚城的君王，可以击败一切强敌。经过家居期的训练，已经调伏爱欲之人，才能够出入随心，自在无碍。是故，你当凝心于至尊主的莲花足，接纳他所赐予的一切，即使是尘世之乐。"

身为晚辈，波黎耶伏罗多听毕，便向梵天顶礼，以恭敬心，领受了梵天的训令。此时，无论是收徒受挫的那罗陀，还是誓言被破的波黎耶伏罗多，内心皆无一丝怨恨之情，因为他们深知，该如何敬重长者之教。

受过斯华央布筏摩奴等人的崇拜之后，梵天返回了自己的居所——萨提耶珞珈。斯华央布筏摩奴见儿子接受了梵天的劝告，心中对梵天感激万分。在那罗陀的准许之下，斯华央布筏摩奴传位于波黎耶伏罗多，让他承担起持国保民的重任。斯华央布筏摩奴就此抛开了尘世间最凶险的职位，退隐山林，快活度日。

波黎耶伏罗多回到家中，便娶了生主毗湿筏羯磨之女巴赫斯玛蒂为妻。之后与其妻生下十子、一女，长子名为阿格尼多罗。此十子中有三子自幼守贞，欲成就至尊天鹅之觉位，故终生未娶。此外，波黎耶伏罗多另有一妃，生下三子，其名为乌陀摩、闼摩沙、瑞筏陀，此三子后来都成了人祖。波黎耶伏罗多统治大地，在位一亿一千万年，由于他无可比拟的勇力，没有一个邪恶之徒敢于靠近他。

波黎耶伏罗多深爱皇后巴赫斯玛蒂，随着岁月流逝，两人情意弥笃。凭着女性的温婉优雅，巴赫斯玛蒂的一颦一笑、扬眉举目、穿衣打扮，无不增长了波黎耶伏罗多的力量，使他精力四射，治天下如运诸掌中。如是，绝代英豪波

第五卷 | 139

黎耶伏罗多，看上去成了一位凡夫俗子，沉溺在妻子的红袖脂粉之中，不能自拔。

一日，波黎耶伏罗多大帝远望日轮环绕须弥而行，心中忽生不满。据他看来，太阳于一年之中，六个月行于北方，则南方少日光，另外六个月行于南方，则北方少日光。于是，这位君王决定，要让处于暗夜中的那部分宇宙也得到日光。为了实现这个目的，凭借从崇拜至尊者而来的玄通之力，他乘上一辆灿烂无比的战车，尾随着日神，疾追不舍。

当波黎耶伏罗多驾车追日之际，那辆战车的车轮在大地上刻下了辙印，这些辙印后来变成七大洋，把整个大地分割为七大部洲。其后，波黎耶伏罗多大帝将七大部洲分封给七子，将女儿乌尔迦斯华蒂嫁给了苏喀罗阿阇黎，这两人生下一女，名提婆耶尼。

就在他功名鼎盛、如日中天的时候，波黎耶伏罗多大帝想起了往日师从那罗陀一心修道的情形，顿时悔愧不已，出离之心油然生起，于是他自责道："唉唉，我真是该死，一生只知寻欢作乐！现在，该结束了！我不会再待在这里，上蹿下跳，就像妇人手里牵着的猕猴。"

如是，由于至上主神的恩典，波黎耶伏罗多再次醒悟过来。把财产分给诸子后，他抛下妻儿社稷，入山修行，恢复了当初所成就的灵性境界。

第二章　人天奇情

　　自父亲波黎耶伏罗多退隐之后，阿格尼多罗继位，统领瞻部洲，子养万民。一次，阿格尼多罗亲自前往曼多罗山，朝礼梵天，以求子嗣。

　　为了寻觅一位高贵的妻子，阿格尼多罗来到山谷中一处园林，据说那里是常有天界仙女出没的地方。就在那里，他采集了诸般鲜花供品，开始崇拜梵天。

　　作为至尊主的代表，梵天自然明白阿格尼多罗内心的愿望。被阿格尼多罗的崇拜和苦行取悦之后，梵天在他的随众里选中了一位最妙丽的飞天女，遣她下凡与这位君王相会。

　　且说那园林原是仙家游嬉之地，到处奇花异木，鸟鸣蝶舞，更有天鹅、孔雀穿行于莲池绿草之间。当菩筏奇蒂出现于花径中间时，她的脚铃发出极为悦耳的丁零之声。英俊的王子阿格尼多罗那时眼睛半闭，正在修炼瑜伽。按说他本应收摄诸根，住心一处，可一看到前面款款而来的飞天女，听到她脚铃发出来的丁零声，这位王子的莲花眼却越睁越大。

　　凭着她的羞涩、谦恭、顾盼、举止、嗓音，菩筏奇蒂能让凡人，甚至天神都神魂颠倒。阿格尼多罗一见之下，就被她的绝顶风姿征服了。于是他便开口问道："牟尼中的俊杰啊，你是谁？你为何来此？你莫非是至上主神的一种特殊能力？你似乎拎着两张无弦之弓，莫非你是来此猎杀野兽？"

　　为爱欲所惑，阿格尼多罗心智尽丧，他甚至无法判别菩筏奇蒂究竟是男是女。故此，他居然唤她作"牟尼中的俊杰"。不过，由于来者美艳非凡，阿格尼多罗实在无法相信此人会是男子，于是他便细察其体貌。他先看她的两条纤眉，它们是如此撩人心魄，这让他怀疑，此人或许是摩耶女神降凡。故此，他把这两条眉毛比喻为无弦之弓。尘世就像一片无边的森林，而居住在里面的众生就是任人猎杀的野兽。世间男子为女色所迷，最终死于这两张无弦之弓。

　　看着菩筏奇蒂一对善睐明眸，阿格尼多罗说道："我亲爱的朋友啊，你有两支极其强劲的羽箭，那羽毛就像莲花的花瓣。尽管没有箭杆，可箭锋无比锋锐。你来此肯定是想用这箭猎杀某人，不过我不知道是谁。你的英武无人可及，所以我祈祷，希望你能给我带来好运。"

由于阿格尼多罗已被菩筏奇蒂迷住，所以他希望她投过来的眼神会对他有利，现在，他已经离不开她了。

阿格尼多罗又说道："我心爱的主啊，围绕着你飞鸣的蜜蜂看起来就像是你的弟子，他们似乎在吟唱三曼赞歌，不断向你奉上祷告。我已经被你深深迷住，以至看到你的纤腰圆臀，觉得你好像忘了穿衣着裳。"

看到菩筏奇蒂坚挺的乳房，阿格尼多罗几近发狂。尽管如此，他还是无法搞懂，此人究竟是男是女。这是因为苦行的缘故，苦行使得他的意识无法做出分辨。

阿格尼多罗于是以"再生者"（Dvijia，即婆罗门）相称，对菩筏奇蒂说道：

"婆罗门啊，你身体纤弱，胸口挂上这一对大角，肯定让你举步维艰。你用衣服将这对角盖上，我猜想，你是不想让任何人看见里面所藏的稀罕物件。求你打开它们，好让我看看里面藏了什么东西，你放心，我绝不会拿走你身上的任何东西。若你觉得不方便移开它们，我会很高兴帮你一把，因为我真的好想知道，那对大角里究竟藏了什么奇妙的东西。

"最好的朋友啊，请你告诉我，你住在何方？我无法想象，那里的人怎么会有这样坚挺的乳房，这样美妙的体貌，让看到的人冲动难抑。从你甜美的言语、温软的笑颜，我断定你的口中必定含了甘露。你吐气如兰，必定总在吃祭供过主神毗湿努的食物。你的耳环形若鲨鱼；你的漂亮脸蛋像一湾湖水，而你的眼睛则像两条活泼灵动的鱼儿，不停地在里面游动；你的牙齿洁白，就像湖面上的天鹅；你的发丝飘拂，就像一群蜜蜂，发疯似的追逐湖上莲花的芳香。

"看到你莲花般的手掌，拍弄金球，我的眼睛大受刺激。就像好色的男人，这狡猾透顶的清风，正要吹走你的下裳。难道你不在意吗？

"苦行者中的俊杰啊，你究竟做了何种苦行，才修到这破人清修的绝代风姿？我祈望你能跟我一起苦修，肯定是梵天高兴了，把你送来，做我的妻子。我舍不下你，我的心已经附到你身上，再也无法离开。有着坚挺美乳的女子啊，我是归服你的臣子，你可以随你的心愿，把我带走。"

阿格尼多罗极为聪明，懂得奉承女人，赢取芳心的艺术。如是，他用这番色眯眯的话语，取悦了飞天女。

菩筏奇蒂被这位君王的才智、学问、年貌、风姿、豪富深深打动。自此，她留在阿格尼多罗身边，与他一起生活了数千年，享尽了人间天上之福。菩筏奇蒂跟阿格尼多罗隔年生一个孩子，一共生了九个孩子，其名为拿比、金补鲁莎、诃黎筏刹、伊腊博黎答、罗弥耶伽、喜朗摩耶、俱卢、跋多罗史华、开图摩勒。因为吃了飞天女的奶水，这些孩子个个都长得强壮无比。长大成人后，他们每个人都分到了瞻部洲的一部分土地，负责治理那里的臣民。瞻部洲大地共有九州，九州之名，皆从此九兄弟而来。

儿子们长大以后，菩筏奇蒂返回天界，以表达对梵天的崇仰。对于她的离去，阿格尼多罗伤心万分，时刻不能忘怀。故此，他死后被转生到菩筏奇蒂所住的祖灵珞珈。

待父亲去世，以拿比为首的九兄弟娶了迷卢诸女为妻。

第三章　裸形化身

　　为求子嗣，拿比王携其妻，举行祭祀，崇拜至上主神。当然，仅仅依靠形式化的祭祀，并不一定会得到至尊主的恩典。但是，当拿比王虔诚举祭，以大爱心奉上祷告时，对奉献者钟爱无比的至尊主以四臂妙相，现身在他面前。拿比王与诸祭司见了，无不欢喜莫名，犹如贫子，骤得财宝。拿比王当下率众婆罗门恭敬顶礼。

　　一番供养之后，众祭司向至尊主祷告："最受崇拜的人啊，我等皆是你永恒的奴仆。虽然你圆满自足，我等还是祈请，求你能受纳我等些许微不足道的服务。

　　"主啊，无论在哪个方面，你皆圆满完备，可是，当你的奉献者，以颤抖的声音，向你献上荼腊茜树叶、些许水与些许嫩草，你就会感激满足。我们用这许多奢华的礼器祭品崇拜你，但现在我们明白了，其实根本没有必要用这些夸张的仪式取悦你。你不需要牺牲玉帛，这些东西只不过是为了我们自己的功利果报。

　　"主啊，你在此现身，好像是一个索取崇拜的人，但事实上，你仁慈到来，只是为了满足我们的要求。由于无明熏习，我等之崇拜，定不曾毫无差失，然而，仅仅你的出现，就已然是你对我们无价的赐福。

　　"这位是拿比王，他生命的终极目的，就是得到一个像你一样的儿子。为此，他就像一个乞儿，求乞豪门，却不过是为了一把谷米。为他举行这样的祭祀，我们都觉得羞愧难当。我们祈求你降临，但只是为了这样一个微不足道的世俗目的，这肯定已经大大地冒犯了你的莲花足。出于无明，我等打扰了你，求你宽宥我等。"

　　至尊主对祭祀们的祷告极为满意，于是他便回答道："至诚的圣者们啊，你们为拿比王求祷，希望他能有一个像我一样的儿子，但这太困难了，因为我是那无贰之一。不过，我把婆罗门当作我的口舌，所以，你们的话语不能落空。我不能找到一个跟我一样的人，我只能亲自分身，显现于迷卢皇后腹中。"

说毕，至尊主毗湿努忽然消隐，遁入无形。不久，拿比大帝和迷卢皇后产下一子。此子生来就具备一位化身的所有特征，比如脚掌上有掌纹，其形或似旗帜，或似闪电，或似莲花。看到这些吉祥之相，拿比认定此子乃人中最胜，便给他取名黎沙巴。

黎沙巴德力日盛，众婆罗门、朝中大臣、士民无不盼望他能早日登基继位。对于黎沙巴的盛德威名，因陀罗心怀嫉妒。为此，他中断了婆罗多之地的雨水。黎沙巴看破了因陀罗的心思，这位一切玄通秘法之主，只是微微一笑，当下即运用瑜伽幻力，在他的王国里洒下了倾盆大雨。也是在这瑜伽幻力的作用之下，拿比王总是沉浸在父子亲情之中，出于内心的巨大欢喜，他不断用颤抖的声音呼唤着："我的儿，我的宝贝。"

这位至尊主的化身待人友善，就像世间常人。拿比王见他已经长大，又受众人爱戴，便让他继承了帝位，登基加冕。那以后，拿比王和迷卢皇后一起退隐于巴答黎喀净修林，精勤苦修。不久，拿比一心凝注于至上主神，尸解升天。

父母离世之后，黎沙巴天人意欲以身作则，教导黎庶。为此，他先是就学私塾，接受了梵行者的生活。学业完成，他按礼法酬谢上师，接着娶了一位妻子，名叫迦央提，此女乃天帝因陀罗所赠。黎沙巴天人齐家治国，恪守正法。在位之时，生了一百个儿子，个个才德兼备，卓尔不凡。

长子婆罗多，是一位杰出的巴克提行者，此中土世界得名婆罗多之地，即从他而来。婆罗多与其他年长九子，皆具刹帝利之质。黎沙巴天人另外九个年幼的儿子，也是第一流的巴克提行者，后来都成了《薄伽梵往世书》的传法阿阇黎。剩下的八十一个儿子，禀赋婆罗门之性，襄赞了韦陀正法之开启。

其时种姓之法已受轻忽，故而，作为至尊主的黎沙巴天人，虽然超世独立，却担当起教化无知凡夫的责任。黎沙巴天人为此以刹帝利自处，向世间生民演示，如何居家践职，成就法、利、欲乐、解脱。在婆罗门的指导下，黎沙巴天人举行了一百次各种形式的祭祀，从而取悦了至尊主毗湿努。

黎沙巴天人治下，百姓们怡然自得，除已有之外，更无所求。他们对国君爱戴至深，甚至不欲向他提出任何要求。一次，黎沙巴天人与其百子游幸至婆罗筏多，正逢其地有婆罗门大会。听了与会众贤圣的一番讨论，黎沙巴天人借机当着无数臣民的面，教导诸子，好让他们将来能以圣王之道，治理天下。

他说道："我儿啊，人身难得，不应昼夜但以感官享乐为务，这些快乐连吃屎的猪狗都能得到。人当穷其一生，精勤苦修，自升于纯粹奉爱之境界，如是体证无量妙喜。

"唯有透过侍奉修为高深的巴克提行者，人才能挣脱尘世的捆绑。其他的人，对解脱毫无兴趣，由于日日与酒色之徒为伍，地狱之路已经在他们脚下畅通无阻。当人把感官欲乐视为其性命之所在，就会发疯似的追逐外物，如此造下种种罪业。他不晓得，正是因为过去生中的罪业，他才承受了现前的烦恼之身。他也不晓得，继续享乐造业，会使他永远不得脱出尘世之羁累。即便博学多识之人，若不明白追逐根尘欲乐无异于浪掷光阴，须知是人，痴狂颠倒。

"男女之情，乃世间法之根本，缘此妄念故，男女以心相许。如是情缘日深，愈发贪恋躯壳、家室、产业、子女、财富。我执幻念，由此愈发深透。事实上，只要人不去探求自我觉悟，其人生使命，已然败坏。

"我儿啊，你们应当拜一位至尊天鹅为上师，在他的教示之下，践行各种苦行，并为至上主神献上服务。透过修炼巴克提瑜伽，你们便能超拔至天人之学的最高境界，由此懂得，获得至上主神的恩慈，才是人生之究竟。若不能够救度受赡养者出于生死轮回之途，任何有情皆不应做上师、父母、丈夫或天神。

"我儿啊，汝等当服从长兄婆罗多，侍奉他，就等于是侍奉我。"

随后，黎沙巴天人立婆罗多为帝，不再过问朝政。他虽然还是住在宫里，却行为疯癫，裸形露体，披头散发。不久，他离开婆罗筏多，行脚世间，成了一位疯头陀。外表看来，他又聋又哑又痴，不再顾忌任何礼法风俗，他就像一块顽石、一个幽灵、一条疯汉。

黎沙巴天人走过城镇、村庄、乡间、山林、军营、牛棚、旅舍，所到之处，皆为宵小愚氓所拥堵。此辈有时向他投掷石块，有时向他泼洒粪便污秽。他不断受到恐吓、追打。有人对着他撒尿、吐痰，还有人故意在他面前放屁。

尽管世人以种种恶名呼喝他，以种种手段磨折他，黎沙巴天人却毫不理会，漠然相向。因为他晓得，躯壳最终的下场必定如此。他安住于自身的灵性之光，超越了一切躯体化之生命观，了知灵与物，截然分离，所以对这些侮辱轻慢，全不在意。他无嗔无怨，独自穿行于人间世上。

黎沙巴天人身形妙好，体貌精雅，嘴上总是挂着温柔亲切的笑容。他的眼睛微红，犹如莲花瓣一般，再加上面容俊美，使他显得极为迷人，甚至已婚的妇人看到他都会心旌摇荡。可是，他长长的棕褐色卷发蓬乱纷披，身体又脏又糙，却让人觉得他似乎有鬼魂附体。

眼见庸众对他如此敌视，黎沙巴天人最后采取了蟒蛇行，随地躺倒，再不走动。拉屎撒尿之后，他就在屎尿上打滚，好叫众人看到，不敢进前滋扰。然而，虽说他处身污秽，体表却并无恶臭散发，相反，他的屎尿让乡间八十里内，香气馥郁。

作为至尊主的分身，黎沙巴天人显示出一切妙喜之兆，种种神通诸如天眼通、他心通、宿命通等，亦随之而生。然而，他从不曾运用过这些力量，因为即便是一位修为精深的通玄者，也绝不会信任心意，就像猎人，捕获到野兽后，绝不会掉以轻心，知道这些野兽随时会逃之夭夭。犹如荡妇，轻易被浪子勾引，其夫不觉，反为二人所杀，若瑜伽士不能收摄心意，便会为淫欲、贪嗔所乘，断送自己的慧命。

黎沙巴天人之身彻底灵性，但由于瑜伽幻力的作用，他自认为此身与凡夫无异。故此，他的举止，就像那些苦苦追求自我觉悟的尘世凡人。一次行脚之际，他经过南印度的喀尔纳陀省，进入了俱陀喀叉罗附近的一片密林。他口含石子，状若疯癫，游荡于丛林之间。此时，竹木相摩，燃起一场丛林大火。一时间，风急火旺，竟烧光了整座林子，黎沙巴天人的身体，也就此焚为灰烬。

那个地方的国君，名阿尔诃特，闻听黎沙巴天人之风范举止，受魔力蛊惑，便欲起而效尤。他借着喀利纪的影响，抛弃韦陀经教，自创了一套新的教法，此即后来之耆那教。

第四章　帝子化鹿

　　黎沙巴天人出家后，婆罗多从父之命，登立为帝。他施行仁政，爱民如子，受到天下人的爱戴。他的妻子名般叉遮尼，乃毗湿筏鲁巴之女，生有五子。婆罗多大帝广行祭祀，以此崇拜至上人格主神，他知道，供养天神实际上是对至尊主各个肢体的献祭。如此按父命行事，婆罗多爱神之心日盛，心地越来越洁净清明。

　　婆罗多大帝命中当享荣华，为期一千万年。如此，虽然犹在盛年，当命定之时将到时，他舍弃了后宫佳丽和江山社稷，把财产分派给诸王子后，独自一人，隐退于哈德瓦的补腊诃净修林。他从林园里采集了鲜花、嫩枝、荼腊茜叶，从冈多吉河中汲了清水，并以各种根茎、果实，供养至上主神。就这样，他知足自得，心中再无一丝享乐之欲。

　　透过不断修炼，婆罗多对至尊主的爱日益增强，心灵逐渐融入妙喜之境。在爱的迷狂之下，婆罗多身毛为竖，泪若泉涌。他时时冥思着至尊主红嫩的莲花足，心湖里溢满了神爱之水。当他的心深深地沉潜于此湖中时，便浑然遗忘了一切外在的仪轨律条。

　　身系鹿皮的婆罗多，风姿俊朗超逸。由于一天洗沐三次，他的卷发总是湿漉漉的。每天清晨日出，他便唱赞梨俱赞歌，崇拜居停于日轮之中的太一毗湿努。

　　一日，早课之后，婆罗多趺坐水岸，凝神持咒。就在此际，一头渴鹿来到附近，尽情饮水。突然之间，近处传来一声威猛的狮吼。

　　那头黑斑母鹿性情胆怯，听到狮吼，大受惊吓，两眼惶恐，左右环顾。那母鹿受惊，当下不顾饮水，纵身跃起，跳过溪涧。母鹿原有身孕，一跃之下，腹中胎盘坠落下来，掉入激流。那母鹿流产失子，哀伤惶急，待到躲入石窟之中时，已是精疲力竭，不一刻便倒地身亡。

　　婆罗多坐在岸边，看到失去母亲的幼鹿顺水漂流，不禁大起悲心。于是他便从激流中捞起幼鹿，把它抱回了隐修之地。

　　自此，婆罗多开始饲养这头幼鹿，喂它青草，保护它不受其他野兽的侵扰，无意之间，便对小鹿有了感情。小鹿痒了，他会为它抓挠，有时，他还会抱着小鹿亲吻。由于照看小鹿太过用心，婆罗多渐渐忘记了对至上主神的崇拜。实际上，数日之后，他就抛开了所有的清规戒律。

此时的婆罗多已经完全把灵修置诸脑后，他自思："哟，这幼小的鹿儿，受命运之力的拨弄，失去了亲人，如今却托命于我。除了我以外，它一无所知，我已然成了它的父亲、母亲、兄弟、戚友。这鹿儿完全信任我，我不该心生怨尤，认为照顾它会伤害到自己的利益。我如何能抛下一个饭命于我的生灵？尽管鹿儿扰乱了我的清修，我还是有责任全面照顾它，保护它，让它欢喜。忽略一个托命于我的无助的生灵，将会铸成大错。就算是出世者，也应当怜悯他人的苦痛。人当不惜牺牲一己的利益，保护归顺者，即便这些利益至关重大。"

在极度的依恋之下，婆罗多与小鹿同榻而眠，同行同浴，甚至同食，如此，他的心完全为情感之索所绑缚。因为担心其他野兽的来袭，婆罗多去丛林采集花果柴草时，也会带上小鹿。

那鹿儿稚拙可爱，深深地迷住了婆罗多。有时，出于深情，他会把小鹿扛在自己的肩上。心中洋溢着对小鹿的爱，他醒时把它抱在膝上，睡时把它搂在怀里。就这样，婆罗多从调弄这头小兽之中，感受到极大的乐趣。

甚至当修炼祭拜之际，婆罗多也会中途起身，去察看小鹿是否跑开。看到鹿儿安然无恙，婆罗多才放下心来。此时，心满意足的他会祝福他的鹿儿，说道："愿你幸福安康。"

一日黄昏，婆罗多发现小鹿没在自己的隐修庐里。他立时心神大乱，就像聚敛了一点儿钱财的吝啬鬼，转瞬间失去了自己的财富。看不到小鹿，婆罗多忧虑万分，在分离之苦中，他悲叹道："啊呀！可怜的鹿儿，你信靠我，可如今却孤苦无依。我的心冷酷无情，欺诈成性，如同狡猾的猎人。不过，虽说我轻忽了可怜的生灵，已经证明自己全无信义，你会不会回来，再次把信心放在我身上？我还能看到你在花园里漫步、吃草吗？或许，你已经被虎狼吞吃了！"

回想起小鹿调皮可爱的样子，婆罗多心生迷惘，像疯子一般自语道："王子一般的小鹿啊，你何时才能回来，抚慰我受伤的心灵？我定是毫无福报，不然鹿儿如今已然归来。我闭起眼睛，佯装冥想的时候，鹿儿会抬起嫩角的角尖小心翼翼地戳我，用娇嗔包裹住我。我把献祭用的供品放到吉祥草上，鹿儿会顽皮地用齿牙咬啮它们，把它们染污掉。我责罚它，把它推开，它害怕了，只好静静地坐下来，不再调皮捣蛋。"

说完这番话以后，婆罗多起身奔往丛林。他看到小鹿的蹄印，不觉怜爱之心大发，赞叹道："不幸的婆罗多哟，跟大地所行的苦行比起来，你的苦行微不足道。靠了峻厉的苦行，大地之表才印上了最美丽、最吉祥的蹄印。因为这些蹄印，这片土地方才成为适合婆罗门举祭升天的吉祥之地。"

婆罗多抬起头来，看到月亮上的鹿形黑斑，便又叹道："莫非月亮也知道鹿儿离家远走，对这可怜的小鹿大发善心，给了它一块栖身之地，好避开野兽的袭击？小鹿就像我的孩子，因为跟它离别，我浑身烧热，犹如陷身林火。必是月亮看到了我的愁苦，向我洒下甘露，仿佛良友为发烧的伙伴喷洒凉水。"

就这样，婆罗多被无可抑制的欲念制服，这欲念以一头小鹿的形体展现在他面前。他的退堕，似乎是由不可见的前世罪业所造成。不然，在舍离家人亲友，视彼等皆为烦恼魔障之后，他怎么竟然会被一头小鹿迷住？虽然，表面看来婆罗多是受了前世业力的影响，但对身为伟大奉献者的他，这其实不太可能。推论是，他故意变得嗜爱小鹿，以此荒废灵性修炼。

正当婆罗多四处寻觅小鹿之际，不可逾越的死亡出现在他面前，犹如毒蛇，钻入鼠穴。婆罗多像疯子一般徘徊于山林之间，最后坠下悬崖。就在他横卧谷底，奄奄待毙的时候，他看见小鹿依偎在他身边，犹如赤子，哀父之亡。如是，婆罗多临离开躯壳之时，还一心挂念着小鹿。因为这个缘故，他下一世堕入了鹿胎。不过，由于他前世践行过严格的巴克提修炼，故虽受取鹿身，却未曾忘记前世的所作所为。

婆罗多故意怠弃修炼，上天为了立即补救他的错失，给了他一具鹿身，以便重新唤起他对灵性生活的渴求。

沦于鹿身的婆罗多，还能记得起前世的经历，于是他不断悲悔哀叹："多么不幸啊！我从自觉之途上退堕下来！我抛妻别子，隐居修炼，为的是让自己圆满安住于无染觉性。可是，由于愚蠢，我的心却再起贪执，这回是对一头鹿。"

婆罗多虽处鹿身，却因忏悔故，在内心彻底舍离了红尘浊世。他离开了生身之地和母亲，独自返回仙圣菩拉斯提阿和菩腊诃所在的隐修之地。此时的他，小心谨慎，担心再度沦为不良交往的牺牲品。他从不吐露自己的经历，每日入圣河洗浴，但以枯草为食，等待着死亡的来临。

最后，婆罗多舍弃鹿身，于临终之际，高声求祷："至上主神乃万物之真宰，宇宙之大我，居停于一切众生心中。他乃祭祀与瑜伽之人格化身，最为殊胜庄严。我今离此形骸，向他恭敬顶礼，愿得生生世世，为他服务奉献。"

第五章 大痴说法

婆罗多下一世转生为婆罗门之子。其父乃安吉罗一系之传人，真纯洁净、知足安忍、温柔无妒，具足一切美德，又学问渊博，遍习一切韦陀经教。作为一位巴克提行者，他时时为至尊主服务奉献，乃得长处妙喜之境。此婆罗门有妻妾二人，其妻生九子，皆有才德；其妾生下一对孪生兄妹，为兄者即婆罗多，后来被人唤作大痴婆罗多。

由于至尊主的恩慈，大痴婆罗多能够记起自己的前世经历。故此，他虽出身婆罗门之家，却害怕与亲友邻人的亲近往来会使自己退堕。出于这种想法，大痴婆罗多在人前表现得如同愚人疯汉——又聋又哑又傻，以此避开俗世的纠缠。但在内心深处，大痴婆罗多一直冥思着至尊主的莲花足，唱赞着他的荣光。

大痴婆罗多的父亲极其疼爱他。虽说儿子根本不适合成家立业，这位婆罗门父亲还是为他举行了所有梵行者的净化仪式。并且，他也不顾儿子不愿受教读书，依然花力气教导儿子，但求恪尽自己为父的职分。

在父亲面前，大痴婆罗多只是一味愚顽疯癫，好让父亲打消用韦陀礼法教化他的念头。不管父亲教他什么，他总是反其道而行之。比如，父亲叫他大便后洗手，大痴婆罗多却先洗手后大便。他父亲想教他持诵伽耶特黎咒（Gayatri Mantra），可教了四个月，大痴婆罗多还是学不会，最后他父亲只得作罢。

可是，这位婆罗门照样溺爱这个傻儿子，把他当作自己的性命。就像世间一般凡夫俗子，这位婆罗门极为爱恋妻儿室家，总是希望大痴婆罗多有朝一日能成为饱学之士。他费尽心机，想教儿子韦陀义理、洁净之法、举祭之礼，却浑然忘记了，自己有朝一日将会死去。

但死亡并不曾忘记他。时间一到，死亡就把他带走了。眼见丈夫死去，婆罗门之妾把两个孩子托付给正房，自己跳入了火葬的柴堆，跟随丈夫升天而去。父亲死后，大痴婆罗多的兄弟们认为他全无头脑，愚不可及，便不再让他读书习诵。这些兄弟虽然精通韦陀三明所阐扬的福报业行，但对巴克提之道，却一窍不通，是以根本无法窥测到大痴婆罗多的道行境界。

由于大痴婆罗多状若疯癫，那些无异于两脚禽兽的世俗小人常常欺侮他，他却从不反抗争辩。他什么都吃，无论是乞讨来的、劳作赚来的，还是送上门来的，也不管是美味佳肴，还是残羹剩饭；但他从不为享乐而进食，因为他已然摆脱了身见我执。他身体壮实，肌肉虬结，宛若公牛，根本不在意春夏秋冬、刮风下雨。他席地而眠，从不洗浴，故而灵光妙色，全为尘垢所掩。他只围一块肮脏的腰布，肩上挂的圣线，也是又黑又烂。

大痴婆罗多耕佣维生，他的那些兄弟借此使唤他，让他去农田里拼命干活。然而，大痴婆罗多其实根本不懂农活，但知一味蛮干，为此，他的兄弟们常常只给他吃些碎米败谷、锅焦油捞。大痴婆罗多也不管好歹，拿来就吃，从不计较。

其时有一匪首，出生贱民，因为渴欲得子，便计划以一痴汉作牺牲，供养跋陀罗·喀利女神。这匪首捉得一汉，痴顽如畜生，不料半夜里却跑掉了，于是他便命手下四处搜寻。这帮人寻寻觅觅，闯入一处稻田，见到大痴婆罗多正坐在地头，看守庄稼。那匪首一见大痴婆罗多，寻思此人正好合用，当下笑逐颜开，不由分说，便把大痴婆罗多绳捆索绑，押往喀利神庙。尽管大痴婆罗多身强体壮，本来足可逃生，但他却听天由命，并不抵抗。

按照自己的一套规矩，盗匪们先给大痴婆罗多洗澡，为他换上新衣，戴好花鬘饰物，周身涂抹檀浆，然后，让他饱餐一顿。张罗完毕，众强盗把呆子婆罗多牵到喀利女神的神像面前。他们向女神供上香灯花果，吹吹打打，开始崇拜女神。末了，他们让大痴婆罗多在神像前坐下，一位担任主祭的强盗在他头顶举起利剑，口诵喀利之咒，向女神祝祷，欲以大痴婆罗多之血为酒醴，供养跋陀罗·喀利。

这伙强盗肆无忌惮，居然妄图杀害至尊主的伟大奉献者、众生之友——大痴婆罗多，喀利女神目睹眼前发生的一切，再也无法容忍。突然，神像崩裂，女神身放光明，踊跃而出。愤怒的女神眼射电光，獠牙暴张，似乎准备摧坏世界。

喀利女神跃下神坛，抓起主祭盗匪手中的利剑，倏忽之间，砍掉了所有强盗的头颅。女神后面的一众女巫女妖见状蜂拥而上，跟女神一起，狂饮从那些断颈里喷出的鲜血，犹如享受玉醴琼浆。喝下鲜血后，女神和她的随从们几近癫狂，叫嚣跳踉，抓起强盗们的人头，抛掷取乐。

此事发生不久，辛度和娑毗罗之地的国君罗睺伽那，启程前往伽皮罗净修林。当他来到伊克殊摩提河边时，需要添一个轿夫。他的手下四处寻人，恰好撞见了大痴婆罗多。这些人见大痴婆罗多身强体壮，觉得此人如牛似驴，正堪负重之用。于是他们也不管三七二十一，强把大痴婆罗多拉来，为罗睺伽那大王抬轿。大痴婆罗多极不愿杀生，所以当他为国君抬轿之时，非常小心翼翼，举步投足，唯恐踩上了虫蚁。这么一来，大痴婆罗多便无法跟上其他轿夫的脚步，以致轿子颠簸摇晃，令罗睺伽那大王极为不适。

如此被颠了几回，罗睺伽那大王出声警告抬轿众人："尔等抬轿，为何如此不稳？尔等从今起务必小心在意，好好抬轿。"

听到国君责备，众轿夫怕受惩罚，大为惊恐，急忙回答道："主公啊，我等恪尽职守，并未疏忽大意，只是这新来之人不够敏捷，所以才生出这等难处。"

这些轿夫都是首陀罗，对其他生灵全无怜悯之心，自然不会在意路上的蚂蚁。这等人与一位圣贤——呆子婆罗多一起干活，必定无法协调。罗睺伽那大王知道是因为一个人的过错，才让他的轿子颠簸摇晃，不由微微发怒。

受强阳之气驱迫，罗睺伽那大王开口讥嘲大痴婆罗多，后者光相隐微，犹如火为灰蔽。那国君说道："我的好兄弟，你看上去疲惫不堪，大概你是凭一人之力，抬了这许多路程。我感觉你是年老体弱，不堪重负。莫非其他轿夫不愿跟你合作抬轿？"

虽然受到这番讥刺，大痴婆罗多却无动于衷，并没有像罗睺伽那大王一般生起嗔心。因为他明白，自我与构成躯壳的那一团物事全不相干。大痴婆罗多也不说话，管自抬轿而行。

罗睺伽那大王发现轿子还是颠簸不止，便破口大骂起来："你这混蛋！难道你不晓得我是你的主子吗？你竟敢藐视我的命令，我要惩罚你，犹如阎罗对待罪人。我得给你点儿颜色看看，好让你清醒过来，做自己该做的事情。"

在强阳、浊阴气性的作用下，罗睺伽那大王落入了躯体化的生命观，以为自己是一个国君。尽管以学问渊博自诩，罗睺伽那大王却无法体会到一个像呆子婆罗多那样的纯粹奉献者所达到的灵性境界。故此，他才敢出言不逊，责骂大痴婆罗多。

大痴婆罗多微笑答道："大王啊，你所言不虚。我确实不曾出力抬轿，因为身体才是轿夫，而我不是。你说我身体羸弱，不知形神之别的人，自然会这般说话。

"身体或有肥有瘦，但没有一个有学问的人，会如此形容灵魂。故此，你说我不甚壮实，倒也并没有错。假若这段路程真与我相干，我必定会体验到辛苦，但既然我与此毫不相干，那对我而言，就根本无所谓辛苦。

"身心之困乏、饥渴、苦乐、嗔怖、悲幻等等，无不是躯壳之变化。是故，沉浸于躯体化之生命观的人，必然为情境所转。但我脱离了躯体化之生命观，所以无论是抬轿还是挨骂，都不能影响到我。

"大王啊，你自认为是主子，故此，你才想要命令我。但我必须告诉你，这种态度并不可取，因为一切名位皆无常易逝。今天你或许是国君，而我是奴才，但明天我们的地位可能就会颠倒。其实，每个人皆受气化之驱迫，故而我认为每个人都是奴才。

"大王啊，你称呼我混蛋，说我是一个又疯又痴的家伙。不过，我要告诉你，我虽然行为疯癫，却是一个解脱的灵魂。惩罚我你会得到什么呢？就算你是对的，而我真的是个疯子，你的惩罚还是不起作用，因为这无异于鞭打死马。即使疯子受到惩罚，可他的疯病并不会得到治愈。"

出于谦卑，大痴婆罗多从不认为自己是一个伟大的奉献者，他自视凡庸，认为给国君抬轿，也是消除过往的罪业。如是，大痴婆罗多心平气和地说了这番话，准备接着为国君抬轿。罗睺伽那大王原就喜爱谈玄论道，听了大痴婆罗多的对答，心中我慢之结顿然松弛，不再执着国君身见。

于是罗睺伽那当即从轿子上下来，扑倒在地，以头面顶礼大痴婆罗多之莲花足，请求大痴婆罗多宽恕他侮慢婆罗门的罪过。

罗睺伽那大王怀着巨大的谦卑、忏悔之心，说道："婆罗门啊，你隐姓埋名，混迹世间。你究竟是谁？你是一个博学的婆罗门，还是一个圣者，抑或是一位解脱的灵魂，就像答塔垂亚？你为何来到这里——莫非只是为了饶益我们？

"先生啊，我丝毫不害怕因陀罗的金刚杵、湿婆的三叉戟，乃至阎罗的法杖，但我非常担心冒犯一位婆罗门。

"你深藏不露，抱道陆沉，却为何要像痴汉一般，浪迹人间？

"伟大的圣者啊，你所说确定无误，可是，像我这样的凡夫俗子，无法轻易领会玄理妙道，求你慈悲，把方才所说的话，再清楚地解释一遍。我认为，你之降凡，乃是作为伽皮罗天人的直接代表，饶益一切众生。

"上师啊，请你告诉我，何为世上最安全的庇护所？我觉得，你之所以现身为聋哑痴呆，不过是为了检验世人，看谁才真正算得上是一个人。我因为贪著世味，已经无法看见妙道。现在，我拜倒在你面前，乞求你的开示，请你告诉我，如何进升于灵性之途？"

罗睺伽那大王提出疑问："你说你并未因劳作而变得疲乏。然而，虽说灵魂无疑与躯壳有别，但它似乎有苦乐之感，也会因身体之劳作而变得疲乏。譬如将一锅牛奶和大米置于火上，锅子加热后，牛奶和大米也随之变烫。同理，躯壳所体验之物质境况似乎也会影响心识和灵魂。故此，灵魂不可能完全脱离物质境况——这是我的推理。虽然现象世界并非真实，但肯定会对受局限的灵魂产生巨大的影响。所以，尽管业行无常，但不能说不真实。

"你说主仆关系并不真实，缘无常故。可是，若有人登上王位，治民惩乱就成了他的职责。借着惩治诛伐，国君才能教化百姓臣民，使其遵礼守法。你说惩治疯子、痴汉毫无意义。然而，因为践履职分可以清除前世罪业，所以，即便勉强而为，也当不无饶益。

"苦恼者之友啊，只因有了这具国君之身，我虚骄傲慢，侮辱了你，造下极大的冒犯。所以，我祈求你，以无缘大慈眷顾我，让我脱离由此而来的罪恶报应。我晓得，你已经破除了一切躯体化的生命观，平等对待一切众生，我对你的羞辱，对你而言，其实根本不足挂齿。但是，我冒犯了你，若你不肯原谅我，即便我像湿婆一般神通广大，也必定消亡。"

大痴婆罗多答道："王啊，虽然你体验不深，却像大师一样侃侃而谈。但体道悟真之人，绝不会说出你这番话来，是故，你不能算是真正有学问的人。须知，涉及主仆关系之类的戏论，皆不离世间业行。对这类戏论兴味盎然的人，灵性进步绝难发露。犹如梦醒，自知梦境虚幻不实，今生来世一切红尘之乐，当知终究微不足道。当人悟到这一点，韦陀诸经，虽说是世间法的绝好指南，已不足以启人悟入玄理妙道。

"只要人的心意还受习气杂染，它就依然像一头未得驯服的野象。透过运用感官，未经调伏的心意不断扩张其善、恶之业，如是于追逐欲乐之际，为贪嗔所制。心意裹挟着生命体，进入各种躯壳，流转于天、人与低等族类之间。

"博学之人有言，体貌、束缚、解脱皆从心而生。心若沉溺感官之乐，便会招致生命之受局限，以及随之而来的苦恼。心若不执世间欲乐，便是解脱之因缘。火燃灯芯，若燃烧不当，灯火就会变黑；若燃烧得当，灯火就光明畅亮。同样道理，心若舍离感官之乐，便会引发觉性之本来灵明。

"当人迷失了本来觉性，幻力就会在心中造下种种业识，由是自无始以来，业识不断积聚。有时，这些铭印显露于醒觉状态，有时则出现于梦中。解脱之人非常清楚这一切如何发生。灵魂之自我认同力，或曰心，乃尘世一切烦恼之起因。心为疾病、哀痛、幻惑、执着、贪嗔所动，造成束缚，以及局限化生命里的虚假亲附感。

"王啊，把为上师和至尊主的莲花足服务奉献当作武器，试着降伏你自己的心。"

罗睺伽那闻言，欢喜赞叹道："最超卓的人啊，借着你的力量，以前对经典里种种抵牾之处的疑惑，如今尽得扫清，是故，我在此向你恭敬顶礼。婆罗门之俊杰啊，我受染极深，我的眼力已被骄慢之蛇所伤。我处于病态的生命之中，你甘露般的话语消减了我的苦痛，是治病的良药。唯一的难处是，这些玄妙的开示极难理解，所以我请求你，用更简单的方式再复述一遍。"

大痴婆罗多答道："我等大地一切众生，皆为不同躯壳里的生命体。千差万别的躯体及其能力，无非土地所化，不过名称有异而已，因为坏灭之后，复尽归尘土。某些此类物质之聚合被唤作轿夫，其足、踝、膝、腿、胸、头所合成之形骸，亦唯土地所造。这些轿夫的肩上，扛着木制的轿子，轿子里坐着所谓的娑毗罗之王。这国王的躯壳，也无非是土的另一种变形，可在躯壳里的你，却虚假地认为自己是国王。

"事实上，这些为你无偿抬轿的人正因遭遇不公而受苦，而你，强迫他们为你抬轿，已经证明了你的残酷无情，你却自恃高贵，居然认为自己在保护臣民。君王当举动如神使，如是指引百姓，走向灵性之途。若君王以为身为元首，就可以役使百姓，用来餍足其感官欲乐，那么他必会堕落沉沦。

"在天地间之无常表象背后，有绝待之理、至上原人在，一切饱学之士皆呼之为华胥天人，彼乃大梵与超我之根源。

"罗睺伽那大王啊，除非人得到机缘，用一位伟大奉献者莲花足下的尘土抹遍全身，否则便不可能觉证绝对真理。

"在前一世，我被世人称为婆罗多大帝，透过彻底舍离尘世业行、为至尊者献上奉爱服务，我已经获得了灵性圆满。然而，不幸，我竟对一头小鹿产生了爱恋之情，为此我荒废了灵修，下一世不得不投胎为鹿。因为曾经诚心为至尊主服务奉献过，我还能记起前生，以及退堕的因缘。正因为这个缘故，我一直混迹世间，不求人知，以此远离尘俗熏染。"

念及前尘，大痴婆罗多心生悲悯，于是继续开示罗睺伽那道："在三极气性的魅惑下，受形气局限的灵魂蹀躞于极为艰困的物质存在之途。由于无法超越三种业果——吉、凶、吉凶掺杂，他只得夜以继日，拼命劳作，就像一个贩子，窜入森林，想获取一些将来能贩卖求利的东西。

"森林中有六个强人，抢去了那贩子的资财。此外，那里还有豺狼虎豹，各种凶兽出没，伺机掠走牧羊人的羊羔。

"林间灌木藤蔓密布，当人寄身其下，便受到蚊虫叮咬。有时，他见到林中幻境，有时，他见到山魈鬼魅，恍如流星，倏忽闪过，令他迷惑丛生。

"在林间小径四处搜寻之际，那贩子有时被旋风眯住了眼睛，甚至搞不清自己存身何处，在干什么。他游荡着，有时听到不知何处蟋蟀凄厉的鸣叫，与猫头鹰尖利的啼声，让他心中痛楚万分。有时，在饥饿的驱迫下，他会奔向一棵并无花果的树木；有时，他焦渴难耐，在幻觉之下，拼命追逐林中蜃景；有时，他举身跃入浅滩，徒然折断了骨骼；有时，因为没有吃的，他只得向那些并不好施的人求讨；有时，他承受着林火炙烤的痛苦；有时，他的财物被夜叉夺走，让他悲痛无比。

"有时，他想象着乾达婆幻城，希望能跟自己的家人和财富一起住在那里面逍遥度日，但这样的满足不过是昙花一现。有时，那贩子想要翻山越岭，无奈鞋不济事，脚下常被砾石棘刺扎伤，让他痛楚难当。有时，他受到挫折，便怒不可遏，向家人头上出气。有时，他被蟒蛇所吞；有时，他被砸伤；有时，他被毒蛇咬啮，昏倒在林间小径。盲奔瞎走之际，他有时跌入暗井。有时，他想从蜂巢里捞取蜂蜜，结果却受到野蜂的攻击。

"有时，那贩子面对酷寒、炎热、强风、暴雨的侵袭，发现自己无能为力，这也使他郁闷烦恼。有时，他贫困潦倒，甚至没有一间房子安家立业，享受天伦之乐，于是他只好伸手向人讨钱。讨钱不成，他便借贷；还不了债，他便偷窃。偷窃被抓，受到殴打辱骂，其境遇更是惨不忍睹。由于金钱往来，人际不免紧张，到头来往往以怨恨收场。有时，那贩子在生意场上一次又一次被人欺骗，搞得他束手无策，难以为继。

"有一天，他失去了父母，便转而爱恋自己新生的孩子。就像这样，他游荡于尘世之途，甚至到死亡之际，也不知道如何走出这片森林。有时，那贩子寄身藤蔓之下，渴望听到雀鸟的啼鸣。后来，因为害怕林中狮王，他便与鹳鹭鹰鹫为伍。受到这等恶友欺骗之后，他或许会去亲近奉献者，但因为不能遵循他们的教导，他便再次抽身，回到猴群里面，从酒色中寻求满足。看着其他感官享乐者的脸孔，他变得忘乎所以。如是，他渐渐向死亡走近。

"沿着这条路，此人变成了像猴子一样的东西，只知跳踉抢攘，间或挨老婆踢打，又像一头公驴。有时，他坠入山洞，被住在那里的野象吓得缩成一团。

即便从险境脱身，他以后还是照样贪著那种以淫乐为中心的家居生活。如是，在至尊者幻力的魅惑下，此人继续在物质存在之林中游荡，甚至到死，都绝不会发现自我的真正利益。"

大痴婆罗多最后说道："罗睺伽那大王啊，你也是这幻力的牺牲品，因为你走在这条物质享乐之途上。我现在建议你，凭借被巴克提磨利的慧剑，舍弃王位，以及对感官对象的贪著。如此，你将能砍断迷幻之结，脱离无明，渡往彼岸。"

罗睺伽那感佩不已："一点儿都不奇怪，只要为你莲花足下的尘土所覆，一个人当下即可超入纯粹巴克提之境。跟你短短片刻间的交往，已经让我摆脱了一切疑惑、虚荣和无知，这些乃是物质缠绕的根本。是故，我要向你致以最谦卑的顶拜。"

大痴婆罗多一番议论之后，已把受辱之事忘到了九霄云外。如此，他宽恕了罗睺伽那大王，继续云游于天地之间，一如往昔所为。

听完这个故事，巴力克斯大帝说道："叔伽天人啊，你把受局限的灵魂比作林中商贩，极生动地描述了他的地位。不过，虽然智者可以轻易觉悟这些开示，凡夫却很难理解。是故，我恳求师尊，请你直接阐明这些隐喻的含义。"

叔伽天人答道："一个汲汲求财的商贩，有时会进山采寻山货，日后好带回城里卖个好价钱。同样，受局限的灵魂，因为贪求私利，投生到物质世界，其后渐渐沉沦退堕，终于再也无法脱身而出。如此独立求存、备受迷惑之际，他流转于不同族类之躯壳，一世复一世，在各种程度上受取苦乐。

"那贩子赚来的金钱，本应用于修身复性，他狂野的感官和心意却掠走了这些钱，不过是为了满足无谓的耳目口舌之乐。家人或许被唤作妻、儿，但其实他们就像豺狐虎豹，个个占了那贩子的心，抢夺他的财产，满足自己的感官。

"农夫每年都要犁地，根除田里的各种杂草。可是，因为种子犹在，杂草还会随庄稼一同萌发。同样，除非想要享受家居生活的业种被彻底烧毁，否则它还会一次又一次显露出来。即便樟脑被从罐子里拿走，但气味依然不散。

"寄身树荫象征家居生活；搅扰人的蚊虫之类，是那些不得不与之周旋的善妒之辈。蟋蟀、猫头鹰的啼叫象征了善妒之辈的暗算。由于无明，受局限的灵魂无休止地沉迷于果报，如是把无常如乾达婆幻城的尘世认作不变有常。

"在这座乾达婆幻城里，世人吃、喝、行淫，追逐尘境，犹如麋鹿，追逐沙漠蜃景。其心为强阳气性主宰者，渴欲淫乐、赌博、食肉、酗酒。结果，他变得醉心于黄金的色泽（黄色的粪便，飞逝而过的鬼魅），因为金子能让他支付这些花销。他发狂似的求取黄金，仿佛林中受冻之人，有时会向沼泽地里的一点儿磷火狂奔而去，以为那里有火焰生起。

"有时，被旋风（妇人之色）眯住了眼睛，世人违逆了男女大防。如此他背礼肆欲，却不知神明监临，将来必遭报应。当人变得穷困潦倒，便会去巴结富贵小人，这类行尸走肉无异于不虔诚的树、有毒的井。

"有时，不断受挫失败之后，受局限的灵魂开始领悟到世间欲乐的无谓。然而，由于强烈的躯体化观念，他很快会把这种领悟置之脑后，重新追逐尘世欲乐，一似追逐沙漠蜃景的野兽。有时，为了减缓尘世间火烧火燎的苦痛（犹如林中野火），世人会托庇于伪装成圣者、僧人的无神论者，以求取一些廉价的祝福。在他们的熏染下，他丧失了所有的智慧，这被比拟为纵身跳入浅滩。

"有时，那商贩拼命赚来的、犹如性命般贵重的金钱，被凶残如罗刹的国君以所得税的名义掠走，这自然让他悲叹不已。有时，因为维生不济，他会取走父亲或者儿子的钱财，即便那些钱财微不足道。有时，他会想象，自己的父祖如今以儿孙之身再次转世回家，如此，他感受到一种犹如梦中所感受到的快意。

"有时，那林中商贩想要翻山越岭，这好比履行家居生活中许多持久繁难的责任、义务，诸如子女的教养、婚娶等等。扎伤家居者脚底的砾石棘刺象征他为了完成这些责任所经历的艰辛折磨，以及家人无视他勤恳不懈的服务，对他所表示的不满。有时，一个深爱家人的居士，无法维持家计，出于沮丧懊恼，会为了小事呵斥打骂自己的妻儿。这是因为生活的失意让他心烦意乱，他才拿自己可怜的家人出气解闷。

"王啊，昏睡就像大蟒，那些尘世森林的过客常常被昏睡之蟒吞噬。被抛入莽莽丛林，受局限的灵魂渐渐变得如同行尸走肉，根本不能明白生命究竟出了什么问题。有时，由于敌手的诡计，他从显赫的高位上跌落下来，这就好比受蛇蝎咬啮。因为受忧愁煎熬，此人夜不能寐，如是哀悔郁积，渐渐智慧尽丧。落到这般田地，他成了坠入暗井的瞎子。

"有时，受局限灵魂会去追逐浪女荡妇，不过是为了获取一点点不足挂齿的交媾之乐。这就好比试图从蜂巢里偷蜜，结果只是招来女方亲族的辱骂殴打。有时，俗人花费大量钱财，弄到一个情妇，享受婚外风流，可后来那情妇却移情别恋，被另外一个浪子勾走。如是此人成了女色的牺牲品，不惜乞贷偷骗，牟取钱财，这般造下罪业，为自己招来今生来世的无穷苦恼。

"世上没有人能诚实度日,金钱上的来往必定造成人际关系的紧张对立。放大了看,国家之间一旦建立经济关系,也会发生同样的倾轧纷争,最后导致敌对和战争。

"有时,被气形局限的灵魂受到幻力化身(妻子或情人)的魅惑,渴望着得到女人那藤萝般手臂的温存拥抱。藤萝丛中的鸟啼象征妻子的呢喃情话。通过交媾,男女产下孩子,孩子长大后,又用同样的方式生育后代。如此,一代复一代,世人重复着一成不变的家居生活,体验着财色交换带来的艰困辛酸,从不关心出世解脱。

"权势熏天的豪强政客们相信,土地是属于他们的,为此,他们互相争伐,搏命沙场。然而,因为无法克制最近的敌手——未经驯服的感官和心意,这类枭雄永远不会走上自我觉悟之途。

"有时,畏惧日渐逼近的死亡——在这里被比作林中狮吼,受局限灵魂便想着要去崇拜某个能拯救他的人。但是,因为他从不在意至尊主,所以反倒去托庇一些自封的上帝——这些人就好比鹳鹭鸦鹜。有时,受了这类邪师伪神的欺骗,他尝试亲近那些根据经典教导他崇拜至上人格主神的真纯奉献者。然而,由于运道不济,这类恶棍不能持守上师给他定下的戒律,如此他又一次回到贱民的队伍里,这些人就像猴子,精熟于勾搭淫乱之道。

"猴族中交媾乃头等大事,如是这类人理所应当被称为猴子猴孙。就像猴子从一棵树攀缘到另一棵树,受局限灵魂从一具躯壳转生到另一具躯壳。就像猴子为猎人擒获,受局限灵魂迷醉于转瞬即逝的交媾之乐,由是受到家居生活的桎梏。由于荒淫过度,世人成了种种不治之症的牺牲品,这就好比堕入山洞,此时,他变得极度恐惧死亡——它被比作洞中野象。

"虽然生活在世间欲乐之林的众生天性自私好斗,为了满足淫欲,他们有时也结合婚配。但是,由于世间诸苦充满,穿行于世路小径的众生永不会变得幸福安乐。

"觉者托庇于至尊者,以求走出这凶险、痛苦的物质存在,他们晓得,除此别无他途。昔日有许多伟大的帝王,精通祭祀、兵戎之道。然而,尽管如此,他们却无法获得对至尊主的奉爱服务,因为他们无法征服由我执而来的错觉。如是,他们只知跟其他君主比拼争竞,相互征伐,到头来赤条条撒手而去,对人生真正的使命却依然懵无所知。

"巴力克斯大帝啊,大痴婆罗多所指明的道路就像大鹏鸟伽鲁达的航程,而俗世君王们不过是小小苍蝇。正如苍蝇无法追踪伽鲁达的航程，那些不可一世的帝王无法修炼爱敬之道，甚至梦想都不能。相比之下，婆罗多大帝是如此超凡绝俗，他正当盛年，便舍弃了美姬爱子、江山社稷。尽管这些东西极难舍弃，但因为虔敬事天，婆罗多大帝却能弃之如粪土。"

第六章　山海演绎

巴力克斯大帝说道："主人啊，你适才讲到，波黎耶伏罗多大帝战车的车轮在大地上刻下七个辙印，后来成了七大洋，把布曼荼罗（Bhu-mandala）分割为七大部洲。现在，请你为我细细讲说山河大地，满足我的愿望。"

叔伽天人答道："王啊，至尊者的物质能量延展无有穷尽，即便用尽梵天一世的时光，也没有人能阐说圆满。不过，虽然不可能讲得精准全面，我尝试向你解说天地间主要的区域，例如布珞珈。"

布曼荼罗形若莲花，七大洲犹似莲轮。莲轮中央为瞻部洲，圆如莲叶，直径十万由旬。瞻部洲内又有九州，各长九千由旬。瞻部洲中央为伊腊博黎答州，伊腊博黎答州之内有须弥山，纯为黄金堆成。须弥山位于莲花状布曼荼罗的中央，为天地之支柱。须弥山高十万由旬，其中一万六千由旬埋在布曼荼罗地表之下，其峰顶宽三万二千由旬，而底部宽仅一万六千由旬。

有八大山脉，界划九州，各宽两千由旬，绵延伸展，直至环绕着瞻部洲的咸海之滨。伊腊博黎答州之北为蓝山，乃罗弥耶伽州之分界。罗弥耶伽州之北为白山，乃喜朗摩耶州之分界。喜朗摩耶州之北为狮林伽芒山，为俱卢州之分界。狮林伽芒山之长十倍于白山，白山之长十倍于蓝山。伊腊博黎答州之南为尼莎达山，乃诃黎州之分界。诃黎州之南为喜玛俱多山，乃金补鲁莎州之分界。金补鲁莎州之南为喜马拉雅山，乃婆罗多州之分界。此诸山皆高一万由旬。伊腊博黎答州之东为冈达摩大拿山，乃跋多罗史华州之分界。伊腊博黎答州之西为玛黎雅梵山，乃开图摩勒州之分界。两山皆高两千由旬，从北面的蓝山延展至南面的尼莎达山。

须弥山之四面有四山，名为曼多罗、迷卢曼多罗、苏巴室华与俱慕答，环绕须弥，状若腰带。四山长、高皆一万由旬。四山之巅皆有神树，高一千一百由旬，亭亭如旗幡。曼多罗山之巅者为杧果树，名提婆楮多，其果大如峰峦，坠地碎裂而为浆汁，沿山下泻，势如瀑布，其后汇成阿鲁诺达河，流经伊腊博黎答州之东部。众夜叉之妻——大神湿婆之妃的女仆们，因为饮用此水，其身芳香，氤氲方圆八十里。

迷卢曼多罗山巅有一绛补树，其果大如宝象，果浆流为绛补拿底河，泛滥于伊腊博黎答州之南。河岸淤泥为果浆浸染，经日晒风吹，产出金砂，谓之绛补金。天堂之民与其妻妾以此金制为首饰器物，如是享受生命。

苏巴室华山巅有一树，名为摩诃喀丹芭，自其树洞中流出五脉蜜水，各宽四十丈。蜜水流经伊腊博黎答州之西部，所过之处，皆有蜜香弥漫。

俱慕答山巅有大菩提树，名莎多筏尔萨，其主干之数超过一百。有河自树根流出，漫延于伊腊博黎答州之北部。如是两岸之民，皆得丰饶物产供养。

四山之间有四大湖，其水之味或如牛乳，或如蜂蜜，或甜如甘蔗，或醇如净水。四湖之滨又有四圃围绕，其名为难陀、契多罗闵、毗波罗遮伽与萨筏荼跋多罗。诸仙灵——悉檀、乾达婆等，都喜欢在这四大湖中寻欢作乐，故而天生禀赋瑜伽玄通。

享受着州内诸水的出产，伊腊博黎答州之民皆无白发、皱纹上身。他们从不会感到疲惫，也不受老、病、夭诸苦折磨。他们的身体并不会随着年龄增长而失去光泽，也不会因为流汗而发出异味。他们不必受严寒酷暑之苦。如是，他们得以快活度日，无忧无虑，直至寿命终结。

须弥山脚下又有许多山峰环绕，罗列有致，犹如蕊丝，簇拥莲房。其中有八座山，尤为突出，各高两千由旬，广一万八千由旬。东面二山名为遮闵罗、提婆俱多，南北向纵贯。西面二山名为波筏那、波黎耶多罗，也是南北向纵贯。南面二山名为凯拉什、喀拉毗罗，东西向横列。北面二山名为翠湿林伽、玛喀拉，亦东西向横列。须弥山顶为梵天下都，名沙陀拘比，缘其纯为黄金所造故。环绕梵天下都之八方，为八大天王之宫，其形制与梵天之都相仿，唯大小仅其四分之一。

当筏摩那（也称为乌槃陀罗）天人伸长其左足，极于天顶之际，他的脚趾戳破了天盖。结果，混沌之水顺裂缝渗漏而下，成为恒河，其色略染粉红，美艳无比，缘曾洗涤至尊者莲花足底朱砂故。经一千纪之循环，恒河水降落于杜华珞珈之上，自那时起，北极星君杜华与其下的七大圣贤就已经怀着至诚虔敬之心，顶礼恒河圣水。

流经七大圣贤所在的北斗七星后，恒河被众天神以亿万天舟送往太空。如此，恒河最终泛滥于月球之上，接着便一泻而下，落至须弥山顶的梵王宫殿。自须弥山巅，恒河分为四道，其名为悉多、阿拉喀难陀、叉克殊、跋多罗，流下四方，

第五卷 | 163

汇入咸海。

悉多河自梵王宫流下，落于凯莎罗刹山峰顶，此山环绕须弥，堪与须弥比肩。自凯莎罗刹山，悉多恒河流经冈达摩大拿山，其后泻落于跋多罗史华州，最后流入东海。

叉克殊恒河降落于玛黎雅梵山之巅，其后下泻于西面的开图摩勒州。跋多罗恒河降落于俱慕答山之巅，其后陆续下泻至蓝山、白山、狮林伽那山之巅，最后流入俱卢州，北上至于北海。阿拉喀难陀恒河降落于喜玛俱多山之巅，其后流经婆罗多州，入于南海。此四河之外，又有其他大小河流，自须弥山顶流下，再分化为数百支脉。

九州之内，婆罗多州据传为积聚业果之地，而其他八州为初落凡间者所居，以受用天界未尽之善业。在这天堂般的八个州里，人类寿命为一万地球年，几乎可与天神相较。其民体健，力敌万象，男女可长时间尽情享受合欢大乐，经历上万年的感官之乐，当寿命还剩下一年时，妇人乃生子传宗。如是，这些地方人民的幸福程度，类似特黎多纪的中土之民。八州之民日日携妻妾游冶于园林苑囿，其妻妾时时笑靥盈盈，顾盼生情。然而，他们从不曾忘记，自己是至尊主永恒的仆人，他们不像中土之民，稍得一点儿酒色之娱便晕头转向，忘乎所以。

为了向他的奉献者显示恩慈，至尊主分身为九，分住瞻部九州。如是，各州君民乃得崇拜其神像之身。

伊腊博黎答州之内唯一的雄性即大神湿婆，因为杜尔伽女神不喜欢任何其他男人闯入此地。若有愚夫笨伯胆敢擅闯禁地，她会立即把他变作妇人。身边簇拥着杜尔伽女神的十亿婢仆，大神湿婆管自闭目冥思至尊主商伽萨那，明白他就是自己的本源。

在跋多罗史华州，阎罗王之子跋多罗史华与其臣属一道，崇拜至尊主哈耶什利。当劫终之时，无明化身为魔王答摩沙，盗走韦陀诸经，藏于罗萨塔拉地狱。至尊主哈耶哥黎华于是夺回韦陀诸经，归之于梵天。

在诃黎州，巴腊陀大帝与其臣属人民一道，崇拜至尊主尼黎僧诃。当他行崇拜之礼时，如是祈祷："我主啊，你的齿牙犹似霹雳，请摧毁我等魔王般的功利之心。求你显现于我们心中，驱散无明痴暗，如此凭借你的恩慈，我等将无所畏怖于世间尘劳艰险。愿天地间好运遍满，愿一切嫉妒之人皆得慰抚。愿一切众生修巴克提瑜伽，得享宁静平安，因为领受了奉爱服务，他们就会顾及他人的利益。

"我主啊，我等求祷，永不迷恋囚牢般的家居生活，那囚牢由妻儿、亲朋、财富打造而成。倘若我等确有爱著，就让我们的爱著为奉献者而生，他们唯一的挚友是薄伽梵克利须那。真实觉悟者、降伏心意者对箪食瓢饮已然心满意足。他们并不着力求取感官欲乐，故此能够精勤不懈于修炼身心。然而其他人，过于贪著身外之物，会发现性灵演进之途困难重重。

"透过亲近至尊主的纯粹奉献者，便能听闻到至尊主的超然妙行。这类圣言极具力量，仅仅聆听它们，就让人当下得与至尊主同在。至尊主以梵音之形，进入听闻者的内心，洗净一切尘世污染。故此，哪一个聪明人不愿亲近奉献者，让自己的生命尽快圆满？在养成了对至尊主的纯粹奉爱的人身上，天神的所有德行皆得以体现。而另一方面，一个缺失奉爱的人，实际上不可能有任何美德。"

在开图摩勒州，有吉祥天女拉珂施弥崇拜至尊主毗湿努之羯磨天人身相。跟随她的有生主摄筏德婆罗及其一万八千子、一万八千女，彼等皆为司掌日夜寿数之神祇。此羯磨天人性属毗湿努谛，虽显肉身，却举动超凡。

在罗弥耶伽州，毗筏斯华多摩奴与其臣属一道，崇拜至尊者摩多峡。

在喜朗摩耶州，阿利摩与其地之民一道，崇拜至尊者鸠摩罗。

在乌多罗俱卢州，大地女神布弥与其地之民一道，崇拜至尊者筏罗诃。

在金补鲁莎州，有神猴哈努曼崇拜至尊者罗摩粲陀罗，跟随他的有其地之君主阿施提塞那，与一众乾达婆。

在婆罗多州，仙圣那罗陀与其地之民一道，崇拜至尊者拿罗、拿罗衍那。婆罗多之民按其所禀赋之气性而得界分，如是其民，或生而为英杰，或生而为凡庸，或天生不肖顽劣。其中的原因在于，在婆罗多州，人民按其宿业而得投生。经历许多生世后，善业之果成熟，其人便有机缘，得与纯粹奉献者亲近。这样，此人渐渐投入对至尊主的奉爱服务，向真正的解脱之途迈进。

因为人身难得，乃灵性觉悟之舟筏，故此，天上众神有时这样说道："这些人类投生婆罗多之地，是多么奇妙！他们前世必定修过苦行、善业，要么，至上主神已经对他们青眼有加。不然，他们如何能够以种种方法践履奉爱服务？我等天神只能巴望来世投生婆罗多州，而这些人类反倒已经践履其中。

"经历过举祭、布施、守誓等等艰苦修炼，我等终于成了天界之民。可是，这样的成就有什么价值？因为我等但知在此寻欢作乐，根本无法记起至尊主拿罗衍那的莲花足。

"婆罗多州里短暂的一生甚至比梵天珞珈更合心意。因为在那里可以凭着彻底皈命至尊主,快速提升自己,如是乃得返回灵魂故乡——无忧珞珈。婆罗多州提供了合适的地点和环境,让人去践履纯粹的巴克提之道。因此,若有人生于彼土,得获人身,却不愿领受奉爱服务,那么此人必定鲁莽粗蛮,一似被猎人擒获的山林野兽。缘过去所造善业故,我等如今高踞天界,但是,这一切终有尽期。我等求祷,到那个时候,若我等尚有丝毫宿业未尽,就让我等投生为婆罗多之民,如此我等或许能够记起至尊主的莲花足。"

昔日萨伽罗诸子开掘大地之时,造下环布瞻部洲的八座小岛,其名为斯瓦纳波罗斯塔、粲陀罗叔伽、阿瓦多拿、罗摩那伽、曼多罗诃黎拿、潘叉遮尼耶、星诃拉、楞伽。

犹如瞻部洲环绕着须弥山,宽十万由旬的咸水则环绕着瞻部洲。犹如包围着城堡的护城河外又有园圃苑囿环绕,咸水之外环绕着波拉莎洲,其宽度两倍于瞻部洲,计二十万由旬。

波拉莎洲之上有金色波拉莎树,与瞻部洲之绛补树同高。波黎耶伏罗多大帝之子伊德玛吉筏分波拉莎洲为七块,命其七子各治一块。波拉莎洲之民风姿绰约,寿一千岁,产子一如天神。波拉莎洲有四种姓,皆崇拜日神,命终魂归太阳。日神亦为一生命体,代表至尊者宇宙大身之一部分。虽然各洲之民皆崇礼天神,但在他们看来,天神乃是至尊主毗湿努的部分和微粒。

环波拉莎洲有蔗糖海,宽二十万由旬。蔗糖海之外围绕着萨勒玛利洲,其宽两倍于波拉莎洲,计四十万由旬。萨勒玛利洲之上有萨勒玛利树,其高为一千一百由旬,与波拉莎树相齐。此树为大鹏鸟伽鲁达之巢穴。波黎耶伏罗多大帝之子雅基巴胡分萨勒玛利洲为七块,嗣后命其七子分而治之。萨勒玛利洲之民的生活起居一如波拉莎洲之民。其民持四种姓法,崇祀月神。

环萨勒玛利洲有醴水,宽亦四十万由旬。醴水之外围绕着库莎洲,其宽两倍于萨勒玛利洲,计八十万由旬。库莎洲之上有库莎草丛生,犹如火焰,其焰温情可人,照彻十方。波黎耶伏罗多大帝之子悉拉耶雷多划库莎洲为七块,分封七子,好让自己能退隐苦修。库莎洲之民分为四等,皆崇拜火神阿耆尼。

环库莎洲有醍醐海,宽八十万由旬。醍醐海之外有克罗叉洲围绕,此洲之宽两倍于库莎洲,计一百六十万由旬。此洲得名于洲内的克罗叉山。这山上的草木虽遭喀提凯耶手中神兵的破坏,却因受过乳海的冲刷与水神筏楼那的保护,面对劫难丝毫不惧。波黎耶伏罗多大帝之子哥黎多钵利士达将此洲划为七块,分封七子。克罗叉洲之民分属四种姓，皆崇拜水神筏楼那。

环克罗叉洲有乳海，其宽与洲等。乳海之外有刹伽洲，其宽两倍于克罗叉洲，计三百二十万由旬。此洲得名于洲内之大刹伽树。因这棵树芳香无比，故此洲全境皆香气馥郁。波黎耶伏罗多大帝之子枚答提底分此洲为七块，命其七子各统一部。刹伽洲之民分属四种姓，皆崇拜风神筏尤。

环刹伽洲有酸酪海，其宽与洲等。酸酪海之外有菩士伽罗洲，其宽两倍于刹伽洲，计六百四十万由旬。菩士伽罗洲之上有大莲花，千万金瓣，昭灼如火。这朵莲花据说就是大神梵天趺坐之处。此洲中央有摩那首答罗山，为此洲内外之分界。摩那首答罗山宽、高皆一万由旬，日神坐日车周行于此山之巅，如是而绕须弥巡天。太阳巡行之轨道谓三筏忒萨罗，分南北二道，分别对应天神之昼与夜。波黎耶伏罗多大帝之子毗瞵陀罗为了遁世苦修，将内外菩士伽罗洲分封给了他的两个儿子。菩士伽罗洲之民崇奉大神梵天，以满足其物质欲望。

环菩士伽罗洲有甘水，其宽亦六百四十万由旬。甘水之外有一片土地，其宽为须弥中界到摩那首答罗山的距离。在这片住着众多生灵的土地之外，又有另外一片地，聚金而成，延伸至楼伽楼伽山。因此地表面有金光折射，煌煌如镜，故凡坠地之物，皆茫无可寻，故这片土地并无人民居住。楼伽楼伽山之外亦为无人之地，名阿楼伽州，皆笼罩于黑暗之中。楼伽楼伽山极高，甚至超过杜华珞珈，故此挡住了太阳以及其他星曜的光芒。出于至尊者的意愿，楼伽楼伽山被充作了三界的围墙。

须弥山至楼伽楼伽山的距离为宇宙直径（十二亿五千万由旬）之四分之一。楼伽楼伽山之巅有四宝象，其名为黎沙巴、菩士伽罗朱达、筏玛那、阿波罗耆多，乃昔日梵天所蓄，以护持宇宙四方。至尊者亦现身于此山之巅，以四臂灵体，增强宝象与诸神之力。阿楼伽州绵延十二亿五千万由旬，直至天盖之起始点。

日轮高悬宇宙中央，在地球之上十万由旬，位于布尔珞珈（Bhur Loka）与斯筏伽珞珈（Svarga Loka）之间的外层空间。日轮绕摩那首答罗山周行的途程为九千五百一十万由旬。日轮须在二十四小时内走完全程，故其经行速度大致为一刹那一万六千里。

须弥山之东，有因陀罗之宫，名提婆答尼，坐落于摩那首答罗山之巅。阎罗之宫名萨弥摩尼，在须弥之南。水神筏楼那之宫名尼摩楼叉尼，在须弥之西。月神娑摩之宫名毗钵筏黎，在须弥之北。日升、日中、日落、子夜在这四个地方皆有出现，而居须弥山之上者却发现太阳总在头顶。

日神之车仅有一轮，谓之三筏忒萨罗。其轴一端落在须弥峰顶，一端落在摩那首答罗山。因车轮固定于车轴之外缘，故一直滚转于摩那首答罗山之上，就像榨油机的轮子。一如榨油机的结构，此轴还连接另一根机轴，其长为前者的四分之一，这第二根轴的前端以罡风为索，固着在杜华珞珈之上。十二月为此轮之十二辐，六季为轮辋之六段，三"叉图摩莎"为轮毂之三节。

太阳车之车厢估计有三百六十万由旬长，其宽度为长度的四分之一。辕马之名皆取自伽耶特黎及其他韦陀赞歌，由阿楼那天人将其套上太阳车之轭，轭宽为九十万由旬。虽然阿楼那本来坐在日神前面，当御车之际却不断从左边回头注视他的主人。太阳车前还有六万拇指大小的仙圣列队而行，其名为诸筏黎基耶，皆口唱颂歌，赞美日神。

月在日之上十万由旬，因其周行较快，故月行太阴历两周即可覆盖日行一年之途程。

二十八宿又在月之上二十万由旬，皆附着于太阳车轮，绕须弥山周行。

金星在二十八宿之上，以三种速度移动，故有时行于太阳之前，有时行于太阳之后，有时又与太阳同步。其出现为大吉之象，主降雨。

水星为月之子，在金星之上二十万由旬，移动与金星同步。主吉，但若不与日同行，则或生险吝，致灾害。

火星在水星之上二十万由旬，主凶。

木星在水星之上二十万由旬，若行而无曲，则极利婆罗门。

土星在木星之上二十万由旬，主吉。

七大圣贤居北斗七星，在土星之上一百一十万由旬，彼等于天下苍生利益，无时或忘。

北斗七星之上为北极帝星——杜华珞珈，至尊者毗湿努居于其上。北极星为天枢，众星环拱，在时间之驱迫下，周巡不已。犹如众牛受轭，推磨脱粒，一牛近磨，一牛在中，一牛在外，众星皆受制于气机，被罡风推动，绕北辰而周行。众星浮空，犹如浓云，又如鲲鹏，扶摇翱翔，绝无下坠。作为至尊者的臣仆，众星御神皆在至尊者的指令下，乘车御辇，按各自的轨道周行不息。

此浩瀚浑沦之象状若豚鱼翻滚，故谓之希殊玛尔轮，此象被认为是至尊者的宇宙大身，常为瑜伽士所观想。此豚鱼之首朝下，身体盘曲。杜华珞珈处于豚鱼之尾梢，因陀罗、阿耆尼等天神之星分布于尾部。尾端为答多、毗答多二星。七大圣贤居于髋部，其他无数星辰遍布豚鱼之身。

流淌于天宇中央的恒河，即俗称银河者，位处希殊玛尔轮之腹部。阎罗居其下颚，火星在其口部，土星在其阴部。颈背处为木星，胸口处为日。月内于其心，金星处于其脐，双子星居其胸。水星在其生命之气中，罗睺在其颈项，至尊者拿罗衍那在其心脏深处，无数星辰皆为其周身之毛孔。如是，希殊玛尔轮乃一切天神与星辰之止息地。

杜华珞珈一千万由旬之上为玛哈尔珞珈。玛哈尔珞珈之上二千万由旬为犍拿珞珈。犍拿珞珈之上八千万由旬为塔珀珞珈。塔珀珞珈之上一亿二千万由旬为萨提耶珞珈。萨提耶珞伽之上二千六百二十万由旬为天盖之起始点，再向上即进入至尊者毗湿努所居之无忧珞珈。

太阳之下一万由旬为星悉伽子罗睺之星。日轮广一万由旬，月轮大其两倍，罗睺距离日月三万由旬。所谓日食、月食即罗睺于月朔之夜或月晦之昼奔袭日、月。知道罗睺在侵犯日、月，至尊者毗湿努便祭起吉祥见法轮，保护日、月。罗睺无法承受法轮威力，只得仓皇遁逃。

罗睺之下一万由旬为悉檀、乾达婆与持明仙人所居之珞珈。在此之下，大地之上一百由旬，乃夜叉、罗刹、毕舍遮之类生灵所居之气层。凡风吹云浮之区皆为气层所覆盖。气层之上不复有风。地球之下有七大星体，是为阿塔拉、毗塔拉、苏塔拉、塔拉塔拉、摩诃塔拉、剌萨塔拉与波塔拉，其直径皆与布曼荼罗之直径相等。第一层冥府阿塔拉在地球之下一万由旬，最后一层冥府波塔拉在地球之下七万由旬。波塔拉之下三万由旬有天龙阿难陀，卧于胎藏海之上，其水深二亿四千九百八十万由旬。

此七大低等星体被称为毕罗-斯筏伽，亦即地下天堂，因为这里的魔众所享受到的荣华富贵甚至超过了高等星体。众神的享乐有时还会遭到搅扰，而魔族、蛇族、精灵们却能在地下天堂的精舍华林里逍遥自在。如此，他们变得极度贪恋此类虚幻的快乐。在那里，摩耶·答那筏设计建造了许多精美绝伦的城市，城内宫观装饰华美，有的使用了价值连城的宝石。其地园林之美甚至盖过天堂，能让所有见到的人都心旌摇荡，不能自已。

其地不见阳光，但多有神蛇天龙，彼辈头冠上的宝石辉煌灿烂，驱散了无边无际的黑暗。因为日光无法透入，没有昼夜之别，是故住在那里的生灵全不惧怕时光之侵袭。由于饮啜、澡沐于灵草妙药浸泡的不老池中，那里的生灵也不受疾病、忧恼打扰。他们不生白发、不长皱纹，汗出而无异味。身体不会无光枯败，不会困乏，不会缺少精力激情，甚至当年迈时，亦复如是。他们唯一的恐惧来自死亡所设定的时间——那是吉祥见法轮的光芒。当吉祥见法轮飞临时，那些怀有身孕的众魔妻妾纷纷惊怖流产。

在阿塔拉，摩耶·答那筏之子巴腊练制了九十四种玄通，那些所谓的瑜伽士、斯瓦米（Swami）直至今日还在用这一套欺世盗名。巴腊还从自己的哈欠里造就出三种女人：其一为斯毗黎尼，与同类男子婚配者；其二为喀弥尼，与任何族类男子婚配者；其三为补斯叉黎，反复变换夫主者。若有男子进入阿塔拉，这些女人就会缠住他，诱他喝下大补壮阳的酒水。然后这些女人便用媚眼软语、巧笑爱抚迷惑那男子，诱他跟她们合欢交媾。如是，这些女人乘那男子性力充沛之际，尽情享受淫欲之乐。凭着这点性力，那男子也变得忘乎所以起来，以为自己有万象之力，强大如神。如是，他全然不顾死亡即将临头。

阿塔拉之下为毗塔拉，大神湿婆与其僚属居于其上。在那里，湿婆与其妻巴筏尼欢爱交合，繁衍生命。二人的爱液形成了哈塔基河。时有烈火，为风所扇，下饮河水，乃于烧灼呲鸣中，喷出金砂，谓之哈塔伽。毗塔拉之魔族皆以此金打造首饰，装扮身体。如是，彼等感觉幸福安乐。

毗塔拉之下为苏塔拉，巴利大帝至今居于其上，至尊者筏摩那持杵守护着他的宫门。魔王罗波那曾经来此向巴利大帝挑战，结果被筏摩那用大脚指头踢出一万由旬以外。

苏塔拉之下为塔拉塔拉，乃摩耶·答那筏所辖之地，此人为一切修炼玄通幻力者的上师。当年大神湿婆摧坏三城之后，对摩耶·答那筏大生怜爱，便把国土还给他，并且从此一直倍加佑护。因为这个缘故，摩耶·答那筏错误地以为，自己再也不必畏惧至尊主的吉祥见法轮。

塔拉塔拉之下为摩诃塔拉，乃天龙伽多楼诸多苗裔所居之地，其中有塔刹伽、伽力耶。这里的蛇族无不在大鹏鸟伽鲁达的威胁下苟延残喘，但他们还是竭尽一切努力，在族人家眷的陪伴下，享受无常的生命。

摩诃塔拉之下为剌萨塔拉，为底提、答奴诸子所居之地。彼等属魔族，常栖身蛇窟。

剌萨塔拉之下为波塔拉，也被称为那伽珞珈，乃蛇王洼苏吉所居之地。其地产大蛇，或五首，或七首，或十首，乃至千首。这些那伽巨蛇头冠上的宝石光明四射，照亮了整个毕罗-斯筏伽星系。

波塔拉之下三万由旬有天龙阿难陀，亦名商伽萨那，乃至上人格主神之化身。他是大神湿婆的主人，也是司掌我慢的神祇。当人思量"我为受用者，世间万物当为我享用"，此类生命观即为商伽萨那所操纵者。宇宙安立在天龙阿难陀的头冠上，看起来不过像一粒白色的芥子，而天龙阿难陀有成千上万的头冠，因此这个宇宙跟他比起来，无非是沧海一粟。

当世界劫终坏灭之际，至尊主阿难陀天人略显嗔怒，因为直到那时，绝大多数的有情众生还不曾了结尘缘，故而错过了返归灵天的良机。此时，有楼陀罗，自阿难陀两眉之间降生，手持铁叉，呼喝奔冲，尽毁世界。

奉献者向至尊主阿难陀顶礼，当他们看到自己的面庞映射在至尊主粉红透明的趾甲上时，不禁欣喜万分，那趾甲恰如刚刚磨润过的宝石。

妙丽娇美的龙女在至尊主阿难陀白玉般的长臂上遍涂沉香、旃檀、朱砂，希望得到他的祝福。肢体上的触摸唤起了龙女们的情欲。至尊主阿难陀心中明白，但他只是看着她们，慈颜微笑，龙女们顿时娇羞无比。此时，龙女们斜睨至尊主的脸庞，嫣然而笑。情意微醺之下，至尊主红红的眼珠微微转动，光华四射。

阿难陀天人的主要使命便是摧毁天地万物，虽然看到众生只知巧取豪夺，他却克制住自己的愤怒，忍以待机。身着蓝衫，一耳穿环，两臂洁白如玉的阿难陀天人举起一张神犁，扛于肩上。

听完这番对宇宙中各类星体的描述，巴力克斯大帝问道："圣者啊，为何众生会被置于不同的物质境况？还请你向我阐明。"

叔伽天人答道："王啊，尘世间有三种业——行于中和气性者、行于强阳气性者、行于浊阴气性者。世人为此三极气性熏染，故其业果亦分为三。行于中和气性者虔敬安乐；行于强阳气性者苦乐兼得；行于浊阴气性者常生苦恼，其活法仿佛禽兽。由于众生受三极气性熏染的程度有异，故其前程也大有不同。正如行善业升转天界，行恶业势必堕入地狱。受浊阴气性驱迫者行为不善，按照其愚暗的程度，彼等被打入种种不同的地狱。因为疯癫而行于浊阴气性者受地狱之苦最少；虽知区分善恶，却行为不敬者，会被打入受苦程度中等的地狱；因为无神论信仰而行为不善者，必定要在最恐怖的地狱里受到折磨。出于无明，每一个受局限的灵魂皆从无始以来，被各种欲念转载到数以千计的地狱星宿。"

地狱众星在波塔拉珞珈之下，略高于胎藏海。阎罗所居的祖灵珞珈也位处这段空间。有阎罗使者，待罪人死后，拘罪人之魂前去觐见阎罗。阎罗按其罪业，将罪灵遣发至某一地狱星宿，接受相应的惩处。叔伽天人于是讲述了如下二十八座地狱星宿：

侵占他人妻女、钱财者，被打入一处极其黑暗的地狱，其名为答弥湿罗。

在那里，此人被断绝水米，在鬼卒的拷打斥骂下，常常昏死过去。

使诈骗人，而后享受其妻女者，被打入一处地狱，其名为暗多答弥湿罗。甚至在抵达之前，这罪恶的生灵就受到极度的折磨，以致丧失了智识和视力。

日夜勤力，以养口体家人，乃至施暴凌虐者，被打入一处地狱，其名为劳罗筏。在那里，此人生前所伤害之生灵，皆化而为兽，噬咬折磨此人。这种兽谓濡濡，其性狠毒善妒。

损人利己者必入摩诃楼罗筏地狱。其间，有濡濡兽名克罗毗耶答者，乃残虐其身，噬食其肉。烹食鸟兽，以餍舌根者，将被鬼卒拘入昆毗巴喀地狱，为沸油所熬煎。

杀婆罗门者被打入喀拉苏多罗地狱，其地周长一万由旬，地表纯铜所造，下有烈火熏烤，上有炎阳炙晒，滚烫无比。此人身内饥渴，如为火焚，乃于此纯铜地表之上，或坐或卧，或奔或立，如是经历千百万年，其数等同兽身之毛。

无故偏离韦陀经教者被打入阿悉巴多罗筏拿地狱，受鬼卒追打，剧痛之下，彼等四散奔逃，窜入棕榈树林中。棕榈树叶尖利无比，犹如利剑，彼等入林者，身遭刺戳，不久遍体鳞伤，痛哭呼号，以至晕厥。

惩治无辜者或对婆罗门动刑的暴君恶吏将被鬼卒拘入一处地狱，名苏喀罗牟伽。在那里，此辈粉身碎骨，犹如甘蔗，被压榨取汁。受到这般酷刑的折磨，彼等皆哀哭呼号，乃至晕厥，其状一如其生前所折磨者。

低等级的生灵，诸如蚊虫之类，吮吸人血，但彼等并不知其叮咬会给人类带来痛苦。但是，具足较高觉性的人类知道残杀之痛。是故，若有人杀虐蠕动翾飞之属，将被打入暗多拘钵地狱。在那里，此人受到他生前所杀虐的种种生灵，诸如鸟兽蚊蝇蛇虫的围攻，根本无法入睡。为此，此人只得在黑暗中游走不息，苦挨时光。

得食独享，不先分之于宾客、长者、幼者，如此之人，与不祭而食者，无异于乌鸦，将被打入最可厌憎的地狱，谓之基黎弥波遮。那里有一座大湖，宽十万由旬，蛆虫遍满。彼等罪灵将变为蛆虫，生息湖中，彼此相食。

偷盗他人，尤其婆罗门之珠宝黄金者，被打入伤但刹地狱。在那里，此辈之皮肤被火红的铁丸、铁钳炙烫剥裂，乃至全身糜烂，化为齑粉。

与低贱之异性交媾者，将被小鬼拘入地狱，其名为多钵多苏尔米。在那里，彼辈男女饱受鞭打捶楚，其后被逼抱拥烧得火红的异性铁像。

乱性滥交，甚至与兽交媾者，将被打入地狱，其名为筏基罗堪多伽萨尔弥尼。

此名由来于其地产桑树，树上有棘刺，坚硬如金刚。阴间小鬼先将彼等罪灵高悬于桑树之上，然后用力扯下，如此彼等全身皮肉尽为棘刺扎裂刺穿。

出身礼义之家，却不守正法，不尽职分，如是退堕沉沦者，将被打入毗多罗尼地狱。其地有湖，状若城濠，环绕四周。湖中遍满屎尿痰血、骨肉脂膏，并有噬人水怪。此辈罪灵被抛入湖中，受尽折磨，却又不会死去，故而浮沉湖中，恒受罪苦。当此之际，乃不断忆念过去生中所做恶业。

身为贱女之夫，寡廉鲜耻，不能擅自振作，如是举动如禽兽，不事善行、修身、洁净，如此之辈，将被打入补幽多地狱。在那里，此辈沉沦漂浮于大海之中。海中遍满屎尿痰唾，海浪汹涌，彼等被迫吞咽此类腥秽之物。

身属高等种姓，肆意猎杀林中野兽者，将被打入波罗拿楼多地狱。在那里，众鬼卒以彼等为标靶，放射利箭，穿透彼身。

自恃高贵，为尊显故，以动物献祭者，将被打入毗刹萨那地狱。在那里，此人受到众鬼卒万般折磨，历经无量数苦痛后死去。

若有再生族之成员，缘淫欲故，强迫妻妾吞咽其精液，彼将被打入地狱，名罗罗巴克刹。在那里，此人被抛入精血之河，被迫吞咽河水。

放火下毒的盗贼，与强征贪腐的官吏，将被打入地狱，名刹罗昧耶多拿。在那里，七百二十条牙如金刚的狼犬，受鬼卒驱策，吞食彼等罪灵。

做伪证者、经商布施时说谎者，将被从高一百由旬的山顶扔下阿毗契摩地狱。此地无水，无遮蔽，但有巨石，起伏如波浪。彼等罪灵虽反复被从山顶抛下，以至形骸俱碎，却并不死去，如是不断受此刑罚之苦。

婆罗门或婆罗门之妻有饮酒者，刹帝利或毗舍有饮娑摩汁者，皆入阿耶巴拿地狱。在那里，鬼卒以足抵住他的胸膛，将熔化的铁汁灌入此人口中。

出生低贱，行为可鄙，却虚骄自大，不礼敬那些在出生、苦行、教养、举止、种姓或灵性修为方面高出自己的人，如此之辈将被投入克刹罗喀多摩地狱，受尽折磨。

以人为牺牲祭供喀利女神，然后食牺牲之肉者，被打入地狱，名罗刹伽那-波遮。在那里，生前被当作牺牲者变为罗刹之身，手持利剑，将此辈戮为碎片，而后狂饮其血，载歌载舞。

伪装庇护鸟兽，其后待之以刀锯绳索，戏耍如玩物者，将被鬼卒拘入地狱，名苏腊博罗多。在那里，彼等全身皆为针状铁矛刺穿。饥渴交加之下，又有尖喙禽鸟，诸如鹰鹫之类，蔽空而来，撕裂其皮肉。

嫉狠如蛇，嗔恚伤人者，被打入地狱，名当达苏喀。在那里，彼等犹如群鼠，为众多五首乃至七首蛇虺吞食。

陷人于深井、窟穴者，被打入地狱，名阿筏多-尼罗答拿。在那里，彼等罪灵被推入黑井，受毒气烟瘴蒸熏，窒息挣扎，苦楚难当。

待客以冷眼，恨不得将其焚为灰烬的家居者，被打入地狱，名巴耶筏多那。在那里，无数鹰隼鸦雀冷眼窥伺，然后突然纵身下扑，啄去他的眼睛。

以罪恶的手段聚敛钱财，然后以财富自傲，时刻担心钱财被人偷走，甚至怀疑自己的长辈，这样的人在焦虑煎熬之下，心灵与面孔皆萎缩败坏。身死之后，鬼卒必拘彼入苏契牟伽地狱。在那里，鬼卒用针线缝缀他的全身，犹如织工纺织布匹。

叔伽天人总结道："王啊，阎罗冥府有千百地狱，凡行恶者，无论我所已说，与我所未说，皆必依其罪业，堕入其中。行善者虽得超转天界，然而一旦业果销尽，仍须再返人间，行恶之人，亦复如是。"

第六卷

第一章　浪子归魂

闻说地狱惨状，巴力克斯大帝心生悲悯，乃思及世间众生，如何得脱尘网缠绕。于是，他便问叔伽天人道："圣者啊，请你告诉我，众生如何能得拯拔于地狱诸苦，一如你所说者。"

叔伽天人答道："王啊，死期到来之前，若不知用适当的忏法抵消其平生以身、语、意造下的恶业，是人必将堕入地狱，受尽酷毒惨苦。是故，寿终之前，须依据经教施行忏悔。犹如医师视病情之轻重对症下药，吾人当按罪业之深浅施行忏悔。"

巴力克斯说道："看见罪人受官府惩罚，或受众人谴责，或许会让人懂得罪业之有害。听闻经典，也能让人知道造罪业者所要面临的地狱惨状。然而，尽管有这种种见闻之知，据我看来，一般人，甚至有学问的人，哪怕经历种种忏悔，照样会反复造作罪业，犹如为强力所驱。造业然后忏悔，这等路数无异于大象澡身。大象浴水净体，可是出水以后，却以尘土抛撒全身。因为这个缘故，我认为忏悔之道全无用处。事实是，无论被惩罚过多少次，贪著欲乐者受习气驱迫，还是会一次又一次造下罪业。"

须知，叔伽天人之论说忏法功用，乃基于韦陀业分（karma kanda），其实只是为了试探巴力克斯的根器，见巴力克斯不为所动，他便继续开示道："王啊，施行忏法性属功利，故无法让人脱离持续造业的习气。换言之，禀赋浊阴气性者或许能用忏法抵消某种罪业的报应，但因为他们未尝超拔于痴暗之境，故而肯定还会继续造作罪业。无知之徒即使表面虔诚，依旧动辄造业，缘其物欲未根除故。是故，真正的忏法乃是穷理致知。

"患病之人若按医者所嘱进用饮食，便可逐渐痊愈。同理，人若持戒学道，便能逐渐趋进解脱去染之途。为此，人须独身守贞，修持种种苦行，自愿舍弃感官欲乐。人须布施、诚敬、洁净、不害，并调伏心意、诸根。如此，便有望除净罪业，犹如竹子下面的干叶枯草，遇火则焚，化为灰烬。"

由于巴力克斯是一位伟大的巴克提行者，这个基于韦陀识分（jnana kanda）

的回答还是没有让他满意。他懂得，正如野草有根，烧而不尽，即便持循上述修学之法，人还是不免会重蹈覆辙，因为欲念之根依旧深埋心底。

叔伽天人非常了解弟子的心思，故此还没等弟子驳难，便继续解释道："但是，只有世间稀有的精纯无染的巴克提行者，才能彻底连根拔除业识种子，使其不复再生。践履巴克提道乃可到此境地，犹如日轮涌出，驱散阴霾。

"王啊，若有罪人，致力于服侍一位正宗的巴克提行者，如是学会如何献身于至尊主的莲花足，便能彻底得到净化。持循其他如我已说法门者，无法获得这样的成就。是故，巴克提瑜伽之途最为吉祥，全无忧怖，缘其必得成就故。

"就像盛过酒醴的罐子，即便在许多条河里洗刷过，也无法变得洁净；非奉献者无法通过忏法而得净化，即便行之谛当。另一方面，奉献者即便还不曾圆满觉悟，但若彻底皈命至尊主的莲花足，哪怕只有一次，如是变得爱著至尊主的名相德行，便能彻底脱离一切罪恶报应，因为他们已经领受了真正的忏法。甚至在梦中，这等皈依的灵魂也绝不会见到阎罗或其鬼卒。关于这点，博学的圣者曾经讲过一个古老的故事，现在我讲给你听。"

从前有一个婆罗门，名叫阿阇弥罗，家住伽耶俱波遮城。少年时，阿阇弥罗为一切美德之府库，忠实于践行韦陀经教。因为持守梵行者的戒律，他谦和温良，克己守礼。他精通唱赞韦陀真言，真纯诚敬，从不夸夸其谈。阿阇弥罗敬长好客，待人宽宏。他一向举止得体，心无嫉妒，不为虚荣所动。

有一次，阿阇弥罗奉父亲之命，去林中采集花果以及两种吉祥草，名为莎弥特和库莎。当他行过大路时，刚好碰到一个极其好色的贱民，正在不知羞耻地拥吻一个妓女。两人都已喝醉：男的又笑又唱，旁若无人；女的醉眼迷离，衣衫不整。

此情此景，唤起了阿阇弥罗内心潜藏的色欲，在幻觉之下，他被淫念控制住了。阿阇弥罗竭力忆念经典中有关戒淫的训谕，试图降伏色心。但是，因为爱神之力已经在心中激荡，他的努力最后以失败告终。如是，犹如日月为客星所蚀，淫欲夺走了这位婆罗门的良知。

从此以后，阿阇弥罗一直惦记着那个娼妓，父亲死去不久，他便雇她做了家里的佣人。不顾婆罗门的戒律，阿阇弥罗开始挥霍父亲留下的一点儿遗产，用来讨好那娼妓。因为智慧已经被那娼妓的媚眼刺穿，阿阇弥罗抛弃了年轻貌美、来自婆罗门种姓的妻子，跟那娼妓厮混在一起，造下种种恶业。

把遗产挥霍一空后，为了供养那娼妓和他们俩生下的孩子，阿阇弥罗开始不择手段地攫取钱财。他有时绑架，有时抢劫，有时赌博行骗。就这样践踏经教，吃着娼妓烹煮的饭食，阿阇弥罗在荒淫恣肆中度过了漫长的岁月，一直活到八十八岁。

阿阇弥罗有十个儿子，尽管衰朽年迈，他最小的儿子却差不多还是个婴儿。那孩子名叫拿罗衍那，牙牙学语，憨态可掬，自然成了父母的心肝宝贝。阿阇弥罗非常爱恋这孩子，照料他的时候，口中经常唤着："我心爱的拿罗衍那，过来吃东西"，"我心爱的拿罗衍那，过来喝牛奶"。如是，虽然阿阇弥罗已经彻底遗忘了至上人格主神拿罗衍那，但由于过去的善行，他给最小的儿子取了拿罗衍那的名字。借着时时呼唤儿子，阿阇弥罗不知不觉喜欢上了念诵至尊主的圣名，如此，他实实在在地得到了净化。虽然他呼唤的只是他的孩子，而不是原本的拿罗衍那，但圣名极具力量，他的念诵居然产生了效力。

一心照料着小儿子，阿阇弥罗浑然不知，自己的寿数已经穷竭。临终之际，阿阇弥罗看到三个身形丑怪的人扑近前来。这三人长相骇人，面露凶光，遍体长毛，森然直立。他们就是阎罗手下的鬼卒，手持绳索，前来拘拿阿阇弥罗。

极度惊恐之下，阿阇弥罗开始大声呼叫幼子拿罗衍那，当时那孩子正在附近玩耍。眼噙泪水，忧怖满怀，阿阇弥罗在无意之中不带冒犯地喊出了至尊主的圣号。

当少年时，阿阇弥罗曾经日常崇拜拿罗衍那菊石（Salagram-sila，代表毗湿努的黑色圣石），作为回报，至尊主给了他灵感，让他为自己的幼子取名拿罗衍那。实际上，就在阿阇弥罗为幼子取名拿罗衍那之时，他一生的所有罪业皆已销尽。随后，他持续不断地千百次念诵拿罗衍那的名号，无意间心性已得提升。弥留之际，当阿阇弥罗一心凝注于圣名时，他记起了原本的拿罗衍那——那个自己少年时至诚崇拜的上帝。

从垂死的阿阇弥罗口中听到主人的圣名，四位毗湿努神使当即现身。其时阎罗鬼卒正欲拘走阿阇弥罗躯壳内的灵魂，毗湿努神使见状，立时以无比洪亮的声音，出言相阻。

阎罗鬼卒从前执法时一向未曾遇到过阻拦，大惊之下，不禁反问道："你等何人！竟敢管到阎罗头上？汝等是谁的臣仆？从哪里来？汝等是天神？仙灵？还是至尊主的奉献者？你们眼若莲花，手持弓、剑、螺、轮与莲花，华美高贵的衣饰让你们显得愈发英姿挺拔。你们的身光，驱走了此地的黑暗。你们为何要阻碍我等执法？"

听了鬼卒们的一番问话，诸神使微笑作答，其声隆隆，犹如雷音："倘若尔等真是阎罗鬼卒，那就必须向我们解说正法的含义，以及邪法的表现。请你们说清楚，究竟谁应当受到惩罚？是世间所有造业求果者？抑或是其中之一部分？"

阎罗鬼卒说道："韦陀典直接出自至尊主拿罗衍那之口，故此，凡韦陀所载者构成了正法。反之，凡与韦陀戒律相悖者，便是邪法。至尊主拿罗衍那，作为无乎不在的宇宙大我，见证了众生的业行，辅佐他的还有诸神、地、火、水、风、日、月以及诸方。谁若为这些见证者证实，背离了他们的名分，便注定要受惩罚。根据一生行善造恶的程度，世人来生必定要领受相应的业报。

"因为世间一切众生皆为造业求果者，受阴阳气性的驱迫牵引，不可避免会造下罪业。故此，世间一切众生无不应受惩罚。正如当下的春天显示出过去、未来际春天的特色，一个人此生表现的苦乐或二者之杂糅，反映出他前生来世的善恶业行。

"我等的主公——阎罗大王，跟梵天一样神通广大，他如如不动，却能以心识观一切众生之业，如是了知其过去、未来所造业行。这个阿阇弥罗少年时是一个良善的婆罗门，但是由于亲近娼妓，他变得极度低劣堕落，造下了无数的罪业。因为他从未曾为自己的罪孽而施行忏悔，所以，为了他的净化，我们必须把他拘去面见阎罗，让他受到应得的惩罚。"

听罢阎罗鬼卒一番陈词，精于驳难的毗湿奴神使答道："哎呀，多么令人痛心，邪法居然窜入了正法流布之地！维护正法之辈居然惩罚无罪之人！为人君者应具备贤德，爱民如子，教养百姓，无所偏私。若君主腐败，心生偏私而惩处无辜，那么百姓如何能得庇护？

"百姓天真蒙昧，犹如无知犬羊，安眠于主人之怀。倘若社稷之主诚堪信任，那么他怎么可以惩罚一个完全信靠归依他的无知小民？

"阿阇弥罗已行忏悔，不但为今生，并且为千百万生所造罪业。只因他于绝望无援之下，念诵了至尊主拿罗衍那的圣号。尽管其念诵并不清净，却未生冒犯。如此念诵，使阿阇弥罗心地真纯，获得了超生脱死的资格。甚至在此之前，当照料幼子时，阿阇弥罗就反复念叨这四个音节：'拿罗衍那'，如是已经足以忏除千百万生所积聚的罪业。

"对于谋杀婆罗门与妇女者、弑君杀父者、屠宰母牛者、奸淫师母者，以及其他一切罪人，持诵至尊主毗湿奴的圣号乃是最殊胜的忏法。单单如此念诵，便能吸引至尊主的注意。如是至尊主会认为：此人已经念诵我的圣号，保护他是我的职责。韦陀忓仪之净化，不足与持诵圣名相比，它不会唤醒对至尊主的奉爱之心。

"因为大声哀切念诵拿罗衍那之名，阿阇弥罗已然清除一切罪恶报应。是故，阎罗使臣啊，别想把他拘去见你的主公，让他在地狱里面领受刑罚。持诵圣名者当下得脱于无量数罪业的报应，即使此人所持之名指涉他物，甚或戏谑而诵、为娱乐而诵，乃至漫不经心地念诵。

"虽然苦行、布施、守誓或许能抵消罪业，但这类善行无法连根拔除内心的尘世欲念。而透过侍奉至尊主的莲花足，便能彻底得到净化。即便服药者不知道药物的药效，药物照样能起作用。同样，即便念诵者不明白念诵圣名的价值，其念诵照样灵验。"

说完这番话，毗湿努神使为阿阇弥罗解开了捆绑。由于执法失手，众鬼卒懊丧之下，匆匆忙忙返回了阎罗殿。

松绑之后，阿阇弥罗神志清醒过来，不复惊惶畏怖。目睹毗湿努神使从鬼卒手中解救了自己，阿阇弥罗感激万分，当下便在诸神使的莲花足下，伏地顶礼。待阿阇弥罗起身，诸神使见他似欲出语问询，立时抽身隐去。

听到毗湿努神使与阎罗鬼卒之间的这番对话，阿阇弥罗彻底觉悟了天人性命之理。想起以前种种，阿阇弥罗悲从中来，不禁叹道："唉唉！身为感官的奴隶，我已经变得多么低贱下劣！我丧失了有德婆罗门的地位，在一个娼妓的肚子里播种生子。我抛弃了贞洁俊俏的妻子，竟然跟一个酗酒成性的娼妓厮混交媾，真是罪该万死！

"我年迈的父母无人照看，因为我对他们不闻不问，他们早就潦倒落魄。让他们落到这种境地，我简直是狼心狗肺！天理昭昭，像我这等败类，必须被打入地狱，受尽酷毒！

"我方才所见者是梦？是真？那些手持绳索的家伙去哪里了？那四个妙相庄严的解脱者又去哪里了？必定是因了我从前所做的奉献服务，让我得见这四位救命恩人，让我能够在死亡之际念出至尊主的圣名。否则，这一切如何可能？

"我是一个寡廉鲜耻的骗子，败坏了家风和婆罗门礼法。我就像是罪孽的化身，怎么配得上念诵至尊主拿罗衍那全体吉祥的圣名？如今，我既然有此机缘，得以恢复良知，我就一定要彻底降伏自心，献身于对至尊主的奉爱服务。如此，我才不会再堕无明，流转世间。

"由于认同躯壳，人便为欲乐左右，如是造作种种善、不善业行。如今，我要挣脱这尘世的桎梏，它生于至尊主的幻力，以女色之相出现。因为堕落至极，我成了一条牵在妇人手里团团乱转的哈巴狗。从现在起，我要舍弃淫欲，以众生为友，凝心于无染觉性，从而远离一切颠倒痴妄。我今已安住真谛，以后更当一心专注于至尊主的莲花足，不复自限于形气之私。"

跟毗湿努神使片刻的接触，让阿阇弥罗断除了执着。怀着巨大的信愿，他当即启程前往恒河岸边的圣城哈德瓦。在那里，他托身于一座毗湿努神庙，开始修炼巴克提道。如是，阿阇弥罗凝心冥思至尊主的超然身相。当心智由此变得坚稳牢固时，他又一次见到了那四个毗湿努神使。顶礼之后，阿阇弥罗抛弃了物质躯壳，以本来灵体，登上了神使所乘的黄金天舆，径直回返不朽故乡——无忧珞珈，那是至尊主毗湿努受到礼敬崇拜的地方。

且说众鬼卒回到萨耶玛尼城，向他们的主子问道："主公啊，这世间究竟有多少主宰者？若是有很多司法者，彼此奖惩不一，裁决互相抵消，那么最终没有人会受到奖惩。若是他们的裁决并不相互抵消，那么每个人都会奖惩并受。当然，由于造业求果者数量庞大，或许是有很多法官，但总得有一个核心权威，凌驾其上。

"我等一直以为，你就是至高无上的法官，你的管辖无所不至。可如今，我们遇到四个超凡圆满之人，凌越了你的指令。当我等欲拘拿阿阇弥罗时，他们挥剑砍断了我们的绳索。阿阇弥罗一念拿罗衍那之名，这四人就现身安抚他。主公啊，若你认为我等能够明白，就请你告诉我等，这四个高明绝顶的人究竟是谁？"

遭到毗湿努神使的阻拦，众鬼卒大为懊恼，所以他们说这番话，其实是在暗示阎罗：服侍你这样无能的主子到底有什么用？众鬼卒极为讶异，因为毗湿努神使居然赦免了阎罗想要惩罚的人。在宇宙大法庭里，一桩案子怎么可能有两种不同的裁决？受挫悲愤之下，众鬼卒感到，除非阎罗大王能够惩治毗湿努神使，否则自杀就是他们唯一的出路。

听到手下臣仆念出拿罗衍那的圣名，阎罗心生欢喜，因为这让他想起了至尊主的莲花足。为了澄清手下使臣的疑虑，阎罗回答道：

"我的臣仆啊，尽管你等奉我为无上者，但事实上，我并不是。在我，以及一切天神之上，有至高主宰，名拿罗衍那。就像身体四肢无法看见指使它们的眼睛，有情众生也无法看见至尊上主，虽然他以超我之位，居于每个人的心中。

"至上主神独立不倚，自在自存。他的使臣——毗湿努神使，相貌跟他一般无异，也处在同样的层面。毗湿努神使甚至受到众天神的崇拜，他们无拘无碍，周游世间，若有至尊主的奉献者遭遇水火刀兵之灾，乃至我的缉拿，他们便会出手救助。

"正法乃至上主神所立。此薄伽梵大法以皈命至尊主为其宗旨，为诸贤圣所体认，其中有梵天、那罗陀、湿婆、鸠摩罗四子、伽皮罗、斯华央布筏摩奴、巴腊陀、禅那伽、毗史摩、巴利、叔伽天人和我本人。虽然此法极为秘密，凡夫难以知晓，但若机缘巧合，有人能按此修炼，便可当下解脱，如是重返故乡，回归主神。巴克提，从念诵至尊主的圣名起手，乃是世间无上大法。

"我的臣仆啊，你们看，念诵至尊主的圣名多么光荣！罪大恶极的阿阇弥罗口诵圣名，只是为了呼唤幼子，但就是这样的念诵，让他想起了至尊主拿罗衍那，如是被解救于追命之索。念诵圣名，即使发音不准，只要不生冒犯，也能脱人于尘世的羁绊。诵主圣名者、践行奉爱者，皆不受我的管辖。一般来说，他们绝不会造作罪业，但即使因为幻妄或错误造下罪业，他们的念诵也能让他们免受报应。

"我的臣仆啊，从今往后，你们甚至莫要靠近至尊主的奉献者，因为他们总是受到至尊主手中神杵的保护。梵天、我本人，甚至时间，都不配惩治他们。反之，那些不乐饮服至尊主莲花足下蜜露的人，那些不肯亲近奉献者的人，那些贪恋家室、以尘世欲乐为究竟的人，那些口唇从不曾念诵过至尊主圣名的人，那些内心从不曾忆念至尊主莲花足的人，那些从不曾在至尊主面前叩首顶礼的人，都是蠢货恶棍，你们要把这些人拘拿起来，带到我的面前。"

手下人的这番作为，让阎罗感觉自己是个亵渎者，故此他向至尊主祈求宽恕道："我主啊，我的臣仆们企图拘拿一位外士那瓦，肯定是做下了冒犯。因此，求你原谅我们，出于无明，我们没有辨认出，阿阇弥罗乃是你所钟爱的仆人之一。"

闻听主子大讲至尊主及其圣名的非凡荣耀，众鬼卒惊得目瞪口呆。自那时起，一旦遇到奉献者，他们就心生畏惧，甚至都不敢看上一眼。

叔伽天人最后告诉巴力克斯："昔日昆巴之子——仙圣阿伽斯提阿，居摩罗耶山时，我找过他，他向我讲了这个不为人知的故事。"

第二章　鹅王密咒

　　诸钵罗切多士自水底浮出时，看到大地之表遍覆林木榛莽，这令他们大为恼火。诸钵罗切多士于是口喷风火，意欲烧净一切草木。月神娑摩见状，当即降临其地，施以安抚。

　　身为一切植蔬的司掌者，娑摩不忍众树被焚，他对诸钵罗切多士说道："幸运儿啊，你们不该毁坏这些林木，因为你们的职分是保护一切生灵。至尊者赫黎造了林木植蔬，是为了让其他生灵能赖此为生。

　　"你们的父亲钵罗奇拿巴赫，还有至尊主，命你等蕃庶人丁，因此，你们怎么能把这些树木药草烧为灰烬？你们的臣民、后代需要它们。正如父母养育子女，正如眼皮卫护眼睛，正如丈夫照顾妻子，正如家居者供养乞丐，正如饱学之士教化愚顽，须知国君乃所有臣民的保护者。

　　"这些草木也是国中的臣民，我请求你们平息怒火，给它们应得的保护。至尊主安住于一切动、不动者内心，是故一切形体无不是至尊主的庙宇。汝等自当信受此理，停止屠戮这些以树为身的生灵，让至尊主满意。请放剩下的林木一条生路吧。

　　"众王子啊，把这个美丽贤淑的女子带走，她名叫摩丽莎，是森林养大了她。你们可以娶她做你们的妻子。"

　　这样，诸钵罗切多士才平静下来，随后按照礼法，一起娶了这位天女。不久，摩丽莎受精于十个丈夫，生下了达克刹。

　　达克刹首先以心念之力，创造了众神魔、人类、鸟兽、水族以及其他生灵。然而，他发现这样做法并不称心，便去了宾底阿附近的一座山里，圣地阿伽摩萨那就在那个地方。

　　达克刹在那里修持苦行和仪轨，以求取悦至上人格主神。修炼之际，他向至尊主奉上了鹅王密咒，其辞曰：

　　"让我向凌驾于幻力和证量之上的至上人格主神恭敬顶礼。他的意志至高无上，是故他乃众生与天地之真宰。就像感官对象无法懂得感官如何感知它们，受局限的灵魂尽管跟超灵一同居停于躯壳之内，却无法理解至尊主如何指引他的感官。

"当觉性变得纯净无染，不再受到醒、梦、熟睡三种意识状态的影响，行者便进入了三昧之境。此时，化现为种种名相的尘世愿景和情识忆念尽皆消融。只有在这样的神定之境，至上人格主神才会呈露自身。犹如精通举祭的婆罗门凭着念诵萨弥德尼真言便能取火于木，觉性高超者可以发现安住其内心的宇宙大我。何时这至尊上主会对我满意？

"至上大梵，克利须那，乃万物之根源。他创造一切，或自为，或假手于人，如是他乃一切因缘之因。他闪烁于那些宣扬种种学说的哲人的内心深处，让他们忘却自己的灵魂，彼此只顾以是非争胜。如是，他在尘世间造下了哲人攻难的局面。风携物性，一如其摄香于花；至尊主也透过较低的崇拜法门显露自身，尽管他应机现身为众天神，而非他的本来妙相。但是，其他形体究竟有什么意义？愿首出的至上主神满足我的心愿。"

对奉献者情有独钟的至尊主非常满意达克刹的祷告，当下降显于阿伽摩萨那。至尊主的莲花足息止在大鹏鸟伽鲁达的肩上，八只手臂分持螺、轮、剑、盾、弓、箭、索、杵。他玄色的身体罩着黄衫，脸庞看来极为喜乐。他全身金玉耀眼，颈上挂一条花鬘，低垂至足。

至尊主身边陪伴着诸如那罗陀那样的伟大奉献者，以及以因陀罗为首的众天神。他们站在他的两边，还有后面，连绵不断地唱赞祈祷。达克刹乍见至尊主奇妙辉煌的形体，有点儿畏惧，待到转过神来，不禁欢喜无限。他当下直挺挺地倒身扑地，顶礼致敬。仿若溪涧受山水而满盈，达克刹身上所有的感官都因为见到至尊主而欢欣活跃起来，由于妙喜，他就这样卧在地上，什么话也说不出来。

至尊主自然知道达克刹内心的愿望，于是他便开口说道："最幸运的人啊，凭着对我的强大信心，你已然臻达至上妙喜之境。事实上，因为你的苦行，加上奉爱服务，你的生命已得成就。让世间众生皆得安乐，乃是我的本愿，而你修持苦行，也是为了造福世界。我非常高兴，看到你能协助我，实现我的心愿。因为这个缘故，汝等生主，也被认为是我德能的化身。

"达克刹啊，生主盘叉遮那有一女，名阿诗珂尼，我希望你能娶她为妻。跟她结合，你会得到成百的子嗣，如此便可以增殖繁衍世间人口。这些子嗣也将颠倒于我的幻力，如此，他们也会像你一样婚配交媾。然而，由于我对你，以及对他们的加持，他们将会以奉爱之心崇拜我。"

说完之后，至尊主毗湿努转瞬隐没，恍如梦中所见之物。那以后，在幻力的驱使下，达克刹跟阿诗珂尼生下了一万个儿子，世称哈利耶湿筏。这些孩子全都非常谦恭孝顺。为了承父命传宗接代，他们向西而行，到了一处名为拿罗衍那-萨腊斯的朝圣之地。

在那个神圣的地方，诸哈利耶湿筏每日于圣河之中澡身沐浴。如此净化之后，他们开始向往至尊天鹅的德行。不过，因为有父命在身，他们还是继续修持苦行，以求生育子嗣。

一日，那罗陀去看他们，对他们说道："哈利耶湿筏啊，你们还不知道天地之大。传说地上有一国，唯住一男，国中有一穴，入者不复能出。一女居穴，浓妆艳抹，淫放不贞，跟她同居的男子，便是她的夫主。

"那国中有一条河，双向而流。又有华屋，以二十五种材料造成；一只天鹅，以各种声音鸣叫；一件自动旋转的物事，充塞利刃、雷电。你们这些未谙世事的孩子不曾见过这些东西，算不上识见高明。如此看来，你们如何能传宗接代？你们的父亲无所不知，你们却不能理解他的训令。不懂得父命的真实意图，你们如何能够传宗接代？"

听了那罗陀谜一般的话语，诸哈利耶湿筏开始思考其中的含义。很快他们就靠自己天生的智慧解开了谜题：国土意指躯壳，即业田；一男指至上主神，他实际上是唯一的受用者；洞穴指低等星系毕罗-斯筏伽，进入那里的人从不曾回返过。受强阳气性熏染，众生的智慧动摇不定，犹如娼妓，反复换装，勾人眼目。娼妓之夫即受局限的灵魂，由于智慧不纯，丧失了一切自由。那条河喻指以生、灭两种方式运行的物质自然。沉沦于摩耶之河的人若攀上智慧、修行之岸，便有希望获得解脱。二十五种材料造成的华屋喻指天地万物。天鹅喻指能分别灵、物的智者，其鸣叫代表经典说教。那自动旋转的物事象征时间，它永恒不息地推动着尘世的运转。经典是真正的父亲，不懂得经典的宗旨，才是真正的无知。

得到那罗陀这番开示，诸哈利耶湿筏彻底觉悟了灵性生命的价值。他们当下拜那罗陀为上师，绕着他环礼一匝之后，踏上了那条去则无返的不归路。

其实那罗陀早就知道，诸哈利耶湿筏身居圣地，修持苦行，已经获得了出世解脱的资格。故此那罗陀思量："为什么要让这些孩子受到家居生活的牵缠？那里黑暗无比，一旦进入便无法脱身。"

如是，这位伟大的圣者找到诸哈利耶湿筏，打消了他们遵行父命的决心，让他们转而探寻安住于内心的至高主宰。救度之功完成后，那罗陀心系至尊主的莲花足，继续浪迹于天地之间。

不久，那罗陀亲自上门传信给达克刹，告诉他诸子已然出离世间。达克刹闻讯，不觉心生悲苦。在梵天的劝慰安抚之下，达克刹后来又生了一千个儿子，名萨筏腊史华。奉父亲的命令，他们也启程前往拿罗衍那-萨腊斯，到那里修持苦行，以求生子传宗。

日常澡沐于圣河，让他们的心灵得到了净化。餐风饮露数月之后，诸萨筏腊史华口诵真言："让我们向至尊主拿罗衍那恭敬顶礼，他乃至上人格主神，永远居住在超然之乡。"

那罗陀又一次现身，跟这些达克刹的儿子们讲了同样的谜语，向他们开启不二之理，勉励他们追踪兄长们的足迹。随后，这位慈目所至从不落空的圣者腾空而去。自此，凭借那罗陀的慈悲，诸萨筏腊史华抛下了光宗耀祖的志趣，全心投入对至尊主的奉爱服务。犹如黑夜向西隐没，这些达克刹的儿子至今不曾回转。

那时，达克刹已经发现许多不祥之兆。待到得知自己第二批儿子又被那罗陀诱跑，他又悲又恼，不能自已。

那罗陀又去找达克刹，本想乘他哀恸之际，度他脱出尘缘。可是，达克刹一见到那罗陀，便气得嘴唇发抖，开始用尖刻的言辞斥骂那罗陀：

"你打扮像圣人，可实际却是骗子。你引导我那些年幼无知的儿子们走上出世之路，这只能证明你不知羞耻，毫无怜悯之心。你之所做，对我至为不公。

"我的儿子们还不曾解除他们对天神、圣贤和父亲所负的义务，如是你断绝了他们今生来世的积福之路。你自诩是至尊主毗湿努的同伴，却对他人施加伤害，所以我可以说，你是在诽谤至上主神。你行为可憎，居然还敢自吹自擂，难道就不感到羞愧吗？至尊主真正的奉献者对受局限的灵魂极为慈悲，渴望饶益一切有情。你穿戴着奉献者的服饰，却在跟你无冤无仇的人群中制造敌意，离散家人朋友之情。

"你似乎以为，只要唤起出世之心，就能舍离尘世。但是，依我看来，首先必须培养出圆满的智慧。不然，仅仅变换服饰并不能带来真正的舍离。虽说尘世欲乐是种种烦恼的根源，但除非人亲身体认此理，否则就不能轻言舍离。是故，应当鼓励人不离不弃，而与此同时再去穷理致知，以期有朝一日能明白尘世福乐之为虚妄。如此，即便没有他人的助力，也能让人体认到尘世生活之可厌。

"从他生心者远不如自我体证者那样不执能舍。我虽与妻儿一道过家居生活，但我持循韦陀经教，故能享受人生而不受报应。不幸的是，你毫无必要地误导我那些天真的孩子，已经深深地伤害了我。这等可恶的举动，第一次我可以忍受，可你又干了第二次，所以我不得不说，你是个恶棍，全不知如何待人处世。你或许能够游遍整个宇宙，但我诅咒你，无论到哪里，你都不会有安居之地。"

达克刹这番陈词听来似乎不无道理，但其错误在于：尽管经验到尘世的苦恼，由于物欲强顽，世人仍无法抛下尘缘。换言之，物质自然如此有力，以至世人虽举步不离苦恼，却依然不愿放弃享受感官欲乐的念头。事实是，只有借着亲近如那罗陀一般的纯粹奉献者，并得到他们的祝福，潜存于众生内心的出离心才能被唤醒。

受到达克刹的诅咒后，那罗陀只是淡然应道："无妨如此。"虽然他本来可以反咒达克刹，但他并没有这样做，因为他是一个慈悲安忍的圣者。实际上，对于像那罗陀这样云游天下、饶益人间的传道者，达克刹的诅咒无异于赐福。

后来，在梵天的请求下，达克刹跟妻子阿诗珂尼生了六十个女儿，好教那罗陀无机可乘。女儿们长大后，达克刹给她们安排了婚事，其中十个嫁了阎罗，十七个嫁了迦叶波，二十七个嫁了娑摩，剩下的由安吉罗、菩多和克利沙斯华各娶了两个。

阎罗之妻萨底耶生下诸萨底耶，毗湿筏生下诸毗湿筏天人，穆呼尔多生下诸穆呼尔提喀。这些天神在其值日期间为众生遣送业果。

阎罗之妻筏苏生八筏苏，图罗拿为其首。图罗拿之妻阿毗玛提生下哈利、首喀、巴亚。众筏苏中名阿耆尼者，其妻珂黎提喀，生子名塞犍陀。众筏苏中名豆善者，其妻萨尔华黎，生子悉殊摩罗，乃至上人格主神之分身。众筏苏中名筏斯图者，其妻益吉罗斯，生子毗湿筏羯磨，乃天界最出色的大匠；其妻阿珂丽缇，生叉克殊刹摩奴。

菩多之妻萨茹巴生下十一楼陀罗，其妾生下众鬼魂、精灵，随侍众楼陀罗。从安吉罗之妻萨蒂，阿闼婆韦陀得以降生。

迦叶波之妻波昙吉生下许多种鸟类；耶弥尼生下蝗虫一族；毗拿多生下大鹏鸟伽鲁达，以及日神之御者阿楼那；伽德楼生下众蛇族；提弥生下众水族；

莎罗玛生下狮、虎一类猛兽；苏罗毗生下母牛、水牛一类双蹄动物；檀罗生下鹰、鹫一类大鸟猛禽；穆尼生出飞天女；珂罗多筏莎生下各种蛇类与蚊虫类。

迦叶波诸妃几乎是宇宙内全部生灵的母亲。除了如上所列者，还有伊拉，生罗刹族；苏罗莎，生邪灵；阿利湿陀，生乾达婆族；喀斯多，生马类动物；答奴，生六十一子，其中十八子尤为显赫，有香巴拉、阿利湿陀、哈耶哥黎华、伏黎莎波筏、毗波罗契底等人。伏黎莎波筏之女莎弥湿答嫁了拿胡莎之子亚耶提。答奴之子毗湿筏拿罗有四女：乌巴德拿毗，嫁悉罗夜叉；哈耶施罗，嫁克罗图。迦叶波娶了另外二女，菩楼摩和喀拉喀，生下六万尼筏陀伽、波楼摩以及喀拉喀耶，后者皆为阿周那所杀。

毗波罗契底娶星悉伽为妻，生子一千又一，罗睺为其首。

维筏斯万之妻萨基耶生下摩奴，名悉罗多提婆；又生孪生兄妹，名阎摩、阎蜜（朱木拿河女神）。阎蜜曾变为牝马，漫游大地，生下双马童阿湿毗尼。维筏斯万还有一位妻子，名叫阇耶，生下两个儿子，名为萨拿斯叉罗、萨华尼。阇耶另有一女，名塔波提，嫁给了桑筏罗拿。

阿利摩之妻玛特黎伽生下许多学问渊通的智者。通过他们，梵天创造了性好自省的人类。

魔族之女罗刹拿嫁给了生主特筏斯塔，生下两个神通广大的儿子，名为桑尼维利、毗湿筏鲁巴。

第三章　金刚伏魔

一次，天帝因陀罗高踞天庭御座之上，身边陪伴着天后莎契，威风凛凛，骄横不可一世。在他脚下，众摩鲁特、筏苏、楼陀罗、阿迭多、毗湿筏提婆、萨迭耶、阿湿毗尼、紧那罗与诸多仙圣周匝环绕，恭敬侍奉。正当飞天女翩翩起舞，乾达婆吹打奏乐之际，天师蒲历贺斯钵底突然走进宫来。

眼见自己的上师来到面前，因陀罗却并没有给他安排座位，也不曾起身迎接。实际上，沉醉于熏天权势的因陀罗变得目中无人，根本无意迎候自己的上师。蒲历贺斯钵底早已洞见因陀罗的骄慢之心，以及未来将要发生的事情。虽然他本来可以诅咒这位天界神王，但为了给因陀罗一个教训，他却一言不发，扭头便走。

因陀罗见状，当下醒悟到自己不敬上师，犯下了大错。于是，当着众天神、仙圣的面，他谴责自己道："啊呀，富贵自姿让我变得无知骄横，居然做下这等可悲之事！我不曾恭迎执礼，侮辱了上师，必定要受天谴！我虽是众神之王，安住中和气性，却以一点点富贵权势自傲，如是为我慢所染。看啊，谁愿意冒着退堕沉沦的风险，去承受这些身外之物？

"让权势富贵见鬼去吧！淫慢自大的君王，以为不必向婆罗门折腰，其实他们已经跟他们的奴才们一起，登上了一条必将倾覆的石船。走上这条毁灭之路，势必永沦地狱。现今，我必须以至诚无伪之心，在师尊的莲花足下俯首顶礼，求得他的欢心。"

当因陀罗悔恨交加之际，蒲历贺斯钵底以更高的玄通之力，消隐于众神之王的天眼之外。如是众神虽出力搜寻，却一无所获。因陀罗自思："我的上师对我不满，从此我丧失了一切致福之道。"

此后，尽管身边照样前呼后拥，因陀罗却再也感觉不到宁静平和。天魔很快知道了因陀罗的处境，于是，在他们的上师——苏喀罗阿阇黎的指教下，他们拿起武器，纷纷向诸神开战。在随后的战争中，众神受到重创，到最后的关头，他们只得向梵天祈求庇护。

梵天见众神找上门来，便安慰道："上仙啊，你们自恃贵盛，痴狂颠倒，天师蒲历贺斯钵底光临，你们竟然不去迎候。你们如此粗鲁地对待一位最卓越的婆罗门，真是令人震惊。缘此之故，你们输给了魔族。

"此前，因为不敬重他们的上师苏喀罗阿阇黎，众魔失去了力量，故而屡屡败阵。如今，他们已经开始崇拜苏喀罗阿阇黎，以毫不动摇的决心，跟随他的教导。众魔的魔力变得极为强盛，如果他们想要的话，可以轻而易举地拿下我的居所。事实是，领袖，或任何其他人，若对婆罗门、母牛、至上主神的仁慈贞信不移，对他们崇拜不断，便能固守其名位。

"诸神啊，你们应该去找特筏斯塔之子毗湿筏鲁巴，拜他做你们的上师。他是一位极为精纯、强毅的婆罗门，如今正在修炼峻刻的苦行。他若被你们的崇拜取悦，必会满足你们的一切愿望。不过，你们得容忍，因为他也会施恩于魔族。"

得到梵天指教，诸神的忧愁一扫而空。他们当下便找到毗湿筏鲁巴，对他说道："婆罗门啊，愿你吉祥如意！我们是你的客人，又是你的父母一辈，你应当满足我们的要求，以之为自己的责任。孩子啊，我们被敌人击败，故而万分悲痛。你是一个完美的婆罗门，乃所有种姓的导师。我们希望能拜你做上师，好让我们击退众魔。不要害怕别人的批评，说你比我们年轻，却做了我们的上师，这类礼文与念诵韦陀真言的能力无关。是故，虽然你是我们的晚辈，却可以做我们的祭司，对此你不必心生犹疑。"

毗湿筏鲁巴闻言大悦，当即回答道："诸神啊，虽说担当祭司或许会让婆罗门的才华受损，但你们亲自登门求告，我又如何能够拒绝？你们都是司掌天地的神祇，而我不过是你们的弟子，为了我自己的利益，我也必须答应你们。的确，一个真正的婆罗门只会靠捡拾田间市集的碎米弃谷维持生计，而一个想要以祭司为业牟取安乐的婆罗门，必定心志低下。不过，虽然接受祭司之职或许会辱没名声，但我无法拒绝你们，因为你们都是我的长辈。"

此后，毗湿筏鲁巴开始尽心尽力地践行祭司之职。不久，在诸神的恳求下，毗湿筏鲁巴把拿罗衍那宝甲咒传授给了因陀罗。那密咒的具体运用方法如下：

若有畏怖到来，持咒者当先盥洗手足，净手口，持诵顶礼室利毗湿努的密咒。然后，触库莎草，面向北方，端颜趺坐，诵八音节真言："唵 南无 拿罗衍那耶。"每诵一音，便用手触身体八处部位——双足、膝、腿、腹、心、胸、口、首。再诵时，须以相反的顺序，触碰以上八处部位。

下一步，持咒者当诵十二音节真言："唵 南无 跋葛筏底 筏殊提婆耶。"每诵一音，前必缀"唵"，置音指尖，始于右手食指，终于左手食指。余下四音则置于两手拇指指节。

接下来，再诵六音节真言："唵 毗湿拿威 南无诃。"置"唵"于心，置"毗"于顶，置"湿"于眉间，置"拿"于顶辫，置"威"于目间。"南"音当置于身体所有关节处，同时冥思"无"音，以其为兵器。

如是，持咒者当呈现人咒合一之境。最后，从东面开始，遍十方念诵："摩诃 阿斯陀罗耶 钵诃特。"念毕，持咒者当冥思自性与至尊主拿罗衍那圆融一体。然后，持诵拿罗衍那宝甲密咒，其辞曰：

"至尊主高踞伽鲁达之背，手持八种神兵——螺、轮、盾、剑、杵、弓、箭、索，祈愿他于一切时中，护我以其八臂。

"至尊主筏罗诃将地球从胎藏海中抬起，祈愿他护我于街衢。

"祈愿至尊主波罗殊罗摩护我于山冈，祈愿至尊主罗摩和他的兄弟拉珂施曼护我于异国。

"祈愿至尊主拿罗衍那护佑我，让我不会堕失名分，不会因痴狂而去跟随邪法；祈愿拿罗护佑我，不受骄慢的熏染。

"祈愿至尊主答多特黎耶护佑我，让我修炼巴克提瑜伽而不致退堕；祈愿至尊主伽皮罗护佑我，让我不受业果之缠缚。

"祈愿萨拿特·鸠摩罗护佑我，让我不为淫欲所动；祈愿至尊主哈耶哥黎华护佑我，让我不致疏于向至尊主顶礼，成为一个冒犯者。

"祈愿仙圣那罗陀护佑我，让我不致在崇拜神像时做下冒犯；祈愿至尊主库尔玛护佑我，让我不会跌入地狱。

"祈愿至尊主答梵陀利护佑我，让我不会患上疾病；祈愿至尊主黎沙巴天人护佑我，让我无惧冷热。

"祈愿至尊主雅基耶护佑我，让我不受众人的诽谤与伤害；祈愿至尊主巴腊罗摩以天龙之身护佑我，让我不为性好嫉妒的蛇虺所噬。

"祈愿至尊主的文章化身——毗耶娑护佑我，让我不会因为韦陀智慧短乏而落入种种无明。

"祈愿世尊佛陀护佑我，让我不会去造作违逆韦陀正法的业行，也让我不会陷入怠惰，以致遗忘了韦陀正法；祈愿至尊主喀尔基护佑我，让我免受喀利纪的污染。

"祈愿至尊主凯阁筏护我于白昼之第一分，祈愿至尊主哥宾陀护我于白昼之第二分，祈愿至尊主拿罗衍那护我于白昼之第三分，祈愿至尊主毗湿努护我

第六卷 | 191

于白昼之第四分。

"祈愿至尊主摩度苏陀那护我于白昼之第五分,祈愿至尊主摩多筏护我于夜晚,祈愿至尊主赫黎史基士护我于初夜,祈愿至尊主钵多摩拿巴护我于深夜。

"祈愿胸饰吉祥毫的至尊主护我于午夜、黎明之间,祈愿至尊主瞻难陀那护我于黑夜之终。

"祈愿至尊主答摩达腊护我于清晨,祈愿至尊主毗湿威施华罗护我于昼夜之交。

"祈愿吉祥见法轮将我的敌人焚为灰烬,祈愿神杵将罗刹、夜叉之类的众邪灵砸为齑粉。

"祈愿至尊主的神螺时时吹响,让众罗刹、毕舍遮、恶鬼心神不宁,忧惧畏怖。

"祈愿至尊主手中的神剑将敌人的士兵戳为肉酱,祈愿那刻有一百星月纹的神盾将敌人士兵的眼球挑出眼眶。

"祈愿至尊主名相德行的荣光护佑我,让太岁星、扫帚星、嫉妒成性的小人、蛇蝎、凶兽、鬼魂、五行以及过去生中的罪孽不会对我造成影响。

"祈愿大鹏鸟伽鲁达护佑我,当一切凶险之境,祈愿毗湿筏珂塞拿也护佑我。

"祈愿至尊主的圣名、妙相、乘舆、兵器保护我的心、智、诸根与生命之气。

"天地万物与至尊主一体不贰,缘他乃是一切原因之原因。因为果摄,是故因果其实是一。故此,至尊主任何部分的能力,皆足以化除我等所遇到的一切凶险。品物流行,造化万殊,究竟会归于太一。如是智深者乃于分殊中洞见圆融。

"祈愿无所不知、无所不在的主时时护佑我们,救我们出一切灾厄。祈愿至尊主尼黎僧诃护佑我们,救我们出水、火、刀、兵、风、毒等一切凶险畏怖;祈愿至尊主尼黎僧诃护佑我们,用他的大威德覆盖我们敌人的气焰,于一切方向、一切角落,无论上、下、内、外。"

毗湿筏鲁巴最后教诫因陀罗道:"此拿罗衍那之玄秘宝甲必能让你克敌制胜。若有人御此宝甲,凡其所见者、以足触及者,皆得当下免除上述凶险。持此拿罗衍那宝甲咒者绝不会遭难于官府、盗贼、邪魔以及任何种类的疾病。天帝因陀罗啊,古昔有婆罗门,名俱室伽,曾御此甲,尝以玄通之力,舍其形骸于大漠之中。一次,乾达婆王契陀罗多与众仙女乘坐天舆,御风而行,恰好飞过那遗骸的上空。突然间,拿罗衍那宝甲之力直冲云霄,让他头面朝下,栽落于地。惊骇之下,契陀罗多命筏黎基耶众先圣将那婆罗门的尸骨抛入了附近的莎拉斯筏底河。乾达婆王在河中沐浴之后,方才返回自己的居处。"

毗湿筏鲁巴有三首，一首饮娑摩，一首饮酒，一首进食。他的父亲一族源出天神，而母亲一系皆属魔族。故此，他不但向诸神奉献祭品，也暗中把祭品分给天魔。

一段时间之后，毗湿筏鲁巴瞒天过海的行径被因陀罗看破。惊怒之下，天帝因陀罗砍下了毗湿筏鲁巴的三个脑袋。立时，那饮娑摩的脑袋变成了鹧鸪，那饮酒的脑袋变成了麻雀，那进食的脑袋变成了鹌鹑。

亲手斩杀毗湿筏鲁巴之后，因陀罗悔恨无比。如是，因陀罗尽管有能力抵消由杀死婆罗门而招致的恶报，却并没有这样做，反而自愿合掌领受。为此，天帝被痛苦折磨了整整一年。那以后，为了净化自身，他把余下的恶报分给了地、水、树、妇人。

大地为了得到因陀罗的赐福，好让它的沟谷自动满盈，同意承担因陀罗四分之一的恶报。缘此之故，大地表面多有沙漠，那上面不能举行吉祥的祭祀。据说，沙漠之民也分担了因陀罗的恶报。

被修剪后枝叶还能复生，为了偿还因陀罗的这个恩赐，树木承担了因陀罗四分之一的恶报。那些恶报发露为树上排出的树液，故树液不可饮用。

妇人能够持续享受淫欲，为了回报因陀罗的这个恩赐，她们承担了因陀罗四分之一的恶报。其结果是，妇人每月行经，故经期不可触摸妇人。

水与他物混合后能增加他物的分量，为了报答因陀罗的这个恩赐，水承担了因陀罗四分之一的恶报。缘此之故，水中多有浮沤泡沫，故取水应撇除这些东西。

听说儿子的死讯，特筏斯塔怒不可遏。为杀因陀罗，他举行了一个特别的祭仪。当奉献祭品之际，特筏斯塔发令道："因陀罗之敌啊，强盛起来，快快诛灭你的对头！"

然而，特筏斯塔在发令时把"a"发成了长音，如此"因陀罗之敌"（Indra-shatro）被错念成了"因陀罗，彼乃我敌"。

不久，从祭火南面，一个极为可怕的人物现出身形，貌相犹如世界劫终之际的毁灭者。那魔王的身体一天一天很快长大起来，速度仿佛向四方射出的羽箭。他身形巨伟，皮肤焦黑，宛如经烈火焚烧过的山丘。他身上光辉四射，好似被晚霞照亮的重云。那魔王的须发色如熔铜，双眼锋锐如正午的太阳。他手挥铁叉，夺人心魄，那叉尖似乎挑起了三界。他呼啸跳跄之际，大地亦为之颤抖。

他的嘴巴幽深如洞穴，当他哈欠连连时，仿佛可以吞下整个天空。他看似正在用舌头舔舐群星，用尖利的獠牙咬嚼宇宙。凡见到这庞然巨魔的人无不失魂落魄，四散奔逃。因为这位特筏斯塔之子笼罩了所有的星辰，故此得名弗栗多。

在天帝因陀罗的统率下，天兵天将们如潮水般冲向弗栗多修罗，但转瞬之间，他们所发射的兵器居然全被魔王吞没。诸神又惊又怕，顿时勇力尽失，仓皇逃命。

重新集结之后，诸神寄心太上，虔诚求祷："时光将终结我们的存在，我们对此无不忧愁恐惧。然而，时光却惧怕至上人格主神，故此，让我们托庇于他，唯有他才能给我们全面的保护。谁若想从其他方得到保护，必定愚不可及。此人之愿想，无异于执狗尾以济江海。

"至上人格主神时时以超灵之相，示现于我们面前，我们却见不到他，因为我们认为自己是自存独立的天神。如今，让我们托庇于那至尊上主，我们深信，他将给我们庇护。"

听到诸神的祷告，至尊主先是显露自体于诸神的内心，然后才在他们面前现身。看见面带微笑、眼若莲花的至尊主，众神欢喜无限，当下五体投地，向他顶礼致敬。

缓缓起身之后，众神再次奉上祷文："至上人格主神啊，我们向你虔敬顶礼。我们在你化生天地之后才出现于世间，故此，我们根本不可能懂得你的作为。除了向你谦恭顶礼，我们实在无可奉献。

"至上主神啊，一切表面对立者皆在你里面会通圆融，因为你本性绝待无贰。迷人误以绳为蛇，故见绳而惧，然知其为绳者则无所畏惧。作为每个人内心的超我，你按照其人之智，唤起畏与无畏，但在你之内，并无此等对待。摩度魔之屠者啊，从你的光耀之洋泼洒出的甘露，若有人曾经品尝过一次，哪怕是其中之一滴，也会有永不止歇的妙喜在他内心流淌。如此超卓的奉献者，早已忘记了犹如浮光掠影般的尘世欲乐。

"上主啊，你是奉献者的灵魂和密友，他们绝不会再重返世间。至强者啊，你化身而来，一旦众魔过于强大，你便出手惩治。是故，我们今日向你求祷，祈愿我主再次化身，除灭魔王弗栗多。

"我们都是在你莲花足下皈命的灵魂，所以，求你对我们慈悲。求你用充满爱意的眼光、清凉迷人的微笑、甘露般甜美的话语，驱走那魔王带给我们的忧愁，他深深刺痛了我们的心。

"上主啊，你乃整体大全，洞悉万物者。是故，我们还有什么需要告知你的？无所不知的你，非常清楚我们为什么前来托庇于你的莲花足——那是化除尘世间苦恼的唯一法门。"

天神欲求享受尘世浮华，他们之所以亲近至尊主，是为了解除痛苦危难。

然而，心无尘染的奉献者即使身陷困境，也绝不会求告打扰至尊主，相反，他们会无怨无悔地承受苦难，把苦难视为过去生中恶业之果。众神明白其中的分际，故而向至尊主致歉。

至尊主被诸神的诚心皈命取悦了，他回答道："聪明的天神啊，奉献如此圆契妙理的祷告，可以让人彻底净化，如是乃得于解脱之境，做纯粹的奉爱服务。

"获我欢心的人，不难得到任何东西，这的确是事实。但一个纯粹的奉献者除了祈求实践奉爱服务的机会以外，其他一概不会向我索要。那些认为物质资财就是一切，如是昧于生命之真谛的人，谓之吝啬鬼。这等人固然愚不可及，但那些让他们的欲望得到满足的人，也一样糊涂。一位纯粹奉献者绝不会告诉这样的蠢货为了尘世享乐而投入功果业行，更不必说助他一臂之力了。这样的奉献者就像经验丰富的医生，绝不会鼓励患者进食对自身健康有害的食物，即便那病人想要。

"因陀罗啊，我建议你去找那位伟大的智者——答底奇，此人靠苦行和智慧变得极为强健。跟他索要他的身体。此前，知道他全面掌握了灵知玄学，阿湿毗尼双马童曾向他求教，由此成就即身解脱。答底奇有一件坚不可摧的防身之物——拿罗衍那宝甲，后来传给了特筏斯塔，特筏斯塔把它传给了自己的儿子——毗湿筏鲁巴，而你又从毗湿筏鲁巴那里得到了它。因为拿罗衍那宝甲的缘故，答底奇的身体坚实无比。

"若有阿湿毗尼双马童代你向答底奇讨要他的身体，那智者肯定会答应。然后，让毗湿筏羯磨析取他身体里的骨头，制作一支金刚神杵。我将把我的威能注入此器，如是你定能用它诛灭弗栗多。

"因陀罗啊，弗栗多死后，一切吉祥好运都将属于你。尽管那魔头有摧坏三界的大能，但你不必害怕，他伤害不到你。他也是一个奉献者，绝不会妒忌任何人。"

至尊主说完，便隐身而去。之后，众神依照至尊主的指示，找到阿闼婆之子答底奇，向他讨要身体。答底奇极为豪爽，当下就准备答应众神的请求。不过，他开头微微一哂，取笑道："众神啊，当死亡之际，有大苦痛，难以忍受，将夺走人的觉性，莫非你们不知道吗？世上无人不爱惜自己的身体，无不用尽一切手段拼力守护它，甚至不惜一切代价。实际上，世人无不希望永远保有自己的身体。故此，谁会愿意把自己的身体送给别人，即便是至尊主毗湿努亲自来讨要？"

众神答道："超凡的婆罗门啊，像你这样的人对众生极为慈悲友善。为了利益他人，你们可以施舍一切，包括自己的身体。过度自私的人只知向他人索要，全不顾对方的难处。而有能力布施却不愿出手的人，无视乞讨者的艰难，同样是麻木不仁。故此，乞丐不应向生计艰难的人乞讨，有能力布施的人也不应拒绝施舍。"

答底奇说道："我适才不过是假装拒绝你们，为的是从你们口中听闻正法大义。尽管身体于我珍贵无比，但我晓得，应该为了更好的用途而布施给你们。毕竟，身体终究会离开我，不是今天，就是明天。

"对众生的苦难麻木不仁，不愿为了神圣觉性而牺牲无常变化的躯壳，如此之人，必受天谴。若有一人，见他人忧则忧，见他人乐则乐，须知此人，已安立正法。此身对真我全无益处，能使用的时间也很短，死后不过是豺狼野狗口中之食。是故，身体及其所有物必须用于饶益他人，否则，身体将成患难之渊薮。"

说完这番话，伟大的智者答底奇当即置真我纯灵于至上人格主神的莲花足下，舍弃了五大聚合的躯壳。神定之中，答底奇斩断了一切尘情俗念，如是他甚至都没有觉察到躯壳如何与自我分离。

毗湿筏羯磨取答底奇之骨，制作了一支金刚神杵。至尊主毗湿努随后将神力注入这件兵器。于是，天帝因陀罗操起金刚杵，骑上神象蔼罗筏陀，在众天神、仙圣的簇拥礼赞下，再次出征。

如是，当特黎多纪之初，毗筏斯瓦塔摩奴治下之第一个千年期，一场神魔大战在拿玛答河岸边拉开了序幕。因陀罗麾下有众楼陀罗、众筏苏、阿湿毗尼双马童、众毗陀、众筏尼、众摩鲁特、众黎补、众萨迭耶与众毗湿筏提婆。在另一边，弗栗多修罗招来了成千的大小魔头，无数夜叉、罗刹，为首的有苏摩利、摩利、奴木崎、桑巴罗、毗波罗契底等等。

众魔发出狮子吼，从四面八方扑向众神之军。一时间，箭、矛、枪、镖、戟、斧如暴雨般蔽空而下，笼罩诸神。就在枪林箭雨快要近身之际，诸神运玄通之力，在半空中将众魔抛射过来的兵器击为碎片。

众魔抛光了兵器，便开始向天兵天将投掷山石、树木，但这些东西也在飞过空中时被击得粉碎。众魔见攻击失利，不由惊慌失措，斗志全消。

眼见手下魔军四散逃窜，弗栗多修罗笑骂道："毗波罗契底啊，奴木崎啊，桑巴罗啊，不要逃，且听我讲。生于世间者必定难逃一死。是故，若死得其所，能够超升天堂，流芳百世，哪个聪明人会拒绝这样的良机？

"须知世上有两种显耀的死法，一是借助玄秘瑜伽之力，一是战死沙场，义无反顾。因此，众魔头啊，扔掉你们的怯懦，立刻跟我杀回疆场！"

尽管听到弗栗多修罗的劝告，但众魔头惊惶之下，再也无心恋战。诸神见状，乘机从魔军的后方掩杀过来。眼见魔军溃败，弗栗多修罗向诸神高声怒喝道："这些魔头虚生一场，简直无异于他们娘亲拉下的粪便，他们已经仓皇逃命，又何必再从背后掩杀他们？以英雄自居的人，绝不应杀贪生怕死之辈。

"微不足道的天神啊，若你们真的自信勇武，那就站到我跟前来。若你们无心再战，那我就放过你们，我还不至于那么下作，会去进袭怯战之人。"

弗栗多修罗巨大无比的身形才一出现，众天神已经心生畏怖。当那魔王张口狂啸之时，众天神吓得闭上眼睛，几乎晕倒过去。弗栗多修罗拈起一支铁叉，大步向前，将众天神踩在脚下，犹如狂象踏倒竹林。此时此刻，大地亦为之震颤。

因陀罗大怒，抓起巨锤猛力掷过去，弗栗多修罗轻轻用左手接住，然后挥锤砸向蔼罗筏陀之首。一击之下，那神象登时口吐鲜血，趔趄倒退。两边将士喝彩之际，因陀罗随蔼罗筏陀翻身倒地。因陀罗从未如此狼狈失手过，当下不由得气馁起来。弗栗多修罗持守攻战之礼，却也并不进击。因陀罗乘此机会，以甘露手，抚摸神象，即刻治愈了它的伤痛。

见到因陀罗在自己面前挺身站立，手持金刚神杵，弗栗多修罗猛地想起了兄长毗湿筏鲁巴之死。念及因陀罗的残暴行径，弗栗多修罗悲愤欲狂。

一阵狂笑过后，弗栗多修罗对因陀罗说道："好运气啊，杀我兄长、弑其师尊者，如今就站在我的面前。

"最可厌憎的人啊，当我的铁叉刺穿你顽石般的胸膛时，我才算还清了对我兄长的欠债。仅仅为了保有自身的天堂之乐，你就残酷无情地杀害了一位无辜的婆罗门，那时他还做着你的祭司。

"因陀罗，你一味追名逐利，故而丧尽天良，全无廉耻。你将为此惨死在我的铁叉之下，到时，连火焰都不愿沾到你的尸体，只有鸢鹫才会飞下来啄食你的罪恶之身。

"如若其他天神愚昧无知，跟着你一起向我进攻，我就会拿我的铁叉斫下他们的头颅，把它们当作牺牲奉献给跋罗筏与其鬼众。不过，若你有本事，能用你的金刚神杵斫去我的头颅，我会心甘情愿让其他生灵吃掉我的身体。这样一来，我将不复为前世恶业而遭罪，如是变得有资格领受纯粹奉献者诸如那罗陀莲花足下的尘土。

"诸神之王啊，我，你的死敌，就站在你的面前，为何你还迟迟不敢掷出你的神杵？虽说你的铁锤不堪一击，可你不必怀疑神杵的威力。你的神杵已经得到至尊主的加持，与答底奇的苦修之力。你受命于至尊主，前来会战，毫无疑问，我将死在你的神杵之下。至尊主毗湿努站在你这边，你必稳操胜券。

"靠着你手中神杵的力量，我将摆脱一切尘世桎梏。如是一心凝注于至尊主商伽萨那的莲花足，我将超升至高之乡，一如至尊主往昔所言。

"彻底皈命至尊主莲花足、时刻忆念着他的人，已经被至尊主收下，作为他自己贴身的仆从。至上主神绝不会将俗世富贵赐给这类归依的仆从，因为这些身外之物只会增长怨尤、忧愁、浮躁、骄慢、胜心。当人苦苦聚敛、守护这些身外之物时，必得辛苦劳作，受尽磨难，一旦失去，则懊恼不堪。凭借至尊主的慈悲，奉献者得到救度，不必追逐劳而无功的法、利、欲乐、解脱。不过，这样的恩慈非清净无染的奉献者不能获得，追逐功利者无预。"

向因陀罗说完这番话后，弗栗多修罗转而注心于他所崇拜的至尊上主，他如是祈祷："我主啊，我并不欲求星君的高位，也不渴望瑜伽玄通，甚或涅槃解脱，倘若这些东西会让我离开你莲花足的庇荫。

"眼若莲花的主人啊，犹如雏鸟时时盼望母鸟归来喂食，犹如为绳索缚住的牛犊焦急地等待吃奶的时刻，犹如伤别的妻子渴望远在异乡的夫主还家，我总是向往着为你亲身服务的机会。

"我主啊，我流浪于天地之间，受你幻力的魅惑，一直贪恋身家性命、妻儿财产。可如今，我希望不再贪恋这些东西。就让我的心思、觉性，我所有的一切，无不系着在你身上。"

弗栗多修罗非常渴望死亡，这样他就能立时回返不朽故乡。而另一方面，因陀罗想要战胜弗栗多修罗，为的是能享受天堂之乐，如是继续在尘世间糜烂下去。因陀罗与弗栗多修罗二人，无疑都是奉献者，尽管因陀罗从至尊主那里得到训令，要去除灭那位所谓的魔王。

实际上，至尊主对弗栗多修罗更为慈悲，虽然表面看来，他让特筏斯塔之子和天界之王都实现了各自的心愿。尽管也是一位奉献者，但因陀罗无意逃脱物质缠缚，对尘世欲乐更感兴趣。而弗栗多修罗，作为纯粹的奉献者，一心只想亲近至上人格主神，并且亲身为他服务。故此，真正的胜利命中注定属于弗栗多修罗，而不是因陀罗。后者将不得不在尘世间活下去，承受轮回生死之苦。

认识到弗栗多修罗卓尔不凡的德行，因陀罗为自己不得不亲手杀死这样一位伟大的奉献者而感伤不已，故此迟迟不愿掷出手中的神杵。弗栗多修罗见状，大为失望，因为在他眼里，死亡比胜利更动人。于是，弗栗多修罗高举铁叉，先向因陀罗冲杀过去。他大声咆哮道："罪恶之人啊，现在去死吧！"而后掷出了铁叉。叉尖光芒夺目，宛如火焰灼烧。

那铁叉仿佛流星，呼啸破空而至。因陀罗更无畏惧，当下挥动金刚神杵，将铁叉击为碎片，又顺势斫断了弗栗多修罗的右臂。弗栗多修罗不顾断臂之痛，继续进攻，用一支狼牙棒击中了因陀罗的下颚，接着再次给了神象蔼罗筏陀重重一击。因陀罗受袭，金刚神杵脱手飞出。众神灵见状，无不失声惊呼。一时间，神魔两方都纷纷赞叹弗栗多修罗的绝世勇力。因陀罗大为羞惭，竟不敢上前捡起落在地上的神杵。

为了激励因陀罗，弗栗多修罗慨然说道："拿起你的武器，过来杀敌。这可不是自叹命蹇的时候。因陀罗，除了至上人格主神，没有人能保证每战必胜。

"世上每一个人，包括天神，无不在至尊主的掌控之下，犹如笼鸟，更无自由。我等众生皆按真宰之意志而踊跃发动，仿佛木偶刍狗，动静一操于人手。寿尽之人，虽不愿死，而终不能保其富贵性命。如是，仰仗至尊主的慈悲，时来运转之际，富贵亦逼人而来。

"万事万物皆仰赖至尊主的意志，是故人当平等对待荣辱、成败、生死。身虽历苦乐诸境，心却应守静抱虚，不生忧愁烦恼。知道三极气性并非灵魂之质性，纯灵不过是诸气性往来相推之照察者，人而如斯，谓之解脱者，不复受气性桎梏。

"因陀罗，我已经败在你的手下，兵器、手臂尽化齑粉。不过，我并不悲悔，还要跟你拼力一战。你也应该像我一样，抛开愁苦，继续战斗。这场战斗就像博彩，我们的性命是赌注，羽箭是骰子，坐骑是赌台。没人知道谁输谁赢，因为成败皆由天定。"

虽然身为魔王，弗栗多修罗伟大无比，实际上成了因陀罗的导师。弗栗多修罗知道自己必败无疑，但他坦然承受，无怨无悔。他之所以持续不断地竭尽全力攻杀因陀罗，乃是因为他坚持这样一个信念：即使败局已定，人还是应当尽一切可能践履职分。听到弗栗多修罗这些充满睿智的话语，因陀罗自然惊讶不已，如此他想起了同样出生于魔族的巴腊陀和巴利。

因陀罗于是捡起金刚杵，笑道："伟大的魔王啊，从你的解悟和信愿，我可以看出你是至上人格主神的完美奉献者。一般来说，天魔皆肆心于强阳气性，而你居然于纯粹中和气性下，一心忆念至上人格主神，此事确实至为奇妙。贞固不懈为至尊主服务奉献的人，时时畅游于甘露之洋。对于这样的人，堂坳之水又有何用？"

一番沙场论道之后，两人又继续厮杀起来。弗栗多修罗左手抓起一支狼牙

第六卷 199

棒，挥舞抡圆之后，猛力砸向因陀罗。因陀罗挥动百节神杵，将狼牙棒削为碎片，同时切下了弗栗多修罗剩下的那条手臂。那魔王血流如注，看上去凄艳无比，犹如被斫去翅膀的飞来之峰。

弗栗多修罗随即以上嘴唇顶天，下嘴唇据地，巨口张开，仿佛虚空。他的舌头宛如巨蟒，獠牙暴张，似乎要吞下天地日月。变化成这样一个庞大无伦的形体，弗栗多修罗看来就像一座会走动的喜马拉雅山，所到之处，山岳震动，大地破碎。转眼之间，那巨口就吞没了因陀罗，连同神象蔼罗筏陀。众天神眼见大祸骤降，无不失声悲呼："啊呀，这如何得了？！"

然而，受到拿罗衍那宝甲以及自身玄通之力的保护，因陀罗虽被那魔王吞噬，却并未死去。当因陀罗用金刚神杵劈开弗栗多修罗的肚子，再次现身时，一旁观战的天神们才松了一口气。因陀罗当下催动神杵，开始斫削弗栗多修罗高耸如山的头颅。虽然金刚杵绕着那魔王的脖颈飞速旋转，但最后削下那颗脑袋，仍然花了整整一年的时间。

弗栗多修罗的脑袋砰然落地。天界诸神当即敲响天鼓，唱起赞歌，向因陀罗身上撒下鲜花如雨。那困在魔王躯壳里的灵魂破体而出，重返不死故乡，成了至尊主商伽萨那的永恒友伴。

实际上，当吞下因陀罗时，弗栗多修罗自思敌手已亡，无须再战，便停止了一切身心活动，进入神定。故此，因陀罗将他切腹斩首之际，弗栗多修罗始终处于瑜伽三昧之境。

弗栗多修罗被诛灭后，三界众生皆大感快慰，唯独因陀罗除外。当众天神、魔王及其僚属各自归去时，没有人跟天界之王说一句话。此前，诸神仙圣请求因陀罗诛杀弗栗多修罗，因陀罗并不情愿，因为他很害怕杀死一位婆罗门。

当时因陀罗曾说："众圣者啊，杀死毗湿筏鲁巴之后，我承受了很重的罪恶报应。所幸有妇人、土地、树和水的帮助，我才能够脱身。现在，若我再杀了同样是婆罗门的弗栗多，我还如何能消除报应？"

众仙圣答道："因陀罗啊，愿一切好运属于你！不必畏惧，我们到时会为你举行马祭，助你脱离一切可能的罪恶报应。若举此祭，便可取悦至上人格主神，如是虽杀灭天下一切生灵之恶报也能消除净尽，何况诛灭区区一魔王。事实上，仅仅凭着念诵至尊主拿罗衍那之名号，虽食狗者也能立时摆脱一切罪恶报应，这包括杀害婆罗门、母牛、父母乃至上师所招致者。"

受到这番鼓励，因陀罗才决心一战，但战事结束之后，因陀罗却怏怏不乐，懊悔自己杀死了一位至尊主的伟大奉献者。不但如此，杀害婆罗门的恶报从此寄身因陀罗，使他再也无法释解内心的悲哀。因陀罗斫杀毗湿筏鲁巴不过缘于一时嗔恶，但这次诛灭弗栗多修罗，却是有意为之。因为这个缘故，此举之报应更重，绝非忏悔乃至举祭可以抵消。

经过预谋计划而造作的恶业，在任何情况下都不可能得到赦免，即便依仗持诵至尊主圣名之力，或者经历任何种类的忏法。如是，因陀罗见到恶报之化身现为一旃陀罗贱妇，向他追奔而来。此妇年纪老迈，身染肺痨，故而颤抖咯血，四肢衣衫斑斑点点，尽为血污。她一边咳喘，喷出腥臭无比的气息，一边大声呼号："等等！等等！"

因陀罗跳到空中，拼力逃窜，可是，无论他跑到哪里，那老妇人一直在他身后紧追着他。最后，因陀罗往东北疾奔，跳入摩那莎湖中，隐身于一枝莲花茎的细丝里面，藏匿了一千年。在此期间，阿耆尼为因陀罗送去祭祀的供品，但是，因为火神害怕钻入湖水，所以天界之王不得不常常忍饥挨饿。

与此同时，拿胡莎大帝占据了天界的王座。不久，拿胡莎大帝被唾手而得的富贵权势冲昏了头脑，居然妄图享受因陀罗之妻——天后莎契。结果，他受到众婆罗门的诅咒，被贬入毒蛇之身。

在摩那莎湖的莲花丛中，因陀罗得到了至尊主毗湿努之妃——吉祥天女拉珂施弥的保护，不复为罪孽所困。透过崇拜至尊主毗湿努，因陀罗后来终于洗清了罪业，被众婆罗门重新招入天庭。随后，这些婆罗门为因陀罗举行了马祭。如是，一切恶报被拔除净尽，因陀罗重登大位，再次受到诸神的尊礼。

叔伽天人讲完这个故事，最后结语道："在这个伟大的叙事里面，有对至上主神拿罗衍那及其奉献者的荣耀。若于此中有所领悟，便能解脱一切恶报，不但如此，还能由是精擅业用，获得富贵荣显。凡有读之者、闻之者，皆得克敌制胜，长寿延年。由于它如此吉祥，博学之士必于节庆之日述之闻之。"

第四章　凡圣因缘

　　巴力克斯大帝问道："博学的婆罗门啊，魔族浸淫于强阳、浊阴之气，大抵罪孽深重。然则弗栗多修罗如何能够臻此高明之境？须知，虽然安处中和气性，那些伟大的天神或智者甚至都未必能向至尊主献上纯粹无染的奉爱服务。

　　"世间众生，多如微尘，当中只有极少数是人。人之中，只有极少数乐于持守礼法仪轨。众多持守礼法仪轨者当中，只有极少数渴望超脱尘世之系累。千百个追求解脱者当中，真正放下一切执着，不复贪恋家国天下、妻儿友情者，一人而已。在成百万的解脱者当中，成百万的知见圆满者当中，或许能找到一个至上人格主神拿罗衍那的纯粹奉献者，因为，这样的奉献者至为稀有。那么，像弗栗多修罗这样一个罪孽深重、时时搅乱折磨众生的魔王，如何能有如此高超深邃的觉性呢？"

　　叔伽天人答道："王啊，我现今要给你讲一段历史，乃我此前闻于毗耶娑、那罗陀与提婆罗者。你且谛听。"

　　往昔有天子，名契陀开图，统治大地，其都在殊罗色拿郡。契陀开图大帝精力壮盛，储妃嫔上千万，但令人惊奇的是，他却并无一子半嗣。由于因缘使然，他所有的妃嫔皆不育无子。契陀开图大帝年轻俊美，英武豪迈。他出身显贵，极有教养，拥有无与伦比的权势财富。尽管如此，因为没有子嗣，契陀开图大帝满心忧愁。甚至他那些面目娇美的妃子，都不能给他带来任何快乐。

　　一日，梵天之子、大哲安吉罗于行脚途中，走入契陀开图大帝的皇宫。国君见到这位圣人，当即起身引接、顶礼。待安吉罗真人用过餐食，安然晏坐之际，契陀开图大帝才在他身边席地而坐，同时小心收摄身心。

　　见国君如此谦下恭顺，安吉罗真人说道："王啊，我祝你身心康健，你的七大卫士也安然无恙（七大卫士指国君的上师、阁臣、江山、边防、财产、法令、友伴或同盟）。若国君也依赖他的僚佐，有时听从他们的劝谏，这样的国君是安乐的。同样，若国君的僚佐自愿向国君奉献礼物和服务，顺服国君的命令，那么他们也是快活的。

"王啊，你的妃嫔、臣民、奴仆、商贾都在你的掌控之下吗？你能左右你的阁臣、宫人、总督以及诸子、近侍吗？假若国君能调伏自心，那么所有人等都会自愿臣服于他。

"契陀开图大帝啊，我看得出来，你内心烦乱苦闷，似乎还不曾了结平生之愿。你脸色苍白，显示出心怀深忧。这其中的缘由是你自己造成的，还是他人逼迫的？"

契陀开图大帝垂首答道："大雄啊，由于清除了一切罪业之报应，你能烛照我等受局限灵魂之内外身心。可是，尽管如此，你却向我询问我苦恼的原因。犹如饥渴之人，虽有花鬘、香檀之奉，不可得而餍足。因为没有子嗣，我对江山社稷失去了兴致。伟大的圣者啊，求你救我与我的祖宗于地狱水火之中，让我有个儿子吧。"

安吉罗极为怜悯国君，便为他举行了一次特殊的祭祀，以乳糜供养天神特筏斯塔。诸后中最具贤德的珂黎陀豆缇首先分到了祭余。安吉罗真人告诫国君："你将得一子，此子既是欢乐之源，也是悲伤之因。"

吃下作为祭余的乳糜，珂黎陀豆缇皇后与契陀开图大帝交合媾精之后，便怀上了孩子。不久，皇后生下一子，契陀开图大帝为他取名"悲喜"。听到这个消息，殊罗色拿城百姓无不欢欣踊跃，国君本人更是喜出望外，不能自已。

虔心洗沐更衣之后，契陀开图大帝唤来博学的婆罗门，为那孩子祈福，并举行生诞之礼。接着，国君以大量金银、衣饰、土地布施婆罗门，其中还有无数母牛。犹如庆云降雨，无有拣择，契陀开图大帝将种种可欲之物施与每一个人，但求能增长儿子的名声、富裕和寿命。

契陀开图大帝并不理解昔时安吉罗真人的告诫，他当初只是憧憬着得子之乐，自思："这孩子的出生自然只会带来欢乐，不过，因为是独子，他必定会变得骄纵。我的孩儿可能不太孝顺，但这也没什么，一个不听话的儿子总比没有儿子强。"

若有穷人，经过千辛万苦赚得一点儿钱财，他对自家财富的贪恋之心定会与日俱增。契陀开图大帝和珂黎陀豆缇皇后终获麟儿，内心对儿子怜爱深切，洋溢日盛一日。然而，眼见珂黎陀豆缇产下王子，众妃嫔无不渴欲得子，从此变得忧心忡忡，仿佛发了高烧。

契陀开图大帝精心照看着幼子，与此同时，他对珂黎陀豆缇皇后也更加宠爱，以至于不再有兴趣临幸其他尚无子嗣的妃嫔。在嫉妒悲愁的煎熬下，众妃嫔哀

第六卷 | 203

号道:"我等为天所谴!没有儿子的妇人不为夫主所重,还要被其他妻妾羞辱,受到女奴般的虐待。"

妒火中烧的众妃嫔们受到君王的冷遇,又眼见珂黎陀豆缇皇后红运当头,渐渐丧失了良知。她们变得极度冷酷暴虐,最后竟将压抑已久的满腔嗔妒发泄到幼小的王子身上,下毒害死了他。

那一日,珂黎陀豆缇正闲步宫中,忽然想道:"我的孩儿已然睡了许久。"于是她便命宫女把儿子抱过来。宫女走近前去俯身观看,却发现那孩子已经眼珠上翻,全无生气。待到明白小王子已经死去,那宫女大叫道:"我该死啊!"随后跌倒于地,捶胸哭号起来。

听到宫女的号哭声,珂黎陀豆缇匆匆跑来。发现自己的爱子已经死去,皇后当即昏倒在地,头发衣饰都散落开来。宫人们都听到了皇后的惊呼,很快纷纷赶到现场。眼见年幼的王子意外横死,他们也开始号啕大哭。那些投毒的妃嫔混在里面,也装模作样抽泣起来。

契陀开图听闻儿子的死讯,心中痛如火烧,只觉眼前漆黑一片。他跌跌撞撞地冲过去看那死去的孩子,路上不断摔倒在地。就在众婆罗门、阁臣、百官的簇拥下,契陀开图大帝晕倒在孩子的脚边,披头散发,不省人事。

过了许久,契陀开图才苏醒过来,他开始呆呆不语,然后呼吸喘促,眼泪夺眶而出。看到夫君的惨状,皇后悲啼不止。泪水冲走了她的眼膏,打湿了她涂满朱粉的胸脯。此情此景,愈发让在场的婆罗门、大臣、皇亲们心如刀割。

皇后哭诉着,声音就像俱罗利鸟的啼鸣:"苍天啊,造物主啊,你真的懵懂糊涂!父亲健在人世,你却先让儿子死去。你这般倒行逆施,只能证明你是众生的仇敌,绝无慈悲之心。

"上帝啊,你或许会辩解,因为众生生死皆凭自身业力而定,所以没有一条律法规定,父亲必须在儿子生前死去。可是,业力若果真如此强顽,虽生死皆赖彼而定,那么,又何必还要有上帝、真宰?再有,你或许还会辩解,上帝是必需的,因为物质自然没有力量独立运化。可是,我可以这样反驳:因为你所创造的血缘纽带会被业力斩断,是故所有人都将不复以真情生儿育女,相反,还不如对子女撒手不管。

"我心爱的儿子啊,我如今孤苦无助,悲肠寸断,你不该抛下我不管。看看你可怜的父亲吧!我们如今没了子嗣,将来必定要在地狱里最黑暗的所在受尽折磨。你是我们脱离地狱之苦的唯一希望,求你不要跟着那残忍无情的阎罗大王再向前行。

"我的孩儿啊,你已经睡了那么长时间,现在,请你起来吧,你的玩伴正在叫你呢。你一定很饿了,快快起来,吃妈妈的奶。这样,我们的悲伤就会一扫而空。我必是最不幸的,因为你的眼睛已经永远不会睁开。至此我只得断定,你已经离开,永远不会回来。"

听到皇后这番哭诉,契陀开图又开始号哭起来,周围一众臣民也不禁悲从心起,一起放声大哭。其时,安吉罗牟尼已知国君深陷悲情,不能自拔,行将丧失性命,便携仙圣那罗陀一起,前来看视国君。

契陀开图横卧在死去孩子的旁边,形同死尸。这两位智者走近前去,对他开示道:"王啊,这死尸跟你有什么干系?你或许会说,你们以父子相待,可是,你认为这层关系从前存在吗?将来还会继续存在吗?现在它真的存在吗?

"犹如海草聚拢海面,不久又被海浪冲散,众生受身聚合,其后复为时间之力拆散。播种于地,种子有时生长成材,有时却因为土地贫瘠,无法发芽结果。同样,受至尊主能力的驱使,未来的父亲有时能生育子嗣,而有时却让妻子结胎无期。是故,不应为此人为的父子亲缘而哀伤,彼终究不出真宰之掌握。

"众生皆流转于无常之境,天地万物亦无不如是。故而,一切物质表象之万殊皆非真常,尽管也不可以无有或虚妄目之。

"至上人格主神本人对此无常之万物绝无兴趣。尽管如此,犹如童子游戏海滩,堆沙为假城,至尊者遣父产子以化生万物,遣君临民以护持世界,也遣毒蛇之类的杀手毁灭众生。虽然这些用来化生、护持、毁灭的工具并无自性,但在幻力之魅惑下,吾人却自认为是生养者、护持者与毁灭者。恰似种子源出另一粒种子,一具躯壳(父)借助另一具躯壳(母),产出第三具躯壳。须知类别之区分,诸如民族、性格等等,不过是小智之人的幻想而已。"

契陀开图原本命中无子,所以尽管他后宫有妃嫔无数,却无有能怀孕生子者。由于安吉罗真人的祝福,摩耶幻力为他送来一子,但此子寿命不长。安吉罗早有预见,是故告诫契陀开图:此子将让他悲喜交集。听罢两位智者的开示,契陀开图大帝幡然醒悟,不复悲愁。

茅塞顿开之下,他擦去脸上的泪水,对两位智者说道:"你们穿着如疯癫头陀,不过是为了掩饰自己的真实身份。但是,我明白,你们无所不知,乃一切人中最高明者。

"有时,为了饶益如我等一类只知追逐尘世之乐的俗人,伟大的奉献者貌似疯癫，随心所欲云游于天地之间。我愚不可及，类若禽兽，但我确信，你们能够给我真正的领悟。是故，请点亮慧炬，救我于无明之痴暗。"

安吉罗真人答道："我王啊，当你意欲生子时，是我到来你的面前。我就是那个让你得到这个孩子的安吉罗，这位乃是伟大的圣者，那罗陀，梵天的亲生子。

"王啊，像你这样高超的奉献者，却一味沉溺于丧物之痛，实在太不应该。所以，我们来这里为你卸去这缘起无明的虚妄的哀痛。

"我初次来见你时，本可授你无上妙道。但你那时专心俗务，所以我只送你一子。如今，你倒是真实体验到有儿女者的烦恼苦楚。因为本性无常易逝，世人的妻儿、亲友、国土、宫室、财帛、武力乃至一切荣华、尘境，无非皆为悲悔、畏怖、哀伤、幻妄之根源。凡此所有，不过如乾达婆城，如梦亦如幻。缘宿业故，吾人勾画出妻儿、财产之情想，且于此诸梦幻之上，复造业行。

"我王啊，请想一想，你究竟是谁？你从何处来？往何处去？为什么会落入悲伤悔恨？领悟到自己真实的处境，便能放下无关性灵的尘世贪执，如是获得真正的宁静。"

安吉罗第一次拜访契陀开图时，并不曾携那罗陀牟尼同往。待到王子殒命，他才与那罗陀结伴而来，好让他将巴克提瑜伽之道传授给契陀开图。其间差别在于，开始契陀开图并无舍离之意，儿子死后，契陀开图被悲哀摧垮，这才能领受诸法无常之教，顺理成章地唤醒出世之心。人唯有到了这个地步，才能授以巴克提瑜伽之道，因为只要还有对尘世欲乐的贪恋，瑜伽之道便无法证成。

其后，那罗陀牟尼运玄通之力，将那死去的孩子又活转来，带回到伤心欲绝的亲人眼前。那罗陀说道："生灵啊，看看你的父母亲友，他们无不为你的离世而痛不欲生。你过早夭折，阳寿未尽，还可以重返躯壳，此后承继大宝，在亲人的陪伴下，享受余生。"

那生灵重新回到先前的躯壳里，开口答道："按照业报，我（灵魂）投胎转世。如是，我有时现身为天神，有时投胎做人，有时又转入禽兽草木之身。这些生物是我哪一世的父母？因为没有人是我真正的父母，我又怎么能认此二人为我的父母呢？

"世界如河，淘洗世人，如是一切人等于时间之流逝中，互为亲友仇敌。生命体被一个又一个父亲注入种种躯壳，漂泊于天地之间，如是他就像一块金子，连同拥有之感，被不断转手。

"在某人处寄养一段时间之后，牲口被卖给了另一个人，先前的所有者自然也就丧失了对它的拥有之感。尽管基于躯壳的关系无常短暂，真实的生命却永恒不灭，如是跟其他生命并无内在的父子关系。作为至上灵魂的部分和微粒，生命体仅是物质自然的照察者和见证者，在各种境况下皆不受其熏染。是故，不应为世间得失而烦恼不堪。"

在人世间，我们都有实际的体验，今天的朋友或许是明天的仇敌。如是，契陀开图不必为死去的儿子伤心，相反，他可以这样想："这个生灵是我前世的仇敌，如今现身为我的儿子，要给我更多的痛苦。"这样一来，他不但不会伤心，可能还会因为仇敌的死亡而高兴。或许有人要问："契陀开图怎么会如此深爱他的仇敌呢？"这可以举下面的例子说明：当某人的财富落于敌人之手，这笔财富便成了那人的朋友。因为这笔财富可以用来伤害先前的所有者，那么它究竟是属于谁的呢？

那灵魂说完之后，便倏然而逝。听了他这番话，契陀开图和众亲戚们都惊骇不已，自此斩断幻情妄执之枷锁。众人皆抛开悲愁，在为死去的孩子举行丧礼之后，焚化了他的尸体。那些投毒害死小王子的妃嫔们羞惭之下，个个体色灰败。想起安吉罗真人的开示，她们都打消了怀胎生子的欲念。

在婆罗门的指引下，这些妃子们前往朱木拿河岸边，沐浴澡身，行忏悔之礼。自从聆听了两位圣者的开示，契陀开图大彻大悟，不复贪恋犹如深井般的居家生活。此时的他，宛如一头跃出泥坑的宝象。入朱木拿河洗沐之后，契陀开图大帝先以河水供养祖宗，然后又崇拜了两位梵天之子。

那罗陀大悦之下，对契陀开图说道："我王啊，请以大信心，从我这里领受这首曼陀罗，因为它吉祥无比。小心持诵此咒，七天之内，你将能面见至上人格主神。

"咒曰：以唵称名的至高之主啊，我今向你诚敬顶礼。究竟真谛啊，无贰之一，你乃至大者，圆满绝待，如是我今向你诚敬顶礼。

"受局限灵魂凭言语、心行皆无法靠近你，因为世间名相对你全不适用，你全面灵性，超绝一切名言与精粗之相。譬如土制陶罐依土而有，碎裂后又重归于土，天地万物缘至上梵而生成，依至上梵而存有，终究复融入同一至上梵。你，至尊主，乃大梵之根，我今向你诚敬顶礼。至上梵生发于至上人格主神，周流遍满，犹如空虚。虽不受任何物质之染触，彼却无所不在，表里俱存。

"就像铁经火烧乃有燃物之能，身体、诸根、生命力、心、智虽不过是一团物质，若经至尊主注入一点儿灵明觉性，便能运转动用。我主啊，你的莲花足时时被众多伟大奉献者捧在掌心。你具足六种功德，你就是《原人颂》里所称扬的无上原人。是故，请让我向你诚敬顶礼。"

那罗陀训示完毕，便与安吉罗一道，往梵天珞珈飞去。契陀开图乃于一周之内，断食绝粒，但以饮水维生。他置心一处，不断持诵那罗陀所授的真言。就在一周之后，契陀开图得授持明仙珞珈星神之位。

又过了数天，还是仰仗这段真言的作用，契陀开图在至尊主阿难陀天人的莲花足下获得了庇护。契陀开图亲眼看见，天龙阿难陀的肤色洁白如莲花丝络，他身穿蓝色衣袍，面带微笑，双眼略染艳红之色。高明超迈的生灵，诸如萨拿特·鸠摩罗等，皆环立在他周围。

一见到至尊主，契陀开图当下除尽一切尘染，安立于本来神圣觉性。静默肃穆中，泪水从他的眼睛里夺眶而出，神爱的迷狂使他全身身毛为竖。他俯身顶礼，涕泪交流，把至尊主安歇莲花足的地方都打湿了。由于声音哽咽，他许久说不出话来。

契陀开图以智慧力安定下心念，如是祷告曰："上主啊，你虽无往不克，却必定被那些调伏了心意、诸根的奉献者征服。这些奉献者能置你于其股掌之中，因为对于无意向你求取世间利益的人，你有无缘大慈相付。你把自己送给这些奉献者，同时也俘获了他们的心，如是他们被你彻底笼住。

"我主啊，以梵天为首的众神不过是你部分中的微小部分，他们那点褊小的创造之力并不能让他们成为上帝。因此，他们若以独立真宰自诩，无非是虚荣作祟，绝不真实。

"至尊主啊，渴求欲乐的小智之人崇拜各色天神，他们并不比人形禽兽好一点儿。由于禽兽般的习性，他们不去崇拜上主你，反而礼敬微不足道、犹如萤火之光的天神。天地崩坏，诸神及其赐福皆归消歇，就像君王失权，其贵盛之势亦随之荡然无存。然而，这些物欲熏心的人若崇拜超绝永恒的你，便能免除投生之苦，就像经过消毒或油煎的种子再也不会萌发生长。受到形气的局限，众生皆为生死所制。但是，喜欢在超越之境中亲近你的人，却能够逃出物质存在的牢笼。

"不可征服的人啊，你是薄伽梵法的创立者，这法门纯正无染，为世人指出归依你莲花足的路径。薄伽梵法教人以无私之心服务至上人格主神，是故像'我的教门''你的教门'这类观念与它全然无干。上帝是唯一，上帝面向每一个人，根本没有'我的信仰''你的信仰'这样的说法。各种教门的信徒，因为对上帝缺乏清晰的概念，彼此之间常常攻难争斗，但薄伽梵法绝非此类编造调和而成的宗派性信仰。

"真正具足神圣觉性者不可能有任何敌人，因为引导他人归依上帝是他们唯一的职事。除了薄伽梵法，其他所有形式的宗教皆为无知之徒所持循，这类人执着人我之相，为得到业果而劳作奔波。而克利须那觉知者明白，他们属于克利须那，克利须那也属于他们。

"还有一类低层次的教门，修炼者但求杀灭仇敌，或者获得玄通，它们无不充斥情欲、嫉恨，故而其实都是邪法。出于嫉妒而折磨自我和他人，会激起至上主神的愤怒。但修持薄伽梵法的人平等对待一切众生，无有高低贵贱之分。他们被称为雅利安人。

"我主啊，仅仅见到你，就让人有可能于当下脱净一切尘染。其实，不必说亲眼见到你，仅仅听过一遍你的圣名，甚至连最低贱的旃陀罗都能远离一切尘染。

"我主啊，因为见到你，恶业之污染以及随之而来的根深蒂固的贪淫之念，尽被扫空。凡伟大的圣者那罗陀所预言的，不可能落空，如是，仰仗他的慈悲，我已经见到了你。

"无量之主啊，作为宇宙大我，你乃万物之知者。日轮当空，无所用于萤火之光。有你的临在，我还要去探究什么？

"上主啊，你数以千计的顶冠之上，托着三千大千世界，我今向你诚敬顶礼。"

至尊主很欢喜契陀开图的祷告，他回答道："王啊，经过仙圣那罗陀和安吉罗的教诲，你已彻底了悟超妙之理。缘此之故，你现在能面对面见到我，须知你的生命已然全体成就。

"当生命体遗忘了自己的本来面目，以为他与我有异，他局限化的生命便开始了。也就是说，他变得关心躯体性的延展——诸如妻儿、财产，而不是把他的兴趣与我通而为一。如是，在功果业行的作用下，流转躯壳，生死循环。通过忆念在功果业行中所经验到的尘劳烦恼，通过忆念尘世间难免事与愿违，智者应当不复欲求物质得益。

"吾人若晓得透过为至尊主服务奉献，便能臻达生命之最高归趣，摆脱一切尘世苦恼，便应舍弃功利性欲求。一旦成婚结合，男女就开始筹划，欲凭互助之力，去苦得乐。然而，由于物质欲念实在太多，夫妻之所为反而把两人带往烦恼之途。经历过这些以后，吾人当舍弃求取果报的欲望，成为我的奉献者，体认到自己乃是我的永恒部分和微粒，换言之，即是我的永恒仆人。

"王啊，若你接受这个结论，同时毫不贪恋尘世享乐，一心跟随我，那么你将能够成就生命之最高圆满，永远与我相伴。"

教导过契陀开图，肯定了他的成就，超我、无上师、至上人格主神商伽萨那在契陀开图的惊奇注视下隐身消逝。向至尊主离去的方向叩拜过后，如今身为持明仙人之首的契陀开图登上至尊主毗湿努留给他的流光溢彩的飞辇，开始漫游世界。在众悉檀、叉罗那、仙圣的赞美下，契陀开图愉快地颂扬着至尊主的荣耀，身边还有持明仙女簇拥围绕。如是，身具一切玄通、超强体力以及金刚不坏之根的契陀开图在须弥山幽谷之中享受了数百万年。

有一次，当游历太空之际，契陀开图见到正逍遥于伟大圣贤们中间的湿婆，双臂环抱，拥着坐在他膝头的帕筏蒂。惊奇之下，契陀开图朗声大笑，对在场众人说道："湿婆乃天地大宗师，一切苦修者之最，韦陀正法最严格的追随者。然而，他却在圣者中间，坐拥娇妻，仿佛是一个不知羞耻的汉子。凡夫犹知在幽僻之处享受闺房之乐，可大神湿婆，虽说精通苦修之道，竟然在仙圣们的聚会里公开拥抱妻子！"

听到契陀开图这番言辞，湿婆只是淡淡一笑，依旧沉默不语。在场众仙圣也是一言不发。湿婆和众仙圣晓得，契陀开图说这番话，其实是出于对湿婆之崇高地位的欣赏，并非如达克刹一般的讪谤。不过，契陀开图用这种方式公开议论大神湿婆，极不妥当。

女神帕筏蒂听到这些刺耳之言，当下勃然大怒，厉声呵斥道："啊呀，莫非这自命不凡的汉子已经得到权柄，能够惩治我等不知羞耻之辈？莫非他如今成了天地万物的唯一主宰？大神梵天、鸠摩罗四子、那罗陀、摩奴，以及其他超凡的人物，居然都对正法懵然不知，真是丢脸之极。他们肯定都忘了礼法纲常，因为他们从不曾指责湿婆行为不当。

"这个契陀开图乃是刹帝利之至贱者，他粗蛮无礼，竟敢侮辱大神湿婆，须知湿婆乃司掌正法之神、天地大宗师。因为这个缘故，此人必须受到惩罚。他骄傲自满，自认为世上无双，根本不配得到至尊主毗湿努莲花足的庇护。

"蛮子啊，我的儿，如今你必须投生到低贱、罪恶的魔族之家，这样你才会汲取教训，再也不去冒犯德高望重之人。"

因为得到了至尊主商伽萨那的恩典，契陀开图确实变得骄傲起来，如是他认为自己更为高超，能够指点他人。受到诅咒之后，契陀开图当即降下飞辇，怀着极大的谦卑之心，在帕筏蒂面前跪倒在地。

他说道："亲爱的母亲啊，我合掌稽首，接受你的诅咒。我晓得，作为过往业行之果，苦乐皆由天神所赐，无论该承受什么，我都毫不介意。母亲啊，你大发雷霆，但我并不怪你，因为我晓得，我所承受的苦乐，皆缘过往业行，无不是命中注定。虽然我所言并非虚妄，我却无意向你乞求，以逃脱你的诅咒。相反，我希望，无论你认为我犯了什么过错，都能得到你的原谅。"

契陀开图知道自己并未冒犯湿婆，如是他认为必定是上天安排了对他的惩罚。实际上，至尊主希望契陀开图能尽快回归主神，回归故乡。透过作用于帕筏蒂的心意，至尊主诅咒契陀开图变成天魔，这样他所有的罪业将很快销尽，解脱之途由此打开。

劝慰完帕筏蒂，契陀开图登上飞辇，在与会众人的注视下，飞升而逝。湿婆和帕筏蒂见契陀开图尽管受到诅咒，却毫无惧色，禁不住惊讶万分，相视而笑。

面对众仙圣以及诸多交游，湿婆对妻子说了下面这番话："美丽的帕筏蒂啊，你懂得巴克提行者的伟大了吗？这些至尊主仆人的仆人，对任何尘世欲乐皆毫无兴趣。这些奉献者，唯一的兴趣就是侍奉至尊主，他们不会害怕任何生命境况，是故，对他们而言，地狱、天堂、解脱皆无有分别。"

第五章　魔母守誓

　　梵天嫡子布黎古再次托胎于叉莎尼，彼为阿底提第九子筏楼那之妻。凭借筏楼那的精液，仙圣筏尔米基托生于蚁穴。有一次，看到飞天女乌尔华诗，筏楼那和弥陀罗（阿底提第十子）不觉精水流溢，他们遂将那些精液储于陶罐之内，如是阿伽斯提阿与筏希斯塔乃得投生降世。阿底提第十一子因陀罗与其妃波楼弥生下二子，名黎沙巴、弥度萨。凭借自身的内在能力，至上人格主神化现为侏儒之身，名乌楼珂罗摩，是为阿底提之第十二子，彼妻吉阿提生一子，名蒲历贺输罗迦。

　　底提生下悉罗耶喀西菩与悉罗夜叉。悉罗耶喀西菩之妻喀亚都，乃答努家族后裔瞻部之女，生有四子，名商腊陀、阿努腊陀、哈腊陀、巴腊陀。又有一女，名星悉伽，后嫁魔王毗波罗契底。哈腊陀之妻答摩尼生二子，名为筏多钵、伊尔华罗。巴腊陀唯有一子，名毗楼叉拿。底提还生下了摩楼多四十九子，皆得授天神之位。

　　巴力克斯于是询问叔伽天人，何以底提生下的这些天魔会变为诸神。叔伽天人便跟他讲了下面这个故事。

　　因为因陀罗的缘故，至尊主毗湿努诛杀了悉罗耶喀西菩与悉罗夜叉，如是底提悲伤缠结，不能自拔。她心中愤愤不平，自思："那个专好享乐的因陀罗，蛊惑至尊主毗湿努杀了我的两个儿子，可谓罪大恶极，心地残忍。何时我才能杀他复仇，一解悲肠？不管人有多伟大，死去之后，其躯壳无不化为虫豸粪壤。若人仅仅为了保存这样一具躯壳，而不惜杀人害命，是人决定不知生命之真谛，终将沦入地狱。因陀罗肆无忌惮，自以为其身不死，我愿望将来产下一子，荡平他的骄狂。"

　　有了这个想法，底提自此着意伺候丈夫迦叶波，竭力讨得他的欢心。她总是怀着巨大的爱意、谦恭和克己之心，不辞辛苦地执行丈夫的训令。如是，凭着服务奉献，与可亲可爱的语笑顾盼，底提俘获了丈夫的心。尽管迦叶波是一位造诣极深的学者，却也被妻子做作的柔情迷住了，便想着要尽量让她高兴。

当创世之初，大神梵天发现所有众生皆无所执着。为了繁衍人丁，他便取了男人身体里较佳的部分，创造了女人，是以女人能靠风情俘获男人的心。一次，对底提的柔情极为爱悦的迦叶波微笑着说道："美丽无瑕的夫人啊，我对你的举止相当满意，现在你可以随意跟我要求任何赐福。若夫主欢悦，不论今生来世，妻子还有什么愿望难以实现？温柔可亲、风姿绰约的妻子啊，因为你极为贞洁，又能以爱敬之心崇拜我，把我视作至上主神的代表，我如今要报答你，让你所有的愿望皆得实现。"

底提回答道："亲爱的夫主啊，伟大的灵魂，我失去了我的儿子。若你想要赐福我，那么请你赐给我一个永生不死、能够杀死因陀罗的儿子。"

听到底提的要求，迦叶波顿生忧恼。预见自己将牵涉对因陀罗的罪恶谋杀，迦叶波自嗟自悼："我已经变得过度贪恋尘世享乐，是故我的心竟被妇人俘虏。不能怪罪夫人，她不过是依天性而妄生计较。可我是个男人。我这等下劣，注定要沦入地狱。妇人容颜娇媚如秋莲盛开，言语动听悦耳，但若检视妇人之心，其锋利一似剃刀。试问，谁能明白妇人之用心？为了得偿所欲，妇人待男子如至亲至爱。但实际上，彼等一无所亲。女子本应圣洁天真，可为了自身的利益，她们却能杀害夫主、儿子、兄弟——或者使他们被人杀害。我无法收回承诺，但另一方面，因陀罗不该遭难。"

这般思量之后，迦叶波打定主意，要用外士那瓦仪轨教化妻子，洁净她的心灵，如此她或许就会打消杀死因陀罗的念头。于是，他便对底提说道："亲爱的妻子啊，若你能按我的训示守誓一年，那么你肯定就会得到一个能杀死因陀罗的儿子。不过，若是违离誓言，你将得到一个会心向因陀罗的儿子。"

底提答道："亲爱的婆罗门啊，我定会按照你的指示行事。现在，请你告诉我，何者持守，何者禁戒，何者可为而不犯誓言。"

虽然女子生性顽劣自私，但她们的心理也有另外一面：她们天生服从男人，是故女子也能受教化而为善。利用这一点，迦叶波如是教导底提："亲爱的妻子啊，欲守此誓，你必须彻底戒除暴力，不可伤害任何人。你不得诅咒他人，不得妄语，换言之，你必须时时保持不害无妒。

"不得剪剃头发爪甲；不得触摸诸如骷髅、骨骼一类不净之物。不得嗔怒；不得与邪佞之徒交谈、亲近。不得穿着未经妥当浆洗的衣衫；不得披挂经人穿戴过的花鬘。不得食用残羹剩饭；不得食用首陀罗递送、触摸的食物；不得食用被经期妇女目视过的食物；不得食用鱼、肉或供养过喀利女神的食物。

"不得合掌捧水而饮；饮食之后，出户之前，必须盥洗手、口、足。夜间不得出门；头发披散，穿戴不整，不得出门。确实，除非容貌庄重、披戴整齐，不得离开家门。

"未曾洗足，或脚掌犹湿，不得躺下睡眠；不得头朝北方、西方而睡。早餐之前，当穿着干净衣衫，以姜黄粉、旃檀浆及各样吉祥饰物打扮装饰身体，然后崇拜母牛、婆罗门、吉祥天女、至上人格主神。

"妇人当以花鬘、旃檀、首饰等供养有子嗣、夫主的妇人。孕妇当崇拜夫主，供以赞祷；冥思他，想着他就在自己的子宫里面。"

迦叶波最后说："亲爱的妻子啊，你若遵行此补萨筏大戒，同时诚心守誓至少一年，必能产下一个将来注定会杀死因陀罗的儿子。不过，若你守誓稍有差失，这个儿子将会成为因陀罗的朋友。"

底提向迦叶波保证，她会依言行事。不久，底提受精怀孕。就在底提诚心践誓之时，因陀罗察觉了她的用心，便使诈服侍她。深信自保性命乃天地间第一条律法，因陀罗自甘仆佣，每日到森林中为底提采集草叶、嫩芽、清水。

就像猎鹿人有时以鹿皮蒙身，方便行猎，因陀罗外示友善，忠心侍奉底提，但他的真实意图却是想骗取底提的信任，靠近底提，伺机发现她在践誓过程中可能产生的过失。

过了很长一段时间，因陀罗在底提身上始终找不到哪怕一丁点儿过失。他满心忧愁，心中思虑："不知我何时才能好运当头？"

一日，因为苦修而变得极为羸弱的底提用餐后忘了盥洗手足，就在黎明时分躺下睡去了。因陀罗发现这个过失，当下便以玄通之力，乘底提酣睡之际，进入她的子宫，挥舞金刚神杵，将底提腹中金光闪闪的胎盘砍为七截。然而，不可思议的是，那每一截居然都变成了一个生灵，开始哭叫起来。

因陀罗跟他们说："莫哭，莫哭。"顺手又把每一截砍作七段。可是，那些东西不但没有死，如今反而化成了四十九个生灵。合掌当胸，这些痛苦不堪的生灵祈求道："因陀罗啊，我等皆是你的兄弟——诸摩楼多。你为何想杀害我等？"

因陀罗见底提诸子竟然是自己的拥戴者，便回答道："你等若是我的兄弟，那就大可放心，不必害怕我。"

叔伽天人于此评说道："巴力克斯大帝啊，正如你在母胎里得到解救，逃出混元神光灭顶之灾，底提之胎虽被砍为四十九段，却得到了至尊主的拯救。

"若人崇拜至上人格主神，哪怕一次，也能受益，将来转生灵天，获得跟至尊主毗湿努一样的体貌。底提崇拜毗湿努将近一年，那么，诸摩楼多虽投生底提之腹，却靠着至尊主的慈悲，超升天神之位，又有什么值得大惊小怪？"

因为崇拜了至上人格主神，底提内心已经彻底洁净。是故，当她睡醒过来，看到她那四十九个辉煌如火焰的儿子正以朋友之礼对待因陀罗，不由心生欢喜。她对因陀罗说道："我的儿啊，我守此苦誓，就是为了得到一个能够灭绝你们十二阿底迭的儿子。我本来只求要一个儿子，可现在有了四十九个。这是怎么回事？因陀罗啊，若你知道其中的缘由，请你直言相告，莫要说谎。"

因陀罗答道："母亲啊，被私利迷住了眼睛，我背弃正法，想找到你誓言里的破绽。当最终发现那个隙漏，我便进入你的子宫，将那胎盘切为七段。眼见每一段都变成了一个单独的婴孩，我又将他们各斩为七段。可是，仰仗至上主神的恩典，他们一个都没丧命。看到这四十九个活蹦乱跳的孩子，我大为吃惊，断定这必是你服务至尊主所带来的福果。尽管纯粹奉献者崇拜至尊主不求任何回报，但至尊主仍然会满足他们所有的愿望。母亲啊，我是个蠢货，求你宽恕我所造下的冒犯。"

底提对因陀罗的作风和诚实极为满意。因陀罗向阿姨反复顶礼之后，在她的允许之下，带上他的兄弟诸摩楼多，辞别而去。

听到这里，巴力克斯大帝问道："我主啊，我今愿详闻此补萨筏大戒，因为我知道了，持守它，就能取悦至尊主毗湿努。"

叔伽天人于是解说如下：于摩伽湿罗月（十一至十二月）月盈之第一日，妇人当在夫主的指导下开始守誓。首先，她应听闻诸摩楼多降生事迹。然后洗沐，着白衣，在有德婆罗门的指教下崇拜拉珂施弥-拿罗衍那。

崇拜之时，她应如是祷告："上主啊，虽然你具足一切功德，我却无意求讨。我仅仅向你——吉祥天女之夫、众生之主，诚敬顶礼。"

向至尊主毗湿努反复顶礼之后，持戒者应向宇宙之母吉祥天女诚敬顶礼，且如是祷告：

"毗湿努之妃啊，至尊主之内在能力啊，你跟毗湿努一般殊胜，因为你有他的一切德行、权能。幸运女神啊，请对我友善。我今向你诚敬顶礼。"

接着，诵念以下这首极为重要的曼陀罗："我主毗湿努啊，你具足六种功德，你乃一切补鲁莎之最胜者、最强者。吉祥天女之夫啊，我向你诚敬顶礼，你身边总有毗湿筏珂塞拿等伙伴相随。我今向你奉献供养。"

第六卷 | 215

持戒者当每日持诵此咒，并奉献以下物品崇拜毗湿努：用来盥洗足、手、口以及澡沐的水、圣线、首饰、香水、线香、鲜花、油灯。

供养之后，当念此咒："唵 南无 拔葛筏帝 摩诃 补鲁莎耶 摩诃毗钵提 波多耶 娑婆诃"，同时投酥油于祭火十二次。

拉珂施弥-拿罗衍那乃一切赐福之给予者、一切好运之源泉。是故，每个人都有责任崇拜他们。当五体投地顶礼之际，应念诵此咒十遍，然后祷告如下："至尊主毗湿努啊，宇宙之母拉珂施弥啊，你们是天地万物的所有者。拉珂施弥虽在尘世表现为外在能力，但其实她是至尊主的内在能力。

"上主啊，你是一切能力之主，你是无上原人；而拉珂施弥，作为灵性活动的体现，乃是为你而奉献崇拜的最初形式。拉珂施弥乃一切妙德之渊源，而你呈现、享受它们。你是至高真宰，也是三界之赐福者，愿我的欲求凭你的恩典而得实现。"

崇拜结束，应移走所有用来供养的物品，为毗湿努献上盥洗手、口用的清水。而后，妻子应崇拜夫主，向他献上祭余，心里想着夫主是至尊主的代表。若妻子未能如此践行，丈夫也可以守誓，两种情况下，双方皆得受用福果。

如此崇拜毗湿努必须持续一整年。直至喀提卡月（十至十一月）月盈之日，妻子断食。第二日澡沐、崇拜过毗湿努后，她应按照《家居经》的教示，准备筵宴。乳糜与酥油同煮，夫主以之为祭献，投入祭火十二次。随后，夫主向众婆罗门恭敬顶礼，反过来也接受他们的祝福。他应让诸阿阇黎安适落座，为他们奉上祭余。诸事完毕，妻子服食乳糜，深信必能得到一个博学有道的儿子。

此外，若为人妻者持守此戒，必可使其夫主获得好运、财富、长寿与名闻。若未婚女子持守此戒，可得佳婿；无夫无子之妇，可转生灵天；子女夭折之妇，可得长寿之子；丑妇可变美丽。无论何种情况，只要持守补萨筏大戒，至尊主毗湿努和宇宙之母拉珂施弥便会十分欢喜。

第七卷

第一章　魔剑狮心

巴力克斯大帝问道："婆罗门啊，薄伽梵毗湿努乃众生之祝愿者，是故平等对待一切有情。那么，他如何会因为因陀罗的缘故而诛杀底提诸子，变得像凡人一样偏私？一个具足平等心的人怎么会有偏私和仇恨？至尊主是一切欢乐的渊泉，圆满自足，他站在天神一边，是为了得到什么？至尊主拿罗衍那究竟是否公正无私，如今成了我内心一个大疑惑。是故，我请求你，用确凿的证据证明他中立平等，消除我的疑惑。"

叔伽天人答道："王啊，你的提问相当精彩，因为它引发对无上者之作为的讨论，由是他的奉献者的荣光亦得彰显。这类话题让奉献者格外欢喜，于此听闻可以遣除世间诸多尘劳烦恼。

"至上主神超越物质，故此他被称为'无气性'。然而，尽管无生不死，至尊主却透过他的内在能力，现身世间，像凡夫一样承担俗务职分。至尊主的作为有时或许看来凡俗庸常，但其实无不超凡绝待。是故，若说他受物质熏染而有造作，不过是妄语欺世。

"三极气性：强阳、浊阴、中和，根本无法染触至尊主。另一方面，当中和气性势大，诸神贤圣便借此壮盛起来；当强阳气性坐大，诸魔繁兴；当浊阴气性弥漫，夜叉、罗刹兴风作浪。作为一切有情内心的超我，至上主神根据有情之作为，毫无偏曲地引发气性之转化。

"三极气性并不同时作用。就像季节交替，有时中和增盛，有时浊阴增盛，有时强阳增盛。犹如聪明人能估测柴薪内所蕴火焰之大小，或者瓶罐内所容水、气之多少，一位造诣精深的智者能透过察识人的行为，判断他受至尊主恩宠的程度。

"不过，这类宠遇不是缘于他的偏私，相反，它完全取决于受者的状态。若人安住中和，则觉明自然现前；若为强阳、浊阴蔽覆，则其人天生之精彩亦无从表现。按照世人过去之业行，至尊主判给他一具特定的躯壳，然后鼓之以相应比例的气性。至尊主乃天地万物与时间之创造者，是他立下了受局限灵魂所应遵循的律法。因为时间催生中和气性，诸神蒙福，是故常得胜出。虽然至尊主是这种状况的肇因，却不能说他偏私。"

然后，叔伽天人对巴力克斯大帝讲了下面这个故事。

从前，尤帝士提尔大帝举行王祭时，亲眼看到魔王悉殊钵罗之魂融入了克利须那的身体。大惊之下，尤帝士提尔当即就此询问身边的那罗陀：

"伟大的圣者啊，这个魔王悉殊钵罗性尤善妒，居然融入了克利须那的身体，实在太让人惊诧了。须知，甚至连杰出的通玄者都未必能获得这种解脱，至尊主的敌人怎么能得到它呢？

"我听说，从前暴君韦拿诋毁过至尊主，从此被打入地狱。悉殊钵罗，从生命伊始，甚至在他能言语得当之前，这个罪大恶极的答摩拘刹之子，连同其兄弟檀多筏珂罗，就开始辱骂毗湿努。可是，尽管这兄弟二人如此诟訾不断，却一直身强体健。他们的舌头既没有受麻风腐蚀，他们自己也不曾沉沦地狱。这二人是至尊主的死敌，怎么可能得到至尊主这许多恩慈？一念及此，我就心智迷乱，如同烛火为风所吹。那罗陀啊，你无所不晓。请你告诉我这其中的缘由。"

当着与祭众人的面，那罗陀答道："我王啊，因为沉溺于躯体化的生命观，受局限灵魂为荣辱之类的二元对待所困。然而，至尊主毗湿努并无物质躯壳，是故他也没有'我'与'我所'之虚妄情识。缘此之故，至尊主受赞祷不喜，遭诟辱不恼，既没有任何朋友，也没有任何敌人。

"的确，至尊主之接受奉献者的赞祷，与他对恶魔的惩治，二者皆绝对至善。是故，或以仇雠，或以畏怖，或以爱恋，或以淫欲，无论如何，若能凝注心念于至尊主，即是殊途而同归。事实上，据我看来，对至尊主思念的专心程度，透过奉献服务所达到的，一般还比不上透过仇恨所生成的。

"例如，有一种虫，被蜜蜂捉住，关在墙洞里。那虫子出于惊慌恐惧，时时念着蜜蜂，到后来竟然变成了蜜蜂。同样，若人用以上任何一种方式忆念克利须那，都能除尽罪孽，最终获得本来灵体。

"很多很多人，于往昔之时，透过如此一心凝注于克利须那，臻达解脱之境。牧牛女借淫欲之途获此成就，刚萨凭借畏惧，悉殊钵罗依靠嫉妒，雅度氏凭借血缘亲情，你们般度氏凭借对克利须那的深情厚爱；而我们，一般的奉献者，则依靠我们的奉献服务。无论如何，若人认真观想克利须那的形体，便能重返故乡，回归主神。而无神论者，诸如韦拿一流，不能思想克利须那的形体，故此无法得到解脱。

"我王啊,你这两个表兄弟——悉殊钵罗和檀多筏珂罗,从前乃是至尊主毗湿努的随从,只因受婆罗门诅咒,从无忧珞珈跌入了尘世。最早,当萨提耶纪,这两个毗湿努的司阍人投生为底提之子。其一即是折磨圣童巴腊陀的悉罗耶喀西菩,另一个便是悉罗夜叉。

"其后,当特黎多纪,他们投生为罗波那和昆巴喀那。如今,这两个无忧珞珈的司阍人现身为你的表兄弟——悉殊钵罗和檀多筏珂罗。在至尊主吉祥见法轮的打击下,他们摆脱了婆罗门的诅咒。因为长期以嗔恨心忆念克利须那,这二人重新得到至尊主的庇护,回到了至尊主的身边。"

尤帝士提尔问道:"圣者啊,天下父母无不怜爱子女。若孩子忤逆不孝,父亲或加答责,但这样做乃是为了孩子的利益,而非出于仇恨。悉罗耶喀西菩居然忍心动手,杀害他那孝顺知礼的儿子,这怎么可能呢?还有,请你向我解释,像巴腊陀这样一个小小童子,怎么会变成如此超卓的巴克提行者?"

为了解答这些问题,那罗陀便向尤帝士提尔讲述了圣童巴腊陀的事迹。

亲兄弟死于筏罗诃之手,令悉罗耶喀西菩满腔悲愤。那魔王咬牙切齿,怒视苍天,而后操起一把三股铁叉,攒眉怒目,龇牙咧嘴,对手下魔众咆哮道:"底提魔族啊,仔细听我说,然后立即照办。

"我那些渺不足道的敌人——众天神,靠着毗湿努的帮助,杀了我的兄弟。虽说至尊主一直平等对待神魔双方,可这次因为受了天神的崇拜,他站到了天神一边。就像一个躁动不休、轻易变心的顽童,至上主神抛开天生的平等心,在摩耶幻力的作用下,化身雄猪,讨好他的奉献者。故此,我要用手中这把铁叉斫去毗湿努的头颅,以喷涌而出的鲜血祭献我那死去的兄弟。这样,我才能恪尽孝悌,让自己心平气和。若根被斩,树自然倒地枯萎。我若杀了这个狡诈易变的毗湿努,把他奉为性命、魂灵的天神们必将衰亡没落。

"诸魔啊,当我诛杀毗湿努之际,你等应降落凡间——如今那里靠了婆罗门教化和刹帝利王权,正欣欣向荣——去灭绝那些行苦修、祭祀、布施、诵经的人。婆罗门教化的基本原则是取悦毗湿努,他是一切正法的人格化渊源,是一切天神的庇护所。若婆罗门灭绝,就不会有人去鼓励刹帝利举行祭祀,如是天神自然衰残丧亡。尔等马上去那些婆罗门和母牛受到庇护的地方,四处放火。"

阿修罗天生善妒,性好残虐,听了悉罗耶喀西菩这番话,当下便奉为圣旨,向他顶礼膜拜。随后,按照他的指示,众阿修罗四处放火,焚毁城邑、村寨、牧场、牛舍、园林、农田,以及圣者丛林、牧人村落、官府衙门。他们到处捣乱,有的破坏桥梁、城墙、城门，有的砍伐果树花木，有的焚烧屋宇聚落。

这一场浩劫下来，人们逐渐荒废了韦陀之业。众天神失去祭献，也大受搅扰，于是纷纷离开天堂，降到下界四处游荡，察看究竟。

与此同时，为兄弟举办了丧礼之后，满腔悲恸的悉罗耶喀西菩出语劝慰他的母亲底提、侄子、弟媳。他说道："众亲戚啊，你们不应为一位盖世英雄的死亡而悲伤。毕竟，有情众生聚合为一家，缘业力故，其后又各赴宿命。恰似旅人，聚于客店，夜尽天明，则各奔东西。

"然而神魂不死，缘其性永恒长存，与躯壳相异故。是故，当死亡之时，不必为灵魂之离开而痛苦。

"若从水面倒影去看岸边树木，缘水流故，树木看上去也在流动；或者，在癫狂或迷醉之下，视线模糊动荡，大地似乎也随之起伏晃动。同样，心意执着三极气性，造成对躯壳之认同，受局限灵魂遂以为自我流转于相续变化的生命境况，虽然自我实际上并无变化。

"处于此迷幻之境，众生认为某些人是他的家人，某些人是外人，职此之故，乃生烦恼。其实，所有这些情识计较之集聚乃是生死轮回之根源。我今为汝等讲说一段古史，好让汝等于此有所觉悟。"

从前有一个乌湿拿罗国，其国君名苏耶吉阿。此人被仇敌所杀，横尸疆场。他镶满珠玉的金色盔甲已经破碎，首饰花鬘零落一地。他头发披散，两眼无光，浑身血污。当初心脏中箭之际，他紧咬牙关，显示他的英雄气概，如今那牙关紧咬的姿态依旧不变。他英俊的脸蛋现在已经变黑，覆满灰尘。他的手臂、武器皆已被斩断、折裂。

苏耶吉阿的众妃子匆忙赶到战场，在他的尸体周围团团坐下，号哭起来："夫主啊，如今你战死沙场，我等亦性命不保。"众妃捶胸顿足，倒在死去的丈夫脚下，不断这样哭叫着。胸口的朱砂粉染红了从她们眼里流淌下来的泪水，她们个个披头散发，衣饰零乱。

这般赢得围观者的同情，众妃子又哭诉道："夫主啊，你已然被那残酷的命运带到了我们所不能见的所在。先前，你养活臣属，让他们幸福安乐，可如今，你的处境让他们悲伤苦恼。

"英雄啊，你知心可人，乃我等挚友。如今，失去了你，叫我等如何能够活下去？求你指引我等去你所去之地，好让我等跟在你身边，再为你服务效力。"

太阳西下，焚烧尸体的恰当时辰快要过去，可众妃子依然哀悼不休。她们把丈夫的尸体抱在怀里，不让人拖走。众妃子的哀哭震天动地，甚至传到了阎罗冥府。由于尸体尚未烧化，那死去的君王化作鬼魂，依然缠绵不舍。为了超度死灵，死亡之主亲自赶到了现场。

阎罗大王变身幼童，走到苏耶吉阿众妃子面前，开口说道："啊呀！真是让人拍案惊奇！虽然你们这些人岁数都比我大，看过成百上千的人出生死亡，却照样惶惑迷惘。

"众生从未知之地而来，死后还归于彼，如是你们这些人何苦烦恼悲伤？难道你们这些妇人还没有我的见识高明？我无父无母，孤苦伶仃，又年龄幼小，可依然活着，毫发未伤。缘此之故，我坚信至上主神随处都会护佑我。

"脆弱的妇人啊，须知天地万物皆在至尊主宰控之下，一如其手中玩物。是故，万物之生成坏灭无不由他的意志完成。有时，钱财掉到地上，但是由于命运安排，却不曾为人所见，故而失主还能失而复得。另一方面，若没有至尊主的保护，甚至被人精心保藏的钱财也会不翼而飞。若至尊主给某人保护，即使他孤身伏匿林莽，照样会安然无恙。而另一个人，虽然晏安在家，周围有亲眷看顾，却不知怎的竟然性命不保。

"众生按照其业行受取种种躯壳，但生命体与此躯壳全然不同，是故他与躯壳之成坏无关。譬如木中之火，与木有异；又如鼻孔之气，与鼻孔不同；又如虚空，无所不在，却绝不与他物相混；如是生命个体，今虽有所作于躯壳之内，本与躯壳分离。

"悲伤者啊，你们都是蠢人！假若躯壳即是自我，那么这个名叫苏耶吉阿的人，这个你们所为之悲伤的人，岂不还横卧在你们面前，并不曾去往任何地方？你们何故悲伤？假若你们说，你们悲伤是因为从前那个曾经听你们说话、跟你们酬答的真正的人已经离去，那你们是自作多情，缘彼从未真实为汝所见故。然则你们何故悲伤？你们曾经见过的身体依然横陈在此，而你们现今所思念的人又从未为你们所知。

"白昼心思游荡，人会想象自己地位显要；夜间梦寐，人会梦见自己与美妇嬉戏。须知此类，无非虚妄。同样，须知苦乐缘诸根而生，不过是情识计较，一样毫无意义可言。克己者了知魂神不灭、躯壳有坏，故不为哀乐所动，而昧于此理者必生苦恼。"

那阎罗幻化的童子接着讲了下面这个故事。昔有猎人，以网捕鸟。一次，当他穿行于丛林之际，发现了一对俱陵伽鸟。于是，那猎人便设饵张网，捉住了雌鸟。眼见爱妻身陷危境，那雄鸟悲痛万分。

雄鸟眷恋雌鸟，却又无法相救，不由哀诉道："老天啊，夺走我那可怜的爱妻，你又能得到什么？若残酷的命运带走了她——我身体的另一半，那他为什么不把我也带走？靠一半残躯活着，整日悲悼爱妻之死，还有什么生趣可言？可怜的小鸟们，还在巢里等着妈妈回来给他们喂食。他们还这般幼嫩，翅膀都尚未长成，我怎么能把他们养大呢？"

就在俱陵伽鸟悲啼之际，躲在远处的猎人一箭射出，结果了他的性命。那阎罗幻化的童子续道："王妃们啊，你们实在太过愚蠢，只知为别人掉泪，却不知你们自己的死期将至。就算你们成百上千年地这等哀悼下去，也绝不能把你们的夫君唤回来，可与此同时，你们的寿命必将终结。"

在场众人听了那童子的一番言语，不禁惊讶万分。如此，生死之理已明，众妃子们尽皆放下了虚幻的悲情。阎罗开示已毕，隐身而去。其后，苏耶吉阿的亲友们举行了葬礼。

悉罗耶喀西菩讲完故事，发话道："你等皆不应为躯壳之丧亡而哀恸，无论是你们自己的，还是别人的。只不过出于无明，吾人才会认为躯壳即是自我，与躯壳相关者即是我之所有。"

听了悉罗耶喀西菩一番教训，底提等人无不释然于怀，开始思考生命的真意。那以后，悉罗耶喀西菩去了曼多罗山的一条山谷，一心苦修，想要成为不朽不败的玄通大士、宇宙间的头号霸主。他企足而立，双臂上举，目视苍穹，凝然不动。尽管长年累月保持这个姿势极为艰难，悉罗耶喀西菩照样精勤不懈，不达圆成，决不罢休。

原先被逼得四处流浪的诸神发现悉罗耶喀西菩已然遁世苦修，便宽下心来，陆续回返天界。可是，过了不久，从悉罗耶喀西菩的头顶流射出灼灼光焰，仿佛劫终的日光。那火焰裹挟着浓烟向四面八方扩散开去，渐渐笼罩了三界，各地都开始变得酷热难当。河海震荡，大地颤抖。

火燎十方，众天神纷纷逃离，前去投靠梵天。他们向梵天求告："世界之主啊，我等抵受不住从悉罗耶喀西菩头顶喷射出的火焰，已经无法各安其位。

"众神之主啊，若你认为妥当，在你的忠顺臣民们萎败之前，就请你出手阻止悉罗耶喀西菩的苦修。那魔头一直在修炼最峻烈的苦行，虽然他的计谋逃不过你的眼睛，求你听听我们的想法。

"那魔头这般思想：依靠苦修之果，梵天得登高位。是故，我也该经历多世的苦修，直到能够占据他的宝座。然后，凭着我的苦修之力，我要颠倒善业、恶业之果，如是颠覆世间一切成规旧例。"

众天神最后说："主公啊，你是三界之主。求你不要耽搁，采取一切必要的措施挽救危局，如若悉罗耶喀西菩占据了主公你的宝座，那后果就不堪设想了。"

梵天听罢，当即跨上鹅王，带领布黎古、达克刹及其他众仙圣前去勘察。且说那魔王悉罗耶喀西菩苦修经年，躯壳已被茂草丰竹、累累蚁穴覆盖，身上的血肉皮脂也早被虫蚁吃空，只剩下一具骷髅而已。故而梵天开始居然无法判定他所在的方位。最后，梵天以玄通之力，终于找到了底提之子，他就像被云遮住的太阳，烤炙着天地万物。

惊愕之下，梵天破颜而笑，说道："迦叶波之子啊，请你出来。你的苦修已然圆满，愿一切福祚降于你身。我如今要给你一个赐福，无论你想要什么，尽管讲给我听。

"你的坚毅让我大为震惊。你居然能抵受住无数虫蚁啮身之痛，让生命之气附着流转于枯骨之间。这真是一个奇迹。如此峻烈的苦行，恐怕连布黎古之类的大圣都无法做到，甚至未来际，也不会有人能做到。谁能连水都不喝，活上一百天堂年？你做到了连伟大的仙圣们都无法做到的事情。我已然被你折服，准备赐你一切福祚。"

说完这番话，梵天用杨枝从手中宝瓶里蘸了些仙水，泼洒到悉罗耶喀西菩的骨骸之上。转瞬之间，悉罗耶喀西菩的身体便复原了。此时的他，肤如熔金，四肢坚实，仿佛能承受住电打雷劈。就像火焰钻木而出，悉罗耶喀西菩从蚁窟现身，看到端坐鹅王之上，停留于半空的梵天，不禁欢喜万分。悉罗耶喀西菩当下五体投地，向梵天顶礼。极度兴奋激动之下，悉罗耶喀西菩站起身来，两眼流泪，身体颤抖。

为了取悦梵天，悉罗耶喀西菩合掌而立，哽咽赞祷："我今顶礼世界最高主。你是宇宙第一人，一切动与不动有情之主宰者。你是众生之胜我，无始无终，全知全能，超越时空。我主啊，你是最好的赐福者，若你肯满足我的心愿，就请你让我变得不朽永生。"

悉罗耶喀西菩把梵天当作至上主神一样尊礼，是为了达成自己期盼已久的心愿。可是，梵天解释，自己并没有赐予不朽的能力，因为他本人也终将坏灭。悉罗耶喀西菩听说，便投机取巧，说了下面一番话：

"我主啊，那就不要让我死在任何一个你所创造的生灵手里，不要让我死在任何屋子里面或外面；不要让我死在白天，也不要在黑夜；不要在陆地，也不要在空中。我不能被任何任何人、神、兽杀死，也不能被任何兵器杀死。此外，请赐给我独一无二的霸权，主宰诸神与人；请赐给我一切可以由修炼瑜伽和苦行而得到的玄通法力。"

梵天对悉罗耶喀西菩的苦修格外满意，于是当下便回答道："底提之子啊，你所求的赐福甚难获取，不过我还是要赐给你。"

言毕，梵天便在众仙圣的簇拥赞礼以及魔王悉罗耶喀西菩的崇拜之下，冉冉飞升。

从此，悉罗耶喀西菩逐一击败宇宙内所有星曜的御神，终于成了三界的霸主。他开始入住因陀罗的天宫。那是神匠毗湿筏羯磨的杰作，其台阶乃珊瑚砌就，地面嵌着绿玉。墙体为水晶所造，廊柱乃玉石雕成。连座椅上都镶满了珠宝。更有无数仙女，艳丽绝伦，在宫中四处游荡，脚上铃铛悦耳动听。众天神受淫威逼迫，不得不在悉罗耶喀西菩的面前俯首称臣。那魔王动不动就毫无来由地对他们施加严刑。

悉罗耶喀西菩不停地狂饮烈酒，醉眼通红，转个不停。然而，由于他的苦修之力，宇宙里每一个人，除了大神梵天、湿婆、毗湿努之外，无不向他拱手称臣。甚至布黎古之类的大圣大贤，都无法以喷火将他焚为灰烬，因为他的威能盖世无双。

如是，悉罗耶喀西菩高踞天帝宝座，统治着宇宙内所有星宿的臣民。众乾达婆、持明仙、飞天女，甚至那罗陀以及其他仙圣都得不断轮番向他献上赞祷。种姓法之忠实追随者在祭祀中献上的任何牺牲，都被悉罗耶喀西菩私吞，诸神根本无法染指。因为害怕悉罗耶喀西菩，大地不必耕犁就长出庄稼，母牛产出丰沛的牛乳，天空遍现丽景瑞兆，江海献上各样珠宝，山谷成了他的游乐之地。

无须众天神提供丝毫帮助，悉罗耶喀西菩独自一人司掌天地之运化，诸如行云布雨、旱涝水火等等，无不由他一手操办。然而，尽管已经获得了控制十方的力量，尽管可以纵情地享乐，悉罗耶喀西菩仍不满足。原因在于，悉罗耶喀西菩不但没能降伏诸根，反而成了诸根的奴仆。

悉罗耶喀西菩就这般在狂傲中度过了漫长岁月，根本不把正法放在眼里。为此，他受到了鸠摩罗四子的诅咒。宇宙里每一个人，受悉罗耶喀西菩的逼迫，尽皆苦不堪言。尤其是那些星君宿神，在悉罗耶喀西菩的宰治下，无不心怀恐惧，惶惶不安。最后，因为实在找不到其他庇护，他们只好皈命于至上人格主神——毗湿努。

众星君食气不眠，收摄心神，然后向至尊者祷告："我等向至上主神所安住之方向恭敬顶礼，纯粹奉献者一旦往生彼处，便不再回转世间。"

至尊者并未现身，却以雷霆般威严的声音向诸神发话道："最杰出的博学者啊！不必畏惧。希望你们吉祥如意。建议你们成为我的奉献者，时时听闻、唱赞我的荣光。悉罗耶喀西菩的所作所为，我无不知晓，定会尽快出手阻止。请你们安心等到那个时刻。

"若有人嫉妒天神、韦陀、母牛、婆罗门、外士那瓦与正法，最终来说，嫉妒我，此人确定速死无疑。当悉罗耶喀西菩折磨他的儿子——伟大的奉献者、不与任何人为敌的巴腊陀，我就会不顾梵天的赐福，立即将他处死。"

至尊者的话令人振奋，驱走了众星君内心的所有忧虑。待他言毕，诸神恭敬顶礼，各自返回本星。他们满怀信心，视那魔王悉罗耶喀西菩已经与死无异。

且说悉罗耶喀西菩生有四子，皆才德出众。其中最出色的是巴腊陀，因为他是至上人格主神的一位奉献者。

巴腊陀有婆罗门的完美品格，足以为人楷模。他的心念诸根皆已调伏。就像宇宙大我一般，他待众生无不友善仁爱。对待君子，他行动像卑微的奴仆；对待贫贱者，他就像父亲；对待同辈人，他像手足情重的兄长；他把父亲、上师、兄长当作至上主神一样尊礼。

巴腊陀完全没有从富贵、教养和美质而来的骄矜之气。虽然出身于阿修罗之家，巴腊陀却是毗湿努的伟大奉献者。他从不嫉妒外士那瓦。置身危难，他从不惊恐。对于韦陀诸经所说的果报，他丝毫不感兴趣，因为他认为这些都是属世的，全无用处。

从孩提时起，巴腊陀就对嬉戏玩耍没有兴趣，他只是一味玄默自处，沉浸在无染觉性之中。事实上，巴腊陀念念思天，故而完全处在无上者的神力笼罩下，就像人为强大的星座所左右。他甚至无法理解，尘世怎么可能会是靠求取欲乐之业行而运转的。

时时置身主的怀抱，巴腊陀甚至感觉不到身体之所需，诸如饮食、坐卧、行动、言语等等，是如何自动进行的。就像母亲怀里的婴儿，不晓得自己的身体所需是如何得到照料的，巴腊陀在至尊主的照料之下。

母亲若放下婴儿，去操持家务，婴儿发现母亲不在，就会哇哇大哭。可一旦母亲转回来照顾他，他就快活欢笑。就像这样，巴腊陀有时感受到与主的分离，认为主离他好远好远，这样他就会哭泣，或者大声呼唤主。之后，他又发现主从远处过来，抚慰他，就像母亲对婴儿说："宝贝儿，别哭，我来了。"如是，巴腊陀开心欢笑起来。还有时候，他全不顾周遭环境，在迷狂中翩翩起舞。

有时，一心思念着主，巴腊陀感觉已然与神为一，开始模仿主的逍遥游戏。有时，感觉到主莲花手的轻柔触摸，巴腊陀狂喜之下，依然静默不语，却身躯颤抖，毛发直立，爱的泪水从他半闭的莲花眼中滚滚而下。

苏喀罗阿阇黎本是魔族的祭司，他的两个儿子——善陀和阿玛伽就住在悉罗耶喀西菩的王宫附近。巴腊陀被父亲送到善陀和阿玛伽家中，跟其他魔族的孩子，一起学习世间的知识。这两位老师自然也讲到治国之术，但因为这类学问包含对敌友的分辨，所以巴腊陀并不喜欢。

一日，悉罗耶喀西菩满怀爱怜，把小儿子巴腊陀抱到膝上。他问了儿子一个问题，只是为了逗趣："宝贝儿啊，请你告诉我，在学校所学到的东西里面，你觉得什么是最好的？"

巴腊陀回答："阿修罗之王啊，我所学到的最好的东西是这样的：一个受取了无常肉身、意欲享受室家之乐的人，必定为烦恼困扰，因为他已经坠入一口没有水只有苦难的黑井。吾人应当舍弃这等无知、无明的生活，遁迹山林，托庇于至上人格主神。"

听到这些表露信仰的话，悉罗耶喀西菩狂笑道："这不过是无知小儿的见识，这孩子已经被我的仇家教坏了。"

悉罗耶喀西菩于是告诫他的手下："众魔啊，你们必须好生保护好我的孩子，如此他的头脑就不会再受到那些乔装打扮、混入师塾的外士那瓦的影响。"

当巴腊陀被带回私塾时，善陀和阿玛伽从悉罗耶喀西菩的侍仆那里听说了发生的一切。这两人把巴腊陀领到一边，用极其温和甜软的声音问他："亲爱的巴腊陀啊，请你告诉我们真相，不要撒谎。这里的孩子没有一个像你这样出口忤逆。你的头脑怎么会受到污染的？是谁教你这些外士那瓦义理的？"

这两个老师想着巴腊陀不过是个童子，只要好言诱导，他肯定会透露出那个偷偷到私塾来传法的外士那瓦的名字。这样此人就会被逮捕，带到悉罗耶喀西菩面前，受到必要的惩处。

巴腊陀听了老师的话，回答道："让我向至上主神恭敬顶礼，是他的外在能力，迷惑了世人的心智，创造出敌友之分别。虽说我以前听说过这等现象，如今才算有了亲身体验。

"当至上主神为奉献服务取悦,给予奉献者启明的时候,那人便不复在敌友、人我之间做出分别。相反,他认为,我们每一个人都是上帝的仆从,是故我们相互间并无差别。也就是说,那迷惑众生、让他们生出敌友之分别心的同一个上帝,给了我站到你们所谓的敌人那边的智慧。老师啊,就像铁被磁铁吸引,我的心被至尊者毗湿努吸引了。"

巴腊陀想要说明,他不但没有被污染,相反,他的心智已然被神净化。尽管悉罗耶喀西菩认为毗湿努是他的敌人,但巴腊陀指出,至尊者从来不是任何人的对头,他是一切有情的挚友。巴腊陀解释说,他对毗湿努的爱著并非邪僻,而是一切有情之天命所在。

听了巴腊陀这一番话,善陀和阿玛伽勃然大怒,骂道:"拿棍子来!这小子坏了我等的名声,该用第四种纵横术对付他。这混蛋就像香檀树林里一棵有刺的树。砍倒香檀树需要斧子,那棵树上长出来的硬木头正好适合做一把斧柄。毗湿努是那把砍倒魔族香檀林的斧子,这个巴腊陀就是称手的斧柄。"

如此斥责、威胁巴腊陀之后,善陀和阿玛伽又继续教他法、利、欲乐之方。过了一段时间,他们觉得巴腊陀在治国之道、纵横之术方面已经受到足够的教育,便让巴腊陀的母亲将那孩子洗沐装扮一新,然后把他带到了悉罗耶喀西菩的面前。

悉罗耶喀西菩见到儿子在自己脚下跪倒行礼,当下伸出两臂,将他抱起来,又满怀慈爱地祝福他。拥抱之后,悉罗耶喀西菩让巴腊陀坐在自己膝上,深情地嗅闻他的头面。悉罗耶喀西菩眼中流下泪水,打湿了孩子的脸颊。

悉罗耶喀西菩说道:"我心爱的巴腊陀啊,如今你已经从老师那里学了很长时间。告诉我,你觉得你所学的东西里面,什么是最好的?"

巴腊陀答道:"听闻、唱赞至尊主毗湿努的超然名号、身相、德行和游戏,向至尊主恭敬顶礼,向至尊主奉上祝祷,成为至尊主的仆人,视至尊主为最亲密的朋友,向他奉献一切,这奉爱九法,我认为才是最高超的教化。若有人全心践履,便是最有学识之人。"

悉罗耶喀西菩听罢,恼羞成怒。他嘴唇颤抖,斥责站在面前的善陀和阿玛伽:"你们这两个最可恶、最不肖的婆罗门之子!你们无视我的指令,与敌人串通一气。你们到底教了这孩子一些什么玩意儿?随着时光流逝,恶人身上就会发出种种恶疾,同样,一个人身边或许有很多所谓的朋友,可到头来,他们弄虚作假,终究会露出真实的本性。"

善陀答道："君王啊，你儿子巴腊陀所说的话，绝不是我们，或者任何其他人教的。他对毗湿努的奉爱之心是自发天成的。请平息你的怒火，不要无谓地怪罪我们。如此辱骂婆罗门，实在不好。"

悉罗耶喀西菩于是转身向巴腊陀说道："你这个混账！你是我们家族最堕落的一员！你若不是从这两位老师那里受到这种教育，又是从哪里学来的？"

巴腊陀答道："因为无可遏制的感官，过度贪恋尘世生活的人反复咀嚼那已经被咀嚼过的，最后渐次沦入地狱。他们的敬天之心无法唤起，无论是靠他人的教诲，靠自身的努力，还是两者兼至。过度沉湎于享乐意识的人，根本不能理解，生命的目的在于践行对至尊主毗湿努的奉献服务，回归主神，重返故乡。

"正如盲人跟着盲人走路，必定偏离正途，坠坑落堑，贪恋尘世之徒跟着另一个贪恋尘世之徒，必将为业力之索捆绑，如是不断承受三涂之苦。除非他们往自己身上涂撒纯粹奉献者莲花足底的尘土，否则这些人无法对至尊者的莲花足产生兴趣。只有转化觉性，托庇于主的莲花足，这些人才能挣脱尘世的缠缚。"

这番话让悉罗耶喀西菩气得几乎晕过去，暴怒之下，他把儿子猛力从膝头摔到地上。他两眼通红，命令手下侍从："把这小子拉出去，立即处决！这个巴腊陀是害死我兄弟的杀手，因为他叛离家门，做了我们家族的对头——毗湿努的奴才。他还只五岁，小小年纪，就对父母不忠不孝，所以绝不能信任他。说实在的，他将来是否会效忠毗湿努都是个未知数。

"虽说药草跟人不是一个族类，但是，因为它于人有益，就应该小心珍藏。同样，有人虽在家族之外，却讨人喜欢，是故此人应当受到子女一般的保护。另一方面，四肢若受到严重的感染，为了保护全身的健康，就得施行截肢。即使自己亲生的儿子，若不肖胡闹，也必须割爱断情。如同未经调伏的感官是不断追求精进的瑜伽士的大敌，这个巴腊陀是我的劲敌，因为我无法控制他。是故，必须使用一切手段，把他除掉。"

悉罗耶喀西菩的侍从都是些面目可畏的罗刹，个个尖牙利齿，赤发蓝须。在主子的命令下，他们把巴腊陀捉将起来，还用手中的铁叉戳打巴腊陀的身体，高呼着："砍死他！刺死他！"

如同一个没有善行资粮的人，即便做了些好事，也不会有什么结果，众魔卒的兵器对巴腊陀全无效用，那孩子只顾默然静坐，冥思至上主神。见众魔卒徒劳无功，悉罗耶喀西菩倒有些畏惧起来，便寻思用其他手段杀死自己的儿子巴腊陀。

悉罗耶喀西菩叫人把巴腊陀抬到野象的足底，好让野象踩死他。他又将巴腊陀抛入爬满大毒蛇的蛇窟，扔下高耸入云的悬崖，对他下毒，又欲图饿死、冻死、烧死、压死巴腊陀，甚至还使用了巫术魔法。但无论什么手段，都丝毫不能伤害他那无罪的儿子。

惶急之下，悉罗耶喀西菩自思："我虽然用这许多刻毒的话斥骂他，用这许多手段想要结果他的性命，可还是杀不死这小子。不知怎的，他竟能靠自身的玄力护持自己，而且还始终无所畏惧。这小子就像狗子的卷尾巴，永远弄不直。他老是记着我的劣行，还有他跟他的主子——毗湿努的情分。这小子似乎已经修到金刚不坏、拥有无尽的玄力，他一点儿都不怕我的刑罚。看来，我的对头向着巴腊陀，到头来被杀的或许是我。"

想到这里，悉罗耶喀西菩一言不发，不由悲伤起来，身上的光泽消退，头也低垂下来。

善陀和阿玛伽见状，便私下里向他献计道："主公啊，你抬抬眉毛，所有星君便魂不附体。你单枪匹马，便征服了三界。我等找不出任何理由，能让你变得如此烦闷悲愁。

"巴腊陀不过是个孩子，不管他有什么善德或者恶德，其实都无足挂齿。在苏喀罗阿阇黎回转之前，只要把这孩子关起来就行了。时间一长，待他长大了，能明白我们的教诲，思想肯定会改变。主公您大可不必为此烦恼。"

悉罗耶喀西菩准许了这个建议。自那以后，善陀和阿玛伽便有系统地、毫不停歇地教导巴腊陀。天生谦卑温顺的巴腊陀虽然学了这些关涉法、利、欲乐方面的知识，却安处超然，对这些基于尘世二元对立的知识，一点儿都不喜爱。

有时那两个老师回家料理家事，巴腊陀的同学就会去叫他出来，跟他们一起玩耍。巴腊陀只是微笑，然后很温和地回答他们，以尘世生活之无益相开导。所有的孩子都极为尊敬巴腊陀，对他格外友爱。这些孩子都只有五六岁，受物质化教育的染污还不算深。如是，他们会天真地停下游戏，围坐在巴腊陀的身边，听他讲话。

看到这些孩子满怀期待，把心、眼都专注在自己身上，巴腊陀便这样教导他们，为了他们的利益："根器足够的人应该从髫龄就开始修炼奉献服务。这人形生命稀有难得，它虽然跟其他躯体一样无常易逝，却极为重要，因为能用它践履奉献服务，如是证成究竟圆满。奉献服务自然天成，因为至尊主毗湿努至为亲爱，乃是灵魂之主，众生之友。

"出生魔族的朋友们啊，根据过往的业行，从诸根触尘而来的快乐，任何形体的生灵都能获得。正如烦恼不请自来，快乐也会从天而降。是故，费尽心机追求功利、欲乐不过是浪费时间。只要身体还算结实，吾人就当努力复性皈命，证入永恒、极乐的灵性境界。

"每个人至多只有百年之寿。然而，对于一个不能调伏感官的人，一半的寿命都浪费在睡眠上。人一落地，最初的十年都在懵懂无知之中。然后长成为少年，在游戏玩耍中又度过十年。到老年，体弱多病，二十年间几乎做不了什么事。世间之人，心猿意马，过度贪恋家居生活，如是，因为永无餍足的爱欲和极其强顽的幻觉，他又浪掷了余下的光阴，无法践履对至尊主的奉爱服务。

"一个过度贪恋家居生活、为感官所控制的人，如何能挣脱物质缠绕？物质至上者认为钱比蜜甜。故此，谁能舍弃聚敛钱财的欲望，尤其是在家居生活里？盗贼、兵士、商贾为了获取钱财，甚至甘冒性命之险。一个对家人心系情牵的居士，如何能舍弃家人的陪伴？

"妻子总是温柔体贴，喜欢在私密处愉悦丈夫。小孩儿牙牙学语，声音极为动听。此外，父母、家具、仆从、宠物都是爱执的对象。谁能舍弃这份安逸？恋家的居士就像作茧自缚的蚕。只不过为了口舌和性器的满足，吾人就为尘世捆缚，无法逃离。这等贪执之人，无法明白，他在浪费宝贵的生命。然而，尽管他无法明白人生的目的是觉悟自我，却又精明过人，决不让自己花错一个铜子儿。

"朋友啊，对至上主神懵无所知的人，必定耽溺感官欲乐，如此，他们成了漂亮女人手里的玩物。这类人被称为魔，在物质化生命观的蒙骗下，他们被家人亲戚包围着，如是受到物质化生活的束缚。

"虽说你们都是魔族之子，但你们应该躲开这些人，托庇于至上主神拿罗衍那，他能赐予奉献者以解脱。至尊主拿罗衍那是宇宙大我，是一切有情之父。每一个生命体与至尊主拿罗衍那的关系皆是永恒的事实，所以，若想要取悦他，绝不会有障碍或困难。

"是故，我的朋友啊，凡有作为，都要让至尊主对你满意。抛下你们的魔性，以不分敌我的平等心作为。慈悲对待众生，以奉献服务启明他们，成为他们的良友。对于已经满足了至尊主的奉献者，没有什么是不能得到的。然而，因为主是一切妙喜之源，奉献者根本无意于礼法、功利、欲乐和解脱。仅仅靠着荣耀主的莲花足，他们就已经欢喜满足。

"此道先前由至尊主拿罗衍那亲自向仙圣那罗陀阐释。没有纯粹奉献者的仁慈，此道至为难明，但若有人托庇于从那罗陀而下的师承世系，便能证入玄理。我从那罗陀处，受此无上薄伽梵大法。此法建基于名理，不受一切物质染垢。"

众小儿听了甚觉稀奇，问道："巴腊陀啊，除了苏喀罗阿阇黎的儿子，我们不知道还有其他的老师。我们都住在宫里，不可能有机会亲近圣者。然则你怎么能从那罗陀处听到这些？好朋友，请你消除我们的疑惑。"

巴腊陀便解释道："就在我父去曼多罗山苦修之际，诸神乘他不在，拼死进攻魔族。众魔见天神以前所未有的斗志攻上来，无不四散奔逃，连妻儿家小都抛到了脑后。诸神获胜，洗劫了我父的宫殿。那时，天帝因陀罗捉住了我的母亲。

"就在她被掳获而去，像被大雕擒住的俱罗利鸟一般啼哭之际，伟大的圣者那罗陀现身了，他命令因陀罗：'诸神之王啊，这妇人是无辜的，你不该用这等残忍的手段抢走她。这贞洁的妇人是他人的妻室，你必须立即释放她。'

"因陀罗答道：'那大魔头悉罗耶喀西菩的种子就在这妇人的胎里，在孩子出生前，她得受我们的看管。'

"那罗陀说道：'这妇人腹中的孩子是无罪的，他乃至上主神的强大仆人。故此，你们不可能杀死他。'"

巴腊陀续道："因陀罗听了那罗陀的话，立刻释放了我的母亲。知道我是至尊主的奉献者，在场天神都向她绕拜顶礼，而后各自返回天庭。此后，那罗陀把我母亲带到了他的净修林，跟她说：'孩子啊，这个地方绝对安全，你就待在这里，等着你丈夫回来。'

"我母亲请那罗陀给她赐福，让我能一直留在她肚子里，直到她跟丈夫相聚。那罗陀答应了。如此，我母亲就在这位伟大圣者的净修林里安心住下来。她怀着巨大的奉献之心，服务这位圣者。那罗陀牟尼开始教导还在胎里的我和我的母亲。不过，因为母亲过于关心我，又时时盼着丈夫归来，加上智性不高，所以她把那罗陀所教的东西全给遗忘了。可是，借着那罗陀的祝福，我却不曾忘记他的教导。

"是故，我亲爱的朋友们啊，若你们信我的话，也能觉悟这玄理妙道。"

巴腊陀继续开示他的同学："虽然树的花、果经历六种变化——生、成、住、异、坏、灭，树本身却无所变化，可以存活许多许多年。同样，生命体之肉身，受自于不同的环境，亦须经历这六种转变，但灵魂并无这些变化。

"个体之灵与至尊灵魂皆属灵,永恒不变,是故智者抛弃了虚幻的生命观,在那种幻觉里,吾人自思:'我即身,与身相关者为我所。'如同技术精到的堪舆家能从岩石里找出金子,高明的通玄者能够体悟到灵魂如何居停于躯壳,然后将灵魂解脱于尘世之缠绕。作为观身者,永恒之我被困于八种元素、三极气性、十一种根,因此,所有伟大的上师皆断定:灵魂受到了局限。

"以'非此''非彼'之法,吾人必须将灵魂从或粗或细的遮覆中分离出来。在所有度脱自我于物质缠绕的法门当中,至上主神所亲自荐举者最为殊胜。欲修炼这个法门,必须接受一位正宗的灵性导师,并以巨大的爱心和信心侍奉他。凡所拥有,皆当奉献上师。然后,在奉献者的陪伴下,崇拜至尊主;听闻、唱赞他的荣光;冥思他的莲花足;严格按照经典的训谕,崇拜他的像身。

"透过如是践履,吾人便能断除嗔、淫、贪、痴、颠倒、嫉妒,进而臻达纯一奉爱之境。一个如此而得解脱的奉献者,当他听闻到主的荣光,便会毛发直竖、泪流满面、以至声音颤抖。他有时于众中舞蹈,有时泣涕哽咽。就这样,那奉献者看起来就像有鬼附身,他又唱又跳,形同疯癫,全不顾礼文仪节。

"因了不断冥思主的逍遥游戏,纯粹奉献者之身心已被灵性化,不复造作世间俗事。所有的物欲,皆被专一强烈之奉献焚为灰烬。到此地步,便可获得至尊主莲花足之护荫。

"是故,亲爱的朋友啊,请立刻冥思在我们每个人心中的至尊主,崇拜他。至尊主乃一切有情之良友,所以崇拜他绝不会有困难。究竟有什么理由,能让众生不去为他服务奉献,反倒沉溺于为感官欲乐而制造种种人为的设施?财产、妻儿、房舍种种私有之物,无非梦幻泡影。对于一个已经明白自我不朽永恒的警醒之人来说,这些属世的资财能带来什么利益?

"甚至往生天堂也一样无常短暂,因此也并非生命之究竟。尘世间,每个人都在拼力避苦逐乐。然而,真相却是,仅当人不复追逐快乐时,他才是快乐的。一旦人造作以求取快乐,其苦境已然开启。按其宿业,众生受取种种躯壳,如是以不同方式遭遇痛苦。因此,好好想想,请告诉我,造作业行,于众生究竟有何益处?

"我亲爱的朋友们啊,至上主神乃一切灵魂之灵魂,一切有情皆为其部分与微粒。是故,他应受到绝无动机的崇拜。若有人领受对主的奉献服务,无论其为神,为魔,为人,为夜叉、罗刹、乾达婆抑或任何其他生灵,皆已安住最吉祥之生命境况。仅仅成为知书达礼的婆罗门,修炼苦行、布施或以任何其他手段，皆不能够让至尊主欢喜。唯有纯一无染的奉献服务才能取悦他。

"因此，我亲爱的朋友们啊，如同人当善待自我，你们皆应领受奉献服务，好让至尊主欢喜。唯此乃生命之究竟归趣，一如所有启示经典与伟大阿阇黎所阐释的。"

众魔子听罢这番开示，无不欢喜信受。结果，他们都不再相信善陀和阿玛伽所教的世俗学问。那两个老师见弟子们因为亲近巴腊陀，开始向往灵性之途，不禁恐惧万分。

于是，善陀和阿玛伽又把巴腊陀带到他父亲面前，禀报了一切。悉罗耶喀西菩怒不可遏，气得浑身发抖。他天性残忍，感觉自己受到了莫大的侮辱。他口中嘶嘶作响，就像一条被踩到的毒蛇，当下就决定要亲手结果巴腊陀的性命。巴腊陀依然宁静、温和、文雅，他双手合十，站在父亲面前。但那大魔头并不为此所动。

悉罗耶喀西菩怒斥道："家族里最厚颜无耻的叛逆者啊！你已然侵犯了我的威权，今天，我要把你送到阎罗王那里去！我一发怒，三界内一切星宿及其宿主，无不发抖战栗。你这个混蛋，究竟靠了谁的力量，胆敢凌越我的威权？"

巴腊陀答道："父王啊，我力量的根源也属于你。其实，每个人力量的源头只有一个，没有他，任何人皆无力量。每个人，包括梵天，皆受至尊主大力的控制，因为他控制着时间、心与诸根的力量。凭借他无穷无尽的力量，至尊主创造天地万物，摄持它们一段时间，然后又毁灭它们。

"父王啊，请抛弃你的恶魔心性，平等对待一切有情。除了那未经调伏、误入歧途的心意，世上并无真正的仇敌。往昔之时，也有许多像你一样的蠢人，不曾征服那盗走了人身之财富的六大宿敌，却为征服外面的世界而扬扬自得。"

悉罗耶喀西菩说道："你这恶棍！竟想贬低我的价值，好像你还比我更能控制感官！我明白了，你是想让我杀了你，因为只有那些想找死的人才会喋喋不休地说这些废话！

"绝顶倒霉的巴腊陀啊，你老是说，在我之外，另有无上者，周流遍入，乃一切有情之真宰。他现今在何处？若他无处不在，那他为何不在我面前的这根柱子里？"

就在悉罗耶喀西菩大发雷霆之际，巴腊陀于面前的石柱里看见了无上者，他还向自己暗示，无须畏惧那禀赋魔性的父亲。其时，悉罗耶喀西菩也看到巴腊陀正凝神注视石柱，所以才出言挑衅。作为一个不折不扣的魔王，悉罗耶喀西菩深信，绝不会有一个上帝，能够保护巴腊陀。

一遍又一遍地斥骂、诅咒之后，悉罗耶喀西菩怒火上冲，拔出佩剑，从宝座上一跃而起。暴怒之下，他径直冲向那根石柱，挥剑猛力砍去。那石柱轰然倒下，石屑纷飞之中，从碎裂的柱子里突然传来惊天动地的可怕巨吼，那声音直冲霄汉，甚至传到梵天珞珈，宇宙的表壳似乎都被震裂了。

诸神听到这闻所未闻的可怕声音，无不心胆俱裂，心中思忖："我等所辖之众星，行将崩裂！"悉罗耶喀西菩与其他魔王也极度惊恐，虽然找不到那声音发自何处，他们却能感受到从那声音里体现出的无上威力。

然后，为了证明他无处不在，一如巴腊陀所说的，至上主神示现了一个前所未见的神妙形体。惊愕之下，悉罗耶喀西菩打量着至尊主尼黎僧诃的身体，迷惑不解："这半人半狮的家伙究竟是哪种生灵？"

至尊主的这个形体极为可怕，他怒目圆睁，脸上闪闪的长鬣四处飘拂。他有致人死命的齿牙，剃刀般锋利的舌头卷动着，如同嗜血的利剑。他两耳直立不动，鼻孔和豁开的巨口就像岩洞。他的脖颈短而厚实，胸宽腰细，巨大的身体直耸云霄。

悉罗耶喀西菩一边操起铁杵，一边自语道："毗湿努运用神通，设下此计要来杀我，但是，这有什么用？谁能是我的对手？"

犹如飞蛾投火，悉罗耶喀西菩冲向那灿烂夺目的巨大形体，瞬间消隐于无形。尽管悉罗耶喀西菩不断挥杵击打，尼黎僧诃却早已一手将他擒住，恰如金翅鸟抓起一条巨蟒。接着，就像金翅鸟伽鲁达有时为了戏弄，故意放跑嘴里的长蛇，尼黎僧诃又让悉罗耶喀西菩找到机会，溜出了自己的掌心。

众天神因为畏惧尼黎僧诃，一直躲在云头后面窥看。眼见魔王逃逸，诸神无不惊恐，心想那魔头或许已经见到他们亟盼他被杀的情状，将来必会寻仇报复。

悉罗耶喀西菩才刚乘隙脱逃，便又狂傲起来，以为是自己的勇力让尼黎僧诃害怕了。稍稍调整之后，他又操起剑、盾，以大决心再次向至尊主进击。悉罗耶喀西菩上下跳跃，有时在空中，有时在地面，挥舞着剑、盾，滴水不漏。不过，因为害怕听到尼黎僧诃那威猛、刺耳的咆哮，悉罗耶喀西菩不得不堵上自己的耳朵。

彼时，犹似长蛇捕鼠，尼黎僧诃又一次抓住了悉罗耶喀西菩。情急之下，悉罗耶喀西菩拼命扭动，双手上下乱舞。就在魔宫的入口处，尼黎僧诃把悉罗耶喀西菩横放在自己大腿上，然后用爪子轻而易举地撕裂了那魔王的身体。

至尊主的脸上、毛发上沾着斑斑血迹，怒目狂暴，不可逼视。他一边用舌头舔着嘴角的血痕，一边拿指甲剥开了悉罗耶喀西菩的肚腹，然后扯出肠子，盘在自己身上，就像戴上了一串花环。这愈发增添了他的庄严妙美。之后，至尊主掏出悉罗耶喀西菩的心脏，把尸体抛到一边，开始对付那些高举着兵器，蜂拥而至的魔军鬼卒。仅仅用他那许许多多手上的指甲，尼黎僧诃就轻轻松松地干掉了这些悉罗耶喀西菩的心腹。直到发现眼前再没有一个对手，至尊主才在魔宫的宝座上坐了下来。

尼黎僧诃头上的毛发拂乱了天上的云朵，他闪闪发亮的眼睛夺走了日月星辰的光辉。至尊者的呼吸激荡沧溟，听到他的怒吼，世间所有的大象无不惊惶哀鸣。在他的双足重压之下，大地似乎滑离了原位，群山则向上隆起。

悉罗耶喀西菩曾经受到大神梵天的赐福，他不能在空中，也不能在陆地死去。为了保全梵天的赐福，尼黎僧诃是把悉罗耶喀西菩放在自己的大腿上，然后杀了他。梵天的赐福还包括，悉罗耶喀西菩不能在白天，也不能在夜晚死去，所以至尊主是在黄昏杀了他。悉罗耶喀西菩还得到赐福，他不能被任何兵器，或任何死物或活物所杀，所以尼黎僧诃用指甲杀死他，指甲不是兵器，也算不上是死物或活物。如此，至尊主既保全了梵天的许诺，又轻而易举地杀死了这个大魔头。

悉罗耶喀西菩一直就像是三界众生的丧门星，如今见他被至尊主所杀，诸神之妃无不喜笑颜开。她们一遍又一遍地向尼黎僧诃身上撒下鲜花，而众天神则云集空中，敲锣打鼓。飞天女欢欣舞蹈，乾达婆放声歌唱。

各类天神，在大神梵天、湿婆、因陀罗的带领下，纷纷近前，挨个向尼黎僧诃献上顶礼和赞祷。脱离了悉罗耶喀西菩的魔爪，他们都感到快慰无比。

然而，由于尼黎僧诃面目凶暴，光焰逼人，众天神乃至梵天、湿婆都不敢上前直接去服侍他。至尊主无法忍受他的奉献者受到摧残，是故，即便听了这许多赞祷，依然余怒未息。众天神于是请求至尊主的永恒爱侣——吉祥天女前去抚慰。但是，因为吉祥天女也从未见过如此神异的形体，所以连她都不敢靠近。

最后，梵天跟站在他身边的巴腊陀说道："孩子啊，至尊者对你那个魔王父亲极为恼怒，请你去劝劝他吧。"

虽说巴腊陀还是个孩子，但他接受了梵天的请求，双手合十，向尼黎僧诃走去。尼黎僧诃见这小小的童子在自己的莲花足下拜倒顶礼，心中顿时生起欢喜怜爱之情。他将巴腊陀扶起来，又把莲花手掌放在他头顶，赐予他无畏之心。

在至尊主的超然触摸下，巴腊陀彻底清除了一切尘情俗念。

如是彻底净化之后，巴腊陀进入了超然圣境。所有妙喜之兆皆在他的身体上呈现出来。他内心充满了爱，眼中尽是泪水。至尊主的莲花足就这样被深深地锁定在他心灵深处。

于此圆满神定之境，巴腊陀将心念和眼神都凝注在尼黎僧诃身上。然后，他用因狂喜而颤抖的声音，奉上赞祷：

"出生于修罗族的我，怎么能够向至上主神献上他喜欢的赞祷？若是以梵天为首的皇皇诸神，都无法用高妙的话语安抚他，那么我又能说出些什么呢？

"看起来，世人无法单凭富贵、权势、教养、勇力、智慧、玄通，乃至任何这类长处，让至上主神欢喜。然而，仅仅凭借一点点奉爱服务，如同先前象王伽坚陀罗所做的，一个人就能取悦至尊主。若有人拥有十二种婆罗门之德，却漠视至尊主的莲花足，那么毫无疑问，他还比不上一个虽出生于食狗者之家，但奉献一切服务至尊主的奉献者。这样的婆罗门，因为贡高我慢，甚至无法净化自己，而一个奉献者却能救度他的整个家族。

"至上主神圆满自足。是故，若以某物供养他，其实是为了供养者的利益，譬如有人对镜修饰脸面，其镜中之像亦为经修饰者。我虽生于修罗之家，但竭尽心智，向至尊主献上赞祷，因为对主的荣耀，总能洁净人心。

"上主啊，你降显世间，乃是为了饶益你的奉献者。如今我那禀赋魔性的父亲既已被你铲除，就请你平息怒火。即便圣贤都乐意除灭蛇蝎毒物，看到这魔王死去，三界众生无不拍手称快。将来，人们会记住你吉祥的显现，由此远离一切畏怖。

"上主，我自然不害怕你那凶猛的嘴、舌，太阳般明亮的眼睛与攒蹙的眉峰。我不害怕你那尖利的齿牙、肠子串成的花环、沾满鲜血的须发，以及高高耸立的楔子般的耳朵。我也不怕你那震天动地的咆哮、锐不可当的指甲。可是，因为过去生中的业行，我一直与恶魔为伴，所以我非常害怕面对尘世间的生命境况。何时，你才会来召唤我，让我托庇于你的莲花足？它们乃是从局限化生命走向解脱的究竟归宿。

"上主啊，由怨憎会、爱别离，世人乃落入绝顶惨痛之境，其心焦灼，一如火焚。无论哪种想要摆脱这份悲苦的疗治，到头来都比悲苦本身更为悲苦。故此，据我看来，唯一、究竟的解决办法只有践履指向你的奉爱服务。是你的幻力将有情投入缠缚，因此，除非托庇于你的莲花足，谁能挣脱这幻网的缠缚？

"上主啊，凡夫们都想超转天界，到那里享受长生和浮华。我亲眼见到我的父亲，他只要抬一下眉毛，诸神立即灰飞烟灭。然而，你只是在顷刻之间，就结果了我父亲的性命。在强大无比的时间形体里，你摧坏了一切有情——从梵天到虫蚁，所享受的世间美富、玄通与长寿，所以我不期望拥有这类东西。我只请求你，让我能亲近你的纯粹奉献者，作为诚敬的仆从服务他。

"至上主神啊，因为与一个又一个尘世欲望的染触，跟凡夫俗子一样，我渐渐堕入一口遍满蛇虺的黑井。然而，你的仆从，那罗陀牟尼，接受我为他的弟子，教导我如何证入超越之境。是故，我首要的职分就是侍奉他。我怎么能够，甚至在念想之中，离弃对他的服务？

"伟人中之最胜者啊，我根本无惧物质存在，因为无论我在哪里，都能全神贯注于你的荣光和作为。我唯一放不下的是那些愚人和恶棍，为了尘世快乐，他们维系家国群体，制造出种种庞大周密的计划。我也见到过许多圣贤，但他们通常只对自身的解脱感兴趣。这些人待在喜马拉雅山，或者丛林里面，守誓玄默，观想冥思。尽管他们无意救度他人，我却并不渴望解脱自了，把那些可怜的愚人和恶棍抛于脑后。我懂得，若不领受神圣觉性，无人能有幸福安乐。故此，我想要带领所有受局限灵魂，一起回到你莲花足的庇护之下。"

听了巴腊陀的赞祷，尼黎僧诃怒气尽释。以大慈爱，他对巴腊陀说道："修罗族之俊杰啊，愿一切吉祥归于你！我对你非常满意。我降显就是为了满足一切有情的愿望，因此，我请求你，向我要求任何你想要的赐福。若未曾取悦我，任何人都无法了解我。曾经见过我，或者让我满意的人，再不必忧愁悲悔。那些高明超卓的人，一心只想用各种方式取悦我，因为我是那唯一能满足每一个人的所有欲求的人。"

尽管受到这般劝诱，巴腊陀依然毫不动心，没有要求任何世间赐福，反倒认为这些都是障碍。

巴腊陀微笑道："上主啊，因为出生修罗之家，我生来向往俗世之乐。所以，请你不要用这些幻念来试练我。我非常畏惧尘世生活，只想跳出三界火宅。因为这个缘故，我才托庇在你的莲花足下。

"上主啊，若有人想拿奉爱服务去交换俗世利益，他绝不可能是纯粹奉献者。事实上，他比用服务换取利润的商贾好不了多少。欲图从主子身上牟利的奴才，不是忠心的奴才。同样，赏赐降恩于奴才，只是为了保住自己显贵地位的主子，不是一个真正的主子。

"我主啊，我是你忠贞不贰的仆人，你是我永恒的主子，这就是我们之间的天然关系。若你一定要赐福于我，那我祈求，从此再无尘世欲望进入我的内心。以狮人妙相降显的无上者啊，我今向你飯命顶礼。"

那至上主神说道："巴腊陀啊，像你这样的纯粹奉献者，无论今生、来世，绝不会欲求任何尘世的浮华。不过，我命令你，做魔族的君王，享受魔族的财富，直至当今摩奴任期之终结。只要你一直以服务奉献凝注于我，对你来说，住形于世绝不会是一个障碍。

"住世期间，你将以感受快乐消耗善业之果报，以笃行善业抵消恶业之报应。然后，你最终将回归主神，重返故乡，你的荣名也将唱遍天堂。谁若时时忆念我们这段逍遥游戏，唱诵你所奉献的赞祷，时间一到，必将挣脱一切业报。"

巴腊陀说道："至尊上主啊，只因你对堕落的灵魂如此慈悲，我现在只向你祈求一个赐福。我晓得，因为临终时受到你的瞥视，我父亲已被净化。然而，由于对你的至上威权一无所知，我父亲把你当作杀害他兄弟的仇人，对你横加毁谤。他还对我，你的奉献者，造下了大恶。我希望，我父亲或许能得到宽宥。"

至尊者尼黎僧诃答道："巴腊陀啊，只因你的投生，在你的家族里，不但你父亲，甚至你祖上二十一代都已获得净化。实际上，无论哪里，只要有如你这等淡定冲和、美德具足的奉献者，那个地方，以及住在那里的人，尽得洁净。你是我的纯粹奉献者的最好典范，所以天下人都该跟随你的脚步。

"儿啊，你父亲临终时触碰到我的身体，已然受到净化。不过，父亲死了，为他举行丧礼，这是人子的职分。这样，死者就能超升天堂，到了那边，他或许能逐渐转变为奉献者。办完丧事，你就登基加冕，治理你父亲的王国。"

看到尼黎僧诃怒火平息，梵天大为欢喜。他上前祝告道："诸神之神啊，你杀了这搅乱乾坤的魔头，我等有福了。仗着从我这里得到赐福的力量，这魔头悉罗耶喀西菩变得极度狂傲，逾越了一切韦陀经教。上主啊，若有人观想你的妙相，你必然会救度他于一切危难，乃至于命悬一线之险境。"

至上主神回答："梵天啊，正如给毒蛇喂奶凶险万分，给恶魔赐福也是一样，因为彼辈天性凶残善妒。我警告你，以后千万不要再像这样，赐福给任何恶魔。"

领受了梵天的礼拜之后，尼黎僧诃刹那间遁迹于无形。接下来，巴腊陀崇拜了在场的诸神，并向他们献上祝祷。在苏喀罗阿阇黎以及其他婆罗门的协助下，梵天扶立巴腊陀登基称帝，统治宇宙内一切魔族妖类。

第七卷 | 239

第二章　三城射手

讲完尼黎僧诃化身降世的故事，那罗陀又对尤帝士提尔讲了一段有关大神湿婆的史事。

很久很久以前，有一次，魔族被天神击溃。无奈之下，众魔都归顺了摩耶·答那筏——世间最伟大的魔法匠，以求得到他的庇护。

摩耶·答那筏于是造了三座会飞行的城堡，分别以金、银、铁打成。城堡装备齐全，而且能够隐形。众魔仗着这三座飞堡，开始征服三界。

天神们眼见天界惨遭摧残，便去找大神湿婆帮忙。他们五体投地，求祷湿婆："主公啊，我等行将衰亡。我等皆为你忠实的仆从，请你拯救我等，脱此危难。"

大神湿婆劝慰诸神："汝等无须畏怖。"然后，他张弓搭箭，向那三座飞堡射去。湿婆的神箭就像燃烧的阳光，一击之下，众魔无不毙命。

摩耶·答那筏把众魔的尸身抛进一口他先前造好的甘泉里，转瞬间，众魔死而复生。事实上，他们变得更为强大，已经拥有了金刚不坏之身。他们的身体光辉璀璨，犹如划破苍穹的霹雳。湿婆见状，大为懊丧。如是，毗湿努开始思考，如何破除摩耶·答那筏设下的障碍。

不久，梵天化为一头牛犊，毗湿努化为母牛，于日中之时，溜入那三座城堡之中，乘机喝干了甘泉之水。众魔眼睁睁看着泉水被盗，在幻力的作用下，却无法阻止。摩耶·答那筏看见这般情形，已知天命不可逆转，便对众魔说道："汝等须知，无论是谁——神、魔、人，不管在什么地方，都无法抗拒天命。"

其后，至尊者为湿婆配备了战车、御者、旗帜、马、盾、弓、箭。于是，湿婆坐上战车，于正午时分，射出神箭，点燃了三座城堡。

眼见三城灰飞烟灭，众天神无不兴奋快慰，当即敲响天鼓，向湿婆顶上撒下鲜花如雨。自此，湿婆也被世人唤作"三城射手"。

第八卷

第一章　象王皈命

　　斯华央布筏摩奴生来不贪恋感官之乐，到了暮年，便抛下社稷，带同妻子沙陀楼钵，一起前往须难陀河边结庐隐居。摩奴单腿独立，修持苦行，足有百年之久。如是修炼之际，他向无上者祷告：

　　"至上主神时刻注视世间一切作为，但没有人能见到他。然而，不能因为没有人见过他，便妄下论断，认为他根本不存在。人人皆应敬拜超灵，因他一直居停于个灵心中，乃是个灵的挚友。凭借其外在能力，无上者创造了天地万物，故此，有人便认为，是他直接创生、化育、毁灭了世界。但事实是，至尊主永住于其灵性能力之中，无所执滞于物质能力之运化。同样，法天而行的巴克提行者，虽然作为多端，却不受阴阳气性之缠绕。作为人世间的大宗师，无上者开启正法，同时上演其逍遥游戏。是故，人人都应成为他的奉献者，以求挣脱尘世之羁绊。"

　　正当摩奴于定中如此赞祷之际，有众夜叉、罗刹，饥饿难耐，冲过来想要吃掉他。至尊者，其时示现为儒奇与阿俱蒂之子雅基耶，看到了这一幕。在阎摩诸子以及众天神的随侍下，至尊者雅基耶当下现身，击杀了所有这些夜叉、罗刹。此后，雅基耶接掌了天帝之位，开始统治天界。

　　阿耆尼之子斯筏楼敕刹成了第二位摩奴，在他当令之时，雅基耶之子楼黎执掌天帝之位。在这段时间里，有一位极负盛名的仙圣——韦陀施罗，跟他的妻子图湿陀，生下了一位化身，名叫威布。这位化身守贞终生，曾经开示过八万八千位仙圣，教导他们如何证入超越之境。

　　波黎耶伏罗多大帝有子名乌陀摩，为第三代摩奴，其时萨提耶基接掌天帝之位。在此摩奴期，至尊者化身为羯磨之子萨提耶塞拿，跟他的伙伴萨提耶基一道，杀灭了所有危害众生的夜叉、罗刹与精怪。

　　乌陀摩有兄弟，名叫多摩沙，成了第四代摩奴，其时特黎湿伽掌天帝位。在此摩奴期，至尊者降世为赫黎枚答之子赫黎。这个化身从鳄鱼之口救度了他的奉献者伽坚陀罗。故事是这样的：

特黎俱陀山，高一万由旬，长宽亦然。其山有三座主峰，分别为金、银、铁所聚成。四周又有香乳海围绕，景致极为佳妙。诸峰群山之间，草木繁盛，涧瀑萦洄，多产玉石、矿物。那山的山脚因为长年受乳海之水冲刷，故而蕴藏了大量的翡翠。

天界之民，诸如悉檀、紧那罗、乾达婆、持明仙、飞天女，常在岩石窟穴之间嬉游盘桓，是故彼处一直笑语天音不断。山脚下的幽谷是无数珍禽异兽的乐园，在天神修治的苑囿里，百鸟啼鸣之声时时可闻。谷中多有河流湖泊，涯边铺满了沙粒般大小的宝石。湖水清澈透明，众天女澡沐之际，清风流水尽为体香熏染，如是幽谷风光，愈显妖娆。

就在这山谷里，有一座名叫"黎图摩特"的仙园，为筏楼那所有，乃天堂仙女的游戏之地。这里四季花果不断，引得醉蜂嗡嗡，鸟雀欢噪。园中有一大湖，铺满了灿烂夺目的金莲花的湖面上，到处停着天鹅、仙鹤、鸳鸯以及其他种种珍奇水鸟。受到水下鱼鳖的扰动，莲花上的金色花粉纷纷扑落，把湖面装点得一派妙丽庄严。湖岸边遍栽各种奇花异树，在远处群峰的映衬下，望去如诗如画。

山谷的丛林里住着一头象王，名叫伽坚陀罗。一日，他率领众雌象、幼象，前往湖中饮水。只见那象王一路行去，踏倒了许多草木竹树，根本不顾脚下的榛莽蒺藜。嗅到象王身上的气息，所有狮虎、长蛇一类的凶兽毒物纷纷四散逃逸。仗着象王的慈悲，小动物们开始自由自在地在林中游衍食息。

那象王身体沉重，行走之际，特黎俱陀山四周的大地似乎也随之震颤不已。走了一会儿，他遍体流汗，口吐醴涎，已然醉眼蒙眬。焦渴难耐的伽坚陀罗步入湖中，立时变得兴奋起来。澡沐之后，疲劳尽去，伽坚陀罗开始狂饮甘露般清凉澄澈的湖水，感觉快慰无比。正如凡夫无明，贪恋家人，伽坚陀罗带着雌象幼崽一同戏水，还不辞劳苦，不断用长鼻子吸水，喷洒到他们身上。

突然之间，一头强壮的大鳄发火了，在水底下咬住了伽坚陀罗的一条腿。尽管那象王力大无比，使足了劲想要把腿拔出鳄鱼之口，却始终不能挣脱。众雌象见象王处境危殆，尽皆哀鸣悲号起来。其他公象力图从象王身后拉他上岸，但因那鳄鱼力道威猛，始终无法成功。如是，在不断的拉扯搏斗之中，这场象鳄大战足足持续了一百年。目睹此景，一旁观战的天神无不惊叹错愕。

如此挣扎互搏了许多许多年，伽坚陀罗身心交瘁，而那鳄鱼，因为原本就是水生动物，反倒愈发强大威猛起来。身处绝境，伽坚陀罗自知无法幸免，不由恐惧万分。

第八卷 | 243

最终，伽坚陀罗思虑良久，内心如此决断："我的亲友无能为力。这鳄鱼咬住我，必定是出于天意。我如今当托庇于至上主神，彼乃众生之怙主，虽豪杰之辈不能外之。时间之蛇永不止息地追逐一切有情，欲吞噬而后快。若有人毫无畏惧地托庇于至尊者，便会得到庇护，因为即使死神见到他，也会望风而逃。"

这般下定决心之后，伽坚陀罗置心一处，口诵如下赞祷：

"我今顶礼无上者，彼乃万物之根源。无上者是万物息止之地，也是万物滋生之原质，但他自身却独立自足。愿此至上主神庇佑我，我今皈命至尊者。艺人在台上涂脂抹粉，周旋舞蹈，台下观众自然无法识破其真相。同样，那超级艺人的作为、体相，连伟大的圣贤和天神都无法觉识。我主啊，你才是诸根造作之目的的真正观照者，没有你的指引，生命个体甚至无法向前迈出一步。受局限灵魂欲图享受尘世欲乐，但除非你给他们指引，他们亦无法于此犹如梦幻泡影般的追逐中有所进展。从果可以略微见因，吾人之所以视尘世为真实，乃是因为它有点儿像作为存在本身的你的影子。如我这等畜生，皈依了你，你必会救我于危难。你就是我心中之胜我，你一直不断在救度我。祈求我主大慈大悲，把我救出眼前的危难，让我脱离这浮世生涯。

"我晓得，纯粹奉献者绝不祈求这类赐福，他们单单听闻、唱赞上主你的荣光就已经万分满足。但我如今身陷危难，是故我祈求上主你的拯救，我恭敬顶拜你。其实，即使能够逃生于鳄吻之下，我也不想再活下去了。一头蠢象的身体有什么用？里里外外无非都是无明！我只想挣脱出这层无明之壳。我向至尊者皈命顶礼，他永住超越之境。"

伽坚陀罗如此求祷之际，虽然口称至尊者、主，但并不曾确指某人。因为他不曾呼叫任何天神，所以没有一个天神上前援手。此时，至尊者赫黎，身为遍入万物的超灵，明白了伽坚陀罗的心境。他当即现身，胯下骑着大鹏鸟，身边围绕着所有的天神。诸神本来能出手相救的，但因为伽坚陀罗单单求祷至尊者，他们便觉得有点儿受冒犯了。这本身便是大不敬。所以，当至尊者现身时，所有天神都前来赞祷，但求得免罪愆。

伽坚陀罗其时正痛不欲生，看见拿罗衍那手持法轮，自天而降，当下忍住痛楚，用长鼻扭下一朵莲花。如是，他高举莲花，向至尊者说道："我主拿罗衍那啊，你乃天地宗主，至上主神，我向你恭敬顶礼。"

至尊者赫黎从大鹏鸟背上下来，伸手把伽坚陀罗，连带那条鳄鱼，一起拖出湖面。然后，当着众天神的面，至尊者挥出吉祥见法轮，割下了那鳄鱼的巨口。

见象王得救，诸神纷纷祝祷，歌舞欢腾，又于空中，撒下无数鲜花。

那鳄鱼前世本是乾达婆王，名叫胡胡，因为受了提婆罗牟尼的诅咒，投胎成了鳄鱼。如今恶报尽除，脱出鳄身，重新恢复了乾达婆之形。满怀感恩之心，胡胡倒身行礼，向至尊者献上赞祷。然后，绕礼三匝，再次顶拜，这才驾起云头，往歌仙珞珈而去。

象王伽坚陀罗前世曾经是个巴克提行者，做了南印度般底耶国的国君，名叫因陀罗多摩。退出家居生活后，因陀罗多摩隐遁于摩罗耶山。从此寄身草庐，勤修苦行。

一次，因陀罗多摩立誓禁口不语。当时，他正于妙喜之境观想至尊者，圣人阿伽斯提阿恰好路过他的净修林，身边还有众多弟子随侍。那圣人见因陀罗多摩对自己的到访不闻不问，不由勃然大怒，诅咒道："这个因陀罗多摩毫无君子风范，竟敢侮辱婆罗门。就让他投胎做个又蠢又笨的大象，从此永堕无明！"

这般诅咒之后，阿伽斯提阿带着众弟子扬长而去。因陀罗多摩修为甚深，反倒把诅咒当成至尊者的祝福，欣然领受。所以后来他虽转投象身，凭着前世的巴克提修炼，却能记忆起如何礼赞至尊者。

伽坚陀罗受了至尊者的触摸，当即解脱一切无明羁绊，获得了跟至尊者一样的四臂灵身。

在诸神的祝祷声中，至尊者赫黎登上大鹏鸟之背，然后当着在场诸神的面，十分愉悦地对伽坚陀罗说道："若有人清晨早起，置心一处，观想你的形象、这座特黎俱陀山及其周围美景、这座湖，或者观想我的居所——乳海之中的白岛、我的种种体貌以及种种庄严宝具，诸如我身上的'卍'字纹、考斯图巴宝石、胜利宝鬘、我的拘摩答基宝杵、我的吉祥见法轮、我的巨人骨宝螺，乃至我的座驾伽鲁达、我的种种化身以及吉祥天女，须知此人，必得度脱一切恶报。若有人清晨早起，向我奉上你所吟诵的赞祷，我必赐给他灵性之乡里的不朽居所。"

说完之后，至尊者吹响手中宝螺，带着伽坚陀罗，向那不死之乡飞升而去。

第二章　搅拌乳海

多摩沙之兄名罗筏陀,为第五代摩奴,其时威布掌天帝之位。至尊者有化身名无忧,示现为须婆罗及其妻毗恭多之子。为了取悦吉祥天女,无忧在天地间创造了另一个无忧珞珈。

又克殊有子名又克殊刹,为第六代摩奴,其时曼陀罗图摩掌天帝之位。至尊者在此摩奴期降世为毗罗遮及其妻提婆萨布缇之子,名阿吉陀。通过搅拌乳海,阿吉陀帮天神们取得了甘露。他化为巨龟,用背驮住了曼多罗山。

当今之摩奴为第七代,名施罗多天人,乃日神维筏斯万之子。此摩奴有十子,名字是:伊剎华古、纳巴伽、德里史陀、莎黎耶底、拿利香陀、拿跋伽、底湿陀、塔鲁莎、补利剎陀罗、婆薮曼。其时菩朗达罗执掌天帝位。七圣之位分属迦叶波、阿特利、筏希斯陀、毗湿筏弥陀、乔答摩、迦玛答戈尼、婆罗多筏遮。在此摩奴期,至尊者化身为阿底提之幼子,名筏摩那。

维筏斯万先娶毗湿筏羯磨之二女,其名为萨基耶、阇耶。其后他又娶一女,名筏多华。萨基耶生阎摩、阎蜜、施罗多天人。阇耶生一女,名塔波提,一男,名萨拿斯又罗。筏多华生二子,即双阿室毗尼。

萨筏尼将成为第八代摩奴,其时巴利大帝将执掌天帝位。巴利大帝现今住在苏多罗珞珈,那里的繁华胜过天堂。在那个摩奴期,伽罗筏、底波提曼、波罗殊罗摩、阿史华闼摩、克黎波阿阇黎、黎沙史林伽、毗耶娑天人将承袭七圣之位。如今,这七人都隐居在各自的净修林里。至尊者将现身为提婆古香及其妻莎拉斯筏底之子,其名为萨筏钵摩。他将从菩朗达罗手中夺得天下,转送给巴利大帝。

第九代摩奴为筏楼那之子答克刹・萨筏尼。彼时,至尊者将化身为阿育室曼和阿穆布多罗的儿子黎沙巴提婆。

第十代摩奴为乌钵室珞珈之子波罗摩・萨筏尼。彼时,至尊者将化身为毗湿筏罗史多之子毗湿筏珂塞拿。

第十一代摩奴为羯磨・萨筏尼。彼时,至尊者将现身为雅利阿伽之子羯磨塞图。

第十二代摩奴为楼陀罗·萨筏尼。彼时，至尊者将现身为萨提耶萨哈之子斯筏多摩。

第十三代摩奴为提婆·萨筏尼。彼时，至尊者将现身为提婆睺多罗之子尤基斯筏罗。

第十四代摩奴为因陀罗·萨筏尼，彼时，至尊者将现身为萨多罗衍那之子布黎河般度。

每个摩奴期的摩奴、摩奴之子、因陀罗、众天神以及七大圣贤皆由在彼时化身降凡的至尊者选定。

一次，图尔华刹牟尼路遇骑在神象背上的因陀罗。出于慈悲之心，这位牟尼把自己戴过的花鬘献给了因陀罗。然而，骄慢成性的因陀罗根本不屑一顾，漫不经心地随手就把花鬘套在了胯下神象的象鼻上面。那神象毕竟是不懂事的畜生，戏耍了一会儿，便把花鬘抛在足下，抬脚践踏过去。图尔华刹牟尼目睹此景，不禁勃然大怒，当即咒因陀罗将来必会变得一无所有。

不久，阿修罗开始用蛇阵进攻诸神。恶战之后，因陀罗大败亏输，神界失去了旧日的繁华。图尔华刹牟尼的诅咒应验了。自此，三界日渐贫乏，各种韦陀祭仪无法维持，四面八方随之危机重重。众神商讨对策，却无计可施，最后只好聚集拢来，一起前往须弥山顶，向梵天求告。

梵天见众神跪倒在自己面前，纷纷哭诉哀告，不由心生忧患。他当即置心一处，开始观想至上主神。如此过了一阵子，梵天面色发亮，神情振奋。他睁开双眼，发话道："至尊者乃众生之父祖，我等须托庇于他的莲花足下。虽然至尊者平等对待一切有情，但他有时却化身降世，下来维持天地间的和谐安乐。至尊者一向善待诸神，这次也定会降好运于我等。"

说毕，梵天当即带领众神，来到乳海岸边。那乳海的中央便是至尊者毗湿努的居所——白岛。虽然梵天从不曾在这里亲眼见过至尊者，但他对至尊者的临在丝毫没有怀疑。如是，梵天开始求祷，一心一意唤起至尊者的慈悲：

"无上主神啊，你是天地万物之根，你周流遍入，全无气质之性。你乃有情之宗主，理当受众生膜拜。我等在此向你恭敬顶礼。

"天地万物从水而生，依靠水，生命才能存活，这水乃是至尊者的精液；月乃五谷之母、一切植蔬之主，这月是至尊者的心；火之所以被造，乃是为了接受牺牲奉献，火在大洋的深处，炼造出珍宝，火在脾胃之中，消化食物，分泌津液，这火是至尊者的口舌；太阳是通向解脱之路的大门，也是视觉的根源，这太阳是至尊者的眼睛；从风那里，有情得到生机、气力、生命，这风的力量来自至尊者原初的生命活力。十方源出至尊者的耳朵，心、根、元气来自他的丹田。因陀罗来自至尊者的勇力，众神来自他的慈悲，大神湿婆来自他的愤怒。梵天为至尊者智识所造，众仙圣、生主乃至尊者阳具所化。吉祥天女从至尊者的胸膛化现，祖先们从至尊者的影子诞生。正法源出他的心，邪法来自他的背。韦陀真言流生于他身上的毛孔。

"天界从至尊者的头顶化现，飞天女从他的欲乐而生。婆罗门生自他的口，刹帝利生自他的臂，毗舍生自他的腿，首陀罗生自他的足。贪欲出自他的下唇，情爱出自他的上唇，气色出自他的鼻子。本能淫欲来自他的触觉，阎罗来自他的眉峰，永恒的时间来自他的眼睫。但愿至上主神欢喜我。

"至上主神啊，虽然我们这些归依你的人，能够用这种方式观赏你的非人格身相，但我们还是希望见到你的人形身相。请让你的本来身相和你的笑脸出现在我们的眼帘，并为我们的其他感官所觉知。透过你的愿力，一纪复一纪，你示现为种种化身，行种种我辈所不能行的非常之事。我主啊，你超越一切物质气性，但如今，你站在中和气性一边。且让我等向你恭敬顶礼。"

如这般受到诸神的礼赞后，至尊者现身在他们的面前。但因为他身上放射出的光芒无比耀眼，仿佛千万个太阳同时升空，所以在场诸神没一个能看见他、天地乃至他们自己。过了一阵子，梵天、湿婆以及其他天神才渐渐看清至尊者那身着黄裳的玄色妙相。见到至尊者犹如莲花般绽放的笑脸，所有的天神尽皆五体投地，顶礼跪拜。

其后，作为诸神领袖的梵天向至上主神毗湿努献上赞祷：

"我主，你虽无生，却不断以各种化身之形示现。上主啊，你全然独立，一无所求。透过你自身的能力，你创造了天地万物，然后又进入其中，可你仍然不受物质气性染触。如同被林火烧灼的大象因为潜入水中而得救，由于你的临在，我等已然心生欢喜。很久以来，我等一直想见到你，如今可谓夙愿得偿。上主，你无所不知。所以，我等无妨开门见山，请求你满足我们的愿望。我们到这里来，就是为了托庇于你的莲花足。我，湿婆，以及所有在场的天神，不过是被你那本初之火所照亮的火星。无上之主啊，我等浑不知孰好孰歹，只好请求你赐予我们合适的救赎之道。"

至尊者早已明白众天神前来找他的原因，他以雷霆般的声音发话道："众星之君主啊，你等谛听，我所说的话将给你们带来好运。如今你们运势不佳，该当以休战为上策，须知魔族现今已占尽天时之利。

"人为了谋求自身的利益，甚至可以与对手结盟。为了你们自身的利益，我建议你们按照蛇和老鼠的逻辑行事。有一次，蛇和老鼠都被逮住，关在一只篮子里。老鼠原本是蛇的食物，但吃了老鼠蛇并不能得到自由。如此，蛇就跟老鼠商量：'若你能咬破篮子，搞一个洞出来，让我们两个都能逃生，我就不吃你。'事实上，蛇的主意是让老鼠挖洞，然后自己既得逃生，又得美餐。

"诸神啊，你等当竭尽全力求取甘露，喝了它，甚至濒临死亡之人都能长生不老。第一步，先把各种药草、植蔬抛入乳海。然后，在我的帮助下，把曼多罗山变作搅拌棍，把天蛇洼苏吉变作传动绳。如此，汝等要与天魔一道，搅拌乳海。你们的对手虽然费尽心力，但靠着我的慈悲，你们将独享果实。

"依靠耐心和冷静，万事皆可成办。若是心生嗔恼，便会前功尽弃。因此，无论阿修罗要什么，都得给他们。搅拌之时，会有名叫喀罗俱陀的毒水喷涌而出，不过你等无须害怕。若有其他宝物从乳海现世，你等亦不得贪求，须是一心放在最后的目标上面。"

如此开示之后，至尊者刹那间消隐于无形。顶礼完毕，大神湿婆、梵天各自归位，而因陀罗则带领一拨天神，前去会见魔王巴利。且说魔军将领见到天神来访，无不暴跳如雷，必欲杀之而后快。但魔君巴利擅长审时度势，他见到访的天神个个神态安闲，便命手下不准出手攻击。因陀罗于是在魔王巴利面前坐下来，开始用美言讨好他。

因陀罗聪明绝顶，他非常委婉地把毗湿努的建议提了出来。巴利及其党羽闻听，当即拍手称好。就这样，神魔之间约定从此休战。

待到探取甘露的准备工作完毕之后，神魔合力，拔起了曼多罗山。众人齐声吆喝，拼尽全力，打算把山移到乳海岸边。如此抬了很长一段距离后，因陀罗、巴利以及众神魔都感到精疲力竭。突然之间，那座无比沉重的金山轰然落地，压死了一大片天神和魔众。

众人遭此变故，无不灰心丧气。很多人更是断肢折臂，苦不堪言。就在此时，至尊者骑在伽鲁达的肩背上，从天而降。只见毗湿努目光所及之处，那些被压死的神魔纷纷起死回生，甚至连身上的伤痕都不见了。然后，至尊者用单手轻轻抬起曼多罗山，把它放在了伽鲁达的背上。如是，在众神魔的随侍之下，至尊者驾着伽鲁达向乳海疾飞而去。

着陆之后，伽鲁达从背上卸下曼多罗山，接着又把它移到乳海岸边。因为洼苏吉将要上场，至尊者便请嗜好食蛇的伽鲁达马上离开。在众神魔的召唤和劝诱下，天蛇洼苏吉答应出手相助。待洼苏吉盘绕周遍后，至尊者抓起了蛇头，心想自己该接受最凶险的部位。众天神见状，也跟在至尊者的身后，纷纷上前抱执蛇身。

众魔天性好斗，眼见天神占了蛇头，便生嗔恼，因为他们认为蛇尾不太吉利。借口己方精通韦陀，出身高贵且英雄盖世，众魔提出，应该由他们执掌蛇头。看到众魔沉默不语，固执己见，毗湿努微微一笑，更不多言，当即放下蛇头，走到另一端抓起了蛇尾。

这般调整之后，同为迦叶波之苗裔的诸神和魔众，个个干劲冲天，开始合力搅拌乳海。可是，那被搬到乳海中央的曼多罗山并无底座，虽然有来自神魔两方的夹持，终究支撑不住，渐渐沉入水中。众人眼看前功尽弃，不禁长吁短叹，面如土灰。就在那时，至尊者化身为一头硕大无朋的灵龟，钻入海底，驮起了高耸入云的曼多罗山。目睹此景，众神魔无不欢呼雀跃。

那灵龟体长十万由旬，犹如一片辽阔的岛屿，曼多罗山被稳稳地驮在他的背上。至此，众神魔精神大振，又开始重新搅拌乳海。那曼多罗山转动时，正好挠到灵龟背脊痒处，使他感觉颇为惬意。

搅了一段时间，人人都变得疲惫不堪，尤其是洼苏吉，几乎被拉扯得晕死过去。于是，为了鼓舞众神魔，至尊者化为强阳之气，进入众魔之身；又化为中和之气，进入诸神之身；最后化为浊阴之气，进入天蛇洼苏吉之身。

随后，至尊者化现千手大威德相，降显于曼多罗山之巅。看见如同第二座大山现世的至尊者单手托住曼多罗山，梵天、湿婆以及其他天神皆施分身法，于空中撒下如雨的鲜花。

受到这许多激励，众神魔发疯似的继续搅拌。一时之间，乳海翻腾，波涛激荡，大洋深处鲸奔鳄窜。在两股巨力的重重拉扯之下，天蛇洼苏吉数千张口同时喷烟吐火，众魔首当其冲，一个个看起来就像经历过大火的焦木。

就在众魔力竭之际，天神们也精力大减，个个身上、脸上、衣饰上盖满了烟尘。彼时，在至尊者的安排下，乌云铺天盖地而来，很快霖雨骤降，夹带着海面吹来的清风水汽，众神魔顿觉神清气爽。

然而，尽管神魔双方出力搅拌了很长时间，但那乳海深处的甘露似乎依然遥不可及。于是，至尊者亲自出手了。当毗湿努使力搅拌乳海时，海中水族顿时骚动起来，甚至鲸鱼、海象都蹿出水面，乱冲乱撞。

波翻浪卷之际，乳海深处的万年毒气被搅出海面。那毒气很快向四面八方扩散开去。众天神惶恐不安，急忙在毗湿努的陪同下，去找大神湿婆帮忙。

大神湿婆正于凯拉什雪山之巅跏趺而坐。除了妻子巴筏尼之外，他身边还围绕着诸多渴求解脱的圣者。众天神上前恭敬顶礼，然后向他祷告道："最伟大的神啊，摩诃天人，我等前来，寻求你莲花足的护荫。现今，犹如火焰般的毒气正在三界流布，求你拯救我们。上主啊，你乃尘世之真宰，所以你也是解脱与缠缚的根源。故此，高明的觉者向你臣服。作为回报，你减缓他们的忧苦，赐予他们解脱。大山之主啊，你的五张面孔代表了五大韦陀咒语。当你的眼睛流射出三昧真火，整个世界将被焚为灰烬。与此相比，这区区毒气的破坏力又算得了什么？"

尽管毗湿努也在场，但他并没有采取行动，因为他更愿意让湿婆驱毒扬名。

大神湿婆一向慈悲为怀，眼见毒气冲天而来，禁不住心生悲悯。他转头对爱侣说道："温雅如玉的巴筏尼啊，你看众生已经被那从搅拌乳海而来的毒气围困，势必大难临头。保护他们是我的职分，因为主子必须让他的臣民安然无恙。虽然众生迷妄，但巴克提行者竭力想救度他们，甚至不惜自己的生命。爱妻啊，若人因为他人的缘故，行慈悲之举，必能让至上主神欢喜。因此，请允许我，饮下这万年剧毒。"

巴筏尼深知丈夫的能力，得到她的允许后，湿婆以玄通力，把所有毒气凝聚掌中，然后仰面喝尽。须臾之间，剧毒入喉，化作一道深蓝色线，环绕湿婆颈项。从此，这道蓝色颈纹便成了湿婆身上的一种庄严妙相。亲眼见到这无比奇妙的一幕，毗湿努、梵天等所有天神皆拍手称奇，赞叹不已。毒蝎、毒蛇、毒草乃至各种毒虫，吃下了从湿婆掌中落下的些许毒汁。

众神魔精神大振，又重新开始搅拌乳海。不久，一头如意母牛现身海面。伟大的仙圣们取了这头牛。他们深知牛乳和酥油的价值。这些东西能用来献祭，让人转生天界。

接着，一匹犹如月亮般洁白的名叫乌禅舒华的马腾跃而出。魔王巴利想要它，因陀罗遂拱手相让。他还记得至尊者先前叮嘱他的话。下一个从乳海里搅上来的是一头巨大的四牙白象。它便是象王蔼罗筏陀。跟在象王后面的，还有八头守卫八方的宝象以及八头母象。

接下来，神圣的考斯图巴宝石和钵多玛罗伽宝石相继现世。毗湿努取了去，用作他胸前的佩饰。跟着出来的是富贵花，这花能满足每个人的愿望。其后，众飞天女破水而出，个个衣饰华美，耀眼迷人。单单看到她们，天堂之民已然颠倒不已。

彼时，于滔天白浪中，吉祥天女飘然现身。她身上光彩灼灼，胜过照亮玉峰的闪电。目睹她的妙美、青春和荣光，所有神、魔、人类无不想把她据为己有。这位幸运女神是一切美、财富和荣名的源泉，天下众生无不为之倾倒。

因陀罗立刻为她拿来一副坐具。所有圣河之神到场，用金钵为她端来圣水。地神献上各色祭神的药草，乳牛供应牛身五种——牛乳、酸酪、酥油、牛尿、牛粪。春神奉献春天的品物。然后，在歌仙的唱赞声中，众仙圣为女神举行了灌沐之礼。

与此同时，云神击鼓鸣号，吹箫奏乐。四方宝象运来恒河圣水。海神献出一袭黄衫。筏楼那送上花鬘，毗湿筏羯磨敬献珠宝。辩才天女莎拉斯筏底带来一串项链，大神梵天献上莲花，那伽天蛇献上耳环。

迎神之礼完毕后，幸运女神手捧莲花宝鬘，步下神坛，款款游走于聚会大众之间。她面带娇羞，细腰丰乳，胸口装点着檀香汁和朱砂粉，看上去美艳绝伦。

莲步轻移，脚铃微响。女神仔细检视在场诸天神、乾达婆、药叉、阿修罗以及悉檀部众，却找不到一个天生禀赋所有美德的生灵。

因为没有十全十美的人，女神不知该何处托身，心中思量道："这里有的经历了极大的苦修，但还没有征服嗔恨；有的学究天人，但还不曾降伏心意。此人伟大无比，但犹未制服贪淫。此辈都仰赖他人、他物，不可能是至高无上的主宰。那边有的精熟道学，却乏慈悲之心；有的或许极为超脱，可还不曾真实解脱；有的或许强大无比，却无法抵御时间的威力；有的或许能长寿延年，无奈品行不佳；还有的或许样样都好，但可惜不是至上主神的奉献者。"

如此，经过一番深思熟虑，幸运女神最后选至尊者毗湿努做了他的夫主，虽然这位夫君独立自足，其实并不需要她。只见幸运女神微微一笑，羞涩地把莲花花鬘围到至尊者的肩上，就此站在了他的身边。

当此之际，天地同庆，万神欢呼。众乾达婆歌舞奏乐，诸天神唱赞韦陀，撒下鲜花如雨。借着吉祥天女的眷顾，诸神当即获得了各种超妙的德行，无不欢欣鼓舞。而另一边，由于受到吉祥天女的冷落，修罗、夜叉们个个伤心落魄，廉耻尽丧。

神魔重新协力搅拌。彼时，有酒神筏楼尼现身。根据天意，众魔立即占有了这位眼如莲花的女神。

其后，一个绝美的男子飘然现身。他身体坚如金刚，手臂修长，双眼微红，玄色皮肤，颈上有三道纹路，看上去犹如宝螺。这男子正当青春，花鬘、珠宝严饰全身。他身着黄裳，手中捧着一只盛满甘露的金罐。

此人正是医神答梵陀利，乃毗湿努分身之分身。刹那间，不知羞耻的众魔一拥而上，强行夺走了金罐。诸神眼见甘露被劫，不由悲愤无比。伤心之下，诸神只得去寻找至上主神的庇护。毗湿努于是安慰道："不必哀愁。我将运用我的玄通神力，在众魔之间制造争端。如此，你等必能分到甘露，得偿所愿。"

与此同时，众魔头开始争夺甘露。他们一边争抢，一边不断高喊："你们不可以先喝！头一口必须是我们，而不是你们！"其他较弱的魔众唯恐轮不到自己，便大声抗议："诸神也参与了搅拌乳海，他们同样有权利分享甘露。"

是时，善于化解一切凶险的至上主神化为一位美艳至极的女郎，从丛林深处款步而来。她名叫牟嘿妮，体态妖娆，肤色犹如刚刚绽放的墨莲。只见她面如朝霞，乳房丰盈，衬得一把腰肢愈发纤细娇弱。蜂儿被她的体香招引，围着她嗡嗡乱叫，如此让她的眼波愈发闪烁不定。她的一对乳房就像妙美之洋里的岛屿，脖颈、腿脚皆妩媚迷人。看到她顾盼巧笑、眉目清扬的样子，众魔头无不心生爱欲，个个都想夺之而后快。

本来众魔于争抢之际，早已把交情抛诸脑后。这回看到这年轻貌美的女郎冲他们缓缓走来，当即停止了争斗，纷纷赞叹道："这女郎简直美到绝顶！看她多么光鲜艳丽！"

这般口中说着，众魔色眯眯地走近牟嘿妮，向她询问道："美人儿啊，你的眼睛就像莲花瓣。你是谁？从哪里来？你是谁家的？到这里来干什么？你的秀腿这等可爱，单单见到你，我等就已经心猿意马。美人儿啊，你必定从不曾被任何男人玷污过。难道是老天派你到这里来，让我们大家开心快乐？

"我等虽同根而生，如今却因为这罐子甘露争吵不休。细腰美人儿啊，我们求你帮个忙，解决一下这个争端。我们两方，神与魔，都是同一个父亲生出来的，可如今却你争我夺，各展雄长。现在，请你来结束这场争斗，按照你认为合适的办法，分派甘露。"

听到这番请求，化身为美女的至上主神嫣然一笑。她望着众魔头，摆出绝顶迷人的姿态，娇声说道："迦叶波众子啊，我不过是个风尘女子。你们怎么能把那么大的信心放在我身上？有学问的人从来不会相信妇道人家，尤其是风尘女子。魔王啊，就像猴子和狗交欢无度，日日都想有新来的伙伴，独居的女子也总是一个又一个地更换情人。因此，这等女子的友情绝不长久。"

牟嘿妮出语端严，其实已经间接地披露了她的来意，众魔王却把她的话视作玩笑。他们一齐放声大笑，接着毫无戒心地就把金罐交到了牟嘿妮手里。

甘露到手，牟嘿妮微微一笑，腻声说道："我心爱的魔王啊，不管我做什么，无论诚实或不诚实，若你们皆能一体顺受，那么我就可以担负起分派甘露的责任。"

魔王们原本就内心无主，听了牟嘿妮的一番甜言蜜语，当下无不点头称善。如是，众神魔斋戒沐浴，又供酥油于祭火，向婆罗门行布施之礼。举行完这些仪式后，众神魔更衣装扮，在婆罗门的指导下，敷吉祥草，向东而坐。

祭场内到处明灯、香花装点，轻烟浮动，弥漫四方。牟嘿妮身披一袭绝艳的莎丽，手捧金罐，翩然出场。只见她乳丰臀肥，款步而行之际，眼波流盼，光彩照人。微风时时吹起那莎丽的边角，露出她精妙绝伦的身姿。立定之后，她秋波流转，温颜一笑，让在场的所有神魔个个神魂颠倒。

阿修罗本性奸诈，犹如毒蛇，故而至尊者认为，一如拿香乳喂饲毒蛇，把甘露分给他们既不智也危险。如此，牟嘿妮安设下两排座席，让众神魔依位次分行而坐。

手上捧着金罐，牟嘿妮先走到阿修罗一边，对他们柔声说道："天神们非常贪心，都急着想先喝到甘露。你们都是出类拔萃的人物，不妨等一会儿，让我先给天神们分派一点点，安抚他们一下。"

能够跟这般倾国倾城的美女说上几句话，众魔头感觉庆幸不已。所以听了牟嘿妮的话，他们不但没有生疑，反倒欢喜满足，浑不知已经中了圈套。如是，牟嘿妮走到天神那边，把所有的甘露都分派给了天神，好让他们远离老病、伤残。众魔眼睁睁看着这一切，可因为有约在先，又不愿与一个妇人争斗，只得默然无语。其实，众魔心中已对牟嘿妮暗生情愫，害怕发生争执，破坏这份感情。

且说有一位叫罗睺的魔头，并没有被色心冲昏头脑。对牟嘿妮的一举一动，他看得清清楚楚，知道这女人在蒙骗群魔。于是他摇身一变，化作天神，乘人不注意，偷偷混到天神那一排，捞到了一份甘露。

那罗睺本是造成日、月亏蚀的魔头，最为日、月之神所忌，故而日神与月神很快察觉到了他的所作所为。于是，这两位天神立刻出声示警。至尊者当即祭起法轮，就在那魔头刚刚咽下甘露的当儿，削掉了罗睺的首级。如是，虽然罗睺的身子应声僵仆，但他的脑袋却因为已经沾到甘露而获得了永生。大神梵天遂将这颗脑袋化作星辰，自此以后，罗睺星总是乘着晦朔之日拼命侵袭太阳和月亮。

待诸神饮下甘露，牟嘿妮当着众魔王的面，现出毗湿努真身。至此，搅拌乳海的神魔大戏终于谢幕，心满意足的至尊者跨上金翅大鹏鸟，冉冉飞升而逝。

众修罗自此才反应过来。明白到其中利害之后，众魔王怒不可遏，当下挥舞手中兵刃，向天神们冲杀过去。

诸神饮下甘露后，精神大振，个个斗志昂扬，见众魔掩杀过来，二话不说，操起各自的神兵法器，迎上前去。如是，乳海岸边，一场空前绝后的神魔大战开始了。这场大战如此猛烈，单听讲说，就能让人身毛为竖。

战场上海螺、鼓角齐鸣，夹杂着马、象、士兵、战车的嘶吼叫嚣，令天地为之震荡。除了常见的四种车马战阵，更有魔兵神将，骑乘各种灵兽妖禽，诸如猿、鹤、狮、虎、鹰、鹫、鹅、鼠、兔、羊、鹿、猪、牛、犀等等，上下纵横，左右驰骋。

双方将士的座驾上都配有五颜六色的旗幡和镶金嵌玉的伞幢，衬着将士们飘扬的战袍，以及日光下闪闪发光的甲盾、兵器，愈发显得华美壮丽。魔君巴利驾着一辆奇妙无比的唤作尾诃耶刹的飞舆，在天地间时隐时现。那飞舆原是魔匠摩耶·答那筏所造。

魔君巴利身边，众魔头各骑车乘，围拱左右。这些阿修罗竭尽心力，却没有分到一份甘露，无不气愤填膺，誓欲报仇雪恨。战至酣处，众魔头或吹战螺，或发狮子吼，震耳欲聋之声，直冲云霄，魔军士气陡然大振。

天帝因陀罗高踞于神象蔼罗筏陀之上，四周簇拥着以阿耆尼、筏楼那、筏尤为首的众多天神。见对手气焰嚣张，他更加恼火起来。

呐喊声中，无数神魔开始捉对厮杀。因陀罗对敌巴利，喀提凯耶对敌闼罗伽，筏楼那对敌黑提，弥多罗对敌波罗黑提，阎罗对敌喀拉纳巴，毗湿筏羯磨对敌摩耶·答那筏，特筏斯塔对敌桑巴拉，阿波罗吉陀对敌拿木奇，阿湿毗尼对敌菩黎沙巴筏，日神对敌巴利百子，月神对敌罗睺。阿尼罗，司气之神，对敌菩楼摩；强大无比的女神难近母，别名跋陀罗·喀利，力战魔王殊木巴、尼殊木巴。

大神湿婆对敌强巴，维巴筏苏对敌摩醯刹修罗，梵天诸子苦斗伊尔筏罗、筏多毗。爱神对付度尔摩沙，萨奈斯叉罗对付那罗伽修罗，蒲历贺斯钵底对付苏喀罗阿阇黎。诸摩楼多力战尼筏多喀筏叉族，诸筏苏力战喀腊凯耶族，诸毗湿筏天人力战波楼摩族，诸楼陀罗力战克罗陀湿筏族。

激战之中，战场上尸横遍野，头颅滚滚，无数断手断腿、破盔碎甲，四处抛散。象、马、车、御者、士卒都被击成了碎片。车马和步卒扬起冲天的战尘，遮天蔽日，弥漫八方。血花四溅，与飞尘一起洒落大地。被斩首者当即化为鬼魂。可这些死灵一旦变现为鬼身，便透过那落地的头颅上的眼睛，继续怒视他们的敌手。

　　魔王巴利弯弓搭箭，连珠般地向因陀罗射出十箭，向神象蔼罗筏陀射出三箭，向御象师射出一箭，向护卫象腿的四个弓马手射出四箭。因陀罗只是微微一笑，转瞬间便将这些射过来的利箭一一击落。巴利怒火更盛，当下拈起一件光焰灼灼的法器。可还没等他抛出，那法器就被因陀罗的利箭击成了碎片。如是，魔王巴利一次又一次抓起兵器，却一次又一次被因陀罗的弓箭射得七零八碎。最后，那魔王隐去身形，开始大施妖术。

　　突然之间，一座巨大的山峰出现在众天兵的头顶。从那山峰之上，无数喷着熊熊火焰的树木激射而出。不久，又有尖石如暴雨般倾泻而下，砸得众天兵头破血流。随后，无数毒蝎、蟒蛇、狮虎、巨象纷纷坠降。接着是成千上万赤身裸体的男女妖魔，手持铁叉，呼啸奔冲，口中高喊着："把他们碎尸万段！刺穿他们！"

　　乌云蔽空，霹雳声中，熊熊炭火喷泻而下。趁着风势，魔王巴利煽起燎天劫火，烧得众天兵死伤无数。才过片刻，狂风裹着海水，从四面八方滚滚而来。一时间，洪水滔天，波旋浪洄。眼见这无形无影的魔君搬弄这等幻术，众天神只能徒叹奈何。

　　诸神无计可施，只得全心冥思至上主神。至尊者当即应现。骑在伽鲁达背上，八只手臂分持器械的毗湿努才一现身，所有魔法幻境立刻烟消云散，宛如噩梦终结。

　　见至尊者从天而降，魔王喀罗奈弥骑一匹青狮，冲将过来。只见他挥舞一把铁叉，奋力掷向伽鲁达的头部。至尊者随手抓住掷过来的铁叉，然后就用那支铁叉，刺死了喀罗奈弥，连同他座下的狮子。接着，至尊者连挥法轮，削去了魔王摩利和苏摩利的头颅。魔头摩黎耶梵见状，发狮子吼，狂舞铁杵，杀奔而来。但转眼之间，也被锋锐无比的法轮切下了脑袋。

　　至尊者随即让所有战死的天神当场复活。诸神精神复振，又开始反击魔军。因陀罗怒气冲天，高举金刚杵，意欲击杀魔君巴利。

　　面对毫无惧色的魔君巴利，因陀罗怒斥道："你这混蛋！就像个蒙住小孩子的眼睛，趁机偷偷摸摸的毛贼，你明知我们天神就是一切玄通法力的主人，却还来玩这点妖术，以为这就能打垮我们。今天，我要用我的金刚杵切掉你的脑袋，看看你这些雕虫小技，还有你这些魔亲鬼友，能不能帮你活着回去。"

魔君巴利答道："这里的每一个人，都是在永恒时间的作用下，集结沙场，按照各自的宿业，注定将获得荣名、胜利、失败或死亡。那些明白时间之运行的人，已然了悟大道，故此既不会欢喜，也不会悲愁。看你为了一点儿小胜就扬扬得意，我就晓得你这人其实见识浅薄。你们这些天神，以为你们自己就是造成输赢的原因，但因了这份无明，真正的圣者反倒为你们而深感遗憾。是故，你的话语固然伤到了我的心，我的智慧却无法把这些话太过当真。"

一番辩驳之后，魔君巴利弯弓搭箭，向因陀罗射去。接着又开始用尖刻的言辞嘲骂天帝。因为这魔君所说并非全无道理，因陀罗听到耳里，居然颇感羞惭。于是因陀罗更不搭话，当即掷出了手中无坚不摧的金刚神杵。那魔君应声而落，从飞舆上栽了下来，仿佛被砍断翅膀的山峰。眼见巴利栽倒，强巴修罗催动座下狮王，向因陀罗冲杀过去。趁敌不备，他用铁锤击中了因陀罗的肩膀。接着，强巴修罗击倒了神象蔼罗筏陀。那神象跪翻在地，登时失去了知觉。

摩多利立即驾着因陀罗的车乘赶到，如是天帝跳下神象，登上了战车。强巴修罗微笑旁观，见摩多利身手矫捷，不由点头喝彩。但他随即便以迅雷不及掩耳之势，抛出铁叉，刺中了摩多利。就在那御者忍住剧痛，驾车狂奔之际，天帝因陀罗怒喝一声，手中金刚杵脱手，斫下了那魔王的人头。

仙圣那罗陀将强巴修罗的死讯传出去之后，三个大魔头随即疾奔战场而来。他们的名字叫那牟奇、巴腊、钵伽。这三个魔头先是出言挑衅，接着便向因陀罗射出犹如狂风暴雨般的利箭。巴腊射中了因陀罗的一千匹辕马，钵伽向摩多利同时射出二百支羽箭，而那牟奇则用十五支呼啸如夏日云雷的金羽箭，击伤了天帝因陀罗。与此同时，群魔踊跃，万箭齐发。一时间，箭如雨下，因陀罗顿时被遮得无影无踪。诸神见状，无不悲叹哀嗟，仿佛陷身汪洋大海之中破舟里的商贾。

然而，因陀罗片刻间便从箭网中脱身而出。他再次现身于车辇之上，犹如朝日般光灿夺目。眼见手下兵将已被魔军压倒，因陀罗操起金刚杵，当即斩杀了巴腊和钵伽。

目睹两位好友惨死，那牟奇悲愤不已，当下拼死向因陀罗进攻。他拈起一支饰有金银铃铛的铁矛，狂吼如怒狮，一下子冲到因陀罗的面前，叫道："去死吧！"接着便掷出了武器。

因陀罗见那威力无比的铁矛如流星般疾射而至，不敢怠慢，当下连珠般射出金箭，将那铁矛射成了碎片。接着，他用尽全力，持金刚杵向那魔头猛劈过去。但奇怪的是，虽然因陀罗这一击力道无比沉猛，却连那牟奇的皮肤都不曾伤到。

因陀罗见到这等奇事，猜想那魔头必有奇特法力护身，不禁心生畏怖。他心里想道："先前，许多大山飞来飞去，落到地上，砸死无数人兽。我就是用这支金刚杵放出的霹雳斩断了它们的翅膀。伏黎多修罗苦修之力如此了得，也死在这金刚杵的威力之下。多少有金刚不坏之身的硬汉子，都逃不过这金刚杵的一击。可是，现今这金刚杵打在这小魔头身上，居然全无作用。这金刚杵，原先跟混元神光一样无坚不摧，如今却比一根柴火棍好不了多少。看来是不能再用它了。"

就在因陀罗哀叹之际，突然有声音从天上传下来："这魔头那牟奇无法为任何干、湿之器所杀，因陀罗啊，因为我曾经给他赐福，他绝不会死于这类兵器。故此，你得想出其他办法将他杀死。"

因陀罗听了，便开始沉思。当他凝视大海之时，突然想到，海中的泡沫或许是杀死那牟奇的武器，因为泡沫既不干，也不湿。于是，因陀罗运起神通，取泡沫为兵器，斩了那牟奇的头。看见这等奇特景象，众仙圣无不欢喜莫名，立时撒下如雨般的鲜花，笼罩了因陀罗的全身。乾达婆之首毗湿筏婆娑、波罗婆娑在狂喜中放声歌唱，飞天女翩翩起舞，诸神敲响了天鼓。

筏尤、阿耆尼、筏楼那等众天神趁机掩杀过去，犹如狮子搏鹿一般，痛击魔军。大神梵天眼见阿修罗面临灭顶之灾，当即遣那罗陀向诸神传递消息。

那罗陀来到诸神阵前，对他们说道："诸神啊，你等皆为至尊者拿罗衍那之臂膀所护佑。仗着他的恩典，你等才得饮甘露。现在，请停止战斗吧。"

诸神接受了那罗陀的劝告，收起怒气，停止了战斗。然后，在一派丝竹赞歌声中，诸神各归洞天。

活下来的魔众在那罗陀的指令下，将垂死的巴利大帝抬到了阿湿陀基里山。在那里，苏喀罗阿阇黎用三吉筏尼咒，把那些还没有丢掉脑袋、肢干的死魔头的性命救了回来。依靠苏喀罗阿阇黎的恩典，魔君巴利恢复了知觉。出于感激之情，他拜苏喀罗为师，并将自己所有的一切都奉献给了上师。

第三章　大神迷情

听人说起至尊者毗湿努如何变作女身，如何迷惑群魔，最终让诸神饮到甘露，大神湿婆不由心驰神往，当下便带上乌玛女神，在众鬼怪的簇拥下，前去谒见神中之神毗湿努。

主客行礼之后，湿婆微笑道："无所不在的主啊，天地大宗师！你乃天地之根，一切主宰者之至高主宰。你乃一切因缘之因，无物能在你之外而得其存有，虽然，自因、果而言，我等又与你截然不同。与此同时，唯有你，既是因，也是果，故此，你虽变现为二，实际还是绝对之一。换言之，因之与果，或曰你之与万物，不一不异。

"我主啊，我、梵天，还有伟大的仙圣们，皆生于中和之气。但我等依旧被你的幻力所惑，故而无法理解此造化究竟为何物。至于其他人，那就更不必提起了。

"我主啊，虽然我见过你的种种化身，可我如今希望见到你所变现的美女之身。你用那个形体迷惑了群魔，使诸神得饮不死甘露，我非常渴望一睹那绝世的风采。"

正当湿婆如此动念之际，至尊者毗湿努也在想着如何吸引湿婆。只见至尊者淡淡一笑，开口说道："诸神之翘楚啊，我如今就向你示现那个好色之徒最喜爱的形体。"

当初至尊者示现牟嘿妮身相时，群魔无不心荡神驰，但诸神却并未动心。毗湿努深知，即便尘世间最美艳的女子，也不可能让湿婆倾倒。爱神曾经试图让湿婆在帕筏蒂面前迷失心窍，谁知自己反被湿婆眼中喷出的三昧真火焚为灰烬。要迷惑摩耶女神之夫——湿婆，毗湿努不得不思量再三。

其实，湿婆之请求不过是个玩笑，因为他深信，假如诸神都不曾被牟嘿妮迷倒，那他就更不在话下了。但另一方面，毗湿努却把湿婆的请求视为挑战，决计幻化出一个能让湿婆立时卷入情欲之海的女身。于是，至尊者对湿婆说道："我现在就给你看我的女身，不过，你若为情欲所动，可不要怪我哦。"

话音才落，毗湿努已悄然隐身。湿婆依旧与帕筏蒂并肩而立，他四处张望，却不见毗湿努的踪迹。过了一会儿，在附近的林子里，湿婆看见一位绝色美女，手中拍着一只小球。随着小球的上下拍动，那女子的秀乳震颤不已。乳房的分量，再加颈上戴着的重重花鬘，让她的腰肢愈发显得纤柔欲断。她两只柔软的小脚呈粉红色，就像珊瑚一般。她脸上闪着一对又大又美的眼睛，随着掌中跳跃的小球，顾盼神飞。长发披散在她的两颊，四下纷飞，更显飘逸灵秀。那美人不断拍击小球，身上的莎丽渐渐松散开来。只见她右手拍球，左手纤纤，时时梳拢长发，姿态娇美，迷人之极。

当湿婆凝神注视之时，那美人也偶尔向他投去眼波，然后含羞而笑。事实上，大神湿婆持续不断地盯着那美人，已经全然忘记了自己、身边最钟爱的妻子，以及站在身周的同伴。

小球脱手，滚落一边，那美人疾步追赶。就在湿婆紧盯之际，突然一阵熏风袭来，吹起了牟嘿妮的绣裙。刹那间，那绝美的胴体在湿婆眼前一览无余。牟嘿妮眼波流转，向湿婆回眸一笑。湿婆神魂颠倒，也不顾妻子就在身边，当下便欲上前示爱。

那美人裸露身体，又见湿婆扑近前来，不禁娇羞无比。她一边巧笑嫣然，一边在树丛间四处躲闪。湿婆淫心炽盛，不顾一切地追赶上去，如同一头发情的雄象在追雌象。一阵猛跑之后，湿婆终于抓住了那美人的发辫，把她拉到了自己怀里。他也不管那美人并不情愿，便伸出双臂，紧紧地抱住了她。那美人挣挫不已，就像灵蛇一般，逃出了湿婆的怀抱。

牟嘿妮在前面跑，湿婆追赶着她，仿佛着了魔一样。奔跑之际，湿婆情欲勃发，禁不住精液四溢。虽然，大神的精液绝不空流，凡那精液所洒之地，后来都出现了金、银矿脉。

湿婆一直追着牟嘿妮跑，经过了伟大的圣贤们所居住的河边湖畔、山谷林薮。待到精液彻底放空，湿婆才明白过来，自己已然坠入至尊者所生成的幻象的圈套。如是，他收摄心神，停下了脚步。

牟嘿妮将湿婆引到了许多地方，尤其是那些圣者们居住的净修林，目的是让世人看看，大神湿婆居然疯狂地追逐一个风流女子。用这种方式，至尊者提醒众圣贤，绝不可以解脱自居，相反，应当一直对女人保持警觉。经过这一番经历，湿婆对自身与至上主神毗湿努的关系有了更深刻的体悟。是故，他不但没有对自己受到迷惑感到丝毫的惊奇，反倒为有这样一位了不起的主人而骄傲。

见湿婆并未生起一毫怨怼羞惭之心，毗湿努大为满意，当下也回复了原形。

毗湿努说道："诸神之翘楚啊，尽管你被我的能力所捉弄，可你如今又再次安立于本来性命之上。愿你一切吉祥！香菩啊，尘世间，除你之外，还有谁能跨越我的幻力？虽然凡夫俗子贪恋欲乐，故而皆受我幻力的操纵，但这摩耶幻力如今对你已不复生效。"

说罢，毗湿努扶起拜倒在地的湿婆，拥抱了他。湿婆绕至尊者环礼三匝，随后便带着妻子和一众同伴，返回了凯拉什雪山。

大雪山之巅，狂喜中的湿婆对乌玛女神说道："女神啊，你如今已见识过了众生之主的迷幻能力。虽然我是他的首要分身之一，却也被他的大能弄得神魂颠倒，更不消说其他人了。先前，当我结束了为期千年的瑜伽冥思之后，你曾经问我究竟在冥思什么？现在，你已然见到了那至上主神，对于他，连韦陀诸经都无法参透。"

第四章　童子步天

　　自从被苏喀罗阿阇黎救活转来后，魔君巴利便做了他的弟子，开始忠心地服侍他。如是，苏喀罗阿阇黎以及其他布黎古门下的后辈都对巴利大帝极为满意。因为巴利大帝一心想征服因陀罗的天国，众婆罗门便让他举行毗湿筏吉大祭。

　　根据仪轨为巴利净身沐浴后，众婆罗门引他进入了祠祀之地。牺牲才被投入祭火，立时就有一辆天舆腾起，那天舆由几匹金色天马拉着，顶上飘着狮子旗。接着又有一张金色的长弓出现，外加两壶神箭、一副神甲。随后，巴利大帝的祖父巴腊陀赐给他一串常开不败的花鬘，苏喀罗阿阇黎赐给他一具神螺。

　　借着婆罗门的慈悲，领受这许多神器之后，巴利大帝向他们行了绕拜之礼。巴利随后又顶礼巴腊陀，接着便披挂神甲，登上了天舆。如是巴利全副武装，开始召集手下魔兵魔将。一时间，士马云集，其势吞天。巴利大帝亲率魔军，向因陀罗的神都进发，所到之处，大地亦为之震荡。

　　天帝因陀罗的都城遍地是让人赏心悦目的苑囿，里面花果繁茂，天香缭绕。仙女们在众神的陪伴下，徜徉游衍。白云碧水之间，无数荷花映日盛放。又有种种珍禽异鸟，婉转啼鸣。

　　因陀罗城四周围绕着天河亘伽，更有危城箭楼，周匝拱卫。这座神都乃天匠毗湿筏羯磨所造，城中街衢纵横，厅堂林立，百万飞舆，交错往来。十字道口皆以珍珠铺地，街边台椅件件用玉石、珊瑚打成。

　　到处可见容颜不老、仿佛火焰一般光彩照人的美女。熏风吹遍全城，里面夹杂着从那些仙女的发丝间坠下来的鲜花的芳香，以及各家窗户里散出来的沈水香的轻烟。孔雀鸣叫之声随处可闻，越过头顶的飞舆上，传来仙女们的曼妙歌声。丝竹管弦鼓乐之音，与歌仙们的歌唱，弥漫风中，久久不断。如是，因陀罗城之美几乎粉碎了美神的骄傲。但凡有罪的、嫉妒的、以暴施人的、狡诈的、骄慢的、好色贪心的，统统不能进入这座城市，因为城中之民全无这等缺陷。

　　于进抵因陀罗城外围之际，魔君巴利吹响了苏喀罗阿阇黎所赐的战螺。螺声威猛凌厉，城中女子无不悚然变色。因陀罗以及手下众神见到魔军的威势，知道巴利来者不善，便急忙前去问询天师蒲历贺斯钵底："我主啊，我们的宿敌魔君巴利，如今气焰冲天，威不可挡，这魔君仿佛能以口吞下苍穹，以舌舔舐十方，以眼遍燎天地。他能够重振雄风的原因在哪里？"

蒲历贺斯钵底答道："因陀罗，这是因为，布黎古牟尼门下的后辈婆罗门对他青眼有加，赋予了他超世绝伦的勇力。你现在无法制服他，因为他已然被灌注了大梵的威力。老实说，除了至上主神，如今没有人能打垮他。是故，你应离开天界，隐于无人可见之处，耐心等待转机。将来，当他欺辱婆罗门之时，必会跟他的同伙们一起归于瓦解消散。"

诸神得到指教，当即各逞神通，变换身形，趁群魔不备，离开天界，四散隐遁。巴利兵不血刃，拿下因陀罗城，此后一鼓作气，将上、中、下三界统统掌握在自己的手里。

此后，苏喀罗阿阇黎以及其他布黎古门下众婆罗门为巴利大帝举行了一百次马祭。这让巴利的威名如日中天，遍布十方三界。高踞因陀罗帝座之上的巴利大帝流光溢彩，如同秋空升起的满月。仗着婆罗门的护持，巴利大帝稳居尊位，心满意得，开始享受起天界的繁华富贵。

眼见众子落难，阿底提禁不住伤心哀叹。其时大圣迦叶波正好久定出关，回到自己家中。尽管阿底提执礼出迎，迦叶波却看出她心怀忧伤，连整个家里都笼罩着阴郁之气。

坐定之后，迦叶波问妻子道："最温柔的人儿啊，莫非有什么不吉之事发生，影响到你践行礼法？莫非你在按法、利、欲乐之原则践履时，犯下了过失？莫非你过于关心家人，对不速之客未曾以礼相待，让他失望而去？有客人来访，却对客人不加款待，甚至连一杯茶水都不奉上，这样的家庭，比田里的蚁穴好不了多少。贞洁的妇人啊，莫非是因为我长期在外，让你思虑重重，不曾往祭祀之火中奉献酥油？心胸宽广的夫人啊，你的孩子们都无恙吗？看到你面色憔悴，我知你定然心神不安。怎么会这样呢？"

阿底提答道："夫君啊，我时时念着你，根本不可能置礼法于不顾。你是宇宙生主之一，是我生命的指引者，我的愿望怎么会不得满足呢？你是伟人，等视一切神魔，彼等无不从你的身心而来。不过，至上主神虽然平等对待一切有情，却对他的奉献者格外钟爱。是故，求你施惠于我们天神一族，如今，我们的家园、荣名和美富尽为敌人所劫夺。自从被逐出天界，我们整天都在苦海中奄奄待毙。最杰出的圣者啊，求你设身处地为我们想想，然后，给我的孩子们赐福，让他们重新夺回已经丧失的一切。"

听了阿底提这番哭诉，迦叶波微微一笑，说道："呵呵，看看，至尊者毗湿努的迷幻能力多么强大！受到它的驱迫，世人尽被儿女之情所缠绕。尽管躯壳乃五大所聚，与真我绝不相干，吾人还是被他人认作父亲或者儿子。这些虚幻的关联皆源于一种根本性的无明。阿底提啊，你应当践行巴克提之道，侍奉万物之主、至上主神，他能化解危难，赐予吉祥。至尊者大慈大悲，能够实现你的一切愿望，为他所做的服务绝不会徒劳无功。实际上，据我看来，除了巴克提之道，修炼其他任何法门都不过是徒然浪费光阴。"

迦叶波上来先跟夫人讲了一番道理，好让她能忘怀得失。但是，他发现夫人还没准备好接受这些教诲，便建议她践行奉献服务，以满足愿望。阿底提央求道："婆罗门啊，请告诉我崇拜至尊者的仪轨戒律，凭着践行仪轨戒律，我便可以得到至尊者的欢心，心想事成。请教我最殊胜的崇拜至尊者的法门，让至尊者尽快对我满意，将我和我的孩子们救出险境。"

迦叶波说道："先前，当我意欲繁衍子嗣之时，曾经向梵天祈求指导。现在，我把梵天教我的法门讲给你听，践行此法，很容易就能让至尊者心满意足。

"当波尔谷纳月（二至三月）月朔之十二日内，直至德筏达湿，持戒守誓，但饮牛乳，以全然奉爱之心，崇礼至上主神。若能得到，当于月黑之夜，以熊所刨土，施抹全身。

"其后，洗沐河中，念地母咒：'地母啊，你以熊身，受养于天。我今顶礼，祈求你破除我的一切罪业。'念毕，践行日常职分，接着再集中意念，崇拜至尊者的神像、祭坛、太阳、水、火，以及上师。

"先是，以诚敬之心迎神，奉上种种赞祷。崇拜神像之际，当念咒语'唵南无 巴葛筏底 筏殊提筏耶'，并供上香、花等等。然后，以牛乳洗沐神像，再献上精美的衣饰，以及蜂蜜、赞诗、伎乐之类。神像穿戴完毕，应供奉用酥油和糖浆煮成的乳糜。

"将祭余献给一位外士那瓦。然后再继续崇拜，向主供奉槟榔等物品。轻声念咒一百零八遍，献上荣耀主的赞祷。最后，环礼神像，以欢喜心，五体投地向主顶拜。以额触碰所有供奉过主的鲜花、水，将它们抛撒于神圣之地。至少向两位婆罗门供养甜乳糜，荣耀过他们之后，经他们的准许，与亲朋一起共享祭余。

"晚间，当力行守贞。第二日早起，洗沐后继续奉持上述崇拜之法。除了崇拜神像,还应贡献祭品于祭火。如是守誓十二天。在此期间,不可闲谈,不可以嫉妒心对待任何有情。换言之,应当成为一位至上主神的纯粹奉献者。在这十二天里面,还须有歌舞、赞祷、诵咒、诵《薄伽梵往世书》,凡此皆与日常崇拜一起进行。

"到第十三日,当在通晓经教的婆罗门的指导下,以五种甘露(牛乳、酸酪、酥油、糖、蜜)洗沐神像。摒除一切私吝之心,为至上主神毗湿努安排盛大的崇拜,奉上丰盛的饮食,同时诵《原人赞歌》。"

"彼时,当向上师、祭司布施衣物、首饰、金钱、母牛,以及祭余。应向所有在场的婆罗门,与一切人等,分发祭余,让彼等皆心满意足。毗湿努的祭余当分发给所有的人,包括穷人、食狗者、盲人、不信者,如此,至尊者毗湿努便会欢喜。待众人皆饱餐之后,行祭者方可与众亲友一起,进用祭余。"

迦叶波最后归结道:"这便是波幽大戒的仪轨,是我先前从我父梵天处学到的。最幸运的妇人啊,奉行此法,以清静心、欢喜心,崇拜至上主神。此波幽大戒又唤作一切祭,为其摄一切祭祀故。这种为至尊者而行的祭祀乃一切苦修之精髓、一切布施之最上法。是故,彼乃一切戒律之最胜者,让至上主神毗湿努欢喜的至高法门。夫人啊,你放心,只要持守此戒,至尊者定会很快受到取悦,满足你所有的愿望。"

自此,阿底提遂按夫主之教,修持波幽大戒。她置心一处,冥思至上主神,如是彻底降伏了心与诸根。当她戒满之际,至尊者心生欢喜,便以四臂相现身于她的面前。

阿底提当下妙喜充盈。她立即站起身来,随后又五体投地,顶礼致敬。当她再次站起来时,在爱之迷狂下,开始根本无法开口言语。她只是双手合十,立在至尊者面前,泪水盈眶,毛发直立,浑身颤抖不止。

在哽咽声中,阿底提献上了赞祷:"首出之神啊,至高主宰,你是一切穷苦烦恼者的怙主。求你发慈悲,赐我等以吉祥。无限者啊,谁若让你满意,谁就能轻易获得与梵天相齐的寿数、天上任何一处称心的家宅、无尽的富贵、诸根的满足、神通的圆满、超世的学问,更不消说征服敌手这等微不足道的成就了。"

至尊者说道:"天神之母啊,我明白你的心愿。我知道你想跟你的儿子们重新聚首,这样你们就能击退魔君,重归天界,再一起来崇拜我。你渴望看到魔王们被天神杀死,众魔女为她们夫主的死亡而悲戚。不过,据我看来,几乎所有的魔王如今皆不可战胜,因为他们在上天所喜欢的婆罗门的护佑之下。是故,想要用勇力对付他们必定毫无成效，结局甚至可能更为惨烈。但是，你所持守的波幽大戒已经让我满意，我必须想出帮助你的办法，因为崇拜我绝不会徒劳无功。

"你曾向我祷告，为了保护你的儿子们，你还持戒守誓。因为这个缘故，再加上迦叶波的苦修，我答应化身为你们的儿子，护佑你们的后代。冥想我住在你夫主身内，去崇拜他，不要把这个秘密告诉任何人，即便有人问起。若你保守秘密，那最秘密者将功成圆满。"

说罢，至尊者隐身而去。获得这般赐福，阿底提心满意足，当下便以无比虔敬之心，前去参见夫主。此时迦叶波正处禅定，见至上主神分身进入他体内，如是，迦叶波遂将其精气转入阿底提腹中，就像两木相摩，风吹火起。

梵天已知至尊者在阿底提胎内，便来献上赞祷："我主啊，你是一切众生、动不动者的始祖，也是生主的始祖。我主啊，正如船是落水者的唯一希望，你是诸神的唯一庇护，如今他们失落了天堂。"

其后，至上主神现身于阿底提腹中，四手分持螺、杵、莲花、法轮。他身着黄裳，眼睛像盛开的莲花花瓣。至尊者玄色皮肤，面若芙蓉，全身满饰珠宝。他胸前有"卍"字纹，颈上挂一串美丽无比的花鬘，蜜蜂围着那花鬘，嗡嗡飞鸣。

至尊者通身放光，驱散了生主迦叶波家中乃至十方世界的黑暗，让每个人皆生起欢喜之心。四季同时变现，群星移到了最吉祥的位置，其时正当跋陀罗月（Bhadra month）月朔之第十二天。

当至尊者降世之时，螺鼓之声、丝竹之音，响彻云霄。飞天女翩翩起舞，乾达婆放声高歌，众仙圣、天神、摩奴、祖灵、火神无不祈祷赞叹。与此同时，众悉檀、天龙从天上撒下无数鲜花，淹没了迦叶波的屋子。

阿底提亲眼见到至尊者凭借神力从她腹中降生，禁不住又惊又喜。迦叶波欢喜无比，不断大声呼喊："胜利！胜利！"于是，犹如演员更换装束，至尊者当着父母之面，现身为筏摩那，一位侏儒梵行者。

众仙圣见此妙相，无不心生喜乐。以迦叶波为首，众婆罗门为筏摩那天人举行了从出生礼开始的所有仪礼。行圣线礼时，太阳神亲诵伽耶特黎咒，蒲历贺斯钵底献上了圣线。

迦叶波送给筏摩那一根草编的腰带，地母送给他一片鹿皮，月神献上一根婆罗门法杖。阿底提给儿子一件内衣，天帝送来一把伞。梵天献给筏摩那一只水罐，七大圣贤献上吉祥草，辩才天女送他一串金刚菩提珠。俱维罗献上一只化缘钵盂，湿婆之妻给了他第一笔布施。

受到这般迎礼之后，筏摩那身上大放梵光，一时压倒了所有在场的仙圣、天神。后来，听说巴利大帝正在布黎古后裔的指导下举行马祭，他便去了那里，打算降慈悲给众魔之王。

前行之际，身体沉重的筏摩那，每走一步似乎都让大地塌陷下去。就在纳玛答河北岸，一个名为布黎古伽叉的地方，正在举行祭祀的祭司们看到了筏摩那天人，他的出现就像近处升起的朝日。

筏摩那身上放出大光明，其辉煌夺走了在场的巴利大帝以及所有婆罗门的风光。他们开始窃窃私语，怀疑莫非是太阳神本人，还是火神，抑或是鸠摩罗来到了他们的坛场。正当布黎古的后裔们议论纷纷之际，至尊者筏摩那缓步走入坛场，手持伞、杖、水罐。现身为婆罗门少年的至尊者，一头卷发，身上穿戴着草带、圣线、鹿皮衣。

至尊者当前，众婆罗门自觉威力大减，便立即起身离座，纷纷向筏摩那顶礼恭迎。巴利大帝一见之下，大为振奋，遂以欢喜心献上宝座，然后为他洗盥莲足。就像大神湿婆接受恒河之水，巴利大帝把洗过筏摩那莲花足的水洒到了自己的头顶。

彼时，巴利大帝对至尊者说道："婆罗门啊，欢迎你，向你献上最恭敬的顶礼。请让我们知道，我们能为你做什么。上主啊，因为你的到来，我的祖宗们必定欢喜满足，我们整个王朝皆得净化。真的，我等觉得我们的祭祀至今才成功圆满，这都是靠了你的光临。洗过你莲花足的圣水不但让我摆脱了一切罪业，而且，因了你那小莲花足的触碰，整个大地已然变得神圣洁净。婆罗门之子啊，你到这里来想跟我要点东西。你要什么，但说无妨，不管是要母牛、黄金、庐舍、饮食，还是要一个婆罗门之女做妻子，不管你要什么都可以。"

巴利大帝言出悦耳，筏摩那天人十分满意，便如是赞道："王啊，你确实卓尔不凡，因为你接受婆罗门的指导，而且得到了你的祖父巴腊陀大帝的眷顾。我知道，出生在你们家族的人，没有一个邪恶吝啬，会拒绝布施婆罗门，或在战场上拒绝接受武士的挑战。你们家族里也没有一个人，会在承诺布施之后，自食其言。

"伟大的英雄，悉罗夜叉，生在你们王朝，他单枪匹马，不费吹灰之力就征服了十方，化身为筏罗诃的至尊主，是在一番苦战之后，花了九牛二虎之力，才杀了悉罗夜叉。故此，后来至尊主每思及悉罗夜叉的非凡勇力，便觉得自己确实是胜利了。

"悉罗耶喀西菩听到兄弟的死讯，便怒不可遏地冲向毗湿努的居所，以报杀兄之仇。至尊主见悉罗耶喀西菩手持铁叉狂奔而来，心中思忖：'不管我去哪里，悉罗耶喀西菩都会尾随而来，就像死亡时刻跟踪着一切有情。是故，我最好进入他的内心。此人只有察见外物的能力，所以他将无法在那里看到我。'计谋已定，至尊主毗湿努便进入了正全速奔向自己的悉罗耶喀西菩的身体。

"以不可见知的精微之身，一切玄通之主随着呼吸，进入了悉罗耶喀西菩的鼻孔。悉罗耶喀西菩见毗湿努的居所里空无一物，便开始在宇宙内到处搜讨，一面还依旧气势汹汹，挑斗不已。最后，四处搜求无果，悉罗耶喀西菩想：'我搜遍天地，却找不到毗湿努。他肯定是去了那个无人返回的地方（意谓此人已死）。'"

筏摩那继续跟巴利大帝说道："你的父亲，毗楼叉拿，对婆罗门情有独钟，甚至明知是诸神扮作婆罗门来到自己面前，还是在他们的请求下，把自己的寿命施舍给了他们。魔族之王啊，你紧紧跟随着你光辉祖先的步伐。如今，我只想要三步之地，按照我自己的量度。虽然你慷慨无比，能如我所求，给我多得多的土地，我不想从你那里接受任何多过我所求的东西。一位学问渊通的婆罗门若只按照所需接受他人布施，便不会纠缠于罪业之中。"

巴利大帝答道："婆罗门之子啊，你的话语跟博学长者所说的一样美善。不过，因为你毕竟还是个孩子，智力尚未成熟，所以对自己的利益算计不精。须知我乃三界之所有者，可以赐给你地球七大部洲里的任何一洲。但你到我这里来，温言软语，却只要三步之地。故此，我知道你其实还不太聪明。小孩儿啊，找我的人该当大讨一笔，这样他就永远不必再向其他任何人讨要了。所以，请你放开量，尽可能多地从我这里拿走你维生所需要的土地。"

筏摩那天人说道："王啊，若人诸根未得调伏，即使他收取三界之所有，依旧不会知足。假如我不满足于三步之地，那我肯定也不会满足于占有七大部洲里的一个洲，我还会想得到其他几个洲。

"我们都听说过，强大的君王，比如菩瑞图大帝和伽亚大帝，曾经将全部七大部洲占为己有，但仍然野心勃勃，无有底止。是故，人当知足安命，否则绝不会幸福安乐。不知克己自制的人，永远不会快乐，即便他拥有了上下三界。

"若人想要满足贪淫之念，就会心生不满，如此便落入生死轮回。然而，知足安命者却有望超脱尘世。一位知足守分的婆罗门会不断地受到灵性力量的启明。反之，不知满足的婆罗门，其灵性力量日渐减退，犹如火焰，上遭水浇。因此，王啊，我只想跟你要三步之地，凭着这份礼物，我就心满意足了。"

巴利大帝微笑道："好吧，你想要什么就拿走吧。"作为对许诺的保证，巴利大帝端起了他的水罐。

可是，苏喀罗阿阇黎却看破了毗湿奴的意图。他立刻告诉他的弟子："毗楼叉拿之子啊，这个矮子婆罗门其实是至上主神毗湿奴。他如今以迦叶波和阿底提为父母，为了利益诸神，降显世间。这个假扮为梵行童子的人，就是至尊主。夺走你所有的土地、财富、美貌、力量和名声之后，他将把三界国土送给你的死敌因陀罗。

"你这恶棍，你都不知道你已铸成大错，你若给他你已许下的三步之地，他就会占据整个三界。你把一切都给了毗湿奴，你自己靠什么维生？这个矮子婆罗门只要跨出两步，就能覆盖天地间所有土地和空间，试问哪里还能放下他的第三步？

"因此，你将无法实现你的许诺，如是铺下了通向永恒地狱的道路。有学问的人并不赞赏危及生计的布施，因为人的职分乃是一切正法的根基。为此，人当析其财产为五：一用于仪礼，一用于求名，一用于荣华，一用于欲乐，一用于养家。如是，人便能于今生来世，享受安乐。

"你若抗辩，认为不能打破已经许下的诺言，那么听听天启经上是怎么说的，那上面说，只有在许诺前发出唵音，诺言才会生效，否则并不算数。

"树干若无，花果不存。没有肉身，无法获取修行的利益。是故，虽然身体非真，却是达成正果所必需的。若人倾其所有以行布施，弄得贫困潦倒，其结果是，他在欲乐、解脱两个方面，皆将落空。

"就此事而言，安全之举是拒绝这个梵行弟子的索求。尽管如此拒绝会造成欺诈，但是能保护你。在这些情形下弄虚作假绝不会受到谴责：为了让妇人听话而奉承对方，开玩笑之时，举行婚礼之时，为了谋生时，危难自救时，为了保护母牛和婆罗门，为了从敌方手里救人。"

苏喀罗阿阇黎是婆罗门祭司阶层的代表，他们最感兴趣的是从弟子那里收取酬金。如是，他很担心，假若至尊主夺走巴利大帝所拥有的一切，自己的地位将受影响。这就是种姓婆罗门和外士那瓦的分别。种姓婆罗门总是关心尘世利益，而外士那瓦只对取悦至上主神有兴趣。听了上师的一番驳斥，巴利大帝静默了一阵子。

巴利大帝自思："我怎么能违逆我的上师呢？但另一方面，苏喀罗阿阇黎已经背离了上师的职分，作为上师，应该教导他的弟子皈命毗湿努，如此回归故乡，回归主神。苏喀罗阿阇黎背离了上师的职分，应该加以抗拒。是故，我想我最好独自行动，从各个方面让至上主神满意，即便得冒忤逆师命之险。"

一番深思熟虑之后，巴利大帝回答苏喀罗阿阇黎："我赞成你的说法，居士应当只接受那些不会妨害生计和名誉的礼法。但我怎么能够仅仅出于贪欲而收回许诺，像一个平庸的骗子一样，何况是对一个婆罗门？

"没有比言而无信更罪恶的了。为此，大地母亲曾经说：'除了说谎之人，我能承受任何重负。'我不怕地狱、贫穷、苦海、丧失权位，乃至死亡，但我害怕欺骗一位婆罗门。无论人拥有什么，迟早都会被拿走，那么为什么不用这些注定将在死亡之时失去的财富去取悦婆罗门，倘若这些是取悦他们所需要的？

"尸毗、答底契，还有其他很多伟大的人物，为了他人的福祉，愿意牺牲自己的性命。为什么我就不能放弃一点点微不足道的土地？既然人所拥有的一切终将失去，为什么不使用它们，以换取死后仍将流传的美誉？

"婆罗门之翘楚啊，多少人毫无畏惧地战死沙场，却没有人能获得直接向至尊者毗湿努布施财产的机会。此时此刻，我必须给这位小梵行者他所想要的布施。

"伟大的圣哲啊，如您这般的圣贤总是在崇拜至尊主毗湿努。因此，无论毗湿努到这里来是要给我赐福，还是要像对手一样惩治我，我都必须执行他的命令，毫不犹豫地把土地贡献给他。倘若至尊主毗湿努真的已经到了这里，却出于害怕而隐匿真身，那么即便他不顾道义抓捕我，乃至杀害我，我也不会出手报复，因为他已经变成了婆罗门的形体。但是，我觉得毗湿努绝不会使用这等伎俩自损荣名。他要么跟我决斗，杀死我，要么被我杀死，横尸沙场。"

苏喀罗阿阇黎争辩，只有在不妨碍利益和欲乐的情况下，才能遵行正法。实际上，苏喀罗阿阇黎想要阻止巴利大帝践行巴克提之道。如此，为了克服这个障碍，巴利大帝毅然违抗上师之命，当下兑现了布施的承诺。

巴利大帝从他的祖父巴腊陀那里接受了巴克提的种子，待到那种子长成，他已经纯净通透，以至于至尊者在他面前化身显现。凭借巴腊陀的慈悲，巴利大帝已然臻达圆满神爱，如是他下定决心，无论那侏儒婆罗门要什么，他都会慷慨布施。

这是神爱的征兆。然而，尽管巴利大帝已经胸有成竹，他也清楚，这样做势必会让苏喀罗阿阇黎和众魔头伤心。因为这个缘故,他才用这种模棱两可的方式说了上面一番话。其实,即便至尊主毗湿努直接跟他讨要三个世界,他也肯定不会拒绝。至尊主只是为了跟他的奉献者开个玩笑,才变身为侏儒婆罗门,从巴利大帝手中乞讨三步之地。

苏喀罗阿阇黎遭到弟子抗拒,不禁心生嗔恨,便出口诅咒道:"巴利啊,你全无智慧,却自以为多闻博识,竟敢如此粗鲁,违抗我的命令。作为报应,你很快将变得一文不名。"

尽管受到上师诅咒,巴利大帝依旧决心坚定。如是,按照习俗,他先向筏摩那天人献上清水,然后便将已经允诺的土地布施了出去。巴利大帝的妻子,宾蒂耶筏利,呈上一只纯金大水罐,巴利大帝高高兴兴地盥洗了至尊主的莲花足,接着把水洒到自己的头顶。

看到巴利大帝如此纯真无伪,所有天神尽皆欢喜赞叹,于空中撒下无数鲜花。乾达婆敲锣打鼓,高呼赞美:"巴利大帝多么伟大,他完成了多么艰巨的功业!他虽然知道毗湿努是为了他的对手,化身显现,却不顾一切,把三界都布施给了毗湿努。"

此时,至尊者筏摩那开始扩展身形,直至天地万物皆被融摄入他的身体。如是,巴利大帝及聚会大众皆得见至尊者之宇宙大身,此身囊括一切精粗元素、一切根尘,以及一切星辰与有情。

巴利大帝看见:至尊者宇宙大身之莲花足遍覆大地表面,低等星宿位于其上;群山位于他的腿肚子上;各色禽鸟栖息在他的双膝;他的大腿之上,乃是空气;暮光在他的衣裳下面,众生主在他的阳具之上。巴利大帝看见,自己和随从们位于至尊者的腰部,七大瀛海也是。在至尊者的肚脐里,他看见了空;在至尊者的胸膛上,他看见了星辰。

巴利大帝看见,正法位于至尊者的心脏,美言和真实在他的胸口,而月亮在他的心意里面。吉祥天女也歇息在至尊者的胸口,韦陀诸经则在他的脖子上。以天帝因陀罗为首的众神托身于他的双臂,十方在他的耳朵之内。他的头顶之上是高等星系,头发是浮云。他的鼻孔里是风,眼睛里是太阳,嘴巴里是火焰。从他的言语里流淌出韦陀真言,他的舌头上是筏楼那。

宇宙大身的眉毛上是戒条律法,眼皮上是白昼黑夜。嗔怒在他的额上,嫉妒在他的唇上,淫欲在他的触觉里,水在他的精液里。邪法在他的背上,火供在他的举动中。他的身毛里,是一切药草;他的微笑里,是一切幻力;他的影子里，乃是死亡。他的经脉里，是一切江河；他的指甲里，是一切岩石；他的智性里，是大梵天、诸神以及伟大的仙圣。一切动、不动有情遍布他的全身。

看见悬浮于至尊者指尖的法轮，听到至尊者手中长弓的轰鸣，众天魔无不心惊肉跳。神螺、神杵、神剑、神盾一起显现，神之同伴亦现身顶礼。

筏摩那迈出了第二步，遍覆所有天堂星宿。他的莲花足越伸越高，甚至超越了玛哈尔珞珈、犍拿珞珈、塔铂珞珈与萨提耶珞珈，再也没有空间容得下他的第三步了。此时，至尊者的脚趾戳破了天盖，一滴冥海之水透过那破孔泄漏而下，恒河由此降世，救度一切生灵。

看见自己的居所——梵天珞珈在至尊者莲花足足趾流射出的光芒下黯然失色，梵天带领众仙圣趋前恭迎，用净水盥洗至尊者那高高举起的莲花足。从梵天手中如意宝瓶洒落的净水，与冥海漏出的冥海之水，一起汇集成了恒河。

至尊者筏摩那随后又复原为侏儒婆罗门之相，于时众天神随梵天翩然而至，献上香花、水、旃檀香膏、龙涎香膏、灯、香、谷米、根果、嫩芽等物。礼拜之际，天神们高声赞祷，也有的舞蹈歌唱、奏乐吹螺。罗刹之王瞻波吹响号角，庆祝至尊者的胜利。

巴利手下魔众眼见主子上了筏摩那的当，尽失所有，不由怨恨喝骂："这个筏摩那根本不是婆罗门，而是那个顶尖的骗子——毗湿努！他隐匿真身，伪装成婆罗门，为了诸神而上下其手。我们的主子，巴利大帝，因为施行献祭，放弃了刑罚之力，我们永恒的对头毗湿努乘机盗走了他的王国。巴利大帝宅心至诚，绝不会出手报复，如今我等要帮他杀了这个筏摩那。"

商议已定，众魔不顾巴利安抚，纷纷高举兵刃，气势汹汹地扑向筏摩那天人。毗湿努的随从们见状，不由相视微笑，也亮出神兵，出手抵挡。这些毗湿努的使者，比如难陀、须难陀、遮耶、毗遮耶以及伽鲁达，皆神勇无比，杀入魔阵，直如砍瓜切菜一般。

巴利大帝见手下兵将死伤无数，又想起苏喀罗阿阇黎的诅咒，便出言喝止魔众："毗波罗契底、罗怙、奈弥，请听我说！如今时机对我等不利，马上住手。没有人能僭越至上主神，彼乃一切苦乐之终极源头。时间，代表了无上者，原先对我们有利，现在却倒转过来，不再利于我方。除非天命在我，否则我们绝无可能赢得胜利。我们不妨权且暂退，等待时机，东山再起。"

众魔接令，只得退入幽冥之界。于是，就在婆摩波那这天，伽鲁达用筏楼那之索捕获了巴利大帝。巴利大帝束手就擒，此时，上下两界之间，叹息之声四处弥漫。尽管身体光华萎落，巴利大帝想要满足毗湿努的决心却并未动摇，也未曾因为丧失其所有而烦恼愁苦。

至上主神筏摩那对巴利大帝说道："魔王啊，你许诺给我三步之地，但我用头两步便占据了整个宇宙。现在，你告诉我，我这第三步该落到哪里？因为你未能按照许诺布施，如今必须迁入低等星系。你以财富自傲，你曾经答应给我土地，到头来却不能实践诺言。由于你的错误，还有，按照苏喀罗阿阇黎的诅咒，你必须迁居大地之下，过上几年。"

夺走巴利大帝之所有，抓捕他，其实都是至尊者的慈悲，是为了向众生显耀奉献者的安忍之力。巴利大帝自觉惭愧，又知所有者比其所有物更伟大，当下便回答道："至尊主神啊，若你认为我未能按照诺言给你布施，那么我该当加以补救。我不能让我的许诺落空，所以我乞求你，请把你的第三步踩到我的头顶之上。

"我不怕倾家荡产，不怕过地狱般的生活，也不怕被你俘虏挨你惩罚，我怕的是因欺骗婆罗门而声名扫地。作为祝愿者，父母亲友或许有时会痛下责罚，但从来不会这样对待子弟。可是，因为你是最值得崇拜的主，我认为这个惩罚其实是一个大利益。因为我主你也是我等魔属间接的最伟大的赐福者，你扮作我们的敌人，为我们的至上福祉而作为。因为我等总是渴求虚浮的权位，你就惩罚我们，好给予我们发现正道的眼力。如此很多对你始终心怀仇恨的魔头，居然也获得了那些伟大的瑜伽士所曾达到的圆满。我虽然被你俘虏，受你惩罚，却丝毫不觉羞耻、悲伤。

"这具迟早要抛弃的躯壳有什么用？家人亲戚有什么用？他们不过是抢劫者，夺走了本该用于侍奉至尊主的金钱。家国天下又有什么用？贪恋它们不过是浪费宝贵的时间和精力。靠着好运气，我已经一无所有，被强行拉到了你莲花足的庇护之下。"

就在巴利大帝这般讲述自己处境的时候，巴腊陀大帝忽然现身，犹如明月升起于暗夜。巴腊陀皮肤黝黑，身躯挺拔优雅，穿着一件精致的金色长袍。他手臂修长，双眼像莲花瓣，外表格外令人喜爱。

巴利大帝身受捆缚，无法向祖父行礼，只是低下头去，表示敬意。因为被筏摩那囚系，巴利大帝认为自己冒犯了至尊主的莲花足，祖父必定不悦，所以羞愧无比，一味垂头落泪。

巴腊陀大帝见到筏摩那，不由兴奋欢喜，当下泪水夺眶而出。他径直来到筏摩那面前，倒地顶礼，说道："我主，是你给了巴利三界的国土，如今你又拿走了它。我认为你在这两件事里都是平等行事。也就是说，因为巴利的显贵地位让他深陷无明，所以你又拿走一切，帮了他一个大忙。尘世荣华令人眼花缭乱，甚至会让博学守礼者忘记去努力求取生命的究竟归趣。"

巴腊陀说毕，合掌站立，梵天随后又走上前来，正欲开口之际，惊惧交加的巴利之妻宾蒂耶筏利突然奔到筏摩那面前，跪倒哀诉："我主啊，你创造世界，好享受自己的游戏。可那些愚蠢无知之徒却来宣称自己的所有权，还自认为能够布施他人，以此享受荣名显位。"如是，宾蒂耶筏利责备丈夫，指出他以为把身体布施给至尊主就能挽回名誉的想法，也还是未脱无明，因为他依然视身体为私产，而非属于至尊。

看到巴腊陀和宾蒂耶筏利为巴利求情，梵天也进言道："祝愿者，众生之主啊，我看此人已受到足够的惩罚，因为你已经拿走了他的一切。巴利大帝毫不犹豫地向你献出了一切，包括他自己的身体，所以我认为他可以被释放了。上主啊，单凭在你的莲花足下向你奉献清水、嫩草和鲜花，那些心无诈伪的人便能升登灵天。这个巴利，毫无诈伪，已经向你奉献了三界之所有。怎么能让他受这般苦楚？"

至上主神答道："梵天啊，因为拥有尘世浮华，一个愚蠢的人几乎会变得疯狂，他会毫不顾惜他人，甚至挑战我的威权。对于这样的人，我先拿走他的财富，以此显示我特别的恩惠。

"当辗转于生死轮回之际，凭着好运、有情或许能获得稀有难得的人身。若有人出生显贵，或功业非凡，或青春貌美，或教养出色，或多财富足，却并不因此而心生骄慢。须知此人，尤其受我爱顾。这样的人非常明白，世间资产无非从至尊主之恩慈而来，所以他把这些东西完全用来侍奉至尊主。虽然这些物质便利一般都是修行巴克提的障碍，会带来虚假的骄慢，但它们绝不会扰乱一位纯粹奉献者的心灵。

"巴利大帝已然成了最杰出的阿修罗，因为尽管经历了这么多磨难，他还是凭着专定于巴克提而通过了我的考验。虽然财富尽失，权位尽丧，成了敌人的阶下囚徒，受到亲友师长的唾弃诅咒，巴利大帝仍然信守诺言。看到他巨大的忍耐力，我已经决定，赐予巴利大帝一个比天神之居更殊胜的地方。然后，到下一个由萨筏尼摩奴统治的摩奴期，巴利大帝将承接天帝之位。从现在起，他将生活在苏塔拉星，那个星辰是毗湿筏羯磨按照我的指令建造的。在我的护佑之下，这个星辰的人民将脱离一切身心苦恼、疲累倦怠以及天灾人祸。

"巴利大帝，你现今可以迁往苏塔拉星，带上你的亲友族人，到那里安居。住在那里，甚至其他星辰的星君都无法征服你，至于天魔们，如果他们胆敢叛逆，我的吉祥见法轮会杀死他们。伟大的英雄啊，我将作为你的看门人，一直伴随着你，从方方面面护佑你。因为时时能看到我，你内心一切由于跟天魔打交道而生起的物欲和烦恼将烟消云散。"

巴利大帝泪水盈眶，他双手合十，颤声回答："仅仅只是向你顶礼致敬，就有这么不可思议的结果！尽管我是阿修罗，可是单单凭着向你顶礼致敬，却获得了比任何天神都要多得多的恩慈。"

说完，巴利大帝向筏摩那五体顶礼，然后又顶礼梵天、湿婆。从筏楼那之索下解脱之后，巴利大帝快快乐乐地迁转到被称为苏塔拉的星辰，开始在那里统治魔众。

看见筏摩那天人对孙子如此慈悲，巴腊陀大帝欢喜无比："至上主神啊，你受到全宇宙乃至梵天和湿婆的崇拜，竟然还答应亲自来保护我们这些修罗。我认为，这等慈恩以前从未被人得到过，甚至梵天、湿婆、吉祥天女拉珂施弥都不曾得到过。仅仅通过品尝服务奉献于你的莲花足而来的甘露，伟大的人物便享受到生命的圆满，那么像我们这些人，出生在忌妒成性的魔族里的流氓恶棍，怎么会得到你的恩慈？这之所以可能，只是因为你的慈悲是无缘无故的。"

至尊者答道："我的孩子，巴腊陀，愿你一切吉祥。请你陪着你的孙子前往苏塔拉，跟亲友们一起快乐生活。你放心，在那里，你将能看到我的四臂妙相。凭着从时时见到我而生起的妙喜，你绝不会受到业行的缠缚。"

巴腊陀受命，行礼之后，便带着孙子往苏塔拉而去。至尊者随后对坐在祭司当中的苏喀罗阿阇黎说道："婆罗门之翘楚啊，请说说你的弟子巴利在举祭中的错误。因为什么，他该受到诅咒？让具备资格的婆罗门来判决一下，然后在他们面前抵消这些错误。"

苏喀罗阿阇黎回答："我主，你是一切牺牲之主。因此，若有人完全满足了你，他的祭祀还会有什么错误？即使曼陀罗发音有点儿问题，戒律持奉不严，或者时间、地点、人员和配备有欠缺，当我主你的圣名被唱诵时，一切都变得完美无缺。不过，因为你下令要众婆罗门抵消巴利犯下的错误，我必须服从你的指令，以之为我的首要职责。"

于是众婆罗门开始着手弥补巴利大帝在举祭中所犯下的任何可能的错误。

与此同时，筏摩那天人把他从巴利大帝手中要来的所有土地都转交给了他的哥哥——因陀罗。

为了取悦迦叶波牟尼和他的妻子阿底提，以梵天为首的所有天神和仙圣们决定把筏摩那奉为韦陀诸经的守护者，以及正法、名声、财富、誓言、解脱的原则。虽然因陀罗一直被认为是宇宙之王，为了三界众生的利益，天神和仙圣们意欲奉筏摩那为天地万物的至高主人。

如是，因陀罗欢欢喜喜地命手下把筏摩那天人带到自己面前，然后，在得到筏摩那的许可后，用天舆把他接到了天庭。就这样，在至尊者的庇护下，因陀罗重登宝座，夺回了三界的统治权。

第五章　洪水神鱼

有一次,当梵天白昼之终,老祖宗感觉睡意袭来,想要躺下休息,韦陀诸经便从他的口中掉落下来。此时,有一巨魔名叫哈耶格力华,乘机盗走了韦陀知识。其时洪水滔天,至尊者化为神鱼之形,力挽危局。由于阿伽斯提阿牟尼曾经诅咒了斯筏央布筏摩奴,在第一个摩奴期的开头便发生了劫毁,这也可以被视为梵天之夜晚。杀死魔头哈耶格力华之后,神鱼玛特霞把韦陀诸经还给梵天,接着便悄然隐没了。

后来,当叉克殊刹摩奴期,又一场劫毁突然来临。彼时,梵天在其白昼当中有一小会儿又觉困倦欲眠。在此期间,达罗毗荼地方生活着一个国君,名叫萨提耶伏罗多,乃是至上主神的一位伟大奉献者。

有一段时间,萨提耶伏罗多修炼苦行,只靠饮水维生。一天,萨提耶伏罗多坐在克里多玛拉河边,掬水供养,一条小鱼出现在他捧成杯状的双掌之中。国君想也没想,便把小鱼跟掌中之水一起又倒回水中。

然而,那可怜的小鱼忽然口吐人言,出语相求:"君王啊,可怜人的救主,为何你要把我抛入河中,任那些大鱼轻而易举地吃掉我?我好怕它们哟。"

萨提耶伏罗多并不知那小鱼其实就是至上主神。只是为了让自己开心,他决定保护小鱼。那慈悲为怀的君王把小鱼放入水缸,便顾自回转王宫。

但是,仅仅过了一个晚上,那小鱼就长得很大,无法在水缸里自在游动了。于是他对萨提耶伏罗多说:"我不喜欢待在这小小的容器里,请你找一个更好的地方,让我能生活得舒适一点儿。"

萨提耶伏罗多把鱼捞出水缸,扔进一口大井里面。可是,过了没多久,那鱼又长大了三腕尺,并且说:"我王啊,这井不合我住,请你再给我找一片更大的水域。毕竟,我已经托庇于你。"

萨提耶伏罗多又把鱼从井里捞上来,抛入湖中。那鱼立刻变现出一个巨大的身形,连湖水都容纳不下了,于是它又对国君说道:"王啊,我如今是一条大鱼了,这个湖已经容不下我。求你救救我,为我找到一片永不收缩的水源。"

萨提耶伏罗多命人把鱼抬到国中最大的江水里，但那也无济于事。如此，作为最后的办法，国君只得把鱼扔进了大海。就在这时，鱼对国君说道："英雄啊，海里有很多强大、危险的鲨鱼会吃掉我，你不该把我扔到这个地方。"

听到这番从至上主神口中说出来的话，国君完全迷惑了，于是问道："你究竟是谁？你的作为让我惊奇万分。仅仅在一天里面，你已经延伸到一百由旬长。在此之前，我从未见过或者听说过这等水族。我的神啊，你必定就是那永无止境的至上主神，化作鱼形，为的是向众生显示慈悲。你是如我等皈命于你的灵魂的怙主和归宿，我今向你顶礼致敬。请让我知道，你化身为鱼的目的是什么？"

至上主神说道："王啊，从今天算起的第七天，三界将为洪水淹没。到时，我派出的一条大船会出现在你的面前，你当收集各类种子、药草，运上这条大船。在七大圣哲的陪伴下，你应毫无畏惧地登上这条船，所有生灵将围绕在你的周围。这条船能让你安全穿越洪水。那时，唯一的照明只有七大圣哲身上所放射的光芒，你的船将在暴风中剧烈颠簸。我会出现在你旁边，你把天蛇洼苏吉当作缆绳，将船系到我的角上。在梵天的黑夜结束以前，我会拖着船在水面游弋，并向你全面开示绝对真理。凭着我的恩赐，一切有关我之荣光的真理将呈现在你的心中。"

说完这番话，玛特霞掉头而去。自那以后，萨提耶伏罗多开始等待天命的到来。国王铺开库莎草，草尖朝东，面向东北而坐，心中冥思化身为鱼的至上主神。

过了一段时间，四处弥漫的乌云开始不断倾泻雨水，海水越涨越高，终于向陆地泛滥。此时，冥思中的萨提耶伏罗多突然看到一条奇妙无比的大船向他驶来。他立刻带上各种收集好的药草和种子，随七大圣哲一起，登上了那条船。

众圣哲对萨提耶伏罗多很满意，便向他建议："王啊，请你冥思至上主神，如此他就会将我等救出这灭顶之灾。"

正当萨提耶伏罗多心注一处，冥想至上之际，一条硕大无朋的金色神鱼浮出洪水，现身在他面前。这条非同寻常的鱼有一百万由旬长，头上生着一只巨角。按照至尊者的命令，萨提耶伏罗多以天蛇洼苏吉为缆绳，将船拴在那鱼的角上。

大喜之下，国王向至尊者如是祷告："顶礼至上主神，凭着他的恩典，那些自无始以来便丧失自我觉明的人获得了遇到奉献者的机会。由于渴望变得幸福，愚人造作下无数只是带来烦恼的业行。然而，透过服务奉献至尊主，便能摆脱这等虚假的欲望。愿这位至高无上的明师砍断我心中的物欲之结。犹如金银淬火，能炼净一切杂质，透过服务奉献至尊主，便能复归天命之性。没有任何一个天神或所谓的上师，能够给予至尊主所能给予他的奉献者的恩慈，哪怕万分之一。就像瞎子把另外一个瞎子当作向导，不知生命之归趣的人奉傻瓜、无赖为师，教他如何求取功利、欲乐。这些所谓的上师的教导，只能让愚蠢的弟子们继续停留在尘世的无明当中。但是，我主你赐予人永恒的真理，让他们重新安立于原本的天命之上。因此，我的主，我认你为我的上师。至上之主啊，我皈命于你。借着你的开示，请向我揭示生命的归趣，让我明白我最终极的命运。"

于是，就在天风海雨当中，玛特霞向萨提耶伏罗多阐解了被称为数论瑜伽或智慧瑜伽的灵性知识，借此世人可以区分灵与物。此外，至尊者还讨论了《往世书》和韦陀本集里的诸多论题。如是，萨提耶伏罗多和众圣哲安坐舟中，圆满觉悟了绝对真理。

如今，这同一位国王，依仗至尊主的慈悲而通晓韦陀智慧的萨提耶伏罗多，已经投生为维筏斯万之子施罗多天人，此人也以维筏斯筏陀摩奴之名著称于世。

"十二五""十三五"国家重点图书出版规划项目
第五届、第八届中华优秀出版物奖获奖作品

神话学文库
叶舒宪主编

[印]毗耶娑天人◎著
徐达斯◎编译

薄伽梵往世书(下册)
BHAGAVATA PURANA

陕西师范大学出版总社

第九卷

第一章　雌雄人君

维筏斯万之子施罗多天人早先没有子嗣，伟大的圣者筏希斯塔为他举行了一次火祭，以取悦天神弥陀和筏楼那。举祭期间，摩奴之妻施罗多守誓苦行，每日仅以牛乳维生。她找到负责向祭火奉献牺牲的祭司，乞求祭司采取任何可能的措施，好让她有一个女儿。如是，当主祭命令他："现在奉献牺牲。"这位祭司想起了摩奴之妻的请求，之后才奉献酥油，并唱诵以梵语"vashat"起首的曼陀罗。如是，虽然摩奴举祭是为了得到儿子，由于他的妻子让祭司分了心，结果生下了一个名叫伊拉的女孩。

看到生下来的是女孩，摩奴不太满意，于是他跟上师筏希斯塔说道："我主，你们尽皆精于唱诵韦陀真言，怎么得到的结果会跟所求的相反？为此，我感到非常懊丧。伟大的圣者啊，你已经觉悟自我，并透过苦修彻底得到了净化，你的话一如天神所说，绝无虚言。那么这一次，你的决心怎么会受到阻挡呢？"

筏希斯塔对已经发生的事情知道得一清二楚，他当下回答国王道："这个错误是由你的祭司偏离举祭的初衷所引起的。不过，你不必难过，凭着我那点儿力量，我将给你一个优秀的儿子。"

如此决定以后，筏希斯塔开始向至尊者毗湿努献上祷告，好让伊拉变成男性。为筏希斯塔所取悦，至上主神给了他想要的赐福。就这样，伊拉变成了一个非常可爱的男孩，名叫苏丘那。

有一次，苏丘那骑着一匹印地良马，在一些大臣和僚属的簇拥下，驰入丛林打猎。苏丘那向北深入，一直到了迷卢山脚下一片被称为须俱摩腊的森林，那里是大神湿婆跟乌玛享乐的地方。苏丘那一进入这片森林，突然发现自己竟变成了女人，他的马也变成了母马。接着他的随从们也看到自己的性别转变了，他们站在那里，吃惊地互相对视，无不郁闷万分。

那是很久以前，有一次，一些伟大的仙圣去见住在须俱摩腊森林里的大神湿婆，他们身上的光芒照亮了十方。然而，女神乌玛那时赤身裸体，看到出现在她面前的众仙圣，不觉大为羞惭。看到女神从湿婆的怀里遽然惊起，并试图掩上胸脯，众仙圣马上转身，发足奔往拿罗、拿罗衍那的净修林。于是，为了讨好妻子，大神湿婆宣称："从今日起，任何来到此地的男性将立刻变成女性！"

自那时起，没有一个男人胆敢踏进这片森林一步。苏丘那无意中这样做了，因此就承受了苦果。此后，国王和他的随从们漫无目的地游荡在山林之间。现在苏丘那已然变成了绝色美人，娑摩之子布达见她跟一队美女在自己的净修林附近闲逛，便想要享受她。那美人儿也想让布达做她的丈夫，如是月神之子便跟她生下了一个儿子，名叫补楼罗。

过了一段时间，变性后的苏丘那开始忆念起他的家族祭司——筏希斯塔，与此同时，这位伟大的圣者也对弟子的悲惨处境大感悲恻。为了让苏丘那再获男身，筏希斯塔开始崇拜大神湿婆，并很快取悦了他。湿婆既要让筏希斯塔满意，也要持守对乌玛的诺言，当下他便告诉圣者："你的弟子苏丘那，一个月是男身，下一个月变作女身，如此轮换，他就可以如愿统治天下了。"

就这样，靠着上师的慈悲，苏丘那隔一个月便能重返男身。尽管他又能治理国家了，但臣民们还是不太满意，因为他们发现，每隔一个月，苏丘那就不得不抛开皇室职守。最后，等到年迈体衰，苏丘那把王位传给了儿子补楼罗，自己则隐退丛林苦修，以求生命之圆满。

苏丘那进入林栖生活之后，维筏斯筏陀摩奴开始在朱木拿河畔修炼苦行，为的是能得到更多的孩子。如此大约有一百年，施罗多天人一直崇拜至尊者，结果生下了十个跟他一样光芒四射的儿子。其中有一个孩子，名叫补利刹陀罗，受上师筏希斯塔之命，专司保护母牛。补利刹陀罗手中持剑，整夜站岗看护母牛，不让它们受野兽滋扰。

一天晚上，正值暴雨，一只老虎溜进了牛棚。母牛原来都趴在地上，见有老虎来犯，纷纷跃起，开始东奔西窜。凶猛的老虎扑上去逮住一头母牛，那母牛惊恐万分，拼命嘶叫起来。补利刹陀罗立刻提剑赶到现场，由于那天乌云密布，四周漆黑一片，他把一头母牛当成老虎，奋力斩下了那畜生的头。剑锋顺势也砍掉了老虎的耳朵，老虎惊慌逃跑，留下地上一串血迹。

第二日早晨，补利刹陀罗发现他杀的竟然不是老虎，而是母牛，不禁懊丧无比。尽管这个罪孽是不小心犯下的，但补利刹陀罗的家族祭司——筏希斯塔大为恼火，诅咒道："下一世你将不能再投生为刹帝利。相反，因为你杀死母牛，来生得做首陀罗。"

补利刹陀罗双掌合十，接受了上师的诅咒。而后，他收摄心念，发下守贞梵行的誓言,舍弃了一切世间职分。他超然自处,知足平等,但凭神意维系身心。如是,补利刹陀罗注心一处,冥思至上主神华胥天人。通过持续不断的冥思,补利刹陀罗达到了纯粹奉献的层面,此后,他开始独自云游,举止如盲如聋如哑。

  一次,补利刹陀罗步入一片丛林,恰值丛林起火,他抓住机会,焚化了自己的肉身。抛下躯壳后,补利刹陀罗直接回到了不死故乡。如是,他避开了师长诅咒所带来的厄运。

第二章　二王嫁女

　　沙力亚提乃维筏斯筏陀摩奴之子。他有一个长着莲花眼的绝美的女儿，名叫苏喀尼雅。一次，沙力亚提前往森林，去拜谒叉筏那牟尼的净修林，女儿也一同随行。在那片林子里，苏喀尼雅跟女伴们一起采摘野果时，偶然看到蚯蚓洞里有两个闪闪发光的物事。似乎出于天意，苏喀尼雅愚蠢地用草茎刺破了这一对看起来像萤火虫一样的东西，当下立刻有鲜血从洞中喷涌而出。

　　不久，身为国君的沙力亚提注意到，他手下的将士们全都患上了大小便不通的毛病。他想："怎么这么奇怪，我们这里竟有人胆敢冒犯布黎古之子叉筏那牟尼？"

　　听到这个消息，苏喀尼雅十分害怕，于是她向父亲承认："是我做了错事，傻乎乎地刺破了两个光彩耀眼的东西。"

　　沙力亚提听说后，马上明白那待在蚯蚓洞里的必是叉筏那牟尼。这位国君随后向叉筏那牟尼禀告了女儿做下的错事，并力图用各种方法讨好圣者。

　　交谈中，叉筏那牟尼问到国王的女儿是否已经成婚。聪明的国王马上明白了圣者的用意，毫不犹豫地把女儿嫁给圣者，如是避免了受到诅咒的危险。

　　国王打道回宫，把公主留在了她的夫主家里。尽管叉筏那年纪大到可以做公主的祖父了，公主却对丈夫十分恭顺，处处察言观色，小心伺候，不敢有丝毫怠慢。

　　时光流逝，一次，天医阿湿毗尼双子前去参访叉筏那牟尼的净修林。顶礼之后，叉筏那牟尼向二神提议道："虽然你们还不够资格饮到奉献于祭祀之火中的娑摩甘露，但我保证供养你们满满一大坛。作为回报，请赐我一具年轻英俊的躯体，因为这些东西对女人很有吸引力。"

　　阿湿毗尼双子高高兴兴地接受了这个提议，对那婆罗门说道："潜入前面那片湖里，你便能如愿以偿了。"

　　叉筏那年迈衰病，皮松发白，全身青筋暴露。见他步履艰难，阿湿毗尼双子便搀扶着他，跟他一起潜入湖中。不一会儿，三个体态俊美的男子从湖面上现出身来，个个穿戴华丽，花鬘披身，看起来一模一样。

这三人立在面前，贞洁美丽的苏喀尼雅根本无法辨认出谁是她的丈夫。最后，苏喀尼雅只得托庇于阿湿毗尼，乞求二神显露真身，解决这个难题。阿湿毗尼双子对苏喀尼雅的贞洁忠诚十分满意，便向她道破了各自的身份。然后，得到那位牟尼的许可，二神乘天舆升空而逝。

就在这件事发生以后，国君沙力亚提决定举行一次祭祀。如是他便去了叉筏那牟尼的净修林，想让他担当祭司。才到那里，沙力亚提就看到一个英俊非凡的年轻男子坐在自己女儿的身旁。

见到女儿近前顶礼，国王厉声呵斥："不贞洁的女孩啊，你欺骗了你那最受人尊敬的夫主，只不过因为他已年迈体衰，不复青春迷人。因为这个缘故，你就离弃他的陪伴，把街上的乞丐当作情人。我的女儿啊，你出身高贵，为何要这般轻贱自己？你这般毫无羞耻地偷养情人，会让你父母亲两边的家族都堕入地狱！"

苏喀尼雅对自己的贞洁十分自豪，听到父亲责骂，便微笑答道："父亲啊，坐在我身边的男子乃是你的女婿——叉筏那牟尼。靠着阿湿毗尼双子的慈悲，他如今获得了一个年轻英俊的身体。"

沙力亚提得知真相，大为满意，当下满心欢喜地拥抱了女儿。后来叉筏那牟尼为国王沙力亚提举行了娑摩大祭，并供养给阿湿毗尼双子满满一坛娑摩酒。

因陀罗对此大为震怒，当即召唤霹雳，要杀掉那胆敢逾越礼法的婆罗门。但是，凭借超凡的勇力，甚至在因陀罗发射神器之前，叉筏那牟尼就让自己的两条臂膀瘫痪了。结果，虽然阿湿毗尼双子由于身为医流，此前被禁止饮用娑摩，但诸神为了安抚叉筏那牟尼，只得撤销禁制。

沙力亚提有个孙子，名叫瑞筏陀，在大洋深处建立了一个王国，被称为俱舍城。国王瑞筏陀生有百子，最大的叫卡库德弥。

有一次，卡库德弥带着女儿瑞筏蒂往萨提耶珞珈拜谒梵天，想为女儿定下一个如意郎君。然而，他到的时候，梵天正好在听乾达婆们唱歌。卡库德弥只得在外面静候，直到曲终歌罢，他才见到了梵天。向梵天顶礼之后，国王提到了女儿的婚事，并开列出一大串他认为适合做他女婿的人的名单。

梵天闻听，哈哈大笑，说道："王啊，你所说的这些适合做你女婿的人早已不在人世。事实上，你在我这里等了将近半小时，地上则已经度过二十七劫，你所选中的那些人的子孙后代都已然被人遗忘了。不过，巴腊提婆，那全能的至上主神,如今却在地球,他很适合做你女儿的夫主。作为众生的赐福者,巴腊提婆已经降临世间,为的是减轻大地的负担。请速速前去,把你的女儿献给他。"

卡库德弥受命,向梵天顶礼之后,便踏上了归途。回到家乡,他发现家园早已被族人废弃。如是他便把心爱的女儿布施给了巴腊罗摩,自己遁迹世间,径直前往巴答黎喀净修林,开始一心崇拜拿罗、拿罗衍那。

第三章 狂龙有悔

维筏斯筏陀摩奴之子为拿跋伽,他有个儿子,也叫拿跋伽,此人跟上师住了很长时间。他的兄弟们以为拿跋伽发下了终生守贞的誓言,便私自分光了父王的财产,未曾留下一份给他。如是,当拿跋伽回家问兄弟们:"亲爱的兄弟们啊,父王的财产我也有一份,你们给我留下了什么?"他们回答:"我们把父王留下给你了。"

拿跋伽找到父亲,说道:"我的兄长们把你给了我,作为我那份遗产。"父亲答道:"我心爱的儿子啊,不要相信这些骗人的鬼话,我不可能是你的财产。现在,你好好听着。安吉罗的后裔们将要举行一次盛大的祭祀。尽管他们都很聪明,但每六天他们就会犯迷一次,造成错误。你可以去找他们,对他们诵毗湿筏提婆的两个咒语。这样,那些伟大的圣者们就会喜欢你,等到献祭结束,他们将赐予你一些他们所收到的财物。"

拿跋伽依言而行,安吉罗一族的伟大仙圣们在返回天界前,果然把他们所收到的财物都留给了他。彼时,一个皮肤黝黑的人自北而来,走到拿跋伽跟前,对他说:"从这个祭场得来的财物全都属于我。"拿跋伽回答:"这些财物是安吉罗的后裔们给我的,它们是我的。"那黑人提议:"我们可以一起去找你的父亲,让他来解决我们的争端。"

就这样,事情摆到了老国王拿跋伽面前,最后他决定:"那些伟大的圣者们所奉献的一切都是给大神湿婆的。因此,祭场的一切都应该属于大神。"拿跋伽按照父亲的吩咐,先向大神湿婆顶礼,然后说道:"敬爱的主啊,一切都是你的。我在你面前恭敬顶礼,乞求你的恩慈。"

湿婆答道:"你父亲所说的话都是对的。不过,因为你欢欢喜喜地接受了他的裁决,我准许你把那些婆罗门留下的财物都拿走。"说罢,特意化身下凡,前来测试拿跋伽的大神湿婆隐身逝去。

拿跋伽之子是一位杰出的奉献者,名叫安巴黎萨。尽管安巴黎萨大帝获得了统治大地之上七大部洲的权柄,因而拥有无限的财富,他却根本不在乎到手的权位。他很清楚，这些身外之物，无非如梦如幻，最终将归于坏灭。事实上，由于对至尊主及其奉献者怀有忠贞不贰的爱，在安巴黎萨大帝看来，整个宇宙并不比一块石头更重要。

安巴黎萨时时将心意运用于冥思至尊者的莲花足，将言语运用于讲说至尊者的荣光，将双手运用于清洁至尊者的庙宇，将耳朵运用于听闻圣言，将眼睛运用于参见神像和圣地，将触觉运用于触碰奉献者的身体，将鼻子运用于嗅闻供养过至尊者莲花足的荼腊茜叶子，将舌头运用于品尝供养过至尊者的祭余，将双足运用于朝拜庙宇和圣地，将头用于向至尊者顶拜，将所有欲念用于侍奉至上主神，一天二六时中，无不如此。

如是，安巴黎萨彻底献身于侍奉至尊者，变得完完全全地依附至尊者，离绝了一切个人享乐的念头。当践行国君之职分时，安巴黎萨大帝把一切功果都奉献给了至尊主——那至高无上的享受者。为了社稷的利益，在伟大的圣者诸如筏希斯塔、阿悉多和乔达摩的督导下，安巴黎萨举行了很多繁复的祭祀，但内心里，他一直在侍奉着至尊主，一如前所述。甚至他治下的臣民们都习惯于听闻、唱赞至尊主的荣耀，由此变得毫无贪欲之心，甚至无意转生天堂。实际上，那些沉浸于奉爱之妙喜的人对神通都毫无兴趣，因为这些东西并不会增益他所感受到的从冥思至尊者而来的妙喜。

有一次，安巴黎萨大帝跟王后一道，遵行艾喀达悉（Ekadasi）[①]和德瓦达悉（Dvadasi）[②]之誓一年。到喀提卡月（Karttika）[③]，当禁戒圆满之时，安巴黎萨大帝断食三天，于朱木拿河中澡沐之后，举行了浴神大典。他用各种物品洗沐神像，又给神像穿戴上精美的衣饰、花鬘。礼成，安巴黎萨布施给众婆罗门六百万头母牛，皆以金包角以银裹蹄，秉性温顺，年少漂亮，身边还跟着牛犊。安巴黎萨大帝还设盛宴款待众婆罗门。看到众婆罗门无不心满意足，安巴黎萨便准备在婆罗门的允许下，打破戒食，结束艾喀达悉。恰好在这个时候，一位不速之客，神通广大的瑜伽大师——图尔华刹牟尼出现了。

安巴黎萨大帝起身迎接，献上宝座以及各色物品。然后，安巴黎萨坐在图尔华刹的脚边，谦恭地请他用餐。图尔华刹欣然接受了邀请，不过，用膳之前，他得先去朱木拿河，做一些仪式。浸入水中之后，图尔华刹开始冥思大梵。渐渐地，

[①]十四日间的第一日，斋戒。
[②]半个月的第十二日。
[③]历月之名，十月、十一月。

他进入甚深三昧之境，很久都忘了返回。

与此同时，结束禁制的时间快到了，必须立刻打破戒食。情况紧急，安巴黎萨当下就此询问众婆罗门："逾越尊礼婆罗门之法，肯定是一个巨大的冒犯。但另一方面，我若不在规定的时间打破戒食，持戒就会出现差错。因此，婆罗门啊，如果你们认为可以的话，我将以饮水的方式打破戒食。"

如此征询过众婆罗门之后，安巴黎萨大帝心意已决，因为根据他们的看法，喝水可以算是进食，也可以不算。喝完水，安巴黎萨大帝注心一处，开始冥思至上主神，同时等待图尔华刹牟尼的到来。

待午时仪法结束，图尔华刹自朱木拿河边返回王宫，安巴黎萨大帝恭迎上前。然而，凭借神通，图尔华刹看出安巴黎萨在未经他允许的情况下，喝了一些水。那圣者十分饥饿，又觉得自己受到轻视，不由无明火起，气得浑身打战、脸歪眉立。

见到安巴黎萨双手合十，站在自己面前，图尔华刹厉声叱骂："哎呀，看看这个狠心男人的举止！他怎么可能是至尊主毗湿努的奉献者？被权势富贵冲昏了头脑，他把自己当成了上帝。安巴黎萨，你请我来做客吃饭，可我还没吃，你自己倒先吃了。你如此无礼，我现今要给你点颜色看看！"

图尔华刹气恼之下，面红耳赤，当即从头上拔下一撮头发，变出一个仿佛劫火般燃烧的魔王。手持铁叉，这光焰夺目的生灵奔冲上前，大地随着他的脚步而震颤。然而，安巴黎萨大帝纹丝未动，他内心全然皈命至上主神，所以见到这可怖的魔王竟然丝毫未受打扰。此时，在至尊者的指令下，吉祥见法轮突然横空现世，把那魔王烧成了灰烬。

图尔华刹眼见报复不成，吉祥见法轮又凌空飞至，不禁恐惧万分。为了逃命，图尔华刹不时变换方向，急速飞奔，但至尊者的法轮始终紧贴着他的后脊梁，在后面追赶他，就像林中炽烈的火苗在追逐一条蛇。

但求自保的图尔华刹四处逃窜，他越过天空，横穿大地，逃进山洞，潜入海洋，跑遍了三界之内所有的星系。但是，不管跑到哪里，他都能看到吉祥见法轮那不可抵挡的光芒在身后紧追着他。最后，他实在无路可走了，只得满怀恐惧地前去寻求梵天的保护，他乞求道："主啊，求你慈悲，把我从至尊者那光焰逼人的吉祥见法轮下救出来。"

梵天答道："当劫终之时，至尊者只是动了下眉毛，就毁灭了整个宇宙。甚至大神湿婆和我，以及以布黎古为首的伟大圣哲们，为了众生的利益，都得向他顶礼皈命，按他的指令行事。"

遭到梵天的拒绝后，被吉祥见法轮吓破了胆的图尔华刹牟尼又奔往凯拉什，去找湿婆大神。面对走投无路的图尔华刹牟尼，湿婆说道："孩子啊，没有一个人，哪怕我、梵天，或者任何其他人，能够显示出可以跟至上主神争竞的力量。在他的指令下，无量数宇宙及其人民得以存在，接着又被毁灭。因此，你该去找至尊者，以求缓解，甚至连我都无法承受这吉祥见法轮的光焰。我相信，至尊主毗湿努定会慈悲为怀，赐你好运。"

　　图尔华刹只得继续向无忧珞珈飞奔，那里是至尊者拿罗衍那跟他的爱侣——吉祥天女拉珂施弥永恒居住的地方。在吉祥见法轮的炙烤下，浑身颤抖的图尔华刹拜倒于至尊者的莲花足下，乞求道："一贯正确、无有极限的至尊主啊，你是天地万物的怙主，奉献者唯一的归宿。我断然是一个冒犯者，但是，求你给我庇护。因为对你无限的力量一无所知，我竟胆敢冒犯你最心爱的奉献者。"

　　至尊者答道："婆罗门啊，你该晓得，我完全在我的奉献者操控之下，一点儿都不独立。不必说我的奉献者，我的奉献者的奉献者都是我所万分珍爱的。没有这些把我当作他们唯一寄托的纯粹奉献者，我甚至不愿享受我那至高无上的权能和超妙非凡的喜乐。因为，这些奉献者抛弃室家、妻儿、财产乃至性命，一心侍奉我，不求任何回报，无论是今生的还是来世的，我如何能够放得下他们？

　　"就像贞洁的妇人靠精心伺候让夫主温顺听话，内心彻底仰赖我的纯粹奉献者完全把我置于他们的掌控之下。这些奉献者甚至无意于无忧珞珈的四种解脱，更不必说由转生天界而得来的无常福乐。纯粹奉献者时时刻刻深藏在我的心底，一如我也时时刻刻在我的纯粹奉献者的心中。除了我，他们一无所知；除了他们，我也一无所识。婆罗门啊，我祝你好运！现在让我给你点建议，你应该马上去找安巴黎萨大帝，除非你能取悦他，否则你绝不会有平和安宁。若有人使用其所谓勇力对付奉献者，只会自食苦果。因此，尽管知识和苦行值得称赞，但若是被一个不够温顺的婆罗门所获得，它们也可能成为最厉害的凶器。"

　　受到这番指点，图尔华刹当即回转，去找安巴黎萨。五体投地顶拜之后，图尔华刹紧紧抱住安巴黎萨的莲花足。一个婆罗门竟然如此对待自己，让安巴黎萨觉得十分羞惭，看到图尔华刹还打算奉上赞祷，安巴黎萨愈发尴尬不安起来。

　　为了摆脱这尴尬的处境，这位慈悲为怀的国君对吉祥见法轮说道："至尊者神圣的法器啊，你有上千根辐条，你是至尊者最初的目光，我向你深心顶礼！天地万物皆为你所创造，靠着你的光辉，天地间的黑暗被驱除。天地之怙主啊，你为至尊者所驱使，作为他的兵器，杀灭一切性好嫉妒的恶魔。如今，为了我们整个王朝的利益,请对这可怜的婆罗门施以慈悲。若我家果真行过布施、举过祭祀,或正确地践履过礼法名分,我希望能用这些积攒下的功德做个交换,让这个婆罗门能逃过你那熊熊的热力。"

听了安巴黎萨的祷告,吉祥见法轮平静了下来,不再上前去灼烧图尔华刹。那婆罗门死里逃生,自然欢喜非常。他当下赞美安巴黎萨道:"我王啊,今天我见识到了奉献者的伟大,尽管我冒犯了你,你却为我的好运而祈祷。对于那些专注天命的人来说,有什么是不可能做到的?又有什么是不可能舍弃的?王啊,你不在意我的冒犯,又救了我的性命,我非常感激你。"

安巴黎萨一直站在原地未动,除了喝水以外,始终未曾饮食,他就这样等着图尔华刹回来,已经整整一年了。安巴黎萨遂以头面顶礼图尔华刹,然后备下盛宴款待,让这位婆罗门吃得心满意足。

图尔华刹心中感激,对国王说道:"王啊,你也请用膳吧。一开始,我认为你不过是个凡夫俗子,但现在我明白了,你乃是至尊主最超卓的奉献者。因此,仅仅看到你,触你的足,跟你交谈,我就感激万分了。由于你超拔高尚的行为,世人会永远唱赞你的荣光,天女们会歌颂你无瑕的品格。"

然后,图尔华刹辞别国王,径向梵天珞珈而去,一路还不断荣耀着安巴黎萨。看到图尔华刹火下逃生,安巴黎萨知道,凭着至尊主的恩慈,自己变得多么强大有力。然而,他并未自以为是,他很清楚,这一切无非都是至上主神之所施为。

岁月流逝,安巴黎萨大帝决定弃位退隐。他把财产分给众子,接受了林栖期的生活。此后,他一直住在丛林中,全心冥思至尊者。

第四章　阴差阳错

　　虽说伊刹华古被视为维筏斯筏陀摩奴之妻施罗多所生的十子之一，但实际上，他生于施罗多天人的鼻孔，彼时那天人打了个喷嚏。

　　一次，伊刹华古大帝举行施罗多大祭，时当一月、二月和三月的月晦之日。他命令他一百个儿子中的一个——毗俱克施，前往森林猎取新鲜的祭肉。

　　毗俱克施来到丛林中，猎杀了很多适于献祭的野兽。但是，在极度疲惫饥饿之下，他不小心吃掉了其中一只兔子。回到祭场，毗俱克施把剩下的肉都交给父亲，而他父亲又将它们转交给了筏希斯塔，以求净化。但是，筏希斯塔立刻就知道，毗俱克施已经吃掉一些肉，全部牺牲因而都被玷污了。筏希斯塔把此事告知了伊刹华古，国王大怒，当即命令儿子滚出国土，作为对他败坏律法的惩罚。

　　伊刹华古遂从筏希斯塔学道，后来功成圆满，离开躯壳前已毫无执着之心。父亲离世后，毗俱克施回乡，登基为帝。毗俱克施又名刹沙达，意谓"食兔者"，生一子，名蒲兰遮耶，也被叫作因陀罗婆诃、喀库特斯陀。

　　一次，众神在恶战中为魔族所败，便去求刹沙达的儿子帮忙。因为这个缘故，此子被称为蒲兰遮耶，意思是"征服魔域者"。蒲兰遮耶同意为众神讨魔，但坚持要因陀罗做他的坐骑。出于骄傲，因陀罗开始拒不同意，但后来，在至尊主毗湿努的指令下，他把自己变成了一头巨大的公牛。在众神的欢呼声中，蒲兰遮耶跨上了牛背，如是有了喀库特斯陀的名字。由于得到了至尊主毗湿努的加持，蒲兰遮耶骑到了因陀罗的背上，所以也被称为因陀罗婆诃。

　　随后，神魔又开始大战。那些胆敢近到蒲兰遮耶身边的天魔当即被他犹如劫火一般的利箭送到了阎罗的殿堂。剩下的魔众为了保住性命，尽皆抱头鼠窜而去。征服了魔族之后，毗俱克施之子把敌人的妻女财宝都送给了因陀罗。

　　蒲兰遮耶之后第八代有俱筏腊亚湿婆。在他两万一千个儿子的协助下，俱筏腊亚湿婆杀死了魔王敦度，以取悦伟大的圣者乌檀伽。为此，俱筏腊亚湿婆也被称为敦度摩罗。然而，就在这场战斗中，他的儿子，除了其中三个，皆被那魔王口中喷出的烈焰焚为灰烬。

俱筏腊亚湿婆之后第七代有优筏那湿婆。因为没有子嗣，这位国君抛下王位，带着一百个妃子，遁入森林苦修。林中的圣者们见国王和妃子们终日愁苦，出于慈悲，便举行了因陀罗大祭，好让国君能有个儿子。

一天晚上，优筏那湿婆十分口渴，便走到祭场，想找些水喝。似乎天命注定，国王看到众婆罗门皆酣然入睡，便喝下了原本该让他的妃子们服用的圣水。

早晨，众婆罗门醒来后，发现盛圣水的罐子已经空了，便四下探寻起来。最后查到居然是国王喝下了用来怀胎生子的圣水，众婆罗门不禁扼腕唏嘘："唉唉！看看天命的力量，没有人能违抗啊！"

时光流逝，一个婴儿终于从优筏那湿婆腹部右下方破腹而出，身具种种贵为人君的妙相。那婴儿生下来后哭着要奶喝，众婆罗门情急呼天："谁来照顾这可怜的孩子啊？"

彼时，一直受到崇拜的因陀罗现身，安抚了那孩子以后，因陀罗把食指插进他的嘴里，跟他说："你来喝我吧。"

由于众婆罗门的仁慈，优筏那湿婆生下孩子后并不曾死去。自那以后，他就在丛林里精勤苦修，最终获得了圆满。优筏那湿婆之子名叫曼达多，因为他让罗波那以及其他魔种畏惧，所以因陀罗赐他另外一个名字——陀罗萨达修。

凭借至上主神的恩慈，曼达多变得极为强大，成了地上七大部洲的王。曼达多深知，所有天神皆是至尊者宇宙大身的各部分肢体，于是他便举行种种祭祀来崇拜至尊者，并给予婆罗门大量的布施。他的妻子乃刹沙宾度之女，名叫宾度玛蒂，生三子、五十女。

其时，大哲娑波梨牟尼深潜于朱木拿河底，修炼苦行。然而，有一次他偶然睁开眼睛，看到眼前有一双鱼儿在交尾，他当下受到刺激，产生了体验男女欢爱的欲望。为此，他浮出水面，前去寻找住在摩图罗的曼达多大帝。听了圣者求婚的诉求，那国王说道："婆罗门啊，我的女儿们可以随自己的心愿挑选夫婿。"

娑波梨牟尼自思："我如今年纪已老，头发灰白，皮肤松弛，身体衰弱，成天头脑昏沉。这个样子，再加上我又是个瑜伽士，女性自然不会对我感兴趣。国王这么说，其实已经拒绝了我的请求。不过，我若用神通让身体恢复青春，那定能叫天女都对我动心，何况这些人间君王的女儿？"

娑波梨牟尼随即变身为一个非常帅气英俊的少年。如是，当他被带入公主们住的府邸时，国王的五十个女儿都急切地想要嫁给她。由于都迷上了娑波梨牟尼，公主们不顾姊妹关系，互相争吵起来，每个人都声称："这男人只跟我匹配，对你们不合适。"

为了平息争端，娑波梨牟尼运用咒语的力量，变出一座无比豪华的宫殿，周围环绕着园林池水。靠着苦修的功果，他还变现出无数穿着华丽的男女仆从，整个宫殿到处陈设着最贵重的床榻几椅，以及各种供人享乐的物品。如此，娑波梨牟尼安抚了众公主，把她们都娶下来，让她们操持各种家务。

事实上，尽管曼达多大帝是当时全天下的统治者，但看到娑波梨牟尼家居之奢华，也不禁放下了贵为天子的虚荣心。然而，虽然享受着这般荣华富贵，娑波梨牟尼内心却并不满足，犹如酥油投火，永无餍足。

一日，娑波梨牟尼独坐幽僻，开始思虑自身的处境："唉唉！尽管我修持了如此大的苦行，遵循了所有规范圣者生活的戒律，却仅仅因为见到两条鱼交尾，就丧失了所有苦修者的美德。每个人都该来听听这段因缘，从中汲取教训。一个渴欲挣脱尘世羁绊的人必须舍弃跟好色之徒的交往。人当始终幽居独处，注心一处，冥思至上主神的莲花足。若还是想要跟人交往，也只跟习性相近的人为伴。因为看见鱼儿交尾，我也起心结婚娶妻，就这样我成了五十个公主的丈夫，每个公主都生下了一百个孩子。我原本想要图个世间快活，可如今看来，感官欲乐永无止境，无论今生，抑或来世。"

其实，娑波梨牟尼堕落的根源是冒犯奉献者。一次，大鹏鸟伽鲁达想要到河中捉鱼吃，娑波梨上前阻止未成，遂诅咒了伽鲁达。如此，他对一位卓越的巴克提道奉献者造下了巨大的冒犯，不得不自食苦果。

这般自伤自悼之际，娑波梨牟尼又生起了舍离之心。自此，为了断绝凡尘，他退隐山林，跟众多夫人一起，做了林栖的修士。后来娑波梨牟尼功成圆满，转生灵天，他的夫人们也得以结伴同登，这都是靠着他的灵性力量，犹如一火灭后，众焰随之而息。

第五章　人牲献祭

曼达多之后第七代有萨提耶伏罗多，也叫特黎商枯。此人绑架了正在行婚嫁之礼的婆罗门之女，其父遂诅咒他下世投胎做吃狗的贱民。然而，由于毗湿筏弥陀的影响，特黎商枯不但没有下堕，反而以肉身得登天界。之后他又被众神推下来，但靠着毗湿筏弥陀，他没有一直落到地面。直到今天，还能看到他，头朝下挂在空中。

特黎商枯之子为诃黎史粲陀罗，因为他的缘故，毗湿筏弥陀和筏希斯塔之间大动干戈。自打毗湿筏弥陀一意精进，想升到婆罗门之位起，这两人就一直互相敌视。尽管筏希斯塔很长时间都不接受后者的婆罗门地位，但最后，看到对方有容恕之德，还是让步了。

但有一次，毗湿筏弥陀为诃黎史粲陀罗举行祭祀，其间却对那位国王大发脾气，还顺势拿走了国王的所有财物，声称这些都是给祭司的报偿。筏希斯塔看不下去，结果两位仙圣大打出手，互相诅咒，一个说："你该当做只鸟。"另一个说："你应该变成鸭。"于是两位仙圣都变成了禽兽之形，犹自经年累月，缠斗不休。

因为膝下无子，诃黎史粲陀罗郁闷万分。按照那罗陀的指点，他去乞求筏楼那："我主，我至今无子，求你给我一个。若你肯慈悲加披，实现我愿，我将把孩子献祭给你，作为回报。"

筏楼那应允。如是，借着他的赐福，诃黎史粲陀罗得到了一个儿子，名叫罗悉多。孩子生下来后，筏楼那去找诃黎史粲陀罗，对他说："现在你得到儿子了，必须把他祭献给我。"诃黎史粲陀罗答道："出生后十天，动物才适合拿来献祭。"

十天已过，筏楼那来催，诃黎史粲陀罗答道："要等到动物长出牙，献祭才足够纯净。"

孩子出牙后，筏楼那又来，诃黎史粲陀罗答道："要等他乳牙掉了，才适合祭献。"

等到孩子乳牙掉光，筏楼那再催，诃黎史粲陀罗答道："要等他的牙再长出来，才适合祭献。"

孩子的牙都长齐了，筏楼那继续催逼，诃黎史粲陀罗答道："等到孩子长成一个刹帝利，能御敌自卫的时候，才可以认为是纯净的。"

诃黎史粲陀罗当然爱恋儿子，因此，出于父爱，他一次又一次请求筏楼那耐心等待。后来，罗悉多也明白，父亲必须把他献祭出去。为了逃生，他便带上弓箭，投森林而去。

不久，罗悉多得到消息，父亲患了水肿病，腹部奇肿无比。罗悉多决意还家探父，此时因陀罗变身为婆罗门，劝他去朝拜圣地，积累功德。罗悉多听命，一年间四处游走朝圣。

连续五年，因陀罗用同样的方式、同样的话语，劝阻罗悉多回家。但是到了第六年，罗悉多回家了。路上他买下了阿契伽陀的第二子，名叫苏拿赫舍巴。罗悉多请求父亲把苏拿赫舍巴作为牺牲祭献。

一场盛大的人祭安排妥当。毗湿筏弥陀担任负责祭献的主祭，迦玛答戈尼为唱赞夜柔曼陀罗的祭司，阿雅峡为三曼赞歌的吟诵者，筏希斯塔为婆罗门主祭。

苏拿赫舍巴被带至祭场。他拼命说服众天神放过他，由于诸神的仁慈，他得到了释放。诸神对诃黎史粲陀罗的守信宽恕十分满意，因陀罗赐他一辆金马车，毗湿筏弥陀教他解脱之道。考虑到苏拿赫舍巴觉悟超凡，诸神庇护了他，如是他得到了提婆罗多的称号。

毗湿筏弥陀有一百零一子，中间的那个叫摩度禅陀，最为出众，所以他们被统称为诸摩度禅陀。那场祭祀之后，毗湿筏弥陀收苏拿赫舍巴为子，并命令众子以他为长兄，服从他的命令。前面五十个年纪大的儿子们拒绝，毗湿筏弥陀怒而诅咒："你们这些不肖之子，都变成不守韦陀礼法的吃肉贱民吧！"

见此情形，摩度禅陀和其他五十个年纪小的儿子们齐声赞同："我父，我等皆唯你是从。"

毗湿筏弥陀告诉他那些听话的儿子："你们接受苏拿赫舍巴做你们的兄长，我十分满意。因为顺从我的吩咐，今天你们让我成了孝子之父，如是，我祝福你们，将来也生出这般孝顺的子嗣。"

第六章　河落九天

　　罗悉多之后第六代有巴睺伽。在所有财产皆为敌人夺走后，国君巴睺伽接受林栖位，偕众妃退隐山林。国君年老离世，有一妃欲投火同死，但奥尔华牟尼知道她已然怀孕，便制止了她。不久，其他妃子知情，嫉妒之下，便在食物中下了毒。然而，母亲和腹中胎儿不但没死，那婴儿反倒跟毒药一起出了娘胎。故此，那孩子被人们唤作萨伽罗。

　　禀受上师奥尔华牟尼之命，萨伽罗大帝后来成了大地七大部洲之王。他没有杀灭那些未开化的蛮族，比如牙筏那、刹伽、亥哈耶诸族，而让他们打扮得十分古怪：有的光头蓄须，有的阴阳头，有的无衣，有的无裳。

　　在奥尔华牟尼的指导下，萨伽罗大帝遂举行马祭，以取悦至尊者。因陀罗嫉妒，下凡盗走了用来献祭的马。萨伽罗大帝有二妃，名叫苏摩提和凯诗尼。苏摩提诸子素以勇力自负，遂受父命寻马，遍搜于大地。

　　最后萨伽罗的儿子们终于在伽皮罗牟尼的净修林附近，当其东北面，找到了马。他们高叫："这就是盗马的贼人！他闭着眼睛坐在那里，好像对我们不理不睬，此人罪大恶极，理当处死！"

　　如此呼喝之际，六万个王子挥舞着兵刃，冲向伽皮罗牟尼。至尊者伽皮罗牟尼此时睁开双眼，据说众王子就被从那双眼睛里喷出的三昧真火烧成了灰烬。然而，事实是，由于因陀罗迷惑了萨伽罗众子，致使他们亵渎了一个伟大的人物，把他们焚为灰烬的，乃是从他们自己身体里冲出来的火焰。

　　萨伽罗大帝的第二个妃子凯诗尼只有一个儿子，名叫阿沙曼遮萨，其子为安殊曼。阿沙曼遮萨前世是一个玄秘瑜伽士，但因为交友不良，中途堕落。尽管出生皇族，又有前世的记忆，阿沙曼遮萨仍恣意为恶。

　　阿沙曼遮萨形迹恶劣，臭名昭彰。一次，阿沙曼遮萨淹死了很多在萨罗育河里戏耍的儿童。萨伽罗大帝见儿子生性如此残忍，顿时放下了父子之情，把他驱逐出家。阿沙曼遮萨运用神通，让所有死去的孩子全都复活。把孩子们尽皆送还给他们各自的父母后，他独自离开了父亲的都城阿优地。百姓们无不惊奇震撼，而萨伽罗大帝为失去麟儿，也痛悔不已。

后来，萨伽罗大帝命孙子安殊曼再去找马。沿着叔叔们走过的路，安殊曼又来到了至尊者化身——伽皮罗牟尼所安坐的地方。虽然看见成堆的骨灰，还有旁边那匹用来献祭的马，安殊曼却按照礼数，上前向圣者顶礼。

他双手合十，如是祷告："我主啊，甚至大神梵天也无法理解你的地位，它超越了冥思和智辨的范围。何况我等梵天所造之辈？上主，虽然你居停于我们心中，但由于幻力的影响，我们无法看见你。我们只能看到阴阳气性的推移变化。一切有情之超我啊，仅仅见到你，我如今就挣脱了一切色欲，那是尘世迷幻和缠缚的根源。"

受到这般荣耀之后，至尊者伽皮罗向安殊曼慈悲开示，然后告诉他："王子啊，这里有你祖父一直在寻找的马。请带走它。至于你那些被烧为灰烬的亲人，只有得到恒河水的浇灌，他们才能得到救度，除此别无他法。"

安殊曼辞别伽皮罗牟尼，返回王都。他把马送还给祖父，让他完成了祭祀。后来，萨伽罗把帝位传给安殊曼，自己退隐苦修，以求臻达生命之圆满。

安殊曼也苦修了很长时间，想要把恒河引向凡间，救度死去的叔叔们。但他没有成功。他的儿子，底里波，也一样未获成功。接下来，底里波的儿子，巴吉罗陀，继续修持峻烈无比的苦行。终于，恒河女神现身于他的面前，对他说："我很满意你的作为，准备给你任何你所欲求的赐福。"

巴吉罗陀跪倒磕头，向恒河女神说出了他的愿望。然而，女神回答："王啊，当我强行落下大地，谁能支撑我？若我没有得到承接，我将穿破大地，落入冥界。此外，如果我降落凡间，凡夫俗子们必会到我的水里来澡身，以求抵消他们的罪业。为此，我不想来到地球。凡夫的罪业会聚集到我身上，我该如何洗脱这些罪负？王啊，你当好好想一下。"

巴吉罗陀答道："高超纯粹的巴克提行者，没有丝毫物欲，能够救度一切沉沦堕落的灵魂。当这些伟大的圣者在你的水中洗沐，你所积聚的罪业定能被抵消化解，因为这些奉献者的内心始终装着能够消除一切污秽的至上主神。大神湿婆，至尊主的化身，能够承负你的水，如是消解你落地的冲力。"

巴吉罗陀通过苦行取悦了大神湿婆，遂请求大神承负恒河强大的水流。湿婆同意，说道："就这样吧！"随后，以全副心意，湿婆用头顶住了飞落九天的恒河，因为他知道恒河流生于至尊者毗湿努的莲花足趾，具有无可比拟的净化力量。

巴吉罗陀于是把恒河引到叔叔们被烧成灰烬的地方。仅仅因为被洒上了恒河之水，萨伽罗众子就获得了往生天界的资格。那些用巨大的信心和奉爱直接崇拜恒河母亲的人，还有什么可说的？她从至尊者毗湿奴的莲花足趾流淌而出，具足赐予解脱的力量。

第七章　圣情魔性

　　巴吉罗陀之后第五代有黎图波拿。此人从朋友那罗处学会了驯马术，并以之交换博彩术。黎图波拿三代之后有寿陀娑，乃须陀娑之子。一次，寿陀娑住在森林，杀了一个罗刹，但放走了那食人者的兄弟。那个罗刹还是下决心要报仇，为了达到目的，他做了寿陀娑宫廷里的御厨。

　　一天，国王邀请其上师筏希斯塔共进晚餐。那罗刹做了一道人肉端上来。筏希斯塔凭借神通，看出这是人肉。于是一怒之下，他便诅咒寿陀娑将变成罗刹。然而，等到这位圣者明白，人肉是罗刹厨师烹制的，与国王无关，当下十分懊悔。为了忏悔这个失误，筏希斯塔进行了十二年的苦修。

　　寿陀娑受到诅咒，当即以指触水，念沙巴咒，准备反过来诅咒筏希斯塔。但他的妻子答玛央提，也叫玛答央提，制止了他。如此，国王受到约束。

　　此后，国君寿陀娑禀受了罗刹的习性，并且腿上长出一个黑斑，为此他也被称为伽尔摩萨波多。出于魔性，寿陀娑时时用饥饿的眼睛注视着十方上下无数的生灵。

　　一次，伽尔摩萨波多游荡于丛林之中，看到一对婆罗门夫妇，正在欢爱交合。由于饥饿难忍，加之受到罗刹习性的影响，寿陀娑猛力抓起婆罗门，想要把他吃掉。

　　那可怜的婆罗门妻哀告："英雄啊，你实际不是一个罗刹，而是伊刹华古大帝的后裔。因此，你不该如此造孽。我还想生一个儿子，请你把丈夫还给我，他还没有让我受孕。这位婆罗门在修苦行，崇拜那居停于众生心中的至上主神。我主，你通晓正法。正如儿子不应见杀于父亲，这位婆罗门应该受到像你这等圣王的保护，而不是屠杀。实际上，杀了这位婆罗门，造下的罪孽无异于毁灭腹中的胎儿，或者宰杀母牛。"

　　尽管那妇人苦苦哀求，由于受了筏希斯塔的诅咒，寿陀娑依然不为所动，下口就吃那婆罗门，一如饿虎对待到手的猎物。亲眼看到夫主被无情吞食，那贞洁的妇人怒而诅咒："愚蠢、罪恶之人啊，因为你在我们欢爱的时候杀害了我丈夫，所以我也诅咒你：只要你想射精，就会立刻死去！"说完，那妇人火化了丈夫的遗骨，自己也跳入火堆，跟丈夫一道命赴黄泉。

十二年后，寿陀娑终于从筏希斯塔的诅咒里解放出来。彼时，他很想跟王妃答玛央提交欢。王妃提醒他，婆罗门女曾经下过诅咒。此后，他不再念及男女云雨之事。

这样一来，国君便没了子嗣。后来，在国君的安排下，筏希斯塔被请求跟王妃生一个孩子。答玛央提怀孕，但过了七年还没有分娩的迹象。筏希斯塔便用石头敲击王妃的肚子，结果孩子就出生了。为此，这孩子被取名叫阿斯玛伽，意谓"石生子"。

阿斯玛伽之子为巴利伽，当波罗殊罗摩诛杀刹帝利种时，他受到了妇女的保护。因此，巴利伽也被称作拿里喀筏叉。后来此人成了刹帝利种的祖宗，如是，他还有一个名字，木腊伽。

巴利伽之后第四代有喀德梵伽大帝，强大不可战胜。为此，诸神曾邀他联手，共战魔军。喀德梵伽帮诸神赢得了胜利，诸神喜悦，便答应送给他一个赐福，可以随他选择。喀德梵伽大帝首先请求诸神，说出他余下的寿数。诸神的回答是，他只有片刻的生命了。

喀德梵伽听说，心中思想："从孩提时候起，我就从不留意微不足道的世间俗事。事实上，我发现没有比至上主神更真实的。众神想给我赐福，但我无欲无求，因为我只对侍奉至尊主感兴趣。尽管众神高处天界，但他们的诸根和心智依旧受外境的刺激，故此无法体认居停于内心的至尊者。如今我当舍弃对外物的一切贪著，彻底皈命至尊主。虽然每一个受局限灵魂都对尘世有天生的迷恋，但其实它并不比海市蜃楼更真实，因此，吾人当放弃对尘世的爱执，皈命至上主神。"

言念及此，喀德梵伽大帝当即乘天舆离开天界回到家中，一心侍奉至上主神。如是，喀德梵伽大帝放下一切虚假的身见，证成了生命的圆满。

第八章　罗摩衍那

　　喀德梵伽大帝之子为底伽巴瞵，此人的儿子即是名声昭著的君王罗瞵。阿迦乃罗瞵之子，他生了答萨罗陀大帝。作为对答萨罗陀祈祷的回应，至尊者直接现身为他的儿子——罗摩王子。随他降世的还有其分身和分身之分身——拉克什曼、婆罗多和沙图鲁伽那。

　　在毗湿筏弥陀的祭场，王子罗摩消灭了很多阿修罗、罗刹以及游荡于午夜丛林的蛮子。在悉多的招亲大会上，王子罗摩折断了大神湿婆的弓，尽管那弓奇重无比，三百个汉子才能举得起来。事实上，拉开弓弦之后，罗摩轻而易举地就将那张神弓拦腰折断，一如幼象折断甘蔗。如此，罗摩赢得了悉多的芳心，那公主天生禀赋诸多圣德妙相，实无异于幸运女神本人。在跟悉多一同返回阿优地的途中，王子罗摩打败了专门前来向他挑战的波罗殊罗摩，此人曾经绝灭了大地上的刹帝利种二十一次。

　　后来，答萨罗陀为妃子左右，不得不放逐罗摩。王子服从父命，抛下江山、奢华和亲友，前往森林。在悉多、拉克什曼的陪伴下，罗摩辗转游荡于丛林之间，虽然他的莲花足是如此柔嫩精致，甚至无法承受爱侣掌心的摩挲。结庐林中期间，罗摩遇到了意欲以美色相挑逗的魔王罗波那之妹——殊波那伽。罗摩割掉她的鼻子、耳朵，杀了她手下一万四千个罗刹。

　　殊波那伽找到罗波那，想叫哥哥为她复仇。那十个头的魔王听说悉多的美貌，不禁欲火中烧，当即动了邪念，欲图劫掠悉多。为了引开罗摩，罗波那命摩利叉变身为一头金色小鹿，跳跃于罗摩的净修林前。见悉多喜欢那小鹿，罗摩便一路追赶过去，不知不觉间进入了丛林深处。待罗摩和拉克什曼先后离开，变身为苦行僧的魔王罗波那乘机掳走悉多，就像老虎乘牧人不在，叼走了失去保护的羊羔。

　　罗摩射死摩利叉后回到家中，发现悉多已经失踪。满怀哀愁的罗摩开始四处寻找悉多。途中，罗摩找到了大鸟迦陀游。因为力图阻止罗波那劫走悉多，迦陀游被那魔王斩断了翅膀。临终前，迦陀游告诉罗摩，劫走悉多的是食人魔王罗波那。就像一个孝子，罗摩为大鸟迦陀游举行了葬礼。

罗摩和拉克什曼踏上了征途。在丛林里，罗摩遇到一群猿猴，并与猴王成了朋友。助猴王杀死对头后，他带领众猴来到了通往楞伽的大洋岸边。罗摩在海边斋戒断食整整三天，祈求海神降临。大海全无回应。罗摩大怒，他愤怒的目光刺穿大海，海里所有巨大的水族无不惊恐万分。

海神被震慑了，当下满心惶恐，前去参见罗摩。海神用各种物品崇拜了罗摩，然后五体投地，拜倒在至尊者的莲花足下："无上者啊，我等愚钝，无法明白你的真实身份。可是，现在我等认识到了，你乃天地百神之宗主。我主，你可以随意使用我的水，直捣魔王罗波那的老巢。此人虽说是毗湿罗筏的儿子，却比屎尿好不了多少。请去杀了他，夺回你的妻子悉多。尽管我的水根本不可能成为你进入楞伽的障碍，但还是求你造一条跨海大桥，好让你的威名远播四方。"

如是众猴从山间采来大石，刻上罗摩的名字，然后将这些石头投入大海。凭着至尊者的大能，这些石头都浮在海面，形成了一座跨海浮桥。然后，在罗波那的兄弟——毗比萨那的帮助下，罗摩开始进攻楞伽。

神猴苏格利华和哈努曼指挥众猴兵占领了城门、广场、楼观、要道。经过猴兵们一番破坏，整个楞伽城看起来就像一条遭群象践踏的河流。罗波那率魔军拼死还击，他叫来尼昆巴、昆巴以及儿子因陀罗吉特等魔将，最后是昆巴喀那，抵挡罗摩的猴军。

罗摩在哈努曼等大将的拱卫下，率领挥舞着树干、山石和大棒的猴兵们，进攻全副武装的罗刹大军。由于悉多对罗波那的仇恨，众罗刹武士失去了好运，纷纷死于一众猴兵猴将的手下。

罗波那损兵折将，不禁恼羞成怒。他乘上飞舆，向罗摩冲来。其时罗摩坐在摩多利送来的天帝之车上，见罗波那持弓杀来，便喝骂道："最可厌憎的罗刹鬼啊，你就像他们的粪便。好比一条狗，乘主人不在，偷走了厨房里的食物，你乘我不在，掳走了我的妻子悉多。你这绝顶罪恶、无耻的家伙，我，意愿从不落空的人，今天要惩罚你！"

说毕，罗摩张弓搭箭，霹雳般地射出一箭，击穿了罗波那的心脏。那魔王从飞舆上摔落到地面，鲜血从十张大口里喷涌而出。罗波那手下的魔众哭喊叫嚷，如丧考妣。接着，罗波那的众妃子从王宫里赶出来，个个捶胸顿足，抱住丈夫的尸体啼哭哀号不断。

王后曼多答梨哭诉道："我的夫主啊，你专给别人带来烦恼，所以被人唤作罗波那。可如今，你被人打败，我们也跟着一起完蛋，我们该找谁寻求庇护？你被淫欲冲昏了头脑，不能明白悉多女神的威力。如今，因为她的诅咒，你死在罗摩的箭下，境况惨不忍睹。这一切都是你咎由自取，你的身体应被秃鹫吞食，灵魂该沉沦地狱。"

按照罗摩的指导，罗波那的兄弟毗比萨那为死去的家人举行了葬礼，以超度亡灵。在一片幽静的忘忧草丛中，心莎波树下，罗摩找到了独坐草庐的悉多。看见悉多因为离愁而瘦若黄花，罗摩心生怜惜。悉多发现日夜思念的丈夫竟然就在自己眼前，不禁喜极而泣。

罗摩扶助毗比萨那登基，立他为楞伽之王，并赋予他直至劫终统治罗刹的权力。待诸事已毕，罗摩登上一辆饰满鲜花的飞舆，跟悉多、拉克什曼、哈努曼、苏格利华一道，启程返回阿优地。他的流放期结束了。才刚抵达，罗摩就受到了以梵天为首的众天神的荣耀礼赞，他们撒下香花，遮盖了他的整个身体。罗摩听说，自他离宫后，他的弟弟婆罗多以树皮为衣，编吉祥草为床，蓬头乱发，每日但以麦粒煮牛尿为食，这消息让他痛心不已。

婆罗多听说罗摩回乡，当即把他兄长的木屐顶到头上，从住所匆匆赶来相会，身后还跟着大臣、祭司、长老、兵卒、仆从、女伎、乐师和唱赞韦陀的婆罗门。一时间，车马浩荡，热闹非凡。

婆罗多眼中噙泪，跪倒在罗摩的莲花足下。向兄长献上木屐后，婆罗多双手合十，躬身站立。罗摩紧紧抱住他，泪如雨下。然后，罗摩带领悉多、拉克什曼，向婆罗门、族中长者一一顶礼。与此同时，阿优地所有的臣民皆奔凑而来，在罗摩面前跪拜行礼。见到长久未归的王子，百姓们向他献上鲜花，无不笑逐颜开，载歌载舞。

罗摩步入他的王都，后面婆罗多持木屐，苏格利华和毗比萨那挥拂尘，哈努曼打大白伞，沙图鲁伽那持弓箭，安伽答捧剑，瞻巴梵操金盾，悉多女神手举金罐，里面盛满了圣水。

进到宫里，罗摩先向诸母顶礼，包括凯克伊、苏弥陀以及生母蔻莎丽耶，接着拜见师父筏希斯塔。答萨罗陀的三位妃子轮流把罗摩和拉克什曼抱在怀里，无不泪如泉涌。

筏希斯塔命罗摩剃剪干净，然后在族中长者的协助下，用从四大洋取来的海水以及其他吉祥之物，为罗摩举行浴身大典。沐浴后的罗摩身穿皇袍，项带花鬘，在众兄弟和妻子的簇拥下，愈发显得光彩夺目。于是罗摩登基称帝，开

第九卷 | 305

始统治天下。他对待臣民，如同父亲般慈爱。据说，虽然罗摩降显于特里陀纪，但因为他的仁政，那时的天下就像在黄金时代。

罗摩当政之时，山林川泽、七大部洲、七大海水皆毫不吝惜地为人类供应一切生活所需。事实上，当至上主神罗摩为天下之主时，世上没有烦恼、疾患、衰老、愁苦、畏怖、疲累，对于不想死的人，甚至没有死亡。罗摩展现出了一位圣君的理想品德，他发誓终身只娶一妻，如此为世人做出榜样，尤其是为在家的居士。悉多十分顺从、忠贞、贤淑，总是能懂得丈夫的心意。如是，靠着品格、爱和奉献，她完全占据了至尊主的心。

登基不久，罗摩命众兄弟出发平定天下，而他自己留守王都阿优地，管理朝政，听取百官臣民的议论。其时，阿优地城中有大象遍洒香水、酒醴。宫观、楼阁、广场、寺庙各处皆饰以黄金水罐，以及各色旗幡。罗摩所到之处，皆设观礼门楼。这些门楼乃用香蕉叶、槟榔树、无数花果搭建而成，上面装饰着五颜六色的旗帜、明镜、花鬘。当罗摩巡视都城之际，百姓们带着各种供养物品迎接他，乞求他的祝福。若是有一段时间没见到他，男男女女都会急切地登上屋顶，乘他经过时望他一眼，向他抛撒鲜花。虽然看到了至尊主罗摩莲花般的脸庞，但他们的眼睛和内心永远不觉餍足。

于是罗摩返回祖先们留下的王宫，那宫城到处镶嵌着珍贵的宝石，散发出天堂般的辉光。宫门口设有珊瑚打成的座椅，宫中庭院里环绕着白玉廊柱，地面上铺着打磨光洁的摩罗喀塔玉石，大理石砌成的喷泉四处点缀。宫中男女皆恍若神仙，珠宝饰物似乎因为佩在他们身上才显得美艳动人。有悉多的陪伴，罗摩安居王宫，尽享人伦之乐。

罗摩举行了很多献祭，只为崇拜他自己——诸神之神。祭祀结束后，罗摩把整个大地都布施给了婆罗门，只留下穿在身上的衣服首饰。众婆罗门无不对罗摩喜爱至极，罗摩的爱融化了他们的心，于是他们又把得到的一切悉数奉还。

众婆罗门言道："我主，你乃天地之宗主。你进入我们的内心，驱走无明，我们认为这就是至高无上的礼物。因此，我们不需要任何世间的布施。主啊，你把婆罗门视为应受崇拜的神祇，请让我等向你顶礼致敬。"

一次，罗摩微服私访，乘夜晚穿行于阿优地的大街小巷。罗摩偶然听到有人责骂妻子："你竟去了另一个男人的屋子！你这不贞的妇人，我不会再养着你了！一个像罗摩那样惧内的丈夫可能还会接纳像悉多一样在另一个男人家里住过的妻子。我可不是他，绝不会让你再进这个家门！"

罗摩不愿听到这类无赖的流言蜚语，便让已经怀有身孕的悉多离开了王宫。如是，悉多住进了筏尔米基牟尼的净修林。时光荏苒，悉多产下一对双生子，取名拉瓦、库莎，筏尔米基牟尼为他们举行了出生礼。拉克什曼有两个儿子，名叫安伽陀和契陀罗凯图。婆罗多有两个儿子，名叫塔克莎和蒲施喀拉。沙图鲁伽那也是两个儿子，名叫苏巴睺和殊鲁陀塞拿。杀了罗刹鬼摩度之子拉瓦那之后，罗摩在摩度林中开建了摩图罗城。

悉多无法忍受与夫君的分离，她把孩子交托给筏尔米基牟尼，然后，注心一处，冥思至尊者罗摩的莲花足，于神定中融入了大地。罗摩闻讯，悲伤欲绝。那以后，罗摩举行了一个持续一万三千年的火祀。待此事已了，至尊主罗摩升入了他自己的居所——无忧珞珈，那地方超越无量无边的梵光，是奉主为君的阿优地之民所去的地方。

第九章　日族兴衰

　　库莎之后第十九代有摩卢。此人获得了瑜伽圆满身,自古迄今依旧住在一个叫作喀腊巴的地方,当喀利纪之末,他将生下子嗣,复兴久已失传的太阳王朝。

　　摩卢之后第八代有蒲历赫巴腊,此人在俱卢大战中为阿毗曼羽所杀。伊利华古王朝未来三十代帝王已开列于此,它终结于须弥陀,由于此人无后,太阳王朝于焉告终。

　　伊利华古之子尼米曾经举行过一次祭祀,当时他请求大哲筏希斯塔做主祭。然而,筏希斯塔答复道:"王啊,我已经在因陀罗发起的献祭中接受了祭司的位置。请等待我,那边的祭祀结束后,我会回到这里。"

　　尼米大帝没有给他回信。筏希斯塔动身,前去参加因陀罗的祭祀。作为一位觉者,尼米大帝深知人生无常。因此,他没有等待筏希斯塔,而是请来其他祭司,启动了献祭。筏希斯塔从天界回来,发现弟子尼米违背了自己的训谕,当下怒不可遏,诅咒道:"让这个自以为是的尼米,立刻亡身殒命!"

　　尼米认为自己并无过错,却无辜受到诅咒,便反咒他的上师:"你贪图天帝的报酬,已经丧失智慧。你也去死吧!"

　　说完,尼米大帝抛弃了躯壳,筏希斯塔也一样。彼时,弥陀和筏楼那正好遇见乌尔华诗——绝顶美艳的飞天女,两人当即色心勃发。尽管这两位天神极力想控制情欲,精液还是不由自主地一泻而出。于是他们把流出的精液小心地收到一个水罐里。从那些精液里,筏希斯塔再度降生。

　　为尼米大帝举祭的祭司们将尼米的身体用芳香物保存了起来。当献祭终了时,他们请求到场的天神:"倘若你们对祭祀满意,倘若你们能够做到,请让尼米大帝起死回生。"

　　诸神应许,但尼米大帝说道:"请不要再把我关在这躯壳里面。我不愿受取肉身了,因为它是所有烦恼、苦痛、恐惧的根源——无论它在宇宙的哪个角落。"

　　于是诸神宣布:"让尼米大帝无身而生!让他成为至上主神的游伴。他可以凭灵体示现,也可以自隐于凡夫,随他所愿。"

为了救民于无君之险，祭司们决定转动尼米的肉身，结果，一个孩子破尸而出。由于出生非同寻常，那孩子被唤作禅那伽。由于他生于父亲的尸身，他也被称为维提诃。由于从转动父亲的身体而降生，他的名字也叫米提拉。后来他长大建成一座王都，就以米提拉命名。

米提拉之后第十二代有施罗德筏遮，他也被人叫作禅那伽。有一次，施罗德筏遮犁地时，犁头前面出现了一个女婴，取名悉多。后来悉多成了神王罗摩的妻子。此女之外，禅那伽还生有一子，名叫库莎筏遮。

第十章　天女临凡

讲述完太阳王朝之后，叔伽天人接下来说月亮王朝。阿特利为梵天之子，他欢喜的泪水让妻子阿娜苏雅受孕怀胎，生下了遍体清光流溢的月神娑摩。梵天指定娑摩司掌婆罗门、药草和诸方星曜。

娑摩平定三界，然后举行了盛大的王祭。然而，巨大的权力和威望让他变得骄慢自大起来。一次，他强行掳掠了天师蒲历贺斯钵底的夫人塔罗。尽管蒲历贺斯钵底不断催促月神放人，但不可一世的月神毫不理睬。结果，神魔之间发生了一场大战。

由于一直对蒲历贺斯钵底心怀敌意，苏喀罗站到了月神一边，如是众魔都卷入了这场争端。蒲历贺斯钵底为安吉罗之子，而安吉罗是湿婆的上师，故而湿婆对蒲历贺斯钵底钟爱有加，遂加入了天神这一边。

众天神倾巢而出，力保天师。如是，仅仅因为塔罗的缘故，诸神与魔开始拼死相斗。安吉罗将此事禀报梵天，于是这位老祖宗严厉惩处了月神。恶斗平息，梵天把塔罗送还给蒲历贺斯钵底。但是天师发现，妻子已经怀孕了。

蒲历贺斯钵底厉声呵斥："你这蠢女人！你的子宫，本该是属于我的，却怀上了其他人的胎。不过，你若马上把孩子生下来，我就不会把你烧成灰烬。尽管你不贞，意欲受孕于月神，但念你是望子心切，所以我不会惩罚你。"

接到丈夫的命令，天性害羞的塔罗立刻生下了一个漂亮无比的金色男童。蒲历贺斯钵底和娑摩都想要这个孩子，于是两人又开始争斗起来，都声称自己是孩子的父亲。

众天神和仙圣一致要求塔罗透露那孩子生父的姓名。可是由于害羞，她不知如何作答。那孩子看到，十分恼火，斥责母亲道："你这不贞的妇人，你那毫无必要的羞涩有什么用？承认你的错误，马上把我的来历说出来。"

梵天把塔罗带到僻静之处，宽慰了她，然后才问她孩子生父的身份。塔罗缓缓作答："这是月神娑摩的儿子。"

月神听说，立刻接管了那个孩子。梵天见那孩子聪明伶俐，便给他取名叫布达。月神称心如意，快快乐乐地养大了自己的儿子。布达长大后跟伊拉结婚，生有一子，名叫补鲁拉瓦。

由于受到弥陀和筏楼那的诅咒，天女乌尔华诗获得了人类的习性。听到那罗陀于天庭赞美补鲁拉瓦的美貌和品德，乌尔华诗被深深地打动了。被爱神之箭射中，天女无法自拔，便下凡去寻补鲁拉瓦，那美如爱神的绝品男人。补鲁拉瓦一见女神，顿时眼睛发亮，身毛为竖。

补鲁拉瓦柔声说道："绝顶美丽的女人啊，欢迎你！请坐下来，告诉我能为你做什么。只要你愿意，你可以跟我一起逍遥快活。让我们永结连理，共享生命。"

乌尔华诗回答："世上最俊美的男子啊，有哪个女子的心思、眼睛会不被你迷住？任何被你拥抱过的女人绝不会拒绝跟你云雨合欢。虽然我来自天界，而你属于大地，我定要选你做我的夫君，因为你在各个方面都出类拔萃。我唯一的请求是，你要保护好这两只跟我一起下凡的羊羔。此外，你必须同意，只给我吃用酥油做的饭菜。还有，无论何时，除了交合，绝不要让我看到你赤身裸体。"

补鲁拉瓦接受了这些条件，他说："美人啊，你的妩媚和风姿无与伦比、魅力无穷。你自愿从天上下到凡间，哪个地上的凡人会不愿意服侍如你这般的仙女？"

此后，两人开始一起享受自由自在的生活。补鲁拉瓦完全被那仙女迷住了，以至于分不清昼夜往来。他们在很多天堂般的地方云雨欢爱，那些地方，比如难陀林、采多罗苑，都是诸神的乐园。就这样过了许多时日，补鲁拉瓦陶醉在天女的体香之中，兴致勃勃地享受着她的陪伴。

不久，天帝因陀罗发现乌尔华诗失踪了，心想："没有乌尔华诗，我的宫廷岂不大为失色？"于是，他便命乾达婆下到凡间，把仙女带回天庭。

午夜时分，黑暗笼罩了一切。众乾达婆来到补鲁拉瓦家中，盗走了乌尔华诗的两只绵羊。乌尔华诗向来待那两只羊如同亲生孩子。听到两只羊惊惶哀叫，乌尔华诗当即责备丈夫："我竟然愚蠢地把自己托付给一个懦夫、阉人。虽然我的丈夫自认为是个大英雄，我也依赖他，但强盗抢走了我的孩子，现在一切都完了。我那胆小的丈夫白天看起来像个男人，但晚上却怕得躲在床上缩成一团，就像一个娘们。"

仿佛大象受到御象者手中尖头杖的刺戳，补鲁拉瓦被妻子尖刻的话语深深刺伤，当下怒气冲冲地翻身起床，抓起佩剑便往外奔去，也不管自己身上还一丝不挂。待他走到外面，众乾达婆放走了羊，却将四面八方照得通亮如电闪。如是，当他抱着羊返回时，乌尔华诗看到，丈夫竟然赤身裸体出现在自己眼前。想起从前的约定，乌尔华诗断然离开了丈夫。

乌尔华诗出走，补鲁拉瓦赤裸身体，一边追赶，一边口中呼喊："爱妃啊，请等等我。狠心的人儿啊，你能不能停下来，让我跟你说一句话？你为何要像这样杀害我？"

补鲁拉瓦情深难舍，他走遍大地，四处寻访爱妻，一边还这般伤痛呼号，其状恍若疯癫。一次，游荡之际，补鲁拉瓦突然看到乌尔华诗出现在俱卢之野——莎拉斯筏底河的岸边，身边还有五位仙女陪伴。

他喜出望外，急忙迎上前去，说道："爱妃啊，最狠心的人啊，请别走开。我晓得我惹恼了你，但你不该为此抛下我。就算你决定不跟我了，让我们一起说几句话不行吗？女神啊，如今你拒绝了我，我这俊美的身体马上就要倒在这里。因为它不适合你享用，所以该拿去喂狐喂鹰。"

乌尔华诗答道："亲爱的国王啊，你是个大英雄，不要这样随便了结自己的性命。保持清醒，莫让狐狸般的感官征服了你。你该明白，女人的心就像狐狸一样，跟她们交友毫无用处。女人冷酷、狡猾，甚至不能忍受哪怕一点点冒犯。实际上，为了她们自己的快乐，她们可以无恶不作，甚至不惜杀害自己的兄弟或丈夫。女人很容易受勾引，她们通常会抛开真心待她们的男人，却跟虚情假意的蠢材浪子厮混在一起。说实话，这类不贞的女人会一个接一个不断寻求新的伙伴。亲爱的国王啊，每年年末，你可以享受我一个晚上，做我的丈夫。如此，你就能有孩子了。"

乌尔华诗认为补鲁拉瓦在浪费宝贵的人身，所以向他坦白了女人的天性。不过，看到补鲁拉瓦对她恋恋不舍，便也同意做出一些让步。

知道乌尔华诗已经有孕在身，补鲁拉瓦便返回了故乡。如是，第二年年终，还是在俱卢之野，补鲁拉瓦跟妻子再度相会，这次，乌尔华诗已经是母亲了。两人翻云覆雨，共度了一个良宵。第二天离别之时，补鲁拉瓦伤心欲绝。

乌尔华诗为他想了一个办法："亲爱的国王啊，托庇于乾达婆，他们有力量，能让你我再次结合。"

此后，补鲁拉瓦用祷告取悦了众乾达婆，他们便送给他一个从火焰中降生的女孩，长得跟乌尔华诗一模一样。补鲁拉瓦跟那女孩一起散步于丛林，感觉快乐无比。可是，后来当两人交欢之际，补鲁拉瓦感觉出那女孩并非乌尔华诗。补鲁拉瓦大失所望，便把那女孩留在丛林里，自己独自返回家中，整夜想着乌尔华诗。

就在他苦思冥想的时候，特利陀纪开始了，韦陀业分之理悄然浮现于他的心中。补鲁拉瓦回到先前抛下那女孩的地方，在那里，他看到从一株莎米树的树根，长出了一株榕树。

补鲁拉瓦从那株树上取下一块木头，把它们做成点燃祭火的两根阿罗尼木棍。一心想着往生乌尔华诗所在的星辰，补鲁拉瓦一边诵念相关的咒语，一边冥思：下面的那根阿罗尼是乌尔华诗，上面的是他自己，中间是他们的孩子。就这样，他摩擦两根棍子，生起了一堆火，他就把这火当作了两人的儿子。然后，用那堆火，他举行了一次祭祀，至上主神由此得到取悦。

在萨提耶纪，所有的韦陀真言皆收摄在梵音"唵"里面，唯一受崇拜的神祇是拿罗衍那。那时不崇拜半神，只有一个行期，谓之"天鹅"。当特利陀纪初始，补鲁拉瓦开启了韦陀业分的祭祀，如此得以往生他所欲求的乾达婆珞珈。

第十一章　持斧煞星

补鲁拉瓦跟乌尔华诗生有六子：阿瑜、殊鲁陀瑜、沙陀亚瑜、拉耶、毗遮耶、遮耶。毗遮耶后第四代生迦努，此人喝干了恒河之水。迦努之后第六代生伽底，其女为萨提耶筏蒂。

其时有婆罗门圣者黎契伽求伽底之女为妻，但伽底认为此事不妥，便回答道："先生，我出身库莎王朝之刹帝利豪门，我的女儿出嫁必须得有彩礼交换。所以，请你带一千头马来，都要洁白如明月，只有一只耳朵是黑的。"

听到国君如此索要，黎契伽当然明白他的想法。但是，黎契伽找天神筏楼那帮忙，竟然果真搞到了那些马。如是，黎契伽把马悉数送交伽底，娶到了美若天仙的萨提耶筏蒂。

婚后不久，萨提耶筏蒂和她的母亲都想要个儿子。两人便请求黎契伽备办能实现她们愿望的供品。为此，黎契伽牟尼用婆罗门咒语为妻子准备了一份供品，又用刹帝利咒语为岳母准备了另外一份供品。然后便出门澡沐去了。

与此同时，萨提耶筏蒂的母亲寻思，黎契伽必定为自己的妻子备办了更好的供品，便乞求女儿交换供品。结果，萨提耶筏蒂吃下了母亲的供品，而她母亲兴高采烈地吃下了她的那一份。

圣者黎契伽回到家中，知道了家里发生的事情，便责备妻子道："你犯下了大错，因为这个错误，你的儿子将会是一个凶暴的刹帝利，而你的兄弟会是一个博学的韦陀学者。"

胆怯的萨提耶筏蒂急忙好言安慰丈夫，请求他不要让儿子成为一个凶暴的武士，于是黎契伽答道："那好，就让你的孙子禀赋刹帝利之性吧。"

萨提耶筏蒂后来变成了圣河拘施吉，她的儿子迦玛答戈尼娶了瑞奴之女瑞奴伽。迦玛答戈尼生了很多儿子，其中最小的名叫波罗殊罗摩，此子乃是至上主神的化身之一。

那时有一个伟大的刹帝利君主，名叫喀塔毗里周那，乃是亥哈耶族的国君。借着答塔垂亚（至尊者的一个分身）的慈悲，喀塔毗里周那获得了千手千臂以及其他赐福。这使他拥有了无比的力量、名声、美貌和玄通。如是，喀塔毗里周那就像狂风一般扫遍天下，无人能与其匹敌。

一次，喀塔毗里周那于拿玛答河中嬉戏，身边围绕着众多美女。他张开千臂，挡住水流，以此显示自己的勇力。霎时河水倒灌，淹没了罗波那在拿玛答河上游的营地。

身具十头的罗波那自然无法容忍，他当时正巡游天下，意欲平定十方。于是他便出发去寻找这场无妄洪灾的来源。其后罗波那当着众多美女的面羞辱喀塔毗里周那，以报被淹之仇。但喀塔毗里周那轻而易举地俘虏了罗波那。把罗波那在京城里关了一段时间之后，喀塔毗里周那又漫不经心地释放了他。

又有一次，喀塔毗里周那去林中打猎，恰好来到迦玛答戈尼的净修林。其实，国王并无要事，但为了显示权柄，便刻意做了回访客。圣者恭恭敬敬地接待了国君。因为养着一头如意母牛，圣者丰盛地款待了国君、大臣，乃至众多士卒、骡马。

看到迦玛答戈尼如此豪富，国王大为嫉妒，认为自己的勇力输给了这位圣者。他不但不欣赏圣者的盛情款待，反倒想占有圣者的如意母牛，虽然那圣者需要母牛来举行祭祀。喀塔毗里周那骄横无比，当下命手下人偷走如意母牛，把母牛跟牛犊一起，强行拖往王都摩悉施摩提。

当时波罗殊罗摩正好不在，等他回家听闻此事，不禁怒不可遏，仿佛被人踩中的毒蛇。于是他立刻带上斧头、弓箭、盾牌，前去追赶喀塔毗里周那，一如狮子逐象。

喀塔毗里周那正欲进入摩悉施摩提，看到身披鹿皮卷发蓬松的波罗殊罗摩杀气腾腾地追赶过来，不禁恐惧万分。那国王当即派出十七个方阵的兵士，前去阻拦波罗殊罗摩。但至尊者作为武士的化身单枪匹马就杀死了所有的士兵。

波罗殊罗摩先是用心念的速度，然后，待到稍感疲劳，用风行的速度，持斧劈死敌方将士。凭着手中的斧头和弓箭，波罗殊罗摩粉碎了敌人的手脚头颅，乃至象、马、弓、车、旗、盾。整个战场血流成河。

眼见大军覆灭，喀塔毗里周那暴跳如雷，当下以千手千臂张弓搭箭，冲向波罗殊罗摩。然而，仅仅凭着一张弓，波罗殊罗摩便射出了足够多的利箭，把敌人的弓和箭都射得粉碎。喀塔毗里周那随即用千手千臂拔起无数树木、山丘，再次冲向波罗殊罗摩。就像剁去蛇头，波罗殊罗摩挥动板斧，砍掉了喀塔毗里周那的所有臂膀。显示过这般不可思议的威猛后，波罗殊罗摩斫下了喀塔毗里周那的头颅。那国君的一万个儿子见状，无不抱头鼠窜。

波罗殊罗摩乘势夺回如意母牛，把她牵到家中，送还给了父亲。迦玛答戈尼听说儿子杀了国君，便数落道："孩子啊，你杀死国君，这毫无必要，须知国君乃是诸神的化现。你犯下大罪了。我们是婆罗门，由于具足安忍之德，才受到大众的崇敬。事实上，正是凭了这个卓越的品德，大神梵天才得享尊位，因为至尊者特别喜欢那些能忍之人。儿啊，杀死君王比杀死婆罗门罪恶更大，不过，你可以去周游圣地，以忏此罪。"

波罗殊罗摩立刻接受了父亲的命令，整整一年里，遍游圣地，然后才回到家中。

一次，迦玛答戈尼之妻瑞奴伽去恒河取水，看到乾达婆之王契多罗陀正在河中与一些天女嬉戏玩耍。瑞奴伽被那俊美的乾达婆王迷住了，她一心贪看，竟然忘记丈夫火供时间已过。等到她醒悟过来，知道自己在外面待的时间太长了，便担心会受到丈夫的诅咒。如是，她回到家中，放下水罐，一言不发，只是静静地站在丈夫面前，双手合十。那圣者看出妻子心生不轨，大怒之下，命令诸子："杀了这个罪恶的女人！"

年长的几个儿子都没响应。迦玛答戈尼便命波罗殊罗摩先杀掉他这些不听话的兄长，然后再杀掉不忠心的母亲。波罗殊罗摩清楚父亲的力量，当下毫不犹豫地就杀死了诸兄和母亲。迦玛答戈尼对儿子十分满意，于是便叫他求取任何想要的赐福。波罗殊罗摩请求："让我的兄长和母亲复活，不要让他们记得我曾经杀死过他们。"

迦玛答戈尼于是复活了波罗殊罗摩的母亲和诸兄。他们都醒转过来，看上去十分快活，就像刚从熟睡中起来一样。

与此同时，想起父亲的死，摩悉施摩提悲不自胜。有一次，乘波罗殊罗摩众兄弟去了森林，喀塔毗里周那的儿子们偷偷溜进迦玛答戈尼的住所，伺机寻仇。看到那圣者正坐在祭火边冥思，他们便无情地杀害了他。这是报应，当初，为了一个如此微不足道的冒犯，迦玛答戈尼竟命儿子杀掉了可怜的妻子。

其时，瑞奴伽想要劝阻，便上前可怜巴巴地求告。但蛮横的王子们一言不发砍下圣者的首级，提了便跑。瑞奴伽痛不欲生，她以手捶胸，号哭不止："罗摩啊，我的儿子罗摩啊！"

虽然迦玛答戈尼诸子离家甚远，却隐约听到了母亲的声音。于是他们急奔回家，发现父亲已然被人谋杀。伤心悲恸之下，迦玛答戈尼诸子哭喊着："父亲啊,你怎么抛下我们,自己先去了天堂!"

波罗殊罗摩把父亲的尸身交托给众兄长,自己操起板斧,发誓要把大地上的刹帝利种全部消灭干净。他先冲到摩悉施摩提,杀死了喀塔毗里周那诸子。一时间,城中头颅滚滚,血流成河。

此后,以为父报仇的名义,波罗殊罗摩消灭了大地上的刹帝利种二十一次之多。在一处名为萨曼陀-般叉伽的地方,他开凿了九个湖泊,其中盛满刹帝利的鲜血。

波罗殊罗摩这才回到故乡。他将父亲的头颅安上躯干,又把父亲整个身体放置于吉祥草垫之上。接着,为了取悦至上主神,他举行了一场祭祀。待祭祀结束,他把整个大地布施给了以迦叶波为首的祭司。最后,至尊者波罗殊罗摩行澡沐之礼,挺立于圣河莎拉斯筏底岸边的他,洗净了一切罪业,看上去辉煌灿烂,犹如照耀于万里无云的蓝天之上的太阳。

彼时,迦玛答戈尼复活,一切记忆犹新。在下一个摩奴期,波罗殊罗摩将成为七大仙圣之一,大力弘扬韦陀之教。甚至直到现在,放下兵器的他,还栖居在白雪皑皑的摩亨陀罗山中。

第十二章　二雌争风

阿瑜之后第七代有答梵陀利，乃至尊者之化身，医药学之鼻祖。阿瑜另有一子，名叫那胡沙，此人生六子，名叫亚提、牙亚提、桑亚提、阿亚提、维亚提和克里提。

亚提深知王位会让人远离自我觉悟，便拒绝继承江山社稷，虽然他父亲选中了他。那胡沙调戏天帝因陀罗之妻，受到仙圣阿伽斯提阿的诅咒，遂从天堂堕落，变成了一条蟒蛇。结果牙亚提继位为君，让他的四个弟弟分守四方。

一次，国王伏黎刹巴筏之女——天真易怒的莎弥斯塔闲游天宫御苑，身边陪伴苏喀罗阿阇黎之女提婆亚尼，以及成千的侍女。园中百花盛开，百鸟啼鸣。众女来到一处荷塘岸边，商议下水嬉戏。她们把衣裳脱在岸上，步入湖中，便开始互相泼水打闹起来。

突然，长着莲花眼的姑娘们看见大神湿婆经过，只见他跟妻子帕筏蒂一起，坐在青牛背上，缓缓行来。一丝不挂的少女们急忙出水上岸，穿好衣裙。就在那时，莎弥斯塔不小心误穿了提婆亚尼的衣服。

苏喀罗阿阇黎之女看见，一下发起火来，怒责公主："哎呀，看看这个丫头干了什么！她居然无视礼仪，穿上了我的衣服，犹如野狗，叼走了祭祀用的酥油。我们家是功德具足的婆罗门，凭苦修创化天地万物，内心始终不离天理大道。婆罗门才是世上唯一值得崇拜的对象，不但诸神，甚至至尊者本人，也要向他们奉上赞祷。可是，虽然这丫头的父亲是我们的弟子，却胆敢穿了我的衣服，就像一个首陀罗，想要掌管韦陀知识。"

莎弥斯塔遭到如此羞辱，不由恼怒万分。她呼吸沉重，紧咬下唇，对提婆亚尼恶言相向："你这叫花子。你不知轻重，胡乱说些什么？你们不都候在我父王的王宫门口，像乌鸦一样靠我们维持生计吗？"

这般反唇相讥之后，莎弥斯塔在狂怒之下剥掉提婆亚尼的衣服，还把提婆亚尼扔进了一口井里面，然后带着众侍女扬长而去。

不久，在林中打猎的国君牙亚提正好经过，想要取井水解渴。看到井底赤身裸体的女孩，国君大为惊诧，便脱下上衣让她穿上，然后抓住她的手，把她从井底拉了上来。

重见天日的提婆亚尼对牙亚提心生爱恋，于是柔声说道："大英雄啊，你抓住我的手，就是已经把我当成你的媳妇了。看来我们的姻缘是天意安排，请让我不要再去碰其他男人了。我诅咒过天师蒲历贺斯钵底之子伽叉，他也诅咒了我，说我不会得到一个婆罗门丈夫。因此，我们的结合非常恰当。"

提婆亚尼之所以这样说，是因为婆罗门男和刹帝利女结婚是社会许可的，而刹帝利男和婆罗门女结婚却受到禁止。其实，牙亚提也并不喜欢这桩不受经教准许的婚事。但是，因为天命前定，而他也喜欢那女孩青春美貌，当下便承诺了下来。

二人分手后，提婆亚尼回家向父亲哭诉。苏喀罗阿阇黎从女儿那里听说莎弥斯塔的恶行，不禁悲从中来。他一面抱怨身为职业祭司的屈辱，一面赞美拾穗田间以自给的婆罗门生活，拉着女儿便往王宫走去。

国王伏黎刹巴筏听到风声，知道苏喀罗阿阇黎来者不善，必会对他施加惩罚或诅咒。于是他便在苏喀罗到达之前，就到大街上迎候，以头面顶礼上师。苏喀罗阿阇黎自然恼火了一阵子，但看到国王十分谦卑逊顺，不由怒气全消，于是对国王说道："我王啊，请你满足提婆亚尼的愿望。因为她是我的女儿，我不能不管她。"伏黎刹巴筏点头称是。提婆亚尼于是发话道："无论我什么时候奉父命结婚，莎弥斯塔必须作为侍女，连同她的女伴一道，与我同行。"

伏黎刹巴筏深知，上师之怒将引发危难，而上师高兴必带来利益。因此，当苏喀罗阿阇黎把女儿嫁给牙亚提的时候，伏黎刹巴筏让女儿带着成千的侍女，随提婆亚尼一起离家，像奴仆一般服侍她。成婚之日，苏喀罗阿阇黎警告牙亚提："我王，听我一句话，绝对不要让那个莎弥斯塔睡到你的床上去。"

岁月荏苒，提婆亚尼生下了一个麟儿。莎弥斯塔看到，便也想怀上孩子。于是，在一处僻静之地，于适合受孕之时，莎弥斯塔找到牙亚提，请求他为她生个儿子。国王熟知，按照礼法，刹帝利不能拒绝任何前来求子的妇人。如是，尽管岳父的话言犹在耳，牙亚提却认为跟莎弥斯塔结合乃至尊者之意愿，当下便与她有了枕席之欢。

后来，骄傲的提婆亚尼从各种渠道得知，莎弥斯塔跟自己的丈夫偷情，已然怀孕在身。提婆亚尼恼羞成怒，大吼大叫着跑出王宫，直奔父亲家中。那色胆包天的牙亚提跟在妻子后面，待追上她之后，便拿甜言蜜语向她求情，还按摩她的脚。但提婆亚尼不依不饶，继续管自前行，一直走到她父亲的庐舍。

苏喀罗阿阇黎明白事情的原委后，大为恼怒，他呵斥牙亚提："你这好色不忠的蠢货！你犯下大错，我现在诅咒你，立刻受到老迈衰废的催逼。"

国王牙亚提乞求道："博学可敬的婆罗门啊，我还不曾餍足跟你的女儿云雨欢爱呢。"苏喀罗阿阇黎知道这诅咒也不是他那贪欢的女儿所喜欢的。因此，他回答道："作为让步，你可以跟一个愿意把自己的青春转移给你的人交换年寿。"

牙亚提跟提婆亚尼生有二子，雅度、图尔筏苏；跟莎弥斯塔生有三子，杜鲁休、阿努和补鲁。牙亚提先去问询长子："雅度啊，请给我你的青春，以此换取我的老迈衰废，因为我的性欲还未满足。若你怜悯我的话，我就可以用你的青春，享受更长的岁月。"

雅度本来愿意接受父亲的请求，但他担心，未得满足的尘世欲念或许会成为侍奉至尊者的障碍。于是他回答道："我父，我不欢迎你的老迈衰废，因为除非享受过了世间幸福，否则无法生成舍离之心。"

雅度之拒从父命是合乎礼法的，而图尔筏苏、杜鲁休和阿努之违抗父命却不合礼法，因为他们把转瞬即逝的青春当作了永恒。接下来，牙亚提找到补鲁，他比那三个兄弟年幼，但更有德。国王对他说："我儿，别像你那些兄长一样忤逆不孝，那不是你的职分。"

补鲁答道："世上有谁能偿还欠父亲的债？靠了父亲的慈悲，吾人才能得到人身，进而成为至上主神的游伴。料知父亲的心愿，然后让它圆成，这样的儿子是第一流的；待命而动，是第二流的；执行父命而心不恭顺，属于第三流；而那些公然抗命的儿子，比屎尿好不了多少。"

补鲁很懊悔，没有在父亲开口之前就承顺父命。不过，他决心绝不成为最劣等的儿子。

用补鲁的青春换走老年以后，牙亚提成了天下七大部洲之帝，他对待臣民，一如慈父。凭借毫发未损的感官，牙亚提大帝在妻子的陪伴下，享受着最大限度的世间欲乐。运用全部身、心、言语以及种种物品，提婆亚尼总是尽可能多地给丈夫带来他所欲求的感官快乐。

为了取悦至尊者，牙亚提大帝举行了很多祭祀，还给婆罗门丰盛的布施。虽然牙亚提表面看来对尘世享乐兴味盎然，但他内心却渴望成为至上主神拿罗衍那的永恒仆从。如是，他对至尊者的崇拜并不曾掺杂世俗动机。

牙亚提大帝统治了大地一千年，然而，尽管身心投入享受尘境如许年，但他发现自己从没有达到满足。尽管国王一直贪恋女色，但随着时间流逝，他变得厌憎起男女欢爱及其恶果。

心怀出离之念，牙亚提跟他心爱的妻子讲了下面这个故事："苏喀罗阿阇黎之女啊，从前，有一只公羊，在森林游荡之时，偶然走近一口古井，看到井里有一只孤苦无告的母羊，大概因为前世业报，落入了这口井中。

"计划已定，那公羊使劲用羊角掘土，好让母羊能轻松地爬出井底。那臀部丰美的母羊被救之后，便想嫁给公羊，因为公羊体态英俊，有漂亮的胡子，精于交媾之道。除了这只母羊，还有很多其他的母羊也渴望公羊做她们的丈夫，如是，在众母羊的陪伴下，公羊尽享情色欲乐，完全忘记了自我觉悟才是他真正的事业。

"一次，母羊发现丈夫在跟其他母羊做爱，她对此无法容忍，认为丈夫是个只知享乐的薄情汉。于是她离开家，去找一个养着另外一只母羊的婆罗门。公羊十分苦恼，又一向顺从妻子，便一路跟着她。尽管公羊竭力讨好，母羊还是不依不饶。婆罗门愤怒地割掉了公羊那颗晃晃荡荡的睾丸，但是，在公羊的乞求下，他后来又用神通把睾丸接续了回去。此后，公羊跟母羊继续享乐了许多年，但他至今还不曾满足。"

牙亚提大帝继续说道："爱妃啊，我就像那只公羊，被你的美貌俘获，忘记了自我觉悟才是真正的人生大事。贪淫之人无法让心意满足，即使他拥有世间一切可欲之物。正如投酥油于火中，不但不能灭火，反倒让火烧得更旺，想用持续不停的享乐消除淫欲，只能是饮鸩止渴。

"因此，如果真想逃脱，吾人当自愿止息渴望实现感官欲乐的念头。当然，对于那些贪执肉欲的人，要想舍弃对感官享乐的追逐，非常困难。即使年老衰废，此人也无法放弃享乐之念，因为那已是他秉持终生的习性。

"然而，一个真正欲求安乐的人必须舍弃这类永无满足的欲念，深知它们是一切烦恼的根源。一个人甚至不能准许自己跟母亲、妹妹、女儿坐在同一个座位上，因为感官极其强顽，即便学问高深之人，也会被性欲所吸引。

"爱妃啊，尽管我已经耗费了一千年享受感官之乐，但享受这类快乐的欲念依然日日增盛。是故，我当舍弃这些欲念，一心冥思至上主神。我当摆脱情识之二元对待，放下虚荣，与野兽为伍，流浪于山林之间。明白尘世福乐，无论是虔诚的还是不虔诚的，在地上还是在天堂，今生还是来世，尽皆无常徒劳，因此甚至不应该去想它，何况投身其中，这样的人才是真知自我之人。"

对妻子说完这番话，已经出离一切物欲的牙亚提大帝叫来儿子补鲁，把青春归还给他，换回了自己的老龄。然后牙亚提退位，立补鲁为帝，封其他几个年纪大的儿子做了诸方之王。

如是，尽管牙亚提大帝陷溺已久，习惯于感官享乐，但他在一刹那间全部放下，好比鸟儿一旦翅膀长成，便破巢高飞。这之所以可能，是因为牙亚提大帝完全皈命至上主神的莲花足，故而得以证入本来真性。

牙亚提所讲的故事，虽然出之以夫妇间的玩笑，提婆亚尼却懂得了其中的含义，自此也觉醒过来。作为一个忠诚的妻子，她步丈夫的后尘，也舍弃了人世间梦幻般的地位，一心凝注于至上主神。如是，靠着牙亚提的慈悲，提婆亚尼不但被解救出深井，而且获得了超越尘世缠缚的解脱。

第十三章　沙恭达罗

　　补鲁之后第十五代有豆扇陀大帝，乃瑞比之子。有一次，豆扇陀狩猎林中，感觉十分困乏，便寻到堪筏牟尼的住处。在那里，他遇到一个美貌绝伦的女孩，恍若吉祥天女下凡，其身光照亮了整片林子。仅仅看到那美女，豆扇陀大帝就精神大振，完全把疲劳抛到了九霄云外。

　　一见钟情之下，豆扇陀带了几个卫兵，走近前去问那女孩："莲花眼睛的美女啊，你是谁的女儿？你为何待在这与世隔绝的山林之中？最最可爱的人儿啊，我属于补鲁王朝，绝不会不顾礼法享受任何东西。不过，据我看来，你似乎是刹帝利的女儿。"

　　那女孩答道："我是毗湿筏弥陀的女儿，我的名字叫沙恭达罗。我母亲梅娜伽把我遗弃在这片林中，这是我从伟大的圣者堪筏那里听来的。眼若莲花的君王啊，请坐下来，接受我们所能奉上的款待。如果你愿意，欢迎你住在这里。现在，请让我知道，我该如何服侍你？"

　　豆扇陀大帝说道："美丽的沙恭达罗啊，你彬彬有礼的款待跟你高贵的出身非常相称。此外，你应该晓得，刹帝利的女儿一般是可以自由选择夫君的。"

　　沙恭达罗默许了豆扇陀的提议。于是，国王便按照乾达婆的礼法，用念诵韦陀种子音"唵"的方式，娶了沙恭达罗。当天晚上，从不浪费精液的豆扇陀让沙恭达罗怀上了身孕。第二天早上，他返回了王宫。

　　时光推移，沙恭达罗产下一个儿子，堪筏牟尼为他举行了出生典礼。这孩子名叫婆罗多，乃是至上主神的一个分身。他长得强壮无比，还是孩子的时候，就能降伏狮虎，与之嬉戏。

　　过了一段时间，沙恭达罗想跟丈夫团聚，便带上儿子，启程前往国都。然而，当母子俩出现在豆扇陀面前时，国王却拒不相认。

　　此时，天上传下来一个声音，在场的所有人都听得清清楚楚："豆扇陀大帝啊，儿子才是属于父亲的，母亲不过是容器。按照韦陀经教，父亲通过儿子再次出生。因此，你不该羞辱妻子，你应当收下这个儿子。你是这孩子的生身之父，沙恭达罗讲的是实话。"

其实，豆扇陀很清楚，沙恭达罗确是他的妻子，而婆罗多是他的儿子。但是，因为母子俩来自山乡僻壤，众臣民皆毫不知情，所以他开始才拒不相认。待到天降纶音，道破真相，国王自然顺水推舟，高高兴兴地认下了母子二人。豆扇陀离世后，婆罗多继位为天子。婆罗多大帝右手掌心具法轮纹，脚底有莲花纹。

在布黎古牟尼的指导下，婆罗多大帝用三千三百匹马，举行了五十五次马祭。祭祀安排在恒河岸边，沿着恒河入海口一直延伸到恒河之源。然后，他又沿着朱木拿河河岸，起自帕拉亚迦迄于朱木拿河河源，举行了七十八次马祭。与此同时，婆罗多大帝向成千的婆罗门每人布施了一万三千零八十四头母牛。凭着这些功德，婆罗多大帝的富有超过了天神，所有的君主皆惊叹不已。

祭祀结束，婆罗多大帝又布施了一百四十万头披金戴银的白牙大象。没有人能摸到天上的星星，也没有人可以模仿婆罗多大帝的奇妙功业。过去从没有人能做到，将来也没有人能够。

从前，征服众神后，魔王们曾经掳走众神的妻女，藏在罗娑塔拉。婆罗多大帝从魔王手中救下这些女人，把她们送回了天界。

婆罗多大帝治理天下两万七千年，臣民无不富足安康。国王有三个非常可人的妃子，都是毗达巴之君的女儿。然而，她们生下的孩子都不像父亲。众妃害怕被人指责不忠，为了保护声誉，都把自己的儿子杀掉了。如是，国王在传宗接代方面遇到了问题。婆罗多大帝为此举行了取悦诸摩鲁特的祭祀。诸摩鲁特满意后，赐给他一个儿子，名叫钵罗德筏遮。

事情是这样的：有一次，天师蒲历贺斯钵底迷上了弟弟乌塔亚的妻子玛玛塔，那时她恰好有孕在身。当蒲历贺斯钵底欲跟玛玛塔交媾之际，腹中的胎儿阻止了他。蒲历贺斯钵底诅咒了胎儿，接着强行注精于玛玛塔的子宫。

玛玛塔害怕事发被休，便想法要扔掉那孩子。蒲历贺斯钵底告诉他："蠢女人，虽然这孩子出生不合法（Dvaja，德筏遮），但你应该把他养大（Bhara，钵罗）。"玛玛塔答道："蒲历贺斯钵底啊，你来养他吧。"

说完，两人各奔东西。于是诸摩鲁特接管了孩子，给他取名钵罗德筏遮。见婆罗多大帝为没有子嗣发愁，诸摩鲁特便把这孩子送给了他。

婆罗多大帝一统天下，看似十分贪恋家室和财富。然而，随着时光流逝，他逐渐看清，这些东西都是心性提升的障碍，于是便不再贪图享受。

第十四章　舍身救苦

　　钵罗德筏遮后第四代有朗提天人，受到了人神两界的荣耀。朗提天人从不汲汲于营求谋生，相反，他知足常乐，一任天意安排。因为老是倾其所有以待客，朗提天人和他的家人生活相当困窘。事实上，由于缺水少食，他和妻儿家小经常饿到发抖。然而，朗提天人却始终保持端严警醒。

　　一天早上，已经断食四十八天的朗提天人得到了一些用牛乳和酥油烹制成的饭食，以及一点儿饮水。可是，正当他和家人准备食用的时候，一位婆罗门宾客到了他的家中。朗提天人能够洞察到无上者无处不在，居停于每一有情之内。他恭恭敬敬地接待了客人，布施给他一份食物。婆罗门用完，便告辞离去。

　　朗提天人把剩下的食物分派给家人，再次坐下来准备进食。此时，一个首陀罗来到他家中。朗提天人能看到那首陀罗与无上者之间的关系，便也布施给他一份食物。首陀罗走后，又来了一位客人，身边还围着一群狗。那客人求告："我和我的狗都十分饥饿，请给我们点吃的吧。"

　　朗提天人把剩余的所有食物都给了狗和狗的主人，还向他们顶礼致敬。待这拨客人走后，朗提天人发现只剩下一点儿饮水了，而这也只能满足一人所需。正当他欲喝水解渴之际，一个吃狗的贱民来到朗提天人家里，向他乞讨："大王啊，虽然我出生低贱，请给我点水喝吧。"

　　听了那贱民可怜巴巴的求告，朗提天人感觉十分痛心，于是他便说出下面这番甘露般的话语："我不向至尊者求祷八种玄通，也不求解脱于生死轮转。我只想跟一切烦恼众生同住世间，代替他们承受苦难，好让他们远离诸苦。如今我献出这点剩余的水，维持这可怜人的性命，我感觉自己已经度脱出一切饥渴、虚乏、悲伤、哀愁、惨苦与迷幻。"

　　尽管朗提天人因为饥渴，已经处于死亡的边缘，却还是毫不犹豫地把仅有的水布施给了那吃狗的贱民。见此情景，天神们在朗提天人面前露出真身，实际就是他们化作婆罗门、首陀罗、狗、狗的主人以及吃狗的贱民。朗提天人毫无享受世间福乐的野心，因此，他并没有向天神们乞求赐福，而只是向他们恭敬顶礼，同时内心专注于至尊主毗湿努的莲花足之上。

　　借着亲近圣贤，朗提天人的亲戚、朋友、臣民皆跟随他的脚步，也成了至尊主毗湿努第一流的奉献者。

第十五章　列王谱系

　　钵罗德筏遮的玄孙哈士提，乃是哈士提堡的创建者，他的儿子是阿迦弥答。哈士提之后第八代，有穆德伽腊，此人生了一对孪生子，男孩叫底钵陀娑，女孩叫阿哈丽亚。仙圣乔达摩娶了阿哈丽亚，他们的玄孙是沙罗德梵。

　　一次，沙罗德梵路遇仙女乌尔华诗，不觉精液流泻，落到一丛沙罗草中。从那精子里生出两个吉祥的孩子，一为男，一为女。商塔努大帝有次在林中狩猎，看到地上躺着两个婴儿，出于怜悯，便把他们带回了王宫。此后，男孩被人称为克黎波；女孩被唤作克黎毗，后来成了陀挈阿阇黎的妻子。

　　底钵陀娑之后第四代有国王图鲁波陀，乃德里施塔多那和图鲁波提之父。德里施塔开图为德里施塔多那之子，这些人统称般叉拉氏。穆德伽腊之父巴米亚施华，曾命其五子分掌五国，这是第一批般叉拉氏，图鲁波陀即是他们的后裔。

　　阿迦弥答之孙为扇筏罗那，他跟太阳神之女塔波提生下了俱卢，俱卢之野因此子而得名。俱卢之后第五代有乌帕黎叉罗·筏苏，乃切底之王。蒲历贺多罗塔为乌帕黎叉罗·筏苏之子，他的妻子产下了一个身体分为两半的儿子。这个怪胎被母亲抛弃，但后来有个名叫迦罗的女魔把那分为两半的身体拼接了起来，迦罗商陀于焉降世。

　　俱卢之后第十二代有国王波罗底巴，其子为提婆毗、商塔努和巴赫黎伽。提婆毗退隐山林，商塔努承接帝位。商塔努前世为摩诃毗沙，具有触手成春，让人返老还童的能力。因为他能使每个人开心快乐，所以得到了"商塔努"这个名字。

　　有一次，国中大旱十二年，商塔努求问于婆罗门，他们告诉他："这是因为你享受了兄长的财产，犯下大错。你应该把江山还给提婆毗。"商塔努于是前往森林，请求哥哥提婆毗来统领天下。然而，在此之前，商塔努的大臣阿施筏法罗煽动了几个婆罗门，劝诱提婆毗凌越韦陀经教。故此，当商塔努请他还朝执政之时，他不但加以拒绝，还诽谤了韦陀正法。

　　结果，商塔努重登帝位。因陀罗被取悦，降下甘霖。后来，提婆毗走上了玄秘瑜伽之路，遂迁居喀拉格罗木，直到今天尚在。下一个黄金年代（萨提耶纪）开启之际，提婆毗将在世上重建月亮王朝。

商塔努之弟巴赫黎伽有一个儿子，名叫娑摩达多，他的三个儿子是补里、补里施罗筏和沙腊。商塔努和亘伽女神的儿子便是伟大的觉者毗史摩，他是最杰出的武士，甚至打败过大神湿婆。商塔努跟另外一个妻子萨提耶筏蒂，生下维契陀罗和契陀伽答，后者被一个同名的乾达婆所杀。

在嫁给商塔努之前，萨提耶筏蒂曾与伟大的圣者钵罗萨腊结合，产下了毗耶娑。由于过度爱恋两位妃子——安碧喀和安巴丽喀，维契陀罗死于肺痨，不曾留下任何子嗣。后来，奉母亲之命，毗耶娑天人跟安碧喀、安巴丽喀和一个女侍，分别生了狄多罗史德罗、般度和毗多罗。

狄多罗史德罗之妻乾妲丽生了一个叫杜莎拉的女儿以及一百个儿子，最大的叫杜瑜檀那。因为受到婆罗门的诅咒，般度不能有交合之事。他的三个儿子实际是皇后贡蒂和死神阎罗、风神筏尤、天帝因陀罗所生，他的妃子玛德丽有一对孪生子，是跟双阿湿毗尼生的。

般度五子跟他们共有的妻子图鲁波提生有五个儿子。此后，尤帝士提尔跟波罗维生一子，名叫提婆伽。毗摩跟其妻悉丁芭、喀利生有二子，名叫伽陀喀叉、萨筏伽陀。萨贺提婆与其妻毗遮耶——喜马拉雅山王之女生有一子，名叫苏睐陀罗。那拘罗与其妻喀瑞奴玛提生有一子，名叫拿罗弥陀。阿周那跟乌卢毗生伊罗梵，跟曼尼埔公主生巴布鲁伐哈拿，跟须跋陀罗生阿毗曼羽——巴力克斯大帝之父。

巴力克斯有四子，以瞻那枚遮耶为长。他的后裔计二十六代，最末一代是舍摩伽，乃月亮王朝在喀利纪的最后一位君主。

牙亚提之子阿努之后第七代有乌湿那罗，其子为尸毗。乌湿那罗之弟提底克殊之后第九代有契多罗陀，也被称为楼摩钵多。由于楼摩钵多无子，他的朋友达刹罗陀把自己的女儿扇陀送给了他，后来扇陀嫁给了圣者黎沙斯林伽。为了平息国中旱灾，楼摩钵多遣女伎去林中，引诱守贞不娶的黎沙斯林伽出山施法。后来，黎沙斯林伽为达刹罗陀举行了一次祈子火供。

楼摩钵多之后第十代有阿底罗陀。一次，于恒河游玩之际，阿底罗陀发现了一个被裹在篮子里的婴儿。这个婴儿乃贡蒂于婚前所生，所以遭到遗弃。阿底罗陀没有儿子，于是便收养了这个婴儿，给他取名叫喀尔纳。伏黎沙塞拿是喀尔纳唯一的儿子。

牙亚提之子杜鲁休之后第十一代有钵罗切多，此人生了一百个儿子。

牙亚提之子雅度之后第十一代有克里塔毗亚，其子为阿周那，此子从至尊者之化身答塔垂亚处获得了八种悉地。阿周那统治天下八万八千年，其教养、力量、慈悲、苦行、玄通、虔诚皆无与伦比。经过与波罗殊罗摩的战争，阿周那众子只有五人幸存。阿周那之后第五代有摩度，其长子为毗湿尼。被称为雅达婆、摩多筏与毗湿尼的诸王朝分别根源于雅度、摩度、毗湿尼。

雅度之后第三十二代有萨德筏多，其众子中有一个叫安答伽。此人之后第十代生阿胡伽，其二子为提婆伽和乌戈罗塞拿。提婆伽生四子、七女，这七个女儿，包括提婆吉，都嫁给了筏殊提婆。乌戈罗塞拿有九子，长子为刚萨；另有五女，都做了筏殊提婆幼弟的夫人。

毗湿尼之玄孙为室尼。室尼之子为萨提耶基。萨提耶基之子为庚庾檀那。毗湿尼的另一位玄孙也叫毗湿尼，乃是斯伐巴喀和契多罗陀的父亲。斯伐巴喀与其妻甘底尼生十三子，长子为阿克卢罗。

契多罗陀之后第五代有波遮，乃黎底伽之父。黎底伽生三子——提婆弥答、沙多答奴与克里多筏摩。提婆弥答之子殊罗塞拿，与妻子玛丽莎生十子，长子为筏殊提婆。当筏殊提婆出生之时，诸神击鼓相庆，如是他也被唤作阿那伽敦度比。殊罗塞拿还有五女，其中包括菩黎陀，殊罗塞拿的朋友贡蒂没有孩子，殊罗塞拿便将此女交给他抚养。因为这个缘故，菩黎陀也被唤作贡蒂。

贡蒂自图尔华刹处得到一个祝福，借此她可以召唤天神，以求子嗣。尽管还未曾婚嫁，但出于好奇，贡蒂召来了太阳神。为了保住贡蒂的童贞，太阳神赐给贡蒂一个从耳朵出生的儿子，如是此子得名为喀尔纳。

后来，般度娶了贡蒂。喀卢莎之王伏黎多香娶了贡蒂的妹妹——殊鲁多提婆，他们的儿子叫檀多筏珂罗，此人前世为底提之子悉罗耶喀西菩。贡蒂的另外一个妹妹——罗阇底，与其夫遮耶塞拿生有二子，宾陀和阿奴宾陀。切底之王答玛乔刹也娶了贡蒂的一个妹妹——殊鲁多殊罗筏，他们的儿子叫悉殊钵罗。

除了正室提婆吉及其诸妹，筏殊提婆还有侧室，她们也生了很多孩子。跟罗希尼，筏殊提婆生了巴腊、伽达诸子；跟提婆吉，筏殊提婆生了吉尔提曼、苏舍那、跋陀罗塞拿、黎拘、萨玛答那、跋陀罗、商伽萨那——天龙阿难陀的化身，以及克利须那——至上主神。筏殊提婆和提婆吉还有一个女儿，叫须跋陀罗。

跟哥哥巴腊罗摩一道，为了减轻大地的重负，薄伽梵克利须那行了许许多多连众神都觉得不可思议的妙行。凭着他美妙的笑颜、慈爱的举止，以及他的教诲和神通游戏，克利须那取悦了一切有情。克利须那的笑颜能打动每一个人，但凡见到他的人，都仿佛经历了一场视觉的盛宴。尽管克利须那的貌相体态让人人见了都心满意足，但是，奉献者却怪罪造物主，因为他们眼睛瞬间的眨动阻挡了他们看向克利须那的视线。

　　为了向未来投生喀利纪的奉献者显示慈悲，至尊主克利须那以这种种方式作为，仅仅透过忆念他，人就能摆脱尘世的一切哀伤和悲苦。仅仅透过以经过净化的耳朵受取至尊主克利须那的荣光，幸运的奉献者们当下便得解脱于强烈的物欲，以及追逐功果所带来的辛苦劳作。

第十卷

第一章　圣母蒙难

叔伽天人详尽地演述了刹帝利两大王族——月族和日族。在第九卷的末尾，他讲到了克利须那之显现于月亮王朝。巴力克斯大帝想从头至尾听闻更多有关克利须那之游戏和德行的话题，于是便说道：

"至上主神之光荣其实只能被那些不复有欲于俗世虚荣之人所品味。此类论说乃是经历生死轮转之受局限灵魂的良药。除了屠夫、意欲自杀者，谁不欲听闻这等圣言？我的祖父阿周那，坐上克利须那莲花足之舟，横越犹如汪洋大海般的俱卢战场，强大的武士比如毗史摩，就像吞舟之鱼，本来轻而易举地就可以吞掉他。但凭着克利须那的慈悲，我的祖父不费吹灰之力就渡过了那片海洋，一如抬脚跨过牛蹄之涔。伟大的圣者啊，你晓得克利须那的一切。请讲说他的一切作为，我信心十足，非常渴望听闻。身处死亡的边缘，我已经发誓断食，乃至断水。然而，因为饮下了从你莲花口中流出的圣言之甘露，难以忍受的饥渴根本没有妨碍我。"

如是，叔伽天人开始讲说克利须那之神圣游戏。

彼时，大地上诸魔做王，积聚了过多的军力，地母不堪重负，悲愁不已，于是化为母牛之形，眼中噙泪，往梵天之处，诉说哀情。听了地母布弥的一番哭诉，大神梵天亦深感苦恼。梵天遂带同布弥，并召唤来以湿婆为首的诸神，一起向乳海之滨进发，那里是卧于白岛之上的乳海毗湿努所居之地。

就在白浪滔天的乳海岸边，诸神齐诵《原人赞歌》，崇拜众神之神毗湿努。起初并没有什么反应，但当梵天趺坐冥思之时，却独自于内心听到了至尊者传递给他的讯息。梵天于是告知诸神：

"甚至在我等求祷之前，至尊者已深知地母之苦。至上主神，室利克利须那，将很快现身为筏殊提婆之子，消灭恶徒，为大地减轻负累。为了协助他，汝等当分身降显于雅度王朝，投生为至尊者的子孙。诸神之妻亦须随行，以取悦至上主神。至尊主克利须那之第一重分身为商伽萨那，亦名阿难陀，彼乃宇宙中一切化身之根源。克利须那降世之前，商伽萨那将显现为巴腊罗摩，至尊者之能力亦将随同。至尊者之能力本质是一，但向内行布为瑜伽摩耶，向外行布为摩诃摩耶，一皆按其所需。"

如是开示诸神之后，大神梵天抚慰了地母，随后返回梵天珞珈。

且说先前雅度王朝之领袖殊罗塞拿于摩图罗建立王都。殊罗塞拿之子筏殊提婆娶了提婆吉为妻。婚礼之后，提婆吉之父提婆伽，出于骨肉亲情，送给她一大笔嫁妆，其中包括四千头装饰金色花鬘的大象，一万匹马，一千八百辆战车，二百个青春美貌、满身珠宝的侍女。

其时，筏殊提婆登上战车，准备带新娘回家。为了讨好堂妹，乌戈罗塞拿之子刚萨亲自执缰驾车。动身之际，螺号鼓角齐鸣，数千辆金色的战车簇拥着他们缓缓前行。突然，天空中传来一个声音："刚萨，你这蠢材！你为妹妹驾车，却不知她的第八个儿子将来会杀死你！"

刚萨闻言，放下手中缰绳，左手一把抓住提婆吉的头发，右手抽出佩剑，立时就要取了堂妹的性命。

筏殊提婆见状大吃一惊，当下出语安抚刚萨："阁下聪明非凡，还请三思而行。每个人都难逃一死，无论是今天，抑或百年之后。在天命安排之下，当躯壳复归为元素之时，人就得按其业力，承受另外一具身体。恰如行路之人，步步相随；又如虫豸蠕动，叶叶相接。如是，受局限灵魂领受一具躯壳，接着又舍弃它，再寄托于另一具躯壳。心是造就躯体的精细材质，这可以从下面两个例子来加以理解：当睡梦时，我们的心造出一个身体，若观照它，我们便忘记了现有的身体。如是，请想一想，我们的下一个身体是如何根据心的造作而生成的。当月亮照映于水面，其形状因为风生波起而产生扭曲。同样，当心专注于外物，吾人便获得了各种形式的自我认同。想想这些，你应远离杀妹之罪业，因为这只会引起来世的痛苦。"

这番话里兼有安抚和恐吓之意。但刚萨是个火暴残忍之徒，事实上，他是罗刹的爪牙。他既没有为筏殊提婆的良言相劝所动，也没有被行恶的因果吓倒。

筏殊提婆的另外一个名字叫阿那伽敦度比，因为他出生之时，诸神击鼓相庆。他见刚萨依然铁心要杀提婆吉，便陷入了深深的思虑。因为，只要人还有头脑和体力，就有责任避死求生。

筏殊提婆心中盘算："若是把我未来的孩儿交给刚萨，便能救下提婆吉的性命。也许，刚萨会在我孩儿出生前就一命归西。或者，按照预言，我的孩儿里有一个将来能杀死刚萨。毕竟，生死有命。若有火起，可能会蔓延开来，烧掉某人的屋子,但另一个人的屋子却安然无恙。谁能解释火势为何如此走向?同样,身之杀活,无非天命。"

尽管心忧如焚,但为了让狠心无耻的刚萨高兴,筏殊提婆强颜欢笑道:"头脑最清醒的人啊,你根本不必害怕提婆吉,按照天启之音,威胁来自她将于未来生下的儿子。因此,我发誓,只要她生下男丁,我立刻就把孩子交到你手里。"

筏殊提婆晓得,至尊者将降生为他的儿子,为此,他不得不使用计谋。刚萨天生是个邪魔,但他却相信筏殊提婆所说的话。并且,提婆吉是刚萨叔叔的女儿,若杀了她,必会引起家族间的仇杀。考虑到这些因素,刚萨打消了杀死堂妹的念头。筏殊提婆十分欢喜,便又宽慰了刚萨一番,然后才返回家中。

此后,提婆吉每年都生下一个孩子。筏殊提婆害怕违背誓言,第一个儿子基尔提曼刚生下来,就满怀悲痛地抱去交给了刚萨。见筏殊提婆如此平静地把儿子交了出来,刚萨非常高兴,不禁动了恻隐之心。他一脸笑容,对筏殊提婆说道:"筏殊提婆啊,我对你并无畏惧。我担心的是你的第八个儿子,预言里说他将要杀掉我。"

筏殊提婆抱着孩子回到家里。但他知道,刚萨禀赋魔性,又全无自制之力,他的话绝不可信。

听说刚萨松懈下来,那罗陀牟尼急忙赶赴摩图罗,竭力想要加速克利须那的现身。

刚萨恭敬迎候。仙圣那罗陀于是告知刚萨:"那些施重压于大地的魔头必遭诛灭。你要晓得,为了这个目的,至尊者毗湿努或许会化现为提婆吉的任何一个儿子。因此,你应该一个都不放过。"

那罗陀的用意是让刚萨变本加厉地行恶,如此克利须那就会更快降临。他接着说:"刚萨啊,雅度王族和毗湿尼王族里的所有成员,以及你的很多手下人,其实都是天堂之民,为了预备至尊者的降世,才下生人间。同样,宾陀林之民也都是天神,奉毗湿努之命,化现于世。"

听了那罗陀一番话,刚萨又惊又怕。他当即命人逮捕了筏殊提婆和提婆吉,还给他们戴上手铐脚镣。不仅如此,刚萨竟然把身为波遮、雅度和安答伽王族之首的父亲乌戈罗塞拿也抓了起来,这样,他就能亲自统治殊罗塞拿王国,摩图罗乃是那个王国的一部分。

刚萨还从那罗陀处得知,他前世曾经是个大魔头,名叫喀拉乃弥,死于毗湿努之手。听了这些话,刚萨对雅度王族乃至相关者愈发忌恨起来。

如是，年复一年，提婆吉每生下一个儿子，刚萨都施以毒手，认为他们是毗湿努的化身。为了保住尊荣享乐，君主们往往会不加分辨地消灭对手，无论其为父母兄弟朋友。

据说，魔王喀拉乃弥生有六子。为了修炼苦行以取悦梵天，六子离开了祖父悉罗耶喀西菩。后来，他们都得到了梵天的赐福。但悉罗耶喀西菩得知此事，却对六子的擅自行事大为恼火。悉罗耶喀西菩诅咒他们："将来，你们的父亲将投生为刚萨，当你们现世为提婆吉之子时，他会把你们杀到一个不留。"

第二章　诸天赞祷

　　为了与诸神相抗，刚萨臣附于岳父迦罗商陀，此人乃摩揭陀之王。他还广交妖魔，并与巴纳修罗、拿罗伽修罗等魔王结盟。借助此辈之力，刚萨开始迫害雅度诸王，强逼他们背井离乡，迁往蛮荒异地。然而，有些在刚萨手下做事的人，如毗多罗，正热切地等待着至尊者的现身。

　　刚萨杀害了提婆吉的六个儿子后，克利须那的一个分身——至尊者阿难陀，亦名商伽萨那，进入提婆吉的腹中，成了他的第七个儿子。提婆吉为此欣喜万分，但同时又为孩子的安全担惊受怕。

　　出于对提婆吉的慈悲，以及保护雅度王族的愿望，至尊者命令瑜伽摩耶："我的能力啊，现在去博罗遮，在那里，筏殊提婆之妃罗希尼正隐匿于难陀大王的家中。不但她，因为畏惧刚萨，筏殊提婆的其他妃嫔也隐姓埋名地住在那个地方。提婆吉腹中之子乃是我的分身，名为商伽萨那，亦名蛇沙，请把他转到罗希尼的子宫里面。

　　"瑜伽摩耶啊，我将现身为提婆吉之子，而你将现身为难陀大王之妻耶输陀的女儿。作为摩耶女神，你能实现每个人的欲望，在这方面，你至高无上，无人可以与你比肩，世人将会用盛大奢华的祭祀崇拜你。在不同的地方，人们将用种种不同的名字称呼你，比如杜尔伽、跋陀罗喀利、毗遮耶、外士那维、俱穆答、粲底伽、黑天、摩多毗、喀尼亚伽、摩耶、拿罗延尼、伊莎尼、沙罗陀和安碧伽。罗希尼之子将以商伽萨那之名传扬于世；他也将被人唤作罗摩，缘其赐福乐于歌窟拉之民故；他还会被称为巴腊跋陀罗，缘其勇武强大故。"

　　如是受教之后，瑜伽摩耶当即长吟梵音"唵"，以示承应。绕拜完至尊者，她便疾奔歌窟拉而去。

　　罗希尼已怀胎七月。一次熟睡之时，她梦见自己流产了。醒来后，罗希尼发现梦境居然成了事实，不由焦急万分。瑜伽摩耶告诉她，她腹中的胎儿跟提婆吉腹中的胎儿已经对换过了。

　　与此同时，提婆吉腹中的胎儿被吸引到罗希尼的子宫里，表面看来她也经历了一次流产。其时牢中之人皆放声哀悼："哎呀，提婆吉失去了孩子！"事实上，刚萨觉得，提婆吉或许是故意打胎引产。

彼时，至上主神显现于筏殊提婆的心中。由于内心负载着至尊者，筏殊提婆变得像太阳一般光芒四射，使人难以对视。至上主神其后从筏殊提婆心中转到提婆吉的心中，这使她变得美丽超凡，犹如东方的天空因为承载缓缓升起的明月而变得庄严皎洁。这中间根本不存在授精之事。

身怀至尊，提婆吉身放光明，照亮了刚萨的黑牢。但是，因为深陷囚室，她看起来就像被锅覆罩的火，又像博学之人，却无法传道以饶益世间。

见提婆吉纯净幸福、笑意盈盈，刚萨心想："至上主神如今就在提婆吉腹中，他一定会杀掉我。我该怎么办？至尊者必将实现其意愿，这是毫无疑问的。提婆吉是个妇人，又是我的妹子，如今有孕在身。倘若杀了她，我势必声名扫地，上天也会对我施加更为严厉的惩罚。据说，太过冷酷的人，虽生犹死。这种人死后，还要受到世人更加恶毒的谴责，而且，他的归宿只能是地狱。"

如是，刚萨决定待至尊者出生后，再行处置。然而，他始终沉浸在对至尊者的仇恨恐惧之中。无论御座端坐，还是龙床高卧，无论饮食，还是行走，刚萨眼中所见的，都只有他的对头——至上人格主神。

其时，大神梵天和湿婆，带同众仙圣诸如那罗陀、提婆罗、毗耶婆，以及众天神诸如因陀罗、粲陀罗、筏楼那等，隐身匿形，来到了提婆吉所在的囚室。五体顶礼之后，诸神、仙圣一起向至尊主克利须那献上赞祷："上主啊，你乃是至高无上的绝对真理。你绝不犯错，故而从不会让消灭邪魔、救度虔信的誓言落空。我等向你顶礼，完全皈命于你，请赐予我等庇护。

"躯壳可以被比作一棵树，其中长出两种果实，是为乐与苦。此树根生三系，是为三极气性。乐有四味：法、利、欲乐、解脱，凡此皆为从五知根而来的体验，杂出于六种逆境：哀、幻、老、死、饥、渴。此树有七层树皮覆遮，是为皮、血、肉、脂、骨、髓、精。此树之枝干分而为八，即五大和三细。此树还有九孔、十叶，是为眼、耳、鼻、口、肛、阴器，以及流转全身的十种气。树上停二鸟，一为个体之灵，一为超灵。

"此树之本根是你，我主。尽管有行创造、护持、毁灭之功的各类僚属，但天地万物仅仅自你而得呈现。仅仅靠着你，天地万物得以护持；仅仅在你之内，天地万物于坏灭之后得以保藏。是故，我等皈命于你。其他的人，非奉献者，实践峻烈的苦修，自认为已经得到解脱，但实际上，他们的智慧并不纯净。

因为无视你的莲花足，他们将从想象中的优越地位上坠落下来。奉献者或许也会失位沉沦，但这跟非奉献者的堕落不一样。因了你的护佑，他们将踩着对方的头顶，继续行进于奉献之途。

"上主啊，当你现身世间，你的身体性属超越，绝非物质。若没有你的显现，无人能够明白你的真实本性，但凭着你的降显，所有的臆想皆灰飞烟灭。无论依靠何种思辨，皆无法理解你的名和相。唯有透过践履巴克提之道，你的名号、身相和德行才能得以觉解。

"上主啊，我等幸运非常，因为众魔对大地施加的重压将透过你的降临而被移除。我等还有好运，将会看到装点着你莲花足的莲花纹、海螺纹和轮纹、杵纹。

"至高无上的主宰者啊，先前你化身为鱼、马、龟、猪、鹅、罗摩、波罗殊罗摩、筏摩那天人，护佑整个世界。如今，请再次降慈悲护佑我等。克利须那啊，雅度族之俊杰，我等向你恭敬顶礼。"

诸神、仙圣接着对提婆吉说道："神圣的母亲啊，凭借好运，至上主神现今在你的腹中。因此，你不必畏惧刚萨，他一心与主作对，必将为主所杀。"

如是赞祷之后，诸神、仙圣各自返回洞天。事实上，他们经常如此上门拜访。

第三章 主神下凡

　　克利须那降生之时，天地间呈现出一派宁静、美好、祥和的气氛。天空无云，众星闪烁照耀，布列十分吉祥。十方上下尽皆清明悦目，城镇、乡村和牧场的大地令人心醉神迷。江河清澄，湖泊满布莲花、百合，看起来美丽非常。草木花果累累，百鸟婉转啼鸣。纯净的微风阵阵吹拂，带来花香扑鼻，使人浑身舒畅通泰。

　　婆罗门和圣贤们饱受魔众搅扰，早已中断了仪礼祭祀。可如今，献祭之火熊熊燃烧，圣贤们内心深处感受到和平安宁，开始愉快地践行职分。

　　鼓角之声响彻天宇。天界之上，紧那罗和乾达婆放声歌唱，众悉檀和叉罗那奉献赞祷，持明仙和飞天女欢欣起舞。诸天和仙圣撒下鲜花如雨，远处云中传来隐隐的雷声。

　　就在这样的氛围里，至上主神毗湿努从提婆吉的心中显现了，在黑漆漆的子夜，如同一轮明月，升起于东方的地平线上。确实，因为至尊者降生在他的王族里，月亮分外欢喜。如是，尽管那天是月晦的第八天，为了欢迎至尊者，月亮却变得又大又圆。

　　筏殊提婆见那新生的婴儿身具四臂，手持海螺、法轮、神杵、莲花。他的胸口有吉祥"卍"字纹，颈项上挂着考斯图巴宝石。他身披黄裳，肤色玄黑，犹如一片乌云。他披散的头发丰满飘逸，头盔和耳环上闪耀着猫眼宝石的光芒。这孩子看上去美妙绝伦。如是，克利须那首先化现为至上主神毗湿努，其身光照亮了整间囚室。

　　筏殊提婆惊异万分，极喜之下，他在心里想着布施一万头牛给婆罗门，以此庆贺主现身为他的儿子。深知这孩子就是至上主神，筏殊提婆对刚萨已经毫无畏惧。他于是双手合十，跪下祈祷：

　　"我主，鸿蒙之初，你是开辟宇宙的至高无上者。如今，你看来已经进入其中，虽然实际上你并不曾，因为你是无所不在的。你超越感知，但是，透过你的慈悲之力，你示现在我们的眼前。作为摩诃毗湿努，横卧于混沌大水，无量数的宇宙从你的呼吸间化现。接着，你作为胎藏海毗湿努，进入每一个宇宙；作为乳海毗湿努，你随后进入一切有情的心中。那么，你之进入提婆吉的子宫，又算得上是什么奇迹？

"我主，你既已现身，我相信，你定将摧毁那些纵横于大地之上的不义之师，披着刹帝利外衣的魔王掌控着这些军队。众神之主啊，由于听到了你将降显为提婆吉之子的预言，刚萨杀害了你的诸位兄长。现在，一旦他听说你出生，将会马上带着武器到这里来杀掉你。"

看见自己孩子身上具足薄伽梵的所有相好，提婆吉大为诧异。与此同时，因为父母情深，她又害怕刚萨前来施加毒手。提婆吉如是祈祷：

"我主，你乃造化之根源。最终，当万物坏灭，入乎幽冥，唯有你依然以天龙阿难陀之形独存。尘世间，没有人能逃过生、老、病、死。但是，现今你已现身，死亡因为害怕你而逃之夭夭，而那些托庇于你的人已然获得和平安宁。我主，你能驱散奉献者心头的恐惧。我请求你，保护我们，让我们不再害怕刚萨。请让这毗湿努之相消隐于那些用肉眼观物之人的面前。我变得越来越担心，所以，请做出安排，让刚萨无法知道，你已经现身世间。"

提婆吉明白，毗湿努比刚萨强大亿万倍，但是，出于母爱，她担心儿子会遭杀害。其实，提婆吉是请求至尊者化为寻常婴儿之形，如此刚萨就不会认为这孩子就是至尊主毗湿努。尽管筏殊提婆和提婆吉如约向刚萨交出了头六个孩子，但现在他们却更希望把孩子藏起来。如果孩子一直是四臂之身，这就变得不可能了。

至尊主答道："母亲啊，贞女中的佼佼者，你的前生，当斯筏央布筏摩奴之时，被人称作毗湿尼，筏殊提婆那时是梵天之子，一位虔诚至极的生主，名叫须陀钵。梵天命你二人繁殖人口，你们首先调伏诸根，经历了峻烈的苦修。父亲母亲啊，你们忍受了风雨、烈日、严寒。在修炼调息御气之时，你们只吃从树上落下的枯叶。如此，怀着从我这里得到赐福的愿望，你们驱除了内心所有的不洁，一心念我，度过了一万二千个天堂年。

"无罪的母亲啊，彼时我对你们十分满意，便以这同样的形体出现在你们面前，请求你们接受我的一个赐福。于是你们表达了心愿，想要有一个跟我一模一样的儿子。你们夫妻恩爱，又无子息，自然受到爱欲的吸引。受内在能力的影响，你们希望我成为你们的儿子。因为这个缘故，你们从未着意解脱出世。赐予你们祝福后，我便隐身逝去。如是，你们夫妻行房，一心想生下一个像我一样的儿子。因为找不到如你们这般高贵的人,当特利陀纪,我化现世间,是为毗湿尼伽巴。

"在下一纪里,我再次现世为你们的儿子。我被人称为乌般陀罗,因为化现为侏儒之身,所以也被称为筏摩那。你们那时是阿底提和迦叶波。如今,我第三次现身为你们的儿子,以我本初妙相,而非作为分身。请把我的话视为真理。我向你们示现毗湿努之相,只是为了告知你们我的前生。否则,我若像寻常人子般现身,你们不会相信,至上主神毗湿努已经降临人间!你们夫妻二人,当不断思念我,作为你们的儿子。但与此同时,你们必须明白,我乃是至上主神。凭着念念在我,你们将臻达生命的最高圆满——回归故乡,回归主神。"

如是教示父母之后,无上者沉默不语。随后,凭借内在能力,他变化成了一个小小的婴儿,也就是他的本初之相——克利须那。通过内心的感通,克利须那命令筏殊提婆把他抱起来带去宾陀林,替换耶输陀刚生下的女儿。也就在此时,至尊主的灵能——瑜伽摩耶,现身为耶输陀的女儿。

在瑜伽摩耶的作用下,狱中所有的卫兵都昏睡了过去,事实上,宫里所有的人都已酣然入睡。铁链紧锁的牢门,以及筏殊提婆身上的镣铐,一时间奇迹般地都打开了。天上雷雨交加,天龙阿难陀张开顶冠,紧跟在后,护卫着筏殊提婆和他那超凡的儿子。

大雨不断,朱木拿河河水上涨,波浪奔腾。但是,就像当年大海为罗摩让路,朱木拿河也让筏殊提婆安然渡过了急流。当筏殊提婆到达难陀大王家里时,他发现所有的牧人都在熟睡。如是,他顺顺当当地把儿子放到母亲耶输陀的床上,又抱走了她的新生女儿。然后,他返回到刚萨的因牢。筏殊提婆把那个抱来的女婴搁到提婆吉枕边,随后又再次把镣铐戴回自己身上。

产后精疲力竭的耶输陀一直在酣睡之中,根本不知道自己生下了什么样的孩子。

第四章　暴君屠婴

重重牢门又自动关上了。听到新生婴儿的哭声，卫兵们惊醒了过来，匆匆前去向刚萨通报。一直在焦急地等待着消息的刚萨从床上一跃而起，心想："现在，催我命的阎王出生了！"

悲愁之下，刚萨披头散发，急忙赶往牢房探视。看到刚萨现身，提婆吉哀声乞求道："我的弟弟啊，愿你吉祥如意。你若杀掉这女婴，便是不义了。天命注定，你已然杀了许多婴儿，他们每一个都像火焰一般光彩照人。放了我这个女儿吧。因为丧子，我已经万分不幸。求你把这最后一个孩子留下来，权当是送给我的一件礼物。"身为刹帝利之女，提婆吉很懂得权变之道。然而，尽管她紧抱孩子，哀哀哭泣，刚萨却不理不顾，还对她大声呵斥，强行从她怀里夺走了孩子。

刚萨双膝跪地，抓起婴儿的双脚，便要往石板地上摔下去。那婴儿，也就是瑜伽摩耶，至尊主毗湿努的妹妹，猛然从刚萨的手里滑出，跳到了半空之中，化现为身具八臂的杜尔伽女神。只见她身佩花鬘，遍涂香檀，衣服华美，严饰珠宝。诸多手臂，各持弓箭盾戟螺轮剑杵。在天界精灵的赞祷声中，她厉声说道："刚萨啊，你这蠢材，杀我有什么用？至上主神，那终将杀死你的对手，已经在其他地方出生了。因此你不该毫无必要地滥杀无辜。"说毕，杜尔伽女神，也即瑜伽摩耶，化现于大地的四面八方，后来遂以各种名号扬名世间。

看到杜尔伽女神竟然成了自己妹妹的女儿，刚萨惊诧不已。他想，提婆吉肯定不是一个凡人。另外，他也觉得很奇怪，怎么提婆吉的第八个孩子居然是个女婴？

刚萨深感愧疚，当下命人解开了筏殊提婆和提婆吉的镣铐，谦恭地说道："妹妹、妹夫啊，我太罪恶了，简直就像个吃人的罗刹。我杀了你们这许多儿子。因为残忍酷毒，我居然抛弃了所有的亲戚朋友。我真不知道，将来的归宿会在哪里？

"哎呀！看来不但人类，有时甚至老天也会说谎。我罪大恶极，听信老天的预言，杀害了自家妹妹的这么多孩子。伟大的灵魂啊，你的孩子们定是罪有应得，所以不要为他们悲伤。真我永恒，有别于无常的躯壳。不通此理之人定会过于执着身见，如是变得太过受亲朋离合之情的影响。妹妹啊，每个人的苦乐皆源于其业果，为天命所操纵。于身见之中，吾人思想'我被人杀了'，或者'我已经杀了对手'。事实上，只要吾人认为自己是杀人者或被杀者，便一直要为业行负责，如是承受业报之苦。妹妹、妹夫啊，请对我这样一个无情的人慈悲，原谅我的残忍。"说了这一番话，刚萨跪倒在筏殊提婆和提婆吉的面前，眼中满是悔恨的泪水。因为完全相信了杜尔伽女神的话，刚萨再次表现出对妹妹和妹夫的亲情。

提婆吉见兄长确实真心忏悔，不由怨怒全消。筏殊提婆也觉得没有必要责怪刚萨，因为所有事件的背后，乃是无上者所设下的宏伟计划。毕竟，刚萨之所为，皆缘于那个从天上传下来的预言。并且，现在至尊主已然现世，就在耶输陀的怀抱之中，一切都在按计划运作。如是，实在没有必要对刚萨抱持任何敌意。

乘着这个有利的时机，筏殊提婆微笑道："幸运的人啊，只是出于无明，吾人才把躯壳认作本我。你所说的话绝对正确。在物质自性操纵下的人不可能独立造作，因为一切皆由自然之律法自动成就。无知者总是按照身见而妄起分别，一味忙于抵消近因，因为他们对无上者一无所知。"刚萨听了这些话，感觉十分受用。辞别妹妹和妹夫后，他满身轻松地回到家里，心中愧疚全消。

第二天早上，刚萨召来众臣，告诉他们，那个将会杀死他的孩子已经在其他地方出生了。

那些嫉妒成性的阿修罗听说，便纷纷献计："如果是这样，那就从今天起，杀掉所有前面十天里出生的孩子，范围包括周边所有的市镇、村落。诸神都怕你，他们能怎么样？实际上，跟你对阵之时，很多天神都落荒而逃，还有的畏战投降。由于在意作战之礼，你饶了他们的性命。我等不必畏惧毗湿奴，因为他藏在瑜伽士的心里。大神湿婆遁入山林，而梵天一直在冥思苦修。其他天神，以因陀罗为首，全无勇力，所以根本不必害怕。

"当然，诸神是我们的对手，不应忽视。犹如起火、生病、欠债，必须马上动手彻底清除，否则以后还会变本加厉；又似诸根，必须从一开始就加以调伏，否则必将一发不可收拾。因此，绝不可冒失轻敌。众神的根基是毗湿奴，他居于献祭施行之地。是故，婆罗门、母牛和祭祀是毗湿奴身体的四肢。王啊，我等皆是你的臣属，是以我们要去诛灭所有婆罗门和为祭祀供应酥油的母牛，这才是除掉毗湿努的方法。"

天生魔性的刚萨听了这些魔众的建议，当即决定对所有圣贤之人展开迫害摧残，自认为这是获得好运的途径。这些跟随刚萨的妖魔皆能随意变化身形，领受命令之后，便开始四下行动，恣意作恶起来。

第五章　难陀庆生

知道耶输陀生下了一个男孩，难陀大王兴高采烈地沐浴更衣，然后请来婆罗门众，为新生的儿子举行生日庆典。

众婆罗门到场，开始唱赞韦陀真言，用梵音净化周遭环境。根据韦陀经教，万物皆能被净化。除非经过净化，否则世人所使用的一切都会染污身心。通过时光流逝，土地和财产得到净化；通过澡沐，身体得到净化；通过苦行，诸根得到净化；通过清洁，不洁之物得到净化；通过布施，财物得到净化；通过知足，心意得到净化；通过提升觉性，灵魂得到净化。

又有婆罗门，朗诵古史及王族史乘。歌手舞师，在各种乐器伴奏下舞蹈歌唱。公牛、母牛、牛犊皆遍涂姜黄、香油与各种矿砂，身上披红挂绿，花鬘交错，头顶还插着孔雀羽毛。牧牛郎们个个盛服缠头，穿金戴玉。他们手上提着各色礼物，纷纷涌进难陀大王的家中。

难陀府中遍饰旗幡，到处是用花鬘、布帛、杧果树叶搭成的门楼。庭院和过道经过清扫冲洗，都已焕然一新。牧牛女们听说母亲耶输陀生下麟儿，无不欢喜万分，开始精心梳妆打扮起来。她们莲花般的脸庞轻扑红粉、朱砂，眼睛周围涂着一圈黑色的油膏，看起来格外漂亮。当她们手捧礼物，匆匆赶往耶输陀家中时，她们的丰乳肥臀更是颤动不已。

她们手中的金盘子里放着各色礼物，有金币、项链、布帛、香草、檀膏、花鬘等等。因为住在乡间，过着非常自然的生活，这些妇人都有一种天然的女性之美。牧牛女们身上装饰着明亮的耳环、臂钏、手镯。她们的衣服五颜六色，艳丽照人。鲜花从她们的发髻间掉下，如雨般洒落一地。当然，不要忘记，这些牧牛女都不是一般的妇人，她们乃是克利须那喜乐能力的分身，是他永恒的同伴。

到了难陀大王府中，这些牧牛郎的妻女们纷纷向婴儿献上祝福："愿你成为博罗遮之王，千秋万代，护佑子民。"然后，她们往婴儿身上撒下姜黄、香油和净水，并奉献祝祷。大喜之下，牧牛郎们互相泼洒用水、酸酪和炼乳混合而成的液体，以此欢度庆典。不但如此，他们还拿这种液体往妇女们身上泼洒，引得妇人们也只好出手还击。一时间水乳纷飞，好不热闹。

博学的星相家查算了这孩子的天宫图。为了取悦至上主神毗湿努，难陀大王开始向婆罗门众布施。他布施出了两百万头披锦戴玉的母牛，以及七堆堆垛成山的谷米，那上面还铺着珠宝和绣有金边的盖布。难陀大王接着向苏陀、摩伽陀和梵底等众布施，一皆按照其身份名位。如是众人无不心满意足。罗希尼，巴腊罗摩之母，受到了难陀和耶输陀的高度赞美。只见她穿着华美，四处穿梭，忙着招呼前来庆贺的众多女宾。

庆典过后，难陀大王指定了一些手下的牧牛郎照看歌窟拉，自己带着一队人马，前往摩图罗，向国君刚萨缴纳赋税。实际上，难陀唯一关心的是他那新生婴儿的福祉。为了儿子的平安，他拜祭了诸神和祖先，还布施大众，让每个人都心满意足。同样，他去摩图罗不仅是为了交税，他是想送礼物给刚萨，好让他高兴。难陀已然听说屠杀婴儿之事正在发生，为此，他叮嘱牧牛郎们要小心看护好他的儿子。

筏殊提婆听说好友难陀已经来到摩图罗，便去其寓所探视。筏殊提婆和难陀本是同父异母的兄弟。筏殊提婆的父亲，殊罗塞拿，娶过一个毗舍女，难陀为她所生。后来，难陀也娶了一个毗舍女——耶输陀。故此，克利须那和手持耕犁的巴腊罗摩执掌的是毗舍之事。巴腊罗摩代表农耕，克利须那代表畜牧。

见筏殊提婆专程来访，难陀大喜过望，立即起身拥抱弟弟。坐定之后，筏殊提婆间接问到他的两个儿子："兄长，你岁数已大，一直膝下无子。现在竟然老来得子，看来是红运当头啊。我能看到你就算走运了。说实在的，我这次能从监牢里出来，感觉真像是又获得了新生。如同聚在一起漂流的草根木棍，有时会被波流冲散，因为前世的因缘和岁月之波，即便一家人也常常不能团聚。难陀啊，你所生活的地方水草丰茂，对母牛有利吗？希望那里无有不便，无有灾害。我的儿子巴腊罗摩，把你和你的妻子当作亲生父母一般。他跟他的生身母亲罗希尼，在你家里生活平安吗？若能够跟亲友生活在一起，凡法、利、欲乐之事皆为福乐之源。否则，若亲友不得安处，此三事亦无法带来真正的幸福。"

筏殊提婆非常清楚，耶输陀生了一个女孩，是他偷偷用克利须那替换了她。通过这些询问，筏殊提婆想要知道，难陀是否对此已有发觉。看到难陀把克利须那认作自己的亲生儿子，筏殊提婆大感放心，他知道，刚萨必定也不会明白其中的真相。筏殊提婆深感与儿子的别离之苦，考虑到刚萨必会派无数妖魔前去杀害孩子,他特意问到了难陀府第的安全。

难陀大王答道:"国君刚萨杀了你这么多孩子,你的女儿也已升登天堂。每个人都受到命运的宰制,正是它给予了我们业果。"

筏殊提婆说道:"兄长啊,你已经交完赋税,见过我了,请不要在此久留。你最好尽快回到歌窟拉,我知道那里会有一些扰动。"

难陀听筏殊提婆说得郑重,当下便辞别了筏殊提婆,带着随行的众牧人,套上牛车,匆匆赶回歌窟拉。

第六章　罗刹女妖

难陀大王归家途中，一直在寻思筏殊提婆所言，想着他的话绝非虚语。如此，他相信必定将有危难临头。担心着儿子的安危，他唯是一心托庇于至尊者的莲花足。

此时，菩塔那，受刚萨之命诛杀婴儿的罗刹女，正四处游荡于城乡之间，干着她恶毒的勾当。一日，能随意遁形飞升的菩塔那运用神通之力，变身为一个十分美艳的妇人，然后溜进了歌窟拉。

只见那妇人丰乳肥臀，纤腰一把，似难承重。她穿着华贵，头顶佩一串摩利伽花鬘，俏脸两侧秀发纷披飞扬。顾盼之间，更是笑意盈盈。事实上，她的美貌吸引了所有博罗遮之民的注意，尤其是男人。众牧女看到她，还以为吉祥天女亲身下凡，手持莲花，来看她的夫君——克利须那。

一边张望寻索着小儿，菩塔那毫无阻碍地踏入了难陀的家中。她也没打招呼，就径直走进了难陀的卧室。在那里，她看到了睡在床上的婴儿——克利须那，他无限的威力被覆藏着，就像为灰所遮蔽的火。那女妖心下明白，这婴儿绝非凡夫，倒是要杀尽一切为非作歹的妖魔。

克利须那知道菩塔那是来杀害他的。为了让她放胆动手，克利须那假装害怕，闭上了眼睛。菩塔那抱起婴儿，放到怀里，好似蠢人捡起冬眠的毒蛇，还以为是一根绳子。

菩塔那内心凶残酷毒，但外表行动却像一位慈母。她就好比套在软皮鞘里的利剑。受到菩塔那美丽外表的迷惑，耶输陀和罗希尼都没有出头阻拦，只在一旁安静观看。

菩塔那直接把乳头捅进了克利须那的嘴里。她的乳头上，早已涂好了立时起效的剧毒。克利须那对她很恼怒，因为她已经用这招杀害了很多博罗遮之地的婴孩。克利须那一边用两只小手抓住菩塔那的乳房，狠狠挤压，一边吸走了毒汁，以及女妖的生命之气。

剧痛之下，菩塔那失声惊呼："放开我，放开我！不要再吸我的奶了！"

她双眼暴睁,手脚不断踢打,浑身汗如雨下。事实上,当菩塔那高声尖叫之际,大地连同群山,天空连同诸星,尽皆颤抖摇荡起来。路人以为霹雳临头,无不惊恐倒地。

就这样,菩塔那一命呜呼。她的嘴巴大张着,手脚摊开,倒在牧场上,恢复了罗刹女的真身。菩塔那庞大的尸身压倒了方圆十二里的树木。她牙齿尖厉像耙子,鼻孔幽深像洞穴,乳房像从山顶滚下来的大圆石。她那披散的头发是红铜色的,眼窝像黑井,两条可怕的大腿就像河堤。她的手脚如同巨大的桥梁,而肚脐像干枯的湖泊。

众牧牛郎和牧牛女的心、耳、头都被那罗刹女的尖叫震晕了,待他们看到狰狞吓人的尸身,更是惊惶不已。

克利须那,那小小的婴儿,若无其事地在菩塔那的乳峰上玩耍。众牧女见状,急忙跑过去把他抱起来,看到他安然无恙,不由大喜过望。

耶输陀和罗希尼,与其他年纪大的牧女一道,挥舞牛尾,为克利须那压惊。接着,她们用牛尿为克利须那清洗全身,又拿母牛走动扬起的尘土撒抹到他身上。她们使用牛粪,从前额开始,在孩子的身体上涂上了至尊主的十二个名号。如此,那婴孩得到了保护。牧牛女们还从右手掌心啜饮清水,诵尼耶萨咒,施行净化仪式,然后把水洒到自己和婴儿的身上,以洁净身心。

牧女们还诵念对抗邪恶女巫的咒语,女巫是婴孩的大敌。这些咒语还能对抗邪灵,他们经常扰乱身心,带来失忆、疯狂和噩梦。然而,单只要念出至尊主毗湿奴的名号,这类邪灵就能被铲除,因为一旦听闻,他们就会惊惶逃窜。

母亲耶输陀抱起克利须那,给他喂奶,然后哄他上床睡觉。

与此同时,难陀大王率领众牧牛郎从摩图罗返归,看到菩塔那巨大的尸身,无不大惊失色。难陀高叫:"朋友们,你们要知道,筏殊提婆是一个具足神通的大师!否则,他怎么能预见到这类灾祸将会发生?"

难陀急匆匆赶回家中,一把将克利须那抱在怀里,开始心满意足地嗅闻克利须那的小脑袋。这下他放心了,儿子逃脱了一场大难。

宾陀林之民用斧头将菩塔那的尸身斫成碎片。然后,点燃柴火,焚肉扬灰。这是习俗,若有蛇被打死,也要碎尸扬灰,不然,蛇有可能会起死回生。

菩塔那的乳房已被克利须那吮过,故此,她脱离了一切尘世染污。因为这个缘故,她的尸身被焚之时,竟然散发出沉香一般的气味。菩塔那一直嗜求婴儿之血,她是带着这个动机去接近克利须那的。但是,因为把乳房献给至尊,

第十卷 | 349

她获得了至高的成就。那么，对于那些像母亲耶输陀一样，满怀爱心，奉献乳房的人，还有什么可说的呢？由于克利须那吃了她的奶，菩塔那转生灵性世界，获得了克利须那妈妈的地位，成了母亲耶输陀的助手。那么，母牛们，带着巨大的快乐，克利须那吮吸它们的乳头，这些犹如母亲一般欢欢喜喜地献上牛奶的母牛，对于它们，还有什么可说的呢？

第七章　圣婴除魔

　　从童年起，克利须那就一个接一个地，行了诸多奇妙绝伦的逍遥游戏，这让母亲耶输陀和博罗遮之民惊讶不已。单单听闻之，心中的污秽便能立即被清除。通常，吾人皆不太情愿听闻上主事迹，但克利须那童年的逍遥是如此迷人，自动就能让心耳愉悦舒畅。如是，吾人对听闻世间俗事的兴趣便会消散，而那正是物质存在的根源。

　　小克利须那支起身子，试着站起来，左右转身，这也是孩子第一次出门的时候。此时克利须那三岁大，该为他举行学步礼了。母亲耶输陀叫来邻里，一起欢庆典礼。那一天，月亮正宿于罗希尼星。

　　众婆罗门受邀而至，当他们颂赞韦陀真言之际，乐师也加入进来，一场盛大的庆典开始了。为儿子精心沐浴打扮之后，耶输陀向众婆罗门布施了谷米吃食以及母牛、花鬘。

　　张罗完了，耶输陀发现儿子睡眼蒙眬，便把他放到一辆家用手推车下面。那车停在庭院的角落里，上面满载器皿。耶输陀跟孩子一起躺下，待哄他睡熟之后，便起身又去招呼宾客。忙碌中间，她没有听到儿子的喊叫声。

　　有一个鬼怪，名叫沙克陀修罗，就寄身在这辆手推车上，正在寻找机会，祸害睡在车子下面的婴孩。实际上，这辆手推车便是沙克陀修罗的另一个形体。装作哭喊着要吃奶，克利须那两条小腿不断向上愤怒踢打。

　　尽管克利须那的两条小腿像树叶一般柔嫩，但那手推车受到他的踢打，猛地翻倒在地，轰然解体。一时间，车轮脱轴，轮毂、轮辐散落，车杆断裂。推车上原本载着很多金属器皿，也四散翻滚，发出巨大的声响。

　　聚会众人眼见推车、器皿散落一地，无不惊奇震怖。他们四处察看，想要找到推车崩解的缘由，却一无所获。众人思想："定是妖魔作祟，又或是妖星发难。"

　　就在这时，一些小孩声称，是一直哭喊的小克利须那踢碎了推车。据他们说，克利须那一脚踢上去，整辆车便崩塌了。因为不晓得克利须那的无量威能，众牧牛郎和牧牛女根本不相信这些话,认为这都是小孩子的胡说。

担心妖星袭人,耶输陀马上抱起啼哭不停的儿子,给他喂奶。然后她叫来博学多识的婆罗门,诵经念咒,祓灾祈福。待到身强体壮的牧牛郎们重新摆装好推车、器皿,难陀大王小心翼翼地把克利须那抱到怀里,邀请众婆罗门举行火供,安抚妖星。

若有婆罗门断除忌妒、不诚、骄慢、怨憎、虚荣、羡慕,其祝福绝不会落空。当众婆罗门唱赞韦陀真言之际,难陀大王以香草泡水,为克利须那澡身沐浴。最后,等祭祀结束,他盛宴款待了所有与祭的婆罗门。餐毕,他又向众婆罗门布施了很多披花戴金满身盛装的母牛。收到礼物的婆罗门给难陀一家人,尤其是克利须那,留下了满满的祝福。这些婆罗门全都是瑜伽士,具足一切玄通,故而他们的祝福从不落空。

一日,在克利须那出生一年以后,母亲耶输陀哄着儿子玩,把他高高举起来,装作要让他掉下去的样子,克利须那咯咯笑个不停。如此玩耍之时,耶输陀突然觉得儿子重得跟整个宇宙压下来一般,她再也抱不住他了。

惊异之下,耶输陀以为儿子又被什么魔怪缠住了,便把他放到地上,开始一心念想至尊主拿罗衍那。她叫来婆罗门,行过驱灾消难之仪,随后便又去忙碌家务了。

一个叫作崔那筏陀的妖魔,也是刚萨的手下,化为旋风之形,倏然卷地而来,乘机轻而易举地把克利须那带到了空中。那阵旋风飞沙走石,呼啸弥漫于歌窟拉之上,刮得所有人都睁不开眼来。耶输陀眼前漆黑一片,根本无法找到先前放下儿子的地方。四周一片混乱,尘土飞扬,伸手不见五指。悲恸之下,母亲耶输陀瘫倒在地,哀哀悲啼,就像失去牛犊的母牛。

等到暴风沙尘退去,其他牧牛女急忙奔过去找耶输陀。发现克利须那已经失踪,她们也跟着耶输陀,四下搜寻。

此时,崔那筏陀扶摇而上,愈升愈高,小克利须那忽然变得沉重无比,逼得那妖魔无法升腾。崔那筏陀觉得那小孩简直像大山一样沉,因为脖子被克利须那紧紧抱住,那妖魔也无法将他甩脱。到这个时候,崔那筏陀才晓得,克利须那是个十分奇特的生灵。

克利须那勒住脖子不放,崔那筏陀喉头窒息,发不出声音,四肢也动弹不得。转眼间,崔那筏陀眼珠暴突,一命呜呼,跟小克利须那一道,落到了博罗遮的地面上。

哭泣啼叫之际，众牧牛女看到崔那筏陀从天而坠，落到一块大石板上，摔得四肢粉碎。众牧女急忙跑过去，抱起正在妖魔胸口上开心玩耍的克利须那，把他交到了耶输陀的怀抱里。见克利须那平安无恙，众牧牛郎和牧牛女无不欢喜万分。

　　难陀大王跟其他牧人说："我等定是前世长修苦行，又或崇拜过至上主神，行过诸多善举、布施，所以，我们的克利须那又回来了，要给我们平安幸福。"

　　因为发生了这些个令人吃惊的事情，难陀大王禁不住一次又一次想起筏殊提婆在摩图罗给他的忠告。

　　这事之后的某一天，母亲耶输陀把克利须那抱在怀里，给他喂奶。她抚摸着他，凝视着他光辉灿烂的笑脸，就在此时，那孩子打了一个哈欠。刹那间，耶输陀万分吃惊地看到，小克利须那的嘴里，竟然浮现出整个宇宙。她看见了天界、日月，看见了地上的山海岛屿河流森林，以及形形色色的动不动生灵。

　　在瑜伽摩耶的安排下，母亲耶输陀一直把克利须那视为普通小儿。然而，为了向她表明，她怀里的孩子究竟是谁，克利须那利用这个机会，示现出宇宙大身。看见儿子嘴里的天地万物，耶输陀心跳不已，口中念叨："太神奇了，太神奇了。"可尽管心里老有奇特的念头，耶输陀却闭上了眼睛，因为她其实并不喜欢看到克利须那的玄通大能。

第八章　吞吐天地

筏殊提婆请求雅度朝的祭司嘎尔伽牟尼前去拜访难陀大王。见到贵客登门，难陀大喜，起身合掌恭迎。难陀知道，这位牟尼超尘绝俗，绝非凡夫所能窥测。

待嘎尔伽牟尼坐定，难陀大王缓缓说道："先生，你是一位伟大的奉献者，因而你自足圆满。但是，我的职分是服侍你。请指示我，我能为你做什么？如你这般人物，四处云游，不是为了自身的利益，而是为了利益心灵穷乏的居家之士。婆罗门之翘楚啊，你精通星相之学，能测人的前世今生。如今你到我家中，请为我的两个儿子行再生礼，并算一下他们的星象。"

嘎尔伽牟尼答道："难陀大王啊，我是雅度朝的祭司，若我为你两个儿子主持典礼，刚萨肯定会认为他们是提婆吉的儿子。此人擅长权术，极其邪恶。他已然从瑜伽摩耶处听说，要诛杀他的孩子已经在其他地方出生，尽管先前上天预言，那是提婆吉的第八个儿子。他知道你跟筏殊提婆交情深厚，现在我若主持典礼，他定会生出联想。如果他疑心克利须那是筏殊提婆和提婆吉的儿子，必会动手杀人。"

难陀大王说道："如果你认为这会让刚萨起疑，那么就在我家牛棚里秘密进行，不告诉任何人，甚至我家亲戚。"

嘎尔伽牟尼早有此意，便痛快地答应了难陀的提议。

举行取名礼时，嘎尔伽牟尼说道："罗希尼此子将为其亲戚朋友带来巨大的快乐，是故他的名字叫罗摩。由于他显示出超人的体力，他也叫巴腊。由于他联结了两个家庭，筏殊提婆的和你的，他的另外一个名字是商伽萨那。

"你的儿子克利须那，每一纪皆化身降世。以前，他呈现各种肤色，有白色、红色、黄色，如今他现身为黑色皮肤。由于你的儿子化现为筏殊提婆之子，所以他可名为华胥天人。为了增广歌窟拉之民的喜乐，这孩子将始终为你们谋利造福，如是你们定会渡越一切艰难危困。你当晓得，献身于克利须那的人，绝不会被任何邪魔击垮。难陀，就品德、富有、名声、势位而言，你的儿子跟拿罗衍那一样出色。因此，你当对他精心护理，小心养育。"

操办完典礼，嘎尔伽牟尼道别而去。听了他一番话，难陀大王觉得自己真的是好生幸运。

　　不久，克利须那和巴腊罗摩开始爬行，用这种方式，享受他们的童年逍遥。他们在抹过牛粪、牛尿的泥地上四处爬动，看起来就像两条蛇。有时候，听到悦耳的脚铃声，他们会一路跟过去，以为那是母亲。等到兄弟俩发现那是陌生人，便会害怕起来，匆匆爬回耶输陀和罗希尼的身边。

　　身上沾满混合着牛粪、牛尿的泥土，两个孩子看上去反倒愈发漂亮。一见到他们，耶输陀和罗希尼便会情不自禁地把他们抱在怀里，喂他们吃奶。吮吸母乳之际，孩子们微笑起来，露出小小的碎牙。

　　有时，小克利须那和巴腊罗摩会拽住小牛的尾巴尖，小牛犊害怕，拖着他们俩满地乱跑。邻居女眷看到，忍不住停下手里的家务活，大笑起来。牛犊拉扯之际，克利须那和巴腊罗摩看起来吓着了，反而更加使劲抓紧牛尾巴，不肯放手。女人们便会上前去救助他们，这也成了游戏的一部分。

　　除了这份欢喜，还有超然的烦恼，因为孩子们实在太顽皮了。操持家务时，耶输陀和罗希尼总是担心她们无法保护好克利须那和巴腊罗摩，想着那些带角的牛，带爪的野兽比如猴子、猫、狗，以及带刺的草木可能会伤害到他们。

　　又过了一段时间，克利须那和巴腊罗摩能站起来，开始学走路了。很快，他们就走得很像样了，开始跟其他孩子一起玩耍。邻近的牧牛女们看着克利须那的顽皮举止，个个欢喜万分。

　　只是为了一遍又一遍地品味这些游戏，她们会找到耶输陀，跟她说："亲爱的朋友啊，你的儿子有时候会来我们家里，在我们挤奶之前，他把母牛放跑了。主人发起火来，他却只管在一边微笑。有时他偷走酸酪、黄油、牛奶，又吃又喝，若是旁边有猴子，他就分给猴子吃，等到猴子们撑得再也吃不下了，他就把坛坛罐罐打得粉碎。有时候，你儿子找不到偷东西的机会，他就恼起来，对小宝宝们又抓又掐。等到小宝宝们开始哭闹，他就溜掉了。

　　"若是看到牛奶和酸酪挂在天花板上，克利须那和巴腊罗摩就会把石磨拖过来放在下面，再放上几块木头。等到踩上去可以够到罐子，他们就弄破罐子，让牛奶、酸酪顺着破孔流出来。即便我们把牛奶、酸酪藏在黑屋子里，他们凭着身上的珠宝照明，也能得手。有时，克利须那和巴腊罗摩偷奶油被人抓住，他们会矢口否认，说：'难道你觉得我们家的奶油不够吃吗？'当猴子们个个吃饱喝足，再也不伸手讨要的时候，克利须那和巴腊罗摩会说：'这些奶油、酸酪简直毫无用处。'若是克利须那被逮住了，那家的主人就装作生气的样子说：'噢，你是个小偷！'克利须那便说：'我不是小偷，你才是呢！'有时，克利须那恼了，就在干净的地方拉屎撒尿。现在，你看看这个坐在你面前的惯偷，居然装得像个乖娃娃。"

耶输陀瞅着儿子的眼睛，他看上去非常害怕，这又让耶输陀犹豫起来，不忍下手责罚。牧牛女们单只是盯着克利须那的漂亮脸蛋儿看，享受着内心的妙喜。看到她们这个样子，耶输陀也好笑起来，把责罚儿子的想法抛到了九霄云外。

说了这些克利须那的调皮故事，牧牛女们会要求耶输陀拿走孩子身上的珠宝。当耶输陀同意照办时，牧牛女们却说，克利须那身上的光明太强烈了，即便没有珠宝，他也能轻易在暗中视物。母亲耶输陀无奈，于是便建议牧牛女们小心收藏好家里的东西。

一日，克利须那正跟巴腊罗摩和其他小朋友玩耍，这些孩子们跑过来向母亲耶输陀告状："母亲，克利须那在吃土呢！"

耶输陀急匆匆赶过去，一把抱起儿子，一边往他的嘴里探看，一边说道："克利须那，你为什么这样调皮？你在背人的地方偷偷吃土了？你那些小朋友们都来告你的状，包括你哥哥。"

克利须那答道："母亲啊，我可没吃土。我那些朋友都在说谎。他们串通一气，就是为了让你责罚我，我哥哥巴腊罗摩也跟他们一个鼻孔出气。若你认为我在说谎，那就看看我嘴巴好了。"

耶输陀当下命令："好，如果你没吃土，那就张开嘴巴我看看。"

克利须那张开嘴，耶输陀向里望去，看见一切动不动有情、太空、十方，以及大地上的无数山海洲屿。她看见了无量数星系与创世的过程。她看见诸根、心和三极气性，也看见众生的寿命及其天性和业报。耶输陀还看见自己在宾陀林，怀里抱着克利须那。看着看着，她不禁惶惑起来："这莫不是个梦吧？还是幻觉？这些都是我心念制造出来的影像呢，还是缘出我儿子的神通玄力？"

耶输陀首先想到，她或许是在做梦，但她又否认了这个想法，因为她的眼睛是睁着的，她也没在睡觉。接着，她想这或许是摩耶女神制造的一个幻象，但这也不对，因为她觉得自己是个微不足道的凡夫，跟天神似乎沾不上边。若说是精神错乱，可她又觉得自己挺健康、挺正常的。如此，她便推断儿子必有神通，就如嘎尔伽牟尼所预言的。

耶输陀心里想："让我皈命至上主神吧，他是一切因缘之因。由于至尊主幻力的影响，我误认难陀大王是我的夫主，克利须那是我的儿子，我是难陀大王的王后，所有的母牛、牛犊都是我的财产，所有的牧牛郎和牧牛女都是我的臣民。实际上，我是至尊主的永恒仆从，他才是我最终的庇护。"

听说了母亲耶输陀的巨大福运，巴力克斯大帝问叔伽天人，耶输陀和她的丈夫难陀究竟做过什么样的善行，居然能够达到如此的圆满。筏殊提婆和提婆吉已经是如此伟大的奉献者，克利须那显现成了他们的儿子，然而难陀和耶输陀却享受着克利须那的童年逍遥，如是他们俩的地位当然更为殊胜。

按照叔伽天人的解释，诸筏苏中最杰出的一个——图罗拿，跟他的爱妻答罗一道，曾经对大神梵天说："请允许我们投生凡间。等我们下世以后，让至尊主化现为我们的儿子。如此，主便能传扬巴克提之道，那生命的究竟归趣，投生娑婆世界的众生或许就能因此轻而易举地被拯救出悲惨的境地。"梵天回答："好，就这样吧。"

不久，图罗拿在宾陀林降生，是为难陀大王，而答罗成了耶输陀。

第九章 上主就缚

一日，耶输陀母亲看到所有的女仆都在干活，便亲自动手搅拌酸酪。她一边干，一边哼唱着自编的赞美克利须那童年逍遥的歌谣。只见她穿一袭藏红的莎丽，一条腰带紧贴着她浑圆的丰臀。耶输陀出力干活，以至于全身震颤，耳环手镯叮叮当当响个不停。由于强烈的母爱，她的胸脯都让乳汁弄湿了。她的漂亮脸蛋上满是汗珠，插在鬓角的玛拉提花也掉了下来。

这一天正是油灯节。耶输陀养了几头母牛，只吃一种能让牛奶极具滋味的特殊的草。耶输陀所搅拌的酸酪，就是用这种牛奶做的。她要亲自搅拌酸酪，炼成奶油。她想，克利须那偷吃别人家的奶油，是因为不喜欢普通牛奶的味道。

从前的习惯是，若有人想要时时忆念些什么，便会就此写一首诗，或者请一位专业的诗人来写。耶输陀任何时候都不想忘记克利须那的逍遥时光，所以她编了很多歌，在干活的时候唱。

此时，克利须那出现在耶输陀面前，想要吃奶。饥饿的克利须那抓住搅奶棍，不让母亲继续搅拌下去。母亲耶输陀开心地抱起克利须那，把乳头捅进了他的小嘴。在强烈的母爱的催涌下，乳汁滚滚而出，克利须那开始吮吸，耶输陀看着他美丽的小脸，内心幸福无比。

突然，耶输陀看见炉灶上的牛奶煮沸漫出来了，她随手放下孩子，急忙过去照料。然而，克利须那还没吃足奶，如此被扔到一边，让他十分恼火。只见他紧咬红唇，眼中噙泪，捡起一块石头，就把盛酸酪的陶罐砸破了。然后他跑到邻近的房间，把放在僻静地方的新鲜奶油吃了个精光。

把牛奶端下来后，耶输陀返回来想继续干活，可发现酸酪罐被砸破了，克利须那也不见踪影。她想这一定是克利须那干的坏事，她微笑起来，想着他如何因为害怕责罚而慌张逃跑。

循着儿子散发出奶油味的足印，耶输陀找到了克利须那。只见他坐在翻倒的木臼上，正在尽情向猴子分发奶油和酸酪。因为干了偷窃之事，克利须那东张西望，看起来忧心忡忡。见此情景，耶输陀小心翼翼地从他背后抄了上去。

克利须那看到母亲正摸过来，手里还拿着一根棍子，急忙溜下木臼就跑，看似十分惶恐。耶输陀在后面追赶，但因为乳重腰细，不得不减缓了速度。奔跑之际，她的头发散落开来，插在头上的花也落到了地上。不过，她究竟没有失手，还是逮住了那些伟大的瑜伽士穷累世苦修之力都无法臻达的克利须那。

　　被抓住后，克利须那哭了起来，他不断用手抹泪，黑色的眼膏混合着泪水涂满了他的脸蛋。耶输陀抓着克利须那的手，他承认他犯了错，但是，望着他妙美的脸庞，耶输陀又觉得他实在害怕过头了，便扔掉了手中的棍子。

　　耶输陀母亲其实并不欲惩罚儿子，只不过想约束他一下，故而她只是训斥道："我要把你绑起来，这样你就不能再乱来了。所以，这一段时间里，你不能跟你的小朋友们一道玩儿了。"

　　出于对克利须那的母爱，耶输陀从未留心去搞清楚他的真实地位。即便诸神都畏惧克利须那，但是，看到手持木棍的母亲，克利须那却害怕起来。

　　耶输陀竭力要捆住克利须那，但她发现，绳子短了两指之宽。耶输陀找来另外一段绳子接上，可是，当她想打结时，发现绳子还是短了两指之宽。于是她一次又一次找来更多的绳子，可每次接上，都还是太短。最后，她家里再也找不到绳子了，所有的邻居都聚拢来看热闹，甚至耶输陀自己也忍不住笑起来，在场诸人无不看得目瞪口呆。

　　因为使力跑动，耶输陀身上汗水淋漓。小克利须那见母亲如此疲累，不禁慈悲心起，便听任自己被母亲捆绑了起来。这便是至尊主的一个特征：尽管他是天地万物的至高主宰，却自愿处于奉献者的操纵之下。

　　把克利须那拴到木臼上以后，耶输陀回去继续操持家务。当时，在克利须那面前有两棵并生的阎摩罗-阿周那树。在上一纪里，他们曾经是天神俱维罗的儿子，名叫拿罗俱维罗和摩尼哥黎华，其生活豪奢无比。由于虚骄傲慢，两人自觉不可一世，全不把其他人放在眼里。为此，那罗陀牟尼诅咒他们，让他们变成了两棵树。

第十章　财神之子

巴力克斯大帝想要知道，究竟俱维罗二子干了何等令人厌憎之事，以至于那罗陀如此恼怒，竟然诅咒了他们。叔伽天人遂讲述了下面这段古老的史事。

俱维罗二子原是大神湿婆的伟大信徒，后来成了大神的亲随，兄弟二人为此十分骄傲。他们得到大神的允许，可以在环绕凯拉什雪山的苑囿里游衍玩赏。如此，兄弟二人时常徜徉于曼达基尼河畔，畅饮一种被称为"筏楼尼"的酒醴。他们醉眼迷离，游荡于林园之间，身边还有诸多仙女随行。

曼达基尼·亘伽莲花遍布，俱维罗儿子嬉戏水中，享受着一众美貌仙女的陪伴。彼时，伟大的仙圣那罗陀恰好经过，遇见了全身赤裸的俱维罗二子。众仙女见到那罗陀，不由羞愧万分。因为害怕受到诅咒，她们急忙披上衣衫，遮盖好自己的身体。

可是俱维罗二子却毫不羞惭，他们根本不理会那罗陀，依然顾自裸身痛饮。眼见二子赤身裸体，陶醉于美酒和权势，那罗陀决定赐予他们一个特别的诅咒，作为他慈悲的体现。

那罗陀于是发话道："在所有的尘世迷恋当中，对财富的迷恋最惑乱人的智慧，其作用比拥有美好的容貌、高贵的出生、渊博的学识更甚。若有人未受教养，却因为财富而生起骄慢，他便会挥霍金钱，享受醇酒、美妇、赌博。

"那些因财富、贵显而骄傲的无赖，十分残忍，为了无常易坏的躯壳，他们可以毫不手软地杀死可怜的动物。事实上，他们有时杀死动物，不过是为了娱乐。人也许为自己的身体而骄傲万分，认为自己是一个非常重要的人物，一个领袖，或者一个天神。但是，无论他是什么，死后，那具躯壳终将转化为蛆虫、粪便、或者灰土。这具躯壳究竟属于谁？毕竟，它产生于物质，死后再度融入五大。因此，它是众生的共有财产。是故，除了无赖，谁会用杀生的恶行来维系躯壳？

"陶醉于金钱的傻瓜永远看不到事物的真相。故此，把他们打回贫穷乃是让他们重见真相的应机疗法。一个贫困缠身的人至少能觉悟到世间诸苦，如此便不会把这种苦境加于他人之身。被刺刺伤过的人，晓得其他被刺者的痛苦。

知道人同此心，他就会推己及人，不想让他人也如此遭罪。可是，一个从不曾被刺刺伤过的人，根本无法理解这份痛苦。

"穷人不得不辛苦劳作以养活自己，由是变得知足常乐。艰苦的生活其实净化了他，使他远离虚荣和我执。因为缺吃少食，穷人身体虚弱，感官反而安宁下来。故此，他比较不会行伤害、嫉妒之事。圣者可以轻易接触穷人，却很难亲近富人。如是，穷人或许能够很容易地失去对世俗欲望的兴趣，转而接受灵性的生活。"

那罗陀续道："你兄弟二人如此堕落，赤裸身体，已然像树木一般生活，该当领受树木之躯。这才是恰当的惩罚。不过，借着我的慈悲，你们将能拥有对前世罪业的记忆。甚至，透过我特殊的恩惠，经历一百个天堂年的放逐之后，你们将会面对面见到至上人格主神华胥天人，如是恢复你们的本来面目。"

其实，那罗陀诅咒俱维罗二子，并不只是为了惩罚他们，而是要治愈他们的无明之疾。说完这番话后，那罗陀返回了自己的净修林，而俱维罗二子遂坠落凡间，变成了两株并生的阿周那树。

克利须那开始慢慢地拖动那拴住他的木臼，他一边爬一边说："虽然我跟俱维罗的儿子们全无干系，可仙圣那罗陀是我最心爱的奉献者。因为他想让我来到他们面前，所以，为了他们的救赎，我必须如此去做。"

克利须那爬着穿过两株阿周那树，那大木臼侧身翻倒，卡在双树中间，动弹不得。凭借捆在腰腹间的绳子，克利须那向前用力拉扯，两株大树顿时被连根拔起，轰然倒地。

顷刻间，两个遍体光芒的人物从树中现出身形，其明亮照耀十方。他们一起向克利须那合掌稽首，出语礼赞道："主啊，你是至高无上的主宰者，是你，存在于造化之先。是故，世间被气性拘缚的众生，有谁能理解你？我等只能向你顶礼致敬。至高无上的形体啊，我等始终是你仆人的仆人，尤其是大圣那罗陀的。现在，请准许我们返回家乡。靠着那罗陀牟尼的慈悲，我等才能够面对面地见到你。从今以后，让我们所有的言语都用来讲述你的逍遥，让我们的耳朵用来听闻你的荣光，让我们的手和脚用来做取悦你的事情，让我们的心一直思念着你的莲花足。"

身上还绑着绳索，克利须那展颜微笑，回答道："伟大的圣者那罗陀非常慈悲。透过他的诅咒，他给了你们最巨大的恩惠。这些事情我从头到尾都知道得清清楚楚。当人直面太阳，黑暗便不复存在。同样，当人面对面见到一个彻底皈命至上主神的奉献者，便不再受制于尘世的羁绊。拿罗俱维罗和摩尼哥黎华啊，你们现在就回家吧。你们渴望一直沉浸于对我的服务奉献当中，你们必定如愿以偿，你们将永远不会再从这个层面上堕落沉沦。"

俱维罗二子听完，向克利须那欢喜绕礼一匝，告辞而去。

第十一章　游戏人间

难陀与众牧牛郎听到阿周那双树轰然倒地的巨响，还以为是霹雳自天而降，便急忙赶去察看。见到两棵大树无故倒地，众牧牛郎大惑不解，不知道这是由什么造成的。他们只看到被绳子捆住的克利须那，拖着木臼在地上四处爬动。

有个男孩子说："一定是克利须那干的。他穿过那两棵树的时候，木臼卡住了，他一拉扯，树就倒了。然后，有两个相貌非凡的男子从树里面跳出来。我们都亲眼看到了。"

出于父子亲情，众牧牛郎，尤其是难陀，根本不相信这种说法。可是，也有些人持怀疑态度，心想："预言说克利须那会变得跟拿罗衍那一样强大，或许真是他干的。"

难陀只是微笑，上前去解开了捆在克利须那肚子上的绳索。

牧牛女们时常对克利须那说："要是你肯跳舞，我就把这块甜食的一半分给你吃。"她们一边这样说着，一边拍掌，用各种办法鼓动那孩子。克利须那总是报以微笑，然后按她们的要求跳起舞来，就像她们手中的木头玩偶。有时，在她们的催促下，他还唱歌，如此这般，他简直完全被牧牛女们控制了。

有时，耶输陀和其他牧牛女会叫克利须那给她们拿一块木板、一双木屐，或者一个木罐子。得到指令后，克利须那便试图把东西拿过来。可是，有时候东西太沉了，他只好摸一摸，站在那里不动。有时，为了让牧牛女们开心，他会用两条小胳膊使劲拍打身子，向她们显示自己力量有多么强大。

有一天，一个卖水果的妇人在门外高喊："卖水果啊，快来买水果啊！"克利须那听到喊声，当下抓了一把米，跑出去跟那水果贩子换果子吃。可是，就在克利须那急匆匆奔跑之际，大部分米粒都从他手指缝里一路洒落到地上了。然而，那水果贩子还是给了克利须那满把满捧的果子。那妇人临走，低头一看挑来的筐子，发现里面竟然盛满了珠宝黄金。

又有一日，耶输陀母亲让罗希尼叫克利须那和巴腊罗摩回家吃午饭。这兄弟俩都在河边跟其他小朋友一起玩，因为玩得太投入了，尽管罗希尼喊了他们，两人还是不肯回家。

罗希尼只好请耶输陀去召唤孩子们，因为她的情感更强烈。时间已经晚了，耶输陀开始呼叫克利须那和巴腊罗摩，由于爱之迷狂，奶水从她的乳房汩汩流出。

耶输陀母亲呼唤道："我心爱的儿子克利须那啊，快到这里来，来喝妈妈的奶。我心爱的小宝贝啊，你玩了那么长时间，一定又累又饿了。你已经玩够了，快点回家吧。我心爱的巴腊罗摩啊，跟你的弟弟一道回来吧，难陀爹爹在等着你们回来吃饭呢！"

听到耶输陀的呼唤，克利须那和巴腊罗摩转身往家走去。看到这情形，小伙伴们十分沮丧，当下便拿话挤对他俩："哎呀，玩得正高兴呢，你俩就要丢下我们？你们若是不回来接着跟我们玩，我们就再也不准你们跟我们一起玩了！"

克利须那和巴腊罗摩听小伙伴这么说，不由害怕起来，便又继续跟伙伴们玩耍起来。

耶输陀母亲上前呵斥道："我心爱的克利须那，难道你是没有家的野孩子吗？今天，月亮刚好运行到你出生时升起的那颗福星的位置。你今天在外面玩了一整天，身上都是泥土沙尘，现在必须回家，先洗个澡。今天是你的生日，你该布施些母牛给婆罗门。其他孩子都已经洗过澡了，打扮得漂漂亮亮的。等洗完澡，吃过午饭，你可以再跟小伙伴们一起玩啊。"

就这样，耶输陀母亲手里牵着克利须那，还有巴腊罗摩，把他们带回家中，然后给兄弟二人洗澡、吃饭，穿戴一新。

一次，难陀大王跟他手下所有的牧牛郎在一起聚会，商讨如何应付近来在摩诃林经常出现的恼人事件。乌帕难陀先说话，因为他不但是难陀大王的兄长，而且非常睿智，懂得如何根据时地环境来考虑问题。

乌帕难陀说道："亲爱的朋友们啊，为了我们自身的利益，我们应当离开歌窟拉，克利须那和巴腊罗摩已经遇到过好多次凶险了。然而，凭着至尊主的慈悲，每次克利须那都躲过了劫难。乘另外的妖魔还没来这里滋扰生事，让我们迁移到一个太平安稳的地方吧。

"在难敌施筏罗和摩诃林之间，有一片林地，叫作宾陀林。那里牧草茂盛，非常适合栖息。那里有美丽的山丘园林，我们的母牛和我们自己所需要的一切都应有尽有。一刻都不用迟疑了。如果你们都同意，架上牛车，让母牛们走在前面，我们马上出发。"

众牧牛郎一致同意，认为这是一个非常好的建议。他们当即各自回到家中，把家中所有物品打包装上了牛车。他们让老人、妇女、孩子坐上牛车，母牛们在前面开道，自己带上弓、箭，吹响牛角号，在一众婆罗门的陪同下，开始踏上征程。

牧牛女们个个打扮得美艳动人，身上还装点了朱砂粉。她们一路走，一路兴高采烈地歌唱着克利须那的逍遥游戏。耶输陀母亲和罗希尼结伴，让克利须那、巴腊罗摩跟她们坐在一辆牛车上，这样她们每时每刻都能看到这兄弟两人。这几个人聚在一处，看上去华美无比。

不久，众人就到达了四季宜居的宾陀林。牧牛郎们用牛车围成一个半月形阵，充当临时营地。带刺的灌木林环绕四周，使营地成了一块完全封闭的界域。

看到宾陀林，还有哥瓦丹拿山、朱木拿河，克利须那和巴腊罗摩分外喜悦。他们又叫又跳，说些童言稚语，让博罗遮之民心生欢喜。

克利须那和巴腊罗摩渐渐长大，也开始学着放养照料母牛。他们就在离家不远的地方一边放牧，一边跟小伙伴们玩耍嬉戏。有时，克利须那和巴腊罗摩会吹起竹笛，有时会用绳子、石头去树上打水果，有时拿贝尔果当球踢。有时，他们用毛毯裹住全身，扮作母牛和公牛。有时，他们互相打斗，大声呼喝。还有的时候，他们学孔雀、猴子或者其他鸟兽的鸣叫声。如是，克利须那和巴腊罗摩就像寻常孩子一样，享受童年之乐。

一天，克利须那和巴腊罗摩带着一帮小伙伴，在朱木拿河边放牧。一个恶魔偷偷潜入，想要杀掉他们。克利须那看见那妖怪化作牛犊之形，溜进了畜群，便用手指给巴腊罗摩看："又有一个恶魔来了！"

于是，克利须那偷偷走近那妖怪筏特萨修罗旁边，好像若无其事一般。突然间，克利须那抓住那妖怪的后腿，把它整个身子抡圆了，急速挥舞起来。不多久，那妖怪就被转到一命呜呼，克利须那顺势把它抛到了一棵伽毗陀树顶上。那树跟妖怪一起轰然倒地，妖怪随之变回了原形。

看到妖怪的死尸，众牧童齐声高呼："干得好！克利须那，干得好！"与此同时，高等星系的天神们也欢喜万分，从天上撒下如雨的鲜花。

护持天地的至尊主克利须那，就像一个牧童，放牧照养着牛犊。但实际上，克利须那降落凡间的使命是消灭恶魔。故此，当他在朱木拿河边放牧之时，每天都会发生两三次事故。

又有一天，众牧童到朱木拿河边饮水，看见附近落下一头庞然大物，望过去就像一座被霹雳斫断的山峰。那是个叫作巴喀修罗的大魔头，变身为一只长着锋利尖嘴的巨大野鸭。众牧童见状，无不惊恐惶惧。

突然，巴喀修罗张开尖嘴，一下子把克利须那吞入口中。巴腊罗摩和其他孩子看见这等情形，痛不欲生，几乎失去了知觉。

这时，克利须那的身体变得像火一般滚烫，烧灼着巴喀修罗的喉咙。巴喀修罗痛不可当，立时把克利须那吐了出来。眼见克利须那就在自己面前，毫发无损，那魔头便又扑将上去，用尖嘴一通狠啄。说时迟那时快，克利须那两手握住鸟嘴，一下子把那妖魔撕成了两爿，恰如小孩撕裂一根毗罗那草。

天上的众神欢欣鼓舞，纷纷向克利须那身上抛撒香花。他们敲鼓吹螺，唱赞舞蹈，开始庆祝克利须那的胜利。目睹此情此景，众牧童惊愕不已。终于脱出险境，他们感觉就像死后重生一样。孩子们一个个争着上前去拥抱克利须那，然后，他们把受惊的牛犊赶回来，一边还大声讲述着刚才发生的事情。

牧牛郎和牧女们听说巴喀修罗被杀的事情，惊奇万分。他们热切地前去迎接克利须那和众牧童，想着他们都是虎口逃生回来的。真的，他们一动不动地看着克利须那和孩子们，连眼睛都不愿眨一下，尽管他们早已脱离险境。

难陀大王和众牧牛郎们心里想："这太令人惊奇了，虽然克利须那遭遇了那么多次袭击，可被杀的却是妖怪，而不是他。看来，自觉者的话语从不会落空。嘎尔伽牟尼所预言的一切如今真的发生了！"

享受着克利须那和巴腊罗摩的逍遥游戏，难陀大王和博罗遮之民沉浸在妙喜之洋里，甚至感觉不到尘世的烦扰。就像这样，克利须那和巴腊罗摩在捉迷藏、玩游戏、像猴子般蹦蹦跳跳中度过了他们的童年。

任何人，在任何地方，只要跟随博罗遮之民的脚步，便能远离一切尘世烦恼魔障。

第十二章　千旬蟒怪

一日，克利须那决定清晨就去林中放牧，享受野外早餐之乐。克利须那于是吹响牛角号，用美妙的号角声唤醒了牧童和牛犊。让牛犊们走在前面，克利须那和众牧童离开村子，走入了森林。克利须那有成千的小伙伴，每个小伙伴都有成千的牛犊需要照料。孩子们都十分俊美，个个天真烂漫，活泼好动。他们每个人都随身带着食囊、牛角号、竹笛和赶牛的棍子。自然，因为克利须那是无限的，所以他的牛犊数量也是无限的。

虽然母亲们已经给孩子身上穿戴了很多金银、珠宝、珍珠、海贝串成的饰物，进入森林后，众牧童一路上又拿野果、绿叶、鲜花、孔雀羽毛和矿物颜料来装扮自己的身体。

牧童们相互偷窃食囊。一个孩子知道自己的食囊被偷走了，其他的孩子就把食囊抛掷给更远的人，让他无法夺回。等到食囊的主人伤心难过了，旁边的孩子便大笑起来。看到那孩子快被弄哭了，他们才把食囊还到他手里。

有时，克利须那会独自深入丛林，好尽情享受林中美景。遇到这种时候，牧童们就在后面追，想要赶上克利须那。他们一边跑，一边喊着："是我第一个碰到克利须那的！"

在林中玩耍之时，牧童们都各显神通。有的鸣角吹笛；有的学蜜蜂嗡嗡；有的学杜鹃啼叫；有的学鸟雀飞翔，追赶它们在地上的投影；有的学天鹅的姿势和步态；有的静观野鸭；有的随孔雀同舞；有的逗弄猿猴，学它们的样子，向它们做鬼脸，引诱它们的幼崽，或者上树追赶它们；有的跑到河边，在瀑布间穿来穿去；还有的跟青蛙一起纵跃，待看到自己在水中的倒影，便放声欢笑起来。其他孩子就责怪他们，弄出这许多回音。

如是，积聚了很多很多世的善业后，这些孩子们得以跟克利须那一道玩耍嬉戏。谁能说清楚他们的好运？

正当克利须那和小伙伴们玩耍之际，刚萨派出的魔头阿伽修罗来了。他是菩塔那和巴咯修罗的弟弟，连天神们都害怕他，希望他早点丧命。

阿伽修罗见牧童们玩得如此开心，简直无法忍受。他想："这个克利须那杀了我的兄弟和妹妹，为了让他们瞑目于九泉之下，我要杀了他，连同他这些朋友。我要拿他们的性命来祭献我死去的兄弟和妹妹，然后宾陀林之民都会自动夭亡。"

这般打定主意之后，阿伽修罗使出神通，化作一条庞大如山丘的千旬巨蟒。他张开犹如山洞般的巨口，横卧在路中间，算计着要把所有的孩子一口吞掉。那妖怪的下颚抵在地面上，上腭高抬，直入云端。他的舌头像马路，气息如热风，眼睛似火焰。

一开始，众牧童都以为那魔头只是个雕像。但后来有些孩子看出这是一条巨蟒。孩子们议论起来："朋友们，这是死家伙呢，还是一条活的巨蟒，张开大嘴想要把我们都吞掉？"

最后，他们得出结论："这肯定是头坐等着要吃掉我们的野兽。它上腭像被日光映红的云彩，下颚像淡红的云影。它的口像山洞，里面非常黑暗，它的牙齿像高耸的山峰。这火辣辣的热风是从它口里面吐出来的气息，其中传来一阵阵死尸的腐臭。这家伙想吃掉我们吗？如果是这样，它马上就会被杀死，就像巴喀修罗。"

牧童们望着克利须那姣美的脸庞，欢笑中，一边拍掌，一边走入巨蟒的口中。孩子们对克利须那信心十足，他们已经经历过，克利须那是如何把他们从巴喀修罗的利嘴下救出来的。事实上，他们渴望深入魔口，享受历险与获救之乐。

克利须那知道，这是魔头阿伽幻化现身。他一边听着小伙伴们的议论，一边想要劝阻他们闯入蛇口。但就在克利须那凝神思虑之时，众牧童已经领着牛犊们走进了巨蟒的口中。那魔头虽已吞下群儿，却依然纹丝不动，等着克利须那也落入圈套。

克利须那眼见众牧童和牛犊擅自行动，如今全都落入妖魔腹中，一刹那间，他竟然惊呆了，不知道该如何是好。跟朋友们分离，这是克利须那无法承受的。克利须那迷惑了："怎么办？我如何才能杀掉恶魔，同时救出他吞下去的小伙伴？"克利须那一面这样思索着，一面走进了阿伽修罗的巨口之中。

躲在云层后面的众天神见状，无不失声惊呼："哎呀，究竟怎么回事啊！"而天魔们却欢呼叫嚷起来。听到众神的惊呼，克利须那开始在那蟒妖的喉咙位置不断放大身形。与此同时，阿伽修罗也急忙运起玄通，扩张身体。

魔王的玄通已全无用处。阿伽修罗呼吸窒塞，眼球几乎爆出眼眶。那魔王的生命之气找不到流通的出口,最后从头顶喷射而出。克利须那望了一眼已经死去的牛犊和牧童,用神力让他们都活转了过来。木昆陀①,解脱的赐予者,随后便领着他的朋友和牛犊走出了巨蟒之口。

从那巨蟒的尸身里升起一簇璀璨的灵魂火花,明亮辉煌,照耀十方。这发光体在空中停留了一会儿,直到克利须那从蟒口中出来,才在众天神的注视下,倏忽间融入了克利须那的身体。因为被克利须那亲手所杀,阿伽修罗获得了解脱。

众天神欣喜若狂,当即抛撒下如雨的香花。飞天女开始舞蹈,乾达婆在仙乐的伴奏下,唱赞祈祷。地面上,众婆罗门高颂韦陀赞歌,荣耀他们至高无上的主。大神梵天听到这些庆祝之声,立刻跑出来看个究竟。眼见一个小小的牧童竟然受到如此赞美,梵天完全惊呆了。

克利须那乃是至上人格主神,对于他,现身为难陀和耶输陀的儿子是他对众生所施予的巨大恩慈。倘若连阿伽修罗都可以得到解脱,那么有谁能够测量他慈悲的程度?即便只有一次,有人若把克利须那的形象摄入心念之中,便能获得跟阿伽修罗一样的解脱。

阿伽修罗的尸身渐渐变成干皮包裹的骨架,在很长一段时间里,它变成了宾陀林之民的游乐之地。除灭蟒妖之事发生在克利须那五岁的时候,却在整整一年以后才为博罗遮之民所知。

巴力克斯大帝问道:"克利须那杀死阿伽修罗是在五岁,怎么到他六岁时宾陀林之民才来讲述这件事,好像刚刚发生的一样?我敬爱的上师啊,我很想知道这究竟是怎么一回事。我想,这或许不过是克利须那之虚幻能力的又一次展露。"

因为在内心深深地忆念着克利须那,叔伽天人一时间切断了跟身体诸根的所有关联。如是,非常困难地,待到逐渐恢复感知之力,他才开始回答巴力克斯大帝的问题。

---

① 木昆陀,克利须那的另一个名号。

第十三章　梵天盗牛

　　每时每刻听闻、讲说克利须那，好像此类话题与时俱新，此乃至尊天鹅的本性。他们之迷恋此类话题，恰如凡夫俗子之迷恋美女、欢爱。但凡世俗人当作甜蜜美好的，通玄者一律视为毒药惨苦。

　　诛杀了阿伽修罗之后，克利须那带领众牧童和牛犊前往朱木拿河。克利须那说道："亲爱的朋友们啊，你们看这河畔的美景！芙蓉盛开，花香弥漫，招来无数蜂蝶；鸟啼莺歌，声声婉转，回响于草木幽林之间。这里的沙子如此细软、洁净。朱木拿河畔肯定是我们游戏逍遥的最佳地点。我想，我们该当在此进用午餐。时间已晚，我们也都很疲乏了。就让牛犊子们在这里饮水、吃草吧，这里有的是鲜草。"

　　听了克利须那的建议，众牧童纷纷牵引牛犊涉入河中饮水，然后把它们拴在四周有新鲜嫩草的树身上。接着，牧童们各自解开食囊，怀着深深的欢喜之心，开始跟克利须那一起用餐。克利须那坐在当中，其他孩子围绕他席地而坐，犹如莲花的花瓣，环拱着花心。有些孩子把食物盛在花朵里，有的放在树叶、树皮上，有的放在石片上，还有的直接从食囊里面取食。孩子们互相分享着从家里带来的食物，好品尝不同的口味。如此推让之际，孩子们欢笑不已。

　　克利须那在地上坐着，右腰间插竹笛，左腰间插牛角号、赶牛棍，右手上拿着一团酸酪做成的食物、米饭和几片水果。他的手如此纤秀，透过他花瓣似的手指，甚至能清楚地看到他手中的食物。吃饭之际，每个孩子都展现出他与克利须那的特殊关系。他们相互开玩笑，周围弥漫着一片欢声笑语。此时，天上的众神也在观望，看到唯以牺牲为食的至尊者竟然跟孩子们一道在林间野餐，不禁惊奇万分。

　　正当克利须那和众伙伴谈笑之时，牛犊们渐渐钻入丛林深处，去寻找更嫩的牧草。看到这情形，牧童们大感不安。为了安慰他们，克利须那说道："我亲爱的朋友们，你们接着吃。我去把牛犊牵回来！"一边说着，克利须那立即起身前去寻找牛犊，手里犹自攥着一把酸酪米饭。仅仅为了取悦他的小伙伴们，克利须那独自一人，穿林披草，四处搜寻。

目睹克利须那勇斗蟒妖的场景，梵天禁不住想要一展身手。他要试探一下，眼前这个牧童究竟是不是至上人格主神。于是，乘克利须那离开的机会，梵天盗走了所有的牧童和牛犊，并把他们转移到了另外一个地方。毕竟，梵天也是受造之物，身具四大缺陷：会犯错、会迷惑、会欺骗、诸根有缺陷。如是，梵天陷入了摩耶所造的幻象之中，这段游戏，故此也被称为"梵天迷情"。

克利须那到处寻牛不见，便返回朱木拿河岸边，发现众牧童居然也渺无踪影了。如此，他又开始四处寻找众牧童，就像根本不知道其中的原委一般。其实，他之所以如此作为，不过是为了进一步愚弄梵天。

搜寻无果，为了让母亲们高兴，克利须那分身变化为众牧童和牛犊，他想："我怎么能独自返回宾陀林呢？所有的母亲都会伤心悲痛的！"这些变化出来的牧童和牛犊，体貌特征、手足四肢都跟原型长得一模一样，随身还带着跟先前一样的杖、笛、号角和饭囊。他们的穿着打扮、名字年龄、个性举止，皆与各自的原型分毫不差。至尊主毗湿努弥纶遍满，此言确实不虚。

如是，克利须那就像往常一样，率领着众牧童和牛犊，浩浩荡荡地向宾陀林返回。随后，克利须那本人，作为牛犊，进了各家的牛圈，作为牧童，回到了各自的家中。

听到远处传来的笛子、号角之声，母亲们立刻放下手里的活计，起身前去迎接孩子。她们把自己的孩子抱在怀里，开始给他们喂奶。对克利须那强烈的爱，让奶汁喷涌而出。

尽管克利须那是耶输陀的儿子，所有的牧牛女们却都这样想："如果克利须那是我的儿子，我定会像耶输陀一样照顾好他。"这是她们内心的企望。如今，为了实现她们的夙愿，克利须那亲身做了她们的儿子。因为这个缘故，母亲们对孩子的情感增强了。先前，母亲们爱克利须那比爱自己的儿子更甚，但现在这种分别心却不见了。实际上，现在母亲们对自己的孩子和所有其他母亲的孩子都同等看待了。

母亲们悉心照料各自的孩子，用香油为他们按摩，给他们沐浴，在他们身上涂抹旃檀浆，用首饰打扮他们，诵念护身咒语，用圣泥装点他们的身体，端上吃食。如此，母亲们获得了亲身侍奉克利须那的机会。同样，当牛犊们回到牛圈，母牛们也开始舔它们的身子，让它们尽情吮吸自己乳袋里满溢的乳汁。

整整一年就这样过去了。一次，克利须那和巴腊罗摩一道进入丛林放牛。

母牛们在哥瓦丹拿山头吃草,不时向山下的草场张望,希望能找到新鲜的嫩草。当它们远远望见自己的牛犊,顿时情深难抑,全然忘却了自己和身边的牧牛郎。尽管山路崎岖,前后两腿被栓,母牛们却不顾一切地冲向它们的牛犊,它们的尾巴高高竖起,乳汁从乳袋里一路流淌出来。到了牛犊身边,母牛们深情地舔着牛犊,好像要把它们吞下去似的。

因为无法阻止母牛冲向牛犊,牧牛郎们大为羞恼。可是,待到他们费尽力气从哥瓦丹拿山上跑下来,看见自己的孩子,心中却一下子升起巨大的爱意,忘却了所有的恼怒。他们抱起孩子,亲他们的头,体验到无与伦比的欢喜。过了好一阵子,他们才老不情愿地放下孩子,又回去照看各自的活计。他们思念着自己的孩子,眼中流下欢喜的眼泪。

巴腊罗摩看见母牛们对已经长大断奶的牛犊竟然如此依恋,不禁心生疑惑。他想:"莫非有什么神奇的事情发生了?所有宾陀林之民,甚至包括我在内,对这些牧童和牛犊的情感与日俱增,这种情感竟然跟我们对克利须那的情感在同一个层级上,从来没有发生过这样的事情!莫非是谁的神通造成的?是天女还是魔女?她肯定是我的主人克利须那的幻力,否则,还有谁能让我迷惑?"

这般思虑之际,巴腊罗摩以法眼观照,看到所有的牧童和牛犊都是克利须那的分身。巴腊罗摩说道:"至高无上的主宰者啊!这些牧童并非伟大的天神,这些牛犊也不是伟大的圣者。现在我看出来了,是你自身变现为他们。请告诉我,那些牧童和牛犊去哪里了?你为什么要这般扩展自身?请告诉我,这里的原因是什么?"

克利须那于是简单地向他说明了原委。其时离牧童和牛犊被盗,时间是一年差五六天。

梵天不久(按照他的计时方式)就回转了。他想要看看自己一手策划的玩笑,但与此同时,他也很害怕,不知自己是否在玩火。因为克利须那是他的主人,所以梵天很是担心,只离开了片刻。

梵天看见克利须那正在一边放牛,一边和牧童们戏耍,一如去年的情景。梵天盗走牛犊和牧童那天,恰好是巴腊罗摩的生日,他母亲让他留在家里,所以巴腊罗摩并没有随克利须那一同外出。梵天整整一年后返回,所以巴腊罗摩又不在场。

梵天思忖:"我凭神通之力,已经带走了宾陀林所有的牛犊和牧童,让他们在山洞里昏睡。一定是克利须那又把他们领回来了。"

然而，梵天很快就明白，最开始那伙牧童和牛犊依然在自己神通的笼罩之下。他想："同样数目的牛犊和牧童一整年都跟克利须那在一起，但他们却不是被我的神通所迷惑的那些个牛犊和牧童。他们是谁呢？从哪里冒出来的？这些牧童和牛犊是克利须那变现出来的吗？还是那些在山洞里昏睡的？"

如此这般想了许久，梵天拼命要搞明白，两伙牧童究竟哪一伙是真的，哪一伙是假的，但最终还是理不出个头绪。梵天意欲搞晕克利须那，自己反倒弄得一头雾水。他搬起石头砸了自己的脚。如果一个人想仗着能力对付一个比他更高贵的人，其结果是，他自己反而威势大减。

就在梵天凝视之际，所有的牛犊和牧童突然显现出雨后乌云般的肤色，并且身上都穿着黄色的丝绸衣裳。这些人都身具四臂，手持海螺、法轮、莲花和铁杵。他们头戴金盔，胸前皆有一丛象征吉祥天女的"卐"字白毫。他们个个穿戴耳环、手镯、脚镯、臂环、腰带，颈上挂着考斯图巴宝石，看起来妙美无伦。虽然无忧珞珈之民也有这等妙相，但"卐"字白毫和考斯图巴宝石却是至尊者所拥有的特殊标记。

梵天看到，这些人从头到脚全身都装点着荼腊茜嫩芽。透过微笑，透过瞥视，这些毗湿努分身培育、保护着奉献者的愿望。一切有情，上至四面梵天，下至最微不足道的小草，都尽其所能，随着仙乐载歌载舞，崇拜这些毗湿努分身。所有的毗湿努本尊身周都环绕着种种美富、神力，以及二十四种创造元素。时间（kala）、情欲（kama）、业行（karma）、业识（sanskara）、阴阳气性（guna），皆化作种种形象，顶礼膜拜。

目睹此情此景，梵天呆若木鸡，哑口无言。最后，他几乎失去了视力。克利须那见状，心生慈悲，遂移开了他的瑜伽幻力之网。梵天的觉知渐渐恢复过来，他好不容易挺起身来，如同死里逃生一样。他挣扎着睁开眼睛，看到自己、天地，一如从前的模样。他又环顾四周，看到宾陀林到处是令人愉悦的树木。

梵天看见绝对真理示现为一个童子，孑然而立，手中握着一把米饭，四处找寻牧童和牛犊，就像先前那样。因为梵天尚有虚骄之气，所以克利须那才向他显露了自己的真实地位，好让梵天明白他们之间永恒的关系。

梵天慌忙从天鹅乘舆上下来，五体投地，就像一根金色的棍子，他头上的四个盔尖碰到了克利须那的莲花足。顶礼之际，梵天眼中喷涌出欢喜的泪水。在克利须那的莲花足下，他一次又一次起身、扑倒，一遍又一遍地记忆他所看到的神迹。最后，梵天缓缓起身，擦干眼泪。他凝聚心神，低着头，身体发颤，

第十卷 | 373

用哽咽的声音，万分谦卑地献上了他的祷告：

"我主啊，你是至尊至高的人格主神，是故，我向你顶礼祝祷，只是为了取悦你。你超妙的身体犹如雨后新生的乌云，你的衣裳犹如闪电般光彩耀眼。你披挂着林间花叶编成的花鬘，身携牧牛杖、牛角号和竹笛，手中握一把米饭，卓然挺立，美不胜收。我，乃至任何人，都无法估量你超然身体的大能。那么，我又怎能明白你在你自己之内所体验到的喜乐呢？

"那些彻底抛开思辨之途的人，完全献身于听闻、颂扬你的超然人格和作为，必定能征服你，我主，尽管你是不可征服的。若有人放弃奉爱之途，反而去求取思辨性知识，他只会收获烦恼，而不是想要的结果，就像一个捶打空谷壳的人。时光迁流，渊博的学者或许能计量地上的原子、空中落下的雪花、阳光里的微尘，甚或宇宙间星辰的数目。但是，有谁能计量你无尽的玄德？我主啊，那个单单等待着你的无缘大慈，与此同时，默默地承受前世罪业的报应，向你深心顶礼的人，必能获得解脱，因为这已经成了他的正当权利。

"我主啊，看看我的粗鲁！我尝试用我自己的力量去试探你的，但我怎能与你相比？我不过是大火聚前的一粒火星。因此，请宽恕我的冒犯。我生于强阳之气，所以愚蠢冥顽，认为自己是独立的主宰者。如今，请大发慈悲，把我当作你的奴仆。我算什么，不过七尺之躯，一个造物而已，被封闭在五行铸造的如罐子般的宇宙里。而你的荣光是什么呢？无量的宇宙从你的毛孔间出入，如同微尘穿过纱窗。

"我主啊，母亲会把她肚里胎儿的踢打看作冒犯吗？有任何世间存在是在你肚子外面的吗？当万有融入毁灭之水，你的分身拿罗衍那卧于大水之中，一朵莲花从他的肚脐生长出来，我就在这朵莲花上降生了。如此说来，我岂非从你而生？

"我主，哪怕只是沾到你莲花足上的一点点恩慈，一个人就能懂得你人格的伟大。是故，我祈祷，无论在今生还是来世，都能有幸被算作你的一个奉献者。宾陀林的母牛和妇女是多么幸运啊，因为你变身为牛犊和孩子，吮吸了她们的乳汁。难陀大王，还有所有的牧牛郎，是多么幸运啊！因为绝对真理竟然成了他们的朋友。

"我最大的好运就是能投生在歌窟拉的丛林里面，即便是做一棵小草，如此宾陀林之民莲花足上的尘土就会洒落下来，清洗我的头脑。但是，假如不是那么幸运，我也要乞求，投生为邻近宾陀林的一丛野草，当奉献者出来时，便会踩过我的头顶。

"我主啊，除非世人变成你的奉献者，否则他们的欲念和爱著就是盗贼，他们的家就是牢房，他们对家人的情感就是锁链。

"有些人说：'我对克利须那无所不知。'就让他们这么想好了，至于我，不想对此有所评价。我主啊，让我这样说吧，你的美富，超越了我之身、口、意所及。是故，只要天地还存在，只要太阳还照耀，我就向你顶礼敬拜。"

赞祷完毕，梵天绕至尊者环礼三匝，拜辞而去。克利须那一直沉默不语。他虽是至上主神，但他现身博罗遮，却扮演了一个天真的牧牛童子的角色。因此，至尊者想："这个四面梵天从何而来？他在这里干吗？我正忙着要找回我的牛犊呢。他到底在讲些什么？"

待梵天离去，克利须那领着还在一年前那个老位置的众牛犊回到了河边，那里是他曾经跟伙伴们一道玩耍的地方。众牧牛童也在那里了，他们说道："克利须那，你这么快就回来了！你不在，我们连一口饭都没吃！快点过来吃饭呀！现在该坐下来好好吃饭了。"

克利须那微笑着，跟伙伴们一起吃完了午饭。后来，在回家的路上，克利须那指给他们看那条死去的大蟒蛇——阿伽修罗的皮。克利须那吹起竹笛，招呼牛犊。他的伙伴们唱赞着他的荣耀，净化了天地万物。

巴力克斯大帝问道："那些牧牛人怎么会爱克利须那甚于爱自己的孩子？"

叔伽天人回答："王啊，每一个受造物，最珍爱的就是他自己。其他所有东西，诸如儿女、财富之受珍爱，不过是出于对自我的珍爱。其实，这些东西不过是自我的延伸而已。有时一个人或许会为了家族或国家牺牲性命，但事实是，他之所以如此行为，不过是为了满足虚假的自傲。而另一方面，我们经常能看到，母亲会杀死她腹中的胎儿，或者成年的子女会把父母送到养老院里，仅仅是为了避免麻烦。

"我王，你该晓得，克利须那乃是一切有情的本我，而他们是他的部分和微粒。出于他的无缘大慈，克利须那以凡夫相现身世间。那些如其所是地了解克利须那的人，明白他是一切因缘之因，故而无物非他。凡我们所珍爱的，都是克利须那之能力的延展，所以也是克利须那。我们该晓得，我们在世间发现的每一种妙相，都是克利须那之荣光的微渺呈现。

"对于那些领受了克利须那莲花足之舟的人，尘世苦海立时缩小成了蹄涔之水。这些人的归宿是无忧珞珈，而非每一步都是凶险的无常世界。"

第十卷 | 375

第十四章　林中驴妖

　　克利须那和巴腊罗摩到了六七岁以后，牧牛人准许他们俩放养母牛。在巴腊罗摩和众牧童的簇拥下，母牛们走在前头，克利须那吹着笛子，欢欢喜喜地进入丛林深处。林中处处鲜花盛开，禽鸟、蜜蜂、走兽啼鸣，看到这番美景，克利须那十分愉悦。微风吹拂，带来远处清澈的湖水中百瓣莲花的芳香。就这样，克利须那的五根都在感受着宾陀林所给予的快乐。

　　克利须那看见，那些大树披挂着粉红色的苞芽、沉甸甸的果实和花朵，弯下身来用树梢轻触他的莲花足。于是克利须那温柔地笑了，用随意、玩笑的口吻对哥哥说：

　　"看这些树是怎样在你的莲花足下叩头的！它们向你献上花和果，希望能驱散那使它们堕入恶趣的无明。这些蜜蜂必定都是伟大的圣哲，它们跟随着你，唱赞你的荣耀。孔雀在你面前欢欣起舞，小鹿对你含情顾盼，杜鹃在吟唱韦陀赞歌赞美你。真的，所有林中居民都像伟大的圣者，其举止一如在家里款待另一位伟大的圣者。大地最是幸运，因为你的莲花足踏过她的表面，你的手指触摸了她的草木，你慈悲的目光恩泽了她的山川、鸟兽。尤其是，你用双臂拥抱了牧牛姑娘，那是幸运女神本人都在渴求的恩遇。"

　　有时，宾陀林的蜜蜂因为啜饮了花蜜，又得与克利须那亲近，就变得迷狂起来，它们闭上眼睛，开始嗡嗡歌唱。克利须那与伙伴们走过林间小路，有时便会模仿它们的歌声。有时，克利须那会模仿鹦鹉的嘀咕；有时，他会用甜美的声音呼唤杜鹃；有时，他又会学天鹅的鸣叫。有时，克利须那跟小伙伴们开玩笑："看啊，这只孔雀不晓得怎么好好跳舞呢！"然后他就会拼命模仿孔雀跳舞，让小伙伴们大笑不止。有时，克利须那还会深情地呼唤那些离群的动物的名字，如此令母牛和牧童大为迷惑；有时，克利须那会学各种鸟儿，比如云雀、孔雀的啼鸣；有时，他会假装害怕狮虎的吼叫，跟小动物们一起抱头奔窜。

　　他的哥哥玩累了，便会躺下来，把头枕在一个牧童的腿上。克利须那会为他按摩腿足，扇凉端水，好让他放松四肢。有时，牧童们载歌载舞，奔跑跳跃，互相打斗嬉闹。克利须那和巴腊罗摩会手拉手站在旁边，大笑着，为伙伴们欢呼喝彩。有时，克利须那打闹疲倦了，便会到树底下，躺倒在新枝嫩叶编成的床上，就拿小伙伴的腿当作枕头。此时，有些孩子会来按摩他的莲花足，有些会熟练地为他打扇，其他孩子会唱出适合这个场景的迷人歌曲。沉醉在神爱当中，他们的心融化了。这些孩子从前全都是伟大的灵魂。如是，克利须那隐藏起了他超世的权能，行动就像一个牧人的儿子一般。

一天，几个牧童伙伴说："巨臂罗摩啊，克利须那啊，邪佞之徒的毁灭者！离开这里不远，去往哥瓦丹拿山的半路上，有一片很大的丛林，名叫塔拉林，那里长着大片的棕榈树。树上已经掉下来很多果子，落满了一地，但被提奴伽修罗看守着。他是最强大的魔头，现身为一头驴子的形象。身边还有一大群跟他长相一样的同伙。提奴伽修罗生吃活人，所以人和野兽都害怕去那里，甚至连鸟儿都不敢飞过。那里的果子闻起来好香，但没人尝到过味道。即便现在，微风吹过来果子的香味，我们都能闻得到。克利须那啊，请给我们弄些果子来吧，我们都被那香味儿勾引了。亲爱的巴腊罗摩，我们太想吃这些果子了。你若认为这是个好主意，我们就一起去塔拉林吧。"

牧童们想当然地认为克利须那和巴腊罗摩必能轻而易举地除灭妖魔。其实牧童们并不是贪吃果子，他们是想跟克利须那和巴腊罗摩一道共享逍遥。听了牧童们的请求，克利须那和巴腊罗摩放声大笑。为了让伙伴们高兴，两人在牧童们的簇拥下，向塔拉林行去。

巴腊罗摩先到。他用双臂猛力摇树，塔拉果纷纷掉落地面。提奴伽修罗听到果子落地的声音，迅速赶将过来，其威猛令大地为之震颤。他冲向巴腊罗摩，用后腿猛踢其胸部，然后来回奔跑，高声嘶叫。当他又一次冲到巴腊罗摩前面，抬起后腿再踢时，巴腊罗摩一下子抓住他的蹄子，单手把他抡转起来，提奴伽修罗当即毙命。接着，巴腊罗摩顺手把那驴妖的尸身甩到了一棵最高的棕榈树的顶部。重压之下，大树猛然断裂，旁边的树也随之震动折裂，如是一棵接着一棵，很多大树接连倒地。

眼见头领惨死，其他驴妖怒不可遏，全都飞跑着冲向克利须那和巴腊罗摩。这两兄弟当下不避不让，抓起他们的后腿抡起来就往树顶上甩。如是，一幅奇景出现了：地表落满了成堆的果子，而树顶上成排地挂着妖魔的死尸。听说这等奇事，众天神纷纷聚集空中，吹吹打打，向地面撒下鲜花如雨。

从此，人们可以自由地出入塔拉林了。他们毫无畏惧地吃着塔拉果，而母牛们则在草地上自在徜徉。

克利须那和巴腊罗摩随后返回博罗遮。他们在前面走，身边的众牧童高声唱赞着他们的荣耀。母牛扬起的灰尘洒满克利须那的头发，那上面装饰着一支孔雀羽毛和林中的野花。在伙伴们的赞美声中，至尊者左右顾盼，浅笑盈盈。

众牧女也聚拢来迎候克利须那，渴望见到他的笑脸。虽然表面上这些牧女都是已婚的年轻女子，本应害怕或羞于向克利须那这样的英俊少年眉目传情，但是，克利须那是至上人格主神，一切众生都是他的仆从，所以，这些牧女，前世都是心灵纯净的圣者，毫不犹豫地走上前来，让双眼饱饮克利须那的美貌。如此，她们一天来的分离之情尽得舒缓。

克利须那接受了这些充满羞涩、欢笑和顺服的眼光。进入村里，耶输陀和罗希尼双双迎上来，向儿子们献上所有他们最喜爱的东西。回到家中，母亲们为两个孩子沐浴、按摩，让他们消疲解乏，然后又给他们穿上漂亮的衣裳，戴好花鬘，喷洒香水。吃过母亲们做的饭食，享受了种种宠爱，两兄弟在精美绝伦的床上躺下，无比幸福地睡着了。

第十五章　降伏毒龙

一日，克利须那领着伙伴们去朱木拿河边洗沐，但没有叫巴腊罗摩。是时正值暑夏，烈日当空，牧童和母牛都感觉又热又渴，便饮用了朱木拿河的水。岂知河水已被毒素染污，水刚入口，所有的母牛和牧童便立时昏倒在地，不省人事。克利须那心生悲悯，马上把甘露般的目光洒到他们身上，使他们重新活转过来。牧童们站起身，蹚回岸边，不禁面面相觑，惊惶不已。

朱木拿河水系中有一个湖，里面住了一条毒龙，名叫伽力耶，时常口喷毒气，令河水为之沸腾，只是那蒸气便足以让飞过的鸟儿殒身丧命。吹过这死亡之湖的风把水雾携到岸上，岸边所有植蔬、生灵无一幸存。这湖很宽，最宽处有二十多里，即便天神都难以渡过。湖也很深，像海一样深不可测。湖岸边满是蛇窟，根本无法靠近。湖中烟雾缭绕，皆毒气烧灼所致，但凡有物落入湖中，顷刻即被焚烧，化为白烟。湖周二十里内，景象萧条不堪。

克利须那知道是伽力耶的毒气污染了河水。于是，他爬到一棵高大的喀丹巴树顶上，那棵树是湖边唯一一棵还活着的树，据说神鸟伽鲁达从前曾将甘露放于其上。克利须那紧紧腰带，扎好头发，像摔跤手一样拍打着手臂，准备大战一场。

克利须那纵身跃入湖中之际，那毒龙登时扰动起来，大口喘气之下，湖水变得愈发污浊。至尊者这一跳，使湖水漫出湖岸，几乎达一百弓之远。然后克利须那便在湖中戏耍起来，仿佛大象之王。他一边游，一边还大声拍打湖水。听到这些声音，伽力耶知道定是有人闯入了湖中。那毒龙按捺不住，当即狰狞现身。

伽力耶定睛看去，见对面是个小孩，穿一袭黄衫，面露微笑，两只小脚如同两片莲花瓣，看上去甚是纤弱，管自在那里若无其事地戏水。尽管至尊者风姿绝美，天性善妒的伽力耶还是暴跳如雷，劈面就往至尊者的胸口咬过去，然后用身子把他完全缠裹了起来。众牧童看见克利须那身陷绝境，无不惊恐失色。他们已经把一切都交付给了克利须那，现在眼见克利须那竟落入毒龙的手掌，悲伤惶惧之下，顿时方寸大乱，晕倒在地。

母牛、公牛一齐仰天哀号。它们凝望着克利须那，在惶恐中一动不动地呆站着，虽然想哭，却惊吓得流不出一滴眼泪。在宾陀林，三种凶兆一起出现，预示大难将要临头：大地震颤，彗星扫过天空，诸生灵身体颤抖、左眼跳动。

看到这些凶兆，难陀大王和众牧人尽皆担忧起来，他们知道，克利须那今天去放牛了，但哥哥巴腊罗摩却没有一起去。由于对克利须那纯粹的爱，众牧人对克利须那无可比拟的勇力浑然不觉，所以他们都很害怕，以为这些凶兆预示克利须那已经遭人毒手。一时间，怀着无比的悲伤、哀恸和恐惧，所有宾陀林之民，无论男女老少，都往村外奔去，想要找到他们的克利须那。此时，只有巴腊罗摩依然微笑不语，因为他知道弟弟的真实身份。

追踪着克利须那的脚印，那上面有掌纹像莲花、驯象钩、麦粒、闪电和旗帜，宾陀林之民匆匆忙忙地赶往朱木拿河边。

众人赶到湖边，远远望见克利须那被黑龙的身子缠得紧紧的，动弹不得。然后又看见牧童们皆昏倒在地，全无知觉，牲口们呆立四面，不住悲鸣。此情此景，让博罗遮之民痛苦万分，惶惑不已。心中时刻思念着克利须那的年轻牧女们眼见克利须那被毒龙缠身，刹那间记起了他的友爱、他的笑脸和他的话语。巨大的哀伤在内心燃烧，她们感觉天地间唯有一片虚空。耶输陀母亲想跳入水中，但被其他年长的牧女强行拦住了。牧女们哭号着，像死尸一般木然站立，心中回忆起克利须那的种种逍遥。难陀大王和一帮牧人准备游到湖中救人，巴腊罗摩急忙上前劝阻，或以强力，或以话语，或以笑颜。

克利须那模仿凡夫的举止，在那毒龙的缠裹中整整困顿了两个时辰。然而，当他觉察到宾陀林之民内心的剧烈哀恸时，他就扩张身形，使劲甩脱了毒龙的缠绕。伽力耶吃痛不过，被迫放开了他。狂怒之下，伽力耶高昂头冠，凝然不动。那毒龙呼吸重浊，鼻孔不断喷出毒气，两眼熊熊，如火烧一般，恶狠狠地死盯着克利须那，信子来回吞吐不停。然而，克利须那却玩儿似的在它身上绕着圈子跑，犹如大鹏戏蛇一般。伽力耶四处游走，欲伺机反噬。

克利须那无休止的绕圈让伽力耶感到精疲力竭。克利须那逮住机会，飞快地用手按低龙头，一下子腾身而上。薄伽梵室利克利须那，所有才艺的第一祖师，开始在伽力耶的头冠上翩翩起舞，龙头上的众多宝珠染红了他小小的莲花足。天堂之民，众乾达婆、悉檀、仙圣、天女看到至尊者精湛绝伦的舞蹈，立刻蜂拥而至。欢喜赞叹之中，他们打起了天鼓，歌咏赞祷，开始为至尊者伴奏。

伽力耶有一百个头，只要一个头没有低下叩拜，克利须那就用莲花足狠狠地踢过去。眼看性命难保，伽力耶在剧痛中翻滚着，口鼻间毒涎喷涌而出。那毒龙眼中爆出毒质，不时恼恨地昂起一个头来，于是克利须那就跳到那个头上面，起舞压服。每次看到这种情况，天神们便会撒下如雨的鲜花，以示崇拜。克利须那强劲有力的舞步震裂了伽力耶所有的脑袋。鲜血狂喷之际，那毒龙终于认出克利须那乃是不死的至上人格主神——室利拿罗衍那。如是，在意念里，伽力耶开始向主臣服。

伽力耶的众位夫人都是伟大的奉献者，时常劝伽力耶臣服克利须那。如今，发现自己大限将到，伽力耶又想起了她们的良言劝导。伽力耶的死对头原本是大鹏鸟伽鲁达——毗湿奴的座驾。但他现在明白了，面前的敌手比伽鲁达要强大千万倍，因此，这只能是至尊者本人。

伽力耶的众位夫人眼见那毒龙已经奄奄一息，伞状顶冠被至尊者的舞步踢打得歪歪斜斜，不禁悲不自胜。她们衣饰零乱，头发披散，一起上前向克利须那求告。众夫人把孩子推到身前，五体投地拜倒在至尊者的莲花足下。她们如此求祷："我主啊，你对这条嫉妒成性的毒龙的惩罚，毫无疑问是公正的，实际上，这是你的慈悲。因为你是要净化他。莫非这个伽力耶在前世曾经做过极大的善行，所以你现今对他如此满意？不然，一个出于罪业而拥有毒龙之躯的生灵，怎么能被你莲花足底的尘土所触碰？为了达到这个目的，吉祥天女已然苦修上百年，舍弃了其他一切欲念。

"我等向你——至上人格主神顶礼！你先于造化而存在，因为你是其始因。我等向你顶礼，一次复一次。只有穿过物质自然之幕，一个人才能靠近你。通过对器世间运化的系统性探究，吾人必然会断定：至尊者存在，他展现幻力，为的是迷惑那些不肯臣服他的人。

"我主啊，天地间一切物质躯体，无论其为中和性之宁静、强阳性之扰动，还是浊阴性之愚顽，无非都是你的创造。主人应该宽恕他的臣下或子嗣，至少一次。至上灵魂啊，因此你该饶恕我们的丈夫，他很愚蠢，因为他无法理解你，如你所是。

"我主啊，求你慈悲！很自然地，圣者会对我们这等妇道人家生出同情。我们的丈夫快要死了，求你把他还给我们，他是我们的生命，他是我们的灵魂。请告诉我们，你卑微的女仆，我们该做点什么？那些已经准备好忠实地执行你的指令的人，心中再无畏怖。"

在众夫人的恳求下，克利须那放开了已然失去知觉的伽力耶。

伽力耶很快明白过来。他一边痛苦地大声喘气，一边低声下气地对无上者说："投生为蛇，我们生来善妒、愚顽、好嗔恨。我主啊，要放弃天性是很困难的，就是它使人认幻为真。我主啊，请随意处置我们好了，不管是降恩还是责罚。"

至尊主克利须那答道："蛇啊，你不可以再待在这里了。马上回到海里去，带上你的妻儿亲友。让人和牛再次享受这片湖水。若有人记起我对你的指令，并且讲说这段逍遥，无论晨昏，便能摆脱对你的畏惧。若有人在此地澡沐，便能摆脱一切罪业。因为害怕伽鲁达，你离开海岛，托身此湖。现今你标上了我的足印，伽鲁达再也不会吃你了。"

跟夫人们一道，伽力耶向克利须那献上布帛、首饰、各种奇香，还有一个巨大的宝莲花鬘。这让伽力耶内心感到了满足安宁。绕礼之后，伽力耶向至尊者辞别，领着家小启程游往大海。伽力耶一走，朱木拿河立时恢复了原状，毒气一扫而空，这都是出于至上主神的慈悲。

关于伽力耶的来历，《往世书》中有这么一段传奇：很久以前，伽鲁达常常飞到神龙岛，除掉很多龙蛇，有些是当食物吃掉了，有些是被毫无必要地杀死了。蛇王洼苏吉告到梵天处，梵天于是做出安排，规定一月之中有两次，于半月之日，必须供养伽鲁达一条蛇。作为回报，伽鲁达不得伤害其他龙蛇。然而，骄横的毒龙伽力耶却在伽鲁达受取供养前吃掉了所有的供物。

伽鲁达听到这个消息，自然十分恼火。他全速扑向伽力耶，决意杀之而后快。当伽鲁达落到伽力耶身上时，伽力耶昂起上百个头，准备反攻。只见它磨牙张目，一口咬向伽鲁达。大鹏鸟伽鲁达当即挥起金翅，猛力回击。这一下子就吓倒了伽力耶，他急忙躲到邻近朱木拿河的一个湖里面，因为伽鲁达不敢去那个地方。

起因是这样的：娑波梨牟尼住在那片湖水里面冥思，并且他一向怜惜水族。一次，伽鲁达去那里吃鱼，娑波梨牟尼上前劝阻。伽鲁达同意了，但是因为实在太饿，他抓走了湖里的鱼王。

群鱼失去鱼王，无不怨恨。娑波梨牟尼见状，便发出诅咒："倘若伽鲁达再到这里来吃鱼，必死！"

只有伽力耶知道这个诅咒，所以他便在这个湖里住了下来。

惩治了伽力耶之后，克利须那跃出水面，身上满戴着金银珠宝。牧人们见到克利须那，立刻站了起来，就像死后复生一般。他们满心欢喜，急忙奔上去拥抱克利须那。事实上，连焦枯的树木都恢复了生机。巴腊罗摩也大笑着，上前去拥抱克利须那，他知道克利须那无边无际的能力。巴腊罗摩把克利须那抱在怀里，一遍又一遍地凝视着他。

所有的婆罗门都跟难陀大王说："你儿子落入伽力耶的魔掌，但凭借天恩，他现在安然无恙。要想保证你儿子永远无灾无难，你得布施婆罗门众。"

听了这些话，难陀大王欢欢喜喜地把许多母牛和金子布施给了众婆罗门。

耶输陀母亲把克利须那搂入怀中，不断哭泣着，一次又一次拥吻他。因为身体疲乏虚弱，大家就在原地过夜，躺倒在朱木拿河岸边。晚上，当众人入睡之时，干枯的林子里起了一场大火，把宾陀林之民围在里面。烈火烤炙之下，众人惊醒过来。眼见大难临头，他们又一次托庇于克利须那，口中呼喊着："克利须那，克利须那，一切富裕的主人啊！罗摩，无限权能的所有者啊！这可怕的大火将吞噬我们，你的奉献者！请保护我们，愿我们永不舍弃你莲花足的庇护。"

看见奉献者们如此急切，室利克利须那当即把这片可怕的丛林大火吞入口中。

第十六章　夏日逍遥

　　夏天到了。因为过于炎热，这通常是一个不招人喜爱的季节。但是，由于克利须那和巴腊罗摩的临在，夏日的宾陀林欢快愉悦，就像春天一样。

　　瀑布的轰鸣盖住了蟋蟀的长吟。树木被瀑布喷薄弥漫的水汽笼罩着，始终苍翠润泽。微风吹过，夹带着莲花和百合的花粉，让整个宾陀林成了一片清凉世界。芳草处处，林花遍开，鸟兽鸣叫之声不绝于耳。

　　克利须那带了巴腊罗摩，在众牧童和牧牛的簇拥下，吹响横笛，进入了丛林。身上披戴装点着鲜草、花鬘、花蕾、颜料、孔雀羽毛，他们打闹嬉笑，又唱又跳。克利须那和巴腊罗摩都还没有经受剃发礼，他们披散着的黑发仿佛乌鸦的羽毛。

　　克利须那翩然起舞，牧童们有的为他伴唱，有的打起手钹，吹响竹笛、号角，有的在一旁赞美欢呼。众神也经常化作牧童，来到他们中间，加入对至尊者的礼赞。

　　克利须那和巴腊罗摩跟牧童伙伴们一道转圈、蹦跳，相互拍击打斗。有时克利须那和巴腊罗摩会去扯其他孩子的发辫。当其他孩子舞蹈的时候，克利须那和巴腊罗摩有时会用歌声和乐器为他们伴奏，有时会高声赞叹："太好了！太好了！"

　　孩子们有时玩贡巴果，有时捉迷藏，有时学鸟兽之态。他们玩很多种游戏。他们会把一个果子抛到空中，然后用另外一个果子击中它。一个男孩会走近另一个蒙上眼睛的男孩，把手掌罩在他的眼睛上面，让对方猜他是谁。赢家能得到诸如笛子或竹杖一类的奖品。

　　一天，在孩子们像这样放牛的时候，一个名叫钵罗朗巴的妖魔扮作牧童的模样，混入了他们中间。克利须那立时看了出来，但他一边假装把那妖魔视作朋友，一边在心里盘算着如何除掉他。

　　克利须那于是把牧童们都叫拢来，对他们说："来，玩个游戏！现在把我们分成数量相等的两队人。"孩子们选了克利须那和巴腊罗摩分别做两个队的队长。有些加入克利须那一方，有些加入巴腊罗摩一方，两方互搏，输者必须背负赢家。就这样一边放牛,一边打斗,孩子们跟着克利须那进入了一片唤作棒地罗伽的榕树林。那片林子又大又密,就像铺在地上的一团乌云。

巴腊罗摩一方胜出,克利须那和他这边的伙伴得背起对方跑。克利须那背室利多摩,钵多罗塞拿背毗沙巴,钵罗朗巴背巴腊罗摩。

那妖魔背起巴腊罗摩,一溜烟跑得飞快,很快就逸出了众人的视线。可是,趴在妖魔背上的巴腊罗摩却变得越来越沉重,简直就像须弥山一般,逼得那妖魔放慢了脚步。钵罗朗巴最后不得不现出原形。只见他通体放光,照得身上的珠宝闪闪发亮,整个人犹如电光闪耀的乌云,而乌云上面托着一轮明月。看到那巨大无比的妖魔在空中飞速移动,头发火红,眼睛闪亮,齿牙可怖,巴腊罗摩似乎有点儿害怕起来。

可是巴腊罗摩很快回过神来,恼怒之下,他挥拳击向那妖魔的脑袋。钵罗朗巴的头立刻被打开了花,鲜血从口中狂喷而出,他重重地倒在地上,失去了知觉,仿佛被因陀罗摧毁的大山。

眼见巴腊罗摩杀死妖魔,众牧童无不惊诧万分,接着便放声欢呼起来。他们一边赞美巴腊罗摩,一边为他披上花鬘,满心欢喜地拥抱他。天上的众神也格外欢喜,纷纷向巴腊罗摩身上撒下鲜花如雨。

又有一天,牧童们一心只顾玩耍,母牛、水牛和山羊贪吃嫩草,管自溜入了丛林深处。如此漫游多时,牲畜们最后来到一处榛莽丛生之地。附近突然林火蔓延,热浪滚滚,母牛们又渴又怕,痛苦不堪。

克利须那、巴腊罗摩以及众牧童发现母牛走失,大为懊恼。他们四处搜寻,却始终不见母牛的踪影。接着他们又回头小心勘察母牛的蹄印,沿着被踩倒或被吃过的草叶的踪迹,一路寻觅。孩子们都焦急万分,因为他们丢掉了赖以为生的资产。

在一片蒙遮树林里,牧童们终于找到了迷途哭号的母牛。克利须那开始呼唤母牛们的名字,声音大得像雷声滚滚。听到克利须那叫自己的名字,母牛们欢喜应答。然而,此时山火越来越旺,从四面八方包围过来。风像战车的御者,催动火势,火苗到处延伸,威胁着一切动与不动者。

牧童们惊慌万分,纷纷逃到克利须那和巴腊罗摩身边,口中高喊:"克利须那!克利须那!罗摩啊!请救救我们,我们快要被火烧死了,现在只好寻求你们的庇护。"听到牧童们的祈求,克利须那对他们说道:"闭上眼,不要害怕。"孩子们齐声说好,便立刻闭上了双眼。至尊者,一切玄通之主,张开嘴,一口吞下了熊熊大火，如是将朋友们救出了危难。

牧童们睁开眼睛，发现自己不但已经获救，而且竟然又回到了棒地罗伽林！他们明白是克利须那的神通救了他们，从此心中认定克利须那必是天神。

已是黄昏，克利须那和巴腊罗摩一道，赶牛返家。牧笛声中，克利须那和伙伴们领着牛群，浩浩荡荡地进入了牧牛人的村寨。年轻的牧女们看到哥宾陀①回村，无不满怀欣喜。对于她们，与克利须那的分离，一刻宛如一纪。

牧童们回家后，把今天发生的事情讲给大人们听，大人们无不惊异不已。他们也断定，克利须那和巴腊罗摩必定是现身在宾陀林的天神。

---

① 哥宾陀，克利须那的另一个名号。

第十七章　灵境秋色

雨季开始了，一切都生机勃勃。天空铺满浓重的乌云，地平线上时时有闪电划过。太阳从地表蒸发摄水，已经足足八个月，如今是遣送施雨的时候了。就像国家抽税于民，然后根据需要，把财富用于教化、公益。秋云送雨也被比作君子施财，济人缓急。

炎夏酷暑，让大地变得十分消瘦，但随着雨季到来，大地又开始滋润起来。这好比形销骨立的苦修者，功果圆满之后，身体变得圆润美好。

夜晚，云遮星月，萤火虫的光亮反倒格外耀眼。当喀利纪，韦陀经教黯然不彰，无神论者与不法之徒大占上风。

漫长的悄无声息之后，众蛙听到空中的雷声，开始呱呱鸣叫。一如婆罗门弟子在静修完早课之后，被老师点名，朗诵课文。喀利纪之人皆于无明中昏睡，然而，一旦有伟大的阿阇黎出来醒世觉民，人们便会接受韦陀经教，以获得真正的智慧。

夏季，很多小溪流干枯断水，但是雨季一到，便又活泛盛大起来。一如凡夫俗子麻木乏味，但有时，当他们身处富贵之时，仗着豪宅、财富、眷属，似乎也显得盛气凌人。

稻谷茂盛，田地给农夫带来欢乐。但居住在工商大邑里的居民，却因雨水充沛而叫苦不迭。

受新雨滋养，所有的生灵都变得可爱迷人，就像奉献者，因为侍奉上主，变得美丽动人。

江河汇流，大海激荡。风越狂，浪越急。未成熟的瑜伽士的心意，飘摇动荡，因为他还受色欲染污，贪执尘境。雨季里，山峰屹立，丝毫不惧暴雨击打。凝心上主的奉献者，虽面临种种危难，依然宁静安和。

雨季，道路丛草榛塞，难以通行。婆罗门不读经典，日渐昏昧，遂遭误解与遗忘。

云乃众生良友，但雷电闪烁不定，追逐于云团之间。妇人淫荡，事夫不忠，夫虽君子，亦无所忌惮。

因陀罗之弯弓（彩虹）横现空中，却不赖弓弦之力。至尊者降显世间，不受尘染，独立以自存。

雨季里，视线为云所阻，不能直接看到月亮，但云朵仍为月光所照亮。在受局限状态下，灵魂无法被直接察识，缘其觉性为假我所蔽。然而，正是觉性照破了假我。

雨季云生，孔雀欢欣不已。为家累所困之人，见有巴克提行者入门探访，乃心生欢喜。

雨季，湖岸边淤泥、砾石、荆棘遍布，丛杂污秽不堪，而野鹤依然徘徊不去。世俗之人虽然年事已高，烦恼日增，却一直闲居家中，不愿出家清修。

暴雨不停，洪水泛滥，冲坏田间水渠。当喀利纪，无神谬说打破了韦陀经教的藩篱。

此时，宾陀林中枣果成熟，克利须那和巴腊罗摩，在母牛和牧童的围绕下，步入林间享用。因为奶囊沉重，母牛行走缓慢。但是，一听到克利须那的召唤，它们就飞跑过去，深情之下，乳汁从奶囊中汩汩流出。

至尊者看见，蛮女欢笑，草木滴翠，瀑布从哥瓦丹拿山顶飞流直下。下雨了，克利须那有时躲入附近的岩穴，有时藏身树洞，采拾根茎果实，大快朵颐。天晴时，克利须那常常坐在水边大石上进午餐，跟牧童们一道，吃酸酪米饭。

克利须那看管着那些心满意足、徜徉坐卧于青草绿地间的公牛、母牛和牛犊。沉浸于雨季宾陀林的美丽、富足，克利须那默默地向这个季节献上礼敬。

秋天到了，天净无云，秋水澄澈，秋风微凉。失途的瑜伽士幡然悔悟，回归正法。潢潦收干，大地不再泥泞难行。天清气爽，鱼跃鸢飞，万类无不自在快活。

白云悠悠，轻盈烂漫，犹如舍弃一切物欲的圣者，安宁静定，不染一丝尘念。

山间溪水，时而流淌，时而渊静，犹如悟道高人，有时滔滔论道，有时无语玄默。

潢潦渐枯，塘鱼不知，兀自悠游，犹如痴人，浑浑噩噩，全不省余生无多。水浅难藏，秋阳炙烤下，塘鱼痛苦难耐。不能降伏诸根，过度贪恋家居生活者，亦复如是。

预料此后雨水难至，农夫筑起田埂，意欲保住田中积水。修为高超之人，收摄诸根，蓄精保神。

秋月清凉，舒缓了秋日暴晒之苦，犹如真正的智慧，能减轻认身为我者的烦恼。

秋夜星光灿烂，一如彻悟韦陀宗旨者之觉知。犹如众星捧月，至尊者克利须那身边围绕着毗湿尼王族的众多眷属。

秋气收藏，母牛、雌鹿、雌鸟和妇人们的生殖力变得旺盛起来，她们的雄性伴侣终日尾随，寻求交欢的机会。凡侍奉上主的行为，必有福果相随。

秋日高悬，芙蓉次第盛开，唯有夜来香却开花于夜晚。好比明君在位，除了盗贼之外，百姓们个个无忧无虑。

各处村镇都在举行秋收祭典，品尝新谷之味。稻谷丰收，又有克利须那和巴腊罗摩的妙相装点，大地显得光彩夺目。

原先为雨涝所困的商贾、圣哲和君王，如今终于可以放开脚步，任意出行。好比即身圆满者，时候一到，就可以抛下躯壳，受取灵身。

第十八章　神笛礼赞

　　金风拂面，芰荷飘香，克利须那和巴腊罗摩带领着牧童们，缓步于丛林之中。狂蜂嗡嗡，鸟翔花木，放牛之际，克利须那吹起了手中的横笛。

　　听到克利须那的笛声，有些牧女开始向伙伴讲述克利须那的品质，有些开始忆念克利须那的种种逍遥。她们的心意被爱神之力搅乱，以至于无法继续说话，只好沉默下来。

　　头插孔雀羽毛，耳鬓间别一枝蓝色迦里尼花，金黄色衣衫，颈挂花鬘，林中的克利须那打扮得就像一位最伟大的舞师。笛音婉转甜美，牧童们情不自禁地唱赞低吟起来。

　　克利须那的笛音颠倒一切众生，牧女们侧耳倾听，乃至互相拥抱，赞叹不已："朋友啊，这双眼睛，竟能看到难陀之子的姣美面容，真是幸运绝顶。漫步于林中的他，持笛抵唇，顾盼生情。我觉得，凡有眼目者都得承认，没有比这更伟大的视觉对象了。"

　　牧女们渴望奔向林中，偷看克利须那和巴腊罗摩的舞蹈，但是，她们不能这样做。于迷狂之爱中，她们如此唱道：

　　"我亲爱的牧女啊，这根横笛究竟做了什么善行，能独自享受克利须那口唇的芳甜？这等滋味本应是属于我们的，可如今只给我们留下一抹余香。这根横笛的祖宗——竹子们，流下了欢喜的眼泪。它的母亲——生养竹子的河岸，欣喜若狂，那些河中盛开的荷花就是她竖起的毛发。

　　"朋友啊，宾陀林在传扬大地的荣耀，因为克利须那的莲花足留在它的表面，成了它的宝藏。听到克利须那的笛音，孔雀振翅狂舞，山顶上的生灵见此情景，无不目瞪口呆。

　　"这些傻鹿儿有福了，它们走到难陀之子的近旁，无论雌雄，深情款款地望着横吹牧笛的他。

　　"克利须那的美和品格是所有女人的盛宴。甚至众神的妃子，当她们乘天舆飞过时，看到他的形貌，听到他的笛声，也大受爱神的搅扰。事实上，她们个个心荡神驰，不知不觉间已然鬓花落地，锦带松缓。

"克利须那的笛声弥漫于天地间每一个角落。母牛们张开耳朵，把它当作容器，静饮笛音之甘露。牛犊们满嘴奶汁，木然呆立，它们已经用饱含泪水的双眼把哥宾陀摄入心中，好在内心拥抱他。

"伟大的圣者们化作鸟儿，高栖于树枝之上，闭眼静听笛韵悠扬。

"江河听到克利须那的笛音，不觉情意勃发，一时水荡波乱，激起无数漩涡。

"既然那么多生命族类都为克利须那的情侣之爱所倾倒，为什么我们却要因为爱情而横遭指责？

"当克利须那在烈日下放牛吹笛时，天上的云朵蒸腾绵延，像巨伞一般罩在他的头顶，还不时洒下清凉的雨滴。

"看到青草上沾染的朱砂粉，住在宾陀林的蛮族荡女们备受淫欲煎熬。这些朱砂粉原本是抹在牧牛女的胸口上的，当牧女们把克利须那的莲花足放在她们胸口的时候，朱砂粉掉落下来，然后从克利须那的莲花足转落到地面。蛮女们一边望着克利须那，一边拿朱砂粉遍抹面孔和胸乳，感觉快慰无比，即使她们的情人的抚弄都无法给她们带来如此大的满足。

"所有奉献者里面，哥瓦丹拿山是最好的！朋友啊，这座山为克利须那、巴腊罗摩，还有他们的伙伴们，提供了各种所需：喝的水、嫩草、洞穴、花果、菜蔬。哥瓦丹拿山就是用这种方式向上主顶礼敬拜。受到克利须那和巴腊罗摩莲花足的踩踏，哥瓦丹拿山看起来喜乐万分。"

就在这般礼赞中，牧女们的心念深深专注在克利须那身上，进入了至高的三昧之境。

第十九章　顽童盗衣

冬季的第一个月，未婚的牧女们开始苦行，崇拜喀底亚尼女神。这个月里，她们只吃不加香料的菜粥。晓日初升，牧女们就互相招呼，挽手来到朱木拿河边，沐浴净身。之后，她们便设立起杜尔伽女神的陶土像，奉献各种芳香之物，诸如旃檀浆、油灯、槟榔、嫩叶、瓜果、香花一类，加以祭祀崇拜。与此同时，每个姑娘都在心底默诵梵咒："喀底亚尼女神啊，上主之性力啊，玄通之主万物之母啊，请让难陀大王之子成为我的夫主吧！我今向你顶礼皈依。"如此整整一个月，牧女们守戒苦行，心注一处，念念思想："请让难陀大王之子成为我的夫主吧。"

一天清晨，克利须那带着众牧童也来到了朱木拿河岸边。此时，牧女们已经脱下衣衫，正在河水中嬉戏。趁着这个机会，克利须那抓起众牧女的衣衫，飞快地爬上了一株迦昙树的树顶。然后，克利须那跟伙伴们一起大笑着，对牧女们说道："亲爱的姑娘们，你们可以一个挨一个到这里来，拿走你们的衣服。我说的都是实话，绝非玩笑。我知道，你们一直在守戒苦行，已经疲乏不堪。我从不说谎，我这些伙伴们都知道。腰身纤细的姑娘啊，我想看到你们全身的美丽，所以，请你们或者一起，或者一个挨一个地过来，拿走你们的衣裳。"

听了克利须那这番话，众牧女又惊又喜。她们互相对视，开始嬉闹起来。一个姑娘催促另一个姑娘道："你先去，看看克利须那在玩什么鬼花样，然后我们再跟着上去。"然而，羞窘之下，没有一个姑娘肯出水上岸。

哥宾陀的玩笑话完全抓住了众牧女的心。她们泡在水中的脖子以下的身体，忍不住颤抖起来。众牧女说道："亲爱的克利须那啊，莫要胡来！我们晓得，你是难陀大王的公子，博罗遮的每一个人都尊敬你。你也是我们所钟爱的。现在，请把衣服还给我们，我们冻得浑身发抖呢。黑小子啊，我们都是你的女奴，一定会按你的吩咐做事，但请你把衣服还给我们。你知道什么是礼法，若你不把衣服还给我们，我们就会去找你的父亲告状。若他放任不管，我们就去找国王告状！"

至尊者说："假若你们这些女孩真是我的女奴，假若你们真的愿意按我的吩咐做，那就带着你们天真无邪的笑脸到这边来，领走你们的衣服。如果你们不服从我，我就不还给你们衣服。我父亲能怎么样？他是个老人，就算是国王发火了，又待如何？"

眼见克利须那下定决心，众牧女无计可施，只好步出湖水，一边打着抖，一边拿手捂住私处。牧女们的率真和纯情，让克利须那大为满意。除了自己的丈夫外，女子不能在任何人面前裸露身体，因为众牧女渴望克利须那成为她们的丈夫，至尊者就用这种方式满足了她们的愿望。

克利须那把众牧女的衣裳都担在自己肩上，微笑说道："你们在河里裸身洗浴，这肯定是对水神筏楼那的冒犯。要消除这个罪业，你们得合掌过头，顶礼忏悔，然后才能拿回你们的衣服。"

克利须那这么说，是想看到众牧女全然皈服。牧女们果然依言照做，并且还另外向他本人顶礼致敬。放下一切执着，彻底皈命克利须那，这便是巴克提瑜伽的超然境界。

见众牧女下跪顶礼，克利须那便将衣裳还给了她们。虽然受到诓骗，端严尽夺，行动一如木偶，但众牧女并未怨恨克利须那。能有机会跟所爱的人亲近，就已经让她们欢欣不已了。实际上，牧女们一刻也离不开克利须那，已然完全被他俘获了。如是，即便穿上衣衫，她们也没离开，单只站在原地，向他羞涩顾盼。

克利须那深知牧女们的心愿，便对她们说了下面一番话："圣洁的姑娘啊，我明白，你们守戒苦行的真正动机是为了崇拜我。我赞成你们，你们放心，你们所欲的一定会到来。住心于我者的愿望跟欲求俗世欲乐者的愿望不一样。这等愿望不会产生善恶之业，如同经日晒水煮过的大麦粒，再也不能发芽成长。"

经过一番煎熬斗争，牧女们才说服自己，返回家中。一路上，她们不断地冥想着克利须那的莲花足。

过了一段时间，克利须那和巴腊罗摩带着众牧童到离宾陀林较远的地方放牧。天气很热，高高撑起的大树成了遮阳的巨伞。克利须那于是说道："大家看啊，这些幸运的大树，它们的生命完全奉献给了众生的利益。它们自己忍受着风霜雨雪，却默默地给我们提供庇荫。看看这些树，它们护育维系着其他的有情！它们的生命是成功的，它们就像那些伟大的灵魂，任何人若有求于树，皆不会空手而归。用它们的花草叶果、根皮木料，乃至树荫，这些树满足了他人之所需。每个人都应该以生命、财产、智慧、言语，去利益他人，这是他的职分。"

这般说着，克利须那走到了朱木拿河边。牧童们一任母牛啜饮清凉澄澈的河水，然后自己也在一旁尽情痛饮。喝完水，他们又管自悠闲放牧。如此过了一会儿，牧童们感觉腹中饥饿，便去找克利须那和巴腊罗摩。

第二十章　牧尊乞食

　　牧童们说道:"罗摩啊,巨臂之人啊!克利须那啊,惩恶者啊!我们都很饿了,你得想个办法啊。"听了牧童们的恳求,克利须那答道:"那边有一个祭祀场地,众婆罗门正举行旨在超度升天的安吉罗娑祭。你们去跟这些婆罗门讨要些饭食,可以用我的名义,或者我哥哥的名义。告诉他们,你们是我俩派来的。"

　　众牧童闻言,便赶往祭场。他们在众婆罗门面前合掌稽首,然后五体投地,恭敬顶礼。牧童们说道:"地上的神明啊,我们是克利须那和巴腊罗摩差遣来的,他俩正在附近放牛。他们饿了,所以求你们给点饭食。"

　　众婆罗门内心尘杂充斥,又一心扑在繁复的祭仪上面,对牧童们的请求根本不屑一顾。尽管以高明博学自诩,这些婆罗门其实都是毫无觉悟的蠢材。尽管献祭的诸种成分,包括时、地、礼器、咒语、仪式、祭司、祭火、诸神、祭者、牺牲以及未见之果,无非皆是至尊者之富有的各个方面,众婆罗门却把克利须那只看作一介凡夫。

　　见众婆罗门一声不答,甚至连简单的是或否都不说,众牧童只得失望而归,向克利须那和巴腊罗摩报告情况。克利须那闻言大笑,当下告诉众牧童不必沮丧,因为人在乞讨时不可指望时时都能顺遂。克利须那接着说:"你们再去一次,去找婆罗门的妻子们。告诉她们,我跟巴腊罗摩一起,已经来到这里了。她们一定会给你们所需的饭食,因为她们都是我忠实的奉献者。"

　　众牧童于是来到婆罗门家中,向夫人们顶礼叩首,谦恭乞求:"顶礼你们,婆罗门之妻啊。我们是克利须那差遣来的,他就在附近,跟巴腊罗摩一起放牛。他现在饿了,所以得给他和他的同伴们一些饭食。"众夫人早就盼望能见到克利须那,听了牧童们的话,一个个都兴奋起来。她们带上大罐芳香美味的食物,当即前去跟她们所爱的人相会,就像江河流向大海一般。不顾丈夫、兄弟、子女以及亲朋的劝阻,众夫人赶到朱木拿河边,在一处花园里遇见了正在游荡的克利须那和巴腊罗摩。

只见克利须那玄黑皮肤，身穿金色衣衫，头戴一支孔雀羽毛，颈上挂一串林花树叶编成的花鬘，看上去就像一位绝代优伶。他一只手搭在朋友肩上，另一只手捻着一朵莲花。他鬓角插一朵百合，头发披散于两颊，莲花般的脸孔展颜微笑。

众婆罗门夫人早已听说过克利须那，内心一直记挂着他。透过双眼，她们把克利须那摄入心中，久久地拥抱他。如此，她们的别离之情得以舒缓，一如圣者凭借拥抱最内在的觉性，以舍弃从我执而来的烦恼。

克利须那深知，这些女人为了来看他，已经抛下了一切俗世的追求。于是他微笑说道："欢迎，最幸运的夫人们，请坐下来。我能为你们做什么？你们到这里来见我十分正确。知道自我之真正利益的人一定会为我而纯粹奉献，因为我是灵魂最珍爱的。现在，你们该返回祭场，因为你们的丈夫是居士，需要你们的协助才能完成祭祀。"

众夫人回答："大力者啊，请不要说这些残忍的话。相反，你该实现你的诺言，回应你的奉献者。如今我等既已臻达你的莲花足，便希望留在这片森林里，头顶着从你身上掉落、又被你莲花足踩过的荼腊茜叶编成的花鬘。我们已经打算抛开一切尘缘。因为私自来到这里，我们的丈夫、父亲、儿女、兄友将不会让我们回家。我们扑倒在你的莲花足下，请求你的庇护。"

至尊者答道："请放心，你们的夫主将不会为难你们，你们的亲友子女也不会。我会亲自劝告他们，事实上，连诸神都将站在你们一边。你们若一直跟我待在一起，必会受世人诟病，而且这也不是增长你们对我之爱的最佳办法。只要一心凝注于我，不久，你们就会臻达我。是透过听闻和唱诵我，对我之爱得以增长，而非身体上的亲近。因此，请回家吧。"

如此受教之后，夫人们结伴返回祭场。众婆罗门并没有非难妻子，而是跟她们一道完成了献祭。有一位夫人被丈夫强行拦住。她听了其他人的讲说，便在内心深处拥抱克利须那，倏忽间离开了躯壳，奔向克利须那身边。

哥宾陀拿婆罗门夫人送来的饭食喂饱了众牧童，然后自己也开始吃饭。

待夫人们返回之后，众婆罗门才转过念头来，懊悔嗟叹不已："我们都造下罪业了！竟然拒绝了两位现身为凡夫的宇宙之主的求告。"看到夫人们对克利须那的纯洁奉献，再看自己全无虔信，众婆罗门大感羞惭，如是自责道："让三重出生、贞守之誓、博学多识，统统见鬼去吧！让高贵的门第、对祭祀的精通，统统见鬼去吧！这些无非都是罪过，因为我们敌视至上主神。至尊者的幻力甚至迷惑了伟大的瑜伽士，何况区区如我等！看看这些妇人对克利须那的爱！这份爱已经打破了死亡的枷锁，也就是她们对家居生活的依恋。至尊者差遣牧童前来乞食，以此暴露我们的愚顽傲慢，这是他加披慈悲于我等。迷惑之下，我们无法明白，克利须那就是至上人格主神。如今，我们只希望，他能宽恕我等的冒犯。"

如此，众婆罗门变得十分渴望见到克利须那，但是由于害怕刚萨，他们都不敢去博罗遮。未经彻底净化，完全皈命克利须那难上加难。

第二十一章　力举山王

　　一日，克利须那看见众牧人在忙着准备向天帝因陀罗献祭。克利须那无所不知，当然明白眼前所发生的事情的全貌，他想要借机斩断因陀罗的傲慢，并阻止他的奉献者进行这类活动。于是，他恭顺地向父亲询问道："亲爱的父亲啊，请告诉我这是要干什么。如果这是一次祭祀，那么是向谁献祭？想要什么结果？我对此十分好奇。"开始，难陀大王只是沉默不语，心想这么小的孩子哪里能懂得祭祀的复杂精微。

　　但克利须那还是坚持不放，他说道："亲爱的父亲啊，对于圣者，无所谓秘密，因为他视万物与己为一。他全无'我的''你的'这类虚假概念，他也不在意谁是朋友，谁是敌人，谁是中立。并且，即使对不太高明的人，他也不会不屑一顾。世上之人行事，有时明白在做什么，有时却懵然无知。前者能获成功，后者必定失败。因此，请你跟我说清楚，究竟你们在做什么。这是按经教而行的仪式呢，还是不过遵从习俗而已？"

　　难陀大王答道："伟大的因陀罗乃是雨水的主宰者，而云是他的使者。确实，足量的雨水保障了众生的幸福和养育。不但我们，很多很多人都向因陀罗祭献五谷牺牲，这些，无非都是雨水所生。这祭祀乃是传统，任何人若因贪嗔而排斥它，必定无法获得好运。"

　　克利须那反驳道："可是，生是业报之力，死也是业报之力，苦乐安危无非都是业报的作用，与天神并无干系啊。"

　　难陀大王与众人尽皆摇头。他们说，若不满足天神，只靠劳作并不能带来想要的业果。

　　于是至尊者又辩道："即便有一个赐予业果的至高主宰者，可他也得依赖作为者之有所作为。毕竟，若无业行，便无法给予业果。因陀罗根本无法影响任何人的命运，崇拜他又有何用？有情皆为其天性所牢笼。不但人类如此，天神也是一样。"

　　其实这段近于弥曼差学说的议论忽略了一个明显的要点，因果业报律并非独立运作，它们是上帝的造化，是上帝巧妙地制定、施行了赏善罚恶的自然律则，众生由是而得劝善止恶，并且其自由意志也未受到任何侵犯。

克利须那续道："是故，应该崇拜劳动本身，那是由人的天性决定的。若一样东西真实地维系了我们的性命，而我们却托庇于其他东西，我们怎么能得益呢？我们会像不忠的妇人，只知眷恋情夫，却永远无法获得真实的利益。凭借学习、教授韦陀经教，婆罗门摄持我们的生命；王公贵族保护大地，毗舍商贸，首陀罗服侍尊长。毗舍之职分有四：农垦、经商、借贷、养牛。作为毗舍，我们一直致力于保护母牛。天地创化、摄持、坏灭之原因乃是三极气性。迫于强阳之气，行云四处降雨，这与因陀罗有何干系？亲爱的父亲啊，我们的家不在城镇，我们是丛林山地之民。因此，让我们为满足母牛、婆罗门和哥瓦丹拿山而举行一次献祭吧。"

听了这番话，难陀大王同意待祭祀天帝之后，再单独举行一次献祭，如克利须那之所欲。但克利须那坚称，吉时已到，原本收集来用于祭祀因陀罗的祭品应该用于崇拜哥瓦丹拿山。最后，难陀大王让步了，便问克利须那，祭祀该如何进行。

克利须那说："准备各种烹煮好的饭食，还有各色奶制品。让有德的婆罗门立即开始着手。应该好好款待婆罗门，送给他们母牛。然后，所有其他众生都应得到食物，无论是狗还是食狗者。还要给牛喂草。每个人尽情吃饱后，要打扮得漂漂亮亮，一起绕礼母牛、婆罗门、祭火和哥瓦丹拿山。父亲啊，这是我的建议，若你觉得好，就照此而行。这样一次祭祀定能大大取悦母牛、婆罗门、哥瓦丹拿山，还有我。"

难陀大王和众长者听了克利须那一席话，都认为再正确不过，便依言照做。用本来要祭献给因陀罗的祭品，牧人们满怀敬意地崇拜了哥瓦丹拿山和婆罗门。然后，给牛喂饱嫩草后，他们把牛赶在前面，开始绕礼哥瓦丹拿山。装扮靓丽的牧女们坐上公牛拉的车，跟在队伍后面，一起唱赞克利须那的荣耀，歌声与众婆罗门的梵诵之音混为一片。

这一切都完成后，克利须那化作一个硕大无朋的形体，吃下了所有祭品。为了给宾陀林之民信心，克利须那宣布："我就是哥瓦丹拿山。"跟所有博罗遮之民一道，克利须那也向这个形体顶拜，如是向他自己致敬。克利须那说道："看，这座山化作人形，正在给我们赐福！哥瓦丹拿山能随心变化，会杀掉任何藐视他的林中居民。因此，为了我们自己和母牛的平安，让我们向他顶礼致敬。"

哥瓦丹拿山祭礼结束之后，众牧人遂各自还家。

因陀罗得知他的献祭被取消，不由得对难陀大王和众牧人的犯上之举怒不可遏。愤怒的因陀罗于是召来了毁灭宇宙的"怖劫"之云。自认为是至尊主宰的因陀罗发话道："你们看，这些居住在丛林里的牧人竟然被富足冲昏了头脑！他们皈命于一个凡夫俗子，因而冒犯了众神。他们托庇于克利须那，就像愚人抛弃自觉的智慧，却试图用虚妄的功利性献祭渡过生死苦海。这些牧人信受克利须那，就是对我不敬。这小鬼自以为是，其实不过是一个愚蠢、傲慢、多嘴的顽童。宾陀林之民痴慢癫狂，克利须那又火上浇油。去，毁灭他们所有的牲畜，斩除他们的骄慢！"

怖劫诸云开始不敢接令，于是众神之王向他们保证："我会骑上我的蔼罗筏陀神象，紧随而至，强大无比的风神将与我同行，摧毁难陀大王的村寨。"

受到这般训谕之后，怖劫诸云不顾时律，破空而出，扑向难陀大王的牧场，开始洒下倾盆大雨。在风神的推动下，怖劫诸云夹带着电闪雷鸣，喷射出巨大的冰雹和梁柱般粗细的暴雨。

地面上很快洪水泛滥，不见高低。母牛们吓得只顾低头护犊，其他牲畜也在风雨中哆嗦个不停，牧牛郎和妇人们遍体寒不可支。极度恐惧之中，所有的动物和人，一起奔向克利须那，前去寻求他的庇护。牧牛郎和妇人们齐声求告："克利须那啊，请从因陀罗的怒火中救下这些可怜的母牛。我主啊，你对你的奉献者情深无比，请来拯救我们吧！"

眼见宾陀林之民在狂风暴雨的打击下几乎失去了知觉，至尊者知道了，这一切都是因陀罗所为。克利须那自思："因为我们停止了献祭，所以因陀罗召来了这场可怕的风暴。我要用我的玄通之力，反制这次破坏。因陀罗这等天神以美富自傲，愚蠢地认为自己就是宇宙之主。我如今要打破他们的无明。我定要保护牧人部落，我是他们唯一的庇护所。实际上，他们是我的族人，并且，我也曾发下誓言，定要保护我的奉献者。"

于是，克利须那当即用左手托起了哥瓦丹拿山，就像一个孩子轻轻松松地高举起蘑菇。然后他高喊道："母亲、父亲、宾陀林之民，牵着你们的牛，到山底下来吧。不要怕，这山不会从我手里掉下来的。也不要害怕风雨，你们之得救，老天早就安排好了。"

众人心中顿时安定下来，一个个纷纷走入大山之下。他们发现那地方十分宽敞，足以容下他们的牛、细软和他们自己。完全不顾饥渴和个人的安乐，克利须那挺身站立，将哥瓦丹拿山举了整整七天。宾陀林之民也站了一周，他们凝视着克利须那，全不受饥渴、疲乏的干扰。

因陀罗亲眼见到克利须那示现如此不可思议的大能，禁不住惊惧不已。我慢受挫之下，因陀罗只得命令诸云撤退。

看到风止雨歇，天空转蓝，阳光再次照耀，克利须那对众人说道："亲爱的牧人啊，现在可以出去了，带上你们的妻儿家小。不用怕，雨停了，洪水也已退去。"牧人们于是召拢牲畜，套上牛车，往外走去。待到人和动物散尽，至尊者把哥瓦丹拿山放回了原位，就像以前一样。

宾陀林之民无不欣喜若狂，纷纷前来向克利须那道贺。牧女们献上酸酪浆和大麦粒，表达她们的敬意。耶输陀、罗希尼、难陀大王和巴腊罗摩都过来拥抱他，深情地为他祝福。

天上诸神吹螺打鼓，欢喜唱赞，撒下鲜花如雨。

克利须那带着伙伴们又去放牛了。牧女们一边结队返家，一边唱起了克利须那力举山王的歌谣。震惊之余的牧人们拉住难陀大王，对他说："你儿子做下如此非凡之事，我们都觉得很奇怪，他怎么会投生在我们这类凡夫俗子中间？这孩子才七岁，怎么可能只用一只手就举起哥瓦丹拿山，仿佛大象高举莲花？还是一个眼睛都还没睁开的婴儿的时候，克利须那就吸走了女妖菩塔那的生命之气。三个月大的时候克利须那用脚指头踢翻了庞大的木推车。一岁时被飓风卷到半空的克利须那杀死了魔头崔那筏陀。一次，耶输陀母亲把克利须那绑在木臼上，他拖动横在两棵树之间的木臼，竟然拉倒了两棵参天大树。后来，克利须那诛灭了巴喀修罗和提奴伽修罗。他把母牛和牧童们救出了可怕的丛林大火。克利须那惩治了毒龙伽力耶，迫使它离开了朱木拿河。亲爱的难陀啊，我们怎么都这么喜欢你的儿子？一方面，他才七岁；另一方面，我们亲眼看到，他举起了哥瓦丹拿山。因此，我们心中不免生起一个疑问。"

难陀大王答道："亲爱的牧人啊，且听我说，如此你们的疑问便会消除。先前，嘎尔伽牟尼对我说：'你儿子克利须那在每一纪都会化身降世。过去他现身为三种肤色——白、红、黄，如今化现为黑色妙相。为了增长博罗遮之民的妙喜，这孩子会一直为你们的福祉而行事，凭借他的恩慈，你们将渡越一切磨难。难陀大王啊，就美富名望这类功德而言，这孩子跟至尊主拿罗衍那一样完好。所以，你不必惊叹他的作为。'自打嘎尔伽仙人走后，我就想，克利须那或许是至尊主拿罗衍那的一个分身。"

听了这一番话，众牧人大为振奋，一下子疑惑全消，从此对难陀大王和克利须那格外崇敬。

水退后不久，因陀罗牵着一条如意母牛，在哥瓦丹拿山脚底一处隐秘地方，拜见了克利须那。因陀罗对自己的冒犯之举十分羞愧，所以至尊者就给了他一个在私底下乞求饶恕的机会。当下因陀罗直挺挺地拜倒在地，把他那辉煌如太阳的头盔贴到了至尊者的莲花足下。

因陀罗合掌祈祷："我主啊，你的妙相乃纯粹中和之气的呈现，是故无有变化，不受三极气性之影响。你没有一切物质品质，比如贪婪、色欲、嗔怒和嫉妒。作为至尊者，你护持正法，打击邪恶。作为一切有情之父，果断行动，破除那些以世界主宰自居者的骄慢，乃是你的权利。我主啊，我以天上的王权为傲，全不知你的尊贵，故而冒犯了你。现在，我能乞求你的饶恕吗？我的头脑陷入迷惑，请让我的觉性再也不要如此昏暗不纯。我主啊，当我的献祭被中断，我因为虚骄而怒不可遏。如是，我竟图谋用狂风暴雨摧毁你的牧人部落。我主啊，你挫败了我的图谋，击碎了虚骄，以此向我显示你的慈悲。至尊者啊，我如今来寻求你的庇护！"

克利须那微微一笑，以大雷音回答道："我亲爱的因陀罗，叫停为你而设的献祭，乃是出于慈悲。你迷醉于骄慢，所以我想提醒你，告诉你我真实的地位。被权力和富有冲昏了头脑的人看不到，我就在他近旁，手持惩罚之杖。如果我顾念他的真正利益，便会把这样的人拖下权贵之位。因陀罗，你现在可以回去当你的天堂之王了。要清醒，勿骄横，别忘记我的教诲。"

如意母牛也上前顶礼，开口说道："克利须那啊，通玄者中最伟大的！你是天地之根、万物宗主。你是我等崇拜的神明，你降临是为了利益婆罗门、母牛和圣贤。如梵天所命，我等如今要为你行沐浴之礼，给你加冕，成为我们的因陀罗。"

然后，如意母牛用乳汁举行了沐浴礼，因陀罗按照诸神之母阿底提的吩咐，让自己的坐骑——神象蔼罗筏陀用象鼻将恒河水喷洒到克利须那身上。众乾达婆前来讴歌赞美，诸神之妃欢欣舞蹈，在至尊者身周遍撒鲜花。天地间一切有情都感到无比满足。牛乳湿润了大地之表，江河流香，花木淌蜜，植蔬自生，群山献宝。当此之时，一切有情，甚至那些生性残酷的，都完全放下了仇恨之心。

沐浴仪式结束后，因陀罗顶礼辞别，在诸天精灵的簇拥下，返回天庭。

第二十二章　龙宫救父

　　哥瓦丹拿山祭礼是在新月这一天举行的，此后连下了七天暴雨。到第十天，因陀罗崇拜克利须那。第十一天是斋戒日，难陀大王禁食。第二日凌晨，难陀到朱木拿河澡沐。然而，因为当时是在子夜凶时，难陀又涉入河水深处，水神筏楼那手下的一个魔卒便捉拿了他，押到主公面前。

　　陪同难陀大王的牧人见难陀踪影全无，便大声哭喊起来："克利须那啊！罗摩啊！"克利须那听到喊叫，立刻知道了刚才所发生的事情，于是便飞速向筏楼那的龙宫游去。

　　克利须那一到，筏楼那急忙起身恭迎，奉上种种敬献。大喜之下，他说道："我主啊，我今日方才得以成就，因为我生命的目标已经达到。我向你顶礼，绝对真理、至上人格主神、宇宙超灵。你父亲就坐在这里，是一个不识正法的无知奴才带过来的。请宽恕我，现在，请跟你父亲一起回家吧。"

　　当克利须那领着父亲回到家中时，众人无不喜出望外。难陀大王被龙宫之富丽深深打动，但更让他吃惊的是，那些天神竟然如此敬重他的儿子。故此，难陀大王激动无比地跟手下众牧人描述了一番他的奇遇，尽管如此，他还是无法想象他的儿子就是至尊者。他只是认为，筏楼那如此敬重他的儿子，是因为克利须那实在是一个了不起的孩子。

　　听罢难陀大王的讲述，众牧人愈发相信克利须那就是至尊者。他们想："克利须那会把我们带回他至高无上的居所吗？"

　　克利须那无所不知，他十分理解众牧人的感受。克利须那想："世间众生上下求索，轮转不息，其命运皆由无明业力而定。是故，众生无法了知其未来。"

　　出于悲悯，克利须那带众牧人去了梵池，也就是在这个靠近朱木拿河的湖里，后来阿俱罗见到了无忧珞珈。在那里，克利须那向众牧人揭示了他的超上居所。在超越尘世黑暗的无量梵光的包围下，众牧人看见克利须那正受到韦陀赞歌的崇拜。出水之后，众牧人无不感到妙喜充盈。

第二十三章　月夜幽情

　　室利克利须那乃是至上人格主神，然而，当他身处花香袭人的凉秋之夜时，心思转向了情爱之事，为此，他调动起他的内在能力。

　　其时，克利须那正当八岁。满月初升，为地平线染上了红晕，犹如久别的丈夫归来，为妻子的脸颊装点朱砂。白莲花随之绽放，丛林间洒满了月光。仰见一轮圆月，克利须那记起了牧女们对喀底亚尼女神的祷告。他寻思，这是跟牧女们跳舞的最佳时机，正可满足她们想要嫁给自己的愿望。

　　克利须那开始吹响牧笛。宾陀林的年轻牧女们听到克利须那的笛声，心中情意陡生，不觉已经痴迷。如是，众牧女不约而同地往克利须那的藏身之处奔去，只看见她们的耳环快速地前后晃动。

　　有些牧女听到笛声的时候正在挤奶，有些正在炉灶旁煮牛奶，有些正在烤饼，有的在穿衣服，有的在给婴儿喂奶，有的在服侍丈夫，但此时她们全都扔下手里的活计，不顾一切地奔向克利须那。还有的牧女正在吃晚饭，有的在洗浴，有的在梳妆，但此时她们都马上停下来，也不管衣饰不整，便冲出家门去跟克利须那相会。她们的丈夫、父兄以及其他亲戚试图阻拦她们，但克利须那已经偷走了她们的心，她们决计不肯回头。有些牧女实在无法出门，便在家里闭目冥思克利须那。

　　当牧女们赶到他面前时，克利须那礼节性地接待了她们，跟她们开玩笑道："最幸运的夫人们啊，欢迎欢迎。我能为你们做些什么？博罗遮一切都好吗？请告诉我你们赶到这里来的原因。"

　　牧女们赶来是想拥抱、亲吻克利须那，跟他一起跳舞，如今却被克利须那的一番欢迎之词堵了回去，尽管她们还是微笑着，急切地倾听着。克利须那见状，愈发起劲："晚上丛林里十分吓人，这里到处有野兽逡巡。所以，请回家吧，细腰身的姑娘。这不是女子待的地方。"看到姑娘们依然微笑，克利须那继续说："在家里找不到你们，你们的父母、兄弟、子女、丈夫一定会到处找你们。你们不该让家里人为你们担心。"

听了这番劝告，众牧女有点儿烦乱，也有点儿恼火，便转移注意力，放眼欣赏丛林之美。

克利须那乘机说道："好了，现在你们已经看过月色花香下的宾陀林，可以安心回家了。不要迟延，贞洁的夫人啊，回家服侍你们的夫主，给哇哇啼哭的婴儿喂奶吧。

"或许，可能，你们是出于对我的爱而来，这十分值得称赞，因为一切众生都天生具有这般情怀。然而，一个妇人的最高职分是侍奉夫主、善待夫家族人、照顾好子女。想要来生有好命的妇人绝不应抛弃守礼尽分的丈夫，即便他令人讨厌、不幸、老迈、愚鲁、病弱、穷困。对于出身于可敬之家的妇人，通奸始终是受到谴责的。它会破坏她们的名誉，阻碍她们转升天堂，给她们带来繁难和恐惧。我亲爱的牧女啊，透过听闻和唱诵，便能培养出对我的超越之爱，而单单身体的亲近并不会带来同样的结果。没有必要靠得这么近，请回家吧。"

听到克利须那这些令人失望的话语，众牧女变得悲伤起来。最大的希望破灭了，她们感到无比忧愁。她们低下头，用脚指头划着地面，悲伤的呼吸干燥了她们鲜红的嘴唇。眼泪夺眶而出，混合着眼膏，冲走了涂在胸口的朱砂，最后掉落在地。就这样，她们默默地站立着，忍受着巨大的伤心痛苦。尽管克利须那是她们的所爱，因为他的缘故，她们抛下了一切，可他对她们却毫不假以辞色。但是，她们仍然丝毫不变地爱恋他。牧女们不欲恶语报复，但是，她们想指责他一下。

众牧女一边擦眼泪，一边声音哽塞地回答道："全能者啊，你虽然完全独立不倚，却不该用这样残忍的方式跟皈命于你的灵魂说话，这些灵魂舍弃了一切俗世享乐，来侍奉你的莲花足。

"你说的有关妇女职分的话，我们都赞成。然而，透过为你服务奉献，这些教导能最完美地得到践行。因为你是一切躯体化灵魂最亲密的朋友。你不可以指责我们放荡，因为一切有情生来就受你吸引。你触摸过我们的胸，偷走了我们的心，我们现在要丈夫、子女、亲戚还有何用？请给予我们你的慈悲吧！

"莲花眼目啊，请不要切断我们殷切的期盼。直到今天，我们的心还沉浸在日常家务里面。但现在你已经偷走了我们的心，我们甚至一步都无法离开你的莲花足。我们怎么能返回博罗遮？在那里我们还能做什么？

"亲爱的克利须那，请把你唇上的甘露洒到我们心头燃烧的火苗上，是你的巧笑和笛声点燃了这把火。不然，我们就把身体交给离别之火，如此，就像瑜伽士一样，凭着冥想臻达你的莲花足下。

"甚至连幸运女神，虽然已经获得了常留于至尊者胸膛的特殊地位，却仍渴望着你莲花足下的尘土。灭苦者啊，请给我们慈悲，为了亲近你的莲花足，我们已经抛家舍亲，除了侍奉你之外，再无他想。

"人中之王啊，请把我们当作你的女奴。看着你卷发披散的脸庞、你的面颊、你遍满甘露的嘴唇、你的微笑顾盼、你那驱散一切恐惧的双臂，以及你的胸膛——那是幸运女神唯一的快乐之源，我们注定只能成为你的女奴。

"亲爱的克利须那，三界之中，被你那甜美醉人的笛音所迷惑的妇人，哪个不会舍弃礼法于不顾？很明显，你降显世间，是为了抚平博罗遮之民的哀伤和恐惧。因此，苦难者之友啊，请把你的莲花掌放到你的女奴的头顶上、滚烫的胸脯上。如果你怕烫了手，请放心，你会感觉很愉悦，就像莲花很享受太阳的暴晒。"

听了牧女们伤心欲绝的表白，克利须那开始跟她们亲吻、拥抱，虽然他是自我满足的。克利须那站在众牧女当中，犹如众星围拱的一轮明月。眉目传情之间，他让牧女们喜笑颜开。他展颜而笑，露出茉莉花蕾般的牙齿。牧女们歌唱赞美他，他也以歌相答。

克利须那跟牧女们在林间任意游荡，最终来到朱木拿河边。那里有清凉的沙滩，微风阵阵，吹来芙蕖的芳香。河边漫步之际，克利须那的手臂搂着一个牧女，间或与她相拥相抱。他抚摸她们的手、头发、腿、腰和胸，用手指头挠她们，跟她们开玩笑，掐她们，瞥视她们，跟她们一起嬉闹，如此，至尊者让牧女们的情爱变得更为强烈，而他也享受着自己的逍遥。

能得到克利须那如此特殊的关爱，牧女们变得骄傲起来。于是她们每一个都认为，自己才是世上最好的女子。克利须那立刻明白了。他想拿走牧女们的骄傲，给她们更多的仁慈，于是，突然之间，他消失得无影无踪。

第二十四章　牧女雅歌

　　克利须那突然失踪，令牧女们十分伤心。如今她们唯一的慰藉就是忆念克利须那，他的姿态，他的笑颜，他的眉眼，还有他的话语。如此沉浸于思念之际，众牧女不知不觉地开始表演克利须那的种种逍遥游戏。她们的身体自动模仿他走路的姿势、他的微笑、他眉目的顾盼，以及种种他特有的情态。痴狂之下，牧女们竟然相互宣告："我是克利须那！"事实上，众牧女似乎真的能看到克利须那就在眼前。

　　众牧女游荡于丛林间，像一帮疯子一样，四处寻找克利须那。她们向各种树木打听："榕树啊，无忧树啊，那伽树啊，旃巴伽啊，你们见过克利须那吗？难陀大王之子用笑靥和顾盼偷走了我们的心，之后却跑得无影无踪。巴腊罗摩的小弟弟有没有经过此地？

　　"荼腊茜啊，你是哥宾陀之所钟爱，你见到他披着你的叶子、被蜜蜂围绕着走过吗？玛拉蒂啊，玛丽喀啊，摩多筏①到这里来过吗？他的手碰到过你们，给了你们快乐。毕波树啊，阿尔伽树，喀丹巴树啊，巴库拉和安罗树，你们住在朱木拿河边，把你们的一切都贡献给了他人。请告诉我们这些失魂落魄的牧女，克利须那去哪里了？"

　　想到克利须那一直在地上行走，大地从不曾与他分离，牧女们便向大地询问："地母啊，你究竟修了什么苦行，能得到克利须那莲花足的踩触？它们给你多么大的快乐，以致你身毛为竖？鹿夫人啊，愉悦你双眼的阿丘塔②曾否带着他的爱人经过？这边吹过来贡答花的芳香，那是他颈上的花鬘，上面洒有他拥抱过的女友胸上的朱砂粉。树啊，我们看到你低伏下拜。巴腊罗摩的小弟弟经过这里时，有没有向你深情顾盼，接受你的顶礼？他那时一定一手搭在爱人的肩上，一手拈着一朵莲花。"

　　久寻无果，众牧女身心疲惫，便开始扮演克利须那的种种逍遥。一位牧女

---

① 摩多筏，克利须那的另一个名号。
② 阿丘塔，克利须那的另一个名号。

模仿菩塔那，另一位牧女扮作幼婴克利须那，假装吸她的奶；一位牧女学做婴儿状，足踢另一位扮作推车魔的牧女；一位牧女变作旋风魔，抢走了另一位扮演婴儿克利须那的牧女；还有两位牧女学着克利须那和巴腊罗摩的样子，站在扮演牧童的众牧女中间；一位牧女表演杀牛魔的游戏，而另一对牧女装作杀了鸟怪巴喀修罗。一位牧女极为逼真地模仿克利须那召唤离群的母牛、吹笛、嬉闹，其他牧女遂在一旁大声喝彩："太棒了！太棒了！"

"不要害怕风雨，"一位牧女喊道，"看我来救你们！"然后，她高举披肩过顶，恍如抬起了哥瓦丹拿山。一位牧女爬上另一位牧女肩头，把脚踩到对方头顶，厉声喝道："离开这里，邪恶的毒龙啊！你该当晓得，我降显世间就是为了惩治嫉妒者。"然后，另一位牧女大声说道："亲爱的牧童们，赶紧闭上眼睛，我会保你们逃过熊熊燃烧的丛林之火！"

众牧女表演、问询之际，忽然发现了克利须那的足印，她们断定："这些足印上面的种种纹路，旗帜、莲花、闪电、驯象钩、大麦粒等等，表明它们肯定是属于难陀大王之子的。"

于是众牧女循脚印跟踪而去。最后，她们看见克利须那的脚印与他的一位最心爱的女伴的脚印交叠在了一起。她们登时不安起来，纷纷议论道："这里有那个一直跟克利须那并肩漫步的牧女的脚印，他必定把手搭在她肩上。这位牧女无疑已经圆满地崇拜了哥宾陀，他是如此喜欢她，以至于抛下我们，单单带她来到这隐僻之处。

"亲爱的朋友啊，这位与众不同的牧女的脚印搅乱了我们的心。在所有牧女当中，只有她被领到这隐秘之处，尽享克利须那的唇吻。看啊，到这边就找不到她的脚印了！显然，树枝和石子伤到她娇嫩的脚掌，那位情人抱起了他的所爱。看啊，这里，克利须那的脚印在土里印得比较深。把女伴扛在肩上走路肯定难倒了他。看那边，这聪明的孩子一定是把她放下，为她去采花了。这里只有他莲花脚掌的前半部分的印迹，因为他当时踮着脚，好去采树上高处的鲜花。克利须那肯定跟他所爱的女伴相拥而坐，为她整理头上的花朵。就用采下来的鲜花，这多情的孩子一定为那多情的牧女制作了一顶花冠。"

众牧女四处游荡，继续找寻克利须那，心中想象着他跟那位特殊牧女在一起耳鬓厮磨的情景：克利须那抛下众人，领着那位牧女来到林中幽僻之处。那位牧女开始认为自己是所有女人中最优秀的，她想："我的爱人抛下众女，单单挑中了我。"骄傲之下，她对至尊者说道："我走不动了，请抱着我，随便你去哪里。"克利须那答道："趴到我肩上来。"话音刚落，他却已经悄然隐身。他的女伴顿时感到无比悲伤，哭喊道："主人啊，情人啊，我的亲，你在哪里？求你，巨臂者啊，向我，你这可怜的奴婢，现身吧！"

如是漫步林间，牧女们总算在附近遇到了她们的朋友。困于别离之情的她讲述了克利须那起初对她如何格外恩顾，后来她如何因为举止不检，又被抛弃。众牧女个个听得目瞪口呆，惊奇万分。

众牧女会聚一起，继续往前找寻。丛林越来越深密，月光已经无法透入，周围一片漆黑。于是，众牧女决定掉头返回。

一路走，一路谈，一路演，牧女们的心完全凝注在克利须那身上，家里的一切都被抛到了九霄云外。如是，她们大声唱赞着克利须那，又回到了朱木拿河边。在那里，她们围坐成一团，祈祷着克利须那的归来。

在等待中，牧女们婉转清歌："心爱的人儿啊，只是因为你的缘故，我们这些全心奉献的奴仆，才维持着我们的生命。我们一直在到处寻找你，求你向我们现身吧。赐福者啊，你在杀害你的女奴，她们白白地交出了自己，分文不取，难道这不算杀人害命吗？

"你因为梵天的请求而降显，他祈求你到来，拯救宇宙。你已然一次又一次救我们于种种危难，有的来自妖魔，也有的发于天帝的震怒。如今，你怎能弃我们于不顾？

"你莲花般的手掌将无畏给予了那些因为畏惧生死而亲近你莲花足的人。情人啊，求你把你的如意妙手放到我们的头顶。

"天下所有女子的偶像啊，你的微笑震碎了你的奉献者的骄傲。求你收我们做你的女奴，向我们展示你的笑颜。

"你的莲花足摧毁了向你皈命者的宿业。你曾经把那对莲花足置于毒龙伽力耶的顶冠，如今，求你把它们放到我们胸口，驱散我们心中的色欲。

"莲花眼目啊，你的甜言蜜语迷住了智者的心灵，也越来越让我们困惑不解。求你用你唇间的蜜露让你的女奴重新振作。

"你言语的甘露和关于你的逍遥的讲述，乃是尘世间苦恼者的生命和魂灵。这些话语，从纯粹奉献者口中传出，能除一切罪，赐一切福。到全世界传扬这些话语的人必定是最慷慨无私的仁人君子。

"情人啊，你一离开村子去放牛，我们的心便不安起来，担心路上的砾石、尖刺、谷壳会刺伤你的莲花足。直到白天过去，你的莲花脸庞才又出现在我们眼前，漆黑的卷发覆罩着它，上面满布灰尘。如此，你唤起了我们心中的情欲。

"当你白天在森林中时，因为无法见到你，对我们来说，刹那变成了万古。可是当我们能注视你美丽的脸庞时，我们的欢乐却被愚蠢的造物主所造的眼皮阻碍。

"亲爱的阿丘塔啊，你很明白我们为何来到这里。除了如你一般的骗子，谁会在深夜抛开受你笛声诱惑而前来相会的年轻女子？只是为了来见你，我们彻底离绝了我们的夫主、孩子、兄弟、亲友。

"心爱的人儿啊，想起跟你在幽秘之处窃窃私语，我们的心就迷惘起来。我们的心渴望与你同在。求你赐给我们哪怕一丁点儿，这种能祛除你的奉献者的心病的药物。

"最心爱的人啊，你的莲花足是如此温软，我们把它轻轻放在胸口，还怕弄痛了它。我们的性命全仰赖你。我们心中满是担忧，害怕当你游荡于林间小路时，你柔嫩的双脚会被石子划伤。"

如是以种种迷人的方式诉说心声之后，牧女们更急切地想见到克利须那，都禁不住哭泣起来。突然之间，克利须那又现身在众牧女的面前，他满面笑容，看上去仿佛能迷倒令众生情迷意乱的爱神。

牧女们马上站起身，动情之下，双眼闪闪发光，就像生命之气重新回到身体一般。一位牧女欢欢喜喜地把克利须那的手夹在自己的双掌中间，而另一位牧女把克利须那的手臂抬放到自己的肩上。还有一位牧女恭恭敬敬地用手接过克利须那嚼过的槟榔，另一位更是爱火如焚，把克利须那的莲花足摆到了自己胸口之上。

站在一旁的一位牧女，满怀嗔怨，朱唇微咬，黛眉紧锁，狠狠盯着克利须那，似乎要用锋利的目光刺伤他一样。另一位牧女眼皮都不眨一下，直直地凝视着克利须那，似乎永无餍足，正如圣者们永无餍足地冥思着克利须那的莲花足。还有一位牧女深情地凝望着克利须那，把他放入了内心深处。

身边围绕着这许多哀伤一扫而空的牧女，克利须那愈发光彩照人。克利须那带领众牧女来到遍铺软沙的朱木拿河岸边。清风徐来，花香阵阵，月光驱散了黑夜。

众牧女心满意足。她们垒起沙堆，铺上披肩，为克利须那敷设座位。那披肩上斑斑点点，都是她们胸口朱砂粉沾染的痕迹。待克利须那安然坐下，众牧女便开始崇拜他。虽然克利须那坐在每个牧女身边，却不为他人所见。

克利须那唤醒了众牧女心中的情欲，她们对他巧笑顾盼，眉目传情，把他的手足拢在怀里，按摩抚摸。

　　尽管这般崇拜着克利须那，可她们心里还是觉得有点儿恼火，便对他说道："有些人只报答那些对自己好的人，有些人则善待那些对自己漠不关心甚至抱有敌意的人，还有的人对谁都冷若冰霜。亲爱的克利须那，请跟我们解释一下其中的缘由。"

　　至尊者说道："有些所谓的朋友，相互间表现情意，不过是为了利益自身，他们其实自私自利，如同商贾。他们并没有真正的友情，也不曾遵行真正的礼义。事实上，假如无利可图，他们根本不会以情相报。

　　"还有的人，真正慈悲为怀，一如父母，天性慈爱。这类人满心奉献，甚至服务那些未曾感恩图报的人，他们是正法的真正遵行者，是真正的祝愿者。

　　"还有些人，包括灵性自足者，功成名就者，或者天生无情、嫉妒之辈，这类人甚至不爱那些爱着他们的人，更何况对自己漠不关心甚至抱有敌意的人。

　　"牧女啊，我之所以常常不立刻回应那些崇拜我的人，是为了增强他们的奉爱之心。倘若奉献者轻而易举就能走近我身边，他们便不会珍重我。倘若我有段时间对一个奉献者漠然不顾，他就会变得像一个乍富又贫的可怜人，这类人整日担心忧愁，其他什么东西都想不起来。

　　"我心爱的姑娘啊，我明白，只是因为我的缘故，你置一切世俗之见、韦陀经教乃至亲人于不顾。我之所为，正是为了增强你们对我的爱。即便在我突然隐身，逸出你们视线之际，我也未曾停止爱你们，并且我也未曾真正与你们隔绝。所以，请别对我怀有任何不好的感觉。

　　"由于你们无瑕的奉爱，我无法偿清欠你们的债务，即便用梵天一生的时间。你们跟我的关系超越任何责难。你们斩断一切最难斩断的亲情，前来崇拜我。因此，就拿你们自己的光辉事迹当作补偿吧。"

第二十五章　罗娑之舞

　　就在朱木拿河的岸边，罗娑之舞开始了。如花似玉的牧女们欢欢喜喜，手牵着手，形成一个圆圈。克利须那分身插入每一对牧女中间，双臂轻搂着她们的玉颈。由于至尊者的玄通，每一个牧女都认为克利须那单独站在自己身边。很快，坐在飞舆上的诸神及其眷属蜂拥而至，挤满了朱木拿河上方的天空，跟牧女们不同，他们能看到克利须那如何分身示现。一时间，天鼓击空，花落如雨，歌仙们的唱赞声悠扬盈耳。

　　众牧女舞蹈之际，她们身上佩戴的手镯、脚铃、腰铃发出巨大的声响。牧女们口中歌唱着克利须那的光荣，足下起舞，手作妙姿，眉眼传情。她们紧束长辫和腰带，腰肢起伏，香汗淋漓，颊上耳环摇摆，胸前纱巾左右飞扬。众牧女光彩炫目，犹如大团乌云中的一束束闪电。

　　众牧女的喉部涂上了各种颜料，她们又唱又舞，渴望尽享情侣之爱。克利须那的抚爱让她们欣喜若狂，她们的歌声传遍了天地之间。克利须那会赞扬某个牧女，为她鼓掌喝彩。接着另一位牧女稍微变一下曲调，克利须那也照样赞美有加。

　　有一位牧女舞蹈累了，便把手靠在克利须那肩上歇息。此时，克利须那的体香，就像蓝荷花混合了旃檀浆的气味，让她颠倒不已，不觉云鬟已然松散。克利须那以臂相拥，狂喜之下，她身上毛发为竖，于是情不自禁地亲吻他的臂弯。

　　一位牧女用自己的脸颊贴上克利须那的脸颊，克利须那顺势把口中含着的槟榔送入她的口中。另一位牧女疲乏了，便把克利须那的莲花手放到自己胸脯上。如是，至尊者哥宾陀成了她们的贴心情人，众牧女喜乐无边。伴随着蜜蜂嗡嗡，她们倚在克利须那的怀里，唱赞着他的荣光。

　　如此，克利须那在博罗遮众少女的陪伴下，尽享妙乐。语笑盈盈之际，他拥抱她们，抚摸她们，凝视她们，宛如一个孩子在跟自己的影子玩耍。狂喜之下，牧女们的头发、首饰和胸衣变得凌乱不整，身上佩戴的花鬘和饰物洒落一地。从空中看到这一幕，众神的女眷们都着了迷，心中情欲涌动。实际上，连月亮和星星都惊奇不已。

看到众牧女已然疲乏，克利须那慈爱地用温软的手掌为她们拭脸擦汗。牧女们报以笑颜，她们桃花般的脸颊、油亮亮的卷发和金色的耳环，衬得那笑脸格外甜美。克利须那颈上挂的花鬘早已在罗娑之舞中被挤得粉碎，上面覆满了牧女胸口洒落的朱砂。

为了消除众牧女的疲劳，克利须那领着她们迈入了朱木拿河。很快，他发现自己四面被围，众牧女一起朝他泼水，大声笑着，满怀爱意地看着他。诸神从空中撒下鲜花，克利须那欢笑戏水，一如象中之王。

出水之后，克利须那沿着河岸信步丛林，身后跟着蜜蜂和一众美女，清风吹过，花香袭人。

梵天的一夜就这样过去了，克利须那让众牧女回家。尽管牧女们万般不愿，但她们最后还是顺从了至尊者的命令。

因为担心听众中会有人产生疑虑，巴力克斯大帝便询问道："至尊者降世，为的是重建正法。实际上，他是正法的始创者。他怎么会碰其他男人的妻子，毁坏正法呢？"

叔伽天人答道："强大的主宰者不会因为表面上逾越礼法而受到污损。他们就像火焰，耗尽一切添入者，却丝毫不受染污。然而，若非这等大主宰者，便绝不该模仿这些人物，甚至在意念里。若有人如此擅自行为，必定遭遇灭顶之灾，好比有人并非湿婆，却试图饮下汪洋毒水，此举无异于自绝生路。吾人不该模仿，而应遵行这些伟大人物的教导。这是被赋予天命者的地位，那么，更何况至上主神本人呢？"

第十卷 | 413

第二十六章　蟒口余生

一日，众牧人驾牛车往安碧伽林，前去崇拜大神湿婆。到达之后，众牧人沐浴于莎拉斯筏底河中，并崇拜了大神波殊波底及其明妃安碧伽女神。事毕，众牧人布施婆罗门，送出了很多母牛、黄金、布帛，以及混合了蜂蜜的熟米。

牧人们斋戒了整整一天，喝了点水后，便倒地歇息。黑夜中，一条极度饥饿的巨蟒从森林中游逸出来。那蟒蛇吐着信子，游到难陀身边，当即开始吞吃难陀。惊恐万分的难陀高呼："克利须那，克利须那，我的儿啊！这巨蟒要吃我！快来救我啊，全靠你了！"

听到喊叫，众牧人都醒了过来，极度哀痛之下，他们从火堆里抽出熊熊燃烧的木柴，往那巨蟒身上劈打过去。但是，虽然皮肉烧伤，那巨蟒却死死咬住难陀，不肯松口。克利须那终于赶到，他的莲花足踩到巨蟒，顷刻间便摧毁了那畜生的所有罪业。脱离蟒蛇之身，他化现为持明仙人之形，万分谦恭地向克利须那顶礼敬拜。

克利须那于是问道："先生，你看上去神奇妙美、光彩照人，你究竟是谁？谁迫使你接受了如此可怕的身体？"那仙人回答："我本是个十分有名的持明仙人，名叫吉祥见。我原来非常富有、俊美，常常乘着飞舆四处游荡。一次，我见到一些属于布黎古牟尼一系的长相怪异的圣者。因为以美貌自傲，我便取笑了他们。如此犯下罪业，他们就让我受取了这样一具下劣的躯壳。这些慈悲为怀的圣者诅咒我，实际是为了利益我，因为，如今我竟被所有世界之无上明师的莲花足踏中，一切不祥皆一扫而空。我主啊，你破除皈命于你者的所有畏怖。现在，仗着与你莲花足的接触，我已摆脱圣者的诅咒，请允许我回到我的星宿。奉献者之主啊，我今向你皈依，请随意处置我吧。"

得到准许后，吉祥见绕克利须那环礼三匝，长跪顶拜，然后才升天而去。博罗遮之民目睹克利须那的威能，无不惊叹咋舌。结束了对湿婆的崇拜之后，他们驾车赶回宾陀林，一路上还不断谈论克利须那的奇妙作为。

此事过去不久，一个月圆之夜，克利须那和巴腊罗摩带了一众牧女前往森林，共度逍遥。兄弟两人用种种奇妙的方式，婉转歌唱，极尽音乐表现之能。他们的歌声为一切有情的耳根和心灵带来了欢乐。沉浸在歌声里的牧女们完全忘记了自我，甚至根本没注意到自己的头发、花鬘、衣裳已然凌乱不堪。

就在此时，财神俱维罗手下的一个名叫商羯丘陀的鬼侍出现了。他把克利须那和巴腊罗摩当成了一般凡间少年，便认为自己才应当是众牧女的享受者。他竟当着这两兄弟的面，公然对众牧女指手画脚，强迫她们跟他往北走，好像自己是她们的夫主一般。

众牧女齐声高呼："克利须那！罗摩！"眼见众牧女落入魔掌，犹如被贼盗走的牛群，克利须那和巴腊罗摩立即追赶上去。兄弟俩一边折下粗大的娑罗树枝，攥在手里，一边高喊着"不要怕！"向商羯丘陀猛扑过去。

商羯丘陀眼见克利须那和巴腊罗摩犹如死神一般赶将上来，不由惊恐万分。自知不是这兄弟俩的对手，商羯丘陀扔下众女，仓皇逃命。克利须那一路猛追，一心想夺下那鬼怪头上所佩戴的螺形宝石。巴腊罗摩停了下来，保护众女。

克利须那很快追上怪物，用手掌切下了他的头颅。然后，他取下宝石，当着众牧女的面，心满意足地把宝石献给了巴腊罗摩。

第二十七章　相思歌咏

　　仅仅在晚上跟克利须那共舞罗娑，牧女们还不满足。因此，当克利须那白天去林中放牧时，众牧女的心就会一路跟着他，如是凭借强烈的别离之情，在内心享受他的陪伴。

　　在这相思的时刻，牧女们如是歌唱："木昆陀左肘支地，斜身而卧，他的左掌托着脸颊。他横吹短笛，眉飞色舞，按着笛孔的纤指上下来回，动个不停。诸神将飞舆停在空中，凝神倾听，飞舆里的诸神女眷一面为自己的音乐才能大感羞惭，一面又因为心中情欲涌动而尴尬不已。

　　"当克利须那吹起笛子，站在远处的成群的母牛、公牛和野鹿都呆呆地听着，停止了吃草。它们含食不嚼，只顾立耳倾听，望过去就像一群雕像、一组图画里的景物。

　　"有时克利须那打扮得像个英雄，头插一支孔雀羽毛，身上遍涂各种颜料。当克利须那吹响竹笛，呼召母牛的时候，河水停止了流淌，在迷狂中凝然不动，急切地等待着风儿带来克利须那莲花足下的尘埃。

　　"为了召唤上山吃草的母牛，或者漫步朱木拿河岸之际，克利须那吹起笛子。花果累累的树木弯下了腰，似乎是向克利须那行礼致敬。成群的蜜蜂被他花鬘上的茶腊茜花香惹疯了，跟在他身后嗡嗡唱个不停。克利须那吹笛回应，以示欣赏。那合起来的声音是如此甜美，河边徜徉的天鹅、白鹤、野鸭听得呆若木鸡，全都合上眼睛，进入了冥思之境。

　　"在山坡上，跟巴腊罗摩一起玩耍的时候，克利须那也会用笛音让大家更开心。此时，云中响起轻雷，白云洒下花雨，像伞盖一般为他遮阴。"

　　那时母亲耶输陀也在场，牧女们对她说："虔诚的母亲啊，你的儿子发明了好多新奇的吹奏笛子的方法。当他把竹笛放在红唇之间，奏出曲调，连梵天、湿婆、因陀罗以及众天神听了都迷惑不已。尽管他们都是最了不起的专家，却无法完全领会那音乐的深邃奥妙，只得更仔细地俯首谛听。

　　"晚上，到了要把一百零八群按颜色区分的母牛赶回家的时候，克利须那一边呼唤它们的名字，一边用手指拈动一串有一百零八颗玉珠的数珠。回家的路上，克利须那一手搭在伙伴的肩上，一手持笛横吹。那些为首的天神，像梵天、湿婆，一个个下来，站在路旁，向他献上晚祷。"

母亲耶输陀和牧女们都急切地等待着克利须那从牧场返回。最后他终于回来了，步态娴雅，犹如象王。面对他心爱的奉献者们，他上前逐一问候。

第二十八章　牛魔马妖

　　一天晚上，当克利须那在为罗娑之舞做准备时，一个名叫阿黎湿陀的牛魔现身了。那牛魔进入宾陀林，便以角刨地，弄得地动山摇，犹如天塌地陷一般。只见他两眼圆睁，尾巴高举，铁蹄乱刨，还四处拉屎喷尿。

　　那妖后臀高耸入云，宾陀林之民看见，无不惊愕，误以为是一座大山。牛魔凶猛嘶叫，有些怀孕的母牛和妇人吓得当即流产。牛群向牧场狂奔，众牧人和妇女们呼喊着："克利须那！克利须那！"纷纷投向哥宾陀的庇护。

　　眼见部落族人惊恐不安，四处逃窜，克利须那高声安抚："大家不要怕！"然后他转身向牛魔大喝道："你这个蠢货！邪恶的流氓，你捣什么乱子，吓坏了我的族人和母牛！我来就是为了惩治像你这样的坏蛋！"

　　说完这番话，克利须那用手掌拍拍臂膀，然后漫不经心地把手臂靠在伙伴的肩上，斜眼看着那妖魔。阿黎湿陀闻言大怒，他刨了一阵子地，便挺起角尖，两眼暴睁，飞速冲向克利须那，如同因陀罗掷出的霹雳。

　　克利须那眼明手快，抓住牛角，一下子把那牛魔甩出了十八步以外。阿黎湿陀拼命喘气，浑身流汗，他又站起来，怒不可遏地向克利须那猛冲过去。这次克利须那又逮住阿黎湿陀的角，将他奋力掷向地面。然后，克利须那抬脚猛踹牛魔，就像踩踏一团湿地毯。

　　阿黎湿陀口吐鲜血，屎尿齐流，四蹄乱蹬，直到双目翻白，弹出眼眶，最后一命呜呼。众天神目睹神迹，就在克利须那和巴腊罗摩进村之际，纷纷从天上抛撒鲜花，宾陀林之民无不欢欣雀跃。

　　这次事件之后，那罗陀牟尼前去拜见摩图罗的国王刚萨，意图促使克利须那除灭恶魔的使命加快完成。那罗陀说道："刚萨啊，耶输陀的孩子其实是个女儿，克利须那乃是提婆吉的儿子。罗摩是罗希尼的儿子。出于恐惧，筏殊提婆将克利须那和巴腊罗摩交托给朋友难陀大王照料，就是这两个小孩杀了你的手下人。"

　　这个消息对刚萨来说太重要了，因为预言中说，提婆吉的第八个儿子将杀掉他。听了那罗陀这番话，刚萨暴跳如雷。他立刻抽出宝剑，打算杀死竟敢蒙骗他的筏殊提婆。

那罗陀急忙上前劝阻，他提醒刚萨，应该担心的不是筏殊提婆本人，而是筏殊提婆的儿子。但是，刚萨仍然再次逮捕了筏殊提婆和提婆吉，将两人上铐囚禁。

那罗陀走后，刚萨召来开施，命他前去除掉克利须那和罗摩。接着，刚萨召来诸大臣以及驯象师。刚萨说道："克利须那和巴腊罗摩就住在牧牛人的村落，按照预言，这两人将是我死亡的原因。叫他们来摩图罗，以摔跤比赛的名义杀死他们。现在去建一个有大量席位的角斗场，邀请摩图罗的所有臣民以及附近的人，都来观看这场比赛。驯象师，把巨象俱筏罗亚毗陀牵到角斗场的入口处，让那畜生杀死我这两个对手。另外，在本月第十四日举行弓马祭，献上适当的牺牲，取悦大神湿婆。"

接着，刚萨召来阿俱罗——雅度王族的一位要人。人际手腕娴熟的刚萨深情地握住阿俱罗的手，说道："最慷慨的人啊，请帮我一个忙。波遮族和毗湿尼族里面，没有人像你一样仁善。君子阿俱罗啊，你一直忠于职守，所以我要依赖你的帮助。请你前去难陀大王的村落，那里住着他的两个儿子，马上把他们带来，莫要延误。我已经为你安排了一辆非常华美的新马车。"

刚萨续道："众神派这两个孩子来杀我，所以，你把他们带来，邀请难陀和众牧人都来参加节日、敬献贡品。等克利须那和巴腊罗摩一到，我就让巨象踩死他们。假如他们侥幸逃过，我再叫摔跤手干掉他们。等克利须那和巴腊罗摩一死，我要杀掉筏殊提婆和他的所有亲族，包括波遮族、毗湿尼族、答萨哈族，我还要杀掉我的父亲乌戈罗塞拿，只因他贪图我的江山。我还要杀掉他的兄弟提婆伽以及所有我的敌人。到最后，世上就再无刺头了！我的长辈，迦罗商陀是我的恩人，还有德皮毗多、香巴拉、那罗伽和巴纳。我要利用他们除掉所有与天神联手的君王，如此我终将一统天地。你现今已经明白了我的意图，速速前去，把克利须那和巴腊罗摩给我带来。"

阿俱罗说道："王啊，你非常精到地设计好了逃脱不幸的办法。不过，人还是应该等视成败，因为最终是天命在操纵人的功果。自然，凡夫认为自己是成功的唯一原因，所以下定决心，逞欲而为，即便天命阻止其实现。尽管现在情况如此，我将依旧执行你的命令。"安排完毕，刚萨让众臣退下，自回寝宫歇息去了。

不久，恶魔开施变作一匹庞大的野马，窜入了宾陀林。那野马以心意的速度狂奔，铁蹄踏裂了脚下的土地。他的鬃毛在空中吹拂，将白云和天神的飞舆搅得四散飘荡。他大声嘶吼，见者无不惊怖畏惧。

开施在寻找搏杀的机会，于是克利须那昂然而出，挺立在他面前。那马妖当即像狮子般吼叫起来，怒不可遏地向克利须那猛冲过去，想要用前腿踹倒克利须那，只见他巨口翕张，仿佛要吞下整个天空。克利须那侧身避过，敏捷地闪转腾挪。他看准时机，一把抓住那马妖的前腿，将他举到空中挥舞起来，然后满脸鄙视地把他甩到了一百弓以外，就像伽鲁达甩开一条毒蛇。

过了一阵子，开施恢复了知觉，他挣扎着站起来，恼羞成怒，口鼻偾张，再一次向克利须那奔冲过去。克利须那只是微笑一下，接着猛地把左拳捅进了那野马的巨口，如同让一条蛇钻入地洞一般轻而易举。开施感觉克利须那的手臂滚烫犹如熔铁，他的牙齿立刻崩落出来。克利须那又伸长捅入马嘴的手臂，那野马的呼吸完全被堵住了。开施四蹄乱蹬，眼珠暴凸，全身流汗，屎尿齐流，当时便倒地身亡。乘着开施临终松口吐气，克利须那不费吹灰之力就收回了拳头。然后，克利须那平静安然地接受了前来崇拜的诸神撒下的如雨鲜花。

在一个僻静处所，那罗陀牟尼来到克利须那身边，对他说道："克利须那啊，宇宙之主，众生的依怙！恶魔开施令人畏怖，他的嘶鸣让众神吓得逃出了天堂，但你消灭了他，一如享受一次运动。就在两天里面，我将目睹摔跤手叉奴罗、木湿提伽，还有巨象俱筏罗亚毗陀和暴君刚萨的死亡，全都死在你的手下。这以后，我将看到你在杜瓦拉卡的诸多逍遥。这些逍遥将随着行吟诗人们的歌咏传遍大地。我将看到你化作时光之神，以阿周那战车御者的身份，摧毁敌军，缓解地母的重负。我向你顶礼，至高无上的主宰啊，你独立而自存。"说毕，那罗陀长跪顶礼。然后，经至尊者的允许，欢喜辞别而去。

诛杀了马妖开施之后，克利须那仍旧跟伙伴们一起放牛嬉戏。后半日他们去了哥瓦丹拿山，一起玩偷羊游戏，有的扮演牧人，有的扮演窃贼，有的扮演羊羔。其时，有一个本领高强的魔法师，名叫佑麻，是魔匠摩耶·答那筏的儿子，变成一个牧童，前来作祟。他假装扮演窃贼，乘机偷走了很多扮作羊羔的牧童。他把这些牧童藏在山洞里，洞口封上了巨大的石头。到最后，游戏里扮演羔羊的牧童只剩下了四五个。

克利须那完全明白佑麻在搞什么鬼。就在他正要带走更多牧童的时候，克利须那使劲拽住他，犹如狮子扑狼一般。那妖怪见状，立时变回原形，魁梧壮实就像一座大山。佑麻竭尽全力想要脱身逃跑，却无法做到。克利须那随后猛力将他掼到地面，杀死了他。

眼看妖怪一命呜呼，克利须那转身去寻找失踪的牧童。他找到山洞，打碎堵住洞口的巨石，把关在洞里的牧童都放了出来。在众天神和牧童的赞美声中，克利须那踏上了归程。

第二十九章　命运使者

在摩图罗过了一夜，阿俱罗登上战车，启程前往宾陀林。也就在那天早晨，那罗陀向克利须那奉上了赞祷。

一路之上，阿俱罗想着莲花眼目克利须那，沉浸在巨大的奉献之情中。他如是思想："我究竟行过什么善事，修过什么苦行，今日居然能见到至尊者凯阇筏①？我不过是个沉溺于感官之乐的凡夫俗子，竟能得到如此机缘，岂不令人惊奇？这就像看到首陀罗居然被许可念诵韦陀真言一样。

"别再这样想了！毕竟，甚至一个堕落的灵魂都有可能见到至尊者，就像一根被激流冲走的木头有时也能抵达彼岸。今天，我所有的罪业都将消除，我的投生将变得富有价值，因为我将顶礼于至尊者的莲花足下。事实上，君上刚萨派我去接至尊者赫黎，显示出他对我慈悲有加。肯定，我将见到我主木昆陀的脸孔，因为有鹿从我右边跑过。

"等我一到宾陀林，我就从车上跳下来，跪倒在克利须那和巴腊罗摩的莲花足前面。我还要顶礼我主的牧牛伙伴，以及其他的宾陀林之民。当我拜倒在他的莲花足下时，我主定会将莲花手放到我的头顶。"

因为是受魔王刚萨差遣，阿俱罗也有点儿担心，但他接着想道："永不犯错的主不会把我当成敌人，就算是刚萨指派我做他的信使。毕竟，无所不知的主是身田的真正觉知者，凭着他完美的视力，他见证了众生的一切起心动念，无论隐藏在内，还是表现在外。因此，他会向我微笑，深情地注视我，只要我拜倒在他的莲花足下。

"克利须那会管我叫叔叔，把我当作他的密友和亲人，他会用他强有力的双臂拥抱我，如是立刻净化我的身体，驱除一切由业行带来的尘世羁缚。得到克利须那的拥抱后，我将低头合掌，谦恭地站在他面前，而他会对我说：'我亲爱的阿俱罗。'就在那一刻，我生命的意义实现了。真的，一个没有被至尊者认可的人，其生命可怜凄惨。

---

①凯阇筏，克利须那的另一个名号。

"然后，克利须那的哥哥会抓起我的手，跟我拥抱，带我进入他的家门。他将拿引宾礼中所使用的物事迎接我，向我询问刚萨如何对待他的族人。"

如此一路思想，不知不觉间，斯筏钵伽之子阿俱罗于日落时分到达了歌窟拉。在草场上，阿俱罗发现了克利须那的足印，上面有各种明显的纹路，比如莲花、麦粒、旗帜、闪电、铁叉和驯象钩。欢喜迷狂之下，阿俱罗身毛为竖，泪水盈眶，全身颤抖不止。他从战车上跳下来，开始在尘埃中打滚，一边还高喊着："这是从我主莲花足上洒落的尘埃啊！"此刻，所有的骄傲、恐惧和哀伤全都被抛到了九霄云外。

阿俱罗终于在村子里面对面见到了克利须那和巴腊罗摩。他们刚沐浴完，穿着干净衣服，正在给母牛挤奶。满怀爱敬的阿俱罗跳下战车，五体投地，像根棍子一样拜倒在克利须那和巴腊罗摩的莲花足下。阿俱罗感到幸福无比，不觉泪水滚滚，身体四肢直冒鸡皮疙瘩。他目瞪口呆，声音哽咽，始终说不出一句话。

克利须那扶起阿俱罗，拥抱了他，感觉十分愉悦，因为他总是偏爱皈命于他的奉献者。巴腊罗摩伸手过来，也拥抱了他，领着他和克利须那一起迈进了家门。巴腊罗摩一边寒暄问候，一边为他敷座、洗足，恭敬地端上加了蜜的牛奶。然后巴腊罗摩送给阿俱罗一头母牛，又为他按摩双足，接着，恭恭敬敬地请他吃了一顿丰盛的宴席。

阿俱罗吃喝完毕，巴腊罗摩奉上香草醒口，然后是花鬘和香水。难陀大王这才问阿俱罗："那残忍的刚萨还活着，你们大家是如何保全性命的？你们就像屠夫照管下的羔羊。他竟然当着妹妹的面杀了她刚出生的孩子，也不管她怎样痛哭流涕。亲妹妹尚且如此，我们何必再去问他手下臣民的情况呢？"

受到这般款待，阿俱罗完全忘记了旅途的劳顿。他惬意地坐在软垫上，感觉一路上所思虑的愿望全都实现了。满足了至上主神的人，还有什么不能得到呢？

最后，克利须那和巴腊罗摩向阿俱罗道晚安。克利须那问道："亲爱的叔叔，你看我给我那无辜的爹娘带来多大的痛苦！因为我，他们的儿子被杀害，他们自己也被下狱囚禁。现在，请告诉我们，你为什么来这里？"阿俱罗据实回答。他传递了刚萨的口信，也讲了摩图罗所发生的一切、刚萨的真实意图，以及那罗陀如何告诉国君，克利须那实际是筏殊提婆的儿子。

克利须那和巴腊罗摩听了，都轻声笑起来。他们随后把刚萨的指令转告给难陀。得知消息，难陀命手下乡丁遍告村民："把所有的乳制品收集起来，带上值钱的礼品，套好牛车。明天去摩图罗参加一个盛大的节庆，还要向国君献礼。"

众牧女听说阿俱罗来宾陀林，要把克利须那和巴腊罗摩带去摩图罗，不禁悲伤万分。有些牧女甚至不再动弹，就像快死了一样。她们一动不动，专心冥想，完全不理睬身外发生的一切，仿佛已入了觉之境。牧女们脸色黯然无光，呼吸沉重灼热，有的已然昏厥过去。

牧女们害怕哪怕短暂的与主木昆陀的分离。如今，想到漫长的别离在即，她们焦急万分。众牧女聚集起来，心脏怦怦急跳，彼此诉说道："老天啊，你全无慈悲！你让众生在友爱中相聚，然后又无情地将心愿未了的他们分开。你这种自作聪明的把戏实在幼稚！你先让我们看到木昆陀的容颜，他高高的鼻梁、温柔的微笑、俊雅的面容、乌黑的卷发，可现在，你又要让这一切踪影全无。你如此作为，实在不良！

"老天啊，虽然你以阿俱罗的名字来到这里，你其实十分残忍，因为，你就像个蠢人，要拿走你所给予的——这双眼睛，如果看不到克利须那，又有何用？

"唉唉，几秒钟内就绝情负义的难陀之子啊，如今对我们不屑一顾。受他的控制，我们抛下家室、亲戚、孩子、丈夫，只为侍奉他。可是，他总是在寻找新的情人。明天必定是摩图罗女子的好日子，她们所有的期盼都能如愿以偿了。当克利须那入城时，她们将饮到他甘露般的微笑。

"牧女啊，一旦克利须那沉醉在摩图罗女子的甜言蜜语里，迷上她们羞涩诱人的笑靥，他怎么还会回来搭理我们这些粗笨的村女呢？

"这等无情之人不该叫阿俱罗。他太残酷了，他根本不想跟我们商量，就要带走克利须那。对于我们来说，克利须那比性命更心爱。心肠刚硬的克利须那已经坐上了战车，而那些愚蠢的牧人赶着牛车在后面追，甚至都懒得通知我们一声。连那些长辈都不想阻止克利须那。今天，命运在跟我们作对！

"我们大家一起去找摩多筏，不让他离开。我们的家人又能对我们怎样？克利须那领我们跳罗娑之舞，我们享受到他深情迷人的笑颜、他令人欢喜的窃窃私语、他撩人的眼眉和拥抱。就这样，我们度过了许许多多短暂犹如一瞬的夜晚。如今，我们怎么可能承受与他的别离？

"没有克利须那，我们如何还能活下去？每天傍晚，在牧童们的陪伴下，他会回到博罗遮，头发和花鬘上覆满了牛蹄扬起的尘埃。吹起笛子的时候，克利须那会用他的笑靥顾盼钩住我们的心魂。"

牧女们一直小心隐藏她们的爱情，可现在她们忘记了一切羞耻，呼喊着："哥宾陀啊！摩多筏啊！答摩达尔啊！"众牧女向诸神祈祷，希望他们制造天灾，阻止克利须那离去。她们觉得所有的人都无视她们的请求，不但如此，她们觉得似乎每个人都在密谋反对她们，要把克利须那夺走。众牧女越想越伤心失望，哭泣了整整一夜。

第二天黎明，阿俱罗做完早上的崇拜，便踏上了战车。难陀大王领头，众牧人赶着牛车尾随在克利须那和巴腊罗摩后面，车上装载着献给国君的礼物。

不顾克利须那的劝阻，众牧女结队赶来，围住了战车，可怜巴巴地凝视着克利须那。见到众牧女，克利须那也十分动情，但因为职责在身，便尽力抚慰，向她们保证，完事后定会尽快返回。众牧女坚持要留住克利须那，但车行不停，她们最后只好静默下来。牧女们一动不动地站着，如同画中的人物，但她们的心却紧跟在克利须那后面，直到战车顶上的旗帜消失在视线之外。众牧女返回家中，绝望盈心，明白克利须那再也不会回到她们身边了。

阿俱罗的战车飞速前行，很快到了朱木拿河岸边。阿俱罗把战车停靠在一棵大树的树荫下，克利须那和巴腊罗摩顺便下车去河边饮水。等他们俩重新坐上战车，阿俱罗打过招呼后，便去附近的一个池塘沐浴。

泡在池中念诵伽耶特黎咒之际，阿俱罗突然看到克利须那和巴腊罗摩在水里面。他想："兄弟两人坐在战车上，这我是知道的，他们怎么会在这里？也许是他们又下了车，快速跑回此地。"迷惑之下，阿俱罗步出池塘，看见克利须那和巴腊罗摩依旧坐在战车上。他糊涂了："莫非水中的影像是一个幻觉？"阿俱罗又进入池塘，这次，他看见巴腊罗摩变成了天龙阿难陀，有成千的头和冠，衣服是蓝色的，皮肤雪白。

阿俱罗看见，克利须那横卧在天龙阿难陀身上，现身为四臂大毗湿努之相。他肤色玄黑犹如雨云，穿一袭黄衫，微笑的脸庞上有一对微红如醉的莲花眼睛，顾盼之间，动人心魄。至尊者肩宽胸广，手臂修长结实。他的脖颈像螺号，肚脐幽深，腹部有线纹如菩提叶上的纹路。他臀宽腰细，腿如象鼻，花瓣状脚趾上的指甲闪闪放光。他身上佩戴臂环、手镯、头盔，那上面都镶嵌着无价的珠宝。他还佩有腰带、圣线、项链、脚铃和耳环，看上去珠光宝气，灿烂耀眼。吉祥"卐"字纹、考斯图巴宝石、一条花鬘，装点着他的胸膛。他手中分持莲花、法轮、铁杵和宝螺。围绕在他身边崇拜他的有难陀、苏难陀等侍从，还有鸠摩罗四子、大神梵天、湿婆以及众天神。最杰出的奉献者，以那罗陀、巴腊陀为首，聚集在他身周。随侍一旁的还有至尊者的灵能以及阴阳二气。

目睹这般景象，阿俱罗喜极而狂，顿时头发直竖，泪如泉涌。过了一会儿，阿俱罗竭力镇定下来，以额叩地。然后，他合掌长跪，缓慢而深情地开始祈祷：

"我顶拜你，至尊者啊！从你的肚脐长出一枝莲花，梵天降生其上，依靠他的慈悲之力，天地成为存在。你超越阴阳气性，世间无人知晓你，甚至梵天亦不能，因为一切众生皆于浊气中受生。

"各色各样的修行者用无数种方式崇拜你，成就的程度千差万别，但因为一切皆来源于你，他们最终只会找到你。那些把你当作瑜伽之主的人能够臻达你，然而，那些牺牲祭献单只崇拜诸神的人，却不能够。

"至尊者啊，世间有情无不被你的幻力迷惑。沉迷于'我'与'我所'之念，他们被迫转徙于因果业报之途。我亦如是颠倒，愚蠢地认为我的躯壳、家室、妻儿、友朋、金钱尽皆真实不虚，尽管它们无非梦幻泡影。

"误以无常为永恒、以苦因为乐缘，我一直欲图在尘世的二元对立中寻找快乐。我的双眼被无明覆盖，认不出你才是爱的真正对象。

"我的智慧残缺破损，找不到力量去降伏受物欲扰乱、被诸根牵制的心念。在沉沦中，我前来寻求你的庇护，主啊，尽管不净者无法臻达你的莲花足，但我想，依仗你的慈悲，这还是可能的。主人啊，请保护我，我已经向你臣服。"

第三十章　美男倾城

就在阿俱罗赞祷之际，克利须那收回了水底的影像。阿俱罗急忙离开池塘，满腔讶异地回到战车之上。克利须那问阿俱罗："你在水里、空中、地上看到什么奇妙的东西了？从你的表情来看，我觉得你应该是这样。"阿俱罗答道："无论地、天、水里有什么奇妙的东西，无不在你之内。我看到了你，还有什么奇妙的东西没看到？"

阿俱罗，亘蒂尼之子，说完便继续上路了。傍晚，他们到达了摩图罗。所经之处，村民们无不蜂拥而上，争睹筏殊提婆之子的绝世风采。

难陀大王与众牧人走了另外一条林间小道，抄捷径先到了摩图罗。他们停在城郊的一个花园里，等待克利须那和巴腊罗摩。

与众牧人会合后，克利须那拉着阿俱罗的手，微笑说道："你先乘车入城回家。我们在这里歇息一会儿，再逛逛摩图罗。"阿俱罗说道："我主，我不想单独进城，我是你的奉献者。你不该扔下我不管，因为你总是对你的奴仆偏爱有加。请到我家去，带上你的兄弟、牧人和伙伴。我是一个执着福报礼法的凡夫俗子，请用你莲花足下的尘土来净化我的室家。诸神之神啊，无上者拿罗衍那啊，我向你顶礼。"克利须那说："我之后再跟兄长一起去拜访你家。我得先满足我的朋友和恩人，杀掉雅度王族的仇敌。"阿俱罗大为失望，心情沉重地独自进入摩图罗。向国君刚萨禀报之后，便回家去了。

夜晚，克利须那走进了装饰一新的王城摩图罗。只见城门和家家门口都有黄金打造的门、门廊，许许多多清新可爱的花圃苑囿美不胜收。城中屋宇富丽堂皇，布局划一对称，宛如皆由一人设计。孔雀以及停在人家阳台、屋顶上的鸟儿，四处啼鸣。所有的街道都洒过了净水，花瓣、谷粒撒得遍地都是。城门口都摆设着盛满清水的陶罐、杧果树叶和彩带，上沾酸酪、旃檀浆。水罐旁边是成排的油灯、成把的鲜花、旗帜和香蕉树、槟榔树的树干。

听说克利须那和巴腊罗摩来到，所有的市民都跑出家门，上前一睹为快。当筏殊提婆之子在众牧童的陪伴下，漫步御道，进入王城时，众妇女都在自家

第十卷 | 427

的屋顶上面聚集起来。慌乱之下，有的女人穿反了衣服首饰；有的忘戴了耳环脚铃；还有的画了一只眼，忘了另外一只。吃饭的停止吃饭，洗澡的中途离开。熟睡的女人被喧闹声突然惊醒，喂奶的母亲把婴儿搁置一旁。

克利须那缓步行过，姿态一如象王，顿时成了妇人们视觉的盛典。摩图罗女子早已频频听人说起克利须那，如今真的见到了他，她们的心融化了。他向她们洒下他眉眼笑貌的甘露，令她们觉得备受尊荣。妇人们用眼睛把他收入心底，深深地拥抱他，浑然忘了一切忧愁烦恼。她们莲花般的脸庞温情绽放，一时鲜花似雨，纷纷撒向克利须那和巴腊罗摩。

众婆罗门站立道旁，献上酸酪、清水、花鬘、香水、旃檀浆，以及其他崇拜之物。摩图罗女子赞叹："哎呀，宾陀林的牧女们究竟经受了什么苦行，竟能时常见到克利须那和巴腊罗摩，他们是一切有情的欢乐之源！"

游逛之际，克利须那看见一个洗衣匠，便对他说："请给我们两个一些上好的衣裳，我们肯定配得上最好的。如果你肯布施，必能得大利益。"那洗衣匠是刚萨的奴仆，十分傲慢。他觉得受到了侮辱，气恼之下，便回答道："你们这些胆大包天的小孩！你们习惯在山林间游荡，怎么配穿这些衣服？你们所求讨的是属于国君的！傻瓜，马上给我滚开，如果你们还想活命的话。倘若有人太过胆大，国王的手下人就会逮捕他，把他杀了以后，再夺走他所有的财产。"

听了这番厚颜无耻的训斥，克利须那大为恼怒，他只是用手指尖便割下了那人的脑袋。洗衣匠手下的帮工见状，纷纷扔下手里成捆的衣服，四散奔逃。克利须那和巴腊罗摩披上自己特别喜欢的衣服，余下的任伙伴们挑选，不要的便随意四处抛撒于地。

一个裁缝随后走上前来，又添了一些布，为两兄弟各自裁制了一套得体入时的衣裳。穿上这身装饰精妙的衣服，克利须那和巴腊罗摩看上去格外光彩照人，与众不同。他们俩看上去就像一对幼象，一黑一白，盛装上场。

克利须那对裁缝十分满意，他因此祝福裁缝，身死之后，将获得解脱，具有一个与至尊者一样的灵体，而且，甚至此生便能享受富贵健康、名闻广记。

克利须那和巴腊罗摩接着又去拜访了花匠须陀摩的家。见到这两位兄弟，须陀摩立刻起身迎接，然后叩首顶拜。为客人设座洗足之后，须陀摩用花鬘、旃檀浆等物品崇拜了克利须那、巴腊罗摩以及他们的同伴。须陀摩说道："主啊，因为你的光临，我的投生已得净化。请命令我，你的奴仆，做你要他做的。为你做点服务对任何人都是巨大的福德。"

深知至尊者意愿的须陀摩,以极大的欢喜心,献上了两串用最新鲜、最芳香的鲜花做成的花鬘。戴上花鬘,克利须那和巴腊罗摩更显妙美,众牧童皆齐声喝彩。克利须那和巴腊罗摩十分高兴,当即要赐予祝福,无论须陀摩想得到什么。须陀摩回答,他只想拥有对克利须那坚定不移的爱、对奉献者的友情和对众生的怜悯心。克利须那给予了祝福,而且赏赐他长寿、力量、名声、美貌和家庭的兴旺。最后,克利须那和巴腊罗摩道别而去。

克利须那和巴腊罗摩继续漫步御街。克利须那看见一个长相迷人的驼背姑娘,手托一盘旃檀浆。为了给伙伴们逗乐,克利须那上前问她:"你是谁,高个美腿的姑娘?这盘旃檀浆是送给谁的?请跟我们实说。如果你把旃檀浆送给我们,肯定能获得极大的利益。"

那女仆答道:"英俊的人儿啊,我是国君刚萨的奴仆,他很喜欢我每天上供的旃檀。我叫俱波遮,人称三道弯。除了你,谁还配得上我那波遮王最爱的旃檀浆?"俱波遮倾倒于克利须那的容貌、话语和笑颜,便满怀爱心地上前将旃檀浆遍涂于克利须那和巴腊罗摩的身体之上,这让两兄弟更加可爱迷人了。

高兴之下,为了报答那姑娘,克利须那一面抬脚踩住她的脚趾,一面张手指夹住她的两颊,然后猛地一拉,便扳直了她的身体。一瞬间,驼背姑娘变成了一个标致的美女,身体挺直,四肢匀称,腰细臀丰。

心中又是感激又是爱慕,那姑娘拉住克利须那的衣角,娇笑表白,完全忘记了自己身处大街,身边都是克利须那的朋友。她说道:"英雄啊,去我家吧。我不能让你待在这里。最杰出的男子啊,可怜可怜我,你让我情动难抑。"克利须那觉得有点儿尴尬,他先眼望巴腊罗摩和众伙伴,然后笑了一下,说道:"美丽的小姐啊,很高兴得到你的邀请,等我这边事情办好了,我就去你家坐坐。像你这般姑娘是我等离家未婚者的唯一安慰,作为合适的女友,你定能舒缓我们的种种忧愁。"

好言打发走那姑娘以后,克利须那迈步走进了集市。商贩们纷纷上前供献,并崇拜了他们。此时妇女们也被克利须那的美所吸引,个个爱意涌动,开始聚拢起来。

克利须那随后向当地人打听举行弓马祭的场地。一到祭场,克利须那便看到了那张引人瞩目的长弓,巨大华贵犹如天帝因陀罗所有。很多人守护着那张弓,还恭恭敬敬地崇拜它。克利须那推开围观的人群,不顾卫兵阻止,把弓举了起来。他左手持弓,瞬间续上了弓弦,卫兵们面面相觑,不知所措。然后,他用力拉开弓，猛然将弓拦腰绷裂，如同大象折断一根甘蔗。长弓的爆裂声传到四面八方，刚萨闻听，吓得心惊肉跳。

守卫官又惊又怒，当即命令手下士卒操起兵刃，上前捉拿克利须那和他的同伴。众兵丁将克利须那和巴腊罗摩包围起来，口中高呼："抓住他们！杀死他们！"克利须那和巴腊罗摩拾起断弓，迎头痛击。

刚萨派出一小队兵士前来助阵。克利须那和巴腊罗摩把他们尽数杀光，然后从大门离开祭场，继续漫步王城。眼见这两兄弟如此神武，摩图罗之民皆断定他们是天上的大神。不久，日落西山，克利须那和巴腊罗摩返回牧牛人的营帐。

待仆人给他们洗过足，吃了乳糜，克利须那和巴腊罗摩安然入睡，舒舒服服地歇息了一个晚上，尽管他们对刚萨的意图一清二楚。

那一边，暴君刚萨听说克利须那和巴腊罗摩折断祭祀之弓，杀死众兵卒，犹如儿戏一般，不禁恐惧起来。他开始了解至尊者的厉害，明白提婆吉的第八个儿子如今现身，要来诛灭他。他很久无法入眠，恍惚中看到很多凶兆。

刚萨照镜子，却看不到自己的面孔。他仰视天空，星星和月亮都呈现出重叠的影像。他看到自己的影子上有一个洞。他无法听到自己呼吸的声音。草木似乎都是金色的，他脑袋轰鸣，也看不到地上有自己的脚印。

最后终于睡去的时候，刚萨梦到一众鬼魂，骑在驴拉的车上。接着他梦到有人给他毒药，他喝了下去。梦中他看见自己赤身裸体，脖子上挂一串花环，遍身涂油。梦中或醒时看见这许多凶兆，刚萨自觉死期将至，吓得根本无法入睡。

一夜过去，刚萨慌忙安排盛大的角斗庆典。国王的人在角斗场举行了祭献仪式，整个场地到处装饰着彩旗、彩带、鲜花。摩图罗之民以及远郊的民众都赶了过来，坐在看台上面。皇室贵宾则坐在为他们专设的贵宾区。随后，在众大臣的簇拥下，刚萨落座于专为他搭建的观礼台上。不过，他依然心跳不已。鼓乐齐鸣，众摔跤手衣饰华丽，意气风发，跟教头们一起入场落座。

刚萨对难陀大王和众牧人表示欢迎，作为答谢，他们献上礼物，随后也各自入座。

第三十一章　毙象屠龙

　　早晨洗沐已毕，听到角斗场传来的鼓声，克利须那和巴腊罗摩便赶了过去。克利须那才到角斗场的大门口，便看见巨象俱筏罗亚毗陀挡在门口，显然是象人故意安排的。

　　看见这般阵势，克利须那先紧紧衣服，把头发扎在脑后，然后用雷鸣般的声音喝问道："骑象的，挪开点，让我们过去！如若不然，我今天就打发你们去见阎王！"受到这等威胁，象人恼羞成怒，当即驱象攻击克利须那。那巨象疾冲过来，挥起长鼻欲卷住克利须那。克利须那敏捷地闪身跳到大象的背后，一下子就从大象的视线里消失了。对手突然不见踪影，俱筏罗亚毗陀怒吼连连，凭嗅觉四下寻找。

　　克利须那乘机抓住象尾，玩儿似的把那巨象拖出了二十五弓以外，还故意左右拉扯它。然后，克利须那放开象尾，跑到大象跟前，狠狠扇了它一巴掌，接着又跳了开去。俱筏罗亚毗陀上前追赶，克利须那突然卧倒在地，置身象腿之下，将冲过来的巨象绊倒在地。如此几个回合，野性大发的俱筏罗亚毗陀连连想用长牙捅倒克利须那。几次失手之后，那巨象暴怒欲狂，但象人依然驱策它再次向克利须那冲击。

　　人象遭遇，这次克利须那一只手扯住象鼻，使劲将大象往地面上拖，致使象人滚落象背。克利须那猛击巨象，拔出象牙，然后挥象牙击毙了大象和象人。

　　肩上扛着血淋淋的象牙，克利须那迈步进入角斗场，感觉十分开心。他身上洒满象血，汗水淋漓，看上去愈发英武俊美。

　　当克利须那和巴腊罗摩并肩走来之时，角斗场里的各类人开始用各自不同的方式欣赏克利须那。摔跤手视他为霹雳，摩图罗之民视他为人中英杰，众女子视他为爱神下凡，牧人们把他当作族人，不法官绅视他为惩罚者。而对于他的父母，他只是他们的孩子。刚萨把他看作死神，无知者视他为无能之辈，瑜伽士知道他是超灵。眼见俱筏罗亚毗陀一命呜呼，刚萨心如火焚。

　　身上穿戴华美，两位巨臂少年站在角斗场中央，光彩夺目。坐在观众席上的众人无不睁大眼睛盯着他们,喜笑颜开。他们着魔似的狂看着,永无餍足。他们似乎在用眼睛吞饮克利须那和巴腊罗摩,用舌头舔他们,用鼻子嗅他们,用双臂拥抱他们。众人无不欣赏至尊者的美貌、性格、风采和勇武,他们相互间交头接耳,谈论着这两兄弟在博罗遮的事迹。

这时,摔跤手叉奴罗上前说道:"难陀之子,罗摩,你们二人备受勇武之士的尊崇,而且皆娴习摔跤。听说你们的勇力,国君唤你们到这里,想看看到底如何。取悦了国君的臣民必能得到好运,否则命运堪忧。大家都知道,牧童们放牛的时候,喜欢相互角力摔跤。现在,为了国君的满意,让我们开始动手吧。"

克利须那回答:"虽然身在山林,我们却也是波遮王的臣民,因此一定要满足他的愿望。但是我们还只是少年,应该跟力气对等的人摔跤。总之,这场摔跤比赛必须公平进行,不要让邪法玷污了尊敬的观众。"

叉奴罗说道:"你其实并不只是个小孩子,巴腊罗摩也不是。你们轻而易举就击毙了一头有千象之力的猛象。所以,你们应该跟强大的摔跤手对阵,这没有什么不公平的。现在你可以向我显示你的威力了,巴腊罗摩可以对阵木释提伽。"

接受挑战后,克利须那便与叉奴罗交上了手,那边厢,巴腊罗摩跟木释提伽也开始了较量。他们的手与手、腿与腿、头与头、胸与胸都交缠扭结在一起,互相撞击缠斗。渐渐地,摔跤手们都施展出各自的绝技,或推或抱或甩,或举之于空,或擒之于地。

众妇人认为比赛双方强弱悬殊,无不心生怜悯,大为担忧。她们彼此议论道:

"看看这些观众犯下了多大的罪业!就像我们的国君,兴高采烈地在观赏这场强弱悬殊的比赛,他们也看得津津有味。这两个职业摔跤手强壮得像山岳,而两个少年四肢娇嫩,二者怎么能相提并论呢?此地正法已受败坏,没有一个文明守礼的人还会留在这里。智者不入行为不义者聚会之地。倘若有人加入这类聚会,却未能仗义执言,甚或为其无知辩护,此人必造罪业。

"看克利须那正扑向对手,恶斗之下,他莲花般的面容上遍覆汗珠,宛如露滴莲花。你看巴腊罗摩,眼睛像烧红的铜,怒视木释提伽,他有时纵声大笑,有时专心搏斗,更显妙美无伦。博罗遮之地该有多么虔诚,至上主神化身人形,逍遥游荡其间!牧女们该经历过多大的苦修,才能让她们的眼睛一直沉醉于克利须那妙相之甘露!听到克利须那晨出或晚归时吹响牧笛,她们马上冲出屋子,好看他一眼。她们必定行了许多善行,才能在路上遇见克利须那,与他相视而笑。"

知道大家在为他担忧，克利须那当即下决心要杀死对手。克利须那三记重拳，犹如霹雳一般击中叉奴罗，使他痛楚难当。暴怒之下，叉奴罗双拳齐出，击向克利须那胸膛，欲做最后一搏。克利须那一点儿没当回事，他趁势抓住叉奴罗的手臂，将他挥舞转动起来，直至其一命呜呼。然后克利须那把他的身体狠狠抛掷于地，任他身上的佩饰四散洒落。

与此同时，木释提伽猛力挥拳，击向巴腊罗摩。巴腊罗摩挥掌还击，木释提伽痛得浑身颤抖。过了一会儿，他口吐鲜血，倒地而亡，犹如被暴风吹倒的大树。之后，其余的摔跤手一拥而上。巴腊罗摩挥左拳随手打死了俱陀。克利须那脚尖踢中刹拉，把他的脑袋劈成了两半。接着，他用同样的方法干掉了图刹拉。见势不妙，剩下的摔跤手纷纷落荒而逃。

在克利须那和巴腊罗摩召唤下，众牧童很快赶到，把他们两个围了起来，并且还吹吹打打，舞蹈庆贺。除了刚萨，观众无不欢喜鼓掌，众婆罗门也在旁喝彩不迭。

眼见手下最强的摔跤手已经死于非命，刚萨下令停止击鼓，不准庆贺克利须那得胜。他高声喝道："把这两个邪恶的小子给我赶出王城！没收牧牛人的所有财产，逮捕蠢货难陀！杀掉恶棍筏殊提婆，杀掉我的父亲乌戈罗塞拿，还有他的同伙，因为他们都站在我的敌人那一边！"听到刚萨这般叫嚣，克利须那十分恼怒。一晃眼间，他越过众侍卫，跳上了皇室观礼台。刚萨早已有备，当下抽出宝剑，拼命上下左右舞动。然而，克利须那一下子就拽住了刚萨，仿佛大鹏捉蛇。

刚萨头发被抓，皇冠落地。随后克利须那将他拖下宝座。刚萨倒在摔跤垫子上面，克利须那横跨在他身上，不断出拳猛击。刚萨口中鲜血狂喷，当即命丧黄泉。然后，仿佛狮子拖扯死象，克利须那当着所有人的面，将刚萨的死尸抛在地上，拖行示众，以此让父母安心。巨大的呼喊声从四面八方传来，有的是因为高兴，有的是出于悲哀。

刚萨一直担心至尊者要来取他的性命。因此，无论饮食睡起动静之时，他都看到克利须那站在他面前，手中持一法轮。由于这个缘故，刚萨竟获得了跟至尊者一样的灵体。

刚萨的八个弟弟，在刚喀的带领下，狂怒着向克利须那冲杀过来，企图为兄报仇。因为这些人都是他的舅舅，克利须那便命巴腊罗摩除掉他们。巴腊罗摩挥动铁杵，轻轻松松地杀死了他们。此时，空中天鼓雷鸣，诸神唱赞，向克利须那撒下鲜花如雨，诸神眷属翩跹起舞。

刚萨众妃与诸弟一起奔上前来，悲痛万分之下，抱着死尸捶胸顿足，号啕大哭道："主人啊，心爱的人啊，你被杀死，我们也受屠戮。没有了你，这王城不再美丽，我们也是一样，一切好运都已到了尽头。心爱的人啊，你到今天这个地步，是因为你对无辜者施下的可怕暴力。害人者岂能得到幸福？"

见到这般景象，克利须那心生悲悯，当下尽可能地安慰了他们，然后便安排丧葬之事。克利须那和巴腊罗摩亲自去牢狱中解救出父母，向他们稽首顶礼。筏殊提婆和提婆吉知道克利须那和巴腊罗摩乃是宇宙之主，所以也不敢上前拥抱作答，只是合掌站立而已。

第三十二章　冥都救恩

克利须那见父母心怀敬畏，肃然而立，当即施展其瑜伽幻力，让父母忘记他的超世尊荣，依然像对待孩子一样对待他们兄弟两个。那一年，克利须那和巴腊罗摩都是十一岁。

克利须那恭恭敬敬地低头说道："亲爱的父亲，因为我们这两个儿子，你和母亲一直担惊受怕，不能享受我们的童年和少年时代。凭借人身，人才能完成生命的目标，是父母生养了此身，因此，没有人能偿还父母之恩，即便用整整一生的百年光阴去服侍他们。

"即便一个人子能做到这点，但他若是未曾将劳作的果实交给父母，死后必被迫吞吃自己身上的血肉。即便他能做到上面种种，但如果未曾供养年老的父母、贞洁的妻子、年幼的孩子、上师或托庇于他的婆罗门，须知其人无异于行尸走肉。我们俩浪费了这许多年的光阴，因为害怕刚萨而无法恰当地光显你们。亲爱的父亲母亲，请宽恕我们。毕竟，我们也是身不由己，受到种种无法操控的因素的影响。"

听了克利须那这番如赤子般天真的诉说，筏殊提婆和提婆吉禁不住抱起儿子，拥入自己怀里。情至深处，两人唯泪如雨下，默然无语。

安顿完父母之后，克利须那又去探望外祖父乌戈罗塞拿，并拥立他为雅度族君主。克利须那对他说道："王啊，我等皆为你之臣民，请命令我们吧。由于远古的诅咒，没有一个雅度王子能登上帝王的宝座。"

至尊者随后将因为畏惧刚萨而远走他乡的亲族召请回来。他召回了雅度族、毗湿尼族、安陀伽族、摩度族、答萨哈族、俱枯罗族以及其他部落的族人，为他们重整家业，赠予他们珍贵的礼物。

因为能面对面见到克利须那和巴腊罗摩，摩图罗之民皆十分满意。如今，饮用了木昆陀莲花面孔的不死甘露，连最年迈的市民都显得青春洋溢，气力充盈。

克利须那和巴腊罗摩然后又去拜见难陀大王，拥抱之后，他们说道："父亲啊，您和耶输陀母亲一直深情地抚育我们，对我们那么关爱！真的，父母爱孩子，胜过爱自己的性命。对于被亲友抛弃、无人抚养的孩子，像你们这样的父母才是真正的父母！现在，你们该回博罗遮了，让筏殊提婆和提婆吉快乐一点儿以后，我就回来看望你们。"

说毕，克利须那和巴腊罗摩向牧人们敬献上衣物、珠宝、器皿等种种礼物。

难陀大王恋恋不舍，眼中泪水滚滚而下。拥抱了两兄弟之后，他便率领众牧人返回宾陀林。

不久，筏殊提婆安排家族祭司嘎尔伽牟尼与众婆罗门一起，为克利须那和巴腊罗摩举行了再生礼。礼毕，筏殊提婆布施众婆罗门大量礼物，有精美的布帛，还有装饰华美的母牛。

虽然是无所不知的宇宙之主，一切知识的源头，但至尊者隐藏了内在的无尽智慧，决定移住上师的私塾。如是，兄弟两人前去寻找商底钵尼牟尼，他是迦尸人，居住在阿梵提。

克利须那和巴腊罗摩尽心侍奉上师，为世人树立了尊师重道的完美典范。商底钵尼牟尼对两人的孝顺心十分满意，便传授给他们全部的韦陀经典，连同奥义诸书。因为克利须那和巴腊罗摩现世为刹帝利相，故商底钵尼牟尼特意教他们武韦陀、辩论术、因明和数术之学。

仅仅听闻一遍，克利须那和巴腊罗摩便立刻消化了传授给他们的所有知识。如此，他们很快便掌握了韦陀六十四艺，其中包括歌舞、伎乐、戏剧、赋诗、绘画、猜谜、诡辩、易容术、炼金术、烹调、针线、编织、匠作、木工、制药、方言等等。

到了克利须那和巴腊罗摩交纳束脩的时候，商底钵尼牟尼知道这两兄弟能力超凡，便跟夫人商量，选择让小儿子起死回生作为教书的酬金，因为不久前，那孩子淹死在了波罗巴刹附近的海里。

克利须那和巴腊罗摩一口答应，立即驾车出发。他们一到波罗巴刹，便在海边坐了下来。不一刻，海神便认出他们是至上主神，赶紧上前献礼。克利须那于是说道："让我上师的儿子马上在这里出现，是你用巨大的海浪抓走了他。"

海神答道："主啊，并不是我夺走了他，是底提之魔裔——般叉遮耶所为，他化作巨螺之形，出没于波浪之中。"

克利须那听说，当即潜入深海，诛杀了般叉遮耶。但他并未在巨螺内找到孩子。于是至尊者便捞起那妖魔寄身的巨螺，返回战车里面。然后，在巴腊罗摩的伴随下，他一径奔往萨米耶摩尼——死神阎罗的冥都。才到城外，克利须那便高声吹响了巨螺，阎罗闻听，急忙上前参礼。

阎罗问道："扮作凡夫的至尊主啊，我能为你做什么？"

克利须那答道："我上师的儿子受前世业行之累，被拘至你处。现在，听从我的指令，马上把他交给我，不得迟延。"

阎罗大王满口应承，随即交出了商底钵尼牟尼的儿子。克利须那和巴腊罗摩启程返回，将孩子交付于上师，并且说："请再接受一个赐福吧。"

商底钵尼牟尼答道："我亲爱的孩子，你们圆满完成了弟子酬报上师的义务。实在说，有你们这样的弟子，作为老师，夫复何求？你们现在可以回家了。愿你们的美名净化三界，愿你们所说的言语如同韦陀诸经一般历久弥新。"

克利须那和巴腊罗摩登车上路。他们一回到摩图罗，城中之民便舒缓过来，犹如找回了丢失的财富。

第三十三章　信使传情

　　难陀大王及众牧人回到宾陀林，此情此景，令耶输陀母亲和牧女们心伤肠断。克利须那和巴腊罗摩没有回来，他们留在了摩图罗。在那里，他们可以得到正常的教育。此外，刚萨的盟友们正准备进袭摩图罗。他们需要留下来，克利须那不想让宾陀林受到众多敌人的搅扰。

　　一日，天师蒲历贺斯钵底的入门弟子乌达华来到了摩图罗。他绝顶聪明，是筏殊提婆的兄弟提婆巴伽的儿子，因而是克利须那的堂兄、密友。

　　见到乌达华，克利须那拉着他的手，说道："温文尔雅的乌达华啊，去博罗遮，安慰我的父母。还有，我有信要捎给牧女们，因为跟我别离，她们痛苦万分。她们只能凭着一直冥思我苦度光阴。我是她们唯一的所爱，所以，在任何情况下，我都要护持她们。只因我曾经承诺一定回去，牧女们才好歹挣扎着活了下来。"

　　乌达华恭敬受命，随即登上战车，出发前往歌窟拉。

　　日落时分，乌达华到达了宾陀林。其时正当牛群归栏，只听见母牛哞哞，牧笛悠扬，牧人们歌唱着克利须那和巴腊罗摩的光荣。

　　牧人们的屋舍里四处摆设着用来崇拜祭火、太阳、母牛、宾客和婆罗门的器物，看上去格外迷人。四周丛林环抱，到处是鲜花以及鸟雀、蜜蜂的鸣叫，更有池塘湖泊，满布芙蓉、天鹅和野鸭。

　　知道乌达华来访，难陀大王立刻出门相迎。乌达华长相酷似克利须那，是故难陀拥抱他后，便把他当作儿子的使者一般，礼敬有加。难陀为他设下十分舒适的座位，以美食款待。然后难陀问道："如今筏殊提婆已得自由，跟妻儿亲友团聚，他近况如何？那恶贯满盈的刚萨被诛灭，真是太好了。克利须那还记得我们吗？他还记得他的母亲、他的朋友和博罗遮吗？他还记得母牛、森林和哥瓦丹拿山吗？

　　"哥宾陀还会回来看他的家吗？如果他还回来，那我们就能再次凝视他俊美的脸庞了。一次又一次，克利须那把我们救出可怕的灾难，当我们想起这些逍遥时光，以及他的微笑、顾盼、话语，我们便全然忘记了世间俗事。当我们看到木昆陀的逍遥之地，那河流，那森林，我们的心便完全倾注在他的身上了。

"我想克利须那和巴腊罗摩一定是身负伟大使命的天神，对此圣者嘎尔伽早已预言。毕竟，他杀了力敌万象的刚萨，还举起哥瓦丹拿山，折断了有三棵多罗树那么长的巨弓，不费吹灰之力便消灭了那么多甚至连天神都打不过的妖魔。"

这般诉说之际，难陀大王深陷于强烈的分离之情，一时默然无语。耶输陀母亲在一旁听着，不断哭泣，因为爱，奶汁从胸口涌流而出。

眼见难陀和耶输陀深情流露，乌达华惊喜万分。他回答道："尊敬的难陀啊，你和耶输陀母亲肯定是世上最值得称道的人，因为你们培养了对至尊者这般深厚的情爱。这两位至尊者，克利须那和巴腊罗摩，是天地万物的原初种子。最幸运的人啊，不要悲伤，克利须那很快就会回到博罗遮，只是为了取悦你们。实际上，至尊者没有父母，没有妻儿，没有肉躯和诞生，他也不必有所作为，然而，为了享受逍遥，救度虔信，他示现于世间。至尊者肯定不仅是你一个人的儿子，他是每个人的儿子、灵魂、父亲和母亲。无有一物能独立于他而存在，无论过去、现在、未来，无论所见、所闻，无论动与不动，因为其实他就是一切。"

如是乌达华谈了整整一夜，宽解难陀和耶输陀的悲伤。第二天清晨，村中妇女起床干活。她们聚在一起搅打酥油，只见她们手臂上闪烁着珠宝和手镯的光芒，与油灯之光互相辉映。她们高声唱赞克利须那，歌声夹杂着搅打之声，驱散了四面八方的凶邪之气。

众牧女每天早上必向难陀和耶输陀问安。注意到难陀家门口的黄金战车，她们无不心中起疑："这是谁的？或许是阿俱罗又来传送另外一个残酷的消息？不过，失去克利须那，我们左右不过是具死尸，他还能伤害到什么呢？"

此时，乌达华澡沐、晨祷完毕，正转回难陀大王家中。

第三十四章　蜂使之歌

年轻的牧女们看见乌达华，无不惊奇讶异。只见他手臂修长，颈戴花鬘，莲花眼目，金色衣袍，与克利须那何其相似！她们心中惶惑："这英俊的男子是谁？他从何处而来？他的伴侣是谁？他穿着克利须那的衣袍和首饰！"

这些纯朴的乡村姑娘立刻上前围住了乌达华。听说他是克利须那派来的信使，她们便将他带到了一处僻静之地。她们垂着首，用羞涩、笑颜和甜美的话语礼敬乌达华，然后为他敷设了舒适的座位，把他视为无比伟大的奉献者。

众牧女说道："我们知道你是克利须那的随身侍从，受主人之命来到这里，为的是取悦他的父母。我们明白，宾陀林只不过是一片牧场，没什么值得念想的。而且这也是事实，亲情很难斩断，即使对于伟大的圣者。对于族外之人所显示的友情，常为个人利益所驱动，因而不过是一种伪装，一旦目的达到，便不复延续，就像男人之于女人、蜜蜂之于花朵，就像妓女扔下变得身无分文的嫖客、臣民抛弃无能的君主、卒业的学生离开老师、已得酬金的祭司掉头不顾举祭者，就像鸟雀飞离果实无存的树木、宾客吃完饭后抹嘴走路、野兽逃离火烧后的森林，就像情人抛下他曾享受过的女子，即便那女子还爱恋着他。"

一连串的譬喻，锋芒直指克利须那。牧女们觉得，如今克利须那做了城里人，对宾陀林之民已经不感兴趣，所以便用这种方式讥刺他。因为克利须那的信使到来，众牧女把日常的活计也抛在了一边。她们不断追忆着克利须那的童年时光，歌唱赞美他，不顾羞耻地为他而哭泣。

有一位牧女，精神完全凝注于思念克利须那，看到一只蜜蜂竭力想落在她的脚上，便把那蜜蜂当成了情人的信使。这牧女于是对蜜蜂说道："骗子的朋友啊，莫拿触须来碰我，那上面还沾着来自情敌胸口的朱砂。自从我们有一次饮到克利须那嘴唇间的甘露后，他就突然抛弃了我们，就像你们对有些花朵掉头不顾。幸运女神不是也愿意侍奉他的莲花足吗？她的心肯定也被花言巧语迷住了。"

想着那蜂使或许想找些酬报，这牧女又说道："你为何在我们面前说起克利须那？你最好在他的摩图罗新朋友面前去唱赞他，她们胸口的欲火已经舒缓，定会给你想要的布施。

"你的主人名叫乌多摩湿楼伽①，因为他天性大度。但事实是，由于他的铁石心肠，我们无不备受摧残。

"别碰我的脚！从木昆陀那里学会了纵横之术，你来这里肯定只说些甜言蜜语。但是，因为他抛弃了我们这些为了他而舍弃丈夫、孩子以及其他一切的女子，我只能说他忘恩负义。为什么我现在要跟他重归于好？

"你这可怜的信使，你不过是个不甚聪明的奴才。你并不太了解克利须那，不知道其实他有多么忘恩负义、铁石心肠，不但今生如此，前世亦然。这一点，我们早已从我们的祖母那里听说了。

"在前一世，他是个刹帝利，名叫罗摩。他不曾像一个刹帝利那样跟筏利正面交手，却躲在树后面，像猎人猎杀野兽一样杀死了他。妖女殊波那伽想亲近他，他本该满足她，却为悉多所迷，反而伤残了她。

"在前一世，他投生为婆罗门，名叫筏摩那天人。他跟巴利大帝要布施，巴利非常慷慨，愿意献出一切，但筏摩那恩将仇报，反而拘捕了他，然后把他发配到冥间幽界。

"我们非常清楚，克利须那有多么忘恩负义，所以我们情愿跟他断绝情缘。可是，问题在于，很难停止去听闻他，因为这类话题是耳朵的甘露。人该非常小心，不要去听闻克利须那，因为，哪怕只有一滴这种甘露流进耳朵，那人便注定会切断对家室和财产的爱执，到最后四处流浪，寻觅他的踪迹。信使啊，请说点儿跟克利须那无关的事情吧。"

牧女这般自言自语之际，那蜜蜂突然从她的视线里消失了。这么一来，她几乎快疯了，想着蜜蜂也许会回到克利须那身边，把她所说的话传给克利须那。

当蜜蜂再次出现时，她觉得克利须那非常友善，竟然对她的讥刺毫不在意，又派了信使来到她身边。于是她欢迎了信使，小心翼翼地不再说克利须那的坏话。

这非同寻常的牧女接着问道："如今克利须那住到了摩图罗，真是令人神伤。他还想念他的家他的朋友和牧牛伙伴吗？他可曾提到过我们——他的女奴？他还有机会回来吗？"

乌达华答道："你们众牧女功成圆满，因为你们已经达到了无与伦比的奉爱高度。实际上，透过展示你们对克利须那的分离之爱，你们已经给了我巨大的仁慈。"

---

① 乌多摩湿楼伽，克利须那的另一个名号。

乌达华懂得，牧女们更有兴趣听闻克利须那的讯息，而不是她们自己。乌达华于是开始读克利须那的来信。由于写信之时感情强烈，克利须那的书写不太清晰，所以乌达华心想最好还是先读给牧女们听，然后再稍作解释。

克利须那如是写道："我亲爱的牧女们，请你们明白，在任何时间、任何地点、任何环境之下，我们之间的隔离都是不可能的，因为我就是无处不在的真宰。正如诸元素——地、水、火、风、空，存在于一切受造之物里面，我临在于一切有情心中。好比人睡醒后依然思念梦境，尽管那是虚幻的，人也思念感官对象，尽管作为无常的物质表象，它们也是虚幻的。对此仔细思考后，吾人当彻底警醒，让心意专念于永恒者，如是而收摄之。据智者们说，此即韦陀之究竟，也是瑜伽修炼、数论和舍离之究竟，一如大海乃所有江河之归宿。然而，实在说，此类形而上义理对于你们已不再需要，因为你们从生命伊始就已爱我成习。我亲爱的牧女们，我离开你们的真正原因是，我想增强你们对我的思念，如此把你们拉得更近。当情人远行，女子会更思念他，较之他在身边尤甚。因为你们的心念完全倾注在我身上，别无他骛，你们将很快使我来到你们的身边。"

听了克利须那的来信，众牧女十分喜悦，她们说："刚萨及其同伙被诛灭，真是大快人心。克利须那现在跟亲友们生活在一起，他们也都如愿以偿了。如今克利须那是否也赐予摩图罗女子那些原先专属于我们的快乐？我们能想象到，那些女子以娇羞的顾盼、深情的微笑崇拜他。克利须那精通情爱之道，在她们迷人的话语和姿态的不断诱惑下，他怎会不缠绵于其中呢？

"圣者啊，克利须那跟摩图罗女子们随意交谈时，有没有提到我们这些乡下姑娘？他会回忆起宾陀林里，与我们共舞罗娑的那些月夜吗？克利须那还会回来，凭着他四肢的触摸，让那些为了他而心悲如焚的人生命复苏吗？

"不过，赢取了江山、美人以后，克利须那何必还要回来这里？身边有诸多朋友贵人围绕，他一定心满意足了。

"我们应该放弃一切希望。频伽罗说过，最大的快乐来自舍弃一切欲望，这是确凿无疑的。但是，虽然知道是这样，我们却无法放弃让克利须那回来的希望。

"谁能忍受不再忆念跟克利须那的亲密谈话？在宾陀林，举目所及，无不让我们想起难陀之子。我们的心已然被他的音容笑貌偷走，我们还怎么忘记他？"

从乌达华的话语里，牧女们懂得了，克利须那实际并不曾与她们分离。知道乌达华与克利须那原为一体，众牧女崇拜了他，视他为她们的上师。牧女们承认，乌达华的话语舒缓了她们炽烈如火的相思之苦。

目睹众牧女的别离之恨，乌达华觉得最好向她们反复讲述克利须那的逍遥。如是，在众牧女的要求下，乌达华在宾陀林住了好几个月，他的陪伴使宾陀林之民感到振奋。当他漫步于宾陀林之际，他会询问当地人与克利须那逍遥有关的每个地方。如此，他不断提醒每个人去记忆克利须那。对于他，这样的日子，一天犹如瞬间。

深深地被众牧女对克利须那的爱恋所感动，乌达华写诗颂扬了她们。他诚心渴望拜倒在众牧女的面前，把她们莲花足下的尘埃放到自己的头顶。但是，因为担心她们不肯答应，他就发下愿心，将来要变成宾陀林的一丛小草，如此就可以得到她们足下的尘埃，又不为她们所知。乌达华诗中写道：

"世间一切人中，唯有这些牧女已经臻达最高的圆满，因为她们得到了对克利须那纯粹无染的爱。这些浪迹于丛林间的纯朴女子，看起来举动毫无章法，却获得了如此大的圆满，多么令人惊讶！

"当克利须那与她们共舞罗娑时，她们被他的双臂所拥抱。这超然的恩惠甚至从未降临到幸运女神身上，更何况天堂的美女？尽管她们身体的光色、香味堪与莲花媲美。自然，尘世间的女子也无法得到，她们的美，不过是肉眼凡胎之所见。

"牧女们舍弃了丈夫、孩子以及其他亲戚的陪伴，甚至抛开贞洁之途，只为托庇于木昆陀的莲花足。请让我有这般好运，能成为宾陀林的一丛爬藤、一株植物，如此当牧女们踩到它时，就会留下她们莲花足下的尘埃，从而使它得到祝福。

"大神湿婆或其他天神只能在内心崇拜克利须那的莲花足。但是，当罗娑之舞跳起时，克利须那把他的莲花足放在了牧女的胸口上，她们拥抱它，所有的悲伤立时烟消云散。当众牧女高声唱赞克利须那时，那音波净化了三个世界。"

过了一段时间，乌达华决定返回摩图罗，于是他便去向难陀、耶输陀辞行。跟众牧人、牧女道别后，乌达华登车上路。宾陀林之民走到他跟前，手携礼物，眼中噙泪，哽咽说道："让我们的心一直托庇于克利须那的莲花足，让我们的口一直念诵他的名号，让我们的身体始终向他顶拜、为他服务。无论天意让我们随着业报漂泊到哪里，让我们的善行和布施始终给予我们对克利须那的爱。"

乌达华返回摩图罗，向克利须那稽首顶礼后，便对他讲述了宾陀林之民无与伦比的奉爱。后来，他把这一切也告诉了筏殊提婆、巴腊罗摩和乌戈罗塞拿。

好多天来，克利须那都在听乌达华讲述他的宾陀林之行。乌达华能够如此慰抚宾陀林之民，令克利须那十分高兴。

不久，克利须那决定让乌达华陪同，一起去探望俱波遮，将她提升到纯粹奉爱的层面。昔日的女仆俱波遮如今成了摩图罗的名妓，克利须那看见，她的住宅装饰华丽，到处透出诱惑男人的浪漫情调。里面有精致的软床、座位，墙上挂着情色图画，空气中弥漫着香花、旃檀的味道。

看到克利须那来到家中，俱波遮急忙起身率众女友上前相迎。她设好座位，恭恭敬敬地款待迎礼克利须那。乌达华也有座位，但他只是碰了一下，以表尊敬，然后便坐在了一旁的地板上面。

克利须那也不多说，径直走入俱波遮家中的内室，在她那张华贵精美的大床上舒舒服服地躺了下去。俱波遮先澡浴净身，然后将自己打扮得花枝招展，再佩戴上珠宝、花鬘，浑身上下遍洒香水。喝了点令人陶醉的饮料，俱波遮来到克利须那面前，口嚼槟榔，面带羞涩，向意中情郎秋波频递。克利须那满怀深情地拉住她的手，让她坐到床上，依偎在自己的身边。

俱波遮平生唯一的善行就是前次向克利须那供养了旃檀浆，但这已经足以除净她的所有罪业，使她有资格与克利须那共享妙乐。她抬起克利须那的莲花足，把它们放在自己的胸口。仅仅闻到克利须那莲花足上的香味，俱波遮便摆脱了一切尘世的情欲，爱意激荡之下，她伸出双臂紧紧地拥抱住他。

如是，俱波遮用自身的专长崇拜了克利须那，也实现了自己内心埋藏已久的愿望。她于是对克利须那说道："亲爱的，求你再跟我待几天，让我们一起共度逍遥。莲花眼目啊，我无法忍受失去你的陪伴！"克利须那答应她，一定会满足她的所有心愿，不过他现在不能留下来，因为他很少光顾人间。如是两人道别之后，克利须那带着乌达华返回王府。

下一个，克利须那要拜访的是阿俱罗，这次他带了乌达华和巴腊罗摩两个人。远远见这三人到来，阿俱罗便起立迎接。等他们进了门，阿俱罗向克利须那和巴腊罗摩叩首行礼，然后拥抱了乌达华。三人也急忙向他顶拜还礼。阿俱罗安排客人坐下，亲自为克利须那和巴腊罗摩洗莲花足，洗完又将水洒到自己的头顶。然后向两位贵客献上各种礼物，诸如布帛、旃檀浆、花鬘和贵重的珠宝。如是崇拜完克利须那和巴腊罗摩之后，阿俱罗叩首于地，捧起至尊者的莲花足，放到自己的怀里，逐一按摩。深心满足之下，阿俱罗双眼流出欢喜的泪水。他说道：

"我们幸运万分，你们两位主诛灭了邪恶的刚萨及其党羽，拯救王朝于无止境的磨难之中，使它再度昌盛。犹如五大，呈现于种种动不动生命里面，你们，独一的超灵，流露于万殊之中。你们就是那至高无上者，如今现身为筏殊提婆之子，来解救大地于危难。今日，我主啊，因为你们的光临，我家红运高照。请速速斩断我对妻儿、室家、朋友、财富、躯壳的爱执，所有这些爱执无非你幻力所造。"

克利须那微笑道："您是我们的上师、母舅、挚友，我们就像是您的孩子，始终依赖您的庇护、养育和怜悯。对于那些欲求真实利益的人，如您这般杰出的灵魂是值得崇拜的尊长。诸神总是自私自利，而圣者则否。圣地、圣河与诸神需要长时间才能予人净化，而如您这般的圣者，只是觌面即能使人心灵洁净。

"我想让您去一趟象城，看看般度五子近来如何。他们的父亲去世后，狄多罗史德罗把他们，还有他们悲伤的母亲，带回了王都。然而，心志软弱的狄多罗史德罗却被他邪恶的儿子们所操纵，所以这位瞎眼的国君并没有公平对待他兄弟的儿子们。去吧，查明实情，然后我们就可以相机行事了。"

如此嘱咐完后，克利须那、巴腊罗摩和乌达华一起动身回府。

第三十五章　出使象城

阿俱罗出使象城，见到了狄多罗史德罗、毗史摩、毗多罗、贡蒂、巴赫黎伽、陀拏阿阇黎、克黎波阿阇黎、喀尔纳、杜瑜檀那、阿史华冏摩与般度五子。聚会之际，大家互相问候，各道别来长短。如是阿俱罗在象城停留了数月，观察狄多罗史德罗的所作所为，发现他偏袒儿子，宠信喀尔纳和莎枯尼，而不愿听取毗多罗和毗史摩的劝谏。阿俱罗认为，狄多罗史德罗霸占帝位，根本无视般度诸子的存在。

毗多罗向阿俱罗详细讲述了狄多罗史德罗诸子的邪恶图谋，这些小人嫉妒般度氏的巨大影响、超凡武艺、力量、勇敢、谦逊，以及人民对他们的爱戴。他还告诉阿俱罗，狄多罗史德罗诸子已经设计要毒死般度氏，并且还会策划更多的阴谋以消灭他们。

借着兄弟到访的机会，贡蒂秘密约见了阿俱罗。她眼中满含泪水，对他说道："如今我在仇敌中间受难，好似羊入狼群。我那侄儿，克利须那，他会来关心我和我的孩子们吗？哥宾陀啊，请庇护我们，我已经完全臣服于你。作为畏惧生死之人，我觉得除了你的莲花足，此外更无庇护，至尊之主啊。"说毕，贡蒂悲泣不已。毗多罗和阿俱罗赶忙劝慰她。

离开象城之前，阿俱罗向狄多罗史德罗辞行。面对高踞于亲朋臣僚之上的狄多罗史德罗，阿俱罗向他讲述了克利须那和巴腊罗摩要他带来的讯息："维契陀罗毗黎耶之子啊，你的兄弟般度已经离世，你现在占据了王位，若能按正法君临大地，公平对待所有亲族，必可获得成功和光荣。然而，你若反其道而行，人民便会责难你，来世你将沉沦地狱。因此，请始终对你的儿子和般度诸子一视同仁。"

阿俱罗嘲讽地称呼狄多罗史德罗为侧妃维契陀罗毗黎耶（安碧喀）之子，并且忠告他，即便霸占王位，依然可以按正法治国。阿俱罗续道："毕竟，人世间，人与人之间的关系尽属无常，甚至妻儿，亦复如是。每个人都是独自生，独自死，独自体验善恶业报。愚夫肆意妄为，只图保有生命、财产和家室，却不知万般带不去，只有业随身。因此，王啊，把世界看成一场梦幻、一个戏法，以智慧降伏心念，你当清静自守。"

狄多罗史德罗答道："阿俱罗啊，你的话语非常动听，但我无法接受，犹如垂死之人，不能利用甘露之妙效。因为我耽溺于父子之情，你的话语无法稳住我心，恰似闪电不会滞留于任何一团云朵。我晓得永无挫败的至尊者如今已降诞于雅度王朝，为的是减轻大地的重负。但是，我却无法舍弃对儿子的偏心。"

听了这番话，阿俱罗非常清楚，狄多罗史德罗绝不会改弦易辙。阿俱罗向众亲友辞别之后，便返回摩图罗，向克利须那和巴腊罗摩禀报了狄多罗史德罗及其诸子的阴谋。

第三十六章　大海神都

　　刚萨死后，他的两个妃子，阿斯蒂和波罗波蒂，赶回娘家，投靠父亲迦罗商陀。听说女婿被杀，摩伽陀王迦罗商陀勃然大怒，当即立誓复仇，定要铲平雅度王朝。迦罗商陀随即征集了二十三个军团的兵力，每个军团包括两万一千八百七十象卒，六万五千六百一十车骑兵，十万零九千三百五十步兵，浩浩荡荡向摩图罗进袭，将摩图罗城围得水泄不通。

　　眼见摩图罗之民惶恐不安，克利须那开始思考该如何审时度势，巧妙应对。他想："我要摧毁迦罗商陀麾下的诸王联军，却不杀他本人，如此，他就会反复不断地力图击败我，把所有的魔君都召集起来领死。"

　　正当克利须那这般思虑之时，两辆满载兵器如同太阳般辉煌的战车出现在天空之中，克利须那于是对巴腊罗摩说道："兄长，雅度族危难临头！你看，你的战车和最喜欢的兵器已经来到你的面前！为了我们奉献者的福祉，我们降显世间，现在，让我们来清除这些进犯之敌吧！"

　　克利须那和巴腊罗摩于是披挂整齐，驱车杀出城外，随身只带了一小队兵马。御者答鲁伽执缰飞驰之际，克利须那吹响了战螺，敌军闻之，无不心惊肉跳。

　　迦罗商陀看见外孙辈的克利须那，反倒有点儿心生怜悯，他对克利须那喊话道："最低贱的弑亲者啊，跟你这样一个从小没有当刹帝利养大的娃娃动手，对我而言，实在很不光荣。你快滚吧！"他又对巴腊罗摩喊道："罗摩啊，若你有胆量，尽管放马过来。或者你将被我的羽箭射成碎片，升上天堂，或者我死在你的手下。"

　　克利须那朗声回答："真英雄绝不自吹自擂，而是凭勇武取信于世。一个满心忧愁只求速死的人所说的话，我们根本不会挂怀于心。"

　　犹如狂风卷云，遮天蔽日，迦罗商陀指挥大军四面出击，包围了克利须那。摩图罗的女子纷纷登上屋顶观战，看不到克利须那和巴腊罗摩的战车，她们无不惊恐万分，有的甚至昏厥过去。

　　眼见乱箭如雨，无休无止，手下兵将备受摧折，克利须那拉开他的刹伽长弓，射出暴雨般的连珠利箭，仿佛一道道燃烧的光弧。无数的象、马、人被射得粉碎，一时间血流成河。血河之中，断肢如蛇，人头如龟，死象如岛，死马如鳄，断手断脚像鱼，人发像水草，弓如波浪，轮似漩涡，从破碎的首饰上滚落的珠宝像多彩的卵石。

迦罗商陀的联军看似强不可摧，但在克利须那的弓箭和巴腊罗摩的铁杵的攻击下，却不堪一击，一场大战看似儿戏。克利须那这一方未死一兵一卒，迦罗商陀却全军覆没，他的战车也被击成碎片。

巴腊罗摩抓住迦罗商陀，当即用龙王索将他捆绑了起来。然而，为了更长远的计划，克利须那却请求兄长将其释放。以当世豪雄自居的迦罗商陀为此大感羞惭，他下决心入山苦修，不再返回故乡。

半路上，迦罗商陀遇到了一些朋友，朋友力劝他回国掌权："你被雅度王朝击败并非兵弱之故，而是不可抗拒的宿业所致。因此，不必太受战败影响。相反，应该厉兵秣马，再与克利须那一较雌雄。"

就在迦罗商陀丧师返国之际，众神纷纷向克利须那和巴腊罗摩撒下鲜花。摩图罗之民欢天喜地，出城庆贺两位王子，歌手们唱起荣耀胜利的赞歌。丝竹锣鼓声中，克利须那和巴腊罗摩并肩入城。城中街衢遍洒清水，到处是节庆的气氛。市民们兴奋欢腾，韦陀唱赞之音不绝于耳。女人们深情地凝望着两位至尊主，向他们抛撒花瓣、酸酪、米粒和花苞。克利须那和巴腊罗摩随后向国君乌戈罗塞拿敬献了战场上缴获的珠宝。

用同样的方式，迦罗商陀进犯摩图罗十七次，每次都被打得全军覆没。迦罗商陀每次都被雅度王子俘获，然后又在羞辱下被释放。当迦罗商陀第十八次出兵时，一位名叫喀拉牙筏那的蛮王也同时前来助战，手下率众三千万之多。

这位喀拉牙筏那是嘎尔伽牟尼之子。有一次，身为雅度族祭司的噶尔伽牟尼受到姻兄取笑，讥讽他是太监，在场的雅度族人捧腹大笑。暴怒之下，嘎尔伽出走南方，意欲生下一子，将来能让雅度族人畏惧震恐。为了达到目的，嘎尔伽崇拜湿婆整整十二年，终于得到了想要的祝福。嘎尔伽这才返回家乡。不久，一位后继无人的蛮王向他乞求子嗣，嘎尔伽牟尼便借蛮王王妃之腹，生下了喀拉牙筏那。这孩子禀赋了湿婆的怒火。久无对手的喀拉牙筏那曾经问那罗陀牟尼："如今谁是大地上最强大的国君？"那罗陀告诉他，雅度王朝是最强大的，于是他便率军直奔摩图罗而来。

克利须那见此情景，便对巴腊罗摩说："现在我们雅度两面受敌。这蛮王已经包围了我们，迦罗商陀也很快就会赶到。假如我们与蛮王缠斗，迦罗商陀便会乘机杀害我们的族人，或者将他们掳走，带回他的都城。因此，我们应该修建一处没有人可以攻破的城堡。让我们先安排好家人，然后再去诛灭蛮王。"

克利须那于是命神界大匠毗湿筏羯磨设计建造了一座城堡。那城堡周围一百五十公里，就建在大海中央，城墙内是都城，名叫杜瓦拉卡。

城中有宽阔的街衢，漂亮的园囿，园中到处栽种着来自神界的花卉树木。城门口有金色的塔楼，直摩苍穹。屋舍黄金覆墙，屋顶嵌满珍宝。屋舍旁边有马厩、库房，皆为银、铜所建。四民按种姓分区而住。尤其是克利须那——雅度之主的宫殿，更是美轮美奂，让整座都城愈显壮丽辉煌。

天帝因陀罗送来"吉祥法"议事厅以及天堂的富贵花。水神筏楼那献上快如心念的天马，有的黑色，有的白色。财神俱维罗拿出了他的八种玄秘珍宝，其他天神也纷纷贡上各种献礼。

然后克利须那运使瑜伽幻力，将所有部属搬迁到了杜瓦拉卡，其时众人尚在睡梦之中。清晨醒来，众人发现自己身处黄金宫殿，无不惊奇讶异。跟继续留守摩图罗城的巴腊罗摩商议之后，克利须那遂自立为杜瓦拉卡之王。

诸事已毕，克利须那从主城门出城，离开了摩图罗。他项戴花鬘，手中却并无兵器。

信步走出摩图罗大城，克利须那看上去犹如一轮升空的圆月。喀拉牙筏那见了他，心中想道："此人必是华胥天人，他的相貌跟那罗陀所述毫无差别。他身具四臂，目如莲花，英俊无比。他既然手无寸铁，我自当与他徒手相搏。"

思虑已定，喀拉牙筏那迈步上前，欲跟克利须那一较高低。然而，克利须那却只管前行，丝毫不理会那修罗蛮王。喀拉牙筏那急步追赶，克利须那似乎触手可及，那蛮王在后面高喊道："你生在雅度王朝，怎么能逃跑怯战！"

如此这般，克利须那领着喀拉牙筏那跑了很远很远，最后闪身进入一个岩洞。喀拉牙筏那紧随其后，也跑了进去。黑暗中，他看见有人横卧洞中，似乎已然酣睡过去。喀拉牙筏那心想："引我跑那么远，这小子竟然倒在这里躺着装圣人！"

这般想着，喀拉牙筏那使尽全身气力向那人猛踢过去。那人从沉睡中惊醒，转头四望，只看到喀拉牙筏那站在自己面前。于是他怒目直视，眼中喷出一团烈火，转瞬之间，喀拉牙筏那当场被焚为灰烬。

此酣眠者名叫木楚昆陀，乃伊刹华古王朝曼达多大帝之子。很久以前，木楚昆陀率众神一起征讨天魔，捍卫神界。如此经历了许多岁月，直到众神拜塞犍陀为帅，才允许他返回故乡。

众神对他说道："你舍弃了人世间的王国，一心护持神界。如今你的族人、臣僚、百姓皆已命归黄泉。愿你一切吉祥！现在，请接受我们一个赐福，除了解脱之外，因为只有至尊者毗湿努才能给予解脱。"

因为常年征战，缺少睡眠，木楚昆陀只求能睡一个安稳觉，外加一个条件：任何人若时候不到便唤醒他，将会被他的目光烧成灰烬。辞别众神之后，木楚昆陀降落人间，找到一处偏僻的山洞，躺倒睡去，如是尽情享受众神给他的赐福。

克利须那来到此间，就是为了救度木楚昆陀。如是，待喀拉牙筏那被烧死后，至尊者便向那圣王示现了真身。木楚昆陀看到，四臂毗湿努站在自己眼前，肤色宛如雨后的乌云。他的胸膛上有"卍"字符，颈戴光明璀璨的考斯图巴宝石，以及一串胜利花鬘。至尊者耳戴鲨鱼状耳环，面露微笑，顾盼含情，其青春之美无与伦比。

木楚昆陀问道："你是谁？双足软如莲花瓣，却脚踩荆棘，来到这洞穴之中？或许你是强大的御神之一，是火神，日神，还是月神？不过，事实上，我认为你就是至尊主神，因为你的光辉驱散了洞穴的黑暗。"

接着，木楚昆陀介绍了自己。薄伽梵克利须那答道："我曾无数次降生，也有无数个名字，以至无法计数。即使伟大的圣者也无法穷尽我的逍遥，不过，我将告诉你，我此次下凡的缘起。很久以前，梵天请求我摧灭群魔，减缓大地的重负，所以我降生于雅度王朝，做了筏殊提婆的儿子。你在前一世，曾经向我祈祷，所以我到这里来，向你表露我的慈悲。无论你想要什么赐福，但说无妨，因为让我满意者永不再受苦恼。任何求庇于我的人，凭借我的恩典，必定能实现所有的愿望。"

木楚昆陀闻听，当即拜倒于至尊者的莲花足下，与此同时，他想起来，往昔嘎尔伽牟尼曾经预言，他将遇见至尊上主——拿罗衍那。木楚昆陀于是说道：

"人世间，每个人都被你的幻力所迷惑。对自己真正的利益毫无所知，他们不愿崇拜你，而是纠缠于家计俗务，从中寻找快乐，却不知那是烦恼的根源。

"尽管我已获得稀有的人身，我却浪费光阴，越来越耽溺于王权富贵。尽管肉体无非是如钵、墙一类的物事，我却将自我认同于这必朽之躯，进而贪恋妻儿、财富、土地，如是为无止境的烦恼所困扰。我自认为是人中之神，在手下军队的拱卫下，游衍于天地之间。如是出于虚骄，忽视了你。

"满脑子计划,贪欲十足,欢欣于欲乐的人,会突然与永远警醒的你遭遇。如同饥饿的蛇在老鼠面前吐信舔牙,你在他们面前显现为死亡。先前高踞于象背车马之上的所谓'帝王',在时间那不可抗拒的力量下,后来被称为'粪土''虫豸',或者'灰尘'。征服了十方的帝王,端坐于宝座之上,接受臣民的赞美。但是,一旦他进入女人的私室,寻求云雨之欢,他便成了一头听话的宠物。

"我主啊,我想,你已然给了我恩慈,因为我已经放下了对江山的贪恋。全能者啊,除了侍奉你的莲花足,我一无所求。哪个觉者会要一个招致束缚的赏赐?我主啊,我已经将万物置之度外,只来寻求你的庇护。长久以来,我为世间烦恼所苦,一直受到痛苦的煎熬。是故,至上之灵啊,请保护我,因为借着好运,我已经来到你的莲花足下。"

至尊者说道:"王啊,你的心念纯净,尽管我拿赐福引诱你,你却毫不动摇。你当晓得,我这般诱惑你,是为了表显你的美德。我的纯粹奉献者的智慧绝不会被属世祝福所扰乱。随心所欲地云游于大地之上,念念凝注于我。愿你一直保有这等绝不动摇的奉献之心。因为你过去是刹帝利,打猎时杀生众多,所以你必须销毁罪业,在彻底皈命中修炼苦行。下一世,你将成为一个德行圆满的巴克提行者,如此必能回到我的身边。"

木楚昆陀绕克利须那环礼三匝,顶拜之后,便走出了岩洞。看见人类缩成了侏儒大小,树木、禽兽亦复如是,木楚昆陀这才明白,如今已是喀利之纪。于是他便取道北方而行,直至巴答黎喀净修林——至尊者拿罗、拿罗衍那的居所。在那里,他勤修苦行,毕其余生崇拜至尊上主。

第三十七章　飞龙夺凤

与此同时，克利须那返回了在蛮兵重重包围之下的摩图罗。将敌军彻底摧毁之后，克利须那把缴获的珍宝装上一辆牛车，命人送往杜瓦拉卡。

迦罗商陀的大军依然兵临城下。克利须那决定放弃摩图罗，而且他还另有要事亟待解决。于是，他便故作畏惧之状，带着巴腊罗摩匆匆撤离。迦罗商陀见状，不禁开心狂笑，当即率领众兵将追赶上去。

奔跑了很长一段路之后，显得筋疲力尽的克利须那和巴腊罗摩攀上了一座高山，名为波罗筏莎那。迦罗商陀断定二人是怯战躲避，便命士卒四下搜索，却找不到两人的踪影。最后，迦罗商陀手下将浸过油的木柴遍堆山头，开始点火烧山。

克利须那和巴腊罗摩从数千米高的山顶一跃而下，悄无声息地回到了以海为堑的神都杜瓦拉卡。料定克利须那和巴腊罗摩已然葬身火海，迦罗商陀收兵回营，随后便返回了自己的王城。

不久，奉梵天之命，瑞筏陀——俱舍城之君，将他的孙女瑞筏蒂嫁给了巴腊罗摩。

其时有一君王，名毗湿摩伽，乃毗答跋国之主。他有五个儿子，一个非常可爱的女儿。长子名卢可弥，女儿名卢可弥尼。实际上，那女孩儿乃是吉祥天女的一个直接分身。

伟大的圣者，诸如那罗陀牟尼，常去毗湿摩伽的宫廷，讲说赞美克利须那之妙美、威能、品德和富有。听了这些讲述之后，卢可弥尼认定，克利须那便是她最完美的夫君。同样地，克利须那也知道卢可弥尼智慧出众、体貌吉祥、举止端严，一应美德俱全，是一位理想的妻子。他也有意娶她。

毗湿摩伽一家人都赞成这桩婚事，除了卢可弥，此人嫉妒至尊者。他不但不同意，而且安排将妹妹嫁给悉殊钵罗——克利须那的死敌。

听到这个消息，黑眼睛的卢可弥尼极为悲伤。但她精通纵横之术，深思之后，便决定采取行动。她召来一位可信的婆罗门，将一封书信交给他，派他前往杜瓦拉卡。

那婆罗门抵达杜瓦拉卡后，守门的卫兵便带他去见克利须那。看见婆罗门入内，克利须那立刻从黄金宝座上起身敬拜，一如他自己受到众神之崇拜。

沐浴用餐完毕，那婆罗门晏息于高床软卧之上。此时，克利须那走进来，恭敬地把婆罗门的脚放在自己怀里，亲自为他按摩双足。那婆罗门晓得克利须那是至尊主神，但仍然接受了他的崇拜，不过是为了遵守韦陀习俗。

彼时，克利须那说道："婆罗门之翘楚啊，您修习正法，无有障碍吗？您的心意始终能完全知足常乐吗？若婆罗门满足于食天之禄，不偏离正法，正法便成了他的乳牛，能实现他所有的愿望。向那些安分知足的婆罗门，我要再三稽首叩拜。神圣、无骄、安和，他们是众生最好的祝福者。婆罗门啊，你们的君王照管你们吗？真的，一个让人民幸福安康的国君为我所钟爱。您跨海而来，目的为何？若非秘密，请跟我说明，告诉我们，能为您做点儿什么？"

婆罗门于是向克利须那告知来意，随即复述了卢可弥尼的口信：

"木昆陀啊，在血统、品德、美貌、智慧、青春、财富、名誉各个方面，你只与自身等平。哪个高贵、端严的未婚女子不会选择你作为她的夫君？大力者啊，我已经认定你为夫君，向你臣服皈命。请尽快前来，让我成为你的妻子。不可征服者啊，明天，当我的婚礼开始的时候，你当率军潜入毗答跋。待消灭悉殊钵罗和迦罗商陀的武力后，用罗刹之礼迎娶我。你或许会担心，如何从宫廷内闱带走卢可弥尼，而又不伤及她的亲人？有个办法，婚礼前一日，会有一次盛大的典礼，把我带到城外杜尔伽女神的庙里。莲花眼目啊，若我得不到你的恩遇，我将于苦修之际，舍弃生命。如此成百次投生后，或许能得到你的垂怜。"

婆罗门说道："以上便是卢可弥尼让我捎来的机密口信。现在，请考虑该做什么，然后立刻行动。"

克利须那听罢，紧紧握住那婆罗门的手，微笑说道："正如卢可弥尼的心倾注在我身上，我的心也倾注在她身上。晚上我甚至难以入眠。我晓得卢可弥因为嫉妒我，已经安排将她嫁给悉殊钵罗，我会跟这些无赖君主决斗沙场，然后把她带回此地。"

克利须那于是命令答鲁伽前去准备车乘。御者答鲁伽将四匹颜色各异的骏马套上战车，在至尊者面前叉手而立。克利须那带同那婆罗门，一起登上了战车。一夜之间，他们便奔驰上千里地，到达了毗答跋国的都城——昆第那。

国君毗湿摩伽其实并不喜欢这桩婚事，但因为拗不过儿子的主张，便安排了女儿与悉殊钵罗的婚礼。只见城中大小街衢无不清洁干净，城关广场装饰一新。百姓们个个盛装打扮。饱享国君宴请的众婆罗门在唱赞韦陀经咒，为新娘祈福。刷牙沐浴之后，新娘卢可弥尼穿上新衣，佩上最华贵的首饰。

新郎的父亲，契底之王答摩拘刹，也让婆罗门为儿子诵经举祭。因为担心克利须那闹事，他此次到昆第那带了大量军队。毗湿摩伽亲自出城迎接答摩拘刹，一番礼敬之后，便将答摩拘刹领至专门为他而建的客舍。

悉殊钵罗一帮同道——沙尔华、迦罗商陀、檀多筏珂罗、毗多罗陀、彭多罗伽，以及其他数千君主，各带人马，前来赴会。由于嫉妒克利须那，也知道卢可弥尼本来属于克利须那，这帮人一起商议："如果克利须那携巴腊罗摩以及其他雅度族人赶来此地，图谋盗走新娘，我等便合力与他一战。"

看起来，这些君主之所以前来赴会，更多是为了打仗，而不是参加婚礼。巴腊罗摩听说克利须那独自出发，意欲夺回新娘，当即召集一支大军，匆匆向昆第那进发。

与此同时，王宫之内，卢可弥尼焦急地等待着克利须那的到来。然而，她始终没等到婆罗门返回，她想："夜晚一过，婚礼就要开始。为什么克利须那还未到来？那婆罗门信使在哪里？或许克利须那不喜欢我，所以拒绝了我的请求。若果真如此，我想那婆罗门失望之下，必不愿回来见我。或许，是我未曾用心崇拜湿婆和他的妻子，所以他们挫败了我的努力。"

感觉孤立无助的卢可弥尼开始哭泣，但是，她知道还有时间，这多少给她带来了安慰。随后，卢可弥尼感觉左腿、左臂和左眼有些颤动，这是心想事成的预兆。就在此时，那婆罗门信使奉克利须那之命，潜入深宫之内，前来与卢可弥尼相见。

看到婆罗门开心的表情和安详的动作，擅长察言观色的卢可弥尼立刻向他微笑问讯。那婆罗门将克利须那赶到的消息告知卢可弥尼，并且让她放心，克利须那已经许诺，一定带她离开这里。卢可弥尼公主喜出望外，真想把自己拥有的一切都布施给那婆罗门。但她手头实在找不到合适的东西，当下只好稽首礼敬。

毗湿摩伽听说克利须那和巴腊罗摩赶到，急忙出门迎接，随身还带了很多贵重的礼物。崇拜了两位贵客之后，毗湿摩伽为他们安排了适宜的食宿，包括他们的随从和军队。

昆第那之民听说克利须那和巴腊罗摩来到，无不渴欲一见。他们的眼睛如同捧成杯状的双掌,掬饮着两位至尊者莲花面庞的蜜露。人们相互间谈论着:"克利须那才是卢可弥尼最合适的夫君。除了我们公主之外,也没有人配得上做他的妻子。愿至尊者对我们的善行满意,接受我们的公主,以此显示他的慈悲。"

此时,卢可弥尼在卫士的保护下,走出王宫,步行前往安碧伽神庙。她的母亲、朋友,还有很多年长的婆罗门女,一路陪伴着她。丝竹声中,卢可弥尼缓步前行,心中凝想着克利须那的莲花足。

到得庙门,卢可弥尼先洗足漱口,净化身体。然后才由年长婆罗门女引领,崇拜神明,她这样求祷:"安碧伽大母啊,大神湿婆之妻,我今向你再三顶礼。愿克利须那成为我的夫君,请给我赐福!"卢可弥尼向女神献上水、香、谷米、衣饰、花鬘、项链、珠宝,以及一排油灯。未婚的众婆罗门女也用同样的物品以及饮食跟她一起祭献。崇拜完毕,卢可弥尼向神像和众婆罗门女稽首顶礼。

打破止语戒之后,卢可弥尼牵起一位女友的手,离开了神庙。众王子都在庙外守候,无不想娶卢可弥尼为妻。其时卢可弥尼年方豆蔻,犹如至尊者的幻力一般美妙诱人,那幻力甚至连清醒持重之人都难以抵御。

众国王和王子目不转睛地盯着卢可弥尼可爱、微笑的脸庞。只见她嘴唇鲜红,牙齿如茉莉花蕾,腰肢纤细,美艳绝伦。众人看得目瞪口呆,心想她定是一个特殊的造物,只为来诱惑苍生。有几个王子神魂颠倒,不觉兵器失手落地;还有的竟然摔下了战车、马鞍、象背,以至于昏厥过去。

在众王子的注视下,卢可弥尼十分平静,她款步前行,不时撩起额前的卷发,希望能看到他的怙主。就在此时,卢可弥尼看到了人群中的克利须那。在众目睽睽、强敌环伺之下,克利须那冲上前去,抱起公主,把她放到了自己的战车上面,那战车的顶上飘着一面有神猴哈努曼标志的旗帜。

巴腊罗摩在前开路,克利须那驾车缓缓撤离,犹如一头从豺狗群中叼走猎物的狮子。羞惭之下,迦罗商陀高呼:"让我们这帮人都见鬼去吧!我们枉为武士,竟让一个放牛娃盗走了我们的荣誉,一如豺狗偷偷叼走了狮子的猎物!"

震慑于公主之美,众王子适才莫名其妙地纷纷倒地,如今回过神来,无不勃然大怒。他们整理好衣服,顶盔掼甲,手持弓箭,率领手下兵众,一窝蜂地向克利须那奔冲而去。见此情景,雅度将士转身迎战,面向众王与王子,转瞬间,他们便被箭雨笼罩起来。

眼见战斗激烈,卢可弥尼害羞地看着克利须那的脸,眼中现出畏惧之色。她向克利须那表达了感恩之情,因为她的缘故,克利须那冒了那么大的危险。

克利须那仰天大笑，说道："不必害怕，妙目者啊，敌军很快就会被我们的将士击垮。"

以伽答、商伽萨那为首的雅度英豪也不示弱，当下张弓搭箭，射倒了很多冲上来的武士。在巴腊罗摩的英勇冲击下，战场上顿时百万头颅滚滚、断肢枪剑满地，到处是粉碎的战车和死亡的牲口。目睹这场可怕的屠杀，迦罗商陀带着幸存者赶紧逃离沙场，他们可不愿为了悉殊钵罗而牺牲性命。众王找到悉殊钵罗，只见他面无血色，精神错乱，满腔斗志早就烟消云散。

迦罗商陀上前，试图安慰失魂落魄的悉殊钵罗，他说道："听着，人中之虎啊，抛开你的悲伤。毕竟，苦乐尽皆无常。犹如傀儡按照演戏人的意愿舞蹈，我们在世间造作，都逃不出至尊者的操控。我跟克利须那大战十八次，仅有一次得胜。但是，我依然无悲无喜，因为我晓得，凡事无非命定。如今，因为时机有利敌人，我们又被打败。但是，等将来时来运转，我们必能获胜。"

如此经人劝说，悉殊钵罗以及其他侥幸逃生的君王和王子各自打道回国。但是，因为对克利须那尤其嫉恨，卢可弥无法容忍妹妹被克利须那掠走。怨怒挫伤之下，卢可弥披挂盔甲，在众王面前发誓道："假若不能杀死克利须那，带回妹妹卢可弥尼，我绝不踏入昆第那城一步！"说毕，卢可弥召集手下人马，登上战车。他对御者说道："飞速追上克利须那。这个坏心眼的放牛娃，自恃勇力，竟敢强抢我的妹子！不过，我今天要用我的利箭斫断他的虚骄！"

这般吹嘘之后，卢可弥追上哥宾陀，向他高声挑战："站住，过来决斗吧！"卢可弥随后张弓搭箭，向克利须那连射三箭，接着他又大喊道："雅度王朝的败类啊，你给我站住！你盗走我的妹子，就像乌鸦偷窃祭场里的酥油，我绝不会放过你！乘着还没被我的箭射死，赶紧放了我妹子！"

克利须那但只微笑作答，接着拈弓搭箭，只六箭便射中卢可弥，击碎了他的长弓。随后至尊者又射八箭，击倒辕马，两箭射死御者，三箭射倒了对方的战旗。卢可弥跳下无法行动的战车，抓起另外一张弓，向克利须那射出五支利箭。但至尊者很快又射断了那张弓。卢可弥战至弓箭全无，便操起各种兵器，与克利须那贴身搏斗。他先后使用了铁棍、铁戟、长剑、长矛、投枪，但都被克利须那一一击碎。

卢可弥绝望之下，手握佩剑，向克利须那猛冲过去。然而，克利须那弯弓放箭，将卢可弥的佩剑和盾牌射成了碎片。随后，克利须那抽出宝剑，径欲取敌首级。卢可弥尼见状，大为惊恐。她冲上去跪倒在夫君的莲花足下，乞求道："诸神之神啊，宇宙之主！求你别杀了我的兄弟。"羞辱之下，卢可弥尼不由全身颤抖、口唇焦干，声音不住哽咽。她扑上去抱住克利须那的莲花足，也不管项链已经落地。

克利须那心生怜悯，便打消了诛杀卢可弥的念头。不过，他还是想给对方一点小小的惩罚。将敌人捆绑起来之后，克利须那持剑削掉他的一部分胡须、头发，给他剃了一个很古怪的发式。

此时，彻底粉碎了敌军的巴腊罗摩率雅度英豪前来与克利须那会合。看见卢可弥处境凄惨，羞愧欲死，巴腊罗摩不禁对这位姻兄有点儿同情。为了让卢可弥尼高兴，巴腊罗摩走上前为卢可弥松开捆绑，并且用略带责备的口气对克利须那说道："我亲爱的兄弟，你这么做十分不妥！这种做法会给我们带来耻辱，你如此对待一位近亲，简直就等于杀了他。"然后，巴腊罗摩转头对卢可弥尼说："圣洁的夫人啊，请不要生气。除了自己，没有人是世间苦乐的根源，因为世人必须体验业行之果。而且，刹帝利是浮世生活的象征，他们为了欲乐而相互争竞，有时甚至不惜杀害兄弟。卢可弥尼啊，你行为如无明之人，因为你偏爱敌视众生者，此人一直竭力要伤害你真正的祝愿者。至尊者之幻力使人忘记了真正的自我。认定躯壳为自我，他们将别人视为朋友、敌人或中立者。就是这无明招致的躯壳，让我们经历生死轮回。聪明的夫人啊，灵魂不受生死影响，仅仅是因为无明，我们才自以为有生有死。这就像月亮的圆缺，其存在不过是由于我们有限的感知，而不在于月亮本身。所以，依靠智慧，请驱散使你软弱的悲伤，重新恢复愉悦的心情。"

得到巴腊罗摩的开示，卢可弥尼的悲伤顿时一扫而空，但卢可弥却依然如故。备受敌人嘲弄，体力气魄全被剥夺，他根本无法忘怀自己所经历的羞辱。因为曾经发誓，不杀克利须那绝不返回昆第那，失魂落魄的卢可弥后来流浪到一个名叫波遮伽塔的地方，搭了一个茅棚，便在那里度过了余生。

克利须那和卢可弥尼并肩返回杜瓦拉卡，举行了盛大的婚礼。城中所有男女皆盛装打扮，向新娘和新郎献上礼物。整个都城张灯结彩，醺醺欲醉的大象四处喷水，清洁大小街衢。这些大象都是前来庆贺的国君带来的。

无数王族上门拜贺，其中有狄多罗史德罗、般度五子、图鲁波陀和毗湿摩伽。此前毗湿摩伽因为女儿被抢，一直心头郁郁，但在巴腊罗摩以及众圣贤的劝说下，他还是参加了婚礼。毕竟，他的初衷已经实现。

第三十八章　爱神转世

爱神的身体此前曾被大神湿婆烧成灰烬，这次，他投生为克利须那和卢可弥尼之子，名叫波罗度牟。其时有一天魔，名叫桑巴罗，因为知道波罗度牟命中注定将杀死他，于是便幻化为女身，盗走了刚出生六天的婴儿，把他抛入大海之中。

一条大鱼吞下了婴孩。后来这条大鱼跟其他鱼一起，被一位渔夫撒网捕获。魔王桑巴罗买下了这条鱼，交给厨子烹煮。那厨子在厨房里切开鱼肚，万分惊讶地发现里面竟有一个婴孩。当时有一个叫摩耶筏底的女仆也在厨房，那厨子便把婴孩送给了她。

那罗陀牟尼从天而降，告诉摩耶筏底，这婴孩如何为桑巴罗所盗，被扔进大海。摩耶筏底前世本为爱神之妻，名叫罗蒂。她一直在魔王桑巴罗的厨房里烧菜煮饭，等待着丈夫转世投生。摩耶筏底明白，这个从鱼肚里出来的婴孩就是爱神卡玛，于是她立刻爱上了他。

犹如奇迹一般，波罗度牟在很短时间里就长成了一个英挺帅气的男子。他眼如莲花，手臂修长，有一张绝美的男人脸孔。实际上，波罗度牟让所有看到他的女人心醉神迷。摩耶筏底也迷上了他，变得欲火难耐。她一脸娇羞，眉目流盼，含情脉脉地倚靠到丈夫的身边。

波罗度牟说道："母亲啊，你变了。先前你待我就像母亲，可你现在的举止却像一个多情的女子，想要成为我的恋人。"摩耶筏底回答："你其实是爱神，投生为至尊者克利须那之子。当你是婴儿时，你被桑巴罗从家中盗走。我是你合法的妻子，罗蒂。现在，去杀了那个可怕的妖魔桑巴罗。尽管他懂得很多魔法，你能用神通打败他。你可怜的母亲，因为失去儿子，一直在为你哭泣，就像失去牛犊的母牛。"

摩耶筏底教给波罗度牟一套唤作摩诃摩耶的神通法术。波罗度牟于是便去挑战桑巴罗，出语羞辱对方。桑巴罗闻言怒不可遏，当即跳将出来，犹如被踢中的毒蛇。那魔王两眼通红，手中持一根铁杵，一边呼喝，一边向波罗度牟冲过来。波罗度牟挥杵还击。激斗中，波罗度牟看准机会，狠狠击中了对手。那妖魔情急之下，使出了从摩耶·答那筏处学到的魔法。

只见桑巴罗腾身空中，幻化出无数兵器，向克利须那之子激射而出。大难临头，波罗度牟急忙使出神通摩诃摩耶。尽管桑巴罗用尽招数，却被克利须那之子一一化解。最后，波罗度牟抽出宝剑，用力砍下了桑巴罗的头颅。那头颅面带红须，戴着头盔，挂着耳环。就在众神欢呼撒花之际，摩耶筏底突然现身半空，抓起波罗度牟，向杜瓦拉卡飞去。当两人降落于皇宫内廷之时，众妇人错将波罗度牟认作了克利须那，因为他也是黑色皮肤，身披黄衫，手臂修长，眼目微红，一头浓密的卷发，莲花般的脸上挂着迷人的微笑。

羞怯之下，众妇人各自四处躲藏起来。然而，她们逐渐发现，这位来访者的姿态跟克利须那稍有不同。于是她们便好奇地拥上去，围住了波罗度牟和他的情侣。

卢可弥尼恰好也在场，见到波罗度牟，让她想起了失踪的儿子，情动之下，她的乳房湿润起来。卢可弥尼想："这莲花眼睛的人中珠宝是谁？他是谁的儿子，他身边的女子又是谁？假若我那孩儿还活着，应该就有这男子的年龄。他怎么跟克利须那如此相像，无论是体貌还是仪态？是的，他定是我的儿子，因为我感觉对他有如此深的情感，并且我的左臂开始颤抖。"

正当卢可弥尼沉思之际，克利须那来到，身边跟着筏殊提婆和提婆吉。尽管至尊者无所不知，但他依然沉默不语。接着，出于他的意愿，伟大的圣者那罗陀现身，向大家详细地解释了前因后果。

听了这等神奇的述说，众妇人欢喜上前，拥抱波罗度牟和他的妻子，接着巴腊罗摩、筏殊提婆、提婆吉、皇后卢可弥尼也拥抱了他们。先前大家以为再也见不到他了，如今见到，让他们感觉似乎波罗度牟是死而复生。杜瓦拉卡之民获知消息，无不欣喜若狂，纷纷前来看望久已失踪的克利须那之子。

毫不奇怪，本应对波罗度牟心怀母爱的宫中妇女，私底下都感受到一种爱侣之情。毕竟，这孩子长得跟他父亲一模一样，就像克利须那的一个完美的影子。事实上，对于所有的妇女，他看起来就像爱神本人。假如跟他母亲同辈的年长妇人都这样感觉，那就不必提那些年轻的女子了。

第三十九章　宝石谜案

彼时有一侯王，名叫萨陀罗吉，居于杜瓦拉卡附近，是太阳神苏利耶的虔诚信徒。太阳神对这位奉献者极其钟爱，事实上，他们之间培养了非常深厚的友情。为此，太阳神赐给萨陀罗吉一块宝石，唤作香曼陀伽，国君常常把那宝石戴在脖子上。这宝石如此光辉璀璨，以至萨陀罗吉看上去就像太阳神的替身。有一次，他就像这样踏进了杜瓦拉卡。

虽然杜瓦拉卡之民都认得他，但由于宝石的光灿过于辉煌，没有人能识别他就是萨陀罗吉。人们远远望见他，都被光芒亮瞎了眼，还以为是太阳神前来觐见克利须那。有些身份高的人于是便去禀告克利须那，其时至尊者正在下棋。这些人说道："向你顶礼，主啊，太阳神萨维陀①下凡来见你了，他的光芒亮瞎了所有人的眼睛。"克利须那莞尔一笑，说道："这不是太阳神，而是萨陀罗吉，来此不过是为了炫耀他的财富。"

后来，萨陀罗吉将香曼陀伽宝石供养在自己宫殿的神庙里，请了德高望重的婆罗门每日崇拜。这奇妙无比的宝石每天都能产出一百公斤黄金，在它受到供养的地方，一切凶邪远离。

克利须那请求萨陀罗吉将宝石布施给乌戈罗塞拿，目的只是教育大家，应该把最好的东西奉献给国君。然而，由于太过庸俗贪心，萨陀罗吉一口回绝，根本没想到他所造下的冒犯。

此后不久，有一天，萨陀罗吉的兄弟波罗塞拿，把宝石挂在自己脖子上，以显示家族的豪富。他骑上马，去林中狩猎。一头狮子咬死了波罗塞拿和马，将宝石拖进了山洞。人猿瞻跛梵听说此事，便闯入山洞，击毙了狮子。他夺到宝石，又将它送给儿子玩耍。身为至尊主罗摩的伟大奉献者，他并不认为香曼陀伽宝石有多么珍贵。

波罗塞拿一去不回，令萨陀罗吉十分悲哀，他对人说道："一定是克利须那杀了我的兄弟，盗走了我的宝石，因为我先前拒绝了他的请求。"当时在场

---

① 萨维陀，太阳神的另一个名号。

的人将这番话传了出去，很快谣言传遍了杜瓦拉卡。克利须那闻讯，决定清除自己名誉上的污点。于是，他便带了几个随从，前往森林寻宝。

深入丛林，他们发现了波罗塞拿和马的尸骨，接着又发现被打死的狮子横卧在熊王洞的洞口。知道随从心中恐惧，克利须那便让他们留守在洞口，自己独自摸进山洞之中。进得洞中，克利须那看见一个小儿手里捧着宝石，正在耍弄。当克利须那上前去夺时，那小儿的保姆开始大声惊叫起来。

听到喊叫，瞻跋梵立刻冲将过来。看到眼前的克利须那，瞻跋梵以为他不过是一介凡夫，便怒气冲冲地出言挑战。两人于是恶斗起来，各自都下定决心要赢得胜利。他们先使用各种兵器，然后用石块、树干，最后用拳脚，殊死相搏。决斗毫无间歇地持续了二十八个白天和夜晚，尽管瞻跋梵是大地上最强大的生物，此时他的四肢也开始颤抖起来，力量随之逐渐减弱。

震惊之下，瞻跋梵不由怀疑起对手的身份。最后，当克利须那被他的功夫取悦时，他明白了，对手就是至尊人格主神。瞻跋梵于是跪下祈祷："我如今明白了，你就是至尊主毗湿努，无所不能的至高主宰。你就是那略显怒气就能使大海让路的他，你就是那修筑大桥杀向楞伽、放箭射穿罗波那脑袋的主罗摩。"

克利须那满心欢喜，便伸出手，抚摸瞻跋梵全身，为他减轻疲劳和疼痛。克利须那说道："熊王啊，我来是为了这块宝石，我需要它来洗清我的名誉。"

瞻跋梵知道宝石的来历，便欢欢喜喜地将它交给了克利须那，同时还献出了自己的女儿瞻跋梵蒂，其时她正待字闺中。就在那山洞里，克利须那娶了瞻跋梵蒂。

与克利须那同行的那批人在山洞外面等了十二天。眼看克利须那这么久还不出来，众人悲叹不已，只得返回杜瓦拉卡。筏殊提婆、提婆吉、卢可弥尼以及其他亲友，见克利须那去而无归，无不悲痛万分。杜瓦拉卡之民个个咒骂萨陀罗吉之余，开始崇拜杜尔伽女神，祈祷克利须那平安归来。那神像出语回应，许诺实现众人的请求。就在这时，克利须那回到府中，还带着新娶的妃子，那块香曼陀伽宝石赫然挂在他的脖颈之上。众人见了他，无不欣喜雀跃。克利须那随后将萨陀罗吉召入宫中，当着国君乌戈罗塞拿的面，把宝石还给了他。

萨陀罗吉垂首无语，默默地接过宝石，返回家后，心中十分难受。他想："我如何才能忏除冒犯，让至尊主喜欢我呢？做出这等功利小气、愚蠢贪鄙的事情以后，我如何才能重建名声？我要把我的女儿送给至尊主，还有这块宝石，这恐怕是安抚他的唯一方法。"决心已定，萨陀罗吉为女儿萨提耶跋玛和克利须那安排了婚礼。那女孩子品行优越，心胸宽广，并且十分美丽，是很多男子追求的对象。事后，克利须那对萨陀罗吉说道："我根本不需要宝石，还是把它留在神庙里，饶益大众吧。"

且说阿俱罗拜访过象城之后，般度五子被带进一座虫胶油漆的宫舍，那座宫舍莫名其妙地遭到焚毁。大家都认为般度五子和他们的母亲贡蒂，皆死于大火之中。克利须那和巴腊罗摩接到这个消息，立刻启程前往象城，履行家族义务，尽管他们知道般度五子并未遇难。

克利须那和巴腊罗摩先后拜访了毗湿摩、克黎波、毗多罗、乾妲丽和陀拏。两人表现出跟象城之民同样的悲哀，口中还哭号着："多么痛心啊！"与此同时，他们也见了那些参与谋杀因而毫无悲伤的人。

乘克利须那和巴腊罗摩不在，阿俱罗和克黎陀筏摩一同去找沙陀答筏，对他说道："我们为何不把香曼陀伽宝石取走？萨陀罗吉本来答应把女儿嫁给你，结果却给了克利须那。为什么不让萨陀罗吉跟他兄弟一道归西？"

如此，一场阴谋酝酿形成。一天晚上，沙陀答筏闯入萨陀罗吉家门，趁他熟睡之机，残忍地杀害了他。随后，他盗走香曼陀伽宝石，便逃离了现场。宫中妇人发现，个个尖叫痛哭起来。

萨提耶跋玛把父亲的尸体存放在盛满油的大缸里，然后飞速赶往象城。当萨提耶跋玛哭诉父亲遭遇谋杀之时，克利须那和巴腊罗摩都高喊起来："啊呀，真是天大的悲剧啊！"尽管对已经发生的事情了如指掌，他们却学着世人的样子悲痛哀悼，眼中满是泪水。

克利须那、巴腊罗摩和萨提耶跋玛日夜兼程赶回杜瓦拉卡。克利须那首先想到的就是诛杀沙陀答筏，夺回香曼陀伽宝石。沙陀答筏得知消息，心中十分恐惧，当下便急忙去找克黎陀筏摩，乞求他施以援手。

克黎陀筏摩回答："我可不敢冒犯至尊主克利须那和巴腊罗摩。跟他们俩为难的人，还能指望有什么好运？看看刚萨和迦罗商陀的下场吧！"

沙陀答筏接着又去找阿俱罗帮忙，但阿俱罗却说："如果知道他们的力量，谁敢反对这两位至尊之人？七岁之时，克利须那便将整座大山连根拔起，高举过顶，一如童子拾起一朵蘑菇。"

无奈之下，沙陀答筏将宝石托付阿俱罗照管，自己骑上一匹快马，飞奔出七百公里之外。闻听此信，克利须那和巴腊罗摩登上战车，驱车追赶弑杀岳父的凶手。

在米提拉的边界，沙陀答筏的马力竭倒地，于是他只好徒步逃窜。克利须那和巴腊罗摩很快追上了他，为了公平起见，他们两人也跳下了战车。奔跑之际，克利须那弹出法轮，斩下了沙陀答筏的首级。克利须那遍搜其身，却不曾发现宝石，他转身对巴腊罗摩说："我们杀了沙陀答筏，可是劳而无功，宝石不在他身上。"巴腊罗摩答道："沙陀答筏定是将宝石交托他人了，你返回杜瓦拉卡，找到那个人。我想留在这里，拜访国君禅那伽，他是我极要好的朋友。"

看到巴腊罗摩光临，米提拉的国君急忙起身迎接。如此，作为贵宾的巴腊罗摩在米提拉一住经年。就在这段时间里，杜瑜檀那跟他学会了使杵之法。

克利须那独自返回杜瓦拉卡，将沙陀答筏的死讯告知了萨提耶跛玛。两人一起为萨陀罗吉举行了丧礼。阿俱罗和克黎陀筏摩听说沙陀答筏已死，惊惶中逃出杜瓦拉卡，各自躲藏起来。阿俱罗跑到了迦尸，投奔外祖父，凭借香曼陀伽宝石之力，变成了当地的名人。

阿俱罗逃离之后，杜瓦拉卡出现了一些不祥之兆，人们开始被各种自然灾害和精神苦恼所折磨。有些臣民为此感觉受到威胁，甚至以为是克利须那把阿俱罗视为竞争对手，故而流放了他。有些雅度长者说："先前，迦尸国有旱灾时，国君听了星相家的话，把自己的女儿亘底尼嫁给了彼时客居于迦尸的斯筏波伽。自那不久，由于斯筏波伽的神通，很快便天降雨水。他的儿子阿俱罗跟他一样强大，哪里有他，因陀罗就会供应充足的雨水。事实上，那地方也会远离苦难和夭折。"

听了这番话，克利须那便遣人去迦尸召回阿俱罗，尽管他很清楚，阿俱罗和香曼陀伽宝石的离开并非凶兆和灾难的真正原因。

阿俱罗一到，克利须那热情欢迎，说道："我相信沙陀答筏一定将香曼陀伽宝石交托你保管了，它就在你身上。我其实老早就知道了。因为萨陀罗吉没有儿子，他的外孙应该接受这份遗产。"克利须那这番话暗示，萨提耶跛玛已经怀孕，而她的儿子才是宝石合法的继承人，并且，如果有人不情愿交出，他可能会强行夺走。

克利须那继续说："不过，我希望这块宝石还是跟你在一起，因为一般凡夫无法保有他。但是，你必须把宝石拿出来给大家看一下，因为我的兄弟和其他族人怀疑我的话，不相信宝石真的在你手中。很明显，香曼陀伽宝石为你所有，因为你在用纯金打造的祭坛举行祭祀。"

阿俱罗闻言，不禁心生惭愧，自知在至尊主面前无可隐瞒。他从衣服里掏出宝石，把它交给了克利须那。克利须那向众族人出示宝石，以此消除针对他的虚假指控，然后又把宝石还给了阿俱罗。

第四十章　黑天抢亲

从漆屋逃脱之后，般度五子和他们的母亲贡蒂在图鲁波提的选夫大会中被人认出，于是一家人只得返回象城。一次，克利须那意欲拜访般度五子，便以皇家礼仪出巡，带着大队人马前往象城。

般度五子见克利须那来到，急忙一道站起，仿佛从昏晕状态醒过来一般。克利须那先向尤帝士提尔和毗摩稽首行礼，接着紧紧地拥抱阿周那，最后接受了那拘罗和萨贺提婆的顶拜。待克利须那坐定之后，般度五子的夫人图鲁波提羞怯地走上前来，顶礼致敬。随后，克利须那的随从们也被安排妥当。

谈了一阵，克利须那起身去拜见阿姨贡蒂皇后。克利须那倒身头面礼足，贡蒂皇后见状，赶忙扶他起来，把他拥入怀中，她的眼睛顿时湿润了。克利须那问她是否安好，她随即也探询了筏殊提婆和其他亲人的境况。回想起自己和孩子们所遭受的困苦磨难，贡蒂不禁声音哽咽，她承认，仅仅是凭了克利须那的慈悲，他们一家才得以虎口脱生。

在尤帝士提尔的请求下，克利须那在象城度过了整个雨季。能够面对面见到克利须那，城中居民欢欣不已。

一日，克利须那和阿周那坐上战车，前往一处有猛兽出没的丛林狩猎。克利须那想要试探一下阿周那的武艺，因为他未来将面对很多可怕的对手。凭着一张弓、两壶箭，阿周那射杀了诸多虎、熊、犀、鹿、兔、猪。适合用来献祭的动物将被送给尤帝士提尔。

驰骋许久，阿周那感觉又累又渴，于是便跟克利须那一起寻至朱木拿河岸边。饮水澡沐之后，两位武士正躺下歇息，忽然看见一位迷人的女孩从附近走过。克利须那吩咐阿周那走上去，跟那身材苗条、面目俏丽的姑娘搭话。

阿周那走到她身边，问道："美丽的姑娘啊，你是谁？从何方来？为何在这荒僻之地独自游荡？我只能猜想，你是想找一位合适的夫君。假如你愿意吐露心衷，我一定想办法让你满意。"那姑娘回答："我乃日神之女，一心想让最杰出、最慷慨的至尊者毗湿奴成为我的夫君。为此，我一直在修炼苦行。除了他——吉祥天女之居所，我不会接受任何人。请代我向至尊者求告，让他对我满意。我的名字叫喀琳蒂，是司掌这条河的河神。我住在父王为我盖的水底宫殿里。我就在那里一直等待着至尊者的到来。"

阿周那回到克利须那身边，将那姑娘的话转告了他。自然，克利须那已然洞晓一切，他毫不犹豫地把喀琳蒂扶上战车，三人一起返回尤帝士提尔家中。

此后，尤帝士提尔请求克利须那帮助他建一所合适的居处。于是至尊者唤来天界神匠毗湿筏羯磨，命他按照尤帝士提尔的意愿，建造一座奇妙的都城。新都不久建成，取名因陀罗城。尤帝士提尔请求克利须那再住一段时间，克利须那也同意了。

且说那新城附近有一处森林，名叫罕达婆林，林中遍长能让火神精力充沛的药草。但因为这片森林属于因陀罗，所以火神不能受用。于是火神便求助于克利须那，因为往昔曾以吉祥见法轮相赠，他知道克利须那必会援手。

为了满足火神阿耆尼，克利须那亲自为阿周那驾驭战车，驰骋于丛林之间，如此让火神乘机烧毁了整片森林。欢喜之下，阿耆尼赠送阿周那一张甘狄筏神弓、四匹白马、一辆华美奇妙的战车、一对取用不竭的箭壶，其中藏有两支无法抵御的神箭。

就在森林熊熊燃烧之际，阿周那于火海中救下了魔匠摩耶·答那筏的性命。为了答谢救命之恩，摩耶·答那筏在毗湿筏羯磨所造的新城里建造了一处聚会之所。那聚会厅建造极为巧妙。有一次杜瑜檀那去那里拜访般度五子，竟然将水池当作地面，将地面视为水池，搞得狼狈万分。在备受奚落取笑之后，杜瑜檀那从此成了般度五子的死敌。

又过了一段时间，克利须那最终辞别尤帝士提尔，返回杜瓦拉卡。在一个吉祥的日子里，他娶了喀琳蒂。

宾陀和阿努宾陀是阿梵底城的君主，两人都是杜瑜檀那的同党。公主弥多罗宾陀举行选夫大会之时，两人不许她选择克利须那。克利须那突然现身，当着其他王子的面，强行夺走了公主，剩下众王子面面相觑。这位公主原是他阿姨罗遮蒂的女儿。

拘莎罗国之君名叫那伽吉特，有一女，名萨提耶，又叫那伽吉蒂。国君定要将女儿嫁给一个能斗赢七头公牛的勇士。那七头公牛为国君所豢养，健壮无比，不能容忍任何武士的气息。很多王子试图击倒公牛，但都铩羽而归。克利须那听说此事，便去了那里。

国君很高兴见到主,将他视为薄伽梵礼敬崇拜。克利须那恭敬回礼。萨提耶见克利须那到来,也十分欢喜,她已经苦修多时,一直盼望能嫁给克利须那。

国君那伽吉特说道:"拿罗衍那啊,宇宙之主,你自足圆满,似我这等微不足道之人能为你做些什么?"克利须那微笑回答:"人中之王啊,博学者会谴责刹帝利乞讨。尽管如此,为了获取你的友谊,我想讨你的女儿,虽然,按照我们家族的传统,我们无法奉上礼物作为交换。"克利须那这番话暗示,他想得到公主,但不愿满足国君所开出的条件。

然而,这位国君也不愿打破自己的誓言,他说道:"我主啊,除了你,还有更适合公主的丈夫吗?吉祥天女居于你身,从不会为任何原因离你而去。但是,为了担保我女儿能找一个合适的丈夫,我先前设立了一个条件,以验证其勇力。这七头公牛无人可敌,已经斗败了很多王子,让他们一个个折肢断骨。如果你能斗败他们,我主啊,那你就是跟我女儿般配的丈夫。"

为了让国君满意,克利须那束紧腰带,刹那间将自己分身为七。七个身体各擒一牛,将其制服。随后,至尊者取绳索穿牢牛鼻,将七头公牛随手牵来,仿佛童子玩耍木偶。那国君见状,又惊又喜,当下便将女儿许配给了克利须那。盛大的婚礼开始了,全城老少奔走庆贺。国王送给女儿的嫁妆十分丰厚,计有一万头母牛、三千女侍、九千头象,以及战车、骏马、僮仆无数。

婚礼之后,国君满怀深情,送新郎、新娘登上战车,挥泪告别。先前被公牛斗败的众王子听说克利须那赢得了公主,无不嫉妒万分,便在去往杜瓦拉卡的路上设下埋伏。等克利须那一到,顿时箭如雨下。阿周那见状,当即单枪匹马挺身而出,驱散伏兵,一如狮子搏兔。

克利须那带着萨提耶和她的嫁妆回到杜瓦拉卡,开始过上幸福美满的生活。至尊者后来又娶了跋多罗——他的阿姨殊鲁陀基提的女儿。因为她一心想嫁给克利须那,她的兄弟便无条件地把她嫁了出去。

不久,在选夫大典上,克利须那又强行掳走了摩多罗国的公主拉克什曼娜,恰似大鹏鸟伽鲁达从众神手中夺取甘露。

第四十一章　诛魔盗宝

一日，因陀罗来到杜瓦拉卡，状告大地女神布弥之子波摩修罗。这魔头窃走了阿底提的耳环和筏楼那的白伞，并且还夺走了须弥山群中的摩尼钵筏陀峰，那里是诸神的游乐之地。

克利须那带着喜好冒险的王妃萨提耶跋玛，登上大鹏鸟伽鲁达之背，立刻启程前往魔王波摩修罗的魔都流光城。这座城池为魔匠木腊所建，四面布设壕沟、石阵、铁刺、电网、毒气，凶险无比。

从天而降的克利须那挥舞铁杵，粉碎壁垒，驱散魔军。接着又凭借法轮和利剑，摧毁了电网和毒瘴。他于是吹响战螺，强大的螺声立时穿透了护卫城堡的魔咒，守城魔卒闻听，无不心胆俱裂。

螺声也惊醒了正在护城河底酣睡的五首妖魔木腊。他冲出水面，怒火喷涌，光芒不可逼视，似乎要用五张血盆大口吞下整个宇宙。只见他舞动铁叉，咆哮如雷，声音震天动地，回响于穹窿之间。

木腊猛力飞铁叉掷向伽鲁达，克利须那连发两箭，将其断为三截，接着又向那妖魔的大嘴连连放箭。受到攻击的妖魔更是怒不可遏，当即掷出手中的铁杵，但克利须那又一次将其射成了碎片。

木腊兵器用尽，便举起双臂，向克利须那猛冲过去。克利须那弹指射出吉祥见法轮，转瞬间便削下妖魔的五颗头颅，那失去生命的身体随之坠入河中。在波摩修罗的命令下，木腊的七个儿子率魔军冲向战场，一心想为父报仇。一时间，各种兵器像暴风骤雨一般向克利须那砸落下来。克利须那张弓放箭，不但粉碎了所有向他袭来的兵器，还射断了对方的头和手脚，把他们打发到了阎罗王那里。

波摩修罗，也叫那罗伽修罗，目睹这等屠杀场面，不禁怒火冲天。他立刻骑上大象，冲出城外。看到克利须那和萨提耶跋玛飘然立于半空之上，犹如闪电照射下的乌云，波摩修罗猛地投出威不可挡的刹陀戈尼法器，他手下的兵将也同时舞动刀枪冲杀过来。

至尊者箭射连环，很快将魔军粉碎成了大堆的尸体、断手、断脚和头颅。伽鲁达也挥动翅膀和利爪，击打大象、战马，为克利须那助阵。眼见手下兵将死伤殆尽，波摩修罗狂怒之下，拼尽全力，猛击神雕伽鲁达。然而，伽鲁达却岿然不动。魔王灰心丧气，又操起一把铁叉，还没等他掷出，克利须那便挥动法轮，割下了他的脑袋。

　　因为戴着耳环和金盔，那魔王的脑袋落到地面，兀自闪闪放光。见此情景，魔王眷属痛苦嚎叫，而诸神开心地撒下如雨的鲜花。大地女神布弥走上前来，向克利须那献上了阿底提的耳环、筏楼那的白伞、曼多罗山峰，以及胜利花鬘。布弥稽首顶礼，然后起身叉手而立，说道："南无薄伽梵！众神之主，万物种子！波摩修罗有子，名叫跋伽答多。虽然心怀畏惧，但他在寻求你的庇护，请用你的莲花手为他灌顶加持。"

　　克利须那向女神保证，她不必为孙子担心。然后，至尊者踏入了波摩修罗的宫殿。在那里，克利须那发现了被魔王所掠取的一万六千一百位公主。一见到克利须那，这些姑娘立刻在心中认定，他才是她们选中的夫君。如是，每一位公主都在想："愿老天让这个男子做我的夫君。"并且开始凝心冥想他。

　　克利须那知道她们的心思，便应承了下来。他安排她们换上新衣，然后让她们坐上轿子，送她们前往杜瓦拉卡。随行的还有他所缴获的大批财宝，其中包括六十四头四牙白象，那都是神象蔼罗筏陀的后裔。

　　随后，克利须那带着萨提耶跋玛往阿摩罗筏底飞去，那里是天帝因陀罗的居所。接过母亲的耳环，因陀罗携天后一起崇拜了克利须那和萨提耶跋玛。

　　归途中，克利须那忽然想起，自己曾经许诺要送给萨提耶跋玛一朵波利质多花。有一次，那罗陀牟尼送了这样一朵花给卢可弥尼，这使萨提耶跋玛感觉受到了轻视。现在，她开口要花了。在克利须那的坚持和怂恿下，萨提耶跋玛连根拔走一整株波利质多树，把它放到了伽鲁达的背上。

　　众神见状，对两人不告而取的做法十分恼火。于是，因陀罗领头，众神纷纷上前阻拦。克利须那寸步不让，双方终于动起手来。打退因陀罗和众神之后，克利须那返回杜瓦拉卡，把波利质多树种在了萨提耶跋玛寝宫的庭院之中。由于那天堂花树的芬芳，神界的天鹅和蜜蜂也一起迁徙了下来。

　　此事过去不久，克利须那分身为一万六千一百个形体，同时娶了一万六千一百位公主，这些公主都是吉祥天女的分身，都拥有自己的宫殿。至尊者克利须那住在这些妃子的宫殿里，行动仿佛一个普通的丈夫。妃子们用容

第十卷 | 469

颜和眉眼取悦他，间之以玩笑和羞涩，在久而弥新的亲密中，她们跟他的夫妻之爱与日俱增。

虽然每个妃子都有成千的女侍，但她们情愿亲身伺候克利须那，给他接风洗尘，给他按摩，给他扇凉，给他梳头沐浴，给他带上花鬘首饰，给他端上美食佳肴，请求他躺下休息。

第四十二章　游龙戏凤

有一次，克利须那晏坐于卢可弥尼的床上，旁边一位女侍在为他扇凉。渴望服侍夫君的卢可弥尼从女侍手中拿过牛尾拂尘，开始亲自打扇。

皇后卢可弥尼的寝宫格外华美。珍珠串成的帐子高张于卧床之上，闪亮的宝石用来照明。宫里到处张挂着花环，温柔的月光透过窗棂洒落一地。微风吹过庭院里的波利质多树，空气变得香甜醉人。就在这样的气氛里，卢可弥尼侍奉着斜倚在床的夫主，那床又软又白，宛如乳沫。

尽管皇后的儿子已经长大成人，但她依然美艳不可方物，因为她其实就是幸运女神本人。克利须那端详着卢可弥尼浅笑盈盈的迷人脸蛋，感觉十分愉悦。

当初那罗陀牟尼将一朵波利质多花献给卢可弥尼，令萨提耶跋玛大为嫉妒。如今萨提耶跋玛得到了一整株波利质多树，克利须那预料卢可弥尼也会开口要点什么。但是，卢可弥尼对此事竟然连提都没提，因为皇后向来庄重自持。

克利须那于是想出另外一招，他想看看卢可弥尼生气的样子。虽然嫔妃众多，克利须那却喜欢制造局面，好让妃子们能有机会数落他。他很享受这类游戏。克利须那开口说道：

"我心爱的公主啊，你曾经被那么多强大的国君追求，这些人都非常出名、富有、英俊，并且慷慨大度。当这些情欲勃勃的追求者站在你面前时，你为什么要拒绝他们，反而选择了根本不能与他们相提并论的我？实际上，杀了表叔刚萨之后，因为害怕这些国君，我才弃王位于不顾，躲到这海角天涯来了。

"女子若与行为无常、离群绝俗的男子共处，受苦受难在所难免。我实际一无所有，崇拜我的也一样是些贫穷落魄之辈，那些有钱人很少崇拜我。出生、财产、外表和名声等各方面平等的两个人之间，其婚姻和友谊才算门当户对，否则必不相当。

"卢可弥尼啊，因为缺乏远见，所以你当初没认识到这一点，以至犯下大错，选了我做你的夫主。毕竟，我生下来就是个乡下孩子，所以长大了也不懂如何举止端正。实际上，只有昏了头的乞丐才会来赞美荣耀我。

"如今,你该当找一个更适合你的夫主,一个一流的刹帝利,能帮助你实现今生来世所有的愿望。我之所以夺走你,只是出于对敌手诸如悉殊钵罗一辈的仇恨,因为我的目的就是打击邪恶的力量。事实是,我根本不在意妻子、儿女和财富,我满足于自我,兴趣也在于觉悟自我,就像我的奉献者一样。"

卢可弥尼一向认为克利须那最爱她,因为他从不离开她的陪伴。说了这许多让卢可弥尼难以下咽的话,至尊者极为慈悲地斩断了她的骄慢。

想到可能与克利须那分离,卢可弥尼一下子困惑害怕起来。她心跳加剧,开始抽泣。她用脚趾来回刮擦着地面,被眼膏染黑的眼泪冲走了胸口的朱砂。巨大的悲伤之下,她的嗓音也哽塞了。卢可弥尼明白了,克利须那是至尊上主,如果他愿意,随时可以离开她。卢可弥尼低下头,只觉头脑一片迷糊。她一下子失去了知觉,手中的拂尘也滑落地上。她直挺挺地倒落地面,头发披散,犹如一棵被狂风吹倒的香蕉树。

克利须那知道,卢可弥尼头脑单纯,把他的玩笑话当真了。眼见她这等境况,至尊者的心柔软下来,又变得慈悲满怀。他起身下床,现身为四臂拿罗衍那,将她从地上抱起来,一边整理她散乱的头发,一边用清凉的手掌抚摸她的脸颊。为她拭去眼睛里和胸口上的泪水后,克利须那拥抱了卢可弥尼。

克利须那柔声宽慰卢可弥尼:"心爱的人啊,不要生我的气。我晓得你全然地爱着我。我是开玩笑才这么说的,不过想听听你会说些什么。我想看看你娇嗔之下,凤眼斜睨、秀眉愁结、花容变色、樱唇颤抖的样子。非常抱歉,我不知道你会把我的话如此当真。毕竟,已婚男人的最大乐趣就是跟他心爱的妻子开开玩笑,以此打发时光。"听了这番话,卢可弥尼才放下了心,不再害怕克利须那会弃她而去。

她深情地凝视着至尊者的脸,微笑说道:"莲花眼目啊,你的玩笑话其实真实不虚,我确实并非至上主神的佳偶。你说你一无所有,这也是真的,因为无物在你之外,所以你不必占有。你的奉献者舍弃一切,只是为了臻达你,因此,只有他们才配得上跟你交往,而不是那些贪恋尘俗之辈。

"你拉响长弓,赶跑聚成一团的众多君王,把我当作战利品手到擒来。可你说你怕死逃命,这不是真的。

"一个不懂得你莲花足之荣光的女子已经彻底受到蒙蔽。如是,她把一具臭皮囊当作她的夫主,那臭皮囊外边装饰着胡须毛发,里面填满了肌肉、骨骼、血液、臭气和屎尿、浓痰、胆汁、蛔虫。

"真的，你满足于自我，所以很少关注到我。但是，我祈祷，希望你赐予我对你莲花足毫不动摇的奉献。"

克利须那回答："公主啊，我之所以欺骗你，就是为了听到你像这样说话。如今我体验到了你对我的真纯之爱和忠贞依恋。尽管你被我的话搅扰了，但你一丁点儿都没有背离我。在我所有的宫殿里，找不到比你更有爱心的夫人了。当初你遣信使给我送信，我到得有点儿迟了，你顿觉整个世界犹如虚空，甚至打算舍弃你的躯体，因为，除了我，你不会把它交给任何人。愿这份伟大与你始终同在，除了感谢你的奉献之外，我根本无法加以回报。"

就这样，至尊主与幸运女神共度逍遥，情话绵绵，在圆满中尽享夫妻之爱。其实，克利须那也用同样的方式对待后宫里的其他王妃。

克利须那有一万六千一百零八个王妃，每个王妃生下十个儿子，就美富来说，他们都不逊于他们的父亲。因为每个王妃都看到克利须那从不离开她们的宫殿，所以她们自然觉得自己才是最受宠爱的。王妃们全然迷上了他莲花般的脸庞、修长的手臂和他的美目流盼、盈盈笑语。但是，虽然王妃们个个美艳可爱，却无法征服至尊者的心意。

这些王妃们眉目清扬，顾盼生情，掩不住内心的秘密。她们个个丽质天成，为了吸引克利须那，她们试图通过穿着、言语、笑容，尽显其女性之美。不过，尽管频频射出这类爱神之箭，克利须那的心意和感官却丝毫不曾扰动。事实上，就世俗谛而言，克利须那根本不爱著任何一个王妃。然而，作为女人，她们无法理解他的崇高地位。

皇后卢可弥尼的长子是波罗度牟，瞻跛梵蒂的长子是桑巴。波罗度牟有一个非常强大的儿子，名叫阿尼鲁陀，为卢可弥之女卢可摩筏蒂所生。

值选夫大典之际，卢可摩筏蒂看中了单枪匹马力败与会众王的波罗度牟。虽然卢可弥依然耿耿不忘其对克利须那的仇恨，但是为了取悦妹妹卢可弥尼，他同意了这桩婚事。

除了十个儿子，每个王妃又有一个女儿。卢可弥尼之女名叫叉卢摩蒂，嫁给了克黎陀筏摩之子跋利。

尽管对克利须那心怀敌意，卢可弥还是将孙女罗蔷嫁给了阿尼鲁陀，为的是让妹妹高兴。克利须那和巴腊罗摩，带着卢可弥尼、波罗度牟和桑巴，一起去参加在波遮喀塔举行的婚庆典礼。婚礼顺利结束之后，羯林伽国君给了朋友卢可弥一个邪恶的建议："你应该跟巴腊罗摩赌博，你轻而易举就能打败他。

第十卷 | 473

巴腊罗摩并不擅长此道，却乐此不疲。"

受到这般怂恿，卢可弥向巴腊罗摩提出了挑战，欲报当初剃发之辱。赌局开始了，巴腊罗摩下注，开始是一百个金币，接着一千个，然后一万个，但每次都是卢可弥赢。羯林伽国君乘机嘲讽克利须那和巴腊罗摩，与此同时，他还故意龇牙大笑。这可惹恼了巴腊罗摩，等到再次下注时，他压了十万个金币。这次巴腊罗摩赢了。但卢可弥却不肯认输，诈称自己是赢家。

巴腊罗摩对此大为恼火，他天生略显红色的眼睛愈发红亮起来。暴怒之下，他又压了一百万个金币。这次巴腊罗摩又赢了。卢可弥欲再施诈术，他喊道："是我赢了！问问我的朋友，他是证人！"

此时，天上传来一个声音，说道："巴腊罗摩赢了，卢可弥在说谎。"但是，在恶友的催促下，卢可弥对这神圣的声音充耳不闻。受命运的驱使，卢可弥竟然取笑巴腊罗摩："你们这些整日游荡在丛林里的放牛娃根本不懂赌博之道。樗蒲和射箭是君主干的事情，非为汝等而设。"

巴腊罗摩听到这番话以及随之而来的讥笑之声，不禁勃然大怒。他也不管婚庆未散，当下操起铁杵，迎头砸去，卢可弥随即倒地身亡。羯林伽国君惊恐欲逃，还没走出十步，就被巴腊罗摩逮住，挥铁杵打掉了他所有的牙齿。其他讥刺过巴腊罗摩的国君见势不妙，纷纷四散逃逸，也被巴腊罗摩一一赶上，砸破了他们的头、手和腿，弄得浑身是血。他们也不敢还手，只顾尽快逃命。

虽然姻兄被杀，但克利须那依然一言未发，既没赞成，也没反对。他不想损坏跟巴腊罗摩的关系，也不想伤害卢可弥尼。阿尼鲁陀和新娘坐上华丽的马车，在克利须那的保护下，启程返回杜瓦拉卡。

第四十三章　古堡梦郎

巴纳是巴利大帝百子中的长子。他是大神湿婆的伟大奉献者，慷慨、聪明、诚实守信。很久以前，当湿婆狂舞之际，巴纳以其千手击鼓，为大神伴奏，这让湿婆大为高兴，当即要赐福于他。巴纳便请求湿婆成为他的王都首尼陀城的守护神。因为受到湿婆的宠爱，甚至以因陀罗为首的众神在巴纳面前都得殷勤侍候，犹如奴仆一般。

巴纳修罗对自己的力量和地位极为骄傲。然而，有一天，向大神头面礼足之后，巴纳修罗说道："大神啊，我不知道该如何处置你所赐予我的一千条臂膀。曾经有一次，因为手痒，我想跟护持四方的宇宙神象搏斗一场。为此，我击碎了很多高山。可是，结果这些庞然大物也吓得落荒而逃。三界之内，我竟找不到值得一斗的对手。"

听了这番话，大神湿婆心生嗔怒，认为自己给的赐福反而招来了麻烦。他于是回答道："你这无赖，你很快就会遇到一个跟我一样强大的人，他将把你的骄傲击得粉碎！"那愚蠢的阿修罗闻听此言，竟然满心欢喜，此后便一心等待对手的到来。

巴纳修罗有一个非常漂亮的女儿，名字叫乌莎，正当青春妙龄。有一次，乌莎跟女伴们一起睡觉时，梦见一个青年男子出现在自己身边，两人于是私相爱恋，虽然她在现实中从未见过他，也从未听说过他。突然间，梦中情郎消失不见，乌莎惊醒过来，高声喊道："情郎啊，你在哪里？"

巴纳修罗手下一个大臣的女儿质多罗勒伽恰好躺在公主旁边，听到公主呼唤情郎，好奇之下，便向惶惑而又尴尬的朋友打听："乌莎，你在找谁呀？"乌莎回答："我方才在梦里看到一个玄色皮肤的男子，他眼若莲花，臂膀强壮，十分英俊，能捕获任何一个女子的心。让我尝到他亲吻的甘露后，他就突然离开了，把我抛入这烦恼海洋之中。"质多罗勒伽说道："不必担心，我会消除你的苦恼。只要你所爱的人可以在三界之内找到，我定将带他来到这里。现在，告诉我他是谁。"

于是质多罗勒伽开始描画各色神人的肖像，包括乾达婆、悉檀、夜叉和人类。最后，她画了殊罗塞拿、筏殊提婆、巴腊罗摩和克利须那，接着又画了波罗度牟，乌莎变得有点儿不好意思。等到质多罗勒伽画出阿尼鲁陀，乌莎低下头，微笑道："就是那个人！就是他！"

质多罗勒伽是个了不起的瑜伽尼，她马上明白了乌莎情郎的身份。当夜，她运起神通，腾空飞往杜瓦拉卡，找到了波罗度牟的儿子阿尼鲁陀，当时他正睡在一张精致的大床上。质多罗勒伽于是再次使用玄秘力量，把沉睡中的阿尼鲁陀搬运到了首尼陀城，交给乌莎。

乌莎看见阿尼鲁陀，那世上最俊美的男子，不禁笑逐颜开。她把他带入自己的闺房禁地，开始欢欢喜喜地跟他共度良辰。满怀深情和崇敬的乌莎崇拜了阿尼鲁陀，向他献上贵重的衣裳和各种饰物，又为他端来美味的食物和饮料。

凭借甜美的话语和服务，乌莎成功地赢得了阿尼鲁陀的爱和关注。事实上，他甚至都没注意到这些日子是怎么度过的，他的心念和感官完全被乌莎迷住了，而乌莎对他的情爱也与日俱增。

过了一段时间，乌莎开始显示出身体上的征兆，表明她已经跟男子有了云雨之欢，她的快乐根本无法掩藏。侍卫和奴仆们猜测，公主一定有了情郎。于是他们便去见巴纳修罗，非常小心地禀告了有关情况。他们说道："我王啊，我等感觉，您的女儿行为不端，败坏了家风。我等一直小心监护她，所以我们十分不解，她怎么会搞成这样，因为甚至根本不会有任何一个男人能看到她。"

巴纳修罗闻言大惊，急忙奔向女儿的住处。就在女儿的闺房里，他看见了雅度族的骄傲——阿尼鲁陀，正跟公主坐在一起玩骰子。那男子无可比拟的俊美、莲花般的眼睛、令人生畏的臂膀和优雅的举止，都使巴纳修罗相信，他跟自己的女儿正是一对天造地设的佳偶。但与此同时，因为家族荣誉的缘故，他又十分恼火。尽管身陷危境，阿尼鲁陀依然镇定自若，这也让巴纳修罗大为吃惊。

眼见巴纳修罗带着众多全副武装的卫士破门而入，阿尼鲁陀随手捡起一根铁条，昂首而立，俨然阎罗现世。众侍卫围住阿尼鲁陀，力图将其擒获，但他英勇还击，打得他们头破血流。就在众侍卫抱头鼠窜之际，愤怒的巴纳修罗陡然挥出擒龙索，绑住了正欲逃离古堡的阿尼鲁陀。乌莎听说情郎被父亲擒获，自然悲伤万分，惊惶之下，不禁放声大哭。

自从阿尼鲁陀失踪，雨季期间，亲人们一直在为他而悲痛。后来那罗陀亲自前往杜瓦拉卡，把整个故事的来龙去脉都告诉了大家。于是，在克利须那和巴腊罗摩的率领下，雅度王朝十二个兵团立刻出发，很快包围了首尼陀城。

巴纳修罗眼见都城受袭，城墙苑囿被毁，自然怒不可遏，当即遣了一支数量与敌相当的军队出城迎战。大神湿婆骑着公牛难敌，亲任大军统帅，他的两个儿子——伽内什和塞犍陀，以及众多精灵鬼怪协侍左右。

接下来的战斗激烈无比，任何目睹者都会毛发为竖。湿婆迎战克利须那，波罗度牟对抗塞犍陀，巴腊罗摩跟昆邦答厮杀，桑巴与巴纳之子棋逢对手，而萨提耶基则跟巴纳修罗缠斗。大战的消息迅速传遍天地，所有的天神，以梵天为首，皆闻讯而来，作壁上观。

克利须那拉弓放箭，很快驱散了湿婆手下那帮精灵鬼怪。湿婆祭出诸多天界宝器，但克利须那轻而易举地就抵御了它们。最后，湿婆动用了独门兵器——兽主神戟，而克利须那则以拿罗衍那神戟相抗。

乘着湿婆略微有点儿惊惶，克利须那放出了瞌睡宝。湿婆开始连打哈欠，变得斗志全无。克利须那于是抛下湿婆，轮番使用剑、杵和弓箭，猛攻巴纳修罗的大军。与此同时，塞犍陀被波罗度牟射出的犹如洪水般的箭雨压得喘不过气来，身上到处鲜血喷涌，最后只得骑着孔雀逃之夭夭。巴腊罗摩挥杵砸死昆邦答。群龙无首的魔军顿时四散奔逃。

看到全军溃败，巴纳修罗恼羞成怒。他放开萨提耶基，驾战车穿越沙场，径直向克利须那杀奔而来。巴纳修罗终于获得机会，用上了他的一千条臂膀，只见他同时拉开五百张弓的弓弦，每根弓弦上搭了两支羽箭。一时千箭齐发，向克利须那呼啸而去。

至尊者赫黎引弓还击，将巴纳修罗的箭一一射断，与此同时还射倒了对方的御者，击碎了对方的车乘，杀死了对方的战马。得手之后，克利须那高声吹响了他的"巨人骨"战螺。

有一位叫拘陀罗的女神，巴纳修罗一直敬之如母。她见巴纳修罗命在旦夕，便裸身披发，出现于克利须那面前。克利须那转过脸去，以免见到裸体的女神。巴纳修罗乘机撒腿狂奔，退回城堡。

此时，湿婆再次现身。这次他使出了看家法宝——湿婆拙火。这法宝能产生劫终时出现的可怕高温，彼时太阳比平常要热十二倍。湿婆拙火有三头六臂、三足九目，当它向克利须那逐渐靠近时，似乎天地万物都将被焚为灰烬。

克利须那出手还击，祭起生发出强烈寒气的毗湿努光宝。神器相撞，湿婆拙火渐渐势弱，发出痛苦的尖叫，拼命向主人求救。但是，面对毗湿努光宝，大神湿婆也无能为力，最后只得满怀畏惧地皈服了克利须那。

湿婆拙火祷告："至尊之主啊，我向你稽首顶礼。时、运、业、势、身，这些构成了你的能量——摩耶，它循环往复运作不息，犹如种子和植物。我被你的法宝之力所折磨，它寒冷，却使人烧热难耐。你才是全能的，而不是我的主人——湿婆。请庇护我。"克利须那回答："三首人啊，我被你取悦了，你从此不必畏惧我的法宝了。"湿婆拙火跪倒顶礼，然后悄然隐身而去。

此时，巴纳修罗又返回战场。他驾着战车，决心跟至尊者决一雌雄。巴纳修罗挥动千条臂膀，抛掷出无数兵器，铺天盖地地向至尊者砸落下来。克利须那运起吉祥见法轮，将巴纳修罗的手臂逐一斩断，好像它们不过是树上的枝条。

湿婆眼见自己的信徒大难临头，当下醒悟过来，便跪倒在克利须那面前，祷告道："唯有你是绝对真理。那些心灵纯粹无瑕的人能够见到你，因为你无有污染，犹如虚空。大力者啊，犹如太阳，虽为云所遮蔽，依然能照亮云团和万物，你虽然隐藏于阴阳气性之后，却自我放光，启明了阴阳以及受阴阳影响的生命境况。

"你是一切存有的种子，众生不过是你能量的微小呈露。就像果子里的小虫无法懂得果子的实相，受局限的灵魂也无法懂得你的主宰性权能。他们的智慧已然被摩耶蒙蔽，完全沉迷于妻儿室家。这些陷溺于尘世苦海的凡夫有时浮出水面，有时又沉入水中。已经得到神赐的人身，却未能调伏诸根，忽略了对你莲花足的崇拜，这等人可怜至极，因为他在欺骗自己。这等人拒绝甘露，为的是饱餐毒药。

"我，梵天，以及所有天神、仙圣，已经全然皈命于你。这个巴纳修罗是我心爱的忠实信徒，我曾许诺让他远离畏怖。考虑到他跟巴腊陀大帝和巴利大帝的关系，请你以慈悲加披于他，一如你对待他们。"

克利须那回答道："我一定按你所要求的做。我不杀巴利的魔子，因为我曾向巴腊陀许诺，不会诛灭任何一个他的后裔。我斩断巴纳的臂膀，不过是为了降伏他的骄慢。我毁灭他的军队，因为这支大军已经成了大地的重负。我准许巴纳修罗保有剩下的四条手臂，此外，他将免除生死，成为你的主要随从之一。"

巴纳修罗走上前来，向克利须那稽首叩拜。他随后安排乌莎和阿尼鲁陀同乘一车，来到克利须那面前。如是，在大军的簇拥下，克利须那让乌莎和阿尼鲁陀领头，浩浩荡荡返回杜瓦拉卡。

第四十四章　枯井巨蜥

　　一次，雅度诸王子桑巴、波罗度牟、跋努、伽答等人去杜瓦拉卡附近森林中郊游。玩了半天，他们都口渴起来。王子们四处寻找水源，最后来到一处枯井。他们往井内张望，吃惊地发现里面竟然有一条巨大奇妙的蜥蜴。

　　看见蜥蜴深陷井中，王子们大为同情，便试图把它拉上来。但是，尽管反复努力多次，他们还是未能成功。于是他们便匆匆赶回宫中，将此事禀告了克利须那。

　　克利须那立刻携诸子前往。只见他延长左手，轻而易举地就把那巨蜥拉出井外。一碰到至尊者的手，那生灵便脱离了蜥蜴之身，化作一位金光闪闪的俊美天神。尽管克利须那无所不知，为了利益大众，他仍然询问道："你是谁，幸运者啊？我想你是一位超凡脱俗的天神。是什么宿业把你带入如此卑微的处境？我们都很想听听，如果你认为未尝不可，就请告诉我们吧。"那仙灵向克利须那稽首顶礼，随后讲述了自己的前世今生：

　　我是一位君主，名叫尼黎伽，乃伊刹华古大帝之子。有人提到世间好施者时，也许你听说过我的名字。主啊，你知晓一切。但既然你有命令，我就说上一说。先前，我布施了很多乳牛，犹如恒河沙数。这些乳牛褐色，年轻，才生下一个牛犊。它们个个乳囊丰满，美丽端严，来源纯正。它们都有弯弯的角，银包的蹄，身上披挂着布帛和花鬘。

　　对那些作为我布施对象的婆罗门，我首先送给他们精美的饰物。这些婆罗门虽然清贫，但年轻有为，品德高尚。他们个个献身真理，苦行博学。我不但施予他们乳牛，还有金子、屋舍、马匹、大象、随身带丫鬟的适龄女孩，以及家居物件。

　　有一次，我布施了一头母牛给一位高阶婆罗门。后来，那头母牛游荡走失，又回到了我的牛栏。我不明底细，又把那头母牛送给了另外一位婆罗门。此时，那母牛的原主找上门来，宣称那母牛是他的。第二位婆罗门反唇相抗："不，它是我的，是尼黎伽送给我的。"如此争吵之下，那两位婆罗门找我裁决。他们指责我将一头母牛布施两次，因而犯下了严重的罪业，这让我十分困惑。

被置于如此可怕的尴尬处境，我只得谦卑求告："婆罗门啊，请对我慈悲，我是你们的奴仆，行事无知，不晓得自己究竟在做什么。我要给你们每个人十万头最好的母牛，来交换这头有争议的牛，以此纠正我的错误。请接收我的供养，拯救我脱离困境，否则我必沉沦地狱。"

那第二个婆罗门说："我不愿意拿任何东西来交换这头母牛！"那原主说："你给我再多我也不要！"两个人都咬定母牛是自己的，任何条件下都不肯让步。两位婆罗门认为自己的地位受到侵犯，最后怒气冲冲地离开我的宫殿，返回各自家中。

因为这件事情，等到我离世之际，阎罗鬼使把我带到了阎罗大王的面前。阎罗对我说道："王啊，你想首先体验什么？你想先享受你的善业之果，还是先承受你的罪业之果？我无法估量你所给出的布施，以及你将在天堂获得的享乐。"

迷惘之下，我回答："上主，先让我为犯下的过错受苦。"阎罗说道："那就沉沦吧！"顷刻间，我被转入蜥蜴之身，在这口井里待了很长的岁月。然而，不知怎的，由于前世乐善好施，以及强烈的有朝一日要见到你的愿望，我依然持续不断地思念你，即便处身卑贱。而且我还能记得前世的一切。

尼黎伽祈祷："主啊，我怎么会当面见到你？甚至那些不断在内心冥思你的伟大瑜伽士都很难见到你，那么，被尘世烦恼蒙蔽的我，又怎么能做到呢？须知，只有那些了结了一切尘世羁绊的人，才能够见到你呀。克利须那啊，请允许我启程前往天神的世界。无论我在哪里生活，主人啊，让我永远托庇于你的莲花足。"

怀着深深的感恩之情，尼黎伽大帝绕至尊者环礼三匝，以头面礼足。得到至尊者的准许，尼黎伽登上专门下来接他的天舆，在众人的注视下，升天而去。

克利须那转身对雅度诸子说道："意欲享受婆罗门财产的图谋有多么危险！即便此人通过修炼苦行和瑜伽已经变得十分强大。那么，更何况其他人？毒药只能害死服用它的人，火能被水扑灭。但是，偷窃婆罗门的财产将毁灭一家三代，并且绝无解药。

"刹帝利很容易被财富冲昏头脑，以至于看不到自己的堕落。他们幼稚地图谋享用婆罗门的财产，结果却为走向地狱铺好了道路。一个偷窃婆罗门财产的人将变成大便里的蛆虫，如此活上六万年。实际上，仅仅有此意欲就会减少寿命，或者即使偷盗不成，此人也将再次投生为毒蛇。

"我亲爱的追随者，绝不可对婆罗门粗暴无礼，即使他伤害了你或动手攻击你。就像我一直礼敬婆罗门，你们都该照做不误，任何不照我做的人，必将受到惩罚。想想尼黎伽这个例子吧。"

第四十五章　罗摩还乡

因为十分思念难陀、耶输陀以及宾陀林之民，巴腊罗摩登车启程，前去抚慰他们。一直饱受别离之苦折磨的牧童和牧女们如今已经长大成人，这次见到巴腊罗摩，他们欣喜若狂。

巴腊罗摩随后向难陀和耶输陀行礼问安。两人拥抱他，把他搂在怀里，幸福地抽泣起来。过了一会儿，所有的宾陀林之民都陆续前来看望巴腊罗摩，按照各自跟他的关系问候行礼。巴腊罗摩安然坐下，众人围坐在他身边，互相寒暄存问。牧人们问道："罗摩啊，我们的亲戚都好吗？他们还经常想起我们吗？"

随后众牧女到场，激动万分地说："有摩图罗女子的陪伴，克利须那生活快乐吗？他是否还记得他的家人、父母？是否还想到我们？你觉得克利须那会回来探望他的父母亲吗？因为克利须那的缘故，我们抛下家人，但是，突然之间，他抛下了我们。以前，我们每天采花，为克利须那制作花鬘。可他离开了我们，让我们整日只能以泪洗面。我们不过是单纯的乡下姑娘，所以克利须那欺骗我们，告诉我们他永远无法报答我们的奉献。但是，城里的女子怎么会相信一个心思不定、不会感恩的人？她们信任他，不过是因为他的甜言蜜语，因为他的音容笑貌激起了她们的情欲。亲爱的牧女啊，让我们谈点别的好了。没有我们，克利须那照样轻松度日，我们也不再谈论他，管好自己的生活吧。"

这样诉说着，牧女们的情爱变得愈发强烈。回想起克利须那的笑颜、话语、风姿和他深情的拥抱，牧女们觉得他就在她们的面前，于是都情不自禁地哭泣起来。巴腊罗摩非常理解牧女们的喜乐之情，他想给她们安慰。擅长调停的他于是向牧女们讲起克利须那要他捎来的机密口信。这些讯息深深地打动了众牧女的心，给了她们巨大的满足。

巴腊罗摩在宾陀林住了两个月。每天晚上他都跟牧女们共舞罗娑，满足她们的情侣之爱。在众女的陪伴下，巴腊罗摩逍遥于朱木拿河岸边的花园中。春风吹拂，送来睡莲的芬芳。水神筏楼那遣来女儿伐楼尼，化作从树洞里流出的蜜汁。芳甜的蜜香让林中的香气愈发馥郁。巴腊罗摩和众牧女一路跟踪香气，找到树洞，尽情享受那神圣的汁液。

听着众牧女赞美他的歌声，巴腊罗摩感觉十分愉悦，只见他双眼迷离，仿佛喝醉了似的。满心欢喜的巴腊罗摩于是想领着众牧女一起迈入朱木拿河中戏水。他召唤朱木拿河女神来到身边，但女神却不听号令，以为他不过是醉后胡言。这让巴腊罗摩大为恼火。他举起神犁，猛力插入地面，开始使劲将河道往自己这边拽。与此同时，他口中喝道："孽障，你敢藐视我，我要用犁头惩治你，把你分裂成千百条溪流。"

受到这般呵斥，朱木拿河女神惊恐万分，急忙赶来，跪倒在巴腊罗摩的莲花足下。她颤声说道："罗摩啊，巨臂之人！请饶恕我，因为我不明白你作为至尊主神的地位。现在，我皈命于你，我知道你对奉献者总是慈悲有加。"

巴腊罗摩放开了朱木拿河，等到河水靠近，便在众女伴的簇拥下踏入河中。至尊者在河水中尽情嬉耍，等他出水之后，吉祥天女献上了一套蓝色衣衫和一条黄金项链。巴腊罗摩穿戴一新，显得更加华美光彩。

就这样，两个月转瞬即逝。这期间，宾陀林之民变得跟从前两兄弟在时一样开心喜乐。

第四十六章　真假天人

巴腊罗摩尚在宾陀林盘桓之时，伽卢刹之王彭多罗伽派遣了一个信使去杜瓦拉卡见克利须那。

那信使被带到端坐于皇室议事厅之内的克利须那面前，向克利须那传达了国君的口信："我是唯一的华胥天人，出于慈悲，我降临世间，拯救堕落众生。克利须那啊，放弃毗湿努的标记和法宝，托庇于我。否则，准备跟我一战吧！"

受到一帮喜欢阿谀奉承之辈的怂恿，彭多罗伽想象自己就是至上主神，就像一个蒙童跟其他童子玩耍时，想象自己是一个国王。

以乌戈罗塞拿为首的与会众人听到这等讯息，无不哄堂大笑良久。随众人哄笑一番之后，克利须那让信使给彭多罗伽传信如下："你这愚蠢的无赖，我绝不会向你投降。至于法宝，我将用我的法轮诛灭你和你那批同样愚蠢的追随者。彼时，你不但成不了我的庇护所，你的尸身必将成为野狗鹰鹫的腹中之食。"

信使回去禀报彭多罗伽。这边克利须那更不迟疑，当即登上战车，率军杀向伽卢刹国，很快便包围了迦尸城。

彭多罗伽刚听完使者的禀告不久，又得知大军围城，便匆匆率两军团人马出城迎战，他的同伙——迦尸王也率三个军团随后赶到。克利须那第一次面对面见到彭多罗伽，发现对方竟然完全是自己的一个复制品。

彭多罗伽手持螺、轮、莲花、铁杵。他也有仿冒的甘狄筏长弓、"卍"字白毫和考斯图巴宝石。只见他身穿黄衫，战车上也插着有神猴徽记的旗帜，整个外形就像舞台上的戏子。看到这般情景，克利须那禁不住放声大笑。

敌军开始向克利须那抛掷各种兵器，至尊者手持杵、剑、轮、弓，英勇反击。很快战场上就堆积起破碎的战车和人、马、象、骆驼的断肢残躯，看上去宛如大神湿婆劫终起舞之地。克利须那手下将士见状大为振奋，趁势转守为攻。

克利须那高声喝道："彭多罗伽，你这蠢材，你想要我的法宝，我现在就给你。我要让你再不能假冒我的名号！"嘲弄一番之后，克利须那先射箭击碎了对方的战车，然后挥法轮斩下了彭多罗伽的首级。

其实，彭多罗伽一直在冥思至尊者毗湿努的身相，但因为他一心想模仿，便造下了冒犯。然而，当克利须那诛杀他之后，冒犯被抵消了，如是他获得了一具跟居于无忧星之上的至尊者相似的灵性身体。克利须那随后放箭射下了迦尸王的脑袋，并将它抛入城中，犹如狂风吹走一朵莲花。

出战之前，迦尸王曾夸口要带回敌方的首级，他的皇后也吹嘘再三。当城中百姓前来围观从天而降的脑袋时，开始他们都以为那是克利须那的。等到辨认仔细，发现那是国君的首级，众人都痛哭起来，尤其是皇后与众妃子。

克利须那得胜还朝。迦尸王之子殊答克湿拿为父王举行葬礼，他在内心下定决心："只有杀掉害死父王的人，我才算报仇雪恨。"

为了达到目的，殊答克湿拿命一帮博学的婆罗门祭司崇拜大神湿婆。被崇拜取悦的大神现身于王子面前，让他提出所要的赐福。王子于是询问除灭杀父仇人的方法。湿婆建议他举行怛陀罗密仪，并向他保证，只要持以奉行，必能实现心愿。

不久，邪灵答克湿那戈尼现身于祭祀之火，准备执行殊答克湿拿的指令。这妖魔全身赤裸，红须红发，獠牙蹙眉，眼喷火渣，看上去十分恐怖。他一面舔着嘴角，一面晃动火红的铁叉。在殊答克湿拿的鼓动下，那妖魔摆动棕榈树一般的长腿，带领数百鬼怪冲向杜瓦拉卡，一路上天摇地动，烈火熊熊。

眼见妖魔逼近，杜瓦拉卡之民无不惊怖苦恼，犹如落入丛林大火的野兽。此时，克利须那正在议事厅中玩樗蒲之戏，很多人跑进来向他求告："主啊，救救我们吧，大火在烧毁我们的都城！"克里须那微微一笑，说道："莫要害怕，我会保护你们。"知道来者为湿婆所造化，克利须那当即祭起了他的轮宝。那法轮光辉璀璨，犹如百万个太阳照耀，立时让妖魔动弹不得。答克湿那戈尼眼见不敌，急忙转身逃回迦尸。

按照怛陀罗里黑魔法的规矩，若杀人的咒语已经发出却未曾见血，咒语便会反噬用咒者。因此之故，当那妖魔回到迦尸时，上来便烧死了殊答克湿拿，以及他所使唤的一众祭司。法轮追入迦尸城中，紧跟答克湿那戈尼不放。因为迦尸国君曾经对抗克利须那，那法轮顺势将整座城市焚烧成了灰烬。

第四十七章　醉打狂猿

大猩猩德维毗陀本是摩因陀之弟，当罗摩现世时曾为猴王苏格利华手下的大臣。后来，他与魔王那罗伽修罗交好，结果堕落变节。德维毗陀听说那罗伽修罗之死，便一心想为他报仇雪恨。他开始到处滋事生非，在城乡之间杀人放火。

有一次，德维毗陀徒手撕裂了很多山陵，并大肆破坏周边环境。还有一次，他跑到海边，用手臂使劲搅动大海，靠海的村落因此都被潮水淹没。他有时窜入圣贤们的隐修院，捣毁园林后，还在祭场里屙屎撒尿。有时，他劫掠男女，将其关入山洞，又用巨石封住洞口。有时，他甚至强奸贵族家里的女孩。

一次，正胡乱折腾的德维毗陀听到从雷筏陀山上传来美妙的乐声。他赶到那里，看见巴腊罗摩在很多年轻姑娘中间舞蹈歌唱。只见他眼珠微红，流盼转动，仿佛饮了太多的蜜汁，已经陷入醉乡之中。

那狂猿爬上一棵大树，攀缘跳跃于树枝之间，一边还拉扯藤蔓枝条，故意弄出怪声，破坏周围欢乐的气氛。当他出现于姑娘们面前搔首弄姿时，姑娘们禁不住哄然大笑，毕竟，女孩子们喜欢玩闹嬉笑。

巴腊罗摩也向他注视过去，德维毗陀愈发鲁莽。他跳到姑娘们跟前，挤眉弄眼，展露下体。看见这般情形，巴腊罗摩十分恼火，当即向那猿猴掷出一块石头。狡猾的猩猩闪身躲过石块，飞身抓起巴腊罗摩的蜜罐就跑。

德维毗陀饮到酩酊大醉后，随手摔碎蜜罐，然后向巴腊罗摩龇牙狂笑。他以为巴腊罗摩对他无能为力，便开始上前拉扯姑娘们的衣裙。巴腊罗摩早就听说那猩猩胡作非为，当下拿起铁杵，决定除此妖孽。德维毗陀见状，一手连根拔起一株娑罗树，狂冲上前，向巴腊罗摩当头击落。巴腊罗摩岿然不动，待大树落下时，伸手抓住树干。接着，他挥杵砸向德维毗陀。那铁杵唤作殊难陀。

被击中脑壳的德维毗陀鲜血四溅。但那猩猩毫不在意，很快又拔起另一棵大树，扯掉枝叶后，向巴腊罗摩劈头盖脸打将过去。巴腊罗摩挥杵击碎树干，德维毗陀随后又拔下另外一棵树。如此这般反复交手，整片森林都被拔得一树不剩。德维毗陀接着开始猛掷石块，巴腊罗摩轻而易举地挥杵将这些石块一一击落，犹如玩耍一般。最后，石头也扔完了，德维毗陀挥拳猛击至尊者的胸口。

恼怒之下，巴腊罗摩扔掉铁杵，一拳打向德维毗陀的脖颈。那猩猩应声倒下，口中鲜血狂喷。德维毗陀倒地而亡之际，雷筏陀山震荡不已，仿佛海面上被狂风吹得摇摆不定的舟船。众神和诸仙圣从天上撒下鲜花，口中还高呼着："胜利归于巴腊罗摩，胜利归于巴腊罗摩！"

此事发生不久，巴腊罗摩返回了杜瓦拉卡。

第四十八章　神犁降国

杜瑜檀那有一女，名叫拉克什曼娜，是一个品格非常卓异的女孩，为很多王子所爱慕。瞻跛梵蒂之子桑巴，其时正参与其选夫大典，非常渴望能娶到这位公主，但公主却并不中意于他。于是桑巴强行掠走了公主。

所有的俱卢长辈，以狄多罗史德罗和毗史摩为首，都认为这是对整个俱卢族的巨大侮辱。愤怒的俱卢族人说道："这坏小子冒犯了我们，掠走我们未婚的女儿，根本不顾她本人的意愿。把他抓起来，但别杀他，毕竟，被他碰过以后，公主再也不能嫁给其他人了。毗湿尼人能怎么样？他们是受我们分封的臣属，并不强大。倘若他们敢上门挑战，我们将好好教训他们一下！"

六位伟大的武士被派遣去捉拿桑巴，其中包括喀尔纳、杜瑜檀那和毗史摩。桑巴也是一位万人敌，面对俱卢武士，他昂首站立，毫不退缩。事实上，桑巴射箭猛攻对手，以至于他们情不自禁地承认："这孩子真厉害！"

不过，俱卢六武士很快毁掉了桑巴的车乘，杀死了他的四匹马，还射断了他的弓弦，使他无法拉弓再战。虽然以六敌一，俱卢武士们还是费了好大劲儿才把桑巴捆绑起来。他们夺回拉克什曼娜，压着俘虏，胜利返回象城。

圣者那罗陀牟尼立刻将消息带给了雅度族人。听说桑巴被六大武士合力捉拿，雅度族人无不义愤填膺。在国君乌戈罗塞拿的催促下，他们很快召集人马，准备跟俱卢族人拼个高低。

然而，巴腊罗摩不太赞成两个王族为此火拼。他劝说那些已经甲胄在身的雅度武士少安毋躁，然后登上战车，亲自赶赴象城，希望能说服俱卢族人，释放桑巴和新妇。在随行众婆罗门和家中长辈的陪同下，巴腊罗摩一马当先，神光凛凛，就像被众星捧出的一轮明月。

抵达象城后，巴腊罗摩并不进城，而是在城外安营扎寨。他首先派遣乌达华前去会见俱卢领袖。乌达华进城，见到狄多罗史德罗、毗史摩、杜瑜檀那诸人，遂上前一一礼敬。众人听说巴腊罗摩到来，无不喜出望外，于是手持种种吉祥物品，一起出城迎接贵客。明白巴腊罗摩乃是至尊主神，俱卢诸杰崇拜了他，向他顶礼跪拜。

巴腊罗摩和俱卢诸杰互问安好。寒暄已毕，至尊者用命令的口吻对他们说道："我代表国君乌戈罗塞拿前来贵国。虽然你们以不义的手段打败了桑巴，但国君宽大为怀，为了家族间的和平，他请求你们释放他，以利两国邦交。"

俱卢诸杰闻听，无不惊奇震怒："时间的威力看来真是不可抵挡，你所说的话语分明是受了喀利纪的影响。难道鞋子想爬到王冠所处的位置吗？由于婚姻的纽带，我们一直在同等的王族层面尊礼雅度族人，但现在你们却无礼地利用了这种特权。只因我们不加计较，你们才能享用牦尾、海螺、白伞、宝座和御床。但是，不该允许雅度人再使用这些王族器物了，因为这会增长你们的虚骄之气，如同以乳喂蛇，反而加剧其毒性。虽然你们靠了我们的仁慈兴旺起来，但你们如今却恬不知耻，居然胆敢对我们发号施令！"富贵尊显带来骄矜傲慢。俱卢诸杰说了这番粗鲁无礼的话语之后，便调转马头，扬长回城。巴腊罗摩一直耐心静听，但从他的外表看起来，很明显，他已经怒火中烧。

巴腊罗摩怒气逼人，简直令人无法直视。他狂笑不已，发话道："世人迷醉于骄慢，便不再重视和平。即使对这等人好言劝告，也是无济于事。最好用惩治的手段教他们行为有礼，犹如畜生，只能被棍棒调伏。克利须那坐于'吉祥法'议事厅之内，他能从天堂夺回波利质多宝树，难道说他不配坐上御座吗？吉祥天女要来崇拜他的莲花足，所有以梵天和湿婆为首的天神也是。难道说他配不上世间帝王的器物用具？看看这些极度膨胀的俱卢族人，完全被所谓的富有冲昏了头脑，就像一帮庸常的醉汉！哪个有权力的统治者会容忍他们这些污言秽语？今天，我要从大地上清除这些俱卢族人！"

说罢，巴腊罗摩抽出神犁，挺身站立，似乎要将天地焚作灰烬。至尊者插犁入地，开始将整座象城往恒河方向拖动。象城开始摇晃，仿佛发生了强烈的地震，俱卢族人很快清醒过来。眼看象城势将解体崩塌，没入恒河之中，俱卢族人急忙将桑巴和拉克什曼娜推到前头，带着全族老小，前去乞求巴腊罗摩的庇护。

俱卢族人双手合十，哀求祷告："罗摩啊，你是天地万物的根基！请原谅我们的冒犯，我们实在是愚昧无知。你的怒火是为了教导众生，而非仇恨和嫉妒的表现。我等稽首跪拜，宇宙之造物主啊，我们托庇于你！"

巴腊罗摩心肠软了下来，又对俱卢氏心生慈悲，便告诉他们不必害怕。其实这类冲突在刹帝利结婚时常有发生，看到桑巴和公主本是佳偶良缘，俱卢族人也是高兴的,只是为了考验桑巴的勇气,他们才不顾礼义,对他群起围攻。当巴腊罗摩提出要求时,他们也只是表面发火,其实是想见识一下至尊者不可思议的力量。

如此,一场冲突愉快收场,婚礼隆重举行。深爱女儿的杜瑜檀那给了一大笔嫁妆,包括成千上万的象、马、战车,以及一千个浑身珠宝装饰的女奴。巴腊罗摩照单全收,启程返回杜瓦拉卡。

第四十九章　凡夫显相

克利须那每日鸡鸣即起。清晨的波利质多树花香馥郁，引得蜜蜂嗡嗡，唤醒了巢中百鸟。接着百鸟啼鸣，叫醒克利须那，恰如宫廷诗人赞美他的荣光。睡在爱人怀中的皇后卢可弥尼很讨厌这最吉祥的梵时的到来，因为这对她意味着分离。

克利须那首先漱口，清洗手足，然后跏趺而坐，开始冥思自己。之后才沐浴穿戴，恭行日常仪轨，诸如供养祭火、念诵伽耶特黎咒语、崇拜天神祖先等等。

待仪式完毕，克利须那便向众婆罗门布施各种物品。习惯上，克利须那每天都要布施出一万三千零八十四头温顺安良的母牛，这些母牛产奶丰沛，全都身披布帛，蹄裹金银。

布施完毕，克利须那以手触碰各种吉祥之物，比如牛奶、火、蜜、金、醍醐和珠宝。接着他开始装饰打扮自己：戴上考斯图巴宝石和花鬘，涂旃檀浆，施粉化妆。在对母牛和牛犊的玉石像行注目礼后，克利须那便动身前去参拜毗湿努或湿婆的神庙。

早餐前，很多婆罗门会前来参见，而克利须那也恭迎不误。用膳之后，克利须那穿行全城，访察民情。他会赐予人们各种礼物，满足他们的愿望，看到百姓们欢喜，他也十分愉悦。无论收到什么东西，比如花鬘、槟榔、旃檀浆等等，克利须那都会派送给婆罗门和长者，然后才轮到众妃子和大臣。如果还有剩下的，他便留下自用。

待晨间诸事结束，御者答鲁伽驱车而至，在克利须那面前叉手而立。在萨提耶基和乌达华的陪同下，克利须那登上车乘，准备启程。此时众妃子上前，含情目送。克利须那微笑作答，他知道，这些夫人甚至无法忍受片刻的分离，但分离也会使她们爱得更深。

至尊者驱车直趋"吉祥法"议事厅。这座雄伟无比的建筑自天界挪来，入于其中者可免除六种世间烦恼：饥、渴、老、死、幻、苦。彼时克利须那登上宝座，全身放光。在雅度诸杰的簇拥下，克利须那看上去犹如众星拱卫的月轮。

小丑和魔术师轮番上前表演，娱乐至尊者和他的伙伴们，让他们开怀大笑，整个会场的气氛因而显得轻松愉快。接着又有女伎，演奏鼓乐丝竹，吟游诗人、歌者唱赞说书。有时，婆罗门也会来此唱诵吠陀真言，演说先王事迹。

一日，一位不知名姓的外乡人到访，经克利须那允许，进入议事厅。那人向克利须那稽首顶礼，说他是代表两万君主前来求援，这些君主拒绝归降迦罗商陀，遂遭无理监禁。

那信使转述众君主的话道："克利须那啊，对于皈命你的，你是恐惧的毁灭者！没有你的准许，迦罗商陀这等恶徒怎么能把我们整得如此悲惨？我等皆困惑迷茫，搞不清其中缘由。唯一的结论只能是：迦罗商陀不过是成就我等前世恶业之果的工具。

"我等从经典听说，任何向你皈命之人立刻免除一切罪恶报应。是故，我等全心全意托庇于你，希望你能前来解救我们，让我们逃脱出具足万象之力的暴君的魔爪。你跟他战了十七次，战无不胜。但到第十八次，你却表现出凡夫行，准许他一战胜出。主啊，我们晓得，迦罗商陀绝不可能战胜你，但那愚蠢的暴君却根本不懂你的计谋，竟变得愈发骄傲自大。"

那信使最后说道："以上是那些被迦罗商陀囚禁的君王们要我转告的话语。他们已经皈依在你的莲花足下，都在盼望你的出现，现在，请按照你认为对的去做吧。"

正在此时，那罗陀牟尼来到，只见他身现光明，灿烂如日。克利须那率诸大臣立刻起身，稽首顶礼。为他设座之后，克利须那亲自以种种物品崇拜他。

至尊者开口询问道："仙圣啊，你周游世界，我们可以从你这里得到各种消息。请告诉我般度五子的处境以及他们的想法。"室利那罗陀答道："全能的主啊，谁能知道你的目的？你是至上之灵，却扮演着人类的角色。是故，我并不惊讶于你的询问。我来告诉你，你的堂兄尤帝士提尔的心愿。虽然生活于钟鸣鼎食之间，尤帝士提尔渴望通过举行王祭来崇拜你，从而获得不可比拟的威权。他渴望有你的陪伴，请现身赐福他吧。所有的伟大君王和仙圣都将来参加这场王祭，他们也急切地盼望见到你。"

然而，因为方才克利须那和诸大臣正在讨论进袭迦罗商陀，所以那罗陀的建议并不受雅度族人欢迎。克利须那转头望向乌达华，微笑说道："你是我最亲近的朋友，你的建议总是正确无误，我愿意透过你的眼睛去观看一切。请告诉我，眼下我们该如何行动。我们相信你的判断，会根据你所说的去做。"

乌达华很清楚，至尊者虽然无所不知，如今却以凡夫相行为。于是，他按照主所愿望的，做出了答复："我主啊，你要辅佐你的堂兄举行王祭，也要保护那些寻求你庇荫的君主。只有征服天下所有君王之人才能举行王祭，所以，据我看来，诛灭迦罗商陀可以一举两得。迦罗商陀有万夫不当之勇，只有毗摩跟他势均力敌。此人十分忠于婆罗门礼法，并且因为从未拒绝过一个婆罗门的请求而闻名于世。如此，毗摩当易容为婆罗门，向他乞求一战，以为布施，如此也可以避免其他人不必要的流血。有你在场，毗摩必能击杀迦罗商陀。"

克利须那、那罗陀和雅度诸尊长闻言，无不欣然赞同。克利须那随即向父亲、国君乌戈罗塞拿和巴腊罗摩辞行，然后命令众侍者准备出发，诸妃和王子们也同时整装待命。送走那罗陀之后，克利须那对信使说道："亲爱的使者啊，我会做好安排，毁灭摩揭陀之君。莫要畏惧。"使者启程返回，将消息捎给了苦苦等候中的众君主。

在众兵将的拱卫下，克利须那登车出发，身后跟着诸多王妃和王子，皆坐于金轿之内，由壮士抗抬。王妃们穿戴华美，身边皆有手持剑、盾的武士守卫。整个队伍浩浩荡荡，还带着大量的装备辎重、仆役牲畜。大军仪仗隆盛，伞幢、旗幡、拂尘四处飘飞。阳光照耀之下，战士们的盔甲、器械、首饰熠熠生辉。车马嶙嶙，喧闹声中，大军蜿蜒前行，犹如波浪和鱼龙翻腾激荡的大海。

克利须那率军翻山渡河，穿过无数村庄、牧场，经历四省，最后跨过莎拉斯筏底河，穿越般叉罗国和摩特峡国，终于来到象城。

尤帝士提尔听说克利须那到访，心中狂喜，不觉毛发为竖。尤帝士提尔立刻起身，亲自带领全部人马出城迎接。经历了这么久的别离，一见到克利须那，尤帝士提尔的心就被爱融化了。他一次又一次地热烈拥抱克利须那，忘却了一切尘染，沉浸于妙乐之洋。他的眼中泪水充盈，全身因为狂喜而颤抖。事实上，尤帝士提尔已经完全忘记了自己还活在人世间！

毗摩泪水盈眶，大笑着上前拥抱克利须那，克利须那也拥抱了他，接着是阿周那、萨贺提婆和那拘罗。尤其对阿周那，因为关系亲密，克利须那不断地拥抱他。与此同时，萨贺提婆和那拘罗跪倒于克利须那的莲花足下，稽首顶礼。随后，克利须那向众婆罗门以及在场的尊长逐一顶礼致敬。

在众亲戚、婆罗门以及各色乐人、歌伎的簇拥赞美下，克利须那缓辔入城。城中之民蜂拥而出，争相围观，议论不绝。因为急于见到克利须那，象城所有年轻媳妇、姑娘，皆丢下手里的家务，甚至躺在床上的丈夫，匆匆离开家门。

匆忙疾走之下，她们个个头发散乱、衣衫不整。看到克利须那过来，她们从屋顶上向他抛撒鲜花，同时在内心深处拥抱他。接着看到王妃们过来，她们又惊叹道："这些夫人前世做过什么哟，能让人中之杰对她们顾盼微笑？"

人们在沿街各处向至尊者敬献礼物，有些城中贤达上前崇拜。当克利须那抵达般度氏王宫时，王族所有成员皆立于宫门迎候。贡蒂太后见到侄子，不禁喜极而泣，当下从榻上起来，在图鲁波提的搀扶下，上前拥抱克利须那。克利须那随后向贡蒂以及其他长辈女眷顶礼，而图鲁波提和须跋陀罗则向他叩首行礼。在贡蒂的指点下，图鲁波提上前向诸位王妃逐次行礼问安，并以首饰细软相赠。

尤帝士提尔盛情款待，每日都是花样翻新。为了取悦尤帝士提尔，克利须那在象城一住数月。克利须那平时喜欢在城中四处闲逛。此外，他也经常与阿周那一起驱车，带士卒到郊外驰猎行乐。

第五十章　计劈修罗

一日，尤帝士提尔大帝端坐于皇室议事厅之内，身边环绕着诸位兄弟、亲戚以及众多臣僚。正当众人凝神聆听之际，他对克利须那说道："哥宾陀啊，我欲举行天子大祭，它是一切祭祀之王。我希望，凭借你的恩慈，此事能顺利成办。通过举行这次祭祀，我要取悦所有的天神，他们都是你在世间被赋予大能的代表。至于我们，般度氏，我们于诸神一无所求，因为能做你的奉献者，我们就知足了。我想邀请所有的天神，从梵天和湿婆起始，但这只是为了显示，他们没有独立于你而存在的大能。我想证实，你才是唯一的至上主神，其他一切众生无不是你的仆人。我主啊，即使有所欲求于世间，臣服于你的奉献者无不功成事遂。而那些不曾托庇于你的人永不满足。让世人看看，那些崇拜你莲花足的人能得到什么样的结果，也让他们看看，不肯如此行事的人下场如何。"

至尊者说道："王啊，你的计划好极了，因为，透过天子大祭，众生皆得利益。首先，你必须征服大地上的所有君主，让他们臣服于你，此外，你必须获取必要的器物施设。到那时，你才可以举行这伟大的祭祀。你的兄弟们都是天神的分身，你自身又如此克己自制，以至于征服了不可征服的我。就力量、名声、财富、美貌而言，世间无人能超过我的奉献者，甚至天神也不能，更何况尘世的君王。"

听了克利须那一番话，尤帝士提尔大帝喜不自禁，面容看上去就像莲花绽放。克利须那被一个征服了诸根之人的爱所征服，未曾征服诸根之人无法征服至尊主。这便是天人之间的大秘密。

尤帝士提尔大帝于是派遣众兄弟前去征服四方。萨贺提婆往南，那拘罗往西，毗摩往东，阿周那往北。般度五子此举并非向世上所有君主宣战，他们只是前去告知四方君王，尤帝士提尔大帝意欲举行天子大祭，所以需要诸王称臣纳贡，否则必有一战。

听说迦罗商陀不愿俯首听命，尤帝士提尔十分焦急，克利须那于是便将乌达华的计谋告知于他。次日，毗摩、阿周那和克利须那乔装成婆罗门模样，出发前往迦罗商陀的都城基里波罗遮。

第十卷 | 495

到达迦罗商陀宫中，三人一身婆罗门打扮，站在他面前。克利须那开口说道："王啊，我等长途跋涉而来，只为求些布施。请满足我们的愿望。能忍者何所不忍？邪恶者何所不为？慷慨者何所不施？具平等心者又视谁为外人？若有人虽能办到，却不愿以无常之躯换取久远的名声，此人必受世人责难、悲悯。想想尸毗、巴利、朗提天人，这些人如何凭借有限的手段达到了无限。"

迦罗商陀一边倾听，一边观察来客，渐渐发现这些人其实都是刹帝利。他们身体的姿态、他们发号施令式的口吻，以及手臂上留下的弓弦痕迹，都暴露了他们的身份。迦罗商陀甚至感觉以前曾经在哪里遇见过这些不速之客。迦罗商陀心想："这些人肯定是打扮成婆罗门的武士。他们在我面前已然以乞丐自贬，又能伤害我什么？我自当足其所愿。至尊者毗湿努曾经化身为婆罗门，现身于巴利大帝面前。虽然知道这可能是计，而且又受上师阻挠，巴利大帝还是将三界布施出去。他无瑕的名声至今天下流传。"

如是心意已决，迦罗商陀说道："博学的婆罗门啊，告诉我你们想要什么，我会给你们，即便你们想要我的项上人头。"克利须那答道："出类拔萃的王啊，我们其实都是刹帝利，到此专为乞求与你一战，其他并无所求。那位是毗摩，这位是他的兄弟阿周那，而我就是你的宿敌，克利须那。"

迦罗商陀闻言仰天大笑，接着无比轻蔑地说道："好吧，你们这些蠢货，我来跟你们决一死战！不过，我不想跟你——克利须那动手，因为你是个临阵脱逃、躲入海角的懦夫。至于阿周那，他比我小，也不够强壮。毗摩看起来倒是我的对手。"

迦罗商陀递给毗摩一根大铁杵，同时自己也选了一根。于是大家一起走出城外。两位英雄开始拼斗，相互以铁杵猛击。两人都功夫了得，腾挪进退之际，仿佛舞蹈一般。两杵相撞，其声如雷，两人游走缠斗，更是蔚为壮观。

铁杵破裂，二人遂以铁拳互搏。无论就力量、功夫和体能而言，双方都可谓旗鼓相当，是以二人皆全力以赴，不敢稍有松懈。如此大战二十七昼，二人依然不分胜败。晚间歇息，众人依旧以朋友相待，共住于迦罗商陀宫中。

第二十八日，毗摩坦承自己恐怕胜不了迦罗商陀。克利须那于是把迦罗商陀的出生秘密说了出来。原来迦罗商陀有二母，各生其身之半。父亲见此婴残疾无用，便把一对半边身体都抛入了丛林深处。林中女巫伽罗发现了这个弃婴，便想办法把那两片半边身体缝合起来，让那婴儿活转过来。

搏斗继续。克利须那乘隙将一段树枝一折为二，向毗摩发出暗号。毗摩猛然省悟,当即抓住迦罗商陀的腿,将他拱翻于地。然后毗摩用膝盖压住对方的一条腿,手里抓着另外一条腿,两下撕扯,从尾到头,一下子将迦罗商陀劈为两半。摩揭陀之民眼见国君尸体横陈,血肉淋漓,无不放声痛哭。而克利须那和阿周那则冲上前去,拥抱毗摩。

克利须那无意占人疆土,便命人唤来迦罗商陀之子,扶他登基为王。接着便亲自前去释放所有被迦罗商陀囚禁的君王。

迦罗商陀曾经打败过两万零八百位君主。他把他们长期囚禁在岩洞里,而那岩洞又是一座古堡的一部分。这些君主个个看起来肮脏憔悴,脸色萎黄,衣服破败,形销骨立。经历过这般折磨,突然见到身具四臂的至尊者出现在眼前,众君主只顾尽情凝视他,仿佛要用双眼将他吞饮下去一般。就在这一刻,他们所有的宿业全部灰飞烟灭。他们跪倒在至尊者的莲花足下,毫无保留地向他臣服皈命。

目睹尊神的狂喜也驱除了他们经年的疲惫痛苦。众王叉手而立,如是祷告:"向你顶礼,诸神之主啊,你破除向你皈命者的一切苦恼!克利须那啊,犹如你救我们逃出迦罗商陀之魔爪,求你将我们度脱于尘世牢笼,我们已然对这牢笼彻底绝望。我们不再谴责迦罗商陀,因为让我们被打下君主的宝座,本就是你的慈悲。被财富、权势和力量蒙蔽了双眼,我们相互征战,凌虐百姓。如是,我们傲慢地对你的权柄置若罔闻。如今,于潦倒落魄之际,我们才明白,欲图享受虚浮无常的感官之乐全无是处。如同有人于沙漠中见到海市蜃楼,愚者把摩耶之幻相视为真实无妄。

"如今你慈悲地摧破了我们的骄慢,我们只想能够记住你的莲花足。我们再也不去追逐世间的尊显,因为这需要苦心劳形才能维持长久。而且,躯壳本身就是疾病和种种烦恼的根源,每时每刻都在衰老中趋向死亡。求你祝福我们,让我们永远不会忘记你的莲花足,即便我们还在生死轮回的旅途之中。一次复一次,向你皈敬顶礼!克利须那啊,是你消除了向你臣服者的烦恼苦痛!"

至尊者说道:"众王啊,从今以后,你们将拥有对于我的坚定奉爱,一如汝等所愿。你们决定从世俗欲乐之途转向对我的服务奉献,这是红运来临的好兆头。按照正法,继续统治你们的臣民,让他们生活得幸福安乐。于日用苦乐之间,始终注心于我,知足常乐,不执身见。如此,你们终将臻达我——绝对真理。"

随后,克利须那安排很多男女仆人为众君主梳洗清洁。克利须那又命迦罗商陀之子萨贺提婆给众君主送来珠宝、首饰、衣袍、花鬘和旃檀浆。待众君主穿戴整齐，克利须那又为他们准备了丰盛的宴席。受到至尊主的这般款待，众君主的痛苦一扫而空，个个容光焕发，犹如雨季之末夜空中的明月。

克利须那安排众王坐上精致的战车，让他们返回各自的王国。一路之上，众君主始终思念着克利须那。回到故乡，他们向所有的臣民讲述了至尊者的所作所为。从此以后，这些君主无不按照至尊者的训谕，正心诚意，治国安邦。

辞别萨贺提婆，克利须那带同毗摩、阿周那启程返回象城。当他们抵达象城城外时，得胜归来的英雄们吹响了各自的战螺，给他们的朋友送去欢乐，给他们的敌人送去悲伤。听到海螺声，象城之民立刻知道，摩揭陀之君已经一命呜呼。尤帝士提尔感觉到，自己的愿望实现了。

克利须那、毗摩、阿周那并肩入城，向尤帝士提尔顶礼致敬。听了至尊者所行的奇妙之事，尤帝士提尔禁不住目瞪口呆。被至尊者的慈悲深深打动的他，很长时间说不出话来，眼泪潸然而下。

第五十一章　天子大祭

自是，尤帝士提尔大帝开始准备举行天子大祭。他首先邀请了当世德高望重的婆罗门和仙圣，其中包括毗耶娑、钵罗德筏遮、安吉罗、阿悉多、筏希斯陀、毗湿筏弥陀、钵罗刹腊、迦叶波、波罗殊罗摩、麦萃耶、叉筏那、羯弥尼、苏喀罗阿阇黎。然后是俱卢族的所有尊长，包括陀拏、毗史摩、狄多罗史德罗及其诸子，还有明智的毗多罗。实际上，他们邀请了天下所有的君主。

婆罗门祭司用金犁开出祭场，然后授权尤帝士提尔发起祭祀。祭祀用的所有器物皆为纯金打造。在尤帝士提尔的祈请下，所有的重要天神皆现身降临，其中包括梵天、湿婆和因陀罗，以及无数悉檀、乾达婆、持明仙、夜叉、罗刹、紧那罗与叉罗那。与会众人无不赞成由尤帝士提尔大帝行天子大祭，一如筏楼那之所为。

祭典开启。榨取娑摩甘露那天，尤帝士提尔大帝非常恭敬地迎请了前来监察纠错的祭司。之后，与会众人讨论谁应该首先受到崇拜，此人必须是现场众人神中最杰出的。

因为现场圣贤豪杰众多，一时很多名字被挑选出来。萨贺提婆站出来说道："肯定是克利须那，至上主神，才配得上至高无上的荣显。他是所有天神的总汇，因为他是造化之根源，无一物能独立于他之外。是故，我等当给克利须那以至高的荣礼，若依此而为，我等自身自动得到荣显，所有其他生灵亦是。"萨贺提婆说毕，所有圣贤皆欢呼喊好。尤帝士提尔大帝闻言大喜，当下满怀深情，开始崇拜至尊者克利须那。

尤帝士提尔先为克利须那浴足，然后把浴足水洒到自己和妻儿、兄弟、亲戚、臣僚的头顶。接着，他献上明黄色的丝帛袍服和全套珠宝首饰，泪水模糊了他的双眼，使他无法看清楚面前的主。此时，全场几乎所有人都起身高呼"南无""遮耶"。

悉殊钵罗，答摩拘刹之子，一直是克利须那的死敌，对此无法容忍。当众人起身欢呼之际，悉殊钵罗却独自安坐不动。待众人再次归座，悉殊钵罗已经恼羞成怒。他霍然站起，双臂挥舞，高声大喝："现在证明，吾人皆受命运摆布，甚至伟大的圣者亦逃不出摩耶之作用。看看，这大会里的尊长智者竟然都被蒙童之言所误导！你们怎么会置宇宙众主宰和顶尖的圣贤于不顾，选出一个放牛娃？他根本不配你们的崇拜，如同乌鸦不配享用祭祀的供品。受到亚耶提的诅咒，这些雅答筏人早已为正人君子所摈斥。克利须那怎么配受崇拜？这些雅答筏人离弃伟大的圣贤们所居住的土地，托身于正法不行的穷荒大海之中。"

悉殊钵罗疯狂谩骂，但克利须那依然耐心静听。除了少数几个悉殊钵罗的同党，与会大众无不激愤万分。般度五子和一些武士愤而离座，抽剑待发。其他人自忖不能出手，只得掩耳疾走。

虽然受到众人反对，悉殊钵罗却不为所动，也拿起了剑和盾牌。他居中而立，继续对那些支持克利须那的君王侮辱喝骂。克利须那不想在这吉祥的时刻大动干戈，便劝阻了众人，当下祭起吉祥见法轮，斩下了悉殊钵罗的首级。

见此情景，会场里呼声如雷。剩下几个悉殊钵罗的同伙害怕跟他一起丧命，赶紧逃之夭夭。就在众人瞩目之下，一道白光从尸身里闪亮升起，进入克利须那的身体，宛如流星划过苍穹。作为灵魂，悉殊钵罗获得了永恒的解脱。

祭祀完毕，尤帝士提尔慷慨无比地酬答了众祭司和与会众人。诸神欢欢喜喜地各归天界，一路还在赞美至尊主和这场奇妙的祭典。每个人都快乐满足，除了杜瑜檀那。他天生善嫉、邪恶，就像一场瘟疫，要害死他的整个家族。作为斗争世的化身，杜瑜檀那根本无法容忍般度五子的繁荣壮大。在般度五子的恳求下，克利须那在象城盘桓数月，之后才辞行归国。

且说天子大祭期间，尤帝士提尔大帝于俱卢王族中挑选多人加以任用，而他们也因为与般度氏血缘情亲，所以行事特别卖力。其时，毗摩监管厨房，杜瑜檀那负责簿记，萨贺提婆承担迎宾，那拘罗司掌采买，阿周那照管尊长，图鲁波提分派膳食，喀尔纳掌管布施，而最令人吃惊的是，克利须那负责为所有前来与会的宾客浴足。

祭祀结束之后，所有国君和王子盛大出行，前往恒河岸边，观瞻尤帝士提尔大帝行沐浴之礼。歌舞阵阵，丝竹鼓乐喧天，天神们从空中撒下如雨的鲜花。诸王衣冠华美，身边众士前呼后拥，更有婆罗门唱赞韦陀相随。

抵达河岸，打扮得漂漂亮亮的象城男女相互往身上泼水、泼油、泼乳、泼酥油、泼酸酪、泼朱砂和姜黄，以此取乐狂欢。青楼女子们兴奋地把这些东西涂抹到男人身上，男人们依样酬答。克利须那和阿周那也往王妃们身上抛洒这类汁液，众王妃投桃报李。很快,女人们的衣裳都湿透了,她们的胸、腿、腰依稀可见,尽皆娇羞难耐,她们的笑颜让她们更加容光焕发。诸神和他们的明妃现身空中,也来观看这人间游乐,确实,男女间天真无邪的嬉戏总是让人赏心悦目。而另一方面,心存污秽的人也不免变得色欲熏天。

在婆罗门祭司的引导下,皇后图鲁波提和尤帝士提尔一起行了安妻礼,然后才是沐浴礼。此时,所有人皆随天子澡沐于恒河之中。礼毕,尤帝士提尔大帝换上新锦袍,向众婆罗门布施珠宝布帛。尤帝士提尔使出种种层出不穷的花样,持续不断地荣显其亲朋好友以及在场宾客。一时间,男人们身上珠光宝气、绫罗香花遍体,女人们也一样尽显华贵。最后,大家向尤帝士提尔辞行道别,一路之上,依然滔滔不绝地夸奖这位伟大的圣王所举行的奇妙祭典。

一日,尤帝士提尔正坐在黄金宝座上,身边围绕着克利须那、众兄弟,及其众多臣属,杜瑜檀那率诸弟蜂拥而至,闯入这座天魔神匠打造的议事厅中。

因为始终嗔慢盈心,稍有差错,杜瑜檀那便对守门侍从厉声呵斥。漫步宫中,杜瑜檀那看见处处锦绣,人天神魔之美富无不在此汇总,而皇后图鲁波提能干娴熟,用这一切侍奉着她的夫君们。杜瑜檀那对此十分不快,因为他一直非常爱慕皇后,在她未曾嫁给般度五子时就已经倾倒于她的美丽。

克利须那的数千王妃也住在尤帝士提尔宫中,四处缓步闲逛,她们的脚铃声摄人心魄。王妃们个个腰身纤细,胸口的朱砂粉照得身上的珍珠项链通红发亮,而飘逸的长发更增添了她们姿容的曼妙清婉。

在魔匠的鬼斧神工之下,整座宫殿宛如迷宫,不知就里者往往把地视为水,把水当成地。看到尤帝士提尔的宫殿这般富丽堂皇,杜瑜檀那越发妒火中烧。被魔匠的手艺搞得晕头转向的他错把池水当作地面,一下子跌落池中。毗摩见状,禁不住哈哈大笑,在场的宫中女子也都忍俊不禁。

尤帝士提尔欲图上前喝阻讪笑之人,但克利须那暗示国君不该如此,因为他想让夫人们从杜瑜檀那的蠢态中好好取乐一把。备受羞辱之下,胸中怒火滔天的杜瑜檀那低着头恨恨离开,口中一言不发。众人见状,十分不忍,尤其是尤帝士提尔,但克利须那依然沉默不语。其实,正是至尊者的顾盼让杜瑜檀那陷入迷幻,这也是他宏大计划的一部分。

第五十二章　大战飞舟

昔日卢可弥尼招亲之时，莎尔华曾经与好友悉殊钵罗一道，被雅度武士击败。当时他发下毒誓："我定要将雅度族人从大地上铲除干净，让他们见识见识我的威力！"

莎尔华开始修炼苦行，每日崇拜大神湿婆，只吃一把灰土。如此经历一年，湿婆对莎尔华十分满意，便应许他接受赐福。莎尔华开口讨要一辆飞舟，此飞舟为一切人神妖魔罗刹所不能摧毁，可以去任何他想去的地方，并将给雅度王朝中人带来恐惧。

大神湿婆一口应承。于是，奉大神之命，魔匠摩耶·答那筏建造了一艘钢铁飞舟，其大如城堡，名叫"首跋"。摩耶·答那筏将它献给了莎尔华。登上那快若无形的飞舟，莎尔华径直向杜瓦拉卡飞去。

莎尔华手下大军在地面上包围了杜瓦拉卡，而莎尔华本人则从天空进袭，投掷下犹如暴雨般的石块、滚木、毒蛇、冰雹、霹雳。接着，莎尔华又炮制出可怕的旋风，一霎时飞沙走石，黑暗笼罩了四面八方。

眼见杜瓦拉卡之民倍受摧残，波罗度牟登上战车，率领桑巴、阿俱罗、萨提耶基诸将，在大军的簇拥护卫下，出城迎战。一场令人毛发为竖的战斗打响了。

波罗度牟金色羽箭连发，立刻驱散了乌云，并重创莎尔华的元帅都曼。随后，波罗度牟射出一百支箭，射穿了莎尔华，又十箭射死了他的御者。他向莎尔华手下士卒每人射出一箭，向敌方的无数马、象各射三箭。

看见如此精湛的箭术，双方将士无不喝彩。此时，莎尔华的飞舟开始大显神通，让雅度武士手足无措。只见那飞舟有时在空中分身无数，有时又变得无影无踪，有时出现于地面，有时又突然闪烁于空中，有时停靠于山顶，有时又漂浮于水面。雅度武士对这些古怪全然不顾，只要看到飞舟现身，便全力攻击。战到最后，莎尔华昏死过去。虽然身中二十五箭，莎尔华的元帅都曼突然大吼着扑向波罗度牟，以铁杵猛力击去。

波罗度牟顿时昏厥，他的战车御者——答鲁伽之子急忙驱车离开战场，逃往幽僻之地。两个时辰之后,波罗度牟苏醒过来,气愤愤地说道:"御者啊,你将我驶离战场,这太可怕了!除了我,没有一个出生于雅度王族的人会贪生逃命。你已经破坏了我的名声。我怎么还有脸面去见我的父亲和叔叔巴腊罗摩。族中妇女肯定会讥笑我,说我从英雄变成了阉人。"御者答道:"长命者啊,我完全清楚我的职分所在。当主人遇难,御者必须尽力保护他,正如主人必须保护他的御者。想到这一点,我将你带离战场,因为你已身受重创。"

清洗过手、口,波罗度牟命御者重返战场。乘着波罗度牟负伤逃离,莎尔华的元帅成功地打退了雅度大军。波罗度牟再度冲入沙场,以八箭射倒都曼,射死其御者、马,射穿了他的弓和旗帜。然后又补射一箭,射落了都曼的头颅。

雅度武士重整旗鼓,很快,莎尔华飞舟中的士卒纷纷落海丧命。激战持续了二十七个昼夜。与此同时,天子大祭结束后,还在象城盘桓的克利须那开始看到种种不祥的征兆。至尊者自思:"我如今滞留象城,站在悉殊钵罗一边的君主或许会乘机进攻杜瓦拉卡。"

辞别俱卢尊长、众圣者、贡蒂与其诸子之后,克利须那启程返国。一到杜瓦拉卡,至尊者就看到,在莎尔华的进攻下,王都岌岌可危。克利须那命巴腊罗摩前去视察都城的防御,然后他对答鲁伽说道:"御者,赶紧奔赴莎尔华所在之处。此人玄通广大,千万别被他迷惑。"

远远望见标有大鹏鸟徽号的旗帜,雅度人立刻知道,克利须那已经杀入了战场。莎尔华看见克利须那朝自己冲过来,便猛力掷出手中的长矛。只见那长矛犹如流星一般划过,照亮了整个苍穹。然而,克利须那弯弓击碎长矛,并向莎尔华射出了十六枝箭。

但是,当克利须那发箭如雨,射向飞舟之时,莎尔华突然狠击至尊者的身体左侧,致使刹伽长弓失手落地。伫立于半空中的诸神见此情景,无不失声惊呼。莎尔华以为自己已经得手,便高声咆哮道:"你这蠢货!竟敢当着我的面,抢走我的朋友悉殊钵罗的新娘。后来,你又乘他不注意,在神圣的聚会中谋杀了他。虽然你自认为不可战胜,我必将用利箭诛灭你,如果你胆敢站到我的面前!"克利须那回答道:"蠢材,你这般吹嘘简直荒谬绝伦,你根本看不到死神已经站在你的旁边。真正的英雄从不徒逞口舌,而是以勇武自显。"

说罢,克利须那挥铁杵猛力砸向莎尔华的锁骨,莎尔华当即浑身颤抖,口喷鲜血。但是,转瞬间,莎尔华施展玄通,在至尊者再次挥杵袭来时,突然消失于对方的视线之外。片刻之后,一个神秘的男子向克利须那走来。

那男子高声哭号着，在至尊者面前跪拜顶礼。他假装成来自杜瓦拉卡的信使，对至尊者说道："克利须那啊，你对你的父母情深无限。如今，莎尔华俘获了你的父亲筏殊提婆，要把他带到异乡，一如屠夫牵着牲口走向屠场。"听到这个消息，克利须那顿时显得悲哀万分，仿佛一个凡夫俗子。他悲啼不止，心中想道："这微不足道的莎尔华怎么能打败连天神和阿修罗都无法征服的巴腊罗摩，然后抓走我的父亲？确实，命运才是无所不能的！"

此时，莎尔华又一次突然现身，身边还带着一个长相酷似筏殊提婆的男子。莎尔华说道："这就是你亲爱的父亲，为了他，你才降生于世。现在我要杀死他，当着你的面！如果你有本事，就过来救他吧！"说罢，玄秘大师莎尔华挥剑斩下了筏殊提婆的首级。然后，手中高举砍下的头颅，莎尔华登上了正在半空盘旋的飞舟。

因为父子情深，化身为人的克利须那愣怔了一小会儿。但很快他就明白，刚才所发生的一切不过是莎尔华玩弄的幻术。仿佛刚从梦中清醒过来的克利须那看到，眼前既没有信使，也没有父亲的尸体，只有他的敌人——莎尔华在头顶盘旋飞翔。

莎尔华以为克利须那已经中计，便抖擞精神，又向至尊者射出如暴雨般的利箭。克利须那发箭还击，击碎了对方的盔甲和弓。接着，克利须那运杵猛击，那奇妙无比的飞舟应声碎裂，坠入大海之中。

莎尔华跳下飞舟，挥舞着铁杵，向克利须那冲去。至尊者飞快地斩断了对手那只持杵的手臂，然后祭起辉煌如劫终之日的吉祥见法轮，一下子砍掉了莎尔华的脑袋。一时间，众魔哀号，而诸神撒下如雨的鲜花。

听说莎尔华被戮，魔君檀多筏珂罗恼羞成怒，当下孤身一人奔向战场，他唯一的武器就是一根铁杵和满腔的怒火。这武士强大无比，其脚步所踏，大地为之震颤。看到檀多筏珂罗走近前来，克利须那操起铁杵，纵身跃下战车，挡住了对方的去路。

檀多筏珂罗高举手中铁杵，扬声喝道："克利须那，你今日站在我的面前，这是我的好运！虽说你是我的表亲，但你杀害了我的朋友莎尔华和悉殊钵罗，我定要杀死你，以此报答他们，一如清除身体上的脓疮。"

说罢，檀多筏珂罗怒吼一声，挥舞铁杵向至尊者头顶砸将下去。克利须那毫不避让，寸步未移，挥铁杵猛力击中对手的胸膛。檀多筏珂罗心脏被震碎成两片，口中鲜血狂喷，倒地而亡。那尸体头发披散，四肢横伸。彼时，在众人的注视下，一束灵光从死尸上升起，汇入了至尊者的身体，一如悉殊钵罗被杀时的情形。

眼见兄长暴毙,檀多筏珂罗的弟弟毗度罗闼手持剑、盾,冲向战场。悲痛之下,毗度罗闼呼吸沉重。克利须那见他奔袭而来,当即弹出吉祥见法轮,毗度罗闼的脑袋，连同头盔和耳环，应声而落。

除灭众魔之后，克利须那进入杜瓦拉卡城，诸神赞美舞蹈，在他的头顶撒下鲜花。城中百姓早已装点全城，准备好了庆功的盛典。

第五十三章　龙行天下

巴腊罗摩知道般度氏和俱卢氏准备开战，便以朝圣为名，离开了杜瓦拉卡。巴腊罗摩必须保持中立，因为他跟杜瑜檀那和尤帝士提尔都十分友好，但不能参战又让他无法忍受。

在众婆罗门的陪同下，巴腊罗摩先去波罗跋刹，然后朝拜了莎拉斯筏底河、恒河和朱木拿河沿岸的各处圣地。最后，他抵达了飘忽林，伟大的圣者们正在那里举行一场重大的祭祀。看到巴腊罗摩，所有圣者皆起身迎接。待他坐定之后，圣者们稽首顶礼，崇奉他为至上主神。

然而，巴腊罗摩注意到，毗耶娑的弟子楼摩哈莎拿始终坐在师尊宝座上，纹丝未动。巴腊罗摩十分恼火，当即开口斥责："这个婆罗门女跟刹帝利夫乱种生下的蠢货，高踞于在场的众位杰出婆罗门之上，甚至坐得比我还高，他该去见阎王了。虽说他是毗耶娑的弟子，学通了很多韦陀经典，但如此读经并不曾培养出任何美德。对他而言，研习经典无非如戏子学戏，因为他并无克己之德，也不谦卑，徒然以高人学者自居。我降临世间就是为了诛灭这类虚伪小人，他们伪装虔敬，其实是罪孽最深的混蛋。"

说完这番话，巴腊罗摩随手从地上摘了一片库莎草叶，持叶尖刺向楼摩哈莎拿，当场便结果了他的性命。见此情景，众圣者无不失声惊呼，其中有人谦恭劝谏道："至尊者商伽萨那呀，你犯下了违逆正法之业！我等奉请楼摩哈莎拿坐上师尊之位，并且保证他得享长寿，在祭祀期间，不受烦恼打扰。"

巴腊罗摩回答道："我当为我的行为忏悔，一如汝等所愿。圣者啊，若你们如此愿望，我将复原你们所许诺的一切。我可以让楼摩哈莎拿死而复生，再赐予他很长的寿命。"

众圣者不想搅乱至尊者的计划，他们说道："请让你所做的一切保持原样，但与此同时，也让我们许下的诺言完好无损。"

巴腊罗摩沉思片刻，朗声说道："那就让楼摩哈莎拿的儿子苏陀成为《往世书》的演说者，让他被赋予长寿和活力。请告诉我，你们还想要什么？就当是为我赎罪。"

圣者们说道："有一妖魔，名叫跋筏罗，乃伊筏拉之子，月望时便来此地，抛洒屎尿脓血，污秽我们的祭场。若你能除灭此妖，将是对我等最好的服务。待此事完成后，你该继续朝圣之旅。"

如是巴腊罗摩便停留下来，等待跋筏罗前来袭扰。新月升起之夜，狂风肆虐，扬起漫天沙尘，污臭之味弥漫空间。随着秽物四处抛落，跋筏罗手持铁叉，凌空飞来。

那妖魔巨大的身体黑如煤炭，只见他红铜色须发，怒目獠牙，面目甚是狰狞。巴腊罗摩见状，便召唤他的神犁和铁锤。这两件宝物应声而至，当即出现在他的手中。巴腊罗摩瞅准机会，探出神犁，勾住那妖魔，将他从半空中拽了下来。随后，巴腊罗摩挥铁锤猛击跋筏罗的脑壳。那妖魔被打得头破血流，高声尖叫一会儿后，便一命呜呼了。

欢喜之下，众圣者为巴腊罗摩举行了沐浴礼，并向他献上诚挚的赞祷和祝福。他们送给巴腊罗摩一串永不衰败的莲花花鬘以及衣服和首饰。

辞别众圣者之后，巴腊罗摩与众婆罗门继续前行。在去伽雅的路上，至尊者经过钵罗耶伽，按照父亲的训示，他在那里的毗湿努神庙中向祖先供奉了祭品。在摩亨多罗·波筏陀，巴腊罗摩遇见了波罗殊罗摩，向他叩首致敬。

旅途中，巴腊罗摩参拜了巴腊神，接着又去郎伽之地，然后到达舍图般答，大神罗摩曾在此地修筑通往楞伽的跨海石桥。至尊者向居于此地的婆罗门布施了一万头母牛，随后又去拜访隐居于摩腊亚山的阿伽斯提阿牟尼。

巴腊罗摩到了被称为喀尼耶枯摩梨的杜尔伽女神庙，至尊主罗摩也曾游历于此。在般叉萨罗，他再次布施了一万头母牛。穿过凯瑞拉之后，巴腊罗摩来到戈喀那，那是属于大神湿婆的圣地。

巴腊罗摩最后又回返波罗跋刹。听说几乎所有的刹帝利皆毙命于俱卢大战，巴腊罗摩大为释怀，因为大地的重负已得减轻。但是，当他得知毗摩和杜瑜檀那将以铁锤相拼，便急忙赶赴俱卢之野，意图阻止这场生死搏斗。

尤帝士提尔、阿周那等人见巴腊罗摩到来，皆上前顶礼致敬，但始终沉默不语。他们认为巴腊罗摩前来或许是为了助杜瑜檀那一臂之力，杜瑜檀那正是从巴腊罗摩处学到了使锤之法。

其时杜瑜檀那和毗摩正在一大堆观众面前挥锤互搏。双方皆锤法超群，虽然杀气腾腾，互不相让，但周旋进退，表面看起来却像舞蹈一般。巴腊罗摩见状，大声说道："杜瑜檀那！毗摩！听着！毗摩强壮，而杜瑜檀那艺精，但总而言之，你们两人不相上下，谁都无法胜出。所以，请停止这场无谓的决斗。"

这两人根本不予理会。毗摩和杜瑜檀那皆深陷于仇怨之中，必欲置对方于死地而后快。巴腊罗摩早已洞见二人命运，当下更不多言，转身离去，取道返回杜瓦拉卡。

不久，放下一切军务的巴腊罗摩又重访飘忽林。圣者们隆重迎礼，与他深情拥抱。在圣者们的请求下，巴腊罗摩举行了各种祭祀。与此同时，他将精纯的灵性智慧赐给这些圣者，让他们在他之中看见天地万物，在天地万物中看见他无处不在。祭祀完毕，巴腊罗摩带领家人行沐浴之礼。其时，熠熠生辉的他，就像空中为祥光所环绕的明月。

第五十四章　贫贱之交

若人已经洞晓生命的精义，厌憎对欲乐的追逐，那么经过反复听闻之后，他怎么会抛开有关薄伽梵克利须那的超然圣言？那描述至尊者功德的，才是真正的言语；那为他而劳作的，才是真正的手臂；那时时忆念他，视他遍在于一切动与不动者中的，才是真正的心意；那听闻他的，才是真正的耳朵；那向他顶拜的，才是真正的头颅；那单只注视他的，才是真正的眼睛；以洗沐过至尊主及其纯粹奉献者莲花足的水为荣耀的，才是真正的四肢。

且说克利须那曾经有一位婆罗门朋友，名叫苏答摩。此人博通韦陀，不耽欲乐。虽说是一位家居者，却随缘任运以自养，并不积敛钱财。他心灵和平，收摄诸根。因为十分清贫，吃穿不赡，他和夫人看起来都很瘦弱。

尽管常因身体虚弱而颤抖，苏答摩的妻子却并不为自己担心焦虑。她唯一关心的是她的夫君。虽然无意指使丈夫，但有一次她对他说道："你的朋友，克利须那，是吉祥天女的丈夫，婆罗门的怙主。请去探望他，他是所有圣贤的真正庇护所。对于像你这般受苦挣扎的居士，他必定会赐予丰足的财富。"苏答摩无意向克利须那索取任何世间利益，但是在夫人的不断请求下，他想："见到克利须那，那是我生命的最大成就，就算我不向他要什么，也应该去。"

苏答摩随后问夫人，家里是否还有什么东西，可以当作礼物赠送。为此，苏答摩的妻子从隔壁的婆罗门家专门讨要了四把扁米，包在一块破布里面，交给丈夫，作为送给克利须那的礼物。

揣米在身，苏答摩动身前往杜瓦拉卡。一路上，他一直想着如何才能见到克利须那。尽管雅度王宫很难靠近，但苏答摩得到了当地婆罗门的帮助，他们领着他穿过三座军营、三道大门，又走过毗湿尼王族的聚居区，苏答摩最后进入了一座富丽堂皇的宫殿，它属于克利须那的一个妃子。

一进入王宫，苏答摩身心解脱，立刻感觉好似纵浪于妙喜之洋中一般。内闱之中，苏答摩看见克利须那正坐在卢可弥尼的宝榻上。克利须那远远就认出了昔日的朋友，他马上起身上前，拥抱对方。触摸到朋友的身体，克利须那感到巨大的快乐。为此，他流下了欢喜的泪水。

让苏答摩坐到卢可弥尼的宝榻上之后，克利须那躬身为朋友浴足，并且洒水于自己头顶。而后至尊者亲自端上来各种瓜果浆水，款待他的朋友。他拿来旃檀浆，混合着沉香和红花，遍涂于苏答摩之身。接着，克利须那又向朋友奉上吉祥灯仪，用甜美的话语致辞欢迎。

与此同时，卢可弥尼，幸运女神本人，持拂尘为他扇凉，尽管他衣衫褴褛、皮包骨头。如此隆重地接待这么一个可怜巴巴的婆罗门，让宫中其他女子都大为震惊。然后她们想，此人必非寻常之辈。毕竟，克利须那拥抱了他，而他通常只拥抱卢可弥尼和巴腊罗摩。

手拉着手，克利须那和苏答摩开始愉快地回忆昔日在师门一起生活的岁月。薄伽梵克利须那说道："你辞师还乡之后，有没有娶一个能干的夫人？我非常清楚，你虽然家事缠身，但心思并未受物欲扰乱，并且你也无意聚敛金钱。

"你还记得吗，我们在师门共同生活的时光？比起礼法仪轨、自制苦修，我，众生的灵魂，更喜欢一个人对上师的忠诚崇拜。

"你还记得吗，我们的师母曾经差我们俩去打柴？我们刚进入森林，一场意料不到的暴风就到了。电闪雷鸣中，我们迷了路。日落时，大雨倾盆而至，仿佛已是世界末日，我们变得十分苦恼。如是，我们手牵着手，整夜都在黑暗中漫无目的地游荡。

"第二天早上，师父知道我们失踪了，便叫来众弟子，一起到丛林中去寻找我俩。找到我俩后，师父对我们说：孩子啊，你们为了我吃那么大的苦！对于所有造物来说，身体都是最宝贵的，但你们如此奉献于我，竟然完全不顾自身的安危。这就是一个真正的门徒的职责——报答师恩，以纯洁的心灵，向他献上财物，甚至生命。我对你们十分满意。愿你们所有的愿望都能实现，愿你们所学的知识永驻你们的心头，无论此生还是来世。"

苏答摩说道："主中之主啊，能够跟你在师门一起生活，我还有什么不能获得的？"

对榻长谈之际，克利须那一直在微笑。为了进一步享受老友相伴之乐，克利须那询问道："你给我带来什么礼物了吗？你夫人有没有给我做一些美味的食物？虽然我一无所求，但我非常看重我的奉献者送给我的礼物，哪怕这礼物多么微不足道。反之，非奉献者献上的礼物，即使是最贵重的，也无法取悦我。"克利须那深情地凝视着苏答摩，知道他不好意思把那点儿薄礼拿出来。苏答摩羞惭地低下头，竟然要向幸运女神的丈夫献上一捧扁米，这让他很难为情。

克利须那心想："以前，我的朋友从未怀着欲利之心崇拜我。我知道，他之所以来，不过是为了满足他那贞洁贤淑的太太。我当给予他财富，甚至超过天帝因陀罗的想象。"这么想着，克利须那突然伸手夺过挂在苏答摩胁下的破布袋，微笑说道："我亲爱的朋友，这是什么？呵呵，你给我带来些很不错的扁米！我想，这些礼物不但能满足我，甚至能满足全部造化。"

说罢，克利须那吃了一口那袋中的扁米，正当他准备吃第二口时，王后卢可弥尼一把抓住他的手，说道："宇宙之魂啊，这已经足够了，足以让此人今生来世都享受不尽荣华富贵了。"

苏答摩当晚在克利须那的宫中歇息睡觉，他感觉自己仿佛已经置身于无忧珞珈。第二天早上，受到克利须那的礼赞之后，苏答摩动身返家。一路之上，他感觉快活无比。

虽然并不曾得到什么实实在在的东西，可苏答摩想："克利须那以善待婆罗门闻名，如今我亲身见识了。把幸运女神拴在胸口的他，竟然拥抱我这个可怜的叫花子。我是谁？一个贫贱的婆罗门之友。克利须那是谁？薄伽梵，具足六种功德。可是，他居然用双臂拥抱我，待我如自己的兄弟，让我坐在他所钟爱的伴侣的床榻之上。他是众神之主，是所有婆罗门敬拜的对象，却为我按摩双足，以各种卑微的方式服侍我，把我当作天神一样崇拜。克利须那肯定这么想：'这可怜虫若是突然一朝暴富，必定会变得傲气熏天，从此就忘记了我。'出于慈悲，他才没有赐予我任何财富。"

回家的路上，苏答摩回想着他所受到的款待，内心沉浸在妙喜之中。当苏答摩走到自己所在的村子时，他发现周围的一切都奇迹般地变化了。茅草房不见了，代之而起的是巨大的宫殿和光彩夺目的花园，其中徜徉着俊男美女。苏达摩心生怀疑，不知自己到底是否已经到了家乡。"这是怎么一回事儿？"苏答摩这般思虑之际，一队好似天仙般的男女走上前来欢迎他。

听说丈夫还家，苏答摩的妻子欢欢喜喜地走出屋子来迎接他。她看上去美丽非凡，恍如幸运女神亲身下凡。她眼里噙着幸福的泪水，声音哽咽，狂喜中闭起了双眼。然后，她拜倒在夫君的面前，在内心深处紧紧地拥抱他。看到夫人变得如此妙丽动人，身边还围绕着众多仆婢，苏答摩惊讶不已。他一句话没说，拉着夫人的手，便迈进如今犹如天宫一般的家。

在透明大理石铺就的卧室里，苏答摩看到，床格外温软，就像牛奶泡沫一

第十卷 | 511

样洁白。床架乃象牙拼成，镶金嵌银。还有黄金的宝座，墙壁是水晶造的，其间镶嵌着宝石，柱子上也到处装饰着珠宝。

开始，苏答摩根本不明白这一切变化的缘由，但想了一阵子，他思忖："我一直十分清贫。如今突然暴富，唯一的原因就是克利须那看到了我。作为无所不知的宇宙超灵，他知道，我前去杜瓦拉卡访他，心中怀有向他讨要的动机。尽管他对此只字未提，却赐予我这般泼天的富贵，一如雨水滋养土地。主认为，他所给予的最大的赐福也是微不足道的，而与此同时，他会放大一个真诚的奉献者所奉献的哪怕最微不足道的服务。故此，他很高兴地接受了我带给他的那几把扁米。

"主是一切美德的源泉。生生世世，但愿我能以爱心侍奉他，但愿我能在他纯粹奉献者的陪伴下，存养对他坚定不移的爱著心。对于那些还未曾稳处于奉献服务层面的奉献者，主不会赐予他帝王般的权力和资财，因为他深知，迷醉于骄慢将造成巨大的灾难。是故，我所得到的财富只能用于服侍我主，而非我个人的享乐。"

如此，苏答摩以舍离心接受了突然临头的富贵，将一切都视为主的慈悲来接受，从此跟他的太太一起过上了幸福的生活。他的地位从未动摇，相反，日复一日，他对克利须那的爱不断增长。体验过不可征服的主竟然不知怎的被他的奉献者所征服，苏答摩感觉到，正是持续不断地冥想主的力量，斩断了他内心对俗世的贪执之结。

第五十五章　俱卢重逢

有一次，当克利须那和巴腊罗摩居于杜瓦拉卡之际，据说将有日全食发生。于是众人决定前去位于俱卢之野的圣地萨曼陀-般叉伽聚会祈禳。此地原为波罗殊罗摩祭祀之处，在屠灭刹帝利二十一遍之后，他掘地为深池，以血充之。

留下少数人马守城，雅度族人驾车乘象，带上妻女，浩浩荡荡启程前往俱卢之野。抵达萨曼陀-般叉伽之后，雅度族人行过沐浴之礼，便开始斋戒断食，以清除过往罪孽。然后，他们尽可能多地布施婆罗门，并以盛宴相款待。这些举动看似功利，但雅度族人却是以奉献之心为之。得到众婆罗门的准许，雅度族众人用过午餐，便在树荫下乘凉歇息。

休息完毕，众人便去找各自的亲朋好友，其中尤以宾陀林之民为重。因为与克利须那和巴腊罗摩分离，宾陀林之民长期忧心忡忡。这次便借着日食之机，前来与兄弟俩相聚。宾陀林之民与雅度族人本就关系密切，这下子久别重逢，自然唏嘘感动不已。大家看上去都兴高采烈，似乎死而复生一般。一开始他们激动得说不出话来，接着互相久久拥抱，流下欢喜的泪水。脸庞仿佛盛开的莲花，他们互相问好，尽管他们的话语总是与克利须那相关。

贡蒂见到了兄弟筏殊提婆以及其他亲友。交谈之际，她浑然忘记了所有的忧伤。贡蒂讲到，由于狄多罗史德罗和杜瑜檀那的奸计，她如何跟孩子们一道遭到放逐，从此亡命天涯。她娇嗔地怪罪兄弟，遭难时把她忘到了九霄云外。筏殊提婆答道："亲爱的妹妹，请不要生我的气。因为受到刚萨的折磨，我们那时根本无法自由生活。如今，依靠神恩，我们才能过上正常的生活。毕竟，我们这些凡夫俗子，不过是命运手中的玩物。无论是自主行动，还是被迫行动，始终都在至尊主的操控之下。"

看到克利须那和他的王妃们站在面前，所有在场的王室中人，包括毗史摩、陀擎、狄多罗史德罗夫妇及其诸子、般度诸子及其众妻妾、贡蒂、毗多罗等人，无不欢喜满足。众人依次上前与克利须那和巴腊罗摩相见，同时也受到这两兄弟的热情迎接。

众王赞美雅度族人道:"人类中只有你们获得了真正高贵的出生,因为你们可以持续不断地看见连伟大的瑜伽士都难以见到的克利须那。虽然大地的好运受到时间的破坏,但克利须那莲花足的触碰让她恢复了生机。那让人忘记天堂和解脱的至尊主,如今跟你们结上了血亲婚姻之缘。如此,你们能够直接看到、摸到他,在他身边行走,跟他一道躺下休息,一道晏坐进食。"

筏殊提婆与难陀相聚,两人欢喜拥抱。筏殊提婆告诉难陀,他当初如何将新出生的婴儿克利须那带到宾陀林。克利须那和巴腊罗摩也赶过来,向难陀和耶输陀下跪顶礼。难陀和耶输陀俯身将两人扶起来,抱入怀中尽情亲热,以此舒缓久别之苦。罗希尼和提婆吉上前拥抱耶输陀,向她表达感恩之情,因为是她养大了她们的孩子。她们承认:"你才是克利须那和巴腊罗摩真正的母亲。"

没人能想象,牧女们有多么渴望再次与克利须那相会。克利须那一出现在她们的视线里,牧女们就透过双眼把他摄入心中,尽情地拥抱他,以至于完全进入了忘我之境。作为回应,克利须那也在她们的内心拥抱了她们。克利须那原先一直坐在母亲身边,看到母亲们开始相互攀谈叙旧,他便乘机溜开与众牧女相会,将她们领至一处幽僻之地。

在那里,克利须那快乐地拥抱众牧女,跟她们寒暄问好。他说:"我亲爱的姑娘们,你们还记得我吗?因为众亲戚的缘故,我离开你们很长时间,以消灭我的对手。你们认为我忘恩负义吗?别忘了,是上天让我们相聚,又让我们分离。透过侍奉主,任何人都能超越尘世之二元对立。凭着好运,你们已经培养出一种非常特别的对我的爱著之心。我是一切造物的起始、中间和末尾,我存在于彼等之内外,一如水、火、地、风四大之所为。故而,我们之间其实并无分离,你们根本不必为此烦扰。"

众牧女回答:"我主啊,你的莲花足是那些深陷于无明深井者的唯一庇护。我们希望,这莲花足能在我们心中呈露,尽管我们不过是操持家务的普通女子。"虽然与克利须那长期分离,但牧女们并没有兴趣跟他一起住在杜瓦拉卡。她们宁愿留在宾陀林,在那里她们依然能每一步都感觉到克利须那的临在。

跟众牧女交谈过后,克利须那又去见尤帝士提尔和其他人。此时,女人们借机彼此见面,谈论克利须那的逍遥游戏。

图鲁波提说道:"各位王后啊,请告诉我,至尊者阿丘塔是如何仿照人世间的方式娶你们的?"

卢可弥尼首先讲了自己的故事,然后萨提耶跋玛、羌跋筏底、喀琳蒂、弥陀宾多、萨提耶和跋多罗依次发言。

拉克什曼娜接下来说："我从那罗陀牟尼处反复听说克利须那，所以我的心便迷上了他。我的父王布利哈塞拿同情我，知道我的感受，便做出安排，实现了我的愿望。

"图鲁波提啊，就像你的招亲大会上用鱼做靶子，这样就能保证你得到阿周那，我的招亲大会上也用到了一条鱼，只是它被布四面裹着，从下面摆的一坛子水里才能看到它的影子。

"闻听此讯，成千上万的君王都来参加这次招亲大会，他们尽皆受到我父王的款待，有些王子甚至连弓弦都拉不上，只得弃弓而叹。有的强行拉弓，弓弦反弹，反而被震倒在地。还有的，比如迦罗商陀、悉殊钵罗、毗摩、杜瑜檀那和喀尔纳，倒是能上弦拉弓，但都射不中靶子。阿周那高人一等，他的箭擦靶而过。

"待众人都泄气之后，克利须那拾起弓，轻松上弦。看准水中的倒影，克利须那一箭射落鱼靶，那时正当良辰吉时。众天神敲锣打鼓，撒下鲜花，此时我缓步走进会场，手持一条金玉制成的项链。我抬起羞涩的笑脸，扫视了一遍在场的君王，然后亲手将项链披到了克利须那的肩上。当主现四臂妙相，将我抱入战车中时，满心失望的众王子被激怒了。克利须那拉弓射箭，答鲁伽驾车，直奔杜瓦拉卡。有些君王在后面追赶，就像一群村犬追赶狮子。那些想要一试身手的很快就被克利须那的箭雨震慑住了，其他的早就吓得四散奔逃。"

牟嘿妮最后说话，她代表了被克利须那从波摩修罗手中救下的一万六千一百位公主。她说，克利须那的王妃们不想要任何世间荣华，甚至对梵天至高无上的地位亦不屑一顾。她们唯一的愿望就是将克利须那莲花足底的尘土顶在自己头上。其他国君的夫人，诸如图鲁波提、贡蒂、须跋陀罗，以及众牧女，听了这些情深义重的倾诉，无不对克利须那的众妃子满怀敬意。

就在众女眷谈论之际，从四面八方赶来的圣者们都到了，其中有毗耶娑、那罗陀、提婆罗、阿悉多、筏希斯塔、布黎古、迦叶波、阿特利、安吉罗、鸠摩罗四子、波罗殊罗摩及其众弟子。

看见众圣者走近前来，与会诸王包括克利须那和巴腊罗摩皆起身迎接，然后稽首行礼，为他们洗足，向他们献上欢迎之词与坐具、饮水、香、花、旃檀浆和美味的食物。待诸圣者坐定，克利须那代表众国君发言，众人无不凝神谛听。克利须那说道：

"能见到诸位杰出的瑜伽大师，我等生命如今已得成就。那些不十分苦行的，那些只能在庙宇神像前看到神的，怎么能够遇见你们，询问你们，顶拜你们，侍奉你们？游历圣地、在神庙里敬拜天神，都能逐渐净化一个人。但是，单凭眼见，圣者就能予人以净化。一般的宗教仪礼根本无法使人摆脱所有罪业，因为行为者依然以二元分别看待万物。然而，服侍一位觉者却能彻底摧毁罪业，即便这类服务只发生于片刻之间。将风、胆、痰构成的身体认作自我的人，认为妻儿亲友永为我所占有的人，认为出生之地值得崇拜的人，去圣地只是为了洗澡，而不去亲近觉者的人，比母牛和驴子好不了多少。"

克利须那将人生的道理讲说得如此精到、庄严，令在场众圣哲无不欣赏赞叹。与此同时，看到至尊者克利须那居然像凡夫一般言语，又让他们感觉困惑不解。经过一番沉思默想之后，众圣者微笑说道：

"主啊，你的幻力已经彻底迷惑了我们，即便我们本该是最杰出的了悟者。至尊主的行为多么令人吃惊！他以凡夫似的举动遮蔽他自己，装作臣服于更高的威权。你的凡夫游戏只不过是伪装！毫不费力地，你化现出群物品类，维持它们一段时间，然后又再次将它们吞没。仍然，时不时地，你又现作凡夫之相，目的是护佑正法。韦陀经是你的心，从韦陀经，你最终能得到觉解。博学的婆罗门是透过韦陀经的媒介体认到你，为此之故，你是婆罗门的头号崇拜者。

"今日，我等之出生、教养、苦修与视听之力都已臻达完美，因为我等得以亲近你——所有圣贤的究竟归趣。实际上，你本人就是至高无上的祝福。让我等向至上人格主神致敬，透过神秘的瑜伽幻力，他掩盖了自身的伟大。即便享受着跟你亲密交往的雅度族人，也不知道你是一切存有的灵魂，因为你被瑜伽幻力之幕遮挡住了。正如做梦之人想象出另一种现实，浑然忘记了醒时的身份，受幻觉迷惑的人只能感知物质对象的名相，根本无法知晓你。今天我们目睹了你的莲花足，圆满的瑜伽士最多只能在内心观想它。我们如今渴望成为你纯粹的奉献者，还请以你的无缘大慈加披我等。"

祷告完毕，众圣者辞别克利须那、狄多罗史德罗和尤帝士提尔，准备返回各自的隐修院。

看到圣者们准备动身，筏殊提婆走上前去，头面礼足，说道："伟大而博学的婆罗门啊，请告诉我，依靠什么样的高超业行才能抵消造业所带来的一切恶报。"

众圣者之首那罗陀牟尼回答道："众婆罗门啊，筏殊提婆问及自身的福祉，这毫不奇怪。毕竟，他把克利须那当作自己的儿子。所以，他自然不会以敬畏之心看待克利须那。这就像生活在恒河岸边的人或许也会不辞路遥去远方的圣地以求净化。至尊主的觉知从不会受到万物成毁的干扰。然而，凡夫们却认为他被自身的造化覆蔽了，犹如人会认为太阳被乌云或日食遮除。"

尽管那罗陀认为没必要再给筏殊提婆什么训导，但其他圣者却插上来说道："这早有定论，只有透过为了取悦主毗湿努而举行的祭祀，业报才能被抵消。对于一个循法守礼的居士，这是最为吉祥的道路。智者当透过举祭和布施学会舍弃贪财之念。他应该透过体验家居生活而舍弃拥有妻儿之欲。而且，他还要透过体认时间的影响，舍弃来世升转天堂的欲望。当然，你和你夫人先前必定圆满地崇拜了主，所以他如今甘愿做了你们的儿子。"

听了这番话之后，筏殊提婆稽首顶礼，请求圣者们成为他的祭司。众圣者齐声允诺，当下便让筏殊提婆收集各种必需的用品。

就在筏殊提婆启动祭礼之时，毗湿尼族人沐浴装扮，也都携眷属赶到。他们带来了各种祭祀用的吉祥物品。祭场四周遍布舞者、乐师，诵经师的读诵之声不绝于耳。众乾达婆与其女伴们也于半空中轻歌曼舞。

在十八位夫人的陪同下，筏殊提婆身穿鹿皮，坐在祭祀场中，开始举行浴身礼。此时克利须那和巴腊罗摩也来到祭场坐下，随身带着他们的眷属，看上去就像尊神降临。

众圣者纷纷向祭火贡献祭品，一皆按照韦陀祭仪，唱赞、礼器俱合乎法度。祭祀完毕，筏殊提婆酬谢众祭司，布施以首饰、母牛、土地和适宜婚嫁的女子。待所有仪式结束，众人皆往波罗殊罗摩所开掘的池中沐浴清洁。

随后，筏殊提婆和夫人们将举祭时穿戴的衣物和首饰都布施给了舞者和乐师。穿戴一新的筏殊提婆盛宴款待了在场的每一个人，从婆罗门到狗，一无遗漏。

分别之际，筏殊提婆以重礼馈赠诸亲友、来访的王族和祭司，实际上，包括所有到场的人。众人辞别克利须那后，各自返乡回国，一路之上犹自对筏殊提婆的祭祀赞不绝口。接着，雅度族人和俱卢族人也相互欢笑辞行。

举祭后的筏殊提婆感觉十分舒畅，仿佛内心深处所有的愿望都已经得到了满足。身边跟着众亲友，筏殊提婆赶来与难陀执手道别："至尊者创造了将所有人联结在一起的情谊之结，甚至伟大的英雄和瑜伽士都觉得很难摆脱这份爱执。如您这样超迈的人物从不曾停止显示对我等忘恩负义之辈的无法比拟的友情。从前，因为身系囚牢，我们无法报答你。可是，到如今，我们还是被世间浮华所蒙蔽，依旧对你不加看顾。愿一个渴望至高利益的人永远与荣华富贵绝缘，因为这只会使他无视他人的利益。"

想起难陀对自己的友情，筏殊提婆的心变得十分温柔，禁不住抽泣起来。作为回应，难陀不断推迟行程，他总是说："今天我们晚点走。"或者说："我们明天早上再走吧。"如此，他一直停留了三个月。

最后，带上许多珍贵的礼物，诸如珠宝、丝帛以及种种细软，难陀辞别筏殊提婆、克利须那、巴腊罗摩以及雅度族人，率领众眷属和宾陀林之民，一道启程返乡。

第五十六章　亡儿复生

克利须那和巴腊罗摩每日按例向父母行礼问安。筏殊提婆很多次都经验到这两个儿子并非常人。听了众圣者在俱卢之野的一番谈论，筏殊提婆愈发对此坚信不疑。

一日，当克利须那和巴腊罗摩双双站在他面前时，筏殊提婆说道："克利须那啊，瑜伽士中的俊杰！巴腊罗摩啊，我晓得你们两位主是世间造化及其诸元素的源头。你们创生了这多姿多彩的宇宙，然后又作为超灵进入其中，护之养之。尽管世间看起来有种种能量在起作用，是你，让这一切得以运化。月之光，火之明，太阳的辉煌，星辰的闪耀，大地的芬芳及其生养之力，这一切实际都是你。你是水，是水的味道，以及其解渴长养的能力。你是方向，以及其容纳万物的能力。你是弥漫万有的空，以及居于其中的声音，包括未显之声与表显之言。你是诸根开启其对象的能力，以及诸根之御神及其对感官活动的允准。你是智识做出决断的能力，以及众生记忆的能力。你是一切世间有坏灭之物中的不可坏灭者，犹如基本材料保持不变，而由此材料造成之物体则经历变化。

"那些被囚禁于尘世，不知道你是他们终极归宿的人，确实愚昧无知。由于无明，他们被迫流转于生死轮回。凭借好运，一个人或许能获得人形生命——稀有罕见的良机。但此人若照旧对其真实利益迷惑不解，那么他富有价值的生命就浪费了。

"你让世界被情网所缚，所以人们想到身体时，就认为'这是我'，想到妻儿亲朋时，就认为'这些是我的'。你俩并非我们的儿子，而是这世界的主宰和创造者——摩诃毗湿努。正如你本人所宣称的，你降临世间是为了减轻大地的重负。因此，苦恼者之友啊，我如今寻求你莲花足的庇护。我已经厌倦追逐感官之乐，那只会让我认同于无常之身，认为你是我的儿子。"

克利须那和巴腊罗摩微笑倾听。然后克利须那柔声回答："我亲爱的父亲，不管你说什么，我们总归是你的儿子。"

事实上，把克利须那和巴腊罗摩当作儿子的筏殊提婆已经达到了圆满之境。

只是因为圣者们把克利须那作为至上主神来讲论，才使他沉浸于这类想法之中。克利须那并不想听这些妨碍他们父子关系的哲思玄理。然而，因为筏殊提婆当时处于玄思状态，所以克利须那接着讲了一位伟大奉献者的境界。他说，这样一位圆满解脱的奉献者视一切有情，无论高与低、动与不动，皆在质上与化现为无限名相的超灵无有分别。

筏殊提婆听了，感觉深心满足，但依旧静默不语。提婆吉坐在丈夫身边，想起昔日刚萨怎样杀死她的新生儿子，不觉悲从中来，眼泪夺眶而出。她说道："罗摩啊，克利须那啊，我知道，你们是造世诸神的终极主宰。你们自我身体降生，目的是消灭那些悖逆经教、让大地不堪重负的君主。如今我托庇于你们。我听说，你们先前把老师的儿子从阎罗的居所带回人间，作为对他的酬谢。请以同样的方式满足我的愿望，至高无上的瑜伽大师啊！请把我那些被刚萨杀害的孩儿带回来，好让我再见他们一面。"在这般恳求之下，克利须那和巴腊罗摩唤来瑜伽摩耶相助，立刻赶赴须陀罗珞珈，那是筏摩那天人送给巴利大帝居住的地方。

见两位至尊到来，巴利大帝喜出望外。他急忙起身，率领众臣属跪倒迎接。巴利大帝向二人献上宝座，为他们洗足，然后将洗足水洒到自己头顶。巴利大帝倾其所有，款待侍奉克利须那和巴腊罗摩，送给他们各种衣物、首饰和美味佳肴。只见他喜极而狂，泪流满面，再三将两位至尊主的莲花足抬放到自己胸口。

声音哽咽的巴利大帝奉上祷告："顶礼至尊主阿难陀和克利须那。实际上，见到你们是世间罕有的成就。但是，当你们借着甜美的意愿揭示你们自己时，一个人就能轻而易举地见到你们。有很多秉性至为低劣的天魔，只因一心仇恨你们，最终竟为你们所吸引。而诸神满足于中和之境，反倒感受不到这份对你们的迷恋。请降慈悲于我，如此我便能出离家居生活之深井，托庇于你的莲花足下。此后，我希望能自由自在地云游于大地之上，成为一位至尊天鹅，或者独自一人，或者有圣者的陪伴，单单依靠你，随缘度日。告诉我，我现在该做什么，才能度脱一切罪业。执行你训令的人不必一定要持循韦陀仪礼之途。"

至尊者说道："当斯筏央布筏摩奴在位之时，圣者摩利支与其妻乌尔纳生下六子。彼时，梵天又一次受情欲驱使，醉心于女儿的美貌，开始追求她。摩利支诸子对此嗤之以鼻，由于这个冒犯，他们先是投生为魔王悉罗耶喀西菩之子。后来，又投生为提婆吉之子，出生后即为刚萨所杀。君王啊，这些摩利支的儿子如今跟你在一起。提婆吉一直心怀丧子之痛，如今，她渴欲再见到他们。我们希望能带走他们，驱散母亲的忧伤，这之后，他们将再度归入天神之位。"

接受了巴利大帝的崇拜之后,克利须那和巴腊罗摩带着提婆吉的六个儿子返回杜瓦拉卡,把这些婴儿交给了母亲。看到失而复得的儿子们,提婆吉无比激动,乳汁从胸脯上流淌下来。提婆吉把婴儿们抱在怀里,尽情地喂饲他们,一次又一次亲吻他们的头脸。

因为克利须那曾经吮吸过提婆吉的奶,这奶已经是超然的甘露。那些婴儿喝了提婆吉的奶,立刻觉悟了自我,并向克利须那、巴腊罗摩和他们的父母叉手顶礼,随后便飘然升往天界。见此情景,提婆吉惊奇不已。她只能在心中想,对于具足不可思议之大能的克利须那,任何神奇的事情都能做到。

一次,在朝圣途中,阿周那来到了波罗跋刹。就在那个地方,他听说巴腊罗摩正在议定筏殊提婆之女须跋陀罗的婚事。巴腊罗摩意欲将须跋陀罗嫁给杜瑜檀那,尽管克利须那和筏殊提婆并未同意。

阿周那希望娶须跋陀罗,思虑之际,他愈发被这个想法迷住了。最后,筹划已定,阿周那装扮成一位巴克提出世僧,手持三股铁叉,独自前往杜瓦拉卡,在那里度过了四个月的雨季。杜瓦拉卡之民没有认出阿周那,给他各方面的礼敬和招待。

一次,巴腊罗摩邀请阿周那去他家里,安排盛宴款待他。然而,饮食之际,阿周那一直盯着貌美迷人的须跋陀罗,倾倒之下,双眼闪闪发光。此时,阿周那打定主意,无论如何,他要娶须跋陀罗为妻,这个念头深深地扰动了他的心意。阿周那十分吸引女人,须跋陀罗一见到他,便决定以身相许。娇羞微笑之际,美丽的须跋陀罗不断拿眼角向阿周那传情顾盼。如此,阿周那的心念开始整天倾注在须跋陀罗身上,哪怕一刻都不能平静下来。

有一天,须跋陀罗乘马车出宫,前去参加神庙里的节庆。在筏殊提婆、提婆吉还有克利须那的默许下,阿周那利用这个机会,掳走了她。跳上须跋陀罗的马车后,阿周那赶跑了那些竭力阻拦他的卫兵,驾车狂奔,也不管须跋陀罗的亲人们在后面惊叫哀哭。

巴腊罗摩知道了那个所谓的出世僧原来就是阿周那,是他掳走了须跋陀罗,不禁恼羞成怒。克利须那和其他家里人一起跪倒在巴腊罗摩的莲花足下,请求他原谅阿周那。末了,当巴腊罗摩明白须跋陀罗确实十分爱恋阿周那时,他变得高兴起来。待诸事安排妥当,巴腊罗摩送给妹妹一大笔嫁妆,包括大象、车乘、马和男女侍仆。

在米提拉,毗多诃的都城,住着两位奉献者。一位是婆罗门,名叫苏卢陀;

另一位是国君，名叫跋胡拉湿筏。虽然身为居士，那婆罗门并不竭力赚钱，而是仰赖天意，只接受维生所需，此外更无所求。他满足于对至尊主的纯粹奉献，平和博学，不慕享乐。国君也是一位同样有德的奉献者，丝毫无意于扩张领地，以自壮大。

一天，被两位奉献者取悦的至尊主克利须那驾战车趋赴米提拉，随身还带领着一帮圣者，其中有那罗陀、毗耶娑、波罗殊罗摩、蒲历贺斯钵底、阿特利，以及麦萃耶、叔伽天人等等。

经过乡村、城镇之际，百姓们纷纷上前来崇拜克利须那。凝视着克利须那的面孔，这些男女都像是在用眼睛饮下甘露，依仗至尊主慈悲的目光，他们的无明全被驱散。在有些地方，天神化作凡夫现身，他们的赞祷声净化了四面八方。如是，克利须那逐渐行近毗多诃城。听说这个消息，城中居民尽皆前来供养。亲眼见到克利须那与众圣贤，众人无不笑逐颜开。

心知克利须那是为他们而来，苏卢陀和跋胡拉湿筏一起赶来，跪倒在克利须那的莲花足下。两人双手合十，各自邀请克利须那和众圣者去家中做客。为了取悦他俩，克利须那接受了两方的邀请。克利须那分身前往，如是哪一方都不知道克利须那正与另一方同行。

看到克利须那和所有的圣者都来到自己宫中，禅那伽大帝的后裔——国君跋胡拉湿筏非常吃惊，也非常感激。国君为客人们安设坐具，还满怀深情地给他们浴足。泪水盈眶的跋胡拉湿筏将浴过足的水洒到自己以及众家人的头顶。接着，国君依次以旃檀浆、酥油灯、香和花鬘崇拜至尊主和众圣者，向他们布施母牛、土地、衣物和首饰。最后是盛宴款待。

等众人饱餐一顿，放松安坐之时，跋胡拉湿筏走到克利须那跟前，抬起他的莲花足，放在了自己的怀里。一边按摩着至尊主的莲花足，跋胡拉湿筏柔声说道："无所不能的主啊，你是一切受造物的灵魂和观者，如今你让不断冥想着你莲花足的我们看见你。你说过，无论是阿难陀、幸运女神，还是梵天，都亲不过我的纯粹奉献者。为了证明你此言不虚，你现身在我的王宫之内。哪个觉悟者会舍弃你的莲花足？你愿意把自己送给那些虚己无我的奉献者。请在我宫中再多住几天，跟这些圣者一起。用你莲花足下的尘土，净化我们尼弥王朝。"

克利须那同意再住一段时间，为的是将好运赐给米提拉之民。与此同时，苏卢陀也在以同样的热情接待克利须那和众圣者。因为贫穷，苏卢陀只能为客人们奉上草垫、木板和褥子，但他尽量让客人们坐得非常舒适。狂喜之下，苏卢陀开始舞蹈起来，一边还四处挥动着身上的披肩布。

　　随后，苏卢陀和夫人一起为客人们浴足，洗濯完毕，又把浴足水洒到头顶。此时，夫妻两人都进入了忘我之境，沉浸在深度法喜之中，感觉所有的愿望都已得到满足。接着，苏卢陀又向客人们献上水果、荼腊茜叶、莲花和香，克利须那与伙伴们愉快接受。

　　苏卢陀为客人们端上夫人亲手烹煮的简单饭食，也就是米饭、豆汤等等，克利须那和圣者们吃得十分开心，因为这都是以奉爱之心做出来的。伺候宾客之际，苏卢陀想道："如我这等深陷家居生活之枯井的人，怎么竟能遇到克利须那和这些伟大的圣者？"

　　待克利须那和众圣者吃完饭后，苏卢陀带着家人坐到他的近旁，乘着这个机会献上祷告："主啊，你就像酣眠者，在梦中创造出另一个独立的世界，然后又进入那梦幻世界，看到自己处身其中。你在那些具足纯粹觉性者的内心揭示你自己，他们总是听闻你、讲说你，相互间谈论你。虽然你也在世间烦恼者的心中，但你距离他们万分遥远。你向你的奉献者化现灵身，同时也以无常造化之相遮蔽非奉献者的眼睛。我主，你是至上灵魂，我等都是你的奴仆。我们该如何服侍你？"

　　克利须那对苏卢陀的祷告十分满意。他拉着对方的手，回答道："亲爱的婆罗门啊，你该晓得，这些伟大的圣者到此只为祝福你。作为我的代表，他们穿行于世间，为的是净化它。透过崇拜诸神、朝拜圣地，人可逐渐得到净化，但若得到一位杰出奉献者的垂顾，同样的结果唾手可得。生而为婆罗门，乃是世上最殊胜之位。若再博学苦修，此人便愈发有德。更何况为我牺牲奉献呢？所有的韦陀典皆体现于一位渊通的婆罗门身上，犹如所有的天神皆在我之中。由于无知，愚人对有学识的婆罗门不屑一顾，与此同时却认为某种外相，譬如我的神像之形，值得崇拜。是故，你当以信心崇拜这些婆罗门圣者，一如崇拜我。你这样做，就是直接崇拜我。若有人崇拜我，而不崇拜我的奉献者，我绝不会接受他的供养，无论它们有多么奢华。"

　　得到这番开示之后，苏卢陀遂注心一处，崇拜至尊主和众圣者。那边跋胡拉湿筏亦照做不误。如是，苏卢陀和跋胡拉湿筏都被转移至灵性世界——那最崇高的归宿。

　　与两位奉献者相处一段时间后，克利须那返回了杜瓦拉卡。

第十卷 | 523

第五十七章　韦陀说法

巴力克斯大帝询问道："婆罗门啊，韦陀典如何能直接阐述超越尘世语言的至高绝对真理？"叔伽天人回答："至尊者化现一切有情的智识、诸根、心和生命之气，好让他们能纵情于感官欲乐，反复投生以造作功果业行，从而于来世得到提升，并最终获得解脱。"关于这点，叔伽天人讲了下面这个故事。

一次，四处云游的那罗陀牟尼前去看望仙圣拿罗衍那。从梵天一日之始，仙圣拿罗衍那就一直在婆罗多州修炼苦行，以饶益众生。

到了喜马拉雅的巴答黎喀净修林，那罗陀看见仙圣拿罗衍那，他身边围绕着一群来自邻近村庄的圣者。顶礼致敬之后，那罗陀问了一个跟巴力克斯一模一样的问题。

仙圣对那罗陀说，这同样的论题在犍拿珞珈也讨论过，其时众神和仙圣们有一次聚会。那次那罗陀恰好去白岛参访至尊主毗湿努，所以没能现身犍拿珞珈。

那次关于绝对真理的讨论是如此精妙深细，甚至连韦陀诸经都无法回答那些复杂玄奥的问题。彼时，萨难陀·鸠摩罗被选中发言，他说道："劫灭之际，天地万物与'大'，一起融入原因海毗湿努之内，而他一直久卧不醒。当需要再次创世时，韦陀众化身齐聚至尊者身边，开始荣耀他，祈祷叛逆的众生能解脱于尘世羁绊。"

众韦陀化身如是祷告："这可见的世界无异于至高本体，因为至上梵是一切存有的根基。一切受造物自其流生，最后又分解于其中，而至高绝对真理依然保持不变。犹如陶土，陶器产生于它，又消融于它，而它始终不变。因此，主啊，仅仅围绕你，所有的伟大圣者引导其思想、言语和行为。毕竟，人类的脚步怎能不踏到他所生息的大地？主啊，智者深深潜入圣言的甘露海洋，得以度脱一切痛苦烦恼，与你相关的圣言总是能清洗一切受局限生命的染污。这些稀有的灵魂舍弃室家之乐，皆因得与奉献者亲近，他们就像一群天鹅，嬉戏在你的莲花足下。

"世间之人方生方死，如此，怎么会有人知晓先于万物而存在的他，是他化生了第一个博学的圣者——梵天。当他躺下，收摄万物于其身内，便再无一物存留，无论其为粗为细，或是由二者构成的躯壳，时间之力、天启经典，皆不复存在。

"所谓的权威声称物质是存在的根源，灵魂的持久品质能够被摧坏，灵魂由物质和精神的不同方面所构成，物质变化造就了真实的存在，所有这类说教都建立在错误的观念之上。

"物质自然之三极气性和合成世间万有。尽管这些表象看似真实，其实不过是灵性真际的虚假倒影。仍然，超灵认为，就其与自性无别而言，物质造化亦属真实，正如金子做的东西不该被拒斥，因为它们的本质是真金。所以，毫无疑问，世界与创造它又进入它的神不二无别。

"假如无量数的生命体都无所不在，拥有永不变化的身体，那你不可能是他们绝对的主宰，主啊。但是，由于他们是你局限化的扩展，你主宰他们。

"心就像躁动的野马，甚至已经节制了感官和呼吸的人都无法降伏它。想要调伏不受控制的心意，却舍弃上师的莲花足，这类人在其种种可悲的修炼中必会遭遇无数的障碍。主啊，他们就像大海中乘舟航行的商贾，却不曾雇佣一个舵手。

"对于托庇于你的人，你以超灵启示自己，那是所有妙乐的化身。对于这样的奉献者，仆从、妻儿、身体、金钱、屋舍、土地、健康、车马还有什么用处？对于那些不懂得欣赏真理，一味追逐云雨之欢的人，世界还剩下什么？无非是一个注定坏灭的地方，没有任何意义。莫非这能给他们真正的幸福？

"虚幻的物质自性诱惑微小的生命体拥抱他，结果，他获得了由他的品质所构成的形体。理所当然地，他随之亡失了所有灵性品质，必须承受生死轮回。"

听了这番话，所有与会圣者都明白了生命的归趣。心满意足之下，他们崇拜荣耀了萨难陀·鸠摩罗。

仙圣拿罗衍那于彼时说道："梵天之子啊，当你随心所欲云游之际，应该沉思这些有关自我的教导。"那罗陀向萨难陀稽首顶礼，然后启程前往毗耶娑的隐修院。在那里，那罗陀向毗耶娑讲述了他从仙圣拿罗衍那口中听到的一切。

叔伽天人最后说道："王啊，关于心意如何能接近绝对真理的问题，我已经做出回答，须知绝对真理无法用世间言语描述，不染一切物质属性。透过皈命至上，吾人才能够逃脱假象的拥抱。"

第五十八章　手指爆头

巴力克斯大帝问道："倘若崇拜毗湿努真的是生命的终极归趣，那么为什么毗湿努的奉献者通常都相当穷困，而湿婆的奉献者反倒十分富有？湿婆是一位严格的出世者，而毗湿努是吉祥天女的夫主。看起来，这两位上主个性相左，而其崇拜者达到的结果跟他们所预期的竟然刚好背反。"

叔伽天人回答："湿婆始终不离其明妃——物质自性，故此他的奉献者都是渴望财富的俗物。而毗湿努无关物质自性，崇拜他的人同样也会摆脱物质自性的影响。当马祭将终之时，你的祖父尤帝士提尔也问了克利须那同样的问题。至尊主当时非常高兴。"

至尊主克利须那是这样回答尤帝士提尔的："假如我格外加恩于一位奉献者，而且想要照顾他，我所做的第一件事就是拿走他的财产。当这位奉献者因此变得穷困潦倒时，他的家人便不再对他有兴趣，如此他悲苦倍增。当我的奉献者失去一切世间资财，又被亲友家人抛弃，他变得无依无靠。就这样，他最后彻底托庇于我的莲花足下。

"毗湿努非常慈悲，所以，在给予任何赐福之前，他首先考虑这是否有益于奉献者的终极福祉。反之，天神们也许很快会给予赐福，但他们往往欠缺考虑。为了说明这点，我讲一个有趣的故事给你听。"

曾经有一个天魔，名叫毗黎伽，是莎枯尼的儿子。他想要得到一个赐福，但不确定该崇拜哪一位天神。一次，他在路上遇见那罗陀牟尼，便问道："圣者啊，三位大神里面，谁最快受到取悦？"

那罗陀牟尼明白那天魔毗黎伽的动机，便回答道："崇拜大神湿婆，你会很快获得成功。即使看到崇拜者微小的善德，湿婆也会受到取悦，但他也会因为微小的错误而发怒。通过崇拜湿婆，罗波那和巴纳修罗都被赐予了前所未有的威能。"

如此受教后，毗黎伽修罗径奔开达那特。在那里，他点燃祭祀之火，开始从身上割下一片片肉，作为牺牲奉献给湿婆。整整六天，毗黎伽修罗未曾停手，但湿婆并没有现身，这使他大为沮丧。于是，到了第七天，那恶魔在附近湖水里洗沐一番，身体都还没干，就准备割下自己的脑袋献祭。

就在这时，湿婆心生慈悲。他从祭火中升腾而起，一把抓住天魔毗黎伽的手臂，不让他轻生自杀。湿婆才碰到那天魔的身体，他身上的伤口便自动愈合了。湿婆说道："我的朋友，请你住手！向我讨要你所想要的，我会赐予你。你这般自残身体毫无来由，因为找我寻求庇护的人哪怕献上一点儿水就能取悦我。"

毗黎伽修罗说道："我想要这个：我的手指碰到谁，谁的脑袋就会开花，当即毙命！"

湿婆闻听大为懊恼，但他又不愿收回诺言，便诵唵音以示允准。完了湿婆轻蔑一笑，仿佛正在喂奶给毒蛇。

一收到赐福，毗黎伽修罗便决定拿湿婆试手，然后夺走他的明妃帕筏蒂，以便自己享用。当那恶魔的手指头冲湿婆脑袋点来时，湿婆竟然吓得浑身发抖。

那恶魔在后面紧紧追赶，湿婆四处逃窜，从天上到地下，从星球到星球，到处寻求神灵的庇护。但是，那些伟大的天神，甚至梵天、因陀罗都默不作声，找不到救湿婆于危难的办法。

最后，湿婆找到白岛之上的毗湿努。毗湿努十分明白当下的境况，便化作一位梵行者，身穿鹿皮衣，手持法杖和数珠。大神的光芒十分诱人，不但对湿婆，对恶魔也是如此。

至尊者拦住毗黎伽，说道："莎枯尼之子啊，你看上去非常疲惫。你大老远跑来是为了什么？请在此歇息片刻。毕竟，依靠身体之助，人才能实现所有愿望。大力者啊，请告诉我们你的用意何在？人要达到目的，通常得有贵人相助。"

毗湿努的话就像甘露洒向毗黎伽修罗，顿时减轻了他的疲劳。于是，那恶魔便把刚才发生的事情一五一十说了一遍。毗湿努听完，开口说道："我根本不相信湿婆说的是真话。毕竟，跟岳父争吵后，他受到诅咒，变得像鬼怪一般，神志不清。不过，你若是还对湿婆的话有点儿信心，那就把手指头放到自己脑袋上试试看。假如能够证明湿婆作假，你就可以合理地惩治这个骗子，如此，他将来就再也不敢给人虚假的赐福了。"

通过运用其幻力，毗湿努成功地用聪明而迷人的话语套住了毗黎伽修罗。

如是，那恶魔不假思索地就把手指戳向脑袋。立刻，毗黎伽的脑袋爆开了花，就像被闪电击中一般，那恶魔随即倒地而亡。空中传来赞美喝彩之声，鲜花暴泻而下。毗湿努转身对湿婆说道："大神啊，你看，这恶人被自己的罪业所杀。若人冒犯了伟大的灵魂，还会有什么好运？更何况是冒犯了天地间的大宗师！"

第五十九章　混沌大水

很久以前，伟大的圣者们聚会于莎拉斯筏底河岸边，举行名为萨陀罗的盛大祭典。当时，就三大主神毗湿努、梵天和湿婆究竟谁为至尊，他们中间产生了分歧。经过一番大讨论，布黎古牟尼受大家推举，前去测试三神，看看谁具足圆满的中和之性，然后回来向大家报告。

布黎古首先去见自己的父亲梵天。来到父亲面前，布黎古牟尼故意不上前顶礼，也没有赞祷致敬。看见儿子如此鲁莽，梵天怒火中烧，甚至准备诅咒这位冒犯者。不过，尽管受到强阳气影响，靠了伟大的智慧，梵天还是抑制住了嗔怒。

随后，布黎古牟尼直奔凯拉什雪山。看见兄弟到访，湿婆站起身，欢欢喜喜地上前拥抱他。可是，布黎古拒绝拥抱，并且说道："别碰我，你不干净，老爱往身上抹灰！"

身、语、意都会造作冒犯。布黎古第一个针对梵天的冒犯是透过心意造下的，而第二次则使用了侮辱性的言辞。因为禀赋中浊阴气盛，闻听此言，湿婆立刻气得面红耳赤。他操起铁叉，打算戳死布黎古。他身边的帕筏蒂急忙跪倒在地，说了些甜美的话语安抚他，湿婆这才作罢。

布黎古接着飞往白岛。他看见至尊主毗湿努躺在鲜花堆成的床上，幸运女神正为他按摩双足。布黎古冲上前去，一脚踹在至尊主的胸口。

婆罗门总是应该受到原谅，即便造下冒犯。慈悲为怀的毗湿努并没有生气。他不但没有诅咒布黎古，反倒马上从床上站起来，跟幸运女神一起，在这位婆罗门脚下叩首顶礼。

接着他又为布黎古安设坐具，并且说道："亲爱的婆罗门啊，你来此地，是巨大的祝福。非常抱歉，你进来时，我不曾以礼相迎。因此，请原谅我的冒犯。洗过你莲花足的水甚至能净化圣地。请留下来，圣化我们的无忧珞珈。我知道你的双足十分柔软，犹如莲花，而我的胸膛却坚硬如金刚。踩到我的胸膛，我怕你一定感觉疼痛了。借着你莲花足的触碰，我的胸膛已经圣化，如此幸运女神便会乐于常驻此处。现在，为了减缓你的疼痛，请让我为你按摩双足。"

尽管至尊主毗湿努并不计较，但从那时起，幸运女神就不太喜欢婆罗门，所以他们一般都比较贫穷。

闻听此话，布黎古大为震惊。狂喜之下，布黎古声音哽咽，静默无语，任泪水夺眶而出。

回到众圣者中间，布黎古跟大家讲了一遍他的遭遇。众圣者听说，无不惊奇嗟叹。这下他们确信了，毗湿努是至尊主。从他流衍出正法之精义、无畏、八大玄通，以及出世智慧。他的形体纯粹中和，婆罗门是他崇拜的偶像。

如是，所有在场的圣贤都转变成了至尊主的纯粹奉献者。当生命终结，他们都转生到了不死之乡。

且说有一日，一位婆罗门的妻子生下一个儿子，但是这孩子一落地便死去了。万分悲痛之下，婆罗门抱起死婴，往国君乌戈罗塞拿的宫殿走去。

那婆罗门向王宫前的大众控诉道："这个反对婆罗门的奸贼，追逐欲乐的不肖君主，践行职分时犯下差错，竟然造成我儿夭折。臣民们侍奉这等荒淫嗜暴的奸恶君主，注定要遭受贫穷之苦和烦恼折磨。"

此后，那婆罗门又陆续生下八个儿子，也都夭亡了。每次他都抱着死婴来到王宫前，以同样的方式谴责国君。到第九个孩子夭亡时，阿周那正好在场，目睹了婆罗门抱尸哭诉的场景。

阿周那走到那婆罗门跟前，问道："亲爱的婆罗门啊，你宣称这里没有合格的刹帝利。难道不止一个人伪装成刹帝利，持弓携箭，故作保民之态？莫非你认为所有的王族中人都在跟婆罗门一道靠祭祀混日子，毫无勇武气概吗？若国中有婆罗门为失去妻儿财产而哀伤，那么国君就不过是一个出演君王角色并以此谋生的骗子。主人啊，我会保护你的妻儿，若是不能践守诺言，我情愿跳入火坑，为我的罪孽赎罪！"

那婆罗门回答："啊哈！甚至克利须那、巴腊罗摩、筏殊提婆、波罗度牟和阿尼鲁陀都没办法拯救我的孩子，你又如何能做到呢？你就像一个无知的幼童，许诺些超出你能力的东西，我根本不在乎你这些吹牛的鬼话。"

当着围观众人的面，阿周那回答："亲爱的婆罗门，我既非克利须那，也非商伽萨那，或者任何一个克利须那的儿子。我是阿周那，甘狄筏弓的持有者！你不能如此侮辱我，我甚至能靠勇力取悦大神湿婆。我在此许下诺言，一定要把你的孩子带回来，即便得跟死神作战！"

那婆罗门听阿周那讲得如此信誓旦旦，便相信了。后来，当妻子再次生产时，他万分焦急地找到阿周那，乞求道："请保护我的孩儿。别让他落入死亡之手。"阿周那马上蘸水念咒，为兵器加持。然后，他带上了大神湿婆送给他的神箭，以及威震天下的甘狄筏弓。出发之际，阿周那开始忆念湿婆，并祈求他的恩典。

那婆罗门先前侮辱过克利须那，所以阿周那特意向湿婆顶礼。此外，因为跟克利须那过于亲密，阿周那甚至认为克利须那或许无法保护那婆罗门。

一到产房，阿周那就用箭搭了一个防护网，以备不虞。然而，就在母亲生产后，婴儿开始啼哭之时，突然，婴儿和箭都神奇地消失于空气之中。

克利须那站在附近，观看着整个事件。那婆罗门冲出家门，在克利须那面前嘲讽阿周那道："看看，我多么傻，竟然对这自吹自擂的阉人寄予信心，他只会弄虚作假！让这个骗子阿周那见鬼去吧！让他的甘狄筏弓见鬼去吧！他如此愚蠢，竟然自以为比克利须那和巴腊罗摩更伟大！谁能把被命运夺走的人带回来？"

就在那婆罗门不住诋毁谩骂之际，阿周那运用玄通，魂游身外。他首先直奔阎罗的居所——萨米耶摩尼，却没能找到孩子。随后，阿周那搜遍宇宙中所有的星宿，彻上彻下，甚至一直到了伟大的玄秘瑜伽士都无法进入的梵天珞珈，但他还是无法找到孩子。

最后，阿周那准备自焚而死，如所誓愿。就在此时，克利须那现身，他劝告阿周那："跟我来，我让你见到婆罗门的儿子。到那时，现在批评我们的人就会再次树立起我们无瑕的声誉。"

克利须那召来他的车乘，带上阿周那，启程出发。战车驶过七大部洲，然后跨越冥界，进入一片无边的黑暗之地，那是宇宙的外壳。漆黑中，驾车的马犹豫不前，于是克利须那在战车前方祭起吉祥见法轮，用它比太阳明亮万倍的光芒照亮了前面的征程。

穿过宇宙之壳，克利须那和阿周那进入梵光。由于无法承受灿烂的梵光，阿周那不得不闭上了眼睛。

越过梵光，克利须那和阿周那涉入一片混沌大水，那就是原因海，造化的根源。海中行进之际，强大的波流激起了大海深处的阵阵涌动。最后，他们来到一处奇妙的海底宫殿，千万根宝石打造的廊柱闪闪发光，比阿周那以前见过的任何建筑都庄严辉煌。

神宫之内，克利须那和阿周那看到了阿难陀天人，其形为巨大的天龙，有千百个头冠，每个头冠上都顶着无价的宝石。他的身体洁白如雪，他的脖颈和信子是蓝色的。摩诃毗湿努侧卧于那天龙身上，看上去无所不能、无所不在。摩诃毗湿努肤色如雨季的乌云，身上穿一件明黄色的衣衫。至尊主微笑着，八只手臂长及膝盖。他颈戴一串胜利花鬘，身边围绕诸多同伴，还有吉祥见法轮化身和无数能力化身。

虽然克利须那是摩诃毗湿努的本原，但因为正扮演人类的角色，所以也跟阿周那一样，跪倒顶礼。实际上，看到这宏大无比的形体，阿周那十分害怕。他照着克利须那的样子，在摩诃毗湿努面前合掌而立。摩诃毗湿努微笑道："是我把那婆罗门的孩子带到这里，因为我非常急于见到你们两个。一旦完成诛灭恶魔的使命，就请尽快回到灵性世界里你们原本的位置上。"

克利须那和阿周那再拜告辞，带上婆罗门诸子，沿着来时的路径返回杜瓦拉卡。最终，阿周那把十个孩子交还给了婆罗门夫妇。

自从见过灵界里面摩诃毗湿努的居所，阿周那把世上所看到的一切都当作克利须那慈悲心的呈现。

第六十章　游戏三昧

克利须那的后妃们一直青春常葆，看上去都不会超过十六至二十岁。在她们各自宫殿的高台上，经常可以看到她们玩球、歌唱、舞蹈，着实令人眼花缭乱。

宫中有澄澈明净的池塘，里面荷花摇曳，百鸟欢歌。有时，克利须那会跟后妃们一起进入池塘，享受龙凤之戏。在那节日般的氛围里，众乾达婆轻歌曼舞，为至尊者的逍遥布下美妙的背景。

后妃们嬉笑玩闹，拿喷枪向克利须那身上喷水，至尊者也以其人之道回应。当其时，后妃们的胸、腿之美千万倍增长，她们的长发披散下来，让这些部位更显迷人。当克利须那搅扰她们时，她们就会靠拢他，装作要夺走他的喷枪。这给了克利须那跟后妃们互相搂抱的机会，她们胸脯上的朱砂染红了他的胸膛。后妃们个个笑靥如花，娇媚欲滴。此时，后妃们完全忘记了自己，整个儿沉浸在嬉戏之中。

出水换装之后，克利须那和后妃们直接就把价值昂贵的湿衣服布施给乐师，因为这些人赖此为生。

就像这样，克利须那和后妃们一道玩耍，凭着他的姿态、话语、顾盼和笑容，以及幽默、佻侂、拥抱，完全俘获了她们的心。如此一心倾注于克利须那，后妃们有时说起话来颠三倒四。事实上，她们陷入迷狂，把自己的心境投射到了万事万物上面。她们会说：

"苦罗莉鸟啊，你为何忧伤？我主在隐蔽之处睡去，可你却醒着，跟我们一样，无法入眠。莫非，你的心也被主莲花眼睛的顾盼射中了？尊贵的乌云啊，跟我们的心一样，你也被巨大的渴望搅得意乱情迷，你是想着他，才洒下这倾盆的泪水吗？哎呀，亲近克利须那竟会带来这般苦恼！慷慨大度的山峦啊，你既不说话，也不走动，必定是在思虑一些极为重大的事情。或者，跟我们一样，你也想把筏殊提婆之子的莲花足捧到怀里？河啊，你已经干枯，你的莲花也已凋谢。莫非，跟我们一样，因为得不到我们心爱的夫君——偷走我们心的摩度之主的深情顾盼，你也正日趋干涸？"

正是以这样的迷狂之爱言语、行动，后妃们尽皆达到了生命的究竟归趣。

在克利须那的儿子当中，有十八个是万人敌，其中尤以波罗度牟为最。雅度族繁荣昌盛，据说，这个家族聘了三万八千八百位老师来教育其子嗣。以往之世，底提之苗裔多有死于神魔大战者，这些天魔重新投生人间，搅扰天下苍生。为了削弱诸魔，至尊者命令诸神降生于雅度一朝。他们遵命而行，一共下来一百零一支。诸毗湿尼一心专注在克利须那身上，以至于行住坐卧言谈娱乐无不如此，完全忘记了自己的形骸。

为了护佑正法，至尊者克利须那示现了这些在《薄伽梵往世书》中备受荣耀的逍遥游戏。若有人渴欲忠实地侍奉克利须那的莲花足，便应听闻他在每个化身里的作为，此类听闻能摧坏一切因果业报。以不断增长的虔敬之心，透过有规律地听闻、唱诵、冥思有关主木昆陀的美妙圣言，终有一死的凡夫也能转生主的神圣王国，那里与死亡无关。为此，许许多多人，包括伟大的君王，抛家弃世，奔赴森林。

当大地女神不堪世上魔君负累，悲痛万分之时，至尊主毗湿努化身下凡，施以解救。从童年起，克利须那就诛灭了无数妖魔。后来，他借般度五子之手，在俱卢之野布置了一场震动天地的大战，从而完成了救世使命。

然而，尽管使命看似已经完成，至尊者却认为，他的雅度王朝也是一个大地所无法承受的赘负。所谓"近则亵"，一些雅度族人变得对至尊主的意愿漠不关心。此外，克利须那隐迹之后，众雅度氏肯定会心神大乱，分离的迷狂将会驱使强大的雅度族人纵情放驰，祸乱世间。如是，至尊者决定，让雅度族人自相争斗，进而造成社稷倾覆。事实上，至尊者想要带上他的永恒同游，一起回归故乡。

不久，伟大的圣者们，诸如那罗陀、布黎古、阿特利等人，前去克利须那的父亲筏殊提婆家中举行韦陀祭仪。结束后，正住在父亲家里的克利须那派遣众仙圣去一处唤作频多罗伽的地方。

雅度朝的年轻一辈也一同随行，到了那个地方。男孩们把桑巴打扮成一个孕妇，然后打打闹闹地来到众仙圣面前。顶拜礼足之后，众男孩假装谦卑，莽撞地说道："博学的婆罗门啊，这个黑眼睛的怀孕女子有些事要问你们，但自己出口问询，又觉得不太好意思。眼力无碍的圣者啊，这个妇人想要一个儿子，所以她请求你告诉她，她的孩子会是男孩还是女孩？"

仙圣们当然明白这些孩子的意图，他们变得十分恼怒，当即诅咒道："你们这些蠢货！这妇人会生下一根摧毁你们整个王朝的铁杵！"闻听此言，男孩们大为惊怖，他们掀开桑巴的肚子，赫然看到了一根铁杵！男孩们马上清醒过来，高喊道："啊呀，我们都干了什么啊？多么不幸啊！我们的父母会说什么？"

　　心烦意乱之下，众男孩捧着那根铁杵，回到宫中。男孩们个个面如灰土，闯入雅度皇室议事厅，向国君乌戈罗塞拿讲述了刚才发生的事情。杜瓦拉卡之民听说众婆罗门发下诅咒，又目睹那根铁杵，无不又惊又惧。

　　乌戈罗塞拿命人将那铁杵磨成粉末，然后亲自到海边，把铁屑以及一小团无法磨碎的铁块抛入大海之中。一条鱼吞下了小铁块，而铁屑又被海浪冲回岸边，长成了一片甘蔗林。后来，那条吞吃了铁块的鱼跟其他鱼一起被捕获，从鱼腹中取出的铁块落入一位名叫遮罗的猎人手里，他用铁块打了一个箭头。

　　这一切皆由至尊者允准，他意欲警示世人：任何人，即便他跟至尊者本人有血缘之亲，倘若冒犯了纯粹奉献者的莲花足，也将遭受灭顶之灾。

第十一卷

第一章　九子论道

　　虽然那罗陀牟尼本该托钵游方，但因为渴望亲身崇拜克利须那，他有时会居停于杜瓦拉卡。一日，那罗陀来到筏殊提婆家中，筏殊提婆礼迎有加。坐定之后，筏殊提婆稽首顶礼，开口说道：

　　"伟大的灵魂啊，你来访的目的是饶益众生，甚至最邪恶者。诸神施苦乐于众生，但如你这般伟大奉献者的所作所为，结局只会是欢喜。诸神按照业力与众生感应，而纯粹奉献者对有情一体慈悲。婆罗门啊，看见你我心满意足。不过，我希望你能阐演薄伽梵大法，这类论议能让凡夫远离畏怖。我于前世崇拜至尊者，受幻力之迷惑，一心愿望能有一个儿子。现在，请教导我，好让我摆脱凶险可怕的尘世缠缚。"

　　听到有人询问薄伽梵克利须那，那罗陀非常高兴。他回答道："汝今问询薄伽梵大法，十分合适。因为此种奉献服务是如此强大，能够净化整个宇宙。单单听闻之，或者赞美他人的奉献服务，即便陷身罪业者也能当下即得净化。至尊者如此吉祥，无论是谁，但凡听闻、唱赞他，就会变得完全虔敬。为了说明这个道理，人们经常讲述发生在尼米大帝与黎沙巴九子之间的一场远古对话。"

　　黎沙巴九子皆为至尊天鹅，赤身裸体，周行于大地乃至宇宙一切星宿之上，四处弘传薄伽梵大法。至尊天鹅能够真实洞见天地万物，与至尊者不二为一，为彼之流布，然而又与彼有别。

　　一次，云游人间之时，九子来到尼米大帝的祭场。这些伟大的人物光辉如太阳，见到他们，每个人都起身礼敬，甚至正在举祭的众婆罗门与祭祀之火。知道九子皆为拿罗衍那的纯粹奉献者，尼米大帝欢喜崇拜，一如对待至尊上主。

　　顶礼之后，尼米大帝说道："我想，你们定是至尊主的伙伴。你们遍游世界，全无私心杂念，只为救度群迷。有情想要获得人身，非常困难。而就凡人而言，能够亲近像你们一样的奉献者，尤为稀罕。请向我们讲述最高的利益。我把你们的陪伴视为无价的珠宝！请告诉我薄伽梵大法，践行此法可以立刻满足至尊主，而至尊主也会把自己交给这样一个皈依的灵魂。"九子合掌致谢。

祭场众人默然谛听，九子中的伽比开示道："因为认同于无常的躯壳，受局限的灵魂始终恐惧畏怖。只有透过崇拜至尊者的莲花足，才能真正摆脱恐惧。受取此道者永不堕落，即使他闭目奔跑。按照其特殊的禀赋，吾人当奉献一切以身口意所为者，以取悦至尊主。践行这等奉献服务之时，吾人当收摄心念，舍弃一切尘世贪执。如是，透过持续不断地听闻、唱赞至尊主，吾人便能最终获得圆满神爱。此外，奉献者须磨炼自身，洞见万物皆是至尊主能力的流布，如是体认无物与他分离。这般觉悟能使奉献者远离畏怖。对于如此不断践行者，永不动摇的奉爱、对一切无益之物的舍离，以及对主的直接体认，自然达成。"

尼米大帝说道："请再详细讲讲主的奉献者。他们的性格如何？他们如何说话？是什么原因使他们为至尊主所钟爱？"

九子中的哈比开口说道："最高明的奉献者洞见太一在万物之中，并且还洞见万物皆在太一之中。中等的奉献者奉献其爱于至上主神，以所有奉献者为友，发慈悲于无知者，远离嫉妒者。初学或物质化的奉献者倾力崇拜神庙里的主，但对其他奉献者和一般大众却行为不当。

"虽然初学和中等奉献者都可以接受弟子，但他们的弟子无法很好进步。为此，吾人当小心择取一位顶级奉献者为上师。这样一位超卓的奉献者视世界为至尊者的权能，所以无所悲喜于得失之际。凭借时时记忆至上人格主神，他远离一切尘世烦恼。他的心念不再斤斤于谋划享受爱欲、捞取钱财或者拥有荣华富贵。即便处身高位，或者修炼极大的苦行，纯粹奉献者内心也不会产生一丝一毫的骄慢。舍弃一切占有欲，以及对感官欲乐的关切，至尊天鹅达到了彻底平静、知足之境。事实上，第一流的奉献者绝不会离开至尊主莲花足的护荫，哪怕片刻，即便以整个宇宙的美富相交换。至尊者美丽的足趾形似无价的珠宝，从那里流射出的光芒就像清凉的月光，解除了纯粹奉献者内心所有的痛苦。至尊者对众生是如此慈悲，若有人念诵他的圣号，即便是无意的，他也乐于摧毁念诵者内心无量数的罪业。当一位奉献者托庇于至尊主的莲花足，以爱心唱赞他的荣耀，作为回报，至尊主永远不会离开这位奉献者的心。如是在内心俘获了至尊主的人，被称为最胜薄伽梵陀（Bhagavata-pradhan）。"

尼米大帝又请求道："请告诉我何为摩耶——至尊者毗湿努的虚幻能力，它甚至迷惑了伟大的瑜伽士。议论克利须那十分甜美，我对此永无餍足。这类听闻乃是深受三重苦的众生的真正良药。解脱的灵魂对此甚至更有品味。"

九子中的安陀黎克莎答道："物质自然涵摄三极气性，自超灵进入其内后便活跃起来。受局限灵魂被赋予三种身，即半神、人、非人中的一种。然后，受根深蒂固的欲望的驱使，投身于因果业行。等到至尊者以永恒时间之相坏灭天地时，随着太阳的热力逐渐增强，大地上出现了可怕的旱灾。居于波塔拉珞珈的商伽萨那口喷烈火，罡风吹动下，三界俱遭炙烤。其后，火劫云洒下象鼻般粗细的暴雨，淹没了整个世界。宇宙灵魂舍弃了庞大的躯壳，进入幽冥之境。"

说完，安陀黎克莎问道："王啊，你还想再听什么？"尼米大帝回答："伟大的仙圣啊，请告诉我，一个十分愚蠢的凡夫俗子如何能够轻松摆脱摩耶的影响？虽然，对于未达自我克制者，摩耶根本无法征服。"

九子中的波罗佛陀说道："为了离苦逐乐，众生托庇于男女情缘。这自然导致他臣服于随业行而来的艰苦劳作。无明众生总是渴欲变得伟大。与人交往时，他们跟对等者竞争；看到优胜于他们的，他们便妒火中烧。尽管，无论如何，世间的境遇总是无常易变，而真正的快乐永远难以企及。当人真正明白尘世存在的徒劳，诚心欲求真实的利益，那么他就应该托庇于一位正宗的灵性导师。

"人间和天堂的欲乐皆是镜花水月。人间的欲乐十分短暂，苦恼亦随之而来，而且依赖一具相当脆弱的躯壳。天堂的欲乐为期绵长，但伴随着竞争和嫉妒。并且，一旦善报耗竭，乐亦终结。是故，吾人当视上师为自己的生命、灵魂和值得崇拜的神明。在上师的指导下，践行所有的纯粹奉献的律则。

"奉献者应该与奉献者交友，如此他们就可以一道致力于荣耀至尊主。用这种方式培养友情，相互激励，奉献者就会稳处于奉献服务。这非常取悦至尊主，他因而被除了奉献者内心的一切不祥。如是，奉献者深心满足，逐渐地，神爱苏醒。当爱变得强烈时，奉献者已经灵性化的身体会表现出妙喜的征兆。凭借如此完全投身于主的奉献服务，奉献者轻而易举地跨越了虚幻能力——摩耶。"

尼米大帝说道："请向我阐说至尊主拿罗衍那的地位，他本身就是超灵和梵。你们能够论述这一切，因为在觉解形而上的学问方面，你们最为精到。"

九子中的毕钵罗衍那说道："虽然无上者是创造、长养、坏灭之因，其自身却不受因果。梵和超灵皆为绝对本体的附属性特征。在超灵维度，无上者瞥视物质自然并进入其中，以激发造化和生命个体。物质自性与生命个体皆至上大梵之延展。尽管薄伽梵、超灵、梵三大体相可以分别讨论，但应该明白，它们都是整体之一、同一的绝对本体。"

尼米大帝说道："现在请告诉我业瑜伽，透过奉献工作于至尊者，吾人便能远离一切业报。先前，有一次，在我父亲伊刹华古大帝面前，我向鸠摩罗四子提出这个问题，他们却拒绝回答。这是为什么？"

九子中的阿毗瞇多罗回答："必须从韦陀经教中明白作、妄作和无作，因为韦陀经典与主本人无异。虽然韦陀诸经的终极归趣是挣脱因果功利，但它也常常论述果报性仪法之施行。这就好比一位父亲，许诺给孩子糖吃，假如孩子肯服药的话。父亲的真实意图是让孩子服药，但为了引导孩子，他看起来把糖放在了首位。而且，事实是，假如世俗之人不持循韦陀经教，他们肯定会投身罪业。

"如果一个人尚未收摄心念和诸跟，清晨没有早起、沐浴、持诵摩诃神咒，并践行其他规律性的奉献活动，必定会成为邪行的牺牲品，变得像禽兽一般。韦陀经教限制感官享受，如此让无法立刻放弃肉体欲乐的人获得机会逐渐舍离。当人无所执着地践行这些仪轨，向至尊者奉献其业果，那么他就能解脱于因果业报。然而，一切尘世羁绊的根源——我慢心结（Hridaya-granthi），可以为纯粹奉献服务之践行所快速斩断。奉献者应该崇拜他觉得对他最有吸引力的主的形体。崇拜神像之时，奉献者须始终认为自己是至尊主的永恒奴仆。"

尼米大帝接着又请求："至尊主按照其本身意愿，降临世间。请描述他的各种身相和逍遥，如此我才能明白哪个身相最能激发我对他的爱。"

九子中的德卢弥拉讲到，为创世之故，至尊主首先分身为原人化身，接着是气性诸化身。随后，有关至尊主的游戏化身拿罗、拿罗衍那，他讲了一段古老的史事。

一次，天帝因陀罗十分恐惧，害怕拿罗、拿罗衍那仙圣严刻苦修，将来会夺走他的天堂王国。在无明驱使下，因陀罗差遣爱神，带着一帮手下，前往巴答黎喀净修林窥探。

一时间，巴答黎喀净修林中春风拂面，春意撩人。爱神张弓搭箭，准备袭击拿罗、拿罗衍那二圣，那张弓由美女无法抗拒的眼眸所造。

然而，拿罗、拿罗衍那二圣丝毫不受诱惑。深知因陀罗的意图，至尊者对站在他面前惊恐万分的爱神及其手下说道："不必害怕，爱神、风神，还有诸天眷属。请接受我的供养，好让我的隐修院变得神圣。"

羞耻之下，众天神皆低下头来。为了唤起主的慈悲，他们说道："主啊，你永恒不变，超然绝待。尽管我们造下这么大的冒犯，你仍然对我们慈悲有加。但这丝毫不令人惊奇，因为无数自我满足、远离我执和嗔恨的伟大圣者也拜倒在你的莲花足下。天神们常常试图阻碍修行者的回归主神之路，而崇拜天神者

第十一卷 | 541

反倒没有这类障阻。不过，你总是护佑你的奉献者，故而他们可以轻而易举地克服一切障碍。"

就在众神说话之际，拿罗、拿罗衍那仙人突然化现出许许多多艳丽惊人而又超凡脱俗的美女。爱神及其同伙乍见这些美女超尘绝世的美，闻到她们身体上散发的芳香，无不颠倒迷乱，内心真正谦卑下来。

至尊者于是微笑说道："请在她们中间选一个你们觉得最中意的，让她成为天界的装饰。"

唱赞唵音之后，爱神的手下人挑中了乌尔华诗——飞天女中的头牌。然后，他们辞别二圣，带着这位飞天女，返归天界。当着因陀罗的诸多会众，爱神描述了拿罗、拿罗衍那仙圣的至上威能。因陀罗听闻此事，不禁又惊又怕，因为他觉察到了自己的巨大冒犯。

尼米大帝说道："黎沙巴九子啊，请告诉我那些从不曾崇拜至尊主之人的命运，彼等总是为物欲所扰，也无法约束自我。"

九子中的叉摩莎回答："婆罗门、刹帝利、毗舍、首陀罗分别生于至尊者宇宙大身的脸、臂、腿和足，按照其所处的物质气性。四行期——梵行、居家、林栖、出世亦如是受造。任何人，出于任何种姓或行期，若不去崇拜至尊主，必定沉沦堕落。

"妇人、首陀罗和失落高种姓者通常很少有机会听闻至尊主，因为圣者一般避开他们。尽管，那些真正的觉悟者应该尽力对他们慈悲。不崇拜至尊主的人有两类：一是无知者，二是明知却讥嘲者。三大高种姓里有愚痴者，单单执着韦陀典之业分，其中论述为往生天界而举行祭祀。此辈日夜梦想饮服娑摩，达到不朽，进入难陀林享受仙女的陪伴。由于无明，他们将至尊主的至高所有权抛诸一旁，只顾维持其崇高的社会地位。他们托庇于无神论学者，如是成了至上人格主神的冒犯者。这类人逐渐为贪淫和嗔怒所控制。因为太过骄慢、罪恶、伪诈，他们嘲骂那些真正的奉献者。这等刻毒之辈的智慧被虚骄所遮蔽，他们的虚骄来自巨大的财富、高贵的出身，身体的力量、美丽，以及韦陀祭祀的成功举行。

"至尊主是万物的根源，他是绝对的主宰。故此，他是至高无上的崇拜对象。他在韦陀诸经中受到荣耀，但小智者却不喜欢听闻他。针对那些渴欲享受邪淫、酗酒和食肉的俗人，韦陀业分做出了让步。

"男女在婚姻里受到允许，某些祭祀里食肉、饮酒受到允许，积聚财富受到允许,但韦陀典教导,财富应用来增进正法,而非仅仅改善家境。很明显,这种让步的目的并不是鼓励人沉溺其中。持守韦陀经教者被救度出粗大的罪业,因为其恶趣受到制约。并且,透过培养对韦陀礼法的尊崇,这些人或许能逐渐对至尊主产生兴趣。那些确实背离至尊主的人最终被迫放弃家室、亲友,然后,与愿相违,堕入宇宙最黑暗的区域。"

尼米大帝又说:"请描述至尊主在不同世代的名号、身相和肤色。还有,请阐说崇拜他所应持守的戒律。"

九子中的喀拉跋遮拿说道:"至尊者降显于四纪中的每一纪。在萨提耶纪,他化现为白色皮肤的四臂梵行者。他头发散乱,身披黑色鹿皮,肩上挂一条圣线,手持阿克莎念珠和净瓶。萨提耶纪之人平和无妒,善待众生,沉稳坚定。通过非常艰苦的观想法门,他们崇拜至尊者的天鹅化身。

"当二分纪,至尊者化现为红肤金发的四臂身相。由于他推举祭祀之法,他的随身饰物都是祭祀用具,比如灌献酥油用的祭勺。他的名号有雅基耶、毗湿尼伽巴。

"当三分纪,至尊者现身为黑色皮肤,他身穿一袭黄裳。他超妙的身体上饰有吉祥纹和其他宝相。彼时,主受到犹如对待伟大君王一般的崇拜。

"当喀利纪,智者举行广诵祭,以此崇拜至尊主。此身相直接就是克利须那本人,却化现为金色皮肤,并不断唱诵克利须那的圣号。

"那些单单拜倒在这个化身——契檀尼耶·摩诃波菩的莲花足下的人,将得到所有的庇护。至尊主的莲花足是渡过生死苦海的合适舟航。故此,大神梵天和湿婆都在寻觅主的莲花足。韦陀经典非常小心地提到了摩诃波菩的显现。因为,假如广泛宣说,那么无数假冒者和模仿者将充斥世间。

"尽管有其堕落的一面,喀利纪被觉者们推许为最好的世代,因为在这一纪,单凭唱诵主的圣号,吾人就可以轻而易举地获得一切成就。甚至喀利纪的悲惨境况都有其优越之处,因为这反倒能让奉献者更容易在一种完全无助的情境下哭唤主的慈悲。舍弃一切俗世职分,完全皈依木昆陀的莲花足,奉献者不再亏欠天神、祖先,或者任何其他生命体。"

亲闻至道,米提拉国君尼米格外满足。于是,跟祭司们一起,他非常虔敬地崇拜了黎沙巴九子。

讲完九子论道之事,那罗陀对筏殊提婆说道:"最最幸运的筏殊提婆啊,诚心践履汝所听闻,必能臻达至尊。实际上,你和你的夫人提婆吉无疑都已圆满，因为至尊主化身成了你们的儿子。透过经常见到他、拥抱他，与他同吃同睡，你们已然显示出对他的奇妙之爱。像悉殊钵罗、莎尔华、刚萨这类敌人也一直以妒忌的心态想着克利须那，甚至于吃饭、睡眠之时。如此专注于克利须那，他们在死后都到达了至尊主的居所。那么，对于以善意和爱一心凝注于主的人，其所得的赐福还有什么可说的呢？"

筏殊提婆很自然地把克利须那视为自己的儿子，主也相应回报。但这使筏殊提婆十分担心雅度王朝的命运，并且，筏殊提婆也害怕他以父道对待主所带来的后果。洞明一切的那罗陀牟尼于是向筏殊提婆保证，克利须那确实是至上人格主神，所以不必为任何一个主的同伴的命运担忧。

听了那罗陀这番言论，筏殊提婆和提婆吉皆大为惊奇，于是放下了一切担心和迷幻。

第二章　最后宝训

一次，大神梵天前往杜瓦拉卡，想要见到克利须那。随他同行的还有他的儿子——湿婆、天帝因陀罗以及各级天神。诸神目不转睛地看着克利须那的妙相，刹那间便用从天堂带下来的花鬘笼罩了他。一番赞祷之后，诸神尽皆拜倒在克利须那的莲花足下。能看到至尊者的全身，他们感觉幸运非常，因为连伟大的圣者们都在苦苦搜寻他的莲花足。须知红尘波流十分强大，是以人当紧紧抱住至尊者的莲花足。否则，欲乐和思辨之浪定会将人冲离其命定地位。

梵天立身空中，合掌而言："我主啊，先前我等请求你移除大地的重负，这无疑已经由你实现。你还遍世界传扬你的荣光，并且重建正法，如是未来喀利纪之人就能轻易跨越那个世代的黑暗。我主啊，你降临雅度王朝，跟你的同伴一起，已经在世上停留了一百二十五年。现在没有什么需要你做的了，所以，如果你愿意的话，你可以回返灵性天空里你自己的居所。我等是你卑贱的奴仆，代表你司掌宇宙事务，请继续加慈悲庇佑我等。"

薄伽梵克利须那说道："诸神之首梵天啊，我确实已经实现了你所愿望的一切，但我还必须清除雅度王朝这个重负。因为过于雄强勇武，如果不加遏止的话，极度骄傲的雅度族最终将吞灭整个世界。由于婆罗门的诅咒，他们的毁灭已如箭在弦上。不久，当我返归无忧珞珈之时，我会过访你的居所。"梵天向克利须那拜倒顶礼，然后在众神的簇拥下，腾空飞升。

此后不久，克利须那注意到，杜瓦拉卡城内到处出现了滋扰。于是他召来雅度族人，发话道："我们的王朝受到婆罗门的诅咒，并且这诅咒无法抵消。结果造成我们身边发生了这么大的扰动。现在，如果我们还想保有安全，就必须立刻离开这个地方。我建议去波罗跋刹，那是一个非常神圣的所在。"

很多雅度族人都是天神降世，辅佐克利须那完成使命。至尊者想让他们各归其位。因为任何人若在杜瓦拉卡舍弃肉体，必定会往生灵性世界，所以克利须那安排，让他们死于神都之外。

克利须那继续说道："由于达克刹的诅咒，月亮曾经染上痨病。后来，单靠在波罗跋刹沐浴，月神便洗清了一切罪业，重归健康。借着去波罗跋刹沐浴献祭、供养布施婆罗门众，我们也能克服所有危难。"

听了克利须那这一番话，雅度族人遂决意前往波罗跋刹。他们乘船离岛，上岸后又换车马前行。

恶兆临近，乌达华早已非常警惕。就在雅度族准备动身之时，他听说了至尊者对他们的训谕。作为一名忠实的追随者，他在一处僻静之地见到了克利须那。

跪拜之后，乌达华合掌礼敬，说道："主啊，我明白，你将要收回你的王朝，而后结束你在这个宇宙里的逍遥。你是至高无上的主宰，本可以轻而易举地抵消婆罗门众的诅咒。因为你没这么做，所以我知道，你的隐没已经为期不远。克利须那啊，我无法容忍哪怕有一刻离开你的莲花足，请你带上我吧。

"至高无上的玄秘者啊，我等无非造作业行的无明众生，但仅仅凭借听闻、唱赞、忆念你神奇的话语和作为，我等便肯定能跨越红尘苦海。主啊，我们在妙喜中想起你的情爱逍遥，想起你于彼时露出的神秘微笑。"

至尊者回答："乌达华啊，你所说的一切皆真实无妄。为了回应梵天的祷告，我降临世间。如今，我的使命已经完成，他希望我重归我的无忧珞珈。因为婆罗门的诅咒，雅度王朝必将自相残杀，以至覆亡。从今日算起，到第七天，大海将会上涨，淹没杜瓦拉卡。

"毫无罪孽的乌达华啊，当我离开后，大地将失去一切美善，是故，你不可滞留在此。舍弃对亲友的所有爱恋，单只注心于我。穿行红尘之际，你当觉悟，你所看见的一切无非只是无常的表象。不为摩耶之种种假象所迷惑，你当深思万物与绝对真理的内在关联。换言之，你必须不断去觉察，我如何在万物之中，万物如何又在我之中。"

乌达华再次顶礼，说道："你如此慈悲地阐说了执着幻相之徒劳。但是，对于贪恋欲乐者，要舍弃此类欲望难上加难。我主啊，我完全沉浸在身见之中，请教导你这可怜的奴仆，好让我能轻松执行你的训令。因为厌倦了尘世生活，并且深受其折磨，所以我要向你臣服皈命，你是一切有情众生的真正的朋友。"

克利须那于是说道："一个深解存在之真实处境的聪明人，能充当自己的训导上师。透过慎思明辨，他能超拔自身于粗俗欲乐所带来的不吉祥的生活。乌达华啊，尽管我无法为诸根所察识，但还是可以透过妙用觉知和智慧得以体认。有关于此，我要给你讲一段古老的史事，有关伟大的君王雅度与一位疯头陀的际遇。"

雅度大帝曾经偶遇一位年轻的云游头陀。博学多识的君王上前询问这位疯头陀："婆罗门啊，虽然你看似并不曾修炼任何法门，我却知道你已经获得了最伟大的智慧。请告诉我，你是如何达到了悟的？你为何像这般四处游荡，举动犹如一个天真的孩童？世人大多辛勤劳作，渴望获得某些世俗或超世俗的成功，旨在享受财富或名声。然而，你虽然十分英俊有才，却无所事事，看上去一无所求。说实在的，你就像某一类痴呆的鬼怪！世人皆在欲火情焰中焚烧，而你却像站立在恒河之中避火的大象。婆罗门啊，你独自云游，避开种种欲乐，请告诉我，是什么使你感受到了内心的巨大欢喜。"

那疯头陀回答道："王啊，我托庇于二十四位上师，从他们那里获得大智慧以后，我得以自在云游。"

第一位上师是大地。大地教我们学会安忍，因为虽遭多方盘剥，它却依然供应众生之所需。大地上的山川树木无不以奉献他人为其存在的唯一理由。一个警醒的人，即便大难临头，也不应背离他所选择的道路。他应该明白，侵袭者无非也是按照其业力，被迫造作。

第二位上师是风。风教我们学会如何住世而无所执着，如是避免尘世缠缚。风吹过芬芳的园圃，吹走了腐败的垃圾。有时微风夹带着水滴，让酷暑苦热的人们感到凉爽。然而，这微风也能点燃毁掉整片森林的大火。但风始终不变依旧，全不受所接对象的影响。同样，一位奉献者的心念当专注于至尊主，不为吉凶之境所干扰。一位奉献者非常清楚，他并非物质躯壳，不该受尘世间二元分别的干扰。

第三位是天空。天空教会我们，即使居停于世间，灵魂始终不受物质染触。虽然经历数不清的暴风雷雨，但天空远在纷扰之外，丝毫不为其所乱。同样，万物皆在无上者之中，而他却不为其运化所影响，始终超然独立。

第四位是水。圣者就像水，纯净而柔和。流水发出动听的声音，河湖江海无不令人赏心悦目。同样，见到一位纯粹的奉献者让人心生喜悦，他言辞迷人，跟他交往使人得到净化。

第五位是火。圣者可以与火相比。即使有时吃下受到污染的食物，圣者不为罪染，正如火焚污秽，不会变得不净。火焰威猛，当小心掌控。圣者历经苦修，变得十分强大，也应尊敬对待。火时隐时现，纯粹奉献者通常和光同尘，但有时也充当人师，为的是饶益众生。

第六位是月亮。月亮时亏时盈，但实际上并无变化。同样，灵魂不为躯壳的六种变化所影响。

第七位是太阳。太阳从地表蒸发水分，随后以雨偿还。同样，奉献者从至尊主的物质能量那里获取很多东西，然后又以供养相回报。太阳映射于各种发光体的表面，对于愚蠢的观察者，它看起来似乎分裂成了许多。事实上，太阳是一。同样地，绝对真理不可分割，尽管也以种种方式延展自身。

第八位是鸽子。从前有一只鸽子，跟夫人一同住在森林里。他们在一棵树上建了巢，在里面住了很多年，彼此十分恩爱。夫妻俩都迷上了对方的体貌、顾盼和性情。他们傻傻地相信两人之间的情爱会天长地久，于是互相爱恋，形影不离。当有所要求时，雌鸽便微笑相告，她的丈夫便会满足她，即使大费周折。因为雄鸽从不曾学习收摄诸根，雌鸽便俘获了他的心，把他当作忠实的奴仆使唤。时光流逝，雌鸽在巢中产下了蛋。幼鸽出生，身上长着柔嫩的翅膀和羽毛。鸽子夫妇非常爱他们的孩子，喜欢他们纤弱的身体、稚嫩的鸣叫和踉跄学飞的姿态。如此，这两只愚蠢的鸟儿爱结日深，完全为摩耶所惑。

一日，鸽子携夫人飞翔于丛林之间，急着喂饱他们的孩子。此时，一个猎人来到了鸟巢附近雏鸟们玩耍的地方。撒下网后，猎人轻而易举地捕获了小鸽子们。听到孩子们啼叫求助，雌鸽痛苦万分，匆忙赶回家中。情急之下，她不顾一切地冲向自己的孩子，全然忘记了自己。结果，那猎人也一下子就逮住了她。

紧随其后的雄鸽眼见亲如骨肉的妻儿被困网中，不禁悲从中来。那雄鸽哭诉道："唉，我的生命结束了！我真是个大傻瓜，从没有认认真真行过善业！如今，我的全家大难临头。与妻儿分离，让我痛不欲生！为什么我还要继续活下去？"

悲伤欲绝之下，那雄鸽也被残酷的猎人轻松捕获。心满意足的猎人于是满载而归。从这只鸽子身上，吾人当懂得，如果太过依恋室家，一味沉溺于男女欲乐，便注定会遭受极大的苦难。人形生命给予人获得终极解脱的机会。但是，若只知奉献身心于家庭，如同这只鸽子，那么此人就像是攀爬到极高之处，终不免失足坠落的蠢货。

第九位上师是蟒蛇。蟒蛇盘卧于地，纹丝不动，只进用自动到来的食物。正如烦恼不请自来，快乐同样命中注定。因此，圣者不应为生计而过度劳作。致力于自我觉悟者当保持安忍和平，如果没有食物，他应准备好禁食多日。

第十位是大海。当雨季之时，江河流入大海。夏季，很多江河干枯，而大海依然无有改变。一位瑜伽行者亦当如是。有时，他兴旺发达，有时却困苦落魄，但行者不受扰乱，唯是一心向道。

第十一位是飞蛾。受到火光吸引，飞蛾扑火而亡。女人之幻相就像火焰。一个未曾学会收摄诸根的人，看见华服巧笑、举止婀娜的女人便顿起色心。听到她诱人的话语，渴望欲乐的男人智慧尽丧，意乱情迷，如是堕落沉沦。女人透过所有五种感官魅惑男人，使他走向毁灭。同样，飞蛾被火光吸引，蜜蜂被花香吸引，鱼被钓饵吸引，雄象因为追求迷人的雌象而被捕获，而鹿为猎人婉转的笛声所迷。

第十二位是蜜蜂。犹如蜜蜂采蜜于百花，圣者当沿门托钵，从每一户人家接受一点儿布施，足以维持生命即可。犹如蜜蜂只采花中之蜜，吾人只应吸收启示经典之精华——薄伽梵法。不要做聪明的驴子，只管背负无用知识的重担。另一方面，圣者不应仿照蜂窝里的蜜蜂，一味酿蜜，不过是为了储藏。一位圣者绝不应有这样的想法："我现在吃这个，剩下的留到明天。"相反，他应以手为钵，所食但手之所容。他唯一的容器应该是他的肚子，唯一的食物储存但够果腹。

第十三位是大象。一心渴望亲近被猎人当作诱饵的雌象，雄象落入陷阱，终被擒获。知道这一点，圣者绝不应触摸年轻女子，甚至女孩形状的木偶。

第十四位是盗蜜贼。蜜蜂辛苦酿成的蜜，却被人享受，被人售卖。有鉴于此，聪明人应勿贪求聚敛。正如采蜜人采走蜜蜂所酿之蜜，梵行者和出世僧有资格使用居家者积聚的财富。

第十五位是鹿。鹿为猎人的笛声所迷，轻易被杀。有鉴于此，圣者应摒弃所有世俗的伎乐、歌舞，因为这会使他成为欲乐的牺牲品。

第十六位是鱼。为饵所诱，鱼儿吞下了鱼钩。有鉴于此，圣者应仔细思考贪求口舌之欲所带来的危险。

第十七位是妓女频伽罗。很久以前，在毗多诃城中，生活着一个妓女，名叫频伽罗。一到晚上，她就倚门而立，引诱男人，因为她十分渴望钱财。一夜，她察看着所有路过的男人，心中想道："这个男人有钱，花这点钱不是问题。我相信他一定会喜欢与我相伴。"如此，很多男人从她门前走过，却不曾停留。

因为出卖色相是频伽罗唯一的谋生手段，所以她心中十分焦急："这男人看起来很富有，但他却不肯停步。不管怎样，总会有人留下来，付给我很多钱。"然而，没有人上前找她。没有顾客，频伽罗无法入睡。一次又一次，她神经质地往大街上走去，然后又转回自己的房间。就这样，午夜降临，频伽罗愁容满面。事实上，她越来越失望，到最后，她开始渐渐放下，生起了舍离之心，此时快乐居然出现在她心中。

深深厌恶自己的皮肉生涯，频伽罗放弃了所有享受世间快乐的希望，她如是歌唱：

"唉，我是多么执迷不悟！因为无法收摄心念，我甚至希望跟最无用的男人享受欲乐。我是多么愚蠢！竟然不去服侍那最亲的人——世界的至尊主！尽管他就在我内心，我却彻底弃他于不顾。相反，我愚不可及地去服侍那些微不足道的、永远无法满足我真正欲望的男人，不知他们只会给我带来悲惨。我折磨着自己的灵魂，把肉体卖给那些好色贪婪的男人，他们无非也是怜悯的对象。

"这躯壳就像我的屋子，骨头就像梁柱。它里面满是屎尿，它的九扇门排放出臭秽之物。除了我以外，还有谁会如此愚蠢？我奉献于躯壳，指望从中获得欢爱。

"至尊主是最亲的人，因为他是胜我。如今我要以全然皈命为代价，把主买下。我要与他同乐，一如吉祥天女。男人能为女人带来某些满足，但是，不必说他们，即使天堂里的诸神也有生有灭。

"一直以来，虽然我固执地渴望享受浮世，如今舍离之心却在我心中生起。因此，必定是至尊主毗湿努满意于我前世所做过的一些事情。我所经历的巨大痛苦让我变得厌弃世间。现在，我可以真实感到，我的痛苦其实是好运的原因。这是至尊主给我的特殊恩慈。除了他，谁能把人救出尘世存在之井？那里面每个人都在时间之蛇的齿牙间苟活。"

如是安下心来，频伽罗放下一切，躺在床上安然入睡。

第十八位是鹰。从前有一群鹰，苦于找不到猎物。饥饿之下，它们看到一只比较弱的鹰，嘴上叼着些肉，便群起而攻之。眼见大难临头，那只鹰急忙抛掉口中之肉，这才逃出一劫。有鉴于此，吾人当舍弃一切贪执和占有之念，因为它们最终导向苦恼。

第十九位是童子。孩童，还有那些不失童心的人，对于名誉、家室、职分之类都无所挂怀。圣者同样对这些俗事毫无兴趣，因为他们专心于精神层面。

第二十位是处女。一次，一个到了结婚年龄的处女单独在家，其家人都外出干活去了。有几个男子到来，希望能与那女孩家结为秦晋。女孩尊敬地接待了他们，然后管自走进厨房。当她开始舂米时，腕上的海螺壳手镯发出很大的声响。这提醒了那女孩，她想，如果客人们听到她在干这种粗活，就会认为她们家是穷人。她于是掰断了几个镯子，让每只手上只剩下一对。然而，当她继续干活时，手镯互相撞击，还是弄出一些响动。那女孩便从腕上又各褪下一只手镯，如此每只手上只剩下一只镯子。这样，她便可以继续安静地劳作了。当很多人聚在一起，必定会发生争吵。甚至只要有两个人在一起，便会闲聊争论。所以，为了避免这类干扰，修行者最好单独生活。

第二十一位是制箭人。从前有一个制箭人。一天，他正全神贯注于打造一根笔直的箭，甚至没有注意到国君经过。当人专念于至尊主，心念便能得到真正的调伏，并出离于尘世之二元对待。

第二十二位是蛇。蛇从不自建房屋。它总是以其他生物辛苦建成的巢穴为居所。有鉴于此，圣者不应致力于获取个人享乐。但与此同时，他也不必拒绝俗人拼命劳作所聚敛的一切。相反，奉献者无妨运用世间所有的奇妙成就，目的是更好地侍奉至尊主。

第二十三位是蜘蛛。蜘蛛吐丝织网，最后又将其收回体内。以同样的方式，至尊者于自身内扩充其能力，化现天地万物，长之养之，然后又收摄于他自身之内。至尊者独一无二，他创化宇宙，无须任何助力，因为他是一切能量的源泉。

第二十四位是黄蜂。有一次，大黄蜂逮住了一只小虫，把它关进自己的巢里。恐惧之下，那小虫不断念想捕猎者，以至于它的觉知都变成了像黄蜂一样的觉知。如此，小虫死后转生为一只大黄蜂。从这个例子里，吾人可以懂得，无论出于爱、恨或畏惧，如果一心专注于某个形象，来世就必然会获得那个形象。

那婆罗门头陀继续说道："王啊，所有这些上师给了我伟大的智慧。现在，且听我从自己的身体上学到了什么。躯体也是一位上师，因为它总是会走向痛苦的结局。当然，人形身体也有巨大的价值，有了它，人才能获取灵性智慧。不过，我从不曾忘记，躯体终将被虫吃掉或被火烧化，所以我以此舍离心，游荡于红尘之中。

"树在死前结下种子。同样，躯体也在死亡前呈现出来世的种子，以累积之业的形式。身体诸根不断从各个方向牵扯一个人，因为人类渴望享受。但是，吾人只应接受维持身体之基本所需，并以无著之心而为之。

"从这许多上师处学习之后，我一直保持醒觉、舍离和不执，如此云游于大地之上。"

说完这番话，那疯头陀接受了国君的顶礼，然后便扬长而去。

克利须那说道："听了那头陀的开示，我们的祖先，国君雅度，完全摆脱了一切尘世执着，一心专注在灵性层面。

"乌达华啊，人当践履奉献服务，与此同时，遵行种姓-行期法之内的职分。瑜伽行者必须始终牢记，浮世生活就像一场梦。在梦中，无论我们看到什么可悦乐的对象，实际皆毫无用处。一个昧于自己灵性身份的灵魂，看到很多享受的对象，其实那无非也是幻力所造。思念这些无常的东西，是在徒耗心智。

"应该亲近一位知晓我的上师，作为我真正的代表，他与我无异。作为弟子，应该毫无虚荣地服侍上师，绝不把自己视为作为者。怀着对上师的友爱之心，弟子当始终渴望进步，绝不让自己走入歧途。透过始终不忘真正的自我利益，行者应保持对妻儿、家室、财富之类的舍离。

"犹如火焰与其所燃以照明的灯芯不同，内观者与其以觉知相觉照的躯体有异。然而，如是觉解亦为各种类型的非人格论和无神论哲人所教导。乌达华啊，绝不要落入这类伪师的圈套，因为这个错误会极大地延长你在世间的悲惨处境。

"也有很多哲人说，生命体的天生地位是从事功果业行。即便这个想法对你有吸引力，但请考虑以下事实：追逐功利者盼望持续不断的幸福。然而，这类求利者其实很少能得满足，大多数倒是相当苦恼。这证明，求利者实际上无法主宰其命运。假如有人被其他人所主宰，他怎么会从工作中获得快乐呢？

"人世间，经常可以看到，很聪明的人并不快活，反而愚不可及的傻瓜有时看起来自得其乐。即使有人非常懂得如何避苦得乐，可他仍然得面对死亡。实际上，受局限的灵魂就像正走向刑场的罪犯。被判罪的人还能从感官及其对象中得到什么快乐？换言之，死亡不可避免，这能激励人下决心走上灵性之路。

"如果有人正确且煞费苦心地举行韦陀祭祀，不犯任何错误，他便能往生天界，享受天神般的生活。在斯筏伽珞珈，他可以乘坐光辉灿烂的飞舆，随心所欲地旅行，这是他前世所行的善业之果。穿戴华美的他能在仙苑里享受生活，受到乾达婆歌声的赞美，身边簇拥着众多仙女。然而，安逸之中，他却没有想到，他正在消耗前世善业的果报，很快就会被迫坠落，重返人间。

"如果有人造作恶业，无论是因为不良的交往，还是失于收摄诸根，他必然会变得物欲熏心。他会变得贪婪、好斗、吝啬，总是色欲攻心。并且，通过屠杀无辜的动物，他铺好了通向地狱的道路。

"从天堂到地狱，每一个人，乃至梵天，无不害怕以时间形象出现的我。认为自己是实际的作为者，乃是虚假的我执。所有的业皆为诸根所造，生命个体不过是见证者。物质自然之三极气性引起了造作，而生物仅只收获此业之善果和恶果。不过，生命个体还是有微小的独立性或责任的，因为他可以选择如何跟气性接触。"

彼时乌达华说道："我主，受局限灵魂居停于躯壳之内，为物质自然之三极气性所笼罩。他当下的行为受诸气性之支配，如是彼乃体验种种苦乐。受局限灵魂如何能够摆脱这可怕的缠缚？假如灵魂果真超越并非物质，那么又怎会被外在能量捆绑？生命个体有时被看成永恒受局限，有时又被看成永恒解脱。我主，你最擅长解答哲理疑难，请向我解释所有这些问题。"

薄伽梵克利须那回答："乌达华啊，生命个体有时被看成永恒受局限，有时又被看成永恒解脱。实际上，灵魂从未真正受到束缚或解脱于束缚。物质存在犹如一场梦，为我的低等能量所创造，如是它并无真性。明与无明，分别给予命我解脱和束缚，无非皆是摩耶的产物。为了说明这一点，我举一个有关两只鸟的例子。

"不知怎的，有二鸟同栖一树。此二鸟秉性相似，成了友伴。然而，一鸟忙于啄食树上果实，而另一只拥有高等能量的鸟却无欲品尝。树象征躯壳，吃食的鸟象征受局限灵魂，不吃食的鸟就是无所不能的至尊者。当灵魂受局限，便将躯壳当作自我，或者认为自我居停在躯壳之内。然而，当灵魂觉悟之际，便不复与身体认同。事实上，他甚至感觉自我并不居于身体之内。是故，解脱的灵魂根本不相信自我是躯体活动的作为者，他也不再为业报而苦恼或快乐。

"有时候，无缘无故地，吾人身体受到野兽或恶人的打击。有时候，吾人又被礼敬有加。受到打击不嗔怒，受到礼敬不得意，这样的人才算真正解脱。心怀平等，解脱的灵魂不为所谓的好坏、对错所动。因此，他不去赞扬或批评任何人。

"乌达华啊，若有人养了一头不产奶的母牛、一个不贞洁的妻子、一具完全依赖他人的肉身、一个一无长处的儿子，须知此人最是悲惨。若有人费力钻研韦陀，却未注心于我，此人同样最是悲惨。乌达华啊，若你无法脱离一切烦恼，完全注心于我，那就践履你的职分，将其视为对我的奉献，不要力图享受业果。若有人在纯粹奉献者的陪伴下，始终致力于奉献服务，他必将很快获得心性的提升，回归家园，回归主神。"

乌达华询问道："我主，你认为什么样的人是真正的奉献者？什么样的奉献服务会受到伟大奉献者的欣赏，被他们认为值得奉献给你？我主啊，你是无上大梵，超越物质自性，然而，因为受到奉献者的控制，你接受了很多形体，按照他们的愿望化身降临。"

至尊者说道："慈悲对待众生，从不伤害他人，甚至容忍侵犯者，宽容无嫉妒，其举止总是令人愉悦，从不苛刻，无意荣名显贵，把我当作唯一的护荫，精于恢复他人的无染觉性，摆脱占有感，献身于为他人造福，我认为这样的奉献者是最有学问的人。这样的奉献者舍弃了所有普通的礼法职分，以便能完全托庇于我的莲花足。一个奉献者也许正确地觉解了我，也许没有，但只要他以纯粹的爱崇拜我，我认为他就是最好的。

"亲爱的乌达华啊，透过致力于奉献服务，人就能放弃虚荣骄慢。奉献者应该认为自己是我的永恒奴仆，应向我奉献他所获得的一切。他应同时服侍我的神像和我的纯粹奉献者。他应总是尽力去听闻、唱诵我的超然德行，满怀爱与信心。一个奉献者应庆祝所有的节日，比如圣诞日或斋戒日。

"奉献者应致力于建造、维护我的庙宇以及花园等等。奉献者应永不吹嘘他的奉献，如此他的服务便不会造成骄慢。应永不将已经送给别人或被别人使用过的东西奉献给我。凡是最喜爱的东西，都应奉献给我，这样的奉献让人获得永生。

"乌达华啊，因为你是我的仆人、祝福者和朋友，我如今要告诉你最机密的知识。透过亲近纯粹奉献者，人便能摧毁对所有感官对象的粘执。只有这个方法才能让我处于奉献者的控制之下，修习八支瑜伽、做出世僧、施行峻刻的苦修或者任何善业，皆不能够。跟我交往，或者跟我的纯粹奉献者交往，是如此珍贵，以至于从前许许多多愚昧无知的人都因为这样的交往而到达了我至高无上的居所，尽管他们并不曾施行了不起的苦修。

"高明的瑜伽士能心住禅定，不复察觉世间名相。同样，宾陀林的牧女对我爱恋至深，以至于无法想起自己的身体，更不必说其他东西了。她们视我为最迷人的情侣，甚至对我的真正地位一无所知。然而，透过与我亲密往来，牧女们得到了我。"

乌达华说道："我主啊，我仔细听了你所说的一切，但我心中还有一个疑问，我对此迷惑不解。你讲了那么多规条，我搞不清究竟该做些什么。"

至尊者说道："乌达华啊，与你说话之际，我其实在教导一切众生。因此，我的教导不仅是针对你的。我居住于每个人心中，我以精微身能被察识，因为是我在控制心念。我还以韦陀梵音示现粗身。透过持续听闻、唱诵梵音，我逐渐呈露自身。

"躯壳犹如树，它支撑了受局限灵魂的尘世存在。树先开花，然后结果，正如躯体，透过业行，产生苦乐二果。此树有二种子（恶业、善业），成百条根（众生之欲念），三根较低的杈（三极气性），五根较高的杈（五大）。它开出五种花（五唯）。它有十一条枝（五知根、五作根、一心），一个鸟巢，其中居有二鸟（超灵与个体之灵）。此树覆有三层树皮（风、痰、胆汁），结出两种果（苦与乐），一直长到太阳上。贪图尘世享乐者食一种，天鹅般的出世者食另一种。

"依靠上师的帮助，吾人能够明白，天地万物皆为至尊主幻力之流布。以这智慧为利斧，吾人必须斩断对尘世的一切贪恋。最后，待到完全倾注于奉献服务，再放下这智慧之斧。

"物质自然之三极气性（强阳、浊阴、中和），与心智相关，而非灵魂本身。犹如时轮转动不休，诸气性推排争胜，因此，单单存养中和之气，最终无非一场徒劳。只有以存养中和之气为阶梯，进而上升到纯粹中和之超越层面，它才是有用的。若有人献身于修炼无染觉性，同时又于生活方式中常保中和之气，那么强阳、浊阴之影响及其相伴而生的邪法，便会很快消除。

"伟大的导师们一直赞美与中和气性交接，强烈反对与强阳气性往来，同时对浊阴气性不屑一顾。除非稳处于对灵魂的觉悟，否则必须小心培养中和性生活方式。在这方面，吾人当小心分辨以下十样东西：经书、水、交往、时、地、业、出生、观想、持咒、仪轨。有时，竹子之间的摩擦产生火焰，造成整片竹林的毁灭。同样，透过正确运用身、心以培养觉明，诸气性之影响亦能被消除。"

乌达华又问："克利须那啊，人们一般都晓得，尘世生活必将招致未来的烦恼，然而他们依旧竭尽全力去享受之。甚至一个有学问的人，怎么也会像狗或驴一般行动？"

至尊者说道："一个所谓的聪明人，在比较清醒的时候，确实觉悟到尘世生活仅仅带来烦恼。但是，由于他跟躯壳和心念认同，便又再次返回强阳之驱迫下面。心为中和气所造，一旦为强阳所污，便会专注于世俗的算计。一个真正聪明的人，应该从感官欲乐之念中撤回心意，并凭借瑜伽之力，以之冥思我。真正的瑜伽体系为我的奉献者所传授，以萨拿特·鸠摩罗为其首领。"

乌达华说道："凯耶舍筏啊，你何时授此瑜伽体系于萨拿特·鸠摩罗？以什么形式？请告诉我。"克利须那于是讲述了鸠摩罗诸仙圣的生平。

一次，以萨拿伽为首的梵天四子询问父亲："主啊，人类的心念天生受感官对象吸引，于是感官对象作为欲望进入其心意。一个渴望解脱的人，如何能消除这种心物之间的天然关联？"

梵天十分认真地思考了，但因为受创世活动影响，他的智慧不够纯净，不知道如何圆满地回答这个问题。因为非常希望搞清楚这件事情，梵天便开始冥思至尊者。作为回应，至尊者以天鹅之形现身于梵天面前。在场所有仙圣在梵天引领下，一起走近天鹅化身，崇拜他的莲花足。众人问道："我主，你是谁？"

天鹅回答道："众婆罗门啊，若你们认为我是跟你们一样的命我，并且所有灵魂为一，那么你们的问题怎么可能被提出？或者说，这样的询问有什么用呢？"

如是，天鹅首先破斥了非人格性真理观。然后，他破斥了认众生为躯壳的观念，以及上帝过于遥远，认知他无裨于人的想法。尽管至尊者看似对众仙圣的问题横加指责，实际上他是在为更高明的觉解做铺垫。

至尊者说道："首先，必须明白，心意和感官对象都只不过是蔽覆灵魂的假名，而灵魂是我永恒的部分和微粒。心意和感官对象相互作用，是其天生的功能。但因为两者究竟于灵魂无所用，故而应彻底舍弃。

"接受心意者会一直把自己视为作为者，以及享受者，他必然不可抗拒地为各种感官欲乐所吸引。但是，在心之上的，是智，它能觉解一个人真实的灵性身份，进而拒绝所有虚假的物质概念。不过，心意无法被停止或扔弃，所以它始终应该被运用于服务至尊主。换言之，心意和感官对象绝对无法真正隔离，欲图隔离者皆属人为造作。必须清楚，至尊主才是真正的享受者，出于命定。

"醒、睡、深眠乃是生命个体所经验到的三种世间存在方式。我是觉知的第四阶段，当生命个体安住于我，便自动割断了心物之间的缠缚。灵魂根本不是物质，然而一旦与躯壳认同，便受制于物质自然之三极气性。反之，当生命个体终止对躯壳的认同，便摆脱了诸气性的影响。

"人当单只注心于我，明白万物存在于我之中。另一方面，若人依然游移于种种不同的生命目标，那么，即便他看上去似乎是一个解脱的灵魂，实际仍受局限。透过时时存思尘世存在之虚幻本性，可以避免再次陷入迷幻。犹如醉汉浑然不觉其穿着打扮，完全注心于我并真正解脱的奉献者甚至不会注意到他的身体是坐还是站。他仅仅知道，尽管他已不再依恋它，躯体依然将顺随天命继续存在，一如其前世业力所定。

"婆罗门啊，我已经向你阐释了数论和瑜伽。请你明白，我乃是至上人格主神毗湿奴，现身于你面前，开示正法。"

如是，天鹅化身最终解答了诸仙圣的问题：你是谁？

克利须那接着又说道："乌达华啊，当所有的疑惑都被清除后，以萨拿伽为首的众仙圣对我顶礼崇拜。然后，在梵天及其诸子的注视下，我向我的居所飞升而去。"

乌达华说道："主啊，韦陀典推举了各种臻达圆满的途径。这些途径都一样重要，还是其中之一尤为殊胜？"

克利须那答道："当世界坏灭之时，韦陀典看似已然失落。于是，在随之而来的创造中，我再次向梵天讲说同样的知识。他将其授予长子摩奴，接着摩奴又传给七大圣贤，彼等以布黎古为其首领。从这七大圣贤，繁衍出无数苗裔，现为种种形体，诸如天神、天魔、人、紧那罗等等。

"受摩耶影响，人类的智慧受到种种迷惑。按照人的本性和习气，韦陀知识呈现各异。这造成了无数的学说，经由师承，以及传统和习俗，代代传递。有些人甚至利用韦陀典宣扬无神论，就像有些长在恒河岸边的树摄取净水，却长出有毒的果子。"

克利须那强调，纯粹的奉献服务是唯一纯正的臻达至善之途，其他所有法门皆无非种种幻象。他说："乌达华啊，我的奉献者为我而做的纯粹奉献使我落入他们的掌握之中。其他致力于数论、瑜伽、韦陀典研习、善业、苦修或舍离的人根本无法以同样的方式控制我。唯独爱我的奉献者，以我为唯一的归趣，才能臻达我。即便出身低贱之辈，比如食狗者，也能借此法彻底净化。

"凝心于我，离物欲而摄诸根，乃体验到远远超越俗人想象的喜乐。这样的奉献者甚至对天帝或梵天的地位、瑜伽神通或者解脱都不屑一顾。乌达华啊，无论是梵天、湿婆、商伽萨那、吉祥天女，乃至我本人，都不会跟我对你一样，为我所亲。唯有奉献服务才能彻底净化人的觉知。"

克利须那最后开示道："放弃跟女人以及那些过于依恋女人之人交往，毫无畏惧地安居于幽僻之地，全神贯注于我。在各种缘生于尘世贪执的烦恼和束缚中，没有一个比依恋女人和友爱依恋女人者所带来的更大。"

乌达华问道："莲花眼的克利须那啊，那么，该如何观想你呢，以什么形象？"

至尊者说道："瑜伽士当敷设坐具，既不太高也不太低，端身安坐，置两手于膝，眼睛凝视鼻尖。透过调息，瑜伽士必须逐步提升生命之气，至于唵音所处的心轮。瑜伽士应眼睛半闭，观想心中的莲花。这莲花有八瓣，皆附着于莲梗之上。瑜伽士还应逐一观想日、月与火，置其于莲花花朵之上。然后，置我的四臂妙相于火之中，将其作为究竟归趣而加以观想。

"至尊主和润愉悦，肤色犹如雨季的乌云。他身穿金黄色丝袍，手持海螺、轮宝、铁杵和莲花。他胸膛上有"卍"字形白毫，还挂着考斯图巴宝石。他全身装饰着耳环、脚镯、臂环和闪闪发光的金冠，一条金腰带围绕在他的腰间。这妙相的每一个部分都摄人心魄。至尊主的脸更是被他仁慈的顾盼照亮了。

"摄诸根于尘境，瑜伽士当保持庄重和自制。凭借智慧，心意当专注于至尊主妙相的所有部分。到此地步，瑜伽士应一心观想至尊主微笑的脸庞。这一步成功之后，瑜伽士乃复其性命之初，如是他便可以放弃修炼观想了，因为他已真正与我相通。随着功成圆满，瑜伽士也获得了瑜伽悉地。"

乌达华询问道："我主，请告诉我这些瑜伽悉地，它们有多少种？如何获得它们？你对此清清楚楚，因为你是所有玄通的赐予者。"

克利须那说道："有八大悉地，以超大限度存在于我身之内。此外，还有十种次级悉地，来源于中和气性。前者为我的奉献者所拥有，而后者属于凡俗的瑜伽士。

"八大瑜伽悉地为阿尼摩（变得比最小的还小）、摩希摩（变得比最大的还大）、拉基摩（变得比最轻的还轻）、钵罗波提（想要什么都能得到）、钵罗伽弥耶（经验任何可以享受的对象）、伊施陀（操纵物质能量）、筏施陀（摄魂术）、羯摩筏萨伊（从任何地方取任何东西）。

"十种次级悉地是：不受饥渴以及其他身体干扰的影响，千里眼与顺风耳，以心念的速度移动身体，变成任何想要的形体，进入他人的肉身，随其意愿死亡，看见诸多天神与飞天女游戏，能圆满达成所愿，发出不受任何阻碍的命令，了知过去、现在和未来。还有另外五种小神通：能忍受冷热和其他干扰，遏制水、火、毒的影响，始终不可征服。"

克利须那随后讲述了如何透过种种方式观想他，以获得上述种种悉地。他最后总结说："乌达华啊，渊通的巴克提瑜伽士说，这些瑜伽悉地实际都是欲图臻达至善者的障碍。"

乌达华说道："无限者啊，你就是弥漫天地的超灵，居于一切众生心中。然而，你却隐迹藏踪。所以没有人能看见你，尽管你能看见他们。全知者啊，请讲述你的神圣美富，以及它如何呈露于世间。"

至尊者说道："乌达华，你是提问者中的俊杰！在俱卢战场上，阿周那向我提出了同样的问题！作为众生之胜我，我自然是他们的祝福者，实际上，我与他们一体不二。

"我是寻求生命演进者的究竟归趣。在难以掌控者中，我是心意；在所有真言中，我是唵；在人类中，我是君王；在金属中，我是黄金；在行期中，我是出世期；在种姓中，我是婆罗门；在献祭中，我是研习韦陀；在誓言中，我是不害誓；在净化者中，我是风、火、日、水和言语；在分辨法中，我是析灵于物的自我明；在道义中，我是舍离；在所有安住中，我是对内在灵魂的觉知；在所有配得上薄伽梵名号的人里面，我是华胥天人；在奉献者中，我是你，乌达华；在精灵中，我是哈努曼；在英雄中，我是阿周那。

"我是众生、气性和大谛的根基，是故我即是一切。在我之外，无物独存。乌达华啊，若时间足够，我可以计算出宇宙中所有的原子，但我永远无法完全描述我在那里面呈露的美富。你应该晓得，无论什么力量、妙美、名声、谦下、自在、悦乐、幸运、安忍或者智慧，都不过是我的美富的延展。

"皈命于我的奉献者应调伏言语、心念和生命之气。如是，凭借经过净化的智慧，他将实现人生的使命，不复堕入红尘苦海。但是，如果奉献者不能如此收摄自我，他将失去灵性的进益，犹如水从未烧制的泥罐中渗漏而出。"

乌达华说道："莲花眼之主啊，你所讲述的瑜伽体系显然并非所有的人都能修炼。现在，请告诉我，种姓-行期法的追随者，乃至那些庸常无恒之辈，如何能够透过践行职分，达到为你服务奉献。自从你以天鹅之身向梵天说法以来，已经过去无数岁月，你的教导久已被人遗忘。我主啊，你独自建立正法，你离开大地之后，谁还能复兴这失落的学问？"

至尊者说道："乌达华啊，在萨提耶纪，只有一个种姓，名为天鹅，每个人都能圆满地践履其正法，韦陀典也未曾分割。可以透过诵念唵音而得圆悟。唯一的修法就是观想至尊主的天鹅化身。到特黎多纪，韦陀知识从我心中流出，化为三部：梨俱、夜柔、三曼。随后，从韦陀典中，我化现为三重祭祀，那便是其时经我授权的灵修法门。四种姓从我的宇宙大身显现：婆罗门出自我的面孔，刹帝利出自我的手臂，毗舍出自我的腰腹，首陀罗出自我的腿脚。同样，四行期亦化现而出：居士出自我的阳具，毕生梵行者出自我的心脏，林栖者出自我的胸膛，出世者出自我的头脑。

"受局限灵魂投生后，按照或优或劣的品性，被置于某个特定的种姓和行期。安和、自制、苦行、清洁、知足、宽忍、率直、敬天、慈悲、真实，这些是婆罗门的天德。

第十一卷 | 559

"敏行、强壮、果决、英武、能忍、慷慨、不懈、坚定、侍奉婆罗门和领袖气概，这些是刹帝利的天德。

"忠于韦陀、倾心布施、不虚伪、服侍婆罗门，以及无止境集聚钱财的欲念，这些是毗舍的天德。尽管毗舍从不知足于手中任何数量的钱财，他们却乐善好施，由于对韦陀的信心，他们相信来世必得回报。

"真诚无伪地服侍婆罗门、母牛、天神和他人，满足于劳作之所得，这些是首陀罗的天德。

"肮脏、欺诈、偷盗、无信仰、争斗、好色、嗔怒、贪婪，这些是种姓-行期法之外的最低贱者的天性。

"不害、真实、诚信、为他人谋福利、不染贪嗔，这是天下所有人都应培养的品德。

"三大高种姓的子嗣完成净化仪礼后，于行入门礼时受伽耶特黎咒，从而获得再生。此后，彼等应住于上师的家塾，修学克己自制和研习韦陀诸经。婆罗门之子于十二岁行入门礼，刹帝利和毗舍之子可以稍晚些。

"梵行弟子应穿鹿皮衣，系草带。他的头发不应蓬乱，他须携带木杖和水罐，身佩圣线、颈珠。梵行弟子应在进食、洗沐之时保持沉默，他也不应剃发剪指甲。

"须知阿阇黎与我无异，故此他绝不应受到不敬。每日早晚，梵行弟子都应出门化缘，并将其所得米粮献给上师，自己只接受上师所分发的。梵行弟子当一直将自己视为上师的卑微奴仆。上师行走之时，弟子当跟在后面；上师入睡时，弟子当卧于其侧；上师坐下时，弟子当合掌站立，等待他的指令。

"在完成学业之前，梵行弟子不应打破贞守的誓言。如果弟子欲图往生玛哈尔珞珈或梵天珞珈，就必须持守毕生梵行的誓言。梵行者、林栖者或出世僧绝不应以顾盼、触摸、聊天或耍笑的方式与女人交往，也不应亲近任何有淫行的人或兽。

"梵行弟子完成学业，若想成婚，应首先恰当地酬谢上师。然后，沐浴剃发，着装整齐，上前向上师辞行。一个整天从事奉献服务，但并不纯粹的奉献者，应非常严格地持循林栖者的戒条，以免堕落。一个想要尽快净化自我的人，应进入林栖期。

"想要进入居士期的人应选择一个同种姓的妇人，有纯净的品格，并且比他年轻。如果他想多娶几个妻子，那么每一个妻子排下来，其种姓等级应该递减。

"所有的再生者都应举行祭祀，研习韦陀典，布施。只有婆罗门才能接受布施，教授韦陀典，举行祭祀。婆罗门的身体不是为了微不足道的感官欲乐。相反，他应接受苦行的生活，如此，他将能在死后享受无限的欢乐。一个想要挣脱尘世羁绊的婆罗门应在集市上或田野里捡拾被弃的五谷，这样便无须仰赖他人。他应十分慷慨好施，并且时时注心冥思我。如是，婆罗门便可以无所挂碍地生活于家中，最后获得解脱。

"乌达华啊，犹如救起落海者的航船，对那些帮助在穷困中受难的婆罗门和奉献者的人，我会很快拯救他们。犹如象王保护整个象群，国君必须保护所有的臣民。事实上，国君若能让他的王国远离恶业，以此庇护其臣民，将于死后升入天堂，与天帝同乐。

"如果婆罗门无法靠践履其日常的职分维持自身，那么他可以做一些无关暴力的生意，就像毗舍一样。如果还是无法以此维生，那么他可以像刹帝利一样，持剑卖命。不过，他绝不应变得像狗一样，接受一个平庸的主子。

"无法养活自己的刹帝利可以行为如毗舍、猎人，或者可以教授韦陀，行婆罗门事。但他绝不应做首陀罗的事情。然而，毗舍可以做首陀罗的事。找不到合适主人的首陀罗可以自找营生，比如制作草垫、篮子或任何有用的物事。但是，任何人若在紧急情况下无奈接受次等的职业，待困难过去后，就必须放弃它。

"居士必须让依赖他的人生活舒适，他要根据其谋生手段履行礼法，但也要小心别太过执着。妻儿亲友的陪伴就像旅人在旅舍中的短暂相聚。经过深思熟虑，真实欲求解脱的居士应该像宾客一样生活在家庭里，不起任何拥有之念，这能使他远离缠缚。而一个愚蠢的居士全副身心都充满了对家室的依恋，他想着：'哎呀，我可怜的老父母！我柔弱的妻子和孩子们！没有我照顾，他们都得受苦受难！'他的内心时时牵挂着家里人，身死之后，他将沦入地狱的深处。

"意欲进入林栖期的人，应该前去森林生活。他可以携带妻子，或者将她交给长子照顾。林栖者应身穿树皮、草叶和兽皮。他应该吃果子、根茎。他不应梳头、剪指甲或者剃发。他不应太费力去照管牙齿。他应一日洗浴三次，睡在地上。林栖者应实践以下苦行：炎夏以火绕身，雨季存身户外，寒冬浸泡水中，直至颈项。林栖者当奉献各种牺牲，但绝对不能用动物，甚至韦陀典所提到过的。

"如此苦修，林栖者会变得形销骨立，看上去就像一袋皮和骨。死去之后，他先往生玛哈尔珞珈，然后回归我之所居。修炼这等苦行，内心却渴望获得天堂的欲乐，这样的人毫无疑问是最大的傻瓜。如果年老衰废，无法践行，那么他就应逐渐注心于我，最后投身祭火，离弃躯壳。

"当居士明白，即使升转梵天珞珈也无济于事，就可以接受出世期了。没有园丁的照料，最美丽的花园也会杂草丛生。同样，即使一个奉献者已经做了出世僧，达到了无染觉性的妙境，还是必须非常小心，让心灵远离尘染。

"天神们想：'此人做了出世僧，欲图超越我等，回归主神。'于是他们便制造种种障碍，化现为出世者的前妻或其他可欲的对象。出世僧不应拥有任何东西，除了衣袍、法杖和水罐。举步之际，他应留心，不要踩到任何虫蚁。同样，他之所行所言，都应小心，以确保纯洁。

"组成法杖的三根竹片，代表奉献身、心、言辞于至尊者，其本身并不能让人变为出世僧。出世僧必须如实修炼三种内戒，避免无用的言语、无用的行为，并以调息收摄生命之气。避开那些过分污染的家宅，出世僧应从属于任何种姓的七个家庭里乞讨，并满足于其所得，当然最好是从婆罗门的家。他应将收集来的食物捧至江河边上。任何人如索要一部分，他都应给出去，然后将剩下的供奉给至尊主，然后才自己吃，全部吃干净。

"出世僧应独自云游，淡定中和，心注于我，无有偏离。他应时时小心思索灵魂受束缚和得解脱的根源。须知，误用诸根，束缚产生；诸根调伏，解脱临头。将心与诸根致力于无染觉性，人会体验到巨大的法喜，这能使他舍弃微不足道的感官享受所带来的快乐。因此，出世僧只应为了化缘而接近俗人，而不是相反。

"乌达华啊，自我觉悟的奉献者不会看到任何东西与我隔绝。每一刻，他们唯一的想法是如何安排他们为我而做的奉献服务。不过，由于先前的习气，他们也可能会有短暂的反复。但最终，他们将获得灵性世界中与我相齐的富裕。

"任何一个真实渴望圆满的人，首先应舍弃感官享乐的生活，并亲近一位正宗的灵性导师，亲身服侍他。

"出世者的主要职分是培养平等心，保持非暴力的生活。林栖者的主要职分是实践苦修，从义理上觉解自我并非物质躯壳。居家者的主要职分是举行祭祀，护荫一切有情。梵行者的主要职分是侍奉上师。然而，在这之上，是所有种姓和行期的究竟归趣——获得永无退缩的对我的爱。

"乌达华啊，我是所有天神和祭祀之主，我是一切存有的根源。那些凭借践职守分得到净化的人，那些完全觉悟我的超上地位的人，将很快回归我。当人明白我就是至高绝对真理，其知识的培养最具成效。因此，一个真正见地高超的人，必定会时时以奉爱心崇拜我。"

乌达华说道："宇宙之主啊，请告诉我被传统认可的获得知识的法门，它能自动生发舍离心，同时开启奉献服务之途。

"我主啊，你的一双莲花足是被三途苦折磨的受局限灵魂的唯一庇荫。事实上，你的莲花足就像大宝伞，洒下清凉的甘露之雨。无所不知的主啊，请你慈悲，从俗世的黑洞中扶起这无可救药的生灵，他正遭到时间之蛇的反复咬啮。尽管尘世欢乐非常微不足道，堕落的灵魂却乐此不疲。主啊，请拯救我，洒下你教诲的甘露。"

至尊者说道："乌达华啊，尤帝士提尔大帝向毗史摩问过同样的问题，当时我们都在场聆听。俱卢大战结束，伤心欲绝的尤帝士提尔从毗史摩口中听闻了有关王法大义的长篇论说，最后，他问到究竟解脱之途。

"致知包含对构成物质存有的二十八种元素的认知，以及它们如何发源于终极因——超灵，并作为因与果相互作用。穷理，或说自我觉悟，发生于行者不再看到缘起于单一因的二十八种隔离的元素，而是洞见因缘本身——至上人格主神。致知者视至尊主为世界的创造者，而穷理者不再将其与受造万象相混杂，自我觉悟的灵魂视他为无忧珞珈之主。

"透过运用四种证量：韦陀典、直接经验、传统智慧和逻辑推理，吾人便能了知物质存有的缺陷，如是不再执着之。不必说这个世界，即便在梵天的星宿里，都只有烦恼。

"无罪的乌达华啊，因为你对我的爱，我已经用各种方式向你解说了奉献服务。如今，我将再一次论述纯粹形态的奉献服务。奉献者应对有关我的逍遥的讲说有坚定的信念，他应不断唱赞我的荣光。他应小心崇拜所有的巴克提修行者，永不忘记我居住于一切有情心中。他应舍弃所有的世俗欲望，将钱财用于对我的服务。这些才是真正的正法大义，依靠它，皈依我的奉献者将自动发展出对我的爱。

"谁注心于我，又在中和气性中变得强大，便能获得智慧、不执和功德。谁注心躯壳及其延展，不过是借诸根之力追逐物质对象。对于这等受强阳之气影响的人，邪法、无明、贪执以及各种奸恶皆随之生起。正法导人于为我服务奉献。真知的培养最后归结于觉知我无所不在。不执即对世间欲乐完全失去兴趣，功德指八种瑜伽悉地。"

乌达华说道："克利须那啊，请你讲述那些应被普遍接受的文明生活的原则。世界上有多种多样的文化，每一种文化都以不同的方式定义道德的原则。但是，我主，你所说的必须被视为权威。"

克利须那答道："不害、真实、不盗、不执、谦下、无我所、正信、守贞、沉静、坚稳、容恕、无畏，是为十二大诫命。内外清洁、唱诵圣名、苦行、牺牲、忠信、好客、敬天、朝拜圣地、所行所想皆与奉献服务有关、知足、敬师，是为日常职分之十二项。以上二十四条能赐予培养它们的人所有想要的赐福。

"智慧专注于我，便生平等。自制即完全调伏诸根。安忍即耐心忍受不快的能力。征服了舌头和生殖器，便生坚稳。最大的布施是放弃所有对他人的侵犯。真正的苦行是放弃贪淫。真正的勇武是征服享受世界的习性。真实意味着洞见至尊者无处不在。真实应以让人愉悦的方式呈现，一如往圣之所为。真正的洁净是不执着功果业行。舍离凸显于出世期的生活。真正的财富是正法，而我是祭祀的人格化。对上师真正的酬报是奉献之心，以及受取师训的愿望。最伟大的力量来自调息。

"真正的功德是我所拥有者。人生真正的收获是成为我的奉献者。真正的教育是获得对不二之灵的觉解。谦逊意味着对不适当的举止感到厌恶。真正的美是拥有美德，例如不执。真正的快乐超越尘世苦乐之无常。真正的苦为追逐淫欲者所感知。知解脱之道者聪明，认同身心者愚蠢。人生的正道导向我，邪道是欲乐之途，它只会带来迷惑。

"真正的天堂是中和气性主导，地狱则是浊阴气性笼罩。我是每一个人真正的朋友，因为我是天地大宗师。家是人的躯壳。禀赋美德者真富有，不知餍足者真贫贱。贪恋欲乐者是真奴才，无所爱执者是真主人。乌达华啊，我已经回答了你的询问。没有必要再费口舌了，因为不断分辨好坏本身就是一种恶德。最胜之善德是超越善恶俗念。"

乌达华说道："莲花眼目啊，韦陀典可以看作你的律法书。它们主要论述何为善或可欲者，何为恶或被拒者。若不分辨善恶，如何能够理解你的训谕？事实上，没有这样的理解，人类社会怎么会有希望通向圆满？要明白超出直接经验的东西，就必须咨询于韦陀经典，因为它们是最终极的权威。因此，如果你同时又不提倡分辨，那么肯定就会引起疑惑。"

克利须那说道："乌达华啊，因为想让所有的人都得到臻达圆满的机会，我提出了提升心性的三条途径：业瑜伽、智瑜伽和巴克提瑜伽。除此之外，绝对没有其他的提升之道。智瑜伽是为厌恶世俗生活之人所设。尚未到此境地者当修炼业瑜伽。倘若好运临头，这样一个既不十分厌恶也不十分贪恋浮世的人，应该修炼巴克提瑜伽。业瑜伽之圆满在于远离恶业，不计功利地践行职分。这圆满的结果是，他将获得超上智慧，或者，如果他非常幸运，便获得巴克提。

"人身比天堂和地狱里的身体都更优越，因为只有人身提供了获得智慧和神爱的便利。换言之，心住于苦乐是灵性晋升的障碍。但是，即便人间的生活优越于天堂和地狱，为了灵性的提升，人不应愚蠢地试图长生永驻。

"当残酷的人类砍倒大树，筑巢于上的鸟雀高飞远走，另觅高枝，丝毫不会留恋。人身虽注定与时坏灭，若运用得当，却能予人一切利益。人身可以比喻为一条好船。上师是船长，韦陀训谕是推动它驶向彼岸的好风。故此，不利用人身渡过红尘苦海的人，被认为是灵魂的杀手。

"能干的驯马师在驯服烈马时，会张弛交替。同样地，修行者有时让诸根自由行动，但他绝不会忘记生命的目的，不会准许诸根造作恶业。经过深思熟虑，当人彻底厌倦世界的无常和虚幻，便会最终舍弃与物质的虚假认同。他应继续其奉献服务，焚毁一切恶报。无须任何其他法门。

"对于奉献者，或任何其他修行人，真正的虔诚是坚守其灵性地位，而真正的罪孽是疏忽其名分职守。谁遵循这个标准，同时渴望舍弃一切虚幻的感官欲乐，便能舍离一切本性不净的物质业行。厌倦业行，知道它们只会导致烦恼，并且已经对我的荣光有了信心，这样的奉献者或许还是不能弃绝所有感官欲乐，缘过去习气故。此人应以欢喜心致力于奉献服务，同时为误陷欲乐而真诚忏悔。"

克利须那说道："当奉献者时时怀着爱崇拜我，他的心便安住于我，这摧毁了他内心所有的物欲。心中的缠结被松解，所有的疑虑被打碎，功利之锁链被斩断。

"积善、致知、瑜伽、种种礼法职分所能达到的一切，我的奉献者都能轻易到手。无论我的奉献者是欲求转生天堂、获得解脱或者是魂归我所，都不费吹灰之力。然而，我的奉献者具备神圣的德行和深刻的智慧，除了我之外，他们一无所求。事实上，即便我赐予他们解脱，他们也不接受。如是，善恶之念根本不存于纯粹奉献者的心中。

"世间的善恶实际都是互相对待的概念。它们并非绝对。每个人的身体，上至梵天的，下至蝼蚁的，皆为土、水、火、风、空所造。但是，尽管在这方面众生并无不同，韦陀典还是根据习性，将人类社会分为四大阶层。

"乌达华啊，为了帮助生命个体达成所愿，我确定了物与时、地的对错标准。一个地方，若没有梅花鹿和敬重婆罗门的绅士，清洁受到忽视，肉食盛行，土壤贫瘠，便是被染污的。任何有利于人践履职分的时间都是纯净的，任何妨碍人践履职分的时间都是不纯的。

"物体纯净与否，取决于它跟其他物体的接触，以及时间之流。例如，不净的衣服遇水变得干净，而干净的衣服遇尿则变得不净。不净之物是否污染到人，取决于人的力量、智慧和身体状况。例如，当日蚀之时，如果一个健康的人进食，便会受污染，但一个虚弱的人进食却不受污染。破旧肮脏的衣服、乱糟糟的屋子，对于有钱人是污染，但对穷人却不是。在安全平和的地方，人当严格践履所有礼仪，但在一个危险、混乱的地方却不必。

"时光、风、火、土或水，能净化各种物体，或者单独起作用，或者混合起作用。能带走恶臭、浮尘等等，就是起到净化作用了。借助澡沐、布施、苦修、年龄、体力、守分践职，最主要的，忆念我，人可以净化自身。咒语因念诵时意识恰当而得净化，工作因将果实奉献给我而得净化。透过净化时、地、物、作为者、咒语和工作，人变得虔敬有礼。若疏忽此六者，就是不敬无礼。

"某些情况下，一般被认为是虔诚的反倒成了罪孽，而一般认为是罪恶的反倒成了虔诚。因此，善恶之间并无明确的界分。

"让高明者堕落的行为不会损伤堕落者。事实上，躺在地上的人已经无法落得更低。现实来说，为禀性驱使而产生的交往是纯净的。

"无作则无缚。此类舍离是所有吉祥和正法的根基，因为它驱散了一切迷幻、畏惧和苦恼。理由如下：留恋感官对象，则贪淫生，贪淫引发争斗。这便产生了无可遏止的嗔恨，将人推入无明，如是智慧尽丧。

"乌达华啊，一个丧失真智的人，偏离了生命的真正目的，变得冥顽愚昧，几乎就像死人。一心享受的人，在无明中徒然消耗岁月，其生命无异于草木。当然，韦陀典也许诺了天堂的享乐，但这只是为了引诱人趋向生命的真正归趣——至上人格主神。

"人生下来就自动变得全神贯注于享乐、身体、男女及亲朋好友。对这一切的爱执击退了自我的真正利益。韦陀典怎么会鼓励这些属世的爱执？即便施行韦陀祭祀者，如果他们是感官享乐者，也没有能力觉解作为诸缘之缘的我。实际上，躯体化之生命观就像浓雾，覆盖了受局限灵魂的眼睛，使他无法见到神明。

"犹如愚蠢的生意人错误投资，毁了辛苦挣来的钱财，愚人放弃了生命中价值之所在，转而追寻梦幻般的天堂之乐。这类愚人崇拜各色天神，却不肯崇拜我。韦陀典论述了生命个体的天命之性，却以一种玄秘的方式，所以没有资格的人无法轻易走近我。故此，韦陀梵音很难为凡夫所理解。

"作为居于众生心中之胜我，我流生出所有的韦陀梵音，自唵起始。犹如蜘蛛的蛛丝发自于心，吐之于口，我呈现自身为构成韦陀梵音的太古混元之气。我是韦陀典所讲述的礼法祭祀，我是应受崇拜的神明。种种学说所欲理解的，就是我。超凡音流最终建立的，也是我。"

乌达华说道："我主，此前你阐说了物质造化之二十八谛。但是，有的学者说只有二十六谛，或者二十五谛，甚至四五谛，不一而足。为什么哲人们用不同的方式计算呢？请告诉我。"

克利须那回答："实际上，所有的物质元素皆无处不在。因为我的荣光无量无边，毫不奇怪，甚至博学的婆罗门也偏于一曲，各执己见。在哲人的内心里，我让他们遗忘了真我。如是，由于无法得到真正的结论，他们不可避免地互相驳难。然而，一旦倾注智慧于我，一切迷惑便告止息，因为这样的哲人已经真正找到了他求索的对象。

"世界的创造从细到粗，毁灭则从粗到细。凭借因果，所有的元素皆存在于单个元素中。就其自身而言，所有的权威性、分辨性哲人，在我看来，都对。不过，没有人能靠自身的分辨力获得自我觉悟。无论如何，必须明白，我并不曾亲身涉入创造时的和合生化，我只是注视自性，这激发了物质诸元素，它们聚合起来，便形成了宇宙卵。"

乌达华说道："尽管灵与物本质相异，却互相关联，因为灵居停于物之内，物质自性也会作用于灵。没有灵，肉身无法存在；没有肉身，灵魂寄托何处？莲花眼目啊，请展示你无可超越的推理术，斩断我内心的这个巨大疑问。只有从你这里，才能获知灵魂之说；也只是出于你的意志，这类知识湮没无闻。"

至尊者说道："自性和补鲁莎明显有别，因为造化生生不息。透过三极气性之作用，物质自性发露为种种受造之物，以及感知它们的种种意识。化生而成的宇宙性表象可以从天、地、人三个维度加以理解。例如，眼睛视物（人），感知色相（地），须借阳光之力（天）。但是，正如太阳自我照亮，胜我无须上述诸缘，因为他圆满自足，无须任何外在的辅助。"

乌达华说："上主啊，追逐功果者肯定违离了你。现在，请告诉我，他们如何接受各种等级的躯壳，然后又舍弃之。这个论题很难为愚人所理解。"

至尊者说道："人心为业报所陶铸。心与诸根，随同灵魂，转徙于一个又一个躯壳。受局限灵魂完全与每一个躯体认同，犹如人完全把梦中的经历当作真实不虚。尽管灵魂有别于身、心，由于我执，苦恼生起。这就像一个好人生下劣子，痛苦由此而生。

"躯体经历变化，犹如烛火、水流或树上之果。当我们看到烛火，便会错误地说那是蜡烛的火焰，实际上，随着时间流逝，无量数火光相续生灭。当我们看到河，便会愚蠢地说那是河流之水，实际上，水流刻刻更新。同样，特定时间中存在的躯体并不真是生命体。正如树上之果时时变化，吾人必须明白，躯体正稳步走向不可避免的死亡。

"受孕、怀胎、出生、婴儿、童年、青年、中年、老年和死亡，是躯体的九个阶段。因为无明，受局限灵魂误与躯体相认同。尽管有时也有幸运儿，能够放弃这种心智上的混淆。眼见父亲、祖父的死亡，以及自己孩子的出生，一个人应该了悟躯体的真相。

"受局限灵魂实际一无所作。但是，因为认同于身体，当它在气性之作用下动作时，他就感觉是他在走路、劳作等等。同样，树木无风静立，但若看它映在起皱的水面上的倒影，却像摇曳不停。然而，只要还处于躯体化的生命观，受局限灵魂的幻觉就永不会消失。这就像一场噩梦，只要人还睡着，就会继续做下去。

"乌达华啊，因此，不要欲图凭借肉体享受感官之乐，这会阻碍你觉悟真我。即便被侮辱、被鞭打、被抢劫、被绑架、被痰唾、被尿淋，你也当善用智慧，稳住灵性。"

乌达华说道："最伟大的讲说者啊，请再从头到尾解说一遍，好让我能正确理解。吾人受限很深，即便博学之人也发现，要容忍你所提到的冒犯非常困难。实际上，只有最伟大的奉献者才能做到这一步。"

克利须那说道："蒲历贺斯钵底之徒啊，这是真的，受到野蛮人的侮辱，即使圣者都难以平静被扰动的心灵。当粗暴的辱骂侵入心中，所引起的痛苦比利箭刺穿我们胸膛更甚。乌达华啊，我现在要给你讲一段史实。"

在阿梵底王朝，有一个婆罗门，通过经营各种生意，变成了巨富。但他却十分吝啬，也好色、贪婪、易怒。他家中全不讲礼法，他也从不善待家人和来客。事实上，这位婆罗门如此吝啬，甚至不让自己的身体适时享乐。

因为这位婆罗门实在太过冷血，他的妻子儿女、亲朋奴仆都开始仇恨他。最后，彻底厌憎之下，他们不再对他以诚相待。家祭中的五大神祇也讨厌他，结果，那婆罗门所积聚的善业全部消耗殆尽。终于有一天，亲戚、长官、盗贼，以及种种水火之灾，夺走了他所有的财产。

自此，婆罗门一贫如洗，他的家人更对他不屑一顾，这让他感觉苦恼难耐。万分痛苦之中，婆罗门对自己悲惨的处境久久冥思。最后，出于对至尊主毗湿努的信仰，强烈的舍离心出现在他身上。

在这种心境下，婆罗门对自己说道："多么不幸啊！我拼命做事，积聚钱财，既不布施，也不享受，其实不过在白白地折磨自己！吝啬鬼的财富不会给他带来今生的幸福，反而在死后送他落进地狱。

"无论一个人拥有什么美德或名声，一丁点儿的贪婪就会败坏它，就像一丁点儿麻风癣能毁掉身体的美丽。为了赚取、保护、花费、增益钱财，所有的人都被迫辛苦劳作，承受忧虑、恐惧、幻念之苦。

"一心聚敛钱财的人受到十五种恶德的染污：偷窃、残暴、说谎、虚伪、好色、嗔怒、迷惑、骄慢、争斗、仇恨、不信、嫉妒、女祸、嗜赌、贪杯。虽然这些都是恶德，贪财者却愚蠢地倾情执取之。任何渴望生命之真实利益的人，应该放弃不必要的敛财努力。

"仅仅为了一个铜子，心爱的妻子、父母、兄弟或者朋友就会斩断情缘。为了争夺一点儿小钱，亲友间可能就会大动肝火，翻脸无情，甚至拔刀相向。

"已经获得人身，成为婆罗门，却毫不珍惜这罕有的机会，实在无异于自戕。哪一个圣者，获得人身之后，还会贪恋毫无价值的尘世财富？智者运用钱财、青春和力量，以臻达圆满。然而，我愚蠢地浪费这些资源，不过是为了增益资产。如今我垂垂老矣，还能有什么作为？对于死到临头的人，这么多钱财又有何用？

"至尊主赫黎肯定喜欢我，因为他将我抛入这等悲惨的境况，好让我最终能达到舍离，那是让我渡过生死海的舟航。倘若我还有余生，我愿意修炼苦行，摄身自足。如此，我将探求真正的自我，并安住于内心的满足。确实，喀德梵伽大帝临终顿悟，也能归返不死之乡。"

如此信愿坚定，心无贪执，阿梵底婆罗门出世为僧，云游四方，丝毫不肯露出痕迹。闲汉们看见这么一个衰朽邋遢的乞丐，便狠狠地侮辱他。有些人抢走了他的法杖、他的钵盂、他的鹿皮坐具、他的数珠，甚至他那身破烂不堪的衣袍。他们取笑他，假装要还他东西，然后又藏起来。

有时，他坐在河边，打算吃讨来的食物，这些无赖又围拢过来，向饭食上撒尿，朝他头上吐痰。他们还故意激怒他，想让他喊叫，打破禁语的誓言。看到他依然沉默不语，他们便拿棍棒抽打他，把他绑起来，朝他放屁。有些恶棍还讥笑他："这人是个骗子。他靠信教谋生，因为钱财丧尽，他的家人将他赶出了家门。"

阿梵底婆罗门晓得，所有这些痛苦都是不可避免的，乃自己宿业所招。尽管这些下等人欲图摧毁他的决心，但婆罗门仍然安处灵性。这种时候，他会如此吟唱："这些人不是烦恼的根源，天神、业报、身体、时间也不是，是我的心生起苦乐，招致轮回生死不休。强大的心意驱动了阴阳气性，然后演化为种种业行。超灵作为良友临在，但他并无作为。从超越之地，他单只监观一切。而我，却拥抱心意，它就像一面镜子，反映世界的影像。种种戒行都是为了调伏心意，确实，注心至上才是究竟。如果心意专注于真谛，善行和仪礼尚有何用？反之，如果心意不受约束，落入无明，假装虔诚又有何益？

"无始以来，诸根为心所制，而心从不曾受制于他者，它比至强者更强，它神一般的力量令人畏惧。因此，若有人能够主宰心意，便是诸根的主人。但是，倘若无法征服这最伟大的敌人，那么心意就会折磨人，将人拖入无谓的争吵。由于心注假我，吾人认同于躯壳，如此落入二元对待。感觉自己独立于他人，吾人视他人为朋友、敌人或中立者，这就引起了纷争。

"假如我觉得布施我者是快乐的原因，而侵犯我者是悲伤的原因，那么我肯定专注在躯体化的生命观里面。最根本的原因是虚假的躯体认同。灵魂有别于粗身和细身，所以其实不受苦乐的影响，因此，众神和星辰也不应受到责怪。实际上，一切众生都是绝对者的部分和微粒。如果有人咬到自己的舌头，他能怪罪牙齿，愤愤然必拔之而后快吗？

"我当始终专注于侍奉至尊者的莲花足，如此渡过无明苦海。所有先师尽皆认可这种修法，并且他们自己也都专注于对木昆陀的服务奉献。"

如是，家产荡尽无所挂怀的阿梵底婆罗门驱除了所有的哀伤。他一路吟唱着这首歌，漫游于大地之上，全不管凡夫俗子的侮辱笑骂。

克利须那说道："乌达华啊，凝智慧于我，调伏心意，此乃瑜伽之精髓。谁若听闻或念诵这首出世者之歌，将永远不会为苦乐双昧所迷惑。如今，我要向你阐说数论之学，一旦觉解这门古老的哲学，便能立刻舍弃二元对待之幻惑。

"在克黎陀纪，当众生皆处于自我觉悟时，或者在此之前，当万物尚氤氲于太一之中时，能见与所见并无分别。太一分判为二，即自性和神我。

"当我顾盼物质自性，三极气性于是发露，以实现受局限灵魂的欲望。从物质气性，大谛呈现。诸气性推移变化，我慢乃生。我慢引发感觉、诸根与心。

从浊阴性之我慢，生起五唯，五唯生起五大；从强阳性之我慢，生起诸根；从中和性之我慢，生起十一位天神。

"受我驱迫，所有这些和合凝结为一宇宙金卵，彼乃我之所居。在漂浮于原因海之上的金卵中，我化身显现。从我的肚脐长出一枝莲花，梵天于此降生。凭借我的恩慈，禀赋强阳气性的梵天开始修炼伟大的苦行。此后，作为宇宙灵魂的他创造了地（Bhur）、空（Bhuvar）、天（Svar）三界及其司掌神灵。

"天乃诸神之所居，空为鬼怪精灵之所居，而地为人类与其他世间造物之所居。梵天还为天龙、修罗创造了地下冥界。最高的四大珞珈：玛哈尔珞珈、犍拿珞珈、塔珀珞珈、萨提耶珞珈，乃为修炼苦行者而设。在红尘苦海之中，众生头出头没，沉浮不定。

"虽然大谛是造化的质料因，但天地万物唯因我的顾盼而存有，所以我才是根本因。当坏灭时，造化逆向复归。诸元素融入大谛之内，大谛随后消解为三极气性。诸气性融入幽冥，幽冥融入时间，时间融入摩诃毗湿努，毗湿努融入我——独立不改的宇宙大我。

"乌达华，正如朝日驱散黑暗，对数论之学的领悟能破除好学者心中所有躯体化认同的迷幻。

"人中英杰啊，我现在告诉你，受局限灵魂如何因为与互相和合又互相推排争胜的诸气性交接，从而获得种种禀赋。收摄心根、安忍、真实、坚守职分、分辨、慈悲、慷慨、出离欲乐、信靠上师、羞愧、单纯、谦下、自足，凡此皆为中和性之德。

"物欲、竞进、无耻、贪得无厌、虚荣、享受、好斗、好表扬、好揶揄、自大、自矜，凡此皆为强阳性之德。

"嗔怒、吝啬、仇恨、好吃懒做、虚伪、萎靡、争吵、迷惑、悲哀、贪睡、畏惧、怠惰、好梦想，凡此皆为浊阴性之德。

"中和性之人表现为克己自制。强阳性之人表现为贪淫好色。浊阴性之人表现为好嗔易怒。

"无心于得而崇拜我者，处中和气性。为求利益而崇拜我者，处强阳气性。图谋害人而崇拜我者，处浊阴气性。

"三极气性发露于心，使受局限灵魂以种种方式贪执外物。当中和气性盖过强阳、浊阴，人就能自得于内，变得有德有智慧；当强阳盖过中和、浊阴，人就拼命追逐荣华富贵。当浊阴胜过中和、强阳，人就变得愚钝冥顽、贪睡、耽于梦想、倾向暴力。

"处中和气性，人乃自觉其更高的精神本性。处强阳气性，人推比思辨其自我与身边的经验世界。处浊阴气性，人一心只知吃、睡、交配和防御，再没有更高的人生目标。

"居山林乃处中和气性，居城镇乃处强阳气性，居赌场乃处浊阴气性。居住在我的庙里性属超越。

"考虑到这些，人当专心致力于奉献服务，从而摆脱诸气性之污染。首先，尽力于中和性之事，就能克制强阳、浊阴之气。然后，安住于奉献服务，以无所住心克服中和气性。

"人形生命是觉悟我的良机。心注于我，时时从事奉献服务，便能舍弃与物质的虚假认同。奉献者绝不可亲近一心满足肚子和阴器的凡夫俗子。如若效仿追步此辈，吾人必堕落沉沦，就像瞎子跟着另一个瞎子。现在，听我讲一个有关国君补鲁拉瓦的故事。"

失去爱妻乌尔华诗之后，补鲁拉瓦起先大为惶惑。后来，透过克制哀伤，他开始生起舍离之心。当初乌尔华诗离开他时，他赤身裸体，像疯子一般在后面紧追不舍，口中哭喊着："我妻啊，可怕的夫人啊，请你停下！"

补鲁拉瓦已经跟乌尔华诗一道享受了很多年，但他内心还不餍足。实际上，他如此爱恋着她，以至不知日夜之流逝。

彼时，这位国君自言自语道："看看我受迷惑的程度！在女神的拥抱下，我竟浑然不知生命之流逝。她欺骗我到这等程度，以至于让我全不管日升日落。我本该是全天下的帝王，可如今却成了妇人手里的宠物！我以大英雄自居，可她却弃我如草芥！可是，我竟然还跟着她跑，赤身露体，不知羞耻，像疯子一般大喊大叫。犹如受母驴踢脸的公驴，我苦苦追赶一个抛弃我的女人！

"那么多教养、苦行、舍离又有什么用场？如果人的心最终被妇人窃走。尽管我许多年来一直沉浸在乌尔华诗的甜美中，我的淫欲却从未餍足，就像泼洒再多的酥油，火焰也无法熄灭。除了至尊主，谁能拯救我这被妓女偷窃的良知？我的头脑变得如此愚钝，皆因诸根未得调伏。故而，尽管乌尔华诗警告我切勿信任妇人，我却无法明白其中真意。不过，我不能怪罪乌尔华诗，因为是我对自己真正的属灵本性一无所知。我就像一个把绳子错认为蛇的蠢人。

"这肮脏的肉体究竟是什么？我迷恋这女人的肉体，但它的美不过是至尊主的幻力所创造的一层虚假外壳。而且，肉体究竟是谁的所有物？属于生育它的父母吗？属于给它快乐的妻子，还是指使它的雇主？属于葬礼之火还是狗？还是最终吃掉它的蛆虫、秃鹫？它是居停其中并分享其苦乐的灵魂的所有物吗？

"没有人能够断定躯体究竟属于谁，但是，人们依旧十分眷爱它。尽管肉体正向宿命靠近，一个男人却注视着女人的脸庞，想着：'多美的女人！看看她甜美的微笑！'幻力进入女性的形体，如此迷惑了男人的心。但是，当他拥抱一个女人的身体时，得到的不过是满手的血、痰、屎、尿、皮、骨和肉。事实上，一个女人和一个眷恋女人的人，区别何在？两者无非都想享受这具臭皮囊。

"甚至那些已经明了躯体本性的人，也绝不该亲近女人，或者过于眷恋女人的男人。因为，当感官与其对象交接，心意无疑会受到冲击。毕竟，从未目睹或听闻者并不扰动心意。因此，如果收摄诸根，心意自然会变得平顺。由于这个原因，吾人绝不能让诸根随意亲近女人，或者贪爱女色者。即便高明博学者都不能信任心之六敌，何况愚拙如我辈？"

长歌唱罢，补鲁拉瓦放弃了他已经获得的升天机会，开始云游于大地之上，悠悠然自得其乐。

克利须那接着说："明白了我就是至尊主，以慧剑断除一切迷幻的补鲁拉瓦最终证入清净平和。从这个故事里，聪明人应学会远离损友，亲近圣贤，他们的话语能切断内心过多的贪著。最幸运的乌达华啊，在奉献者的陪伴下，就会持续不断地谈论我，使人的心灵得到净化。若有人亲近高明的奉献者，他就会忠心归顺我，臻达奉献服务。如此，还有什么不能成就的？

"犹如靠近祭火，则寒冷、畏怖、黑暗自除，侍奉主的奉献者，无明与恐惧一扫而空。这些奉献者就像坚实的航船，前来拯救落入苦海的众生。犹如食物是一切有情的生命，我是苦恼者的最终护荫。犹如正法是发愿跨越红尘者的财富，我的奉献者是逃避苦难之人的唯一避难所。犹如太阳升起才使眼识生效，我的奉献者赐予人祛除无明的法眼。"

乌达华说道："我主，请告诉我崇拜神像的仪轨。"

至尊者说道："乌达华啊，崇拜神像的仪轨无穷无尽，我如今只简单解说一下。神像有八种，石制者、木制者、金属制者、泥制者、砂制者、绘制者、珠宝制者和心想者。神像可以常设也可以临时设置。一旦开光，常设之神像便不可撤走。

"初习者当以最奢华的物品供养神像。这能时时提醒他，神才是至高无上的受用者。高阶的奉献者可以其手头所有崇拜我，甚至可以在内心崇拜供养我。

"洗浴和装扮是最取悦神的供养。但是，实际上无论我的奉献者以深心供养什么，即便只是一点儿清水，也非常取悦我。而非奉献者无论献上多么奢华的供养，都无法满足我。奉献者以爱心献上的哪怕微不足道的东西，也总是令我愉悦，何况那些以香油、鲜花、食物供养我的奉献者？

"崇拜神像前，当澡身漱口。然后，安坐于草尖朝东的吉祥草垫之上。崇拜者当知，我，作为超灵临在遍满其身体以及神像，两者并无区别。他应该觉得，透过崇拜神像，他正邀请超灵现身于眼前，接受他的供养。

"神像当每日澡沐，并尽可能地奢华，当使用旃檀、樟脑和沉香和合之水。浴神之时，崇拜者当念诵合适的祷文，比如《原人颂》。随后奉献者当满怀爱意地装扮神像，为他涂上圣泥，献上香油、花鬘以及圣线。装扮完毕，当献上明镜，然后供养饭食，并娱之以歌舞。

"有能力者当为神像建设精美的庙堂，周边园圃种花，以供养神像。若有人以土地、集市、乡村供养，将获得与我相等的富裕。凭着设立、供养神像，人可以成为世间的君王。凭着建筑寺庙，人可以往生梵天珞珈。如果这些都做到了，人可以获得跟我一样的形体。

"如果奉献者服务奉献而不求功果，便能回到我的身边。若有人偷盗天神或婆罗门的财产，即便得到许可，也必将亿万年为屎中之蛆。协助乃至赞同彼者，亦将于来世分有其罪业。

"不必褒贬世间众生之德与业，此类善恶之念会使人纠缠于二元对待，如是偏离其真正的自我利益。"

乌达华说道："我主，灵魂具足智慧，躯壳自身并无知觉。那么尘世之无明如何为其中任何一方所体验？灵魂纯粹灵明，而躯壳无非死物。究竟是谁在经历受局限生命之体验？"

至尊者回答："只要灵魂还贪恋躯壳，其尘世存在便会持续下去，尽管毫无意义。确实，灵魂具超越性。然而，一旦灵魂欲图支配物质自然，彼受局限之生命便不会终止。生死、好恶之类乃是我慢而不是灵魂之体验。当生命体认同躯壳和心意，便会培养出某种德，造作下某种业。其后，彼受取其德、业所赋之形，是这些决定了他来生的躯体。

"然而，以智慧之剑，我慢可以被断除，因为智慧使人分辨出灵与物。

"制作首饰之前，唯有黄金存在。首饰打出来之后，其实无非也是黄金。最后，等到所有首饰被熔化，也唯有黄金存在。同样，造化之前存在者唯有我，造化流行时存在者是我，造化坏灭后也将是我。

"心显发于觉知之三境，即醒、睡、深眠；也表现为三种角色，即经验者、被经验者、经验之监控者。然而，作为第四元的绝对者，独立于所有这些。受局限灵魂是至上人格主神之边际能量，当他们力图役使至尊者之低等能量时，便落入幻觉，把短暂的身位化当成了自我。这些虚假的表象让受局限灵魂信以为真，只是因为彼等皆为自我觉明的绝对真理之所发露。

"吾人当明白绝对真理的超越性地位，并斩断与物质的错误认同。自足于灵魂之法喜，吾人当远离一切对欲乐的追逐。对于已经觉悟我为至上主神的人，若能摄诸根于冥思至尊，其功当如何？若其诸根纷扰冲动，其罪又如何？浮云来去，对太阳意味着什么？绝对真理绝不受无明影响，作为其部分与微粒的灵魂亦是。

"绝对真理绝不会被无明征服，这很容易理解。但作为边际能量的灵魂呢？确实，灵魂不变，不受物质影响。但是，假如灵魂意欲主宰物质自然，就会迷惑起来。灵魂不坏不变，却'梦想'其尘世境况是真实的。当灵魂重新置自我于其命定地位，舍弃享受物质欲望时，他真正的荣光再次盛放。

"在彻底清除一切尘染之前，吾人当小心避免一切不利于存养无染觉性的事物。一种慢性病，如果没有完全治愈，或许还会死灰复燃。同样，未曾彻底除净习气的心意或许还会折磨一位精进的奉献者。有时，尚未成熟的奉献者的修行因为爱著亲友、弟子而受到阻碍，这些人自然是天性善妒的天神派遣来的。不过，凭着累世修功，堕落的奉献者将在来世继续其修行。

"受局限灵魂造作功果业行，其业报造成轮回。然而，自我觉悟的灵魂舍弃一切物欲，并不造作功果业行。如是智者，心凝自我，甚至不去关注身体在干什么。坐、立、走、食、排泄之际，他晓得身体不过是在依其天性而运作。幻力幻化成的无常化现被受局限灵魂受取为真实。但是，到解脱之时，这类无明就会消逝。犹如东升的旭日驱散一切黑暗，对我的觉知破除一切无明。

"乌达华啊，精进的修行者可能会因为种种身体上的干扰而偏离。但通过以下方法可以消除之。修炼瑜伽体位和调息能保持青春和健康。实践苦修、服用药草、持诵咒语，也对此有帮助。不过，最殊胜的法门是时时忆念我，通过广诵我的圣号。"

乌达华说道："我主，我觉得，对于无法收摄心念的人，你所阐述的修法十分困难。因此，请用更简明的方式，解说如何修炼此法。通常，若瑜伽士欲图专心于三昧，就会发现此事太过困难，因而变得垂头丧气。

"莲花眼目啊，因为这个缘故，那些最卓越的瑜伽士托庇于你的莲花足，那是一切妙喜的源泉。然而，那些对自身成就太过自傲的瑜伽士，却不肯向你臣服，如是为你的幻力所击败。

"永不犯错的主啊，你在内心与完全托庇于你的奉献者感通交流，这丝毫不令人惊讶。当你现身为主罗摩时，以梵天为首的诸神习惯了排队等候，不过是为了向你叩首顶礼，好让他们的头盔碰到你莲花足歇息的靠垫。可是，你却向你的奉献者，比如哈努曼，表现出亲密的友情，因为他们单单仰赖你。知道这些，谁还敢拒绝你？知道你赐一切圆满于托庇于你者，谁还会毫无感恩之心？谁还会因为一点儿导致彻底遗忘你的尘世欲乐而托庇于他人？倾力于侍奉你莲花足下尘土的我们，还会有什么匮乏？

"主啊，即便最高超的玄秘诗人，给他梵天的寿命，也无法圆满表达他们对你的欠负之情，因为你以两种面相显现，外则为上师，内则为超灵，指引堕落的灵魂回到你的身边。"

薄伽梵克利须那展颜一笑，说道："身放光明的乌达华啊，明白我临在于众生心中，因而礼敬一切有情，斯人诚可谓智者。这样的人以平等心看待婆罗门和贱民、盗贼和乐善好施者、温良者和残忍者。透过冥思我于一切有情中的临在，便能破除那些恶劣的习性：与等平者争竞、嫉妒优越者、侮慢低贱者，以及由我执而来的骄慢。洞见我在众生之中，不必理会同伴的嘲笑，吾人当顶礼一切有情，甚至狗、贱民、母牛和驴子。等到完全培养出在一切有情中看到我的能力，就应如是践行。确实，我认为，运用身、心、言语以觉悟内在于众生的我，乃是灵性觉悟最殊胜的法门。

"乌达华啊，是我亲自制作此法，汝当确信，奉持此法的奉献者不会有丝毫的损失。当危难之际，若恐惧叫喊，或者悲伤落泪，都无济于事。但是，如果有人呼唤我的保护，或者不带私心地供养我，即便表面上看来毫无用处，我却接受这种做法，视之为正法。

"如是我对觉悟真理之道做了一个简明而完整的论说。这门学问之精义甚至连天神都难以解悟。不过，若有人懂得，便能破除一切疑虑，臻达解脱。在我的奉献者中分享这门学问的人，乃是绝对真理的赐予者，我把自己交给了他。透过大声诵读这篇对话，人将天天得到净化，因为他是以智慧之灯启亮别人。若有人常常以信念和专注听闻之，同时致力于纯粹的奉献服务，他将永离业报之缠缚。

"乌达华啊，你明白了吗？你的迷惑和烦恼都被驱散了吗？不过，不要把这些教导告诉伪善者、无神论者、欺诈者、无信者、非奉献者和太过骄慢者。这门学问只应传授给全无以上恶德的人、献身于奉献者之福利的人，以及善良者、神圣者和纯洁者。即使妇人和首陀罗，如果拥有对至尊主的奉献之心，也应视为合格的闻法者。

"若有好奇者觉解了这门学问，对于他，已经没有更多的东西要学了。确实，当人舍离一切功果业行，将自己完全奉献给我，他就已经解脱生死，与我分享我的美富。"

听完这番话，乌达华合掌顶礼。但是，因为喉咙哽咽，热泪盈眶，他无法做出应答。最后，等到心思凝定，乌达华垂下头，以头面顶礼克利须那的莲花足。

乌达华开口说道："我主，虽然我堕入无明，你仁慈的陪伴却驱散了我的无明。作为对我这微不足道的皈依的回报，你将智慧的火炬赐给了你卑微的奴仆。哪一个怀着感恩之心的奉献者，能舍弃你另换主子？"

因为害怕正在迫近的别离，乌达华来到了至尊主的身边。透过他的慈悲开示，至尊主向乌达华显示，作为绝对真理，他即是他自身，也是一切。如是，在他之外，其实别无他物。

至上人格主神说道："亲爱的乌达华啊，现在你启程前去巴答黎喀净修林。到源出于我的莲花足的阿拉喀难陀河沐浴，净化你自己。穿上树皮衣，以林中之所产为食。保持知足、自制、善良和清静，一心冥思我所授的教导。如此，你将超越三极气性之影响，最后回到我的身边。"

乌达华绕至尊主环礼三匝，随后五体投地，以头面顶礼至尊主的莲花足。虽然已经摆脱了尘世污染，乌达华却五内俱焚，因为他无法忍受与主别离。乌达华泪如雨下，打湿了克利须那的莲花足，他一次又一次拜倒在地，把克利须那的木屐放在自己的头顶。最后，感觉已经把克利须那深深藏在心里，乌达华才启程前往巴答黎喀净修林。在那里经历巨大的苦行之后，他最终升登至尊主的居所。

叔伽天人祈祷："我今顶礼一切存有中之最伟大者——薄伽梵克利须那。为了破除奉献者对尘世存在的畏惧，像一只蜜蜂，他采集了这些甘露般的智慧精华。"

第十一卷 | 577

第三章　神族湮灭

　　观察到天地间种种不祥之兆，薄伽梵克利须那对会集于"吉祥法"议事厅的雅度族人说道："看看这些可怕的征兆，如同死神的旗帜。我们不要再住在这里了。让所有的妇女、儿童和老人先去香拘多罗。然后，我们去莎拉斯筏底河所流经的波罗跛刹之野。在那里，我们可以澡沐，禁食，注心冥思，崇拜诸神。在有德婆罗门的辅助下，我们可以举行祭礼，以求多福。我们也可以崇拜这些婆罗门，布施以母牛、黄金、衣物和田宅。这肯定是避祸消灾的最佳办法。"

　　闻听此言，雅度长老齐声赞同。自从雅度王子受到诅咒，已经数月过去。至尊主的永恒伴侣还留在杜瓦拉卡，而诸神被劝说先行离开。死于杜瓦拉卡者必回归故乡，回归主神。因为至尊主希望投生雅度王朝的众天神重操旧业，所以便安排他们离开了杜瓦拉卡。

　　乘船渡过大海，雅度王族中人驱车前往波罗跛刹。抵达之后，雅度人首先下河沐浴，然后在克利须那的指导下举行种种仪法，以取悦祖先、诸神和伟大的圣贤。

　　仪式结束后，雅度人以母牛、衣物、黄金、床毯、马匹、大象、女童和田地布施婆罗门。然后，又以供养过至尊主的食物让众婆罗门饱餐一顿。等众婆罗门进食完毕，又向他们顶礼致敬。最后，得到众婆罗门的允许，雅度人开始享用盛宴。在命运的安排下，他们纵饮梅瑞耶，那是一种大米酿制的酒，直至酩酊大醉。受到幻力的迷惑，雅度人个个变得傲气冲天。于是，等到日落时分，一场可怕的争斗在他们当中发生了。

　　盛怒之下，雅度人操起兵器，互相攻击。骑上象、马以及驴子、骆驼、公牛甚至人，他们开始激烈战斗。弃一切情义于不顾，雅度各部互相残杀，子与父战，孙与爷战，兄弟与兄弟战。

　　最后，兵器用尽、折光，雅度武士拔起附近生长的甘蔗，甫一入手，这些甘蔗就变成了铁棍。战斗中，克利须那试图阻止这场屠杀，但雅度诸人竟然对他也痛下杀手。事实上，他们心神俱乱，甚至将巴腊罗摩也当成了敌人。雅度武士手舞兵刃，冲上去想杀死巴腊罗摩。这可惹恼了克利须那和巴腊罗摩，他们操起甘蔗，也杀入战团之中，将对手一一放倒。

等到王朝中人全部消灭，克利须那认为大地的重负终于被移除了。彼时，巴腊罗摩跌坐于海岸边，置心一处，冥思至上人格主神，如是融入自身之中，结束了他在人世间的游戏。

目睹这一切后，克利须那径直走向莎拉斯筏底河岸边。他啜了一口清水，在一棵菩提树下安静地坐了下来。此时，克利须那现身为四臂妙相，玄黑肌肤，金光灿烂。绝美的笑颜浮现于他莲花般的脸庞，那周围有黑色螺发环绕。他鲨鱼形的耳环闪闪发光，还有他身上佩戴的考斯图巴宝石和种种帝王宝饰也熠熠生辉。至尊者的诸般兵器也化为人形现身左右。克利须那坐下来，脚掌嫩红的左足置于右腿之上。

此时，一个名叫遮罗的猎人刚好来到附近，那是莎拉斯筏底河与悉蓝耶河交汇入海的地方。那猎人从远处窥见克利须那的粉色足底，误以为是一头鹿的面部。遮罗身上背着一支羽箭，那是他取了埋在地底的桑巴铁杵上的碎铁打制的。他弯弓射箭，一箭射穿了克利须那的莲花足。

等到遮罗明白他射中的是克利须那而不是鹿，便害怕起来。他上前跪倒在地，头面礼足。遮罗说道："摩度魔的屠者啊，我顶顶有罪！因无明故，我犯下这可怕的罪业，请饶恕我！我主，请马上杀死我，好让我不至于再对圣者下此杀手。"

薄伽梵说道："遮罗啊，起来吧。不要害怕。你所做的其实是我的意愿。现在，在我的允准下，你可以升登灵天。"

那猎人闻听，便绕克利须那环礼三匝，稽首致敬。随后遮罗登上已经抵达身边的天舆，飞升而去。

那猎人其实就是布黎古牟尼，在上一世代曾经粗鲁地将脚踩在至尊主毗湿努的胸膛之上。作为这个冒犯的报应，布黎古牟尼不得不投生为猎人。然而，至尊主并不愿意看到他的奉献者沦落至此，于是便在结束逍遥之际，安排了布黎古的解脱。

答鲁伽一直在寻找他的主人克利须那。当他寻到这个地方时，嗅到了随微风飘来的荼腊茜花的芳香。一路跟踪着这股芳香，答鲁伽终于来到了至尊者歇息的菩提树下。看见主人，答鲁伽热泪盈眶。他立刻跳下战车，向前奔来，拜倒在主人的莲花足下。答鲁伽说道："犹如无月之暗夜，人们找不到各自的路径。看不到你的莲花足，我盲目游荡于黑暗之中。"

第十一卷 | 579

当答鲁伽言语之时，克利须那的战车悠然升空，还有马和绣着神猴图案的旗帜。至尊主毗湿努的所有神兵宝器也紧随其后。答鲁伽见状惊讶不已。

　　至尊主说道："答鲁伽，去杜瓦拉卡，告诉我的家人，雅度族已经自残而亡。此外，告诉他们巴腊罗摩的隐迹和我的境况。你和你的亲人不可再停留于杜瓦拉卡，因为我已抛下了它，大海将很快淹没整个城市。带上我的亲人、我的父母，在阿周那的保护下，前往象城。保持专注于对我的奉献，要知道所有这些游戏无非是我的虚幻能力的呈现。有了这样的觉解，保持心意安宁，对尘世无所爱执。"

　　如是受命毕，答鲁伽行绕拜之礼，并一次又一次五体投地。他把克利须那的莲花足放到头顶，随后辞别主人，满怀哀伤地踏上了归途。

　　彼时，梵天、湿婆及其随行人等也到了波罗跋刹。跟他们一起下来的还有以因陀罗为首的诸神、仙圣、悉檀、乾达婆、飞天女等等，全都渴望目睹至尊者离世升天。聚集于半空之上，他们开始唱赞荣耀至尊者的降生和功业，并满怀深广的奉爱之心，从天舆中撒下如雨的鲜花。

　　看见眼前的梵天以及诸神，为了避免种种客套请辞，至尊者闭上莲花眼睛，凝心于自我之内。然后，克利须那也没有使用瑜伽士让身体自焚的红化功夫，便回到了灵天故土。克利须那离开大地之际，天鼓阵阵，天花飘坠，真理、正法、信念、光荣和美也随之飞升而去。只有极少的高级生灵，比如梵天和湿婆，才能看到克利须那身返故乡，目睹此景，他们嗟叹不已。

　　答鲁伽抵达杜瓦拉卡，当即拜倒在筏殊提婆和乌戈罗塞拿的脚下。悲伤之下，答鲁伽的泪水打湿了两人的脚背。接着，他讲起了雅度人的覆亡，众人闻听无不惊得目瞪口呆。感受到与克利须那分离的巨大痛苦，他们不断地捶胸顿足，随后便向族人死去的地方奔冲而去。

　　提婆吉、筏殊提婆、罗希尼找不到儿子，都在剧烈的悲伤下晕死过去。深受别离之恸的打击，至尊者的父母当场就放弃了生命。雅度众英雄的夫人们爬上火葬堆，拥抱着各自死去的夫君，没入了熊熊大火之中。

　　与挚友的别离让阿周那痛不欲生。想起克利须那在俱卢之野对他所说的话语，他才镇定下来。在阿周那的看护下，所有死难的雅度人都被按礼火葬。

　　随即，大海暴涨，波涛吞没了杜瓦拉卡，海面上只能看见克利须那的宫殿依然高高耸立。

　　阿周那带着余下的雅度族妇幼老弱返回象城。接下来，他将筏吉罗立为雅度之王,又将巴力克斯立为俱卢之王。

通体迷人的至上人格主神的逍遥游戏全幅吉祥,皆记载于圣典《薄伽梵往世书》之内。若有人唱之赞之,清晰无误,必将获得对至尊主克利须那的超凡之爱,他是所有功行圆满者的归宿。

第十二卷

第一章　末世预言

摩揭陀国的最后一个国王名叫补朗遮耶。他手下的大臣苏那伽将行篡弑，然后立自己的儿子为国君。礼法崩坏，这便是喀利纪的特征。

此后，国君摩诃难敌将与首陀罗女子产下一子。这个儿子，名字叫难陀，将拥有一支强大无比的百万大军，而且将获得惊人的财富。他将在刹帝利种姓中制造混乱，自他以后，几乎所有的君王都将变成不守正法的首陀罗。

难陀将统治大地，犹如波罗殊罗摩再生，没有人能够挑战他的权威。他将有八个儿子，每一个都将统治大地一百年。然后，一位婆罗门（考底里耶）将背弃国君难陀及其诸子的信任，进而毁灭整个王朝。考底里耶将拥立粲陀罗笈多登基，从此摩利耶人将统治大地一百三十七年。

大将军补世巴弥陀将弑杀摩利耶国的最后一个君王蒲历赫图罗塔，舜伽王朝自此将掌权一百一十二年。源出堪筏家族的能臣筏殊提婆将弑杀舜伽王朝的末代君王提婆菩提——他是一个好色的登徒子，自此堪筏家族将统治大地三百四十五年。最后一位堪筏国君苏莎摩将为其奴仆巴利所杀，而巴利只不过是生于安多罗族的贱民。巴利退位之后，巴利的子孙将统治大地四百五十六年。

巴利王朝之后，阿比罗、堪伽、牙筏那、摩拉诸国国君将统治大地一千三百九十九年。接着是吉拉吉拉人的国君在位一百零六年。此后，诸国诸君主各自占据一方，直到摩揭陀国又出一君，名叫毗湿筏溥尔吉。此人犹如补朗遮耶第二，将把所有文明阶级转变成野蛮人。毗湿筏溥尔吉将以最无法无天的方式统治他的王国，其疆域从哈德瓦延伸至波罗雅伽。他王国里的婆罗门将忘记所有的戒律，刹帝利将变得贱民不如。

将有很多这样的君主同时当政。此辈全无布施之心，脾气暴戾，缺乏诚信，总之，都是些邪法的信徒。这些伪装成君主的蛮夷将吞噬可怜的臣民。他们变化无常，性格软弱，短命，毫无修功。臣民们将模仿这些独夫民贼的性格、举止和话语，如是每个人都变得恶劣不堪。

由于喀利纪的强大影响，正法、真实、洁净、容忍、慈悲、寿命、体能、记忆都将日渐衰弱。韦陀智慧不复传扬，学问变得粗糙唯物，宗教被毫无理性的狂热所支配。

在喀利纪，唯有金钱能让人跻身上流，而正义之给予仅仅根据人的社会地位。

男女生活在一起，仅仅建立在两性吸引的基础上。生意的成功依靠欺诈手腕的高明。男女的德行主要看他或她的性感程度。一个男人只要佩上圣线就能成为婆罗门。

人的灵性地位仅仅凭借外在标志而被判定。如果收入不高，一个人的人格完整性就要受到质问。单凭精于玩弄辞藻，一个人就被认为是伟大的学者。事实上，人穷就被认为是个废物。在虔诚的伪装下，虚伪盛行。婚姻只需一纸协议，能够适当洗浴就算相当幸运了。

只要山高路远，有河流可以沐浴，某个圣地就会受到高度评价。一个主要的娱乐将是不间断地变换发型，以求增加容貌之美。大多数人觉得生命之究竟无非是填饱肚子。能够优裕养家的人被捧为高明能干。奉行礼法不过是为了求取荣名。

当大地充斥这等堕落之人，谁最强谁就能获得权柄。实际上，这些统治者将变得盗贼不如。妻女和资产被贪官恶吏夺走后，百姓们将逃入山林大泽之中。受饥荒和苛捐杂税的折磨，人们将落入以草根树皮为食的境地。由于旱灾，大量人口沦为饿殍。

气候状况越来越差，为此，风、寒、雨、雪将使百姓陷入极大的痛苦。此外，由于不虔诚，人们还将受到争斗、饥渴、疾病和忧愁的折磨。大多数人的寿命将缩减到五十岁。

喀利纪之末，所有造物的身体都将大幅萎缩。韦陀经教已经被人世彻底遗忘，剩下来的所谓宗教其实都是无神论。大多数人的职业建立在偷窃、撒谎和无谓的暴力基础上。母牛看起来像山羊，灵性行期将与普通家室无异。家庭纽带的延伸不会超过婚姻的范围。树木将形同侏儒，花草皆十分微细。到喀利纪之末，大多数人比驴马好不到哪里去。

彼时，至尊主毗湿努将化身为喀尔基，于香巴拉，降生为婆罗门毗湿努耶萨之子。骑上白马，手持利剑，喀尔基周行于大地之上，显示他举世无双的权能。身放光明、骑马如飞的喀尔基将诛灭数百万胆敢假扮君王的盗贼。

所有这些伪君主被剿杀后，大地上的人民将感受到怡人的微风，那微风带来了装点至尊主宝身的旃檀浆的芳香。闻到这四处弥漫的芳香，所有人的心都将变得超然纯净。新一轮黄金年代于是重新开启，经历净化的人类社会将养育出禀赋中和之德的后代。

只要克利须那还在世间，喀利就无力逞能。但是，一旦克利须那归返灵天，喀利便乘虚而入，如是人们就会喜欢造作恶业。喀利纪时长一千二百天神年，相当于四十三万二千地球年。

提婆毗——商塔努大帝的兄弟，以及摩鲁，伊刹华古之后，皆具足玄通伟力，至今居于喀拉巴的乡村里。到喀利纪之末，领受天命之后，这两位君王将返回人间，重建正法。

叔伽天人说道："巴力克斯大帝啊，众生入世，偿其所欲。但是，即使一个人的身体现在有国君的身份，最终，他的身体会变成蛆虫、粪便或灰尘。一个为了自己的躯壳而伤害别人的人，怎么能知道真正的自我利益？他的行为不过是在引导他走向地狱。物质化的国君如此思维：'我的先人统治了这片土地，如今它在我的威权之下。我如何能让我的子子孙孙保有江山？'这类愚蠢的君主把地、水、火、风、空五大和合而成的躯体当作自我，把天下视为私有。然而，不管怎样，他们终究不得不舍弃肉身和江山，消逝于无形之中，留下来的不过是一长串帝王列表中的一个名字，以及诸多历史记载。"

第二章　地母之歌

　　眼见众王乱纷纷抢夺江山，大地女神禁不住失声大笑道："看看这些蠢货，其实不过是死神手中的玩物，却一心巴望着征服我。由于贪淫，即使最有学问的统治者都惨遭败亡、挫折。受贪淫驱迫，这类人把希望和信念寄托在被称为身体的死肉团上面，尽管它像水中泡沫一般变化无常。

　　"为王者需要强大的自制力，才能控制他们对权力的贪欲，而自制力来源于献祭和苦行。要保住势力，他们必须不断谋划操心，让手下官僚臣民屈服。他们野心巨大，甚至大到想征服天下，可他们却未曾注意到死亡在附近等待。这些政客们反复目睹，甚至最伟大的人物也是赤条条来赤条条去。但是，为了征服我，他们仍然互相拼斗不休。甚至父与子斗，兄与弟斗，因为他们内心充满了对权力的贪求。这些领袖们相互挑衅叫嚣：'这片土地是我的！不是你的，你这蠢货！'就这样，他们彼此攻袭以至于死亡。"

　　巴力克斯大帝问道："伟大的圣者啊，活在喀利纪的人如何才能摆脱这个世代的可怕污染？请告诉我这个世代的特质。"

　　叔伽天人说道："王啊，开初，当萨提耶纪，正法四足俱全，是为真实、慈悲、苦行和洁净。萨提耶纪之人大多知足、慈悲、仁善、安和、醒觉、宽容。他们知足内乐，修行精勤不懈。

　　"当特黎多纪，正法每一足皆逐渐萎缩四分之一，邪法之四足：欺骗、暴力、贪求、争斗影响渐盛。彼时，人群演化为四个分离的阶级，但婆罗门占大多数，人民并不十分倾向暴力，也不贪求感官欲乐。

　　"到德筏钵罗纪，正法之四足减至一足半。四种姓里，婆罗门和刹帝利占大多数。人民思想高贵，渴望扬名荣显。彼等倾其力于研习韦陀，有庞大的家族，生活奢华，尽情享受。

　　"喀利纪之初，正法四足只余其一，乃至逐渐消隐。人民十分贪婪，行为放肆，毫无慈悲，无缘无故就争吵拼斗不休。几乎全都是首陀罗和蛮夷。

　　"物质自然之三极气性无所不在，它们如何按比例施加影响，可以从人的意念看出来。四纪也是三极气性之表显。在每一纪，都可能有其他纪的显发，单看哪一种气性占主导。例如，通过培养中和气性，喀利纪当中也可能有萨提耶纪的暂时彰显。

"心、智、诸根皆坚住于中和气性，须知彼时即萨提耶纪。献身职责，但还有外在的动机，诸如个人的地位权势，这是强阳气性在主导，须知彼时即特黎多纪。强阳、浊阴交错主宰，贪婪、无餍、虚骄、诈伪、嫉妒旺盛，须知彼时即德筏钵罗纪。欺骗、说谎、懒惰、暴力、悔恨、抑郁、迷惑、恐惧、贫穷盛行，彼时即为喀利纪，黑暗之世代。

"受喀利纪影响，人们将变得目光短浅、贪吃好色、贫穷忧愁。妇女不贞，游走于一个又一个男人中间。城市被犯罪笼罩，官吏们鱼肉百姓，所谓的祭司或智者其实是肚子和阳具的信徒。

"梵行者不再持守誓言，大多变得肮脏恶俗。居士不再慷慨好施，反倒形同乞丐。林栖者照样住在家乡，出世僧贪图聚敛钱财。

"妇女变得矮小、肥胖、贪吃，滥产劣种，羞耻尽丧。她们出语尖刻，行为欺诈。商人凭借欺骗赚钱，人们会毫不犹豫地接受任何堕落、可怕的职业。

"奴仆们将抛弃丧失财产的主人，尽管他们或许具有可资楷模的美德。一旦停止产乳，母牛就遭放逐或屠杀。男人将被女人操纵，结果变得女性化，置家庭于不顾。

"没教养的男人将靠假装苦修、披服僧袍赚钱维生。尽管对正法一无所知，此辈却公然登坛论道。

"到喀利纪，人们的心念总是受到扰乱。由于干旱饥馑，大多数人变得瘦弱不堪。受苛捐杂税之苦，很多人甚至没有足够的空间行房交合。身上毫无装饰，人们逐渐变得形同鬼魅。彼时，人们为了几个铜子就会大打出手。因为这类争吵，人们不惜伤生害命，甚或弑亲杀友。男人不再照顾年老的父母和温顺的妻儿。他们彻底堕落，唯一关心的只是满足口腹阳具之欲。

"无神论笼罩人心，结果祭祀不行。尽管宇宙中最伟大的主宰者都跪倒在至上主神的莲花足下，喀利纪可怜悲惨的人类却拒不信从。行将就木的人瘫倒在床，恐惧不已，虽然声音颤抖、神志不清，但如果他念诵至尊者的圣名，就能摆脱一切恶报，往生灵天。可是，喀利纪之人不愿崇拜上帝。若有人听闻、荣耀或者忆念至尊主，发自内心，至尊主将清除其累生积聚的污染。

"因此，王啊，请竭尽全力凝心专注于至尊者。保持这种专注，你将于寿终时臻达至高无上的彼岸。受到临终者的观想，至上主神将向他启示永恒的灵性身份。尽管喀利纪纰漏如海，却有一样闪光的美德：单单唱诵克利须那的名号，便能远离一切尘世羁绊，回归家园，回归主神。萨提耶纪通过冥想所获得的，特黎多纪通过献祭所获得的，德筏钵罗纪通过祠神所获得的，都可以在喀利纪仅仅通过持诵至尊主的名号实现。"

第三章　在劫难逃

为了让巴力克斯大帝直面生死，叔伽天人论及宇宙之坏灭。

四纪之一千次循环构成一劫，或梵天之一日。当梵天之夜晚，三界摧坏。彼时，梵天入睡，至尊者拿罗衍那卧于天龙阿难陀之上，将天地吸入身内。

梵天寿终时，七大元素和合而成的宇宙金卵亦解体毁灭。大限将临，先是大地上干旱无雨一百年。由于饥荒，人与人相食，导致人类的彻底毁灭。接着，太阳蒸干了海洋中所有的水。至尊者商伽萨那的口中喷出劫火，风狂火烈，烤炙天地，光焰直冲苍穹。

暴风肆虐，逾百年之久，但见尘沙飞扬，天空死寂灰暗。随后，五颜六色的大块云团聚集汇拢，伴随闪电霹雳轰鸣，暴雨倾盆，又逾百年之久。整个宇宙大水遍漫。洪水滔滔，夺走了土的芳香，使土离散消解。

接着，火夺走了水的味道，如此，一个接一个，所有的元素尽皆分崩溶解。末了，物质自然之三极气性为冥谛所融摄。冥谛乃自性之原始相，无始无终，超越时间变化之外。是幽冥之境，无精、粗之元素，无阴阳气性，无众神，无元气，无智，也无觉性之三位，即睡、醒、深眠，就像彻底的虚无。可是，冥谛依然是造化之元质与根基。

发生于梵天一日之终的毁灭被称为"偶生劫"。梵天寿终时发生的毁灭被称为"自性劫"，其时，在时间之驱迫下，所有的物质元素尽皆被夺去效能，彻底消解融合。因为一切世间相皆受时间影响而不断变化，所以还有一种相续坏灭。最后，当我执被分辨智慧之剑斩断并生起对太一的觉悟，尘世存在乃彻底坏灭，这被称为"究竟灭"。

虽然云朵产生于太阳的热力，并因阳光而被照察，但就照察之眼目而言，它毕竟制造了遮蔽。同样，我慢是绝对真理之能量的产物，它因绝对真理而被照察，但它也阻碍了受局限灵魂觉悟绝对真理，尽管它不过是绝对真理之能量的微小延展。

叔伽天人最后说道："俱卢族之俊杰啊，我已经向你大概讲说了至尊主拿罗衍那的逍遥游戏，甚至梵天都无法完全阐发之。对于在烦恼大火中挣扎，企盼渡过红尘苦海的人，除了培养听闻圣言的喜好，没有其他合适的舟船了。

"很久以前，拿罗、拿罗衍那仙人将此书授那罗陀。那罗陀以之授毗耶娑，我受之于毗耶娑。如今坐在我们中间的苏陀大士将于未来向聚会于飘忽林的众圣者演说此《薄伽梵往世书》，其时众圣者之领袖为邵那伽真人。

"这部往世书描述了一切存有之至尊主——赫黎，梵天生于他的内乐，楼陀罗生于他的嗔怒。无条件地以爱敬心皈命至尊主，乃生命之圆成，让吾人信服这个事实，便是此书的唯一目的。

"王啊，放弃'我快死了'这种动物般的思维。不像躯体，你无生，也无死。你完全有别于物质躯体，正如火焰有别于它所燃烧的燃料。有时，人梦到自己的脑袋被砍掉。不过，他能觉悟到这并非真实的脑袋，因为作为照察者，他只是旁观而已。同样，觉醒时，吾人能够明白身与观身者的分别。陶罐破裂，其中的空气依然保留原样不变。同样，躯壳坏灭后，生命体继续存在。躯壳、德与业皆为心识所造，心识为至尊主之幻力所造。

"王啊，时时冥思至上之际，你还应仔细思考真我如何居停于躯壳之内。你应该有这样的觉知：'我与大梵为一，大梵与我不二。'如是皈命，你甚至不会注意到毒龙的咬啮。你甚至不会看见你死去的身体和周遭的世界，因为你已经觉悟到你遗物而独存。现在，你还想再听闻什么？"

巴力克斯大帝匍匐在叔伽天人的足下，合掌稽首道："我主，因了你的仁善，我生命的目的已然实现。我不再害怕毒龙乃至任何生灵，我甚至不再畏惧生死轮回。我已冥合大梵，这破除了我内心的一切畏怖。现在，我贪欲尽去，请准许我以全副身心凝注至上。凭借你的恩慈，无明已经驱除，请允许我放弃生命吧。"

闻听此言，叔伽天人一笑应允。接受了众圣者和国君的崇拜后，叔伽天人飘然上路。巴力克斯独自径往恒河岸边，面向北方，跌坐于尖头朝东的答尔巴草坐垫上。冥思大梵之际，国君止息了生命之气的流动，只见他身体挺直静定，犹如无风处的一棵树。

就在半路之上，一心想杀死巴力克斯的毒龙答刹伽遇见了迦叶波牟尼。事实上，迦叶波牟尼擅长对付毒物，正欲前来保护巴力克斯大帝。答刹伽见势不妙，便以重宝贿赂，让迦叶波牟尼敛手而退。这毒龙能随心变化，当下摇身一变，化作一婆罗门，走到巴力克斯身边，张口猛咬。众目睽睽之下，圣王巴力克斯的身体瞬间被烧为灰烬。悲号惨叫之声充塞于天地之间，天鼓阵阵，群仙歌舞。

散花之际，诸神唱赞，知道一位伟大的灵魂已经回返故乡，回归主神。

听说父亲被毒龙咬死，巴力克斯之子瞻那枚遮耶怒不可遏。他召来婆罗门，举行力量强大的火祭，欲以全世界所有的毒蛇献祭。眼见蛇众被焚，甚至连最厉害的毒蛇都难以自保，答刹伽恐惧万分，便去求天帝因陀罗庇护。

瞻那枚遮耶始终不见毒龙答刹伽落网，便说道："众婆罗门啊，为什么没看到那最低贱的毒龙答刹伽被祭火烧死？"众婆罗门答道："王啊，由于因陀罗的庇护，答刹伽才没落入祭火。天帝正以其勇力护持他呢。"

瞻那枚遮耶说道："婆罗门啊，为什么不让答刹伽跟他的怙主因陀罗一道落入祭火？"众婆罗门受命，便念诵咒语，将答刹伽和因陀罗乃至诸天神供奉给祭祀之火。因陀罗突然被掀下天舆，不禁大为震恐。

天师蒲历贺斯钵底见状，急忙下凡去见瞻那枚遮耶，对他说道："王啊，这蛇王不会死于你手，因为他饮过不死甘露，所以不受世间衰老和死亡的影响。生死、命运皆由因果业报所定。是故，他人或境遇并非苦乐之因。若有人为毒蛇、盗贼、火灾、疾病或者任何其他外缘所杀，都不过是经历其因果报应。所以，王啊，请停止这场意图杀生的祭祀，很多无辜的蛇已经被烧死。当然，这些看来无辜的蛇其实也是因宿业而亡。然而，巴力克斯大帝的死却不是因为宿业所招，是至尊主克利须那本人如此安排，好让他回返故乡，回归主神。"

瞻那枚遮耶闻言，合掌说道："谨遵台命。"祭祀停下后，他十分尊敬地崇拜了天师蒲历贺斯钵底。

第四章　圣典缘起

接下来，邵那伽真人想知道钵罗真人和毗耶娑的其他弟子如何编撰了韦陀诸经。于是苏陀大士便讲述了整个经过。

当创世之初，有妙音震荡于梵天心中。当人止息一切耳根所缘，便能听到这精微的音振。透过崇拜此韦陀之微妙相，伟大的圣者们洗净了内心所有的染污。由三个音构成的唵，便生于这精微的音振，它具有奇妙的力量，自动发露于经过净化的心中。唵是大梵的代表，涵盖其所有三层体相：梵、超灵、薄伽梵。唵之妙音源出灵魂，然后显发于内心之空，为超灵所闻，彼超灵无凡耳。所有的韦陀知识皆流衍生发于唵。

唵表现出三个原始音：A、U、M。从这三个原始音，梵天创造出其他所有的音。然后，四面梵天以这些音制作了韦陀经。他以韦陀经授予诸子，诸子又授其子，如是韦陀经得以师承授受。每当德筏钵罗纪之末，韦陀经便为心通神明的众圣者所剖分。

维筏斯筏陀摩奴当令的时代，在诸神的请求下，至尊者以分身之光显现为钵罗萨腊之子毗耶娑。在此身相中，他将韦陀一分为四。随后，毗耶娑传梨俱韦陀于钵罗真人，传三曼韦陀于羯弥尼，传夜柔韦陀于钵尚跋耶拿，传阿闼婆韦陀于安吉罗牟尼。这四位弟子于是再细分韦陀诸经，授之于各自门下弟子。如是，韦陀诸经得以师承授受。

有一次，钵尚跋耶拿众弟子守誓苦行，好让他们的上师洗脱杀死婆罗门的罪业。其中一个弟子，名叫夜若洼基耶，说道："上师啊，你能从这些虚弱弟子的微小努力中得到什么利益呢？让我来为你做些与众不同的赎罪苦修。"

闻听此言，钵尚跋耶拿发怒道："滚开！我受够了，你这侮辱婆罗门的小子。现在，把我所教你的还给我！"夜若洼基耶吐出夜柔曼陀罗，转身离开。在场诸弟子十分贪心地看着这些曼陀罗，于是化身为鹧鸪，悉数收捡。

其后，夜若洼基耶想发现一些不为世人甚至上师所知的夜柔曼陀罗。心怀此愿，他便小心仔细地崇拜太阳神。夜若洼基耶向至上人格主神奉上美妙的赞祷，

第十二卷 | 593

太阳神乃彼之分身。

为唱赞所取悦，太阳神化身为马，送给夜若洼基耶数百夜柔曼陀罗，皆是人世间所未知者。用这些从马鬃里流出来的曼陀罗，夜若洼基耶撰作了韦陀新十五支，遂为某些传系所传承。

迦叶波、萨筏尼、诃黎多等六人乃传授诸往世书的六位大师。他们每个人皆从苏陀之父、毗耶娑弟子楼摩哈莎拿处学得六编往世书其中之一编。苏陀大士兼习六编，如是完全贯通了诸往世书。

一部往世书涵盖十大论题：宇宙之造化，随之而来的众星辰的创造及其民人，众生之养护，众生之保任教化，诸摩奴之统治，列王谱系，列王伟业，劫毁，众生造业之因，至高庇护。《薄伽梵往世书》各卷讨论了所有这些论题，但并不是某卷只涉及一个论题，这些论题也不是按顺序一个接一个地被讲述。

造化（Sarga）始于幽冥中诸气性之冲动，导致大谛之生起。

次级造化（Visarga）呈现出种种生命形式，进而形成欲望之聚集。凭借宇宙超灵的慈悲，受局限灵魂被准许得以欲求，造作于世间。

厚生（Vrtti）主要指能动之生灵依赖不动者。对于人类，意味着按照各自的本性，以合适的方式劳作维生。至尊主以其化身施护佑于兽、人、天神和贤圣。他亲自行动，保护宇宙万类，同时消灭韦陀之敌。

每个摩奴在位期间，有六种人物出现，皆为至尊主赫黎之化现，他们是：当政之摩奴、因陀罗、诸仙圣、至上人格主神之化身。

诸王朝皆源出梵天，持续不断地绵延于过去、现在、未来。

如前所述，有四种劫毁。天地万物的真正源头是至尊主。不过，从某种意义上来说，受局限灵魂也是因，因为造化之发生是对欲望的回应。

究竟归宿是大梵。物体呈现为种种相，相应的名亦随之产生，但其主要的元素还是作为这些物体存在的根基而始终不变。例如，水罐为泥所造，但即便变形为水罐，依然还是泥。同样，大梵始终与受造之物同在，因为，毕竟万物是他能力的延展。

大往世书有十个论题，而小往世书只讨论五个论题。大往世书总共有三编十八部，是为：梵天、莲花、毗湿努、湿婆、林伽、神鸟、那罗陀、薄伽梵、火神、塞犍陀、未来、大梵毗筏多、麻冈提耶、筏摩那、筏罗诃、神鱼、神龟、婆罗摩多。

第五章　老祖历幻

　　眼见苏陀大士准备结束讲论，邵那伽真人说道："我等听说仙圣麻冈提耶是梵天之一日终结时唯一的幸存者。然而，这同一个麻冈提耶却显现于我的家族里，正值当今梵天之白昼。还有一个广为流传的说法：当麻冈提耶挣扎于浩劫洪涛中时，看见了卧于菩提树叶上的幼婴克利须那。苏陀啊，我十分迷惑，也渴望了解这位伟大的圣者，请启示我吧。"

　　于是，苏陀大士便讲述了麻冈提耶真人的历史：经历了父亲为他举行的各种净化仪式，直至婆罗门入门礼之后，麻冈提耶小心精研韦陀，并一直守贞不移。他头发披散，身上穿着树皮衣，看上去非常宁静。他手中提一乞士的净水罐，身披圣线、铁莲子、婆罗门腰带和黑鹿皮，随身还带着一把吉祥草。

　　早晚两次，他出门乞讨，回来之后，便将所有乞讨来的食物上交师尊。然后，等到上师召唤时，才静静地去一边用餐，否则便戒食。如此，麻冈提耶崇拜至尊主历数百万年，征服了不可征服的死亡。

　　梵天、湿婆、布黎古牟尼以及无数天神、人、精灵看到麻冈提耶的成就，无不惊奇赞叹。心无纷扰，贞守自持，仙圣麻冈提耶凝心于内，冥思超越诸根之上的至上人格主神。如是任念之际，摩奴的六世已经过去。到如今是摩奴第七次在位，因陀罗开始关注这位仙圣的苦行。因为非常害怕麻冈提耶不断增长的力量，天帝试图破坏他的修行。

　　于是，因陀罗派遣爱神，随同乾达婆和飞天女，载歌载舞而来。与之同行的还有春天、染有檀香的微风以及贪婪和迷醉的化身。麻冈提耶的净修林在喜马拉雅山的北边、华妙河流经之地，当爱神临近之时，春风首先袭面而来，携带着来自附近瀑布的清凉水滴。

　　那个地方花木成荫，池塘密布，居住着很多贤明的婆罗门。空气中充满了嗡嗡的蜂鸣声和布谷鸟的叫声，兴奋的孔雀四处翩翩起舞。弥漫着山花芳香的微风吹入净修林中，唤起了爱神的情欲。春天随之降临，所有的草木花卉立时抽芽盛放。夜空中月光皎洁，春天真的露面了。

众仙女的主人——爱神悄然而至，身后跟着一路奏乐歌唱的众乾达婆。这些因陀罗的下属看见，麻冈提耶供养祭火之后，正自跌坐冥思。他闭目神定，看上去似乎不可战胜。

飞天女翩然起舞，情欲之子拼命激发扰动麻冈提耶的心念。爱神将他的五头神箭搭上了弓弦。飞天女朋吉伽斯陀利玩起绣球，闪动之际，她的小蛮腰似乎已不胜丰乳之重。只见她东奔西跑，左顾右盼，衣带松散，长发飘逸飞扬，突然间，一阵风来，吹走了她的衣裳。就在此时，爱神乘机一箭射出，确信仙圣已落彀中。然而，出乎他的意料，所有手段尽数落空，就像无神论者的一生打拼。

就在爱神及其随众竭力骚扰麻冈提耶之时，他们也感觉遭到了仙圣神力的烧灼熏炙。因此，他们很快停止了胡闹，就像不经意弄醒冬眠之蛇的顽童。因陀罗得知麻冈提耶竟然丝毫不受我执的影响，不禁大为惊愕。

此时，至尊者拿罗、拿罗衍那双圣现身于麻冈提耶面前。两人皆身具四臂，一为白色皮肤，一为黑色皮肤。他们身披鹿皮、圣线，手持水罐、竹杖、菩提珠和一把答尔巴草。两人身材高大，身上光芒四射。作为苦行的化身，他们受到诸神的膜拜。看见双圣现前，麻冈提耶立刻起身，五体投地顶礼致敬。

目睹双圣妙相而来的欢喜彻底满足了麻冈提耶的身心，他全身毛发直立，眼中满含泪水。激动不能自持之下，他几乎难以看清他们。合掌稽首之际，麻冈提耶感觉迫不及待，在想象中拥抱着双圣。他声音哽咽，不停地说："吾今顶礼。"

安定下来之后，麻冈提耶给双圣安排下坐具，为他们盥洗莲花足。接着，他用蜂蜜、旃檀浆、油、香、花崇拜了拿罗、拿罗衍那。礼毕，麻冈提耶再次拜倒于双圣的莲花足下。这二人安然晏坐，正准备赐福于他。

麻冈提耶说道："强大的主啊，你唤醒生命之气，而它推动心意、诸根和言语之力。梵天、湿婆尚且如此，更何况微渺如我辈。然而，你竟成了崇拜你者的亲密朋友。主啊，你以这一双妙相现身，为的是饶益三界众生。然而，尽管你创造天地，又现种种妙相保护之，你也吞食之，犹如蜘蛛收网。你是至高无上的真宰，任何托庇于你莲花足的人绝不会受尘世之污染。因此，明了韦陀真义的伟大圣者向你献上赞祷。我主，我也崇拜你，在我舍弃与躯壳认同之我执之后。我顶礼至尊主拿罗衍那，那至高无上的神明，如今现身为一位圣者。我也向神圣的拿罗顶礼，他是人类中的英杰。"

至尊者拿罗衍那对仙圣的赞祷十分满意,说道:"麻冈提耶啊,你的确是所有渊通的婆罗门当中最杰出的。我对你梵行一生的修为满意之极。现在,无论你想要什么赐福,请选择吧。"

　　麻冈提耶说道:"主中之主啊,一切荣耀归于你!你驱除了皈命于你的奉献者的所有苦恼。准许我看见你,就是我所欲的赐福。仅仅在心中看到你的莲花足,梵天就获得了他崇高的地位。现今你亲身出现在我的面前,我的好运又该如何?不过,莲花眼目啊,我愿意一睹你的幻力玄通,由于它,甚至诸神都以为天地万物真实不虚。"至尊者微笑应允,然后便离开了仙圣的净修林。

　　麻冈提耶仍然住在自己的草舍里,时时冥思至尊者,并以心念观想而成的物品供养崇拜他。有时候,沉浸于神爱之中的麻冈提耶会把日常仪轨都忘到了脑后。

　　有一天晚上,麻冈提耶在华妙河边观想,突然一阵狂风吹过来,发出可怕的声响。空中乌云翻滚,电闪雷鸣,大雨倾盆而下。四大海水从四面八方汹涌而至,淹没了大地的全部表层。白浪滔天之中,海怪、漩涡,种种凶兆纷呈递现。

　　目睹宇宙众生在劫难逃,麻冈提耶心迷意乱,恐惧惊怖。只见洪水滔滔,怀山襄陵,渐渐吞没了大地之后,依然上涨四溢,直至横流泛滥于整个宇宙。

　　天地间所有生灵中,只有麻冈提耶还活着。仙圣披头散发,挣扎漂荡于大水之中,眼不能见,口不能言。麻冈提耶又饥又渴,还受到诸多海底凶兽的袭击,以及狂风巨浪的摧折,漫无目的地漂流于无边的黑暗之中。精疲力竭之下,麻冈提耶神志不清,丧失了方向感,甚至无法认清何者为天何者为地。

　　有时候,麻冈提耶被卷入深不可测的漩涡;有时候,他被巨浪拍击;有时候,他几乎落入彼此冲撞撕咬不休的海怪之口。如是,仙圣感觉种种悲喜惊畏迷乱痛苦交加纷错于心。有时,太多的苦恼、太多的折磨,让他自以为已经性命无存。就这样,数百万年过去了,麻冈提耶完全被至尊者的幻力给迷惑住了。

　　麻冈提耶漂至一小岛,那岛上居然还挺立着一株幼小的菩提树,花果繁盛。在那棵树的东北向树枝上,他看见一个男婴,躺在一片树叶上,身放光芒,驱散了周围的黑暗。那婴儿肤色玄黑,面容吉祥妙美。他胸膛宽阔,脖颈上有三道海螺纹,耳朵也有三圈卷螺旋纹。他眼角微赤,嘴唇的光亮映红了他可爱的笑靥。伴随呼吸,他闪闪发亮的头发颤动着,深深凹陷的肚脐被腹间上下移涌的皮肤皱褶弄得扭曲变形。

　　正当麻冈提耶观看之际,那婴儿抓起一只莲花足,把脚趾塞进口中,开始吮吸起来。

麻冈提耶继续凝神静观，不知不觉间疲累尽去。事实上，那快乐是如此巨大，以至于他的心莲悄然盛放，全身毛发直立。惊奇之下，麻冈提耶慢慢走近前去。正在这时，那婴儿突然张口吸气，把麻冈提耶像蚊子般收入了身体之内。在那里面，麻冈提耶看到了整个宇宙，众生熙熙其间，一如劫毁之前的样子。他看见造化的基本元素及其衍生物，还有时间本身。呈现的一切看起来都栩栩如生，麻冈提耶大为惶惑惊奇。他竟然还看见喜马拉雅山、华妙河和他自己的茅舍。

突然间，那婴儿往外呼气，又将麻冈提耶抛入劫终洪水。汪洋之中，麻冈提耶又看到一棵长在小岛上的小菩提树，一个幼婴卧于树叶之上。那婴孩拿眼角瞟了仙圣一眼，脸上挂着充满爱意的微笑。激动无比的仙圣冲上去想拥抱他，但就在那一刻，婴儿消失不见了。此时此刻，菩提树和洪水也无影无踪。瞬间，麻冈提耶发现自己又身处茅舍，一如先前。

亲眼见证虚幻能量之神奇化现，麻冈提耶真人祈祷："上主啊，我今托庇于你的莲花足，它能赐皈依者以无畏。甚至伟大的天神也被你貌似真理的幻力所迷惑。"

彼时，大神湿婆正乘神牛巡游太空，身后跟着明妃和诸多随从。看到神定中的麻冈提耶真人，女神乌玛说道："我主，你看这位博学的婆罗门纹丝不动，已经安住三昧。你赐予苦修者以圆满，请给予这位圣者他所应该得到的。"大神湿婆回答："这个婆罗门肯定不欲求任何赐福，甚至连解脱都不会要，因为他已经获得纯粹无瑕的巴克提。不过，我们可以跟他聊一聊，亲近神圣的奉献者是生命最大的收获。"

当湿婆和女神降临到他面前时，麻冈提耶甚至都没注意到，因为他凝神冥思，心识已然停止作用。大神湿婆很清楚，麻冈提耶不光没有察觉到他们两人，也全然忘记了外部世界。于是，湿婆便运用玄通，进入麻冈提耶的心中，就像穿过门户一般轻而易举。

麻冈提耶看见湿婆突然出现于自己的内心。他的金发像闪电，他有三只眼睛，十只手臂。他身披鹿皮，高大的身躯像旭日般灿烂辉煌。他的手中分持戟、弓、箭、剑、盾、菩提珠、答麻鲁鼓、骷髅和斧子。惊讶之下，麻冈提耶出离禅定，心想："这是谁？他从哪里来的？"缓缓睁开眼睛，麻冈提耶看见了湿婆、乌玛以及众随侍。圣者随即稽首顶礼，献上欢迎之词、坐具、清水、花鬘、油灯和赞祷。

大神湿婆十分满意，微笑说道："请要些赐福吧，因为在一切赐福者中，我们三个：梵天、毗湿努和我，是最好的。看见我们绝不会空手而归，因为仅仅看见我们，凡人就会变得不朽。所有星辰的御神、梵天、至尊主赫黎和我，都会荣耀、崇拜、佐助那些神圣的婆罗门，他们总是平和、不执、慈悲、奉献、无怨无恨、持心平等。这些奉献者甚至人我不分，又怎会对梵天、毗湿努和我有分别之心？通过去圣地澡沐，去庙宇崇拜天神，受局限灵魂经历相当长时间才可以得到净化。然而，甚至最邪恶的罪徒和贱人，只要听说乃至想象如你这般圣贤人物，都能受到净化，更何况跟你当面交谈？"

听到大神甘露般的话语，麻冈提耶真人感觉所有疲乏劳顿一扫而空。他开口说道："躯体化灵魂很难理解宇宙真宰的游戏，因为这些主人有时会向受他们统辖的生灵叩首礼敬。为了引导众生顺受正法，宇宙大宗师们不但以身作则，而且还赞美其他人的正言正行。这份谦卑就是他们大慈大悲的表现。弥纶万有之主啊，我已经得到了亲眼看见你的赐福，岂能更有他求？仅仅看见你，世人便能实现所有愿望，达成任何梦想。不过，我还是要求一个赐福：让我拥有对至上人格主神以及他的奉献者尤其是你的永不动摇的奉爱之心。"

受到明妃的鼓励，湿婆回答道："伟大的圣者啊，你一心奉献，所有的愿望皆能实现。一直到造化的终结，你将享受虔诚的名声，远离衰老和死亡。婆罗门啊，愿你拥有过去、现在、未来际的一切圆满智慧，以及对至尊者的觉悟。因为你具足一个完美的婆罗门的才华，愿你成为往世诸书的宗师。"说完，湿婆升空离去。一路之上还不断向明妃讲说仙圣直面幻力的经历。

至今，麻冈提耶真人——布黎古后代中的佼佼者，依然云游世间，专注在对至尊主的冥思之中。以上开示传递了至尊主的超凡能力，若有人正确讲说或者听闻，将永不堕入红尘苦海。

邵那伽真人说道："苏陀啊，请讲解一下覃陀罗（Tantra）和行动瑜伽（Kriyayoga）。另外，再请阐说奉献者如何观想至尊主的肢体、随众、兵器和饰物。"

苏陀大士回答如下：

宇宙大身一旦为觉性所变现，三界便朗然可见。大地是宇宙大身之足，天空为其肚脐，太阳是他的眼睛，风是他的鼻孔，死亡是他的肛门，月亮是他的心意，死神阎摩是他的上唇，迷幻是他的微笑，月光是他的牙齿，草木是他的身毛，云朵是他的头发。至尊者胸膛上的考斯图巴宝石代表灵魂，他所披的花鬘是他的物质能量，他所穿的黄裳是韦陀韵律，他所佩的圣线是唵音，他所戴的鲨鱼形耳环是数论和瑜伽。他的王冠是梵天珞珈。他的坐具——天龙阿难陀，是物质能量的幽冥阶段。至尊者的莲花宝座是具足正法和智慧的中和气性。

至尊者的宝杵是激发诸根、身、心力量的风或生命之气。他的海螺代表水元素，他的吉祥见法轮代表火元素，他的宝剑代表空。他的盾代表浊阴气性，他的长弓是时光，他的箭囊代表诸作根。他的箭代表感官，他的战车是强大的心意。他的外表是精微的感知对象，他的手势是一切行动的精髓。

太阳是至尊主受崇拜之处。手拈象征六大功德的莲花，至尊主享受着一对拂尘的侍奉，它们分别是正法和名声。至尊者的伞幢是他的居所——无忧珞珈，他的坐骑伽鲁达是三韦陀。幸运女神室利是他的内在能量。他的主要随从是五仪轨与其他覃陀罗的人格性化身。难陀为首的八大护卫乃是瑜伽神通。

清晨早起，须以清净心凝思此摩诃原人，默诵这段有关其功德的陈述。此外，吾人当如是冥思：大地乃至尊主莲花足的延伸，因为众生托庇于大地，所以他们皆为至尊主的莲花足所护荫。为此之故，吾人当礼敬一切众生，不去嫉妒任何生灵。实际上，众生聚合成了至尊者胸膛上的考斯图巴宝石，所以吾人绝不应怨谤责难任何人。如此修习，吾人将觉悟居于内心的绝对真理。

应邵那伽真人所求，苏陀大士接着论述了太阳神以及十二月御神的各种名号。当太阳神驾车腾空时，众仙圣以韦陀赞歌荣耀他，乾达婆和飞天女歌唱舞蹈。众天龙安排太阳车的缰绳，诸夜叉御马，诸罗刹在后面推动。面对太阳车，有六万筏腊基耶婆罗门奉献赞祷。这些圣贤皆为至上人格主神之分身。最后，苏陀大士简要总结道：

"若有人于跌落、滑倒、疼痛或喷嚏时大声呼喊'顶礼赫黎'，此人必得自动解除一切恶报。

"未曾讲述至尊，单只涉及无常的话语全无用处，就像乌鸦朝觐之地。纯粹而神圣的奉献者仅仅对荣耀永不犯错的主感兴趣。有关主的圣言迷人、有味、历久而弥新。的确，这样的话语是心灵永久的盛宴。对克利须那莲花足的忆念破除一切凶险不祥，予人至大的好运。对于一个满怀爱敬之心听闻或诵念这部《往世书》的人，诸神、仙圣、悉檀、祖先、摩奴以及地上的君王将赐予他一切美好的事物。精勤研读这部《往世书》的婆罗门将臻达至高无上的彼岸，获得坚定不移的智慧。若能研读此书，君王将主宰大地，毗舍将成为巨富，首陀罗将摆脱一切恶报。

"我今顶礼至上人格主神，他是永恒的主、所有天神的领袖。顶礼我的上师，毗耶娑之子叔伽天人，他仁慈地讲说了这部《薄伽梵往世书》。向那受到所有天神赞美的、那被完美的瑜伽士于神定中看见的，向那位至上人格主神，献上我卑微的顶拜。

"当神龟库尔玛的背部被不停转动的曼多罗山上锋利的岩石刮磨时，他居然昏昏欲睡。自此，风为至尊者瞌睡时的气息所创造，自此，海洋模仿他的一呼一吸，产生了起落消涨的海潮。至尊主首先授此《薄伽梵往世书》于梵天，其时彼正趺坐于宇宙莲花之上，陷入困惑。由此，吾人当知此书永恒不灭，与大梵并无分别。

"若有人于跋陀罗月之月望日，置此书于黄金宝座之上，并以之布施，此人必将臻达至高无上的彼岸。所有其他的经典能在奉献者的神圣聚会中放射光芒，仅仅是因为这甘露之海——《薄伽梵往世书》还未得听闻。此书乃一切韦檀多义理之精髓。从此书甘露般的滋味中感觉到满足的人永远不再为任何其他文学所吸引。正如亘伽是所有江河中最伟大的，至尊主阿丘塔是所有神明中最尊贵的，大神湿婆是所有外士那瓦中最杰出的，《薄伽梵往世书》是所有往世诸书中最了不起的。《薄伽梵往世书》是绝无瑕疵的古史，是外士那瓦之最爱。若有人意欲认真理解这部书，并以爱敬心正确听闻之、诵念之，必能得到彻底的解脱。

"正如阿周那被置于幻妄，好让《薄伽梵歌》得以讲说；巴力克斯大帝受诅咒面临死亡，如此叔伽天人便可以讲说《薄伽梵往世书》。我今顶礼至尊主赫黎，广诵他的圣名破除一切恶报，向他顶礼驱散一切尘世苦恼。"

后　　记

在古印度韦陀文献里，属于古史的作品有两类：一类被称为 Itihasa，是以某个人物或王族为中心的史书，最有代表性的就是《罗摩衍那》和《摩诃婆罗多》；另一类被称为 Purana，即往世书，所述史事非仅限于一人一族、一时一地，而是上溯于鸿蒙开辟，下及乎人伦化成，人神鬼怪、地狱天堂无所不包，神话玄理、政制礼法一体贯通，可谓是一种百科全书式的"宇宙古史"。主要的往世书有十八部，其中尤以《薄伽梵往世书》（Bhagavata Purana）为尊，而且流行最广，影响也最大，波及古印度的宗教、民俗、神学、哲学、文学、史学、美学、道德、伦理、教育、科学、戏剧、美术、音乐、舞蹈等各个领域。甚至可以说，印度人至今还生活在《薄伽梵往世书》所建构的神性世界里。

《薄伽梵往世书》又名《胜妙薄伽梵经》（Srimad Bhagavatam，直译《薄伽瓦谭》）或《摩诃往世书》（Maha Purana），共十二卷。据书中所说，其作者为毗耶娑天人，写作年代就在大约五千年前的《摩诃婆罗多》史事发生之后。实际上，《薄伽梵往世书》开篇就紧接《摩诃婆罗多》的历史场景，从《摩诃婆罗多》大英雄阿周那之被救、俱卢族老祖父毗史摩之临终开示，以及俱卢王朝唯一继承人巴力克斯之逃脱劫难，一直到薄伽梵克利须那隐迹升天，整部书以巴力克斯与叔伽天人的问答为线索，继续演绎《摩诃婆罗多》之史事，但主角已经从俱卢英雄转到了薄伽梵克利须那及其化身身上，中间穿插了与作为整体大梵、宇宙主神而存在的克利须那相关的一切：世界的创造、长养和毁灭，宇宙大我和天地身相，时间的循环更替，神话地理和神话天文，诸神仙圣之诞生及其与魔族的斗争，人类的繁衍教化及其命运，太阳和月亮王朝列王谱系，天人数论，瑜伽解脱，最后是克利须那本人及化身跟奉献者之间的种种逍遥游戏。

按照传统注疏，《薄伽梵往世书》涵摄十大主题：其一，Sarga，诸元素之创造，包括五大（地、水、火、风、空）、五唯（色、声、香、味、触）、五知根（眼、耳、鼻、舌、身）、五作根（手、足、口、肛、阴）、心根，皆为原因海毗湿努所化生；其二，Visarga，第二重创造，由梵天开启三极气性之互动与运化；其三，

Sthanam，人在宇宙中的位置，宇宙之分层与星辰体系；其四，Poshanam，神人感应；其五，Utayah，因果业报之生成；其六，Manvantara，世主（摩奴）更替，即宇宙时间之循环；其七，Isha-anukatha，薄伽梵克利须那及其诸化身之游戏；其八，Nirodha，宇宙劫毁与生灵之返归冥界；其九，Mukti，解脱通天之途；其十，Ashraya，宇宙大我或太一为天地万物之根源。

如果说，《薄伽梵歌》是对宇宙、神、人共融共存之道的义理阐说，那么《薄伽梵往世书》就是宇宙、神、人共同上演的气势恢宏、弥纶天地的创世史诗、化育赞歌，可以用《庄子·天下》篇的一句话来形容它：

  古之人其备乎！配神明，醇天地，育万物，和天下，泽及百姓，明于本数，系于末度，六通四辟，小大精粗，其运无乎不在。

但遗憾的是，这样一部伟大的东方圣典，一千多年来居然从未译介到中国。其实，根据我个人的研究，《薄伽梵往世书》与华夏的上古神话传说乃至天人学说有甚深的渊源，比如"太一生水"之于原因海毗湿努，昆仑神话之于须弥山，北极北斗崇拜之于"豚鱼轮"。《山海经》《天问》《易经》之类奇书尤其可以从往世书中得到破解的线索（具体考证参见拙著《文明的基因》，东方出版社2014年版）。前辈学人苏雪林先生就从《天问》中读出了"搅拌乳海"故事。我相信，这部书的译介将打开中国神话学、考古学以及比较文学、比较哲学、比较文化学等研究领域的新天地。

由于原作篇幅过于冗长，又是诗歌体，实在不利于一般读者进行阅读理解，所以本书参考数种梵、英版本，采用了章回体故事述说的方式，对原作进行了一定的提炼和压缩，以使全书有通畅良好的阅读感，但原则是保持叙事的完整和对原作的忠实。如此，整部浩瀚的《薄伽梵往世书》十二卷便可在短时间内尽收眼底，一览无余。中国社会科学出版社虽然在几年前出过一套《薄伽梵往世书》的译本，但因为是按原文逐颂翻译，又有大段的评注，因此篇幅过长、书价过高，非一般初学可以承受，并且对梵文的翻译也不是按照中国传统的梵典翻译方式，故而常常失于雅驯，令人殊觉遗憾。此外，中国社会科学出版社这套书迄今只译出前九卷，未能首尾涵盖，使读者无法尽窥全豹。本书之出版，希望能弥补以上缺憾。当然，读过本书，愿意深入考索的研究者，也可以再看全译本。